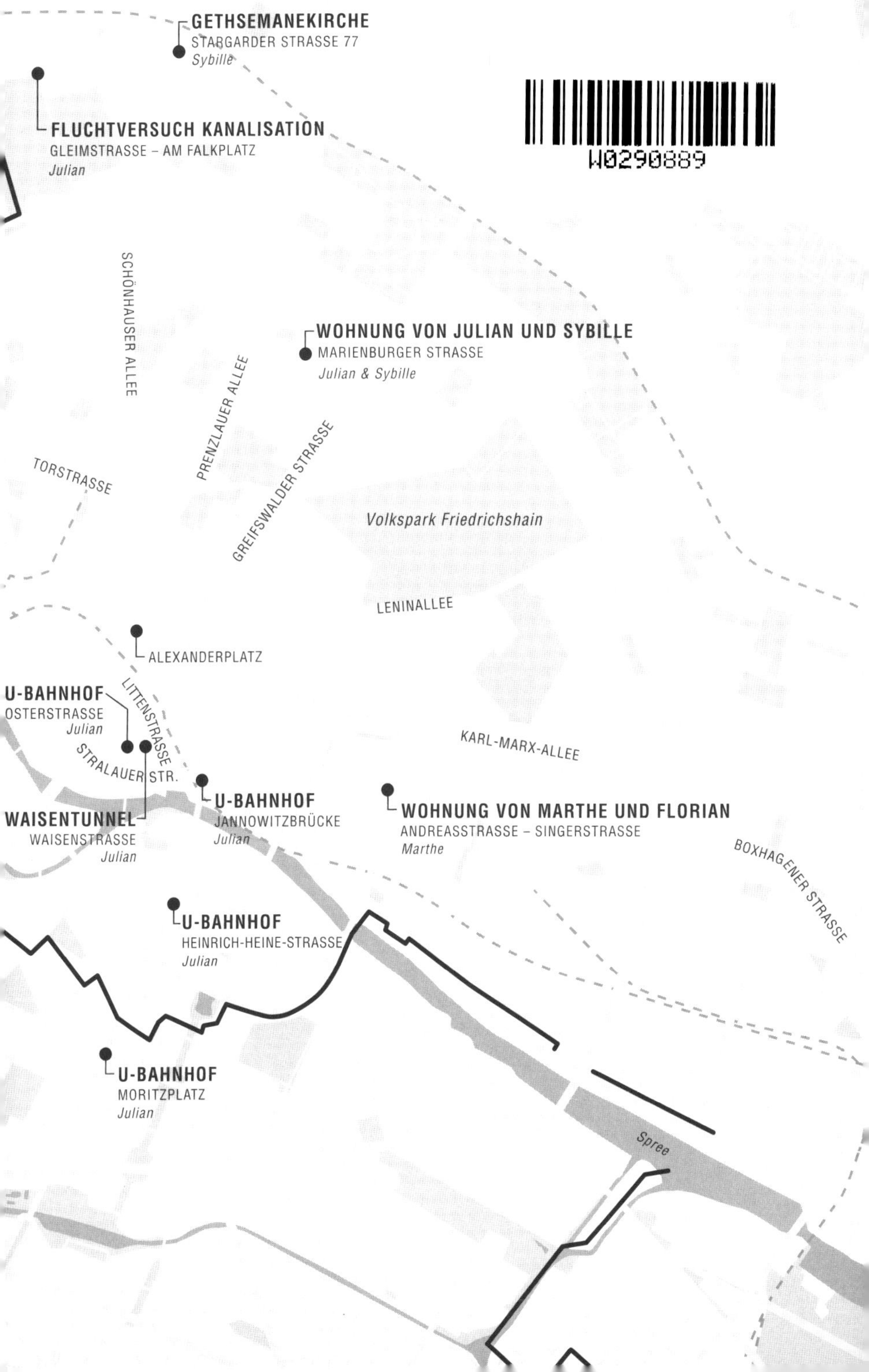
GETHSEMANEKIRCHE
STARGARDER STRASSE 77
Sybille
FLUCHTVERSUCH KANALISATION
GLEIMSTRASSE – AM FALKPLATZ
Julian
SCHÖNHAUSER ALLEE
WOHNUNG VON JULIAN UND SYBILLE
MARIENBURGER STRASSE
Julian & Sybille
PRENZLAUER ALLEE
GREIFSWALDER STRASSE
TORSTRASSE
Volkspark Friedrichshain
LENINALLEE
ALEXANDERPLATZ
U-BAHNHOF
OSTERSTRASSE
Julian
LITTENSTRASSE
STRALAUER STR.
KARL-MARX-ALLEE
U-BAHNHOF
JANNOWITZBRÜCKE
Julian
WOHNUNG VON MARTHE UND FLORIAN
ANDREASSTRASSE – SINGERSTRASSE
Marthe
WAISENTUNNEL
WAISENSTRASSE
Julian
BOXHAGENER STRASSE
U-BAHNHOF
HEINRICH-HEINE-STRASSE
Julian
U-BAHNHOF
MORITZPLATZ
Julian
Spree

W0290889

Aline Sax

GRENZGÄNGER

Aline Sax

GRENZ GÄNGER

Aus dem Niederländischen
von Eva Schweikart

Urachhaus

Die niederländische Originalausgabe erschien 2015 unter dem Titel *Grensgangers* bei Uitgeverij Davidsfonds / Infodok / WPG Uitgevers België, Antwerpen.

FLANDERS LITERATURE

Dieses Buch wurde mit Unterstützung der Flanders Literature herausgegeben (flandersliterature.be).

ISBN 978-3-8251-5179-9

Erschienen im Verlag Urachhaus
www.urachhaus.de

auch als eBook erhältlich

© 2019 Verlag Freies Geistesleben & Urachhaus GmbH, Stuttgart
© 2015 Infodok / WPG Uitgevers België nv, Antwerpen und Aline Sax
Cover und Gestaltung: Bart Luijten
Gesamtherstellung: CPI books GmbH, Leck

EINE STADT, ZWEI STAATEN

Nachdem Deutschland 1945 den Zweiten Weltkrieg verloren hatte, teilten die Siegermächte das Land unter sich in vier Besatzungszonen auf: eine französische, eine britische, eine amerikanische und eine sowjetische. Die bisherige Hauptstadt Berlin, komplett innerhalb der sowjetischen Besatzungszone liegend, wurde ebenfalls in vier Sektoren gegliedert.
Zwischen den westlichen Siegermächten und der kommunistischen Sowjetunion ergaben sich in vielerlei Hinsicht Differenzen. Zu einem Konsens kam es nicht, weil beiden Machtblöcken daran gelegen war, ihren Einfluss in Europa auszuweiten.

Im Mai 1949 wurden die westlichen Besatzungszonen zu einem neuen Staat mit dem Namen Bundesrepublik Deutschland (BRD) vereinigt. Ebenfalls 1949, im Oktober, wurde auch die sowjetische Besatzungszone zu einem eigenen Staat und erhielt den Namen Deutsche Demokratische Republik (DDR). Im Prinzip waren die beiden deutschen Staaten unabhängig, standen jedoch weiterhin stark unter dem Einfluss der ehemaligen Besatzer.
In der BRD als kapitalistischem Staat manifestierte sich vor allem der Einfluss der Vereinigten Staaten von Amerika (USA). In der DDR wurde eine kommunistische Regierung installiert. Wie

in der Sowjetunion wies das dortige System Züge einer strengen Diktatur auf und zielte darauf ab, politische Gegner mundtot zu machen.
Wirtschaftlich gesehen entwickelte sich die BRD – unter anderem dank amerikanischer Unterstützung – wesentlich schneller als die DDR, welche die schwerfällige sowjetische Planwirtschaft übernommen hatte. Zwischen den beiden deutschen Staaten entstand eine Kluft, und der zunehmende Wohlstand Westdeutschlands erweckte bei vielen Ostdeutschen Neid.

In Berlin wurden die Westsektoren ebenfalls zusammengefasst: Als Westberlin waren sie der BRD zugeordnet, der Ostteil der Stadt hingegen (Ostberlin) gehörte zur DDR. Die Stadt Berlin wurde zum Brennpunkt des Kalten Kriegs.

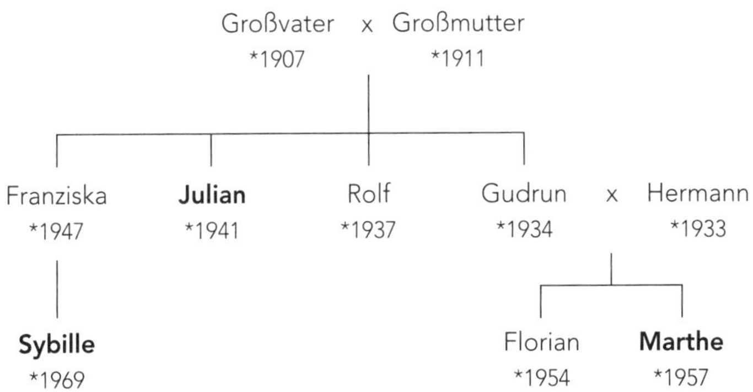
Großvater x Großmutter
*1907
*1911
Franziska
*1947
Julian
*1941
Rolf
*1937
Gudrun x Hermann
*1934
*1933
Sybille
*1969
Florian
*1954
Marthe
*1957

JULIAN NIEMÖLLER

1961

EINS

Ich roch an der Bettwäsche, dass ich im Westen war. Im Osten gab es keine Waschmittel mit Blumenduft. Schlaftrunken drehte ich mich um und schaute zum Fenster. Das erste Morgenlicht fiel durch einen Vorhangspalt ins Zimmer. Ich versuchte, meinen Traum von den Erinnerungen zu trennen, die sich langsam und bruchstückhaft wieder einstellten.

Gestern, nach der Arbeit, waren wir ins Chitchat gegangen, einen beliebten Club, in dem auch viele Amerikaner verkehrten. Wir hatten getanzt und getrunken. Zu viel getrunken. Es war spät geworden. So spät, dass ich keine Lust mehr hatte, noch über die Grenze zu gehen.

Und da war ein Mädchen gewesen … wie hieß sie doch gleich? Ich hatte sie im Chitchat kennengelernt. Sie war mit einer Freundin dort, und diese Freundin wiederum war eine Bekannte von Walter.

Kurzes dunkles Haar. Gute Tänzerin. Paula. Genau, Paula hieß sie.

Langsam drehte ich mich wieder auf die andere Seite. Neben mir lag niemand. Da war nur ein Abdruck auf dem Kopfkissen.

Sie hatte mir angeboten, bei ihr zu übernachten, weil sie ganz in der Nähe wohnte. Ich dachte angestrengt nach, konnte mich

aber nicht mehr erinnern, wann wir das Chitchat verlassen hatten und was danach gewesen war. Hatten wir …? Ich hob die Bettdecke an und sah, dass ich meine Unterhosen und die Socken trug. Die übrigen Kleider lagen auf dem Boden verstreut.
Im angrenzenden Raum hinter dem Perlenvorhang hantierte jemand mit Geschirr. Noch einmal schnupperte ich am Kissenbezug, dann hob ich die Beine über die Bettkante. Wenn ich mich langsam bewegte, waren die Kopfschmerzen erträglich. Ich machte mir nicht die Mühe, mich anzuziehen, und ging – so wie ich war – hinüber.
In der Küche war es sehr hell, sodass ich unwillkürlich die Augen zukniff. Das laute Klappern von Tassen, Tellern und Besteck tat mir in den Ohren weh.
»Guten Morgen«, sagte eine muntere Stimme.
Ich öffnete die Augen.
Ein Mädchen mit langen blonden Locken stand am Herd und musterte mich mit amüsiertem Lächeln. Das Fenster war offen, und der hereinstreichende Wind ließ mich frösteln, sodass sich die Härchen an den Armen aufstellten. Dass ich, kaum bekleidet, vor einem wildfremden Mädchen stand, wurde mir erst jetzt bewusst. Aber es war zu spät, sich zu verstecken.
»Willst du dein Ei hart oder weich?«
»Weich«, murmelte ich automatisch. Meine Wangen glühten, obwohl sie mich nicht mehr ansah. Der Tisch war für zwei Personen gedeckt.
»Wo ist Paula?«, fragte ich zögernd.
»Bei der Arbeit.«
An einem Sonntag? Was mochte Paula arbeiten?
Ich fragte aber nicht.
»Ich heiße Heike.«
»Julian«, sagte ich und hatte das Gefühl, meine Anwesenheit

erklären, irgendetwas sagen zu müssen, das mich nicht wie einen x-beliebigen Fremden erscheinen ließ.
Auf dem Tisch standen Butter und zwei Marmeladengläser, lauter mir unbekannte Marken. Ich nahm sie nacheinander in die Hand und las verlegenheitshalber die Etiketten.
Heike stellte die Eier in die Eierbecher, setzte sich an den Tisch und forderte mich auf, ihr gegenüber Platz zu nehmen.
»Du bist von drüben, was?«
Verdutzt starrte ich sie an. Hatte sie das etwa an meiner Unterhose gesehen?
»Ja.«
Wieder lächelte sie.
»Paula hat eine Schwäche für Ostler.«
»Wie bitte?« Ich schaute womöglich noch verdutzter drein. Eine Schwäche für Ostler … etwa so, wie man eine Schwäche für streunende Katzen hat?
Meine Verwirrung schien Heike zu belustigen.
»Sie ist Kommunistin. Absolute Gleichheit. Keine Hierarchien, keine Armen und Reichen. Jeder arbeitet so, wie er kann, und bekommt, was er braucht. Das ist Paulas Credo.«
Ich bestrich eine Scheibe Brot dick mit Butter. Auf politische Diskussionen mit einer Westberlinerin, zumal an einem Sonntagmorgen, verspürte ich absolut keine Lust. Ich köpfte mein Ei, schnitt dann das Brot in Streifen und tunkte einen davon ins Eigelb.
Heike beobachtete mich, die Hände um eine große Tasse gelegt, die den Duft nach echtem Bohnenkaffee verbreitete.
»Ich wohne in Ostberlin, arbeite aber im Westen«, sagte ich mit vollem Mund. »Als Maurer bei Reitmann & Sohn. Mein Kollege Walter hatte gestern Geburtstag, und das haben wir im Chitchat gefeiert. Paula war auch dabei. Seid ihr Freundinnen?«

»Cousinen. In Ostberlin war ich noch nie.«
»Noch nie? Warum nicht? Man kann doch einfach rüber.«
»Ich weiß nicht recht. Es ist mir einfach nie in den Sinn gekommen. Außerdem wohne ich erst seit einem Jahr hier. Ich bin in einem Dorf in Süddeutschland aufgewachsen. Aber dort wollte ich weg. So bin ich hier gelandet, und Paula hat mir Unterschlupf gewährt.« Sie lachte. »Das Abenteuer Berlin, weißt du, die Stadt, in der immer was los ist.«
»Die Stadt, in der ein neuer Krieg ausbrechen wird, meinst du wohl?«
»Glaubst du das?«
Ich zuckte mit den Schultern.
»Denkst du, die Russen werden Westberlin einnehmen?«
»Die Alliierten haben jedenfalls klar gesagt, dass sie nicht abziehen, auch wenn die Stadt eigentlich im sowjetischen Sektor liegt.« Ich schob ein Stück Brot in den Mund. »Aber Politik interessiert mich nicht sonderlich«, sagte ich, ehe sie einen westlichen Einwand machen konnte.
»Wohnst du schon immer in Berlin?«
»Ja, nur im Krieg war ich eine Zeit lang bei einer Großtante auf dem Land. Aber da war ich noch so klein, dass ich mich kaum erinnere.«
»Ich mag die Stadt sehr«, sagte Heike. »Die vielen Autos. Die Leute, die den Ku'damm entlangflanieren, als gehörte ihnen die Welt. Die Schaufenster und die Leuchtreklamen. Die Mädchen, die mit den amerikanischen Soldaten flirten. Man hat den Eindruck, hier wäre jeder wichtig und würde fabelhafte Sachen erleben. Das Leben in Berlin ist wie ein schneller Wirbel. Ein bisschen wie im Film ...« Verträumt blickte sie an mir vorbei.
Was für ein plattes Klischee! Ich nahm rasch einen Schluck Kaffee, damit sie meinen Gesichtsausdruck nicht bemerkte.

»Wahrscheinlich findest du es komisch, dass mir gerade das gefällt«, fuhr Heike fort, »wo du doch schon dein ganzes Leben hier wohnst.«
»Ganz und gar nicht. Du hast beschrieben, was auch alle Ostberliner an Westberlin gut finden.«
»Alle außer dir?«
Wieder zuckte ich mit den Schultern. »Es hat so seinen Reiz. Aber wohnen wollte ich nicht in Westberlin, da würde ich schnell zu viel kriegen.«
»Darum ziehst du dich abends gern in deine anonyme Mietskaserne zurück?«
Ich starrte sie an.
»Tut mir leid, das hätte ich nicht sagen sollen. War nicht so gemeint.«
Ich starrte sie weiter an. Hatte sie nicht eben erwähnt, sie sei noch nie im Osten gewesen? Warum sagte sie dann so etwas?
»Tut mir leid«, wiederholte sie, diesmal leiser.
Wir aßen schweigend weiter. Heike traute sich offenbar nicht, ein neues Thema anzuschneiden, und ich hatte keine Lust, weiter über Ost und West zu reden.
Das Ei und der Kaffee hatten die aufkommende Übelkeit zurückgedrängt, aber mein Kopf fühlte sich immer noch an, als hätte ihn heute Nacht jemand mit Zement ausgegossen, der jetzt härtete.
Nach dem letzten Schluck stellte ich die Tasse ab und schaute auf meine Uhr. Fast elf.
»Ich muss los, meine Mutter macht sich bestimmt Sorgen, weil ich nicht nach Hause gekommen bin.«
»Du kannst gern noch duschen, wenn du willst«, sagte Heike. »Das wird dir guttun. Die letzte Tür im Flur. Warte, ich geb dir ein Handtuch.«

Sie hatte recht. Die warme Dusche entspannte mich und schien sogar den Zement in meinem Kopf aufzuweichen.
Ich trocknete mich ab und schlüpfte in die Kleider.
Heike hatte in der Zwischenzeit das Geschirr abgeräumt. Auf dem Tisch lag jetzt ein rechteckiges flaches Päckchen.
»Ich ... äh ... das ist für dich. Das heißt, für deine Mutter. Dann findet sie es vielleicht nicht so schlimm, dass du die ganze Nacht weg warst.« Ein leicht verlegenes Lächeln.
Ich griff danach. Es war eine Nylonstrumpfhose, original verpackt.
»Paula hat mal erwähnt, die Frauen im ... äh ... ich meine, dass man bei euch ... nicht so leicht an solche Strumpfhosen kommt.«
Das stimmte. Außerdem war Mutter ganz versessen auf Nylons aus dem Westen. Trotzdem zögerte ich. War mein Ostler-Stolz stärker als die Aussicht, meiner Mutter eine Freude zu machen?
»Danke, darüber wird sie sich freuen«, sagte ich dann und steckte das Päckchen ein. »Und danke auch fürs Frühstück und für die Dusche.«
Heike strahlte. »Gern geschehen.«

Auf dem Weg zur Grenze versuchte ich, mir Paulas Gesicht vorzustellen, was nicht gelang, weil sich immer wieder Heikes Bild davorschob. Völlig in Gedanken versunken, bemerkte ich erst nach einer Weile, dass es angefangen hatte zu regnen. Und auch Wolfgang Wichser sah ich erst, als es schon zu spät war. Wir waren früher in dieselbe Klasse gegangen. Wolfgang war ein komischer Kauz und tat sich mit seinem Vater dicke, der irgendein hohes Tier war. Darum war er von den anderen oft gehänselt worden. Und Wolfgang Wichser wurde er genannt, weil ein Lehrer ihn angeblich auf dem Schulklo beim Wichsen ertappt hatte. Statt den Spitznamen zu ignorieren, drohte er, sein Vater würde uns die Hammelbeine lang ziehen. Dass nichts dergleichen passierte, trug ihm noch mehr Spott ein. Im siebten Schuljahr war seine Familie nach Dresden umgezogen. Jetzt aber war er Grenzpolizist in Berlin.

»Papiere vorzeigen!«, blaffte er mich an, als würde ich die Vorschrift nicht kennen.

Ich hatte mich damals nicht an den Hänseleien beteiligt, er aber scherte alle ehemaligen Schulkameraden über einen Kamm und sah nun eine gute Gelegenheit, seine Überlegenheit auszuspielen. Wolfgang hatte etwas von der opportunistischen Machtgier seines Vaters, der sich vom überzeugten Nazi nahtlos zum strammen Sozialisten gewandelt hatte.

Ich gab ihm meinen Ausweis, in dem er unnötig lange herumblätterte.

»Welcher Tag ist heute?«, fragte er ohne aufzublicken.

»Sonntag«, gab ich zurück. Der Regen lief mir kalt in den Kragen. Wolfgang stand unter dem Dach seines Grenzerkabuffs und sah keinen Grund zur Eile.

»Sonntag, aha! Und was hat ein Grenzgänger am Sonntag im kapitalistischen Westen verloren? Sind dir unsere Frauen nicht gut genug?«

Mir blieb kurz die Sprache weg.

»Komm schon, deine Sorte Profiteure kenn ich doch. Im Osten von den billigen Mieten, der sozialen Absicherung und den niedrigen Preisen profitieren, aber im Westen Geld scheffeln, den Kapitalisten markieren und die Ami-Weiber flachlegen.« Er spuckte vor mir aus.

Zugegeben, ich verdiente im Westen wesentlich besser und der Wechselkurs war günstig, aber mich deshalb einen Profiteur zu nennen …

Ich war versucht, ihn am Uniformkragen zu packen und zu

schreien, es gehe ihnen einen feuchten Kehricht an, wo ich mein Geld verdiente und ausgab. Aber ich tat es nicht. Schließlich war er im Dienst, und ich wollte keine Scherereien. Grenzgänger wie ich waren im Osten ohnehin nicht sonderlich beliebt. Die Leute hielten uns für Verräter am Staat – einem Staat, für den sie selbst kein gutes Wort übrighatten. Und wenn sich eine Chance ergäbe, würden sie es nicht anders machen als ich.

»Was ist in der Tasche?«

»Drei Millionen Dollar in kleinen Scheinen.«

Er riss mir die Tasche weg und zog den Reißverschluss auf.

Ich steckte die Hände in die Hosentaschen und blinzelte, weil mir das Wasser von den Brauen in die Augen rann.

Wolfgang kramte in meinen Sachen herum, nahm etwas heraus und ließ unvermittelt die Tasche fallen. Sie landete in einer Pfütze. Ich bemühte mich, den Ärger hinunterzuschlucken.

Er hielt mir die Strumpfhose hin. »Und was ist *das?* Westprodukte schmuggeln, was? Weißt du, welche Strafe darauf steht?« Er beugte sich so weit vor, dass sein Gesicht kaum fünf Zentimeter vor meinem war.

Ich wich zurück und bückte mich nach der Tasche, die an der Unterseite klatschnass war. Mit einem wütenden Ruck zog ich den Reißverschluss zu und biss die Zähne zusammen.

»Das muss ich beschlagnahmen.« Er wollte die Strumpfhose einstecken, was nicht so recht gelang, weil er in der anderen Hand immer noch meinen Ausweis hielt. »Und Meldung erstatten, versteht sich.«

»Das lässt du schön bleiben. Sonst kannst du die Strumpfhose nämlich nicht selber behalten!« Ich riss ihm meinen Ausweis weg und ging weiter.

»Und ob ich das melde!«, schrie er mir nach. »Darauf kannst du Gift nehmen, Niemöller!« Seine Stimme überschlug sich.

Ich zwang mich, nicht zu rennen. Er wird mich schon nicht verfolgen, dachte ich und bog in die nächste Seitenstraße ein. Dort trat ich mit Wucht gegen eine Mülltonne, die umfiel und aufs Pflaster krachte. Am liebsten hätte ich kehrtgemacht und das Arschloch in seiner adretten Uniform in den nassen Straßendreck gestoßen. Was fiel ihm ein, mir Schmuggel zu unterstellen? Das war doch reine Schikane. Beim nächsten Mal, nahm ich mir vor, lasse ich mir so etwas nicht mehr gefallen. Und dann rannte ich doch los, rannte mir den ganzen Ärger aus dem Leib ... auch darüber, dass er meine Erinnerung an Heike getrübt hatte.

ZWEI

Die ganze Woche ging mir Heike nicht aus dem Sinn. Als Walter fragte, ob ich am Sonntag mit zum Wannsee wolle, und augenzwinkernd meinte, Paula sei auch mit von der Partie, traute ich mich nicht zu fragen, ob Heike ebenfalls dabei wäre.

Das Knattern von Walters Moped weckte vermutlich die ganze Nachbarschaft auf und entlockte meinem Vater ein unwilliges Knurren. Rasch packte ich mein Handtuch ein, verabschiedete mich und ging nach unten.
Walter sah in seiner kurzen weißen Hose, den weißen Turnschuhen und dem gestreiften Hemd wie ein Hollywoodstar aus.
»Morgen!«, rief er mir munter zu.
Ich schwang mich auf den Sozius. Es war herrliches Wetter, und die Fahrt zum Wannsee – gut fünfundzwanzig Kilometer durch ganz Westberlin – würde ein Genuss.

Die Grenzer musterten uns abfällig – wir machten wohl den Eindruck von dekadenten Amerikanern –, ließen uns aber ohne Probleme passieren.

Wir sausten an geschlossenen Geschäften und schlafenden Wohnhäusern vorbei, während die Sonne hinter uns höher stieg. Dass es wegen des Mopedlärms unmöglich war, sich zu unterhalten, störte mich nicht. Ich schloss die Augen und spürte den Fahrtwind in den Haaren. Irgendwann würde ich mir auch so ein Ding zulegen ... wenn ich eine eigene Wohnung zugewiesen bekam, wie mein älterer Bruder Rolf. Solange ich noch zu Hause wohnte, würde mein Vater es nicht erlauben. Weil er es für unnütz hielt: Ich hätte doch ein Fahrrad, meinte er immer, das reiche ja wohl.

Wir waren nicht die Einzigen, die den Sonntag am Wannsee verbringen wollten. Von der Bushaltestelle aus strebten Dutzende mit Picknickkörben, Klappstühlen, Wasserbällen und Luftmatratzen dem Strandbad zu, das für ganz Berlin ein Anziehungspunkt war. Wir jedoch fuhren vorbei, denn nicht nur mir graute vor den Menschenmassen – Walter und den anderen zum Glück auch. Von unserem Stammplatz, einem Stück Strand hinter den Bäumen, schien sonst niemand zu wissen.

Walter stellte das Moped ab. Heini, Ernst, Charlotte, Max und zwei Mädchen, die ich nicht kannte, waren bereits da. Sie hatten ihre Taschen auf einen Haufen geworfen, und die Mädchen zogen sich gerade um. Walter hatte mich zwar in seine Clique eingeführt, aber im Grunde war ich nur dann dabei, wenn er mich einlud. Andere Freunde als ihn und seine Leute hatte ich nicht. Die Schulkameraden von früher meldeten sich nicht mehr, seit ich im Westen arbeitete. Was mich wenig kümmerte, denn in Walters Clique fühlte ich mich wohl, weil keiner mich schief ansah.

Während er unsere Sachen vom Moped nahm, stießen noch drei weitere Mädchen zur Gruppe. Alle in kurzen Hosen und mit großen Sonnenbrillen und Strohhüten, sodass sie wie Drillinge wirkten.
Ich breitete mein Handtuch aus, und als ich mein Hemd aufknöpfte, stand plötzlich eines der Drillingsmädchen vor mir.
»He, warum hast du mich nicht angerufen?«, sagte sie, machte einen Schmollmund und ließ ihre Finger über meine Brust wandern.
Paula. Es war Paula …
»Wir haben zu Hause kein Telefon.«
Mit schief gelegtem Kopf sah sie mich an. Haben die im Osten wirklich kein Telefon?, sah ich sie denken.
Sie beschloss, die Entschuldigung gelten zu lassen. »Ich freu mich jedenfalls, dass du da bist!«
Sie holte ihr Handtuch hervor und legte es neben meines in den Sand.
Noch immer konnte ich mich nicht erinnern, was letzte Sonnabendnacht gewesen war. Nichts, vermutete ich, aber Paulas Verhalten nach zu urteilen, wohl doch etwas …

Den ganzen Tag über tat sie, als wären wir ein Pärchen. Wir schwammen, spielten Fußball, sonnten uns … und Paula wich nie von meiner Seite und hatte ständig irgendwelche Anliegen. Ich sollte ihr den Rücken eincremen, die Tasche rübergeben, mit ihr in den See hinausschwimmen, von den Keksen nehmen, die sie mitgebracht hatte. Allmählich wurde mir unbehaglich. Besonders beim Rückeneincremen und als sie im Wasser die Arme um mich schlang.
Erst als ich Heike sah, verstand ich, warum.

Am späten Nachmittag – ich spielte gerade mit Walter, Max und Paula Karten – tauchte sie mit einem halben Ölfass und einer großen Tasche voller Essen auf.
»Jetzt wird gegrillt!«, rief Max. Er und Walter füllten Sand in das Fass, schichteten Reisig und Papier darauf und hielten ein Streichholz daran. Rasch noch einen Rost darüber, und kaum eine Viertelstunde später stieg mir der Duft gebratener Frikadellen in die Nase und erinnerte mich daran, dass ich, abgesehen von ein paar Keksen, seit dem Morgen nichts gegessen hatte.
Die letzten Schwimmer kamen aus dem Wasser, die Handtücher wurden im Kreis um das Grillfass gelegt, und Heike stellte Schüsseln mit Salat, Tomaten und Mais bereit – alles ohne mich auch nur ein einziges Mal anzusehen. Walter hatte inzwischen einen Eimer Bierflaschen besorgt.
Wir aßen, rissen Witze, lachten. Heike saß mir im Kreis gegenüber, und ich schaute durch die flirrende Hitze zu ihr hin. Plötzlich lächelte sie mich an, und ich wünschte mir nichts mehr, als neben ihr zu sitzen statt neben Paula.
Als alle satt waren, wurde der Ölfassgrill zum Lagerfeuer umfunktioniert. Es dämmerte bereits, war aber noch angenehm warm. Max nahm seine Gitarre zur Hand und spielte ein paar bekannte Titel von Chuck Berry und Elvis. Als er eine langsame Ballade intonierte, die einige mitsangen, schmiegte Paula sich an mich. Ich murmelte eine Entschuldigung und stand auf. Ihr penetrantes Gehabe ging mir auf die Nerven. Ich lief zum Ufer. Das Wasser war ebenso schwarz wie die Silhouetten der Bäume, die unser Strandstück säumten. Irgendwo auf dem See flog ein Wasservogel auf. Ich setzte mich in den Sand, und die Gitarrenklänge und Stimmen wurden zu einer Art Hintergrundrauschen.
»Keine Lust mitzusingen?« Heike stand neben mir. Ich hatte sie überhaupt nicht kommen hören.

»Oder keine Lust auf Paula?«
»Oje, war das so deutlich?«, fragte ich halb schuldbewusst.
»Für mich schon, für sie eher nicht.« Sie lachte verhalten.
»Ich weiß überhaupt nicht mehr, was letzte Sonnabendnacht passiert ist«, gab ich zu. »Aber es sieht ganz so aus, als würde Paula daraus irgendwelche Rechte ableiten.« Ich drückte mich bewusst vage aus, um Heike nicht vor den Kopf zu stoßen.
»Keine Bange, es ist nichts passiert. Das hat Paula mir erzählt.«
»Erzählt?«
»Frauen reden nun mal über solche Dinge.« Wieder lachte sie. »Paula hat die Tendenz, sich an Männer ranzuschmeißen. Mach dir nichts draus ...« Sie setzte sich neben mich und legte ihre Hand, die mir noch viel wärmer vorkam als der Sand, auf meine. »Was hat deine Mutter zu der Strumpfhose gesagt?«
Ein paar Enten flogen über das Wasser.
»Sie war begeistert«, log ich. »Danke noch mal.« Verdammt. Ich hätte mich damals überzeugender bedanken sollen.
Hinter uns stimmte Max *All I have to do is dream* von den Everly Brothers an. Diesmal sang keiner mit, alle lauschten der Melodie. Heike rückte näher, legte den Kopf an meine Schulter und summte leise mit. Ich schlang meinen Arm um sie, und so saßen wir da, bis das Lied zu Ende war. Auch als Max ein schnelleres Stück zu spielen begann und die anderen wieder mitsangen, machte sie keine Anstalten aufzustehen. Nur der Zeigefinger ihrer rechten Hand bewegte sich – sie malte damit kleine Kreise auf meinen Schenkel. Ich erwiderte die Zärtlichkeit, indem ich mit dem Daumen über ihren Oberarm strich.
Und als sie mir das Gesicht zuwandte, küsste ich sie.

DREI

Die Erinnerung an den Sonntag am See trug mich durch die Woche. An Paula versuchte ich nicht mehr zu denken. Zugegeben: Es war feige von mir, ihr auszuweichen, aber letztlich war ich ihr keine Rechenschaft schuldig, war *sie* es doch, die sich aufdrängte. Und was für Gefühle hegte ich für Heike? Hatte ich mich von der romantischen Stimmung hinreißen lassen, oder war da mehr im Spiel?

Walter stieß mich an, als wir unsere Kellen sauber machten. »Ich glaube, du hast Besuch.« Er grinste.

Am Bauzaun stand Heike. In einer kurzen Hose und einer weißen Bluse.

Ziemlich unsicher ging ich auf sie zu. Wie sollte ich sie begrüßen? Mit einem einfachen »Hallo«? Oder mit einem Kuss?

Sie nahm mir die Entscheidung ab, indem sie mich umarmte und auf den Mund küsste. Ich spürte Walters Blick im Rücken.

»Na du?«, sagte sie munter. »Fertig mit der Arbeit?«

Ich sah mich um. Walter machte mir ein Zeichen, dass ich gehen konnte.

»Ja, gerade eben.«

»Fein, dann mal los. Im City läuft ein klasse Film.« Sie nahm meine Hand.

Ich wechselte im Bauwagen schnell die Kleider und ließ mich nur zu gern mitziehen. Das City war eines der Grenzkinos mit ermäßigtem Eintritt für Ostberliner. Dort liefen amerikanische Streifen, die in der DDR nicht gezeigt wurden, und europäische Filme waren im City viel früher zu sehen als bei uns. Vorab kamen immer die Nachrichten der Woche, aus westlicher Sicht, versteht sich.

Mein Stolz ließ es nicht zu, den Ostpreis zu zahlen; ich holte mein Westgeld aus der Tasche und kaufte zwei Karten. Wie der Film hieß und wovon er handelte, hatte ich schon am Abend, als ich über die Grenze ging, vergessen. In deutlicher Erinnerung dagegen blieb mir, dass Heikes Arm die ganze Zeit den meinen berührt hatte. Haut an Haut.

Heike gegenüber hatte ich keinerlei Gefühl des Fremdseins. Es war viel eher so, als würden wir uns seit Jahren kennen und wären uns ebenso lange vertraut. Sie holte mich öfter von der Arbeit ab, und dann aßen wir zusammen in der Stadt oder gingen mit Walter und der Clique in die Kneipe. Ost-West-Politik war kein Thema zwischen ihr und mir, stattdessen sprachen wir über Filme, Musik und unsere Zukunftspläne. Ich stellte fest, dass wir in vielem übereinstimmten.

Heike arbeitete als Stenotypistin in der Bestellabteilung eines großen Möbelhauses. Sie erzählte mir von der grässlichen Kollegin am Schreibtisch gegenüber und von ihrem Chef, der dauernd anzügliche Scherze machte. Wenn sie merkte, dass ihre Geschichten mich amüsierten, vergaß sie den Ärger und brach selbst in Lachen aus. Und wir überlegten uns Dutzende Arten, wie man es dem Abteilungsleiter heimzahlen könnte.

Paula hatte mittlerweile einen anderen an der Angel und dachte nicht mehr an mich. Wenn sie mit ihm unterwegs war, ging ich abends mit Heike nach Hause, die dann für uns beide kochte.

Irgendwann kam die unvermeidliche Frage: »Wann nimmst du mich mal mit in den Osten?«

Bisher hatten wir uns immer im Westen getroffen, und mir fiel wieder ein, dass sie beim Kennenlernen gesagt hatte, sie sei noch nie in Ostberlin gewesen.

VIER

Als Walter sein Kofferradio ausschaltete, wusste ich, dass die Arbeit für heute beendet war. Statt noch ein paar Worte zu reden wie sonst, ging ich rasch in den Bauwagen und zog mich um. Ich hatte meine Levi's und ein weißes Hemd mitgenommen. Heike sollte von einem schick gekleideten Julian abgeholt werden. Dass ich in dieser Aufmachung jenseits der Grenze auffallen würde, war mir egal. Ich schlüpfte in meine feuerroten Westschuhe und packte die Arbeitskleidung und meine Sicherheitsschuhe in die Tasche. Walter, der dabei war, ein paar Sachen wegzuräumen, rief ich einen Gruß zu und machte mich auf den Weg. Die Sonne schien, und ich pfiff einen Song von Elvis, der vorhin im Radio gelaufen war.

Heike erwartete mich bereits an der Wohnungstür. Sie trug einen weiten Rock und ein kurzes Jäckchen, hatte die Haare hochgesteckt und Lippenstift aufgetragen – wie um groß auszugehen. Ein klein wenig ähnelte sie der jungen Marilyn Monroe.

»Bist du bereit für einen Besuch im sozialistischen Paradies?«

Einen Moment lang meinte ich, Zweifel in ihrem Blick zu erkennen, dann aber lächelte sie und hielt mir den Arm hin. Ich hakte sie unter wie ein echter Gentleman, und wir gingen zusammen die Treppe hinab.

Draußen ließ sie meinen Arm wieder los.

Wir nahmen einen anderen Grenzübergang, weil ich nicht wieder Wolfgang Wichser über den Weg laufen und mich vor Heike von ihm schikanieren lassen wollte.

Der Grenzer ließ sich unsere Ausweise zeigen, verglich die Fotos mit unseren Gesichtern und gab sie dann wortlos zurück.

»Tasche aufmachen!«, forderte er mich barsch auf.

Heikes Augen wurden groß, und sie holte tief Luft.

Lässig reichte ich dem Mann meine Tasche und summte dabei die Melodie, die mir noch immer durch den Kopf ging. Er sah mich irritiert an, zog den Reißverschluss auf, warf einen raschen Blick auf den Inhalt und machte die Tasche wieder zu. »In Ordnung. Weitergehen«, brummte er.
Als wir ein paar Meter von ihm entfernt waren, griff Heike nach meiner Hand. »Du, das war ein Elvis-Lied!«

Ich schritt zielbewusst aus. Am Morgen hatte ich mir genau überlegt, welche Strecke ich mit Heike gehen wollte.
Als Erstes sollte sie den Alexanderplatz sehen. Und danach noch so manches andere, von dem ich glaubte, es würde ihr Eindruck machen. Als sie aber neben mir durch die düsteren schmucklosen Straßen ging, die so ganz anders waren als jene im Westen mit ihren Leuchtreklamen, kamen mir Zweifel, und ich schämte mich für die heruntergekommenen Häuser, deren Putz von den Mauern bröckelte, und die unkrautüberwucherten Trümmerhaufen dazwischen. Die Kleider der Leute, die uns entgegenkamen, musste Heike als hoffnungslos altmodisch empfinden.
Wir kamen zum Gendarmenmarkt, und mit einem Mal sah ich den Platz mit ihren Augen. Den Französischen Dom mit seinen hohen Säulen und dem runden Turm hatte ich bisher immer als imposantes altes Bauwerk empfunden. Jetzt aber stach es mir viel mehr in die Augen, dass die Kuppel fehlte und das Dach des Nebengebäudes schadhaft war. Ich ließ die Schultern sinken. Was hatte ich Heike eigentlich zu bieten? Unsere wenigen Sehenswürdigkeiten nahmen sich mehr als bescheiden aus.
In den neueren Stadtteilen betrachtete sie scheinbar interessiert die Denkmäler von Stalin und anderen kommunistischen Führern und bewunderte pflichtmäßig die in sozialistischer Zeit entstandenen großen Wohnblocks. Über die Warteschlangen vor

den Läden und deren leere Schaufenster verlor sie kein Wort und zuckte auch beim Anblick politischer Parolen auf Plakatwänden nicht mit der Wimper. Dennoch wurde ich das Gefühl nicht los, dass sie enttäuscht war. Darum schlug ich den Weg zum Park ein. Bäume, Rasen und Bänke waren schließlich in Ost und West gleich, unabhängig vom System.

Im Volkspark Friedrichshain atmete ich erleichtert auf. Dort schoben Mütter Kinderwagen vor sich her, spielten Jungen Fußball und saßen Mädchen kichernd im Gras. Die Fontänen des Märchenbrunnens spien Wasser empor und rundeten das harmonische Bild ab. Wir standen vor den Steinskulpturen am Beckenrand, die Märchenfiguren darstellten.
»Hast du ein Lieblingsmärchen, Julian?«, fragte Heike.
Darüber hatte ich noch nie nachgedacht. Heike dagegen schon. Sie schwärmte für *Dornröschen*. Ihre Großmutter, erzählte sie, habe auch ein Spinnrad besessen. So kamen wir von Märchen auf Großmütter, auf Winterabende im Advent mit Lebkuchenduft und andere Kindheitserinnerungen. Wir redeten und lachten, und darüber vergaß ich meinen gescheiterten Versuch, ihr zu beweisen, dass auch Ostberlin viel Schönes zu bieten habe.
Schließlich standen wir von unserer Parkbank auf, denn ich hatte zu Hause versprochen, Heike zum Abendessen mitzubringen. Mir passte das zwar nicht sonderlich, aber ich wollte Mutter nicht enttäuschen.
Dass Heike nervös war, merkte ich daran, dass sie auf der Treppe zu unserer Wohnung mehrmals ihren Rock glatt strich. Ich nickte ihr aufmunternd zu und hoffte, dass mein Vater nicht allzu schlecht gelaunt sein würde.
Wir waren keine fünf Minuten zu spät, trotzdem saß er bereits wartend am Tisch.

Heike begrüßte ihn höflich, er dagegen ließ nur ein Knurren hören. Mutter kam aus der Küche und wischte sich die Hände an der Schürze ab. Auch ihr war die Nervosität anzumerken.
Sie hatte sich mächtig ins Zeug gelegt und einen köstlichen Schmortopf gekocht. Heike lobte das Essen, und meine Mutter errötete – etwas, das ich noch nie an ihr gesehen hatte. Ansonsten verlief das Tischgespräch ziemlich gezwungen. Aber wenigstens sah mein Vater davon ab, Heike ins Kreuzverhör zu nehmen. Und meine kleine Schwester Franziska war nicht allzu vorlaut, jedenfalls nicht zu Anfang.
»Ich bin bei der Freien Deutschen Jugend«, legte sie bald darauf los. »Uns geht es darum, die Freundschaft mit der Sowjetunion zu vertiefen und alle Völker der Welt im Kampf gegen den Imperialismus zu unterstützen.«
Ich verdrehte die Augen, Heike jedoch lächelte, nickte und schien sich nicht an Franziskas belehrendem Tonfall zu stören. Fieberhaft suchte ich nach einem anderen Thema, doch mir wollte nichts einfallen. Über das Wetter hatten wir bereits geredet …
»Darf ich Ihnen noch einmal auftun?«, fragte meine Mutter Heike.
»Sehr gern, danke. Es schmeckt wunderbar«, sagte Heike freundlich. »Das Gericht erinnert mich an Irish Stew. Falls Sie mal nach Irland …« Sie brach ab.
Wie sollte meine Mutter je nach Irland kommen und dort Irish Stew essen?
»Wir waren im Volkspark«, versuchte ich, die peinliche Situation zu überspielen. »Ganz schön viele Leute dort.«
Heike pflichtete mir sofort bei: »Ja, und der Märchenbrunnen mit seinen Figuren ist eine Pracht.«
Meine Mutter nickte, dann herrschte Schweigen.

Ein bedrückendes Schweigen. Es war deutlich zu spüren, dass jeder, den Blick auf seinen Teller gerichtet, angestrengt überlegte, worüber man noch sprechen könnte.
Erst als alle satt waren und Mutter sich ans Tischabräumen machte, wurde die Stille durchbrochen, wenngleich nur von Geschirrklappern.
Dann klopfte es.
Ich stand auf und ging zur Wohnungstür.
Es war unsere Nachbarin Frau Schulze. Ihr Mann und ihre drei Söhne waren im Krieg umgekommen. Sie selbst hatte sich danach von einer überzeugten Nationalsozialistin zur ebenso überzeugten Kommunistin gewandelt, hörte den ganzen Tag DDR-Radio und ging abends in der Nachbarschaft herum, um allen das Neueste zu erzählen.
Noch ehe sie etwas sagen konnte, stand meine Entscheidung: Ich würde Heike sofort zur Grenze bringen. Dass Vater mir hinterher wegen des überstürzten Aufbruchs Vorhaltungen machen würde, war mir egal. Die Schulze sollte auf keinen Fall mitbekommen, dass ich eine Freundin im Westen hatte. Sie behandelte mich ohnehin schon wie Abschaum. Außerdem hatte ich Heike nicht hergebracht, damit sie sich in einem fort DDR-Propaganda anhören musste.
»Das junge Fräulein hat aber ausgefallene Kleider an«, hörte ich sie noch sagen, bevor ich die Wohnungstür hinter uns zuzog.

Wir gingen nicht gleich zur Grenze, sondern schlenderten noch eine Weile durch meinen Teil der Stadt, während in ihrem die Sonne unterging. Ich hatte nicht mehr den Drang, Heike irgendwelche Sehenswürdigkeiten zu zeigen, und sah die Umgebung auch nicht mehr mit ihren Augen, sondern genoss einfach unser Zusammensein. Ohne viel zu reden, gingen wir Hand in Hand.

Als Heike fröstelte, legte ich meinen Arm um sie, und als es dann noch kühler wurde, machten wir uns zur Grenze auf.
Dort verabschiedeten wir uns.
»Es war schön, Julian«, sagte Heike.
Ich zog die Augenbrauen hoch. Schön? Diese hässliche Stadt? Die mühsame Unterhaltung bei Tisch? Franziskas Arroganz?
»Jetzt verstehe ich dich besser«, fügte sie hinzu.
Ich wollte protestieren, doch sie legte mir den Finger auf die Lippen.
»Ich weiß, dass du anders denkst als deine Schwester. Und dass du dich in der DDR nicht zu Hause fühlst, auch wenn sie dein Land ist. Es war mutig von dir, mir das alles zu zeigen. Es war … ehrlich. Danke dafür.«
Nach diesen Worten küsste sie mich leicht auf die Wange.

FÜNF

Als es klingelte, schielte ich mit einem Auge zum Wecker. Sie waren viel zu früh dran – typisch für meinen Schwager Hermann. Wir wollten doch erst um elf zu unserer Datsche ein Stück außerhalb der Stadt aufbrechen.
Stöhnend drehte ich mich um und zog mir die Decke über den Kopf, hörte aber trotzdem die schnellen Schritte von Marthe und Florian im Flur.
»Tag, Oma!«, rief Marthe. »Ich hab heut Geburtstag!«
Als wüsste das nicht jeder in der Familie.
Heike und ich waren gestern mit Marthe im Zoologischen Garten gewesen, quasi als verfrühtes Geburtstagsgeschenk. Dort

hatte die Kleine zu allen möglichen Leuten »Morgen werde ich sooooo viel Jahre« gesagt und dabei vier Finger hochgehalten.
Die Wohnungstür schlug zu. Meine ältere Schwester Gudrun sagte etwas. Was, konnte ich nicht verstehen, aber ihre Stimme klang aufgeregt. Und auch Hermann sprach ungewöhnlich laut. Was war da los?

Als ich ins Wohnzimmer kam, saß Vater vor dem Radio. Mutter, Gudrun und Hermann standen neben ihm, lauschten angestrengt und starrten den Apparat an, als könnten sie ihm dadurch mehr Informationen entlocken. Weil die Nachrichten schon fast zu Ende waren, begriff ich nicht, worum es ging.
Vater stellte den amerikanischen Sender RIAS ein.
»... Senat und Bevölkerung von Berlin erwarten, dass die Westmächte energische Schritte bei der sowjetischen Regierung unternehmen werden«, tönte die Stimme des Westberliner Bürgermeisters Willy Brandt.
»Was ist los?«, fragte ich, und erst jetzt bemerkten die anderen mich.
»Sie machen die Grenze dicht.«
»Die Grenze dicht? Warum das?«
Gudrun zuckte mit den Schultern. »Keine Ahnung. Jedenfalls heißt es im Radio, dass sie Stacheldraht spannen und keinen mehr durchlassen.«
»Für wie lange?«
»Wer weiß das schon? Für immer?«
Wie konnte das sein? Gestern noch hatten wir zweimal die Grenze passiert, um in den Zoo zu gehen. Dabei war uns nichts aufgefallen; alles war wie immer gewesen.
»Ich seh mir das an!«, rief ich, bereits im Flur, um die Schuhe anzuziehen.

»Sei vorsichtig«, mahnte Mutter. »Wenn die Russen …«
Aber ich hörte schon nicht mehr hin.
Draußen rannte ich los. Es waren jede Menge Leute auf der Straße. Nicht das übliche Sonntagmorgenvolk, wie mir auffiel, als ich Männer in Hemdsärmeln überholte und Frauen, die ihre Babys auf dem Arm trugen, statt sie im Kinderwagen zu schieben. Man sah, dass sie in aller Eile vom Frühstückstisch aufgebrochen waren. Und die Aufregung war regelrecht zu spüren. Wie von einem riesigen Magneten angezogen, strebten alle in dieselbe Richtung: zur Grenze.
Was Gudrun gesagt hatte, wollte ich erst glauben, wenn ich es mit eigenen Augen sah. Die Grenze dicht machen, womöglich auf ganzer Länge – das war doch ein Unding! Das konnten sie einfach nicht machen! Berlin war *eine* Stadt, wenn auch in Ost und West geteilt.
Die Leute vor mir – inzwischen wahre Massen – bogen ab, folgten dem lauten Gehämmer. Und dann blieben plötzlich alle stehen.
Ich drängte mich nach vorn, so gut es ging.

Gudrun hatte recht.

Unmittelbar vor der Kreuzung mit der Bernauer Straße rammten Bauarbeiter Betonpfähle in den Boden. Hinter ihnen lagen große Stacheldrahtrollen, das Ganze bewacht von Volkspolizisten mit Maschinenpistolen. Mit starrem Blick standen sie da, als würden sie uns gar nicht wahrnehmen.
Ich war wie versteinert, konnte keinen klaren Gedanken mehr fassen. Nur noch entgeistert hinschauen. Das Dröhnen der Presslufthämmer, mit denen die Straße aufgebrochen wurde, betäubte mich geradezu. Mir war, als sähe ich einen Film, nicht ein reales Geschehen.

Auch drüben, auf der Westberliner Seite, hatte sich eine Menschenmenge eingefunden. Die Leute standen ebenso regungslos da wie wir. Nur dass sie nicht von bewaffneten Polizisten in Schach gehalten wurden. Eine eisige Kälte befiel mich. Sie schlossen tatsächlich die Grenze, und zwar nicht nur für ein paar Stunden, wie das schon öfter der Fall gewesen war. Diesmal war es ernst, todernst.
Heike!, zuckte es mir durch den Kopf. Heike wollte doch mit uns zur Datsche! Meine Gedanken überschlugen sich. Wie spät war es? Wie lange waren die Bauarbeiter schon zugange? Hatte sie es noch geschafft, nach Ostberlin zu kommen? Vielleicht mit der U-Bahn? Gut möglich, dass die Bahnen noch fuhren ... Ich musste schleunigst nach Hause, wahrscheinlich wartete sie dort auf mich. Kaum dass ich den Vopos den Rücken zukehrte, löste sich meine Starre, und das Blut pulsierte wieder. Ich rannte los, weg von der Grenze. Unterwegs hielt ich Ausschau nach Heike. Ich sah etliche blonde Mädchen, nicht aber sie.

Völlig außer Puste kam ich zu Hause an. Im Wohnzimmer saß mein Vater noch immer vor dem Radio. Florian und Marthe tobten herum. Mutter und Gudrun besprachen etwas, was nicht einfach war, weil die Kinder einen Höllenlärm machten.
Mein Kommen nahm keiner wahr.
»He! Hört mal zu!«, rief ich laut.
Erst da sahen sie mich.
»Ist Heike gekommen?«
Mutter schüttelte den Kopf. Ihre Miene wurde mitleidig, als ihr klar wurde, was das bedeutete.
»Ach, Julian ...«, sagte sie leise.
Ich biss mir auf die Lippe. Vielleicht kam Heike ja noch. Bestimmt war sie auf dem Weg hierher.

»Onkel Julian, bist du fertig?« Florian zupfte mich am Ärmel.
»Wir wollen doch zur Datsche!«, ergänzte Marthe.
Ich ging nicht auf die beiden ein.
»Wir haben uns entschlossen, doch zu fahren«, sagte Gudrun leise. »Schon der Kinder wegen. Hier können wir ja nichts ausrichten.«
»Aber wenn Heike …«
»Ach, Julian …«, sagte meine Mutter wieder. »Die Grenze …«
»Ein bisschen warten können wir wohl noch!«, fiel ich ihr ins Wort.
Vater löste den Blick vom Radio. »Was habt ihr vor?«, fragte er wie geistesabwesend.
»Wir fahren zur Datsche«, sagte Gudrun. »Es hat keinen Sinn hierzubleiben. Wenn es zu Kämpfen kommt …«
Ich schüttelte entschieden den Kopf. Solange ich nicht wusste, was mit Heike war, konnte ich unmöglich mitgehen.
Franziska kam ins Zimmer, mit Sonnenbrille und einem grotesk großen Strohhut auf dem Kopf. »Gehen wir?«
»Heike ist noch nicht da!«, fuhr ich sie an.
»Die kann jetzt sowieso nicht mehr mit.« Sie reckte das Kinn in die Luft.
Gudrun legte mir die Hand auf den Arm. »Du verstehst doch, Julian, dass es sinnlos ist, hier herumzusitzen. Und wir wollen doch Marthes Geburtstag feiern. Die Kinder freuen sich so darauf.«
Ich nickte, ohne weiter hinzuhören. »Dann geht. Ich bleibe hier.«

Ich blieb mitten im Wohnzimmer stehen, und sie gingen an mir vorbei, ohne dass ich es so recht registrierte. Wie eine gestrandete Boje im ablaufenden Meerwasser kam ich mir vor.
»Aber mach keine Dummheiten«, sagte Mutter noch, bevor sie die Tür hinter sich zuzog.

Als ihre Schritte auf der Treppe verhallten, war es still in der Wohnung. Minutenlang stand ich da und lauschte auf die Türklingel. Aber da war nur ein Dröhnen in meinem Kopf, das Dröhnen der Presslufthämmer.
Ich schaute auf meine Armbanduhr. Heike hätte längst hier sein müssen. Vielleicht sollte ich noch einmal zur Grenze gehen. Womöglich stand sie inzwischen dort, auf der anderen Seite.
Es klopfte.
Ich rannte zur Tür und riss sie auf.
Es war mein älterer Bruder Rolf.
Enttäuscht ging ich wieder ins Wohnzimmer, und Rolf folgte mir.
»Habt ihr es schon gehört?« Sein Gesicht war gerötet.
Ich nickte düster. »Die anderen sind zur Datsche gefahren.«
»Zur Datsche? Wo hier ...« Rolf sah mich ungläubig an.
Ich zuckte mit den Schultern. »Gudrun wollte nicht in der Stadt sein, wenn ein neuer Krieg ausbricht.«
Rolf setzte sich auf die Sofakante. »Glaubst du auch, dass es Krieg geben wird?«
Wieder zuckte ich mit den Schultern. »Die Amerikaner werden nicht so einfach hinnehmen, dass Westberlin komplett abgeriegelt wird.«
»Die Russen sind darauf eingestellt«, meinte Rolf. »Ich hab auf dem Weg hierher ihre Lastwagen gesehen. Panzer nicht, aber sie behalten alles genauestens im Blick.«
Ich schluckte. Sollten sie wirklich wieder einen neuen Krieg anzetteln? So kurz nach dem letzten?
»Machen sie die Grenze denn auf der ganzen Länge dicht?«, fragte ich.
Jetzt war es an Rolf, mit den Schultern zu zucken. »Ich weiß nur, was ich im Radio gehört habe.« Er seufzte. »Die Partei will uns im Osten halten. Mit Stacheldraht ...«

»Ich gehe zur Grenze«, sagte ich. Hier herumzusitzen und zu grübeln, ob es Krieg gab oder nicht, brachte uns nicht weiter. »Kommst du mit?«

»Nein, ich …«

Ich wartete Rolfs Antwort nicht ab. »Meine Freundin Heike wollte mit uns zur Datsche. Vielleicht ist sie gerade noch rübergekommen.«

»Wohl eher nicht. Aber wenn du auf Nummer sicher gehen willst, dann häng einen Zettel an die Tür.«

An diese Möglichkeit hatte ich überhaupt nicht gedacht.

Liebste Heike,
bin in der Stadt. Warte bitte hier auf mich.
Die anderen sind zur Datsche gefahren. Bin bald wieder da.
Gruß
J

Ich klebte den Zettel an die Wohnungstür. Dann ging ich zum zweiten Mal an diesem Tag die Treppe hinunter, holte mein Fahrrad aus dem Keller und fuhr in Richtung Westen. Wenn die Amerikaner etwas gegen die Grenzschließung unternehmen würden, dann bestimmt am Brandenburger Tor.

Vor acht Jahren war es zu einem Aufstand gekommen. Ein Bauarbeiterstreik hatte sich zu einer umfassenden Protestbewegung ausgeweitet. Die Russen hatten mit Panzern dagegengehalten. Und die Vopos hatten die Demonstranten unter Beschuss genommen. Ob es heute wieder so sein würde?

Ich trat kräftiger in die Pedale. Mir fiel auf, dass jetzt noch viel mehr Leute auf der Straße waren. Und auch mehr Polizei. Ein Lastwagen mit Soldaten überholte mich.

Am Pariser Platz angekommen, sah ich, dass von einem Aufstand nicht die Rede sein konnte. Ganz im Gegenteil: Es herrschte Grabesstille. Die Vopos bildeten mit gezückten Waffen eine undurchdringliche Reihe vor den Stacheldrahtrollen. Jenseits des Brandenburger Tors drängten sich jede Menge Westler und verfolgten das Geschehen mit unverhohlener Neugier. Auf sie waren keine Waffen gerichtet, nur ein paar Polizisten standen dort herum, mit den Händen in den Taschen. Auf unserer Seite waren inzwischen nicht nur Wasserwerfer, sondern auch Panzer aufgefahren worden. Eine überflüssige Maßnahme, wie es schien, denn keiner traute sich an die Grenze heran.

Wo blieben die Amis? Wo ihre Bulldozer, um den Stacheldrahtverhau platt zu walzen?

Die Hand am Fahrradlenker, ging ich an der Grenze entlang. Ein Stück weiter sah ich Leute aufgeregt miteinander reden. Ich steuerte auf sie zu, vielleicht wussten sie ja mehr.

Plötzlich kam Bewegung in die Menge der Westberliner auf der anderen Seite.

»Kommt rüber!« Ein paar von ihnen gestikulierten heftig, andere begannen, am Stacheldraht zu zerren. »Los, wir reißen den Zaun ein!« Und ehe ich mich's versah, hatten auch schon drei Ostler die Barriere überwunden.

Sollte ich auch … in meinem Kopf überschlugen sich die Gedanken. Einfach das Rad hinwerfen und rüber … in den Westen, zu Heike? Alles zurücklassen? Ich hatte nichts bei mir, würde auch nicht Abschied nehmen können.

Aber da war die Gelegenheit schon vorbei. Die Grenzwächter hatten Verstärkung herbeigerufen und Bauarbeiter, die den Stacheldraht wieder richteten. Zwei Vopos postierten sich davor, die Waffe im Anschlag, um uns auf Abstand zu halten.

»Manfred!« Eine Frau neben mir rannte auf die Grenze zu. Ein Mann – ihr Liebster? – auf der anderen Seite setzte sich ebenfalls in Bewegung, wurde aber von Westberlinern zurückgehalten, die auf ihn einredeten, um ihn von der Rückkehr abzubringen.

»Manfred, ich komme auch!« Die Frau hatte den Stacheldraht erreicht und wollte darüberklettern, blieb aber mit der Jacke hängen. Sie wurde von den Vopos gepackt und, erbärmlich schluchzend, weggeschleift. Niemand unternahm etwas dagegen. Mir wurde innerlich eiskalt. Man hatte nicht nur mitten durch meine Stadt Stacheldraht gezogen, sondern auch mitten durch mein Leben. Schon jetzt hatte ich das Gefühl, mir die Hände daran aufgerissen zu haben. Benommen ging ich weiter.

Überall das gleiche Bild. Schweigende Menschen beiderseits der Grenze, die einander so ungläubig anstarrten, als wären sie gerade aus einem tausendjährigen Schlaf erwacht. Vopos mit unbewegten Mienen. Und dazu der Lärm der Bautrupps.

Als ein britischer Jeep mit drei Soldaten auftauchte, hielten alle den Atem an. Aber sie fuhren nicht einmal bis an die Grenze heran, sondern sahen sich nur um, zuckten mit den Schultern und verschwanden wieder. Ihr Interesse an unserer Lage schien nicht sonderlich groß zu sein.

Widerstand leisteten einzig eine Handvoll westdeutsche Jungs um die siebzehn in schwarzen Lederjacken und mit Schmalztollen. Sie kamen auf ihren Mopeds angebraust, beschimpften die Vopos und warfen Steine auf eine Gruppe Männer mit Parteiabzeichen am Revers. Aber ehe die Situation eskalieren konnte, wurden sie von westdeutschen Polizisten zurückgedrängt: »Keine Provokationen!«

Ich wollte mich abwenden und gehen, brachte es aber nicht fertig. So wie Unfallzeugen eigentlich nicht sehen wollen, was passiert ist, sich aber auch nicht von dem schrecklichen Anblick losreißen können.

An der Kreuzung Friedrichstraße / Unter den Linden hatte sich ein Menschenauflauf gebildet. Neugierig ging ich hin. Mehrere junge Leute standen auf Obstkisten, einer von ihnen hatte ein Megafon am Mund: »Ist das unser Staat, der den Frieden wahren will? Frieden kann man nicht mit Panzern verteidigen! Alle Bürger haben das Recht auf Freiheit! Macht die Grenze wieder auf! Berlin ist *eine* Stadt!«
Zwei, drei Männer mit versteinerten Mienen versuchten, die Menge zu zerstreuen und Neuankömmlinge daran zu hindern, sich zu der Gruppe zu stellen. »Weitergehen, weitergehen!«, zischten sie.
Die Leute machten ängstliche Gesichter, wussten sie doch, dass die Männer von der Staatssicherheit waren, und mit denen wollte keiner Schwierigkeiten.
Ich ging, wie sie, weiter. Auch andernorts war der Widerstand eher verhalten und spielte sich hauptsächlich jenseits der Grenze ab. Vom Westen aus rief man Schimpfwörter und skandierte Parolen. Die Vopos ließen sich davon nicht beeindrucken, standen mit regungslosen Gesichtern und Maschinengewehren im Anschlag da. Sie behielten uns Ostler scharf im Auge und bedrohten alle, die der Grenze zu nahe kamen, mit der Waffe. Die Leute standen in kleinen Gruppen beisammen, machten besorgte Mienen, ereiferten sich flüsternd, unternahmen aber nichts – absolut nichts.
Und von den Alliierten kam die ganze Zeit über keine Reaktion. Sie ließen uns im Stich, ließen zu, dass die Partei uns einsperrte. Weil sie keinen neuerlichen Krieg riskieren wollten. Unsere Freiheit kümmerte sie einen Dreck.

Zu Hause angekommen, sah ich, dass der Zettel noch an der Tür hing. Ich riss ihn ab und zerknüllte ihn.

In der Wohnung war niemand.
Erst jetzt merkte ich, wie müde ich war. Ich setzte mich aufs Sofa, schloss die Augen und massierte mir die Schläfen. Mein Kopf war so übervoll mit Bildern, dass kein weiterer Gedanke mehr darin Platz hatte.
Schließlich stand ich auf und begann schon auf dem Flur, mich auszuziehen. Es war noch hell draußen, darum zog ich den Vorhang zu und legte mich dann in Unterwäsche aufs Bett.
Als meine Eltern und Franziska wiederkamen, schlief ich längst.

SECHS

Durch die Wohnung zog Kaffeeduft, als ich am Morgen aufwachte. Statt noch eine Weile liegen zu bleiben, um die gestrigen Ereignisse zu überdenken, stand ich sofort auf.
Im Wohnzimmer saß Vater am Esstisch, vor sich eine Tasse Kaffee und eine Scheibe Schwarzbrot mit Butter und Marmelade. Und in der Hand die Zeitung, von der er bei meinem Eintreten nicht aufblickte.
»Morgen.« Ich setzte mich an meinen Platz.
Er brummte etwas vor sich hin.
Mutter kam mit der Kaffeekanne herein.
»Wie war's in der Datsche?«, fragte ich.
»Herrlich. Marthe und Florian hatten viel Spaß. Und wir sind im See geschwommen. Die Bundmanns waren übrigens auch da.« Sie wirkte munter und aufgeräumt, ganz so als wäre überhaupt nichts passiert.
»Liegt Franziska immer noch im Bett?« Vater schlug mit einem

ärgerlichen Laut die Zeitung zu. »Schlafen und faulenzen, mehr macht die zurzeit nicht.«
»Das Mädchen hat Ferien«, versuchte meine Mutter zu beschwichtigen, aber vergeblich.
»Als ich jung war, konnten wir nicht bis acht im Bett rumlungern. Da hieß es raus und arbeiten! Vor allem im Sommer, die Ernte musste rein und die Kartoffeln ...«
»Franz, sie fährt bald weg, gönn ihr doch einfach die paar Tage zum Ausruhen«, unterbrach Mutter ihn.
Ich hatte gar nicht mehr daran gedacht, dass Franziska am Wochenende mit der FDJ zum Ernteeinsatz fahren würde. Im Sommer half die sozialistische Jugend bei der Ernte, das fördere den Zusammenhalt von Stadt und Land, fand die Partei.
»Wird Zeit, dass sie lernt, was Arbeiten heißt«, knurrte Vater. »Bisher hat sie mir nur auf der Tasche gelegen, und womöglich macht sie schon irgendwelchen Burschen schöne Augen ...«
»Julian, du bist gestern so früh schlafen gegangen. Hast du dich nicht wohlgefühlt?«, fragte Mutter.
»Ich war nur müde.«
»Was wird jetzt mit deiner Stelle, Junge?«, hakte Vater ein, nachdem das Thema Arbeiten nun einmal auf dem Tisch war.
»Vielleicht lassen sie mich ja weiter über die Grenze.«
Aber das glaubte ich selbst nicht. Die gezückten Waffen, der Stacheldraht und die Betonpfähle hatten eine deutliche Sprache gesprochen. Die Grenze würde so schnell nicht wieder geöffnet werden.
Dennoch zog es mich dorthin. Als Vater zur Arbeit gegangen war, wusch ich mich und machte mich dann per Rad in Richtung Westen auf.
Die Aufregung vom Vortag hatte sich gelegt. Ich sah Leute, die zur Arbeit gingen oder fuhren, die vor Läden Schlange standen.

Und eine Gruppe Jugendliche in FDJ-Uniform marschierte singend vorbei.
Man ließ mich nicht in den Westen. Auch nicht, als ich erklärte, ich würde dort an meiner Arbeitsstelle erwartet und bestimmt entlassen, wenn ich nicht auftauchte. Auch nicht, als ich wütend wurde und die Grenzwächter lauthals beschimpfte. Erst als sie ihre Waffen gegen mich richteten, gab ich auf. Die Grenze war zu – daran war nichts zu ändern.
Ich schwang mich auf mein Rad und fuhr davon.
Von einem Tag auf den anderen hatte ich Heike, meine Freunde und meine Arbeit verloren.
Wohin jetzt? Und was tun?
Die Zeit dehnte sich wie eine dunkle Öde vor mir aus. Ziellos fuhr ich durch die Straßen. Alles kam mir fremd vor, so als wohnte ich nicht hier, als gehörte ich nicht hierher.
»Julian!«
Erst war ich mir unsicher, ob ich mir die Stimme nicht nur eingebildet hatte.
»Julian!«
Ich drehte mich um – und sah sie! Es war keine Täuschung, keine Fata Morgana, keine Halluzination.
Da stand Heike.
Sie war hier.
Auf meiner Seite der Grenze.
Sie rannte auf mich zu und warf sich in meine Arme. Ich hielt sie fest umklammert und küsste ihr Haar, ihre Wangen, ihren Mund.
»Die Grenze ist doch … bist du's wirklich?«
»Ich bin kein Traum!« Sie lachte.
»Ich hab gestern stundenlang auf dich gewartet. Wie bist du …«
»Ein paar Grenzübergänge sind noch offen«, sagte sie. »Westberliner dürfen weiterhin nach Ostberlin. Das heißt, man braucht

eine Erlaubnis. Die kriegt man eigentlich nur, um Verwandte zu besuchen. Aber ich hab einfach behauptet, wir beide wären verlobt.«

Sie hielt mir die linke Hand hin, an der ein breiter goldener Ring glänzte.

»Der hat meiner Oma gehört.«

Wieder küsste ich sie. Sie war es wirklich. Und sie war hier.

Das Leben konnte weitergehen.

Mit einem Mal hatte die dunkle Öde sich in eine strahlende, von der Sonne beschienene Weite verwandelt.

SIEBEN

Der Stacheldraht wich einer Mauer. Bauarbeiter mauerten unter Aufsicht von Grenzsoldaten Hohlblocksteine auf, die uns Stück um Stück die Aussicht auf den Berliner Westen nahmen. Drüben standen Filmleute und jede Menge Neugierige dicht bei der Grenze. Wir Ostler hingegen wurden zurückgetrieben, wenn wir den Absperrungen zu nahe kamen. Hüben wie drüben hielten die Leute Ferngläser vor die Augen, wie um ein paar letzte Blicke auf den Teil Berlins zu erhaschen, der bis vor Kurzem noch problemlos zu erreichen gewesen war.

Im Westen waren große Plakate aufgestellt worden, auf denen unser System angeprangert wurde. Die DDR hielt mit flotter Musik und marxistischen Parolen dagegen. Es dauerte nicht lange, und auf der Westseite tauchten Wagen mit Lautsprechern auf dem Dach auf.

Mir platzte fast der Kopf.

Ich wandte mich ab und beschloss, nicht weiter an der Grenze herumzulungern, sondern mir zu überlegen, wie mein Leben nun weitergehen sollte.

Dass ich nicht mehr bei Reitmann & Sohn würde arbeiten können, stand fest. Aber Heike konnte ich weiterhin sehen. Jeden Abend erwartete ich sie am Grenzübergang. Im Grunde war es nicht anders als vorher, nur dass sie nun in den Osten kam statt ich in den Westen. Kino und schick essen gehen war nicht mehr drin, aber immerhin waren wir zusammen. Oft saßen wir den ganzen Abend in einer düsteren Kneipe, schmusten und redeten. Wenn der Wirt zumachte, musste Heike zurück in den Westen. Aber ich wusste, dass sie tags darauf wiederkommen würde.

Jeden Morgen zog ich guten Muts in meinem Anzug los – meinem einzigen wohlgemerkt, aber aus einem Geschäft am Ku'damm – und stellte mich bei Baufirmen vor. Ich wurde von schnippischen Sekretärinnen empfangen und wartete geduldig auf unbequemen Stühlen, bis man mich zu jemandem vorließ, der über Einstellungen zu entscheiden hatte. Manchmal musste ich einen langen Fragebogen ausfüllen, was ich gehorsam und gewissenhaft tat. Dann verschwand die Sekretärin mit dem Papier und tauchte nach wenigen Minuten wieder auf, um mir mitzuteilen, derzeit bräuchten sie niemanden. Oder meine Erfahrung würde ihren Anforderungen nicht genügen.

Ich bin gelernter Maurer! Mit sechs Jahren Berufserfahrung! Damit genüge ich jeder Anforderung!, hätte ich am liebsten gerufen, aber stattdessen bedankte ich mich artig für die Mühe und ging wieder.

Es dauerte eine ganze Weile, bis ich begriff, warum keiner mich haben wollte.

Weil ich Grenzgänger gewesen war.
Daraufhin ließ ich meinen West-Anzug im Schrank und stellte mich in abgetragener Hose und Strickjacke bei weiteren Betrieben vor. Ohne Erfolg. Ich trug »keine Berufserfahrung« in die Formulare ein oder verschwieg meine Tätigkeit für Reitmann & Sohn, wenn ich zu einem Gespräch vorgelassen wurde. Trotzdem kein Erfolg.
»Warum sind Sie gerade jetzt auf Stellensuche, Herr Niemöller?«, wurde ich des Öfteren gefragt.
Weil die Grenze dicht ist …
Keine Grenzgänger.
Ich biss die Zähne zusammen, versuchte es weiter, wurde immer wieder abgelehnt.
Aber abends war Heike da. Ihre Zärtlichkeiten lenkten mich einerseits von der Frustration ab und machten mir andererseits Mut. Irgendwann würde es schon mit einer Stelle klappen. Dann bekäme ich eine Wohnung zugewiesen, und Heike könnte zu mir in den Osten ziehen.

ACHT

Mit zwei schweren Einkaufstaschen bepackt, stieg ich sechs Stockwerke hinauf und war ziemlich außer Atem, als ich endlich vor der Wohnung stand. Auch heute war die Tür nicht verschlossen.
Ich war, wie so oft, in der Stadt unterwegs gewesen, um Arbeit zu suchen. Und plötzlich fiel mir ein, dass die alte Schulze vor Kurzem erwähnt hatte, Doktor Baumann und seine Frau sei-

en sang- und klanglos verschwunden, hätten sich noch vor der Grenzschließung in den Westen abgesetzt. *Sie wissen doch, Frau Niemöller, die Baumanns vom Thälmannplatz.* Mutter hatte nur mit den Schultern gezuckt – wir kannten diese Baumanns überhaupt nicht.

Auf dem Klingelschild stand noch der Name. Und die Wohnungstür war unverschlossen.

Es war gewesen, als würde ich in ein fremdes Leben eindringen. Die Luft war abgestanden und stickig. Auf dem Küchentisch lag geöffnete Post neben einem schrumpeligen Apfel, und im Eisschrank stand sauer gewordene Milch. Im Schlafzimmer sah ich auf einem der Nachttische ein aufgeschlagenes Buch, mit dem Text nach unten. Und der Kleiderschrank war voll, ebenso der Wäschepuff – ganz so, als hätten sie überhaupt nichts mitgenommen. Kein Wunder, denn wer mit Koffern über die Grenze wollte, wurde wegen »ungesetzlichen Verlassens der DDR« festgenommen.

Erst hatte ich befürchtet, jeden Moment ertappt zu werden. Dann aber war mir eine Idee gekommen: Wenn ich schon keine Chance auf eine eigene Wohnung hatte, konnte ich mir doch nehmen, was andere nicht mehr brauchten.

Ich stellte die Taschen auf den Küchentisch. Wie lange würde es wohl dauern, bis an offizieller Stelle bekannt wurde, dass die Baumanns fort waren? Laut Frau Schulze waren sie vor ungefähr zehn Tagen gegangen. Falls sie sich Urlaub genommen hatten, konnte es noch ein Weilchen dauern, bis jemand von der Stasi hier auftauchte. Die Stromrechnung hatten sie anscheinend im Voraus bezahlt, denn das Licht ging noch, und auch das Wasser war nicht abgestellt.

Ich war in vier verschiedenen Läden gewesen, bis ich alle Zutaten

beisammenhatte. Zwei Stunden und vierzig Minuten hatte ich mit Schlangestehen verbracht und danach die Taschen zu Fuß hierhergeschleppt, weil die Straßenbahn nicht fuhr.
Ich packte meine Einkäufe auf den Tisch und stellte im Kopf eine Liste dessen zusammen, was noch zu erledigen war, bevor Heike kam. Es sollte ein unvergesslicher Abend werden …

Ich ging genau nach dem Rezept meiner Mutter vor, das ich heimlich aus ihrem Kochbuch abgeschrieben hatte, und kaum eine Stunde später zog ein verlockender Duft durch die Wohnung. Ich deckte den Tisch, stellte im Wohnzimmer und im Schlafzimmer Kerzen auf und faltete Servietten zu Fächern. Um halb sechs war ich mit den Vorbereitungen fertig.
Ich ging die Treppe hinab und wartete vor dem Haus auf Heike. Um Punkt sechs bog sie um die Ecke.

»Augen zu!«, sagte ich, als wir im sechsten Stock standen. Dann führte ich sie in die Wohnung. Zündete die Kerzen auf dem Esstisch an und sagte, jetzt könne sie die Augen wieder aufmachen.
»Julian!« Überrascht schlug sie die Hand vor den Mund. »Ist das schön! Und wie gut das Essen riecht!« Sie fiel mir um den Hals und küsste mich.
»Bitte Platz zu nehmen«, sagte ich vornehm und rückte ihr den Stuhl zurecht. Dann ging ich in die Küche, drehte die Platte unter dem Kochtopf auf, trug eine Flasche Rotwein ins Wohnzimmer und schenkte uns ein.
»Wie bist du an …?«
»Die Leute, die hier gewohnt haben, sind abgehauen.« Ich hob mein Glas, um ihr zuzuprosten. »Auf uns. Und auf unsere neue Bleibe.«

Heike kicherte, als wir miteinander anstießen.
Der Schmortopf schmeckte fast genauso wie bei meiner Mutter.
Heike lobte meine Kochkunst, was mich stolz machte, und plauderte dann über dies und das. Paula habe schon wieder einen neuen Freund, sagte sie, einen amerikanischen Reporter diesmal. Sie erzählte auch von Walter und dass sie im Chitchat jetzt eine neue Sängerin hätten, weil die vorige anscheinend aus Ostberlin gewesen war.
Sie redete von Menschen und Dingen, die bis vor Kurzem zu meinem Leben gehört hatten – jetzt aber nicht mehr.
Heike merkte, dass ich auf meinen Teller starrte, und sagte leise meinen Namen.
Ich blickte auf und bemühte mich um ein Lächeln.
»Ist er nett, Paulas Amerikaner?«
»Julian, du fehlst uns. Ohne dich macht es keinen rechten Spaß mehr.«
Ich biss mir auf die Lippe und rührte mit dem Löffel im Teller herum.
Heike legte ihre Hand auf meine und schaute mir in die Augen.
»Ich fühle mich so leer …« Meine Stimme klang heiser.
»Das wird schon wieder. Bestimmt hast du bald eine neue Stelle. Die Grenze ist doch auch deshalb dicht gemacht worden, weil ihr Arbeitskräftemangel habt.«
Ich schnaubte. »Den Arbeitskräftemangel wollen sie aber nicht mit Grenzgängern beheben.«
»Es klappt bestimmt bald«, sagte sie mit so viel Überzeugungskraft, dass ich gar nicht anders konnte, als ihr zu glauben. »Dann wirst du neue Kollegen haben und neue Freunde finden.«
Ich nickte. Sie hatte ja recht.
Heike stand auf, stellte sich hinter mich und legte die Arme um meinen Hals. »Und ich besuche dich weiterhin.«

Ich wandte den Kopf und küsste sie.
»Garantiert hat keiner der neuen Kollegen eine Bekannte mit einer Cousine, die so lieb und nett ist wie du.«
Sie lächelte geschmeichelt und erwiderte den Kuss.
Wir ließen den Abwasch einfach stehen. Und ich verschwendete keinen Gedanken mehr an die Baumanns oder die Stasi, als wir eng umschlungen ins Schlafzimmer stolperten. Nur noch Heike war in meinen Gedanken. Ihre warme, weiche Haut. Ihre aufregenden Formen: Brüste, Bauch, Po. Federleicht glitten meine Finger über ihren Körper.
Sie kicherte und schubste mich aufs Bett.

Die Abendsonne ließ Heikes Haut bronzefarben schimmern. Durch das offene Fenster strich Wind herein, und ich zog die Decke über uns. Weder von der Straße noch aus den Nachbarwohnungen waren Geräusche zu hören. So könnte ich ewig liegen bleiben, dachte ich, während die Sonne hinter den Häusern gegenüber versank und die Schatten im Raum sich vertieften.
Auch als es ganz dunkel war, lagen wir noch im Bett. Ich befand mich irgendwo zwischen Wachen und Schlafen, wollte aber auf keinen Fall richtig schlafen, um jede Sekunde unseres Beisammenseins auszukosten.
»So müsste es für immer sein.« Ich knipste die Nachttischlampe an.
Heike lächelte, sagte aber nichts.
»Ich meine das ernst. Zieh hierher. Dann können wir für immer zusammen sein.« Die gleiche Bitte hatte sie vor nicht allzu langer Zeit an mich gerichtet.
»Julian …« Ein Seufzer.
»Es wäre wunderbar«, fuhr ich rasch fort. »Wir hätten unsere eigene Bleibe.«

»Aber wir können doch nicht illegal hier wohnen.«
»Nur für kurze Zeit, bis wir eine Wohnung zugewiesen bekommen.«
»Julian …« Sie richtete sich ein wenig auf. »Ich hab drüben meine Arbeit. Paula. Meinen Freundeskreis. Das kann ich doch nicht alles aufgeben …«
Sie schwieg abrupt.
Hatte mich einer gefragt, ob ich – umgekehrt – alles aufgeben wollte?
»Ich kann dich jederzeit besuchen. So wie jetzt.«
»Das reicht mir nicht. Ich will *immer* mit dir zusammen sein.«
»Demnächst hast du wieder Arbeit, dann bist du den Tag über beschäftigt. Und abends bin ich da.«
»Ich will dich aber nicht nur abends. Ich will dich die ganze Nacht.«
Sie legte den Kopf an meine Schulter und schwieg.
Ich hätte das nicht sagen sollen. Mir war, als würde eine große Uhr überlaut ticken. Um mir klarzumachen, wie kurz bemessen unsere Zeit war. Bald musste Heike wieder über die Grenze. Es war ein wenig wie im Märchen von Aschenputtel: Jedes Mal Schlag Mitternacht war der Zauber gebrochen.
Um halb zwölf suchte sie ihre Kleider zusammen. Auch ich zog mich an, schloss das Fenster und stellte das Geschirr in die Spüle. Leise gingen wir die Treppe hinunter.
»Ich komme morgen wieder her. Versprochen.« Heike gab mir einen letzten Kuss.
»Denkst du noch mal drüber nach?«
»Ich mag dich sehr, Julian«, umging sie die Antwort.
Ich sah ihr nach, bis sie um die Straßenecke bog, und machte mich dann auf den Nachhauseweg.

Am nächsten Tag kam Heike nicht. Weder um sechs Uhr noch um sieben.
Den ganzen Abend wartete ich in der fremden Wohnung auf sie. Und grübelte. Hatte ich sie mit meinem Anliegen überrumpelt? Oder war ihr womöglich etwas zugestoßen?
Ich ging so schnell im Wohnzimmer auf und ab wie die Gedanken durch meinen Kopf rasten. Mehrmals stieg ich die Treppe hinab, hielt vor der Haustür Ausschau, ging sogar bis zur Straßenecke. Schließlich legte ich mich hin. Das Bettzeug roch noch nach ihr. Dennoch schnürte die Angst mir fast die Luft ab. Ich wollte Heike um keinen Preis verlieren.
Es wurde Mitternacht, ohne dass sie auftauchte. Todmüde schleppte ich mich nach Hause.
Als ich sie am nächsten Morgen von einer Zelle aus anrufen wollte, fiel mir ein, dass die Telefonverbindungen mit dem Westen gekappt worden waren.
Und kurz darauf hörte ich, was passiert war: Die Grenze war endgültig dicht. Nach beiden Seiten hin. Auch die Westberliner durften jetzt nicht mehr herüber.

NEUN

Berlin wurde von einer Hitzewelle heimgesucht. An den folgenden Tagen war es bis zu dreißig Grad warm. Das öffentliche Leben stagnierte. Die Leute stellten abends Stühle auf den Bürgersteig und blieben bis spät in die Nacht dort sitzen, in der vergeblichen Hoffnung, dass es abkühlte. Alte Frauen fächelten sich mit gefaltetem Zeitungspapier Luft zu, Kinder sprangen in Un-

terwäsche auf der Straße herum und spielten mit wassergefüllten Luftballons. Die Eisverkäufer machten schon am Vormittag das Geschäft ihres Lebens. Im Volkspark Friedrichshain war kaum mehr ein Quadratmeter Rasen frei. Die Hitze drang in die Mauern und weichte den Asphalt auf.
Ich dachte an die Grenzsoldaten, die in ihren Uniformen ausharren mussten, auch wenn ihnen der Schweiß unterm Helm hervorlief. Aber Pflicht war nun einmal Pflicht.
Ich selbst blieb zu Hause. Kam so gut wie nicht mehr aus meinem Zimmer. Die Sonne, die Fröhlichkeit und das Lärmen der Kinder waren mir zuwider. Die meiste Zeit lag ich auf dem Bett. Zu meiner Mutter hatte ich gesagt, ich fühlte mich nicht wohl. Die Luft in meinem Zimmer war schwer und stickig, aber ich konnte mich nicht aufraffen, das Fenster zu öffnen. Hatte vielmehr den Vorhang zugezogen, um mich ganz gegen die Außenwelt abzuschotten.
Ich hatte genug. Genug von der Stadt, in der ich wohnte. Genug von dem Land, in dem ich lebte. Genug von dem System, das mein Leben diktierte. Mich darüber aufzuregen, fand ich aber nicht die Kraft. Ich lag einfach nur da und suhlte mich in meinem Leid. Ließ sämtliche Erinnerungen an Heike Revue passieren, wieder und wieder, auch wenn es mir dadurch nur noch schlechter ging und das Gefühl der Leere sich ins Unermessliche steigerte.
Nur zum Essen stand ich auf. Zu trinken brachte Mutter mir ans Bett. Sie verlor kein Wort über meinen desolaten Zustand, obwohl sie den Grund dafür kannte. Durch die dünnen Wände hörte ich Vater herumschimpfen. Ich sei ein Drückeberger und solle zusehen, dass ich endlich wieder Arbeit fände. Aber Mutter sorgte dafür, dass er mich in Ruhe ließ, und sie erzählte ihm auch nichts von meinem Kummer.

Als es endlich etwas kühler wurde, fühlte ich mich wieder lebendiger, und Wut stieg in mir auf. Ich würde mich nicht unterkriegen lassen. Ich würde um Heike und um unser Glück kämpfen! Mit diesem festen Vorsatz verließ ich mein Zimmer.

ZEHN

Zwei Stufen auf einmal nehmend, hastete ich die Treppe hinauf. Ich hatte mich nicht angekündigt und hoffte darum, Rolf wäre zu Hause. Er teilte eine Neubauwohnung mit zwei Freunden, Alexander und Volker. Sie war nicht groß, hatte aber eine eigene Toilette und Zentralheizung. Ich besuchte meinen Bruder oft. Immer wenn ich es zu Hause nicht mehr aushielt, weil Vater schlechte Laune hatte oder Franziska mir auf die Nerven ging, suchte ich bei ihm »Asyl«.

Ich klopfte. Es dauerte ein wenig, dann hörte ich Schritte, und die Tür ging auf.

Rolf stand vor mir, in Unterhose, Hemd und Socken.

»Komm rein.«

Ich folgte ihm in sein Zimmer.

Rolf fragte nie nach dem Grund meines Kommens. War ich aufgebracht, dann ließ er mich schimpfen und wettern, wollte ich hingegen nichts sagen, schwieg auch er.

Er setzte sich an den kleinen Tisch am Fenster, und ich nahm, wie üblich, auf seinem Bett Platz.

Rolf griff nach der Hose, die auf dem Tisch lag, und machte sich daran, einen Knopf anzunähen.

»Ich will von hier fort«, fiel ich mit der Tür ins Haus.

Mit der Nadel zwischen den Lippen sah er mich an. »Warum das? Du bist doch gerade erst gekommen«, nuschelte er.
»Mit ›hier‹ meine ich Ostberlin. Ich will in den Westen.«
Der Gedanke war mir schon an dem Tag gekommen, als sie mit dem Mauerbau anfingen. Erst hatte er nur im Hinterkopf herumgespukt, aber seit Heike nicht mehr über die Grenze durfte, beschäftigte er mich fortwährend.
Langsam hob Rolf die Hand, nahm die Nadel aus dem Mund und legte sie ebenso langsam auf den Tisch.
»In den Westen willst du? Und das fällt dir erst jetzt ein, nachdem sie die Grenze zugemacht haben und keiner mehr rüberkann? Warum nicht vor dem 13. August, als du noch die Hälfte deiner Zeit in Westberlin verbracht hast?«
Ich ignorierte den sarkastischen Tonfall.
»Dieses Land erstickt mich.«
Er legte die Hose wieder weg und sah mich eine Weile schweigend an.
»Ich will bei Heike sein. Und ich will frei sein.« Schon im nächsten Moment kamen mir meine Worte banal vor. Wie sollte ich Rolf deutlich machen, was für eine Leere in meinem Innern herrschte?
»Alles, was mir wichtig ist, ist drüben«, ergänzte ich. »Meine Freundin, meine Kollegen, meine Arbeit …«
»Aber hier hast du deine Familie.«
Ich seufzte. »Ich weiß …« Als hätte ich mir das nicht überlegt. Jeder Entschluss für etwas ist auch ein Entschluss gegen etwas.
Rolf zündete sich eine Zigarette an und lehnte sich zurück.
»Du weißt aber schon, wie gefährlich das ist, oder? Letzte Woche ist ein Mann erschossen worden, der durch den Teltowkanal schwimmen wollte. Erschossen, Julian! Die Grenzer haben ihn vom Ufer aus einfach abgeknallt.«

Natürlich hatte ich von dem Vorfall gehört. Auf einem Flugblatt hatte gestanden: »Ein Handlanger der kalten Krieger konnte seinen Auftrag nicht zu Ende führen. Eine Laus am Körper unseres Arbeiter- und Bauernstaates wurde zerdrückt, bevor sie beißen konnte.«

»Ich bin hier unglücklich.« Ich zog die Beine hoch, zupfte an meinen Schnürsenkeln herum und fragte mich, warum ich damit überhaupt zu Rolf gegangen war. Hatte ich insgeheim auf seine Unterstützung gehofft? Was für eine Idee, wo ich doch gerade gesagt hatte, ich wollte weg – weg von der Familie, weg von ihm! Oder hatte ich etwa gehofft, er würde mir mein Vorhaben ausreden? Unsicher geworden, legte ich den Kopf auf die Knie und schloss für einen Moment die Augen.

»Und wie willst du das machen?«

Ich blinzelte überrascht.

»Ich hab mir gedacht, dass es Stellen geben muss, die ihnen entgangen sind. In nur drei Wochen kann man doch nicht ein ganzes Land lückenlos abriegeln. Und so eine Stelle muss ich finden.«

Rolf sagte nichts dazu, aber ich wusste, dass er das Gleiche dachte wie ich. Die Grenze war mit einer Mauer aus Betonblöcken und Stacheldraht gesichert und wurde von Soldaten bewacht. An der Spree und den anderen Wasserwegen patrouillierten Scharfschützen. Die Zugänge der U-Bahn-Stationen waren abgeriegelt und wurden ebenfalls bewacht.

Rolf zog an seiner Zigarette, inhalierte tief und blies den Rauch aus.

»Bist du ganz sicher, dass du das willst?«, fragte er.

»Ja.« Jetzt war ich mir meiner Sache wieder vollkommen sicher. Ich hatte mir das Ganze schon x-mal durch den Kopf gehen lassen. Und ich war hier, weil ich einen Entschluss gefasst hatte und ihn meinem Bruder mitteilen wollte.

»Ich liebe Heike wirklich, Rolf.« Meine Stimme klang heiser. »Ohne sie ist alles sinnlos. Und überleg doch mal, wie wir hier leben! Nichts als Vorschriften und Verbote! Bis hierher und nicht weiter ... im wahrsten Sinn des Worts! Ich will frei sein und selber über mein Leben bestimmen.«
Rolf nahm wieder einen Zug.
»Hast du schon mit Mutter darüber gesprochen?«
»Nein. Die Eltern dürfen nichts erfahren, sonst macht man sie später mitverantwortlich.«
Die Wohnungstür ging, und im Flur waren Schritte zu hören.
»Honey, we're hoo-ome!«, rief Rolfs Mitbewohner Alex, und Sekunden später steckte er den Kopf herein. »Hast du schon gegessen? Wir haben Hähnchen und Bier geholt. Ach, da ist ja Julian. Bleibst du zum Essen?«
»Nein danke.« Ich stand auf. Jetzt konnten wir ohnehin nicht mehr ungestört reden.
»Hast du morgen Zeit?«, fragte Rolf.
Ich verzog das Gesicht. »Ich hab immer Zeit. Mich will ja keiner einstellen.«
»Gut, komm am Abend her, dann reden wir weiter.« Er stand ebenfalls auf und klopfte mir auf die Schulter.
»Danke. Ich ... äh ...«
Rolf fasste mich am Arm und zog mich zur Tür. »Bis morgen.«

Draußen auf der Straße holte ich tief Luft. Ich würde es tun. Auf jeden Fall! Wie zur Bekräftigung klatschte ich mit der flachen Hand gegen die Tür. Dann nahm ich mein Rad, das an der Hauswand lehnte, schwang das Bein über die Stange und sauste davon.

ELF

Beim Abendessen plagten mich Schuldgefühle. Ich saß neben Vater und gegenüber Mutter. Franziska war bei einer Freundin. Im Radio liefen die Nachrichten, aber ich bekam kaum etwas davon mit. Ich konnte einzig und allein an mein Vorhaben denken und welchen Einfluss es auf das Leben meiner Eltern haben würde. Und dass sie von alldem nichts ahnten ...

Mutter schöpfte schweigend die Suppe aus. Als sie merkte, dass ich ihr zusah, lächelte sie mich an. Mein Herz krampfte sich zusammen.

Vater hatte sein gesundes Ohr dem Radio zugewandt und begann mechanisch zu löffeln. Dass er schlürfte, schien er gar nicht zu merken. Wahrscheinlich würde es auch ihm leidtun, wenn ich fort war, auch wenn er sich nichts würde anmerken lassen. Er würde etwas Unverständliches brummen und das Radio anschalten, um die Stille zu durchbrechen. Das Radio war seine Zuflucht in allen Lebenslagen.

Schon öfter hatte ich mich gefragt, wie er früher gewesen war, vor dem Krieg, als er Mutter kennenlernte. Der Krieg hatte ihn verändert, keine Frage. Auch an meiner Mutter waren diese Jahre nicht spurlos vorbeigegangen. Sie hatte mit drei kleinen Kindern allein dagestanden, zum Kriegsende hin in einer schwer umkämpften Stadt. Ich wusste noch, dass sie große Angst vor den Russen gehabt hatte, nicht aber, wie sie damit fertiggeworden war. Seltsam, dass man die eigenen Eltern immer nur in ihrer Elternrolle wahrnimmt und nicht ahnt, wie sie als Mann und Frau, als Freund und Freundin, als Bruder oder Schwester sind oder waren.

Auch Mutter hatte zu essen begonnen.

Sie würde mir am meisten fehlen ...

Trotzdem fühlte es sich richtig an. Ich wollte mein Leben nicht in einer Stadt verbringen, in der bewaffnete Soldaten bestimmten, wo ich zu gehen und zu stehen hatte, wo eine Grenze aus Steinen und Stacheldraht mich von Heike trennte. Ich musste und wollte fort, und ich würde es schaffen.

Ein Klopfen an der Wohnungstür.

Ich ging öffnen.

»N'Abend, Julian.« Frau Schulze drängte sich an mir vorbei und steuerte auf unser Wohnzimmer zu.

»Ach, ihr seid gerade beim Essen«, sagte sie.

Was sonst – um sechs Uhr abends?

»Ich störe hoffentlich nicht?« Sie saß bereits, noch ehe Mutter den Mund aufmachen konnte. »Haben Sie schon gehört, dass die Baums, also Heinz Baum und seine Frau, ihr Auto bekommen haben? Dabei standen sie erst drei Jahre auf der Warteliste. Da fragt man sich doch, wo die sich lieb Kind gemacht haben. Denn so, wie ihr Sohn sich benimmt … eine Schande ist das … gegen alle sozialistischen …«

Weil ich ihr Geschwätz nicht mehr hören mochte, schaltete ich auf Durchzug. Ich sah nur noch die Mundbewegungen, ließ ihre Worte nicht in mein Gehirn dringen. Das mit ganz anderen Dingen beschäftigt war. Die Schulze würde ich jedenfalls nicht mehr lange zu ertragen brauchen. Schon öfter hatte ich überlegt, ob sie uns wohl im Auftrag der Partei indoktrinierte. Was mich nicht wundern würde. Die alte Schulze als Instrument der Partei … bei diesem Gedanken musste ich grinsen. Vielleicht war sie gar kein Mensch aus Fleisch und Blut, sondern ein Roboter, der eingespeicherte Propagandatexte abspulte.

Niemand achtete auf mich, als ich aufstand, meine Jacke anzog und die Wohnung verließ.

»Willst du immer noch in den Westen?«, fragte Rolf, als wir in seinem Zimmer saßen.
»Ja, ich hab mir das gut überlegt.«
Er blickte von der Zigarette auf, die er gerade drehte, und musterte mich eingehend.
Wahrscheinlich würde er gleich sagen, dass ich dann meine Familie nicht mehr sehen könnte und Mutter furchtbar wehtun würde.
Aber er schwieg.
»Ich finde schon eine Möglichkeit. Irgendwo muss eine Schwachstelle sein, und die muss ich finden, ehe sie selber darauf aufmerksam werden. Also habe ich nicht viel Zeit. Je länger ich warte ...«
»Ich gehe mit.«
Entgeistert starrte ich ihn an.
»Ich gehe mit«, wiederholte Rolf mit fester Stimme.
»Aber du ... hast doch gesagt ... Mutter ...«
»Mutter wird's überleben. Um dich mache ich mir mehr Sorgen als um sie. Das Ganze ist kein Ausflug, Julian, sondern brandgefährlich. Zu zweit haben wir bessere Chancen.«
»Aber du hast doch dein Leben hier.«
»Ich lass dich auf keinen Fall allein gehen.« Rolf lehnte sich zurück. »Seit gestern Abend habe ich nachgedacht. Über das, was du gesagt hast, von wegen selber über sein Leben bestimmen. Ich will mit – wir machen das zu zweit.« Er leckte das Papierchen an, drückte es fest und legte die Zigarette auf den Tisch.
Ich konnte kaum glauben, was er gesagt hatte. War ich doch nur hergekommen, um mich noch einmal zu versichern, dass mein Entschluss stand, und um vielleicht ein paar Tipps von ihm zu bekommen. Aber nun wollte er mit!
Mir fehlten die Worte. Einfach nur danke sagen, schien mir zu banal, zumal er bereit war, sein Leben für mich zu riskieren.

»Außerdem würde ich gern mal Paris sehen.« Rolf zündete die Zigarette an, nahm einen Zug und blies den Rauch zur Decke. »Und das Nordlicht. Und das Mittelmeer.«
Ich lächelte. All das würde möglich sein ...
»Die Frauen in Italien, von denen heißt es doch, dass sie besonders heißblütig sind. Davon möchte ich mich gern überzeugen.« Rolf grinste. »Und dann erzähl ich dir davon, denn das mit Heike ...« Er wiegte scheinbar nachsichtig den Kopf.

ZWÖLF

Ich würde sie finden, die Schwachstelle, die sie übersehen hatten. Immer wieder ging ich an der Grenze entlang, schätzte den Abstand zwischen den Bewachern, versuchte herauszufinden, ob sie nach einem bestimmten Muster patrouillierten, merkte mir, wo Hunde eingesetzt wurden und wo noch Bauarbeiter beschäftigt waren.
Fast täglich berichtete das Westradio von Fluchtversuchen. In der DDR wurde darüber geschwiegen. Nur wenn es Zeugen gegeben hatte, stand in der Zeitung eine Kurzmeldung, von wegen, dass wieder ein Spion versucht habe, sich in den kapitalistischen Westen abzusetzen. Die meisten Fluchtversuche, so schien es mir, waren nicht gut geplant, sondern Verzweiflungstaten. Die Leute versuchten, über die Mauer zu klettern oder durch den Kanal zu schwimmen, und gingen damit ein hohes Risiko ein. Ich würde es anders machen, würde einen ausgeklügelten Plan entwerfen, der gute Chancen auf Erfolg hatte.
An vielen Stellen war die Mauer inzwischen mannshoch und

versperrte den Blick in den Westen. Drüben hatte man hier und da Holzplattformen gebaut, auf denen Leute standen, die riefen und winkten. Oder einfach nur herüberschauten. Ich ignorierte sie, weil sie mich nervös machten. Die Grenzwächter hingegen behielten sie mit Ferngläsern im Auge und warfen, wenn sie provoziert wurden, mit Steinen. Als ich auf einem der Podeste Männer mit Filmkameras erspähte, brachte ich mich rasch außer Sichtweite.

Ein Stück weiter war die Mauer niedriger; dort konnten Ost und West einander noch in die Augen schauen. Ich sah ein Brautpaar auf der Westseite, weinend und mit ausgestreckten Armen. Und hier, auf unserer Seite, ein Grüppchen in Festtagskleidung. Der Grenzer schaute sich verstohlen um und dann demonstrativ weg. Sofort gingen die Ostler bis zur Mauer und fassten darüber hinweg die Hände der Jungverheirateten. Eine Hand mit einem Ring wurde in die Höhe gehalten. Ich sah, wie es im Gesicht des Grenzers zuckte. Offenbar war ihm klar geworden, was diese Mauer anrichtete. Nach ein paar Minuten jedoch wurde er unruhig und forderte die ostdeutsche Familie mit barschen Worten auf zurückzutreten.

In der Bernauer Straße, so hatte ich gehört, verlief die Grenze unmittelbar an den Häusern entlang. Die Häuser selbst gehörten zum Osten, der Bürgersteig davor aber zum Westen. Ich folgte der Ruppiner Straße bis zur Kreuzung mit der Bernauer Straße und sah eine schulterhohe Absperrung. In einiger Entfernung von den Grenzwächtern blieb ich stehen, den Blick auf das vierstöckige Eckhaus gerichtet. Im Erdgeschoss befand sich eine Eisenwarenhandlung, deren Zugang auf der Westseite lag. Der Laden war leer geräumt. Mir fiel ein Kellerschacht auf. Ein Kellerschacht im Osten ... und ein Zugang im Westen ...

Mir kam eine Idee, nebulös noch, aber ehe sie Form annehmen konnte, fuhren zwei Lastwagen vor, einer mit Soldaten, der andere leer, und hielten vor dem Haus, das ich im Visier hatte. Die Soldaten sprangen herab und liefen in das Gebäude. Ich trat ein paar Schritte zurück und sah, dass drüben im Westen etliche Schaulustige stehen geblieben waren.

Bald kamen die Soldaten wieder aus dem Haus. Sie schleppten Möbel, die sie auf die Lastwagen luden. Ihnen folgten die Bewohner, viele mit Koffern. Sie wurden aufgefordert, die Wagen zu besteigen.

»Hier ist es gefährlich, aber wir bringen Sie in Sicherheit, Sie brauchen keine Angst zu haben«, sagte einer der Männer zu einer alten Frau. Sie schien seine Worte gar nicht wahrzunehmen, blieb mitten auf der Straße stehen und starrte wie abwesend das Haus an.

Zu gefährlich, dachte ich, zu gefährlich für unseren Staat. Zu gefährlich, weil diese Leute versuchen könnten zu fliehen. Ich biss mir auf die Lippe.

Hinter der alten Frau waren noch mehr Personen aus dem Haus gekommen, alle mit bedrückten Gesichtern. Es fiel ihnen sichtlich schwer, ihr Zuhause zu verlassen. Ein kleines Mädchen auf dem Arm seiner Mutter kreischte in den höchsten Tönen: »Felix! Felix!« Und es streckte die Ärmchen in Richtung Haustür.

Die Mutter versuchte, das Kind zu beschwichtigen. »Felix wird bald bei uns sein, Liebes. Ganz bestimmt.«

Aber die Kleine war untröstlich.

»Wir kommen jeden Tag her und schauen nach, ob er da ist«, versprach die Mutter. Dann half ein Soldat ihr auf den Lastwagen.

Mit einem Mal entstand jenseits der Mauer Unruhe. Die Leute, die sich dort eingefunden hatten, blickten alle in die Höhe.

Ich ebenso. Und auch die Grenzwächter.

An einem Fenster im dritten Stock bewegte sich etwas. Ich konnte aber nicht genau sehen, was dort passierte. Ein Grenzer machte den Soldaten ein Zeichen. Daraufhin stürmten zwei von ihnen ins Haus. Von Westen her aufgeregte Rufe. Ein Feuerwehrauto fuhr drüben vor. Was war da los? War Feuer ausgebrochen? Ich sah weder Flammen noch Rauch, und es lag auch kein Brandgeruch in der Luft. Weil die Grenzwächter weiterhin nach oben starrten, wagte ich mich etwas näher heran und bemerkte, dass die Feuerwehrleute ein Sprungtuch ausbreiteten. Als ich den Blick wieder hob, sah ich sie: eine alte Frau, die im dritten Stock auf den Fenstersims geklettert war. Zu springen traute sie sich aber nicht, obwohl die Zuschauer sie anfeuerten. Sie blickte in die Tiefe und dann über die Schulter in ihre Wohnung. Hinter ihr erschien ein Arm in Uniform, der die Frau packte. Die Soldaten versuchten anscheinend, sie vom Fenster wegzuziehen. Die alte Frau setzte sich zur Wehr, verlor das Gleichgewicht und fiel. Fiel neben das Sprungtuch.
Ich hatte den Aufprall nicht gesehen, wohl aber gehört.
Oben steckte ein Soldat den Kopf aus dem Fenster, zog ihn aber gleich wieder zurück.
Die Grenzwächter gestikulierten aufgeregt zu den Lastwagen hin, die sogleich losfuhren, damit die Nachbarn der alten Frau nichts mehr von dem Drama mitbekamen.
Dann bemerkte einer von ihnen mich und gab mir mit einer Gebärde zu verstehen, ich solle machen, dass ich fortkomme. Wie betäubt drehte ich mich um und ging davon.

Tags darauf ging ich wieder zu dem Haus, um mir noch einmal zu vergegenwärtigen, was da geschehen war. Und dass ich einen Plan brauchte, einen wasserfesten Plan. Auf keinen Fall durfte Verzweiflung meine Triebfeder sein.

Schon von Weitem sah ich die Bauarbeiter. Sie trugen Steine und Zement ins Haus, um die nach Westen gerichteten Fenster zuzumauern. Der Kellerschacht war bereits verschlossen. Und damit war die Fluchtmöglichkeit, die ich ins Auge gefasst hatte, dahin.

DREIZEHN

Ich drehte mein Glas in den Händen und bedauerte, dass ich kein Buch mitgenommen hatte. Es würde noch über eine Viertelstunde dauern, bis Rolf kam, und ich fühlte mich höchst unwohl, weil ich glaubte, Verdacht zu erregen, indem ich allein hier herumsaß. Im Grunde blödsinnig. Denn schließlich war es normal, dass jemand in einer Kneipe saß und auf eine Verabredung wartete. Auf Freunde, auf die Liebste, auf wen auch immer ... Dass ich auf meinen Bruder wartete, um unsere Republikflucht zu besprechen, wie es im Stasi-Jargon hieß, konnte keiner ahnen. Dennoch machte ich mir Sorgen. Auch in der Planungsphase auffliegen konnte Zuchthaus bedeuten, zumindest aber den Verlust sämtlicher Zukunftsperspektiven.

Ich schluckte. Wenn ich jetzt schon nervös war, was sollte dann, um Himmels willen, werden, wenn ...

Ich nahm einen großen Schluck Bier und versuchte, an etwas anderes zu denken.

Mein Blick glitt über die Fensterscheiben, auf die der Regen feine, schräge Striche zeichnete. Und dann zu den Tischen, die alle besetzt waren. Zur Straßenseite hin saßen zumeist Pärchen, weiter hinten größere Gruppen an langen Tischen zwischen höl-

zernen Trennwänden. Ich hatte mir einen Platz etwas abseits ausgesucht, damit niemand unser Gespräch mithören konnte.
Die Bedienung eilte geschäftig hin und her, ohne auf mich zu achten. An der Theke linkerhand warteten etliche Leute darauf, dass ein Tisch frei wurde, und ich hoffte, keiner würde auf die Idee kommen zu fragen, ob er sich bei mir dazusetzen könne.
Mein Blick blieb an einer jungen Frau hängen, die an der Theke saß. Sie wandte mir den Rücken zu und wirkte irgendwie isoliert, schien in ihr Glas zu starren. Ihre langen blonden Locken erinnerten mich an Heike.
Ob Heike wohl ahnte, dass ich mich nicht mit der Situation abfinden würde? Dass ich plante, in den Westen zu kommen? Würde sie auf mich warten? Was, wenn sie davon ausging, wir wären auf immer getrennt, und die Hoffnung aufgegeben hatte, mich je wiederzusehen? Dieser Gedanke schnürte mir die Kehle zu.
Wieder nahm ich einen großen Schluck, aber der Kloß im Hals ließ sich nicht wegspülen. Wir mussten uns beeilen, Rolf und ich. Gestern hatte er gesagt, er wüsste vielleicht eine Möglichkeit. Hoffentlich etwas, das sich schnell umsetzen ließ. Es war jetzt schon einen Monat her, dass mit dem Mauerbau begonnen wurde. Jeder weitere Tag, den wir warteten, verringerte unsere Chancen.
Die Türglocke schlug an. Unwillkürlich schaute ich hin und sah Wolfgang Wichser. Was, verdammt noch mal, hatte *der* hier zu suchen?
Er klopfte erst seine nasse Uniform ab, dann sah er sich um. Ich duckte mich und versuchte gleichzeitig, ihn im Auge zu behalten. Er fuhr sich durch die Haare, knöpfte dann die Jacke auf und kam mit großen Schritten in meine Richtung.
Auch das noch!
Wenn ich jetzt aufstand und auf die Toilette ging, würde er ga-

rantiert aufmerksam, darum machte ich mich so klein wie nur möglich. Und stellte fest, dass er gar nicht auf mich zusteuerte, sondern sich neben das Mädchen mit den blonden Locken an die Theke setzte und ein Getränk bestellte.
Ich kam mir so blöd vor, dass ich mich selbst hätte ohrfeigen können.
Nun, da er mir den Rücken zukehrte, richtete ich mich wieder auf.
Er hatte inzwischen ein Bier vor sich stehen und sagte etwas zu dem Mädchen. Als sie ihm das Gesicht zuwandte, erhaschte ich einen Blick darauf. Sie war schön, wenn auch nicht so schön wie Heike. Wie sie wohl aussehen mochte, wenn sie lachte? Jetzt aber wirkte sie müde und erschöpft, hatte dunkle Schatten unter den Augen, und die Mundwinkel waren herabgezogen.
Wolfgang redete weiter auf sie ein. Sie bemühte sich um Freundlichkeit, aber ihr Blick verriet, dass sie lieber ihre Ruhe haben wollte. Was Wolfgang komplett ignorierte. Er bestellte ein Getränk für sie, obwohl sie abwinkte. Und erzählte ihr dann offenbar Witze, denn er lachte selbst in einem fort. Das Mädchen drehte sich wieder zur Theke hin – ein Wink mit dem Zaunpfahl, den Wolfgang aber nicht verstand. Er zündete sich eine Zigarette an und hielt ihr seine Packung hin. Sie lehnte ab und sagte etwas, das Wolfgang amüsierte, denn er lachte lauthals. Und legte die Hand auf ihren Unterarm. Sie zuckte zusammen, schüttelte ihn aber nicht ab. War sie zu höflich, um ihn abzuweisen? Oder traute sie sich seiner Uniform wegen nicht?
Sie tat mir leid, und ehe ich mich's versah, war ich aufgestanden und zu den beiden hingegangen.
»N'Abend«, sagte ich betont locker zu dem Mädchen. »Tut mir leid, dass ich zu spät dran bin.«
Sie warf mir einen verwunderten Blick zu, erwiderte aber nichts.

Ich betrachtete Wolfgangs Hand auf ihrem Arm. »Sag mal, was fällt dir eigentlich ein? Pfoten weg!«
Reflexartig zog er die Hand fort, dann erst schien er zu merken, wer ihm gegenüberstand.
»Sieh an, unser Grenzgänger! Oder sollte ich besser sagen: Ex-Grenzgänger?«
»Da drüben ist was frei«, sagte ich zu der Blonden und machte eine Kopfbewegung zu dem Tisch hin, von dem ich eben aufgestanden war.
»Warum bist du nicht drüben bei deiner Westhure?«, fragte Wolfgang anzüglich. »Ach so, das geht ja nicht mehr. Jetzt musst du dich mit Ost-Frauen begnügen.« Er grinste hämisch.
Ich biss die Zähne zusammen. Ihm eine reinzuhauen, hilft nichts, sagte ich mir.
Das Mädchen war vom Barhocker gerutscht und machte Anstalten, mit mir zum Tisch zu gehen, doch Wolfgang stand auf und vertrat ihr den Weg.
»Willst du dich wirklich mit so einem Profiteur abgeben?«, fragte er herausfordernd.
»Halt's Maul, Wolfgang Wichser!« Es war mir herausgerutscht, ehe ich mich's versah. Ich hielt die Luft an und machte mich auf einen Fausthieb gefasst, doch Wolfgang war anscheinend zu perplex, weil ich es gewagt hatte, den alten Spottnamen zu gebrauchen.
Ich nutzte die Gelegenheit, fasste das Mädchen bei der Hand und zog sie mit zu meinem Tisch.
Dort setzten wir uns einander gegenüber.
Wolfgang sandte uns noch einen drohenden Blick, drehte sich dann aber um und bestellte ein neues Bier.
»Danke«, sagte das Mädchen leise, den Blick auf die Tischplatte gerichtet.

»Keine Ursache. Ich hab ja gesehen, dass du nichts mit dem Kerl zu tun haben wolltest.«
»Du kennst ihn?«
»Ja. Ein Klassenkamerad von früher. Unangenehmer Bursche.«
Sie lächelte. »Das hab ich gemerkt.«
»Große Klappe, nichts dahinter.«
»Bist du …« Sie sah mich an. »Bist du wirklich Grenzgänger?«
Es klang nicht abfällig, sondern neugierig.
»Ich war es. Bis sie die Grenze zugemacht haben. Seitdem bin ich arbeitslos. Hier im Osten will mich keiner haben.« Ich nahm einen Schluck von meinem inzwischen lauwarmen Bier. »Soll ich dir was zu trinken bestellen?«
Sie nickte, und ich winkte der Bedienung.
»Kennst du viele Leute im Westen?«, fragte sie.
»Meine ehemaligen Kollegen. Ein paar Freunde. Und meine Freundin wohnt auch drüben.« Der Gedanke an Heike ließ mich aufseufzen. »Aber jetzt habe ich keinen Kontakt mehr.«
»Auch nicht zu deiner Freundin?«
Ich schüttelte den Kopf. Und merkte nicht einmal, dass die Bedienung an unserem Tisch vorbeiging, ohne uns zu beachten.
»Mein Freund ist auch im Westen«, sagte sie nach ein paar Sekunden.
So leise, dass ich mir nicht sicher war, ob ich richtig gehört hatte. Aber als ich sie anschaute, sah ich Tränen in ihren Augen. Mir war auch zum Heulen zumute, aber was würde es nützen, wenn wir zu zweit flennten?
»Seit Kurzem erst«, fügte sie – noch leiser – hinzu.
»Wie? Seit Kurzem erst?« Ich beugte mich über den Tisch.
Sie wischte sich die Augen und warf einen schnellen Seitenblick zur Theke, wo Wolfgang uns nach wie vor den Rücken zukehrte.
»Er ist geflohen.«

»Wann?«
»Am Freitag.«
Ich starrte sie an. Ihr Freund war geflohen? Vorgestern erst … Wie hatte er das gemacht? Am liebsten hätte ich ihr hundert Fragen auf einmal gestellt, aber ich schwieg, weil ich das Gefühl hatte, es wäre besser, sie reden zu lassen – falls sie wollte.
Und dann fing sie auch schon an. »Eigentlich sollte ich nicht mir dir darüber sprechen, wo ich dich doch überhaupt nicht kenne. Vielleicht arbeitest du für die Stasi. Aber so siehst du nicht aus.« Ein flüchtiges Lächeln. »Und Stasi-Leute sind ja wohl keine Grenzgänger, oder? Außerdem *muss* ich einfach mit jemandem darüber reden. Es macht mich völlig fertig, dass mein Freund fort ist. Und dass ich es keinem sagen darf … niemand darf wissen, dass ich …«
Ich griff nach ihrer Hand. Weil sie mir leidtat, vor allem aber, weil ich begierig darauf war, mehr zu erfahren.
»*Wie* ist er geflohen?«, fragte ich.
»Durch die Kanalisation.«
Dass wir daran nicht gedacht hatten! In der Kanalisation gab es jede Menge Ost-West-Verbindungen.
»Er hatte Kontakt mit Studenten im Westen. Die haben die Flucht organisiert. ›Unternehmen Reisebüro‹ nennen sie sich. Sechs Leute können jeweils rüber. Und dann haben sie noch einen Helfer, der den Gullydeckel wieder zumacht, wenn die anderen drunten sind. Es läuft nämlich so, dass man in der Nacht nicht weit von der Grenze in die Kanalisation einsteigt. Im Westen wartet dann einer, der einen aus dem Labyrinth rausführt.«
Das klang ebenso einfach wie einleuchtend.
»Und warum bist *du* nicht mitgegangen?«, konnte ich mich nicht enthalten zu fragen.
Wieder kamen ihr die Tränen.

»Wir beide sind als Letzte zu der Gruppe gestoßen, und da waren sie schon zu fünft: vier Frauen und ein Mann. Also konnte nur einer von uns mit, und sie haben sich für meinen Freund entschieden.«
Ich war unschlüssig. Sollte ich ihr verraten, dass auch mein Bruder und ich fliehen wollten? Vielleicht könnten wir sie ja mitnehmen? Andererseits kannte ich sie nicht … Dass sie sich mir, einem völlig Fremden, anvertraute, war mehr als unvorsichtig. Oder aber es verhielt sich so, dass sie für die Stasi arbeitete und mich aushorchen wollte.
»Ich stehe jetzt auf der Warteliste«, fuhr sie fort.
»Es sind also noch weitere Fluchten durch die Kanalisation geplant?«
Sie nickte.
Ich konnte es kaum fassen – das war ja gerade, als bekäme man die ideale Lösung auf dem Tablett serviert.
»Wann die nächste Gruppe geht, weiß ich aber nicht.«
»Störe ich?«
Ich fuhr zusammen und sah dann zu meiner Erleichterung, dass Rolf neben unserem Tisch stand. Erst jetzt wurde mir klar, dass das Mädchen und ich die ganze Zeit die Köpfe zusammengesteckt hatten.
Sie starrte Rolf an und schlug die Hand vor den Mund.
»Keine Sorge, das ist mein Bruder«, sagte ich.
»Tut mir leid, dass ich verspätet bin.« Rolf wollte sich neben mich setzen.
»Warte, wir gehen besser woandershin.« Ich stand auf.
Hier unsere Flucht besprechen, mit Wolfgang Wichser in ein paar Metern Abstand, war undenkbar.
»Ich geh dann mal.« Auch das Mädchen erhob sich.
»Komm doch mit.«

Sie schüttelte den Kopf.
»Ich muss nach Hause, wirklich. Es ist schon spät, und ich muss morgen früh raus, arbeiten.« Sie nahm ihre Tasche. »Danke fürs Zuhören.«
Sie lächelte mich an, schien einen Moment zu überlegen, ob sie mir die Hand geben sollte, ließ es aber und ging zur Tür.
»Warte!« Ich rannte ihr nach.
Draußen packte ich sie am Arm. Als sie mich erschrocken ansah, ließ ich sie los.
»Wir wollen auch fliehen!«, stieß ich hervor. »Geh jetzt nicht weg, bitte!«
Mit großen Augen sah sie mich an, den Blick voller Zweifel.
»Vielleicht können wir einander ja helfen. Ich heiße Julian. Julian Niemöller.« Dass es riskant war, nach dieser Eröffnung meinen Namen zu nennen, war mir klar. Falls sie für die Stasi arbeitete, würde ich in Teufels Küche kommen. Aber falls nicht, sah sie darin vielleicht einen Vertrauensbeweis.
»Ich muss nach Hause.«
»Dann lass uns ein andermal weiterreden, ja?« Fast schon flehentlich sah ich sie an.
Sie überlegte einen Augenblick.
»Kennst du den Friedhof an der Boxhagener Straße?«, fragte sie.
Ich nickte. Wo die Boxhagener Straße war, wusste ich. Und den Friedhof würde ich schon finden.
»Kommenden Sonntag um sieben abends.«
»Gut, mein Bruder und ich werden da sein.«
»Aber jetzt … muss ich wirklich …«
»Ich sage keinem ein Wort, du kannst dich auf mich verlassen.«
Sie lächelte mir flüchtig zu, dann ging sie davon.

»Was war das denn?« Rolf stand hinter mir.
Breit grinsend drehte ich mich um. »Wir haben eine Verabredung«, sagte ich. »Nächsten Sonntag um sieben auf dem Friedhof an der Boxhagener Straße. Dort erfahren wir mehr über den genialsten Fluchtplan aller Zeiten.«
Rolf machte eine skeptische Miene.
»Komm, wir gehen zu dir«, sagte ich. »Dann erzähle ich dir von dem Mädchen, das Heike ähnlich sieht, aber nicht Heike ist.«

VIERZEHN

Es war ein Tag zum Ersticken. Was das Wetter betraf und auch sonst. Der Himmel war verhangen, aber unter der Wolkendecke herrschte eine Schwüle, als könnte jede Minute ein Gewitter losbrechen. Mir war, als wäre nicht nur die Luft um mich herum, sondern auch mein Inneres elektrisch aufgeladen.
Heute waren wir mit dem blonden Mädchen auf dem Friedhof verabredet. Falls ihr zu trauen war, würde sie dort auf uns warten. Falls nicht, jemand von der Stasi.
Die Woche hatte sich zäh und langsam hingezogen, und heute wollte die Zeit überhaupt nicht vergehen. Im Gottesdienst am Vormittag hatte ich mich fortwährend umgesehen, nach Männern Ausschau gehalten, die mich eventuell verfolgten, weil etwas durchgesickert war. Aber da war niemand, weder in der Kirche noch auf dem Nachhauseweg. Irgendwie überstand ich das Mittagessen, zu dem Frau Schulze sich selbst eingeladen hatte, und zog mich dann in mein Zimmer zurück, um Schallplatten zu hören. Auf dem Bett liegend, ließ ich zur Musik sämt-

liche Erinnerungen an Heike vor meinem inneren Auge vorbeiziehen. Es kam mir vor, als hätten wir uns vor einer Ewigkeit das letzte Mal gesehen, und meine Sehnsucht nach ihr wurde so groß, dass die Brust schmerzte.

Kurz vor dem Abendessen kam Rolf, und Mutter freute sich so über den unerwarteten Besuch, dass außer ihr kaum jemand zu Wort kam. Sie redete ohne Punkt und Komma über alle möglichen Alltagsdinge. Was sie beim Bäcker gehört hatte ... dass sie beim Fleischer eine geschlagene Stunde anstehen musste, dann aber tatsächlich Koteletts bekommen habe ... dass die Tochter und der Schwiegersohn von Frau Katzenberg endlich Aussicht auf eine Wohnung hätten und deshalb nicht mehr lange mit dem Baby bei ihr wohnen müssten ...
Wem wird sie all das erzählen, wenn wir beide nicht mehr da sind?, dachte ich unwillkürlich. Vater? Franziska? Frau Schulze? Ein Schuldgefühl wollte sich breitmachen, aber ich ließ es nicht zu. Mein Entschluss stand fest, es gab kein Zurück mehr.
Nach dem Essen zogen wir los. Mutter fragte überhaupt nicht, was wir vorhatten; wahrscheinlich glaubte sie, ihre Söhne gingen noch kurz auf ein Bier.
Draußen war es noch drückender als am Vormittag. Der Himmel war lila, und Böen trieben dicht am Boden erstes Herbstlaub durch die Straßen.
Beim Friedhof angekommen, öffnete Rolf das eiserne Gittertor. Es quietschte nicht, was es in einem Film sicherlich getan hätte. Und in einem Film wären wir natürlich verfolgt worden. Aber auch das war nicht der Fall; ich hatte mich auf dem Weg hierher immer wieder umgeblickt. Dennoch war mir unbehaglich zumute.
Der Friedhof machte einen gepflegten Eindruck. Auf den Grab-

platten lag kein Laub herum, und auf vielen Gräbern standen frische Blumen oder brannten ewige Lichter. Eine Baumreihe schloss das Gelände zur Straße hin ab, sodass man nicht das Gefühl hatte, sich mitten in einer Großstadt zu befinden. Und es war ungewöhnlich still, nicht einmal Vogelgezwitscher war zu hören.
Das blonde Mädchen saß auf einer Bank an einem Nebenweg. Mit einem etwa dreißigjährigen Mann in blauer Arbeitshose und einem schmuddeligen Pullover.
»Setzt euch.«
Wir ließen uns neben den beiden auf der Bank nieder.
»Das ist … Frank«, sagte das Mädchen. »Er ist hier bei uns zuständig. Für das … äh … Reisebüro.«
Der Mann musterte uns. »Ihr wollt also fliehen?« Seine Stimme war kühl, sachlich.
Rolf und ich nickten.
»Warum?«
Ein schneller Blick von Rolf.
Es war meine Idee gewesen, also war es nur recht und billig, wenn *ich* die Frage beantwortete. Ich schluckte kurz. Ob man diesem Frank trauen konnte? Dass er in Wirklichkeit nicht so hieß, war klar – das Zögern des Mädchens, bevor sie seinen Namen nannte, war mir nicht entgangen. Womöglich waren die beiden doch Spitzel und wollten uns aushorchen und verhaften lassen, sobald wir unsere Fluchtabsicht laut und deutlich geäußert hatten. Wieder schluckte ich, aber meine Kehle war und blieb trocken. Wenn es doch nur regnen würde … Andererseits – die beiden konnten sich ja auch nicht sicher sein, was uns betraf, und dachten vielleicht, wir wollten ihre Organisation infiltrieren und auffliegen lassen.
»Meine Freundin ist im Westen«, sagte ich schließlich heiser.
Frank verzog keine Miene.

Dass ich mein Leben in Ostberlin als sinnlos und leer empfand, würde ihn wohl kaum interessieren, darum fuhr ich fort: »Ich habe in Westberlin gearbeitet und habe dort Freunde. Und, wie schon gesagt, meine Freundin. Ich lebe auf der falschen Seite der Mauer.«

»Und du meinst, auf der kapitalistischen Seite gefällt's dir besser?«

Ich zuckte zusammen. Also doch ...

Aber er grinste. »Kleiner Scherz, schon gut.« Dann wandte er sich an Rolf: »Und du?«

Rolf hatte sich inzwischen eine Zigarette angezündet, nahm einen Zug und blies den Rauch aus.

»Ich möchte Paris sehen. Und ich will meinen kleinen Bruder nicht allein gehen lassen. Der ist leichtsinnig und schlägt gern mal über die Stränge.«

An der Art, wie er den Glimmstängel hielt, merkte ich, dass seine Lässigkeit nur Schein war.

»Und wie habt ihr euch die Flucht vorgestellt?«, fragte Frank.

»Ich hab mir die Häuser an der Bernauer Straße angesehen«, sagte ich. »An der Ecke Ruppiner Straße war ein Kellerschacht zum Westen hin offen ...«

»Aber jetzt ist da alles zugemauert«, ergänzte Rolf. »Und eine andere Möglichkeit haben wir noch nicht gefunden. Ich war mehrmals am Teltowkanal und an der Spree ...«

Das war mir neu. Davon hatte er noch gar nichts erzählt ... oder bluffte er?

»... aber da ist wohl auch nichts zu machen.«

»Tja, und dann habe ich sie ...« – ich zeigte auf das Mädchen.

»Veronika«, sagte sie rasch.

»... habe ich Veronika kennengelernt, und sie hat mir von eurem Unternehmen erzählt.«

Frank ließ uns nicht aus den Augen.
»Hast du 'ne Kippe für mich?«, wandte er sich plötzlich an Rolf. Der zog eine Selbstgedrehte aus seiner Hemdtasche und reichte sie ihm. Dann beugte er sich zu ihm hinüber, um ihm Feuer zu geben.
»Gut.« Frank blies den Rauch über unsere Köpfe hinweg.
»Am vierundzwanzigsten September geht die nächste Gruppe. Wenn ihr wollt, könnt ihr mit.«
»Am vierundzwanzigsten September?«, wiederholte Rolf. »Das heißt: kommende Woche?«
Er nickte.
Schon in einer Woche ... eine Woche war so schnell vorbei ... was würde ich bis dahin noch alles erledigen müssen? Es kam mir fast vor, als hätte man mir gesagt, mir bliebe nur noch eine Woche zu leben.
»Wir müssen schnell handeln. Kann gut sein, sie machen demnächst auch die Kanalisation dicht.« Es klang, als hätte er das schon x-mal zu Leuten gesagt, die ähnlich dachten wie ich im Moment. »Ihr könnt aber auch auf die Warteliste, dann ...«
»Wir gehen mit«, unterbrach ich ihn entschlossen.
»Gut. Ihr werdet zu sechst sein. Also noch drei andere. Wer, das braucht ihr nicht zu wissen. Kein Gepäck. Dunkle Kleidung bitte. Und weder Seile noch Taschenlampen mitnehmen. Wenn ihr mit so was erwischt werdet, ist es für die ganze Gruppe aus. Ein siebter, der Deckelmann, macht den Kanaldeckel auf und schließt ihn hinter euch wieder. Unten geht ihr geradeaus. An der Grenze sind die Gänge mit Sperrgittern versehen, aber unter denen kann man durchtauchen. Jenseits davon stehen zwei Westler. Die führen euch zu einem Ausgang außer Sichtweite der Grenze. Unterwegs nicht sprechen und kein Licht machen. Das Ganze muss schnell und leise vor sich gehen.«

Seine Erläuterungen waren äußerst präzise, dabei kurz und knapp.
»Selbstverständlich redet ihr mit keinem darüber. Ihr verhaltet euch bis zum vierundzwanzigsten wie sonst auch. Geht zur Arbeit, kauft ein – alles wie immer. Kein Abschied von Familienangehörigen und so. Und keine Briefe hinterlassen, das würde euren Leuten nur Scherereien machen.«
Ich schluckte.
»Noch Fragen?«
Mir fiel so schnell nichts ein. Und auch Rolf schüttelte den Kopf.
»Also gut. Sonntagabend um zehn wartet Veronika in der Kneipe, wo ihr sie kennengelernt habt, auf euch.« Die beiden standen auf und gaben uns nacheinander die Hand.
Und ehe ich mich's versah, waren sie auch schon verschwunden. Rolf und ich saßen allein da und sahen einander ungläubig an: Würden wir tatsächlich schon nächste Woche im Westen sein?
»Mir scheint, wir sind Glückspilze«, meinte Rolf schließlich. »Besser organisiert könnte die Flucht gar nicht sein. Das hätten wir selber nie so hinbekommen.« Er grinste.
Ich erwiderte das Grinsen halbherzig. Irgendwie konnte ich es noch nicht fassen.

Auch als ich zu Hause in meinem Zimmer am Fenster stand und es endlich zu regnen begonnen hatte, kam mir unser Vorhaben noch unwirklich vor. In einer Woche würde ich nicht nur bei Heike sein, sondern auch als Staatsfeind gelten und meine Familie nie mehr wiedersehen.

FÜNFZEHN

Es wurde die merkwürdigste Woche meines Lebens. Ich war ängstlich, erleichtert, aufgeregt und deprimiert – alles zugleich. Die Zeit verging zu schnell und doch nicht schnell genug. Ich versuchte, Franks Anweisung zu befolgen und mich so zu verhalten wie sonst auch. Aber das war schwierig, weil ich mich so völlig anders fühlte.

Am Esstisch prägte ich mir das Gesicht meiner Mutter ein, ihre Augenfarbe, ihre Haarfarbe und die feinen Fältchen in den Mundwinkeln. Jeden Satz, den sie sagte, wollte ich mir merken.

Auch meinen Vater betrachtete ich heimlich. Und wieder einmal wurde mir bewusst, wie wenig ich ihn doch kannte. Zu gern hätte ich gefragt, woher sein Starrsinn und seine Härte rührten, warum er sich wie mit einem Panzer gegen uns abschottete. Der Krieg hat ihn innerlich umgebracht, hatte meine Mutter einmal gesagt, aber nicht erklärt, wie sie das genau meinte. Er selbst mied das Thema Krieg. Als er '46 aus russischer Gefangenschaft zurückkehrte, traf er zu Hause Kinder an, die ihn den größten Teil ihres Lebens nicht gesehen hatten. Ich – damals fünf – hatte ihn überhaupt noch nie gesehen. Mein Vater war für mich das Foto auf Mutters Nachttisch. Ein stattlicher Offizier in Wehrmachtsuniform mit lachendem Gesicht. Und auf einmal stand ein ausgemergelter Mann in der Tür, der meine Mutter küsste und von da an bei uns wohnte. Es dauerte eine ganze Weile, bis ich begriff, dass der wortkarge Mann, der mich schlug, wenn ich im Weg herumstand oder meinen Teller nicht leeraß, derselbe war wie auf dem Foto. Für ihn wiederum war ich das Kind, von dem er nur aus Briefen meiner Mutter wusste. Gudrun und Rolf hingegen hatte er als Säuglinge und Kleinkinder erlebt.

Als ich in die Pubertät kam, rechnete ich des Öfteren nach, traute mich aber nicht, meine Mutter direkt zu fragen, ob er neun Monate vor meiner Geburt auf Heimaturlaub gewesen war.
Jedenfalls war es, als hätte sein Leben erst mit der Rückkehr aus der Gefangenschaft begonnen, denn über früher sprach er nie, auch nicht über die Zeit vor dem Krieg. Eine einzige Geschichte aus dem Krieg kam mir zu Ohren, als er sie Florian erzählte. Vater und seine Kameraden hatten im Afrikakorps gekämpft und in der Wüste ein Kamel eingefangen, mit dem sie ein britisches Lager überfallen wollten. Weil das Tier ihnen den gesamten Wasservorrat wegsoff, war ihr Vorhaben zum Scheitern verurteilt. Aber *das* konnte ihn innerlich nicht umgebracht haben. Es musste etwas anderes gewesen sein.
Ich überlegte, ob er es mir wohl sagen würde, wenn er von unserem Fluchtplan wüsste und dass wir einander wahrscheinlich nie mehr sehen würden. Nein, eher nicht ... stattdessen würde er mir eine Predigt halten. Über Gehorsam und Pflichtbewusstsein. Und mich abkanzeln, weil ich mir von einem Mädchen aus dem Westen den Kopf hatte verdrehen lassen. Seine wahren Gefühle würde er hinter Prinzipien und Ermahnungen verstecken. So wie immer. Also ließ ich es beim Beobachten und bedauerte, dass ich meinen Vater nie wirklich würde kennenlernen.

Wenn ich durch die Straßen ging, kamen mir die Farben anders vor, die Sonne wärmte meine Haut intensiver, und der Wind trug die verschiedensten Gerüche heran. An den heruntergekommenen Häusern, den Schutthalden aus dem Krieg, den neu angelegten breiten Straßen und den einförmigen Wohnblocks nahm ich Details wahr, die mir vorher nie aufgefallen waren. Ich sah, dass die Sockel der Laternenpfähle entlang der Stalinallee kleine Klappen hatten und dass eines der Arbeiterdenkmäler an der

Rathausstraße statt Stiefeln eine Art Pantoffeln trug. Die Herbstblumen im Park hatten leuchtendere Farben, und die Straßenbahnen bimmelten lauter. Nur die Parolen auf den Plakatwänden blieben leere Phrasen.
Und ich achtete auf etwas, das mich bisher nie interessiert hatte: die Gullys. Ihr Durchmesser würde einen problemlosen Abstieg erlauben. Und sie hatten Löcher, an denen der Deckelmann sie anheben konnte. Wie viele von den Gängen darunter mochten in den Westen führen? Letztlich wohl alle, denn da unten stand alles miteinander in Verbindung. Und wenn ich auf einem Gullydeckel stehen blieb, war mir, als könnte ich das fühlen und als hörte ich das Abwasser unter mir rauschen.
Mir alles so gut wie möglich einzuprägen war meine einzige Möglichkeit, Abschied zu nehmen. Mutter und Vater müssten sich später alles zusammenreimen. Das heißt, vermutlich würde jemand von der Staatssicherheit kommen, um sie über unsere Flucht zu informieren. Sie würden die Nachricht ebenso verwundert wie entsetzt aufnehmen, sodass der Stasi-Mensch gar nicht auf die Idee kam, sie könnten Mitwisser sein.

Weil mein Vater mir andauernd zusetzte und weil ich mich verhalten sollte wie sonst auch, bemühte ich mich weiterhin um Arbeit. Und es war, als hätte der Teufel die Hand im Spiel. Als ich mich am Mittwoch zum x-ten Mal bei irgendeinem Stellvertreter irgendeines Geschäftsführers irgendeiner Baufirma vorstellen durfte, hatte ich auf einmal eine Stelle. Nicht als Maurer, aber als Hilfskraft. Der Lohn betrug nur einen Bruchteil dessen, was ich bei Reitmann & Sohn verdient hatte. Aber weil es ohnehin egal war, sagte ich zu. Am Montag könne ich anfangen, hieß es. Ich nickte, stellte pro forma noch ein paar Fragen, unterschrieb den Vertrag und verabschiedete mich mit einem Händedruck.

Der Mann würde sich wundern, wenn ich am ersten Arbeitstag gar nicht erst auftauchte. Aber das brauchte mich nicht zu kümmern.
Einzig mit Rolf konnte ich über alles reden. Ich ging jeden Abend bei ihm vorbei. Den Rücken an die Wand gelehnt, saßen wir nebeneinander auf seinem Bett, tranken Bier, und er rauchte eine Zigarette nach der anderen. Als ich ihm erzählte, wie anders ich alles empfand, nickte er nur. Wahrscheinlich erging es ihm genauso.
»Willst du wirklich nach Italien?«, fragte ich ihn, als eine längere Stille eintrat.
»Ja.« Er sah mich an. »Erst als du von Freiheit geredet hast, ist mir klar geworden, was uns hier alles versagt bleibt. Wie begrenzt unsere Welt ist. Seitdem spuken mir alle möglichen Länder und Orte durch den Kopf, die ich gern sehen möchte.« Er schloss die Augen: »Rom ... Paris ...«
Solche Träume hatte ich nicht. Ich konnte nicht weiter denken als bis Sonntagabend. Und daran, was dann alles für immer zu Ende sein würde.
»Am Sonntag hat Franziska Geburtstag.« Ich nahm einen Schluck Bier. »Wir könnten Gudrun und Hermann fragen, ob sie zum Essen kommen. Als Absch...« Das Wort blieb mir im Halse stecken.
Rolf nickte.
»Und wegen Franziska natürlich.«
Ich fragte mich, ob meine kleine Schwester mir wohl fehlen würde. Und ich ihr. Gudrun ja, die würde mir fehlen. Und Marthe und Florian ebenso. Ob die beiden sich in zehn Jahren, falls die Mauer so lange stand, noch an mich erinnerten? Oder würde ich dann ein Onkel sein, der nur als Foto existierte?
Ich versuchte, an etwas Erfreuliches zu denken. An Heike. Dar-

an, wie überrascht sie sein würde, wenn ich plötzlich vor ihr stand. Wir würden uns eine gemeinsame Wohnung suchen. Bestimmt könnte ich mir bald ein Auto leisten, sodass wir verreisen konnten. Wenn ich Appetit auf Bananen oder Apfelsinen hatte, würde ich die einfach im Laden kaufen. Und kein Uniform-Heini könnte mich je mehr demütigen. Ach ja, noch war das alles Zukunftsmusik.
Wieder trank ich von meinem Bier.
»Du grübelst zu viel.« Rolf prostete mir mit seiner Bierflasche zu. »Komm, lass uns eine Partie Schach spielen.«

SECHZEHN

Eigentlich hatte ich jeden Moment im Gedächtnis speichern, mir jedes Wort merken wollen. Und dann zogen die Tage wie im Rausch vorbei, ich konnte mich kaum konzentrieren und verlor jegliches Gefühl für Zeit und Raum. Es war, als ginge das Leben bereits ohne mich weiter.
Am Sonntagmorgen hatte ich mich noch einmal genau in meinem Zimmer umgesehen. Hatte die Kleider aufs Bett gelegt, die ich anziehen wollte. War kurz versucht gewesen, doch etwas als Andenken mitzunehmen. Hatte den Gedanken gleich wieder verworfen, weil es mich nur bedrückt hätte, etwas auszusuchen. Nicht einmal den Schuhkarton unter meinem Bett hatte ich aufgemacht, um mir noch einmal anzusehen, was ich in der Kindheit alles gesammelt hatte. Weder dem Bild von Heike, das sie mir geschenkt hatte, noch dem Schlüsselanhänger, den Florian für mich gebastelt hatte, schenkte ich einen Blick.

Stattdessen war ich ins Elternschlafzimmer gegangen und hatte die Schubladen von Mutters Nachttisch nacheinander aufgezogen und wieder zugemacht, ohne zu wissen, was ich suchte. Erst als ich es fand, wurde es mir bewusst. Das Foto meines Vaters. Als ich es aus dem Rahmen nehmen wollte, fiel ein anderes Bild, das dahintergesteckt hatte, auf den Bettvorleger. Es zeigte ebenfalls meinen Vater, stammte aber wohl aus dem Krieg und war ziemlich unscharf. Neben ihm war eine Holzhütte zu sehen und hinter ihm eine unbebaute Ebene. Vater lachte, das Gewehr in der Hand, in die Kamera. Aber es war eine andere Art Lachen als auf dem Bild, das ich kannte.

Ich schrak zusammen, als ich vom Flur her Stimmen hörte. Schnell steckte ich das lose Foto ein, legte den Rahmen in die Schublade und schloss sie wieder.

Gudrun und Hermann waren gekommen. Mit den Kindern. Ich ging in mein Zimmer und schob das Foto in das bereitliegende Hemd. Dann ging ich ins Wohnzimmer hinüber.

»Onkel Julian!« Florian freute sich mächtig, mich zu sehen.

»Mannomann, du bist ja schon wieder gewachsen!«, gab ich mich erstaunt.

Florian reagierte mit der Unbekümmertheit kleiner Kinder: Er stellte sich neben mich und legte die Hand auf seinen Kopf, um zu prüfen, bis wohin er mir reichte. Bis zum Nabel.

Daraufhin wollte natürlich auch Marthe zeigen, wie groß sie schon war. Sie reichte mir gerade bis zu den Hüften, darum hob ich sie hoch und hielt sie über meinen Kopf. Sie kreischte vor Vergnügen.

Als Rolf endlich eingetroffen war, setzten wir uns an den Esstisch. Ich mied seinen Blick. Was nicht auffiel, denn Franziska beanspruchte alle Aufmerksamkeit, indem sie mit viel Tamtam ihre Geschenke auspackte.

Nach dem Essen schauten sich Marthe und Florian mit ihrem Stereomat Bilder an, bis sie müde wurden und, auf dem Sofa aneinandergelehnt, einschliefen.

Gudrun, Hermann und Mutter unterhielten sich, aber ich bekam kaum etwas davon mit. Später half ich den Frauen beim Abwasch, während Vater, Rolf und Hermann es sich im Wohnzimmer gemütlich machten.

»Julian, könntest du am vierzehnten Oktober auf Marthe und Florian aufpassen?«, fragte meine Schwester auf einmal. Ich starrte sie völlig perplex an: Der vierzehnte Oktober war ein Datum, das für mich nicht existierte.

»Wir sind zu einer Feier eingeladen«, sagte Gudrun halb entschuldigend.

»Ach so, ja, kein Problem.«

Sie lächelte mich an und nahm Mutter den nächsten gespülten Teller ab. Mit hängenden Armen stand ich da, das Geschirrtuch in der Hand. Das Gefühl, außen vor zu sein und ohne Raum- und Zeitbezug irgendwo zu schweben, verstärkte sich.

Und es ließ nicht mehr nach. Als Hermann und Gudrun ihre Kinder auf die Arme nahmen und sich mit dem üblichen Wangenkuss verabschiedeten, spürte ich die Berührung ihrer Lippen überhaupt nicht. Und als ich mich umgezogen hatte, in meine Jacke schlüpfte und zu den Eltern sagte, ich würde bei Rolf übernachten, und sie meine Lüge ohne Argwohn schluckten, fühlte ich mich innerlich völlig hohl. Ich umarmte Mutter, gab Vater die Hand und sagte mechanisch: »Na denn, bis morgen.«

Schweigend gingen wir zu der Kneipe, in der ich Veronika eine Woche zuvor getroffen hatte. Und wir sagten auch nichts, als wir uns an einem Tisch gegenübersaßen und auf sie warteten.

SIEBZEHN

Um Punkt zehn kam sie herein. Ich holte tief Luft und befeuchtete meine Lippen. Die erste Phase des Plans lief gut, denn hinter ihr tauchten keine Stasi-Leute auf. Trotzdem konnte ich den Blick kaum von der Tür wenden.

Veronika trug einen dunkelblauen Anorak und hatte das Haar zu einem Pferdeschwanz gebunden. Sie setzte sich zu uns und knibbelte dann an ihren Fingernägeln herum. Als wüsste sie nicht recht, was sie sagen sollte. Rolf und ich wussten es auch nicht.

»Wir sollen eine Stunde hierbleiben und dann aufbrechen«, sagte sie schließlich. Also bestellten wir uns etwas zu trinken, sahen uns dann über die Gläser hinweg an und wechselten ab und zu ein paar belanglose Sätze, damit unsere Schweigsamkeit nicht zu sehr auffiel. Die Zeit verging quälend langsam, und ich konnte mich nicht enthalten, immer wieder zur Tür zu schauen. Was, wenn Wolfgang Wichser auftauchte? Er würde Veronika garantiert wiedererkennen ... Ich zwang mich, für eine Minute die Augen zu schließen, atmete ruhig durch und sagte mir, dass Wolfgang nicht kommen und alles gut würde.

»Wo arbeitest du eigentlich?«, fragte Rolf, um die Stille zu durchbrechen.

»Ich arbeite ... äh ... habe in einer Marmeladenfabrik gearbeitet«, antwortete Veronika leise.

Rolf nickte.

»Und ihr beide?«

»Ich kann morgen auf dem Bau anfangen«, sagte ich, um einen freudigen Gesichtsausdruck bemüht, was nicht recht gelingen wollte.

»Schön.« Veronika lächelte mir zu, wandte dann aber schnell den Blick ab.

Um elf verließen wir die Kneipe. Draußen regnete es. Ich stellte den Kragen meiner Jacke hoch und schob die Hände in die Taschen. Ohne ein Wort gingen wir durch die Straßen, Veronika ein paar Schritte vor uns; sie schien den Weg genau zu kennen. In der Kühle des Abends und mit der Aussicht, dass es bald so weit war, ließ meine Nervosität ein wenig nach.

Aber nach einer Stunde waren wir noch immer nicht am Ziel. Es kam mir vor, als bewegten wir uns im Zickzack, mal in Richtung Grenze, dann wieder davon weg. Was sollte das? Wohin führte Veronika uns? Wozu diese offensichtlichen Umwege? Ich fragte aber nicht, weil ich mir sicher war, ihr trauen zu können. Uns zu verraten, hätte sie schon früher Gelegenheit gehabt.

Nach über eineinhalb Stunden trat sie plötzlich in einen Hauseingang und legte den Finger an die Lippen. Rolf und ich folgten sofort, um nicht im Lichtkreis der Straßenlaterne zu sein. Wir standen so dicht beisammen, dass ich die nassen Haare der beiden riechen konnte.

Hier also war es. Ich wusste, in welcher Straße wir uns befanden – gar nicht einmal weit weg von zu Hause. Etwa dreihundert Meter weiter unterquerte die Straße eine Eisenbahnbrücke und endete dann an der Grenze. Das Gebäude, in dessen Eingang wir uns zusammendrängten, stand an der letzten Kreuzung vor der Grenze. Das Eckhaus gegenüber war den Bomben zum Opfer gefallen; nur noch ein mit Gebüsch bewachsener Trümmerhaufen war davon übrig.

Auf der Straße war kein Mensch zu sehen. Es hatte aufgehört zu regnen, und das Licht der Straßenlaterne in unserem Blickfeld spiegelte sich in den Pfützen. Minutenlang warteten wir, aber nichts tat sich. Es war so still, dass ich glaubte, den Sekundenzeiger von Rolfs Uhr ticken zu hören. Ansonsten waren da nur unsere Atemzüge und hin und wieder Tropfen, die vom Dach auf

die Straße klatschten. Unwillkürlich überlegte ich, wie hoch der Regen das Wasser in der Kanalisation hatte steigen lassen.
Plötzlich nahm ich aus dem Augenwinkel etwas wahr. Im Gebüsch gegenüber. Eine Bewegung? Und war da nicht eben ein Lichtschein gewesen?
Auf einmal liefen zwei Personen geduckt zu dem Gullydeckel mitten auf der Straße. Mein Mund wurde staubtrocken. In meiner Wahrnehmung wurde die Strecke zwischen Hauseingang und Gully immer größer und die beiden Gestalten immer kleiner. Ich würde keinen Schritt tun können. Rolf müsste mich mitzerren …
»Wir gehen als Letzte«, hörte ich Veronika flüstern, ohne recht zu begreifen, was sie meinte. Die zwei Personen – es waren Männer, wie ich nun sah – hoben gemeinsam den Gullydeckel hoch. Er entglitt ihnen und krachte auf den Boden. Die beiden erstarrten, und auch ich hielt die Luft an. Dann stieg einer von ihnen hinab, der andere machte ein Handzeichen zu dem Gebüsch hin. Zwei weitere Personen liefen los, den Bewegungen nach zu urteilen Frauen. Sie knieten sich neben die Öffnung.
Was, wenn sie uns vergaßen? Wenn der Deckel zugemacht wurde, ehe wir … Hätte ich gekonnt, ich wäre losgerannt.
Die erste der beiden Frauen machte sich an den Abstieg. Schwaches Licht kam aus der Öffnung, von einer Taschenlampe vermutlich. Einen Moment lang beleuchtete es den Deckelmann, aber zu kurz, um sein Gesicht genau zu sehen.
»Wann sind wir dran?«, flüsterte Rolf.
»Wenn er uns ein Zeichen gibt«, flüsterte Veronika zurück.
Ich ließ den Deckelmann nicht aus den Augen. Er half gerade der zweiten Frau beim Hinabsteigen. War ihm klar, dass noch drei weitere Personen – wir – warteten? Und wusste er auch, wo?
In dem Moment, als er den Arm der Frau losließ, erklangen Rufe:
»Halt! Stopp! Hände hoch!«

Von zwei Seiten her kamen Soldaten gerannt. Dem Deckelmann blieb keine Möglichkeit zu entkommen. Er sah sich um, und ganz kurz streifte sein Blick uns. Taschenlampen richteten sich auf ihn, und wieder tönte es: »Keine Bewegung! Wir schießen!«
Gefangen in den Lichtkegeln, ging der Mann in die Hocke. Eine Sekunde lang sah ich Panik in seinen Augen, dann war er auch schon in den Gully gesprungen. Die Gewehrsalve kam zu spät.
Die Soldaten hatten den Gully erreicht – sie waren zu viert. Einer leuchtete hinein, ein anderer kniete sich hin und feuerte mehrmals in die Kanalisation. Das Echo der Schüsse klang hohl. Die beiden anderen hoben ihre Lampen, um die Umgebung abzusuchen.
»Nichts wie weg!«, zischte Rolf und versetzte mir einen Stoß.
Schlagartig löste sich meine Starre, und ohne eine Sekunde zu überlegen, rannte ich los. Die Soldaten schrien uns eine Warnung zu.
Ich zog beim Rennen den Kopf ein, aber es fiel kein Schuss. Adrenalin pulste durch meine Adern, verlieh mir eine ungeahnte Ausdauer. Ich rannte, rannte, rannte – ohne jede Ahnung, wohin.

ACHTZEHN

»He!« Eine Stimme dicht hinter mir.
Ich rannte noch schneller.
»Mensch, warte doch!«
Es war Rolf.
Ich nahm das Tempo ein wenig zurück. Rolf holte mich ein und griff nach meinem Arm.
»Wir haben sie abgehängt!«, keuchte er. »Bleib stehen!«

Ich gehorchte, aber in meinen Beinen kribbelte es so, dass ich kaum stillstehen konnte.
»Wir haben sie abgehängt«, wiederholte Rolf. Er packte meine Schultern und rüttelte mich durch.
Ich starrte ihn an, ohne ihn zu sehen. Mein Herz hämmerte so wild, dass es in der Brust wehtat.
»Rolf! Die haben geschossen!« Ich konnte es einfach nicht fassen. »Die haben wirklich geschossen!«
Ob sie den letzten Mann getroffen hatten? Das dumpfe Knallen hallte noch in meinen Ohren. Da unten prallten die Kugeln vermutlich an der Wand ab. Selbst wenn er gleich losgelaufen war, hatte ihn eventuell ein Querschläger erwischt. War es feige von uns gewesen, einfach davonzurennen? Und wo steckte Veronika? War sie uns gefolgt? Oder woandershin gelaufen? Fragen über Fragen ...
»Komm, wir müssen weiter.« Rolf zog mich mit.
Ich versuchte, meine Schritte seinem Rhythmus anzupassen, um mich zu sammeln und um die Bilder im Kopf loszuwerden.
Wir gingen die Schönhauser Allee entlang, unter der Eisenbahnbrücke der U-Bahn durch und weiter. In Richtung Süden, knappe fünfhundert Meter von der Grenze entfernt. Nein, jetzt nicht an die Grenze denken! Als wir unter der Brücke durchgingen, fühlte ich mich ein wenig geschützter. Dabei war uns die ganze Zeit kein Mensch begegnet, auch kein Auto oder Moped.
Die Laternen warfen fahle Lichtkreise auf den Bürgersteig. An den Geschäften auf der anderen Straßenseite waren die Läden heruntergelassen. Hinter keinem Fenster in den Wohngeschossen brannte Licht.
Bis zu Rolf war es noch ein Stück Weg. Schweigend gingen wir nebeneinander her, immer weiter weg von der Grenze. Und ganz langsam beruhigte sich mein Herzschlag.

Möglichst leise schloss Rolf die Wohnungstür auf, und wir gingen sofort in sein Zimmer. Er knipste die Nachttischlampe an, und ich ließ mich auf sein Bett fallen. Das Zimmer wirkte ungewöhnlich aufgeräumt.
Rolf bemerkte meinen Blick.
»Ich hab alle persönlichen Dinge weggeworfen«, sagte er heiser. »Damit der Stasi möglichst wenig in die Hände fällt.«
Ich konnte immer noch nicht fassen, was passiert war: Die Soldaten hatten geschossen! Es stimmte also, dass man auf Republikflüchtlinge schoss. Im Westradio hatte ich es gehört und Berichte darüber gelesen, und der eine oder andere hatte davon gesprochen. Aber so richtig geglaubt hatte ich es bisher trotzdem nicht. Nun aber wusste ich es aus eigener Erfahrung: Sie schossen auf unbewaffnete Menschen, die nichts verbrochen hatten.
Rolf ging in die Küche hinüber. Ich warf einen Blick auf den Wecker auf seinem Nachttisch. Viertel nach zwei. Mit einem Mal fühlte ich mich unendlich müde. Die Anspannung der letzten Stunden hatte alle Energie aus mir herausgesaugt. Und immer noch hörte ich die Schüsse, weit weg und gedämpft, wie durch einen Wattepfropf im Ohr.
Dann kam Rolf wieder ins Zimmer, eine Flasche Wodka und zwei kleine Gläser in den Händen. Er schenkte ein. Etwas sagte mir, ich sollte jetzt besser keinen Alkohol trinken, aber mit einem tüchtigen Schluck brachte ich die innere Stimme zum Verstummen.
Rolf setzte sich mit seinem Glas neben mich aufs Bett.
Ich wollte etwas sagen, aber mir schien jedes Wort überflüssig.

Ob ich geschlafen habe, weiß ich nicht. Ich weiß nur, dass ich nicht richtig wach war, als das Morgenlicht durchs Fenster fiel und ich die leere Wodkaflasche auf dem Tisch sah. Ich war auch

nicht richtig wach, als ich aus der Küche Geräusche hörte und es nach Kaffee roch. Richtig wach wurde ich erst, als Rolf sagte: »Musst du heute nicht deine neue Stelle antreten?«
Da sprang ich auf und stürzte in der Küche eine Tasse von dem Kaffee hinunter, den Alex aufgebrüht hatte.
Draußen schwang ich mich auf Rolfs Fahrrad und raste nach Hause, um meine Arbeitskleidung zu holen.
Verfluchter Mist! Der Tag hätte für mich nicht hier beginnen dürfen. Nicht auf dieser Seite der Mauer.
Das ganze Ausmaß der Misere begriff ich erst an der letzten Straßenecke vor unserem Haus. Denn dort ging mir schlagartig auf, dass die Stasi von unserem Fluchtversuch gewusst haben musste.
Ich bremste abrupt.
Jemand hatte den Plan verraten! Doch wohl nicht Veronika? Wohin war sie überhaupt gelaufen? Hatten die Soldaten sie womöglich erwischt? Sie kannte meinen Namen und ...
Ich spähte die Straße entlang, hielt Ausschau nach einem wartenden Auto, nach Männern vor unserer Haustür, die mich abpassen wollten.
Nichts dergleichen zu sehen.
Vielleicht waren sie oben in der Wohnung? Angestrengt blickte ich zu unseren Fenstern, ob da jemand hinter der Gardine stand. Der Gedanke, dass ich meine Eltern in Gefahr gebracht hatte, schnürte mir die Kehle zu. Aber mir blieb keine Wahl: Ich musste ins Haus.

Ich traf Mutter allein an. Vater war schon zur Arbeit gegangen und Franziska in die Schule. Alles war wie immer.
»Julian, du? Ich dachte, du hast heute deinen ersten Arbeitstag?«, sagte Mutter verwundert.
»Hab meine Arbeitskluft vergessen«, murmelte ich, ihrem Blick

ausweichend, und hastete in mein Zimmer, um die Sachen zu holen.

Mutter wandte sich wieder ihrer Bügelwäsche zu. Gott sei Dank ahnte sie nicht, was in der Nacht passiert war. Besser gesagt, was nicht passiert war.

Ich verabschiedete mich mit einem Kuss, rief »Bis heute Abend!« und rannte die Treppe hinunter.

Wo die Baustelle war, auf der ich mich vor einer Stunde hätte melden sollen, wusste ich zum Glück auswendig.

NEUNZEHN

Die nächsten Tage vergingen, ohne dass jemand von der Stasi bei uns zu Hause oder an meiner neuen Arbeitsstelle auftauchte. Nichts deutete darauf hin, dass ich beschattet wurde, und – soweit ich das mitbekam – horchte keiner meine Eltern oder Franziska über mich aus. Alles ging seinen gewohnten Gang. Bald hatte ich wieder das Gefühl, die Tage verliefen wie immer: Aufstehen, Arbeiten, Essen, Lesen, Schlafen, Aufstehen, Arbeiten, Essen, Kartenspielen, Schlafen, Aufstehen, Arbeiten ... Erst wollte ich nicht zulassen, dass die eintönige Routine mich einlullte und jeden Gedanken an etwas anderes erstickte. Aber die Alltagsmaschinerie war mächtig, so mächtig, dass ich nicht dagegen ankam und bald anfing, wieder in den gewohnten Mustern zu denken, und mein Leben als normal empfand.

An einem Mittwochabend ging ich mit meinen Eltern in das ehemalige Gemeindehaus unseres Viertels, wo Franziskas FDJ-

Gruppe ihre monatlichen Zusammenkünfte hatte. Diesmal sollte Franziska von ihrem Ernteeinsatz berichten, und das wollte Mutter auf keinen Fall verpassen. Vater und ich begleiteten sie, ich ziemlich widerwillig, er vermutlich genauso ungern. Ich hatte keine Lust, mir stundenlang politisches Gerede und Kampflieder anzuhören, aber Mutter bestand darauf, dass wir zu dritt hingingen. »Wir müssen Franziska zeigen, dass es uns interessiert, was sie so macht. Vor allem du, Julian, tätest gut daran, sie etwas mehr zu unterstützen, zu dir als großem Bruder schaut sie auf. Als sie vom Ernteeinsatz zurückkam, hast du kaum zugehört, was sie erzählt hat.«

Ich hatte die Augenbrauen hochgezogen und etwas erwidern wollen, aber da hatte Mutter sich schon weggedreht. Ich war mir sicher, dass es nur *einen* Grund gab, weshalb Franziska sich über mein Kommen freuen würde: weil sie genau wusste, dass mir dieser ganze FDJ-Zirkus auf die Nerven ging und ich nur gezwungenermaßen da war.

Im Saal war es nicht sonderlich voll, aber trotzdem warm und stickig. Vorn war ein kleines Podium aufgebaut, und an der Wand dahinter hing ein großes blaues Tuch mit gelb bemalten Buchstaben aus Styropor: *Das Vaterland ruft! Schützt die Republik!* Zu beiden Seiten prangte die blaue FDJ-Fahne mit dem gelben Emblem der aufgehenden Sonne. Auf dem Podium selbst standen drei Stühle und ein Rednerpult. Daneben eine niedrige Turnbank und davor optimistisch viele Stühle. Die ersten zwei Reihen waren bereits von FDJlern belegt, alle piekfein in Uniform. Vater setzte sich in die vorletzte Reihe, und ich nahm neben ihm Platz. Ich sah Mutter an, dass sie lieber weiter vorn gesessen hätte, aber um des lieben Friedens willen schwieg sie. Außer uns waren noch einige weitere Erwachsene da – Eltern vermutlich, und eine

Handvoll Lehrer, die aber längst nicht alle vorhandenen Plätze füllten. Der Saal würde wohl zur Hälfte leer bleiben. Die Tür rechts neben dem blauen Tuch stand einen Spalt offen. Hin und wieder spähte ein Mädchen hindurch, sichtlich aufgeregt. Hoffentlich kam Franziska fast um vor Nervosität …

Das Programm begann um Punkt acht. Eine Gruppe Mädchen kam herein. Sie trippelten zur Turnbank und bildeten Reihen, eine darauf und eine davor. Zwei Männer in Anzügen mit gut sichtbarem Hammer-und-Zirkel-Anstecker am Revers und Ledermappen unterm Arm nahmen auf dem Podium Platz.

Die junge FDJ-Leiterin trat ans Rednerpult: »Ich entbiete euch den Gruß der Freien Deutschen Jugend: Freundschaft!«, rief sie in den Saal. Die FDJler in den ersten Reihen sprangen auf und riefen ebenfalls »Freundschaft!«

Nach dieser Begrüßung fuhr die Leiterin fort: »Vor Kurzem hat die Partei uns, der Freien Deutschen Jugend, einen Kampfauftrag erteilt. Einen Auftrag, für den Frieden einzutreten und die Grenzen unseres Landes zu sichern. Aufzustehen gegen die faschistischen Kriegstreiber und die Ungerechtigkeiten des Kapitalismus. Jetzt ist es an uns, alle Kräfte zu bündeln! Das Wohl der Arbeiterklasse ruht auf unseren Schultern! Vierundzwanzig Mitglieder unserer Einheit verstärken inzwischen die Grenztruppen. Sie versehen ihren Dienst hier, in Berlin, am antifaschistischen Schutzwall, der unsere Republik vor dem verderblichen Einfluss des Kapitalismus schützt. Sie gehören nun zu den bewaffneten Kräften der Deutschen Demokratischen Republik und damit zu den unbesiegbaren Streitkräften des sozialistischen Lagers, an deren Spitze die stärkste Armee der Welt, die ruhmreiche Armee der Sowjetunion, steht. Diese Streitkräfte werden jedem imperialistischen Aggressor, der versuchen sollte, die Deutsche Demokratische Republik anzutasten, einen tödlichen Schlag versetzen!« Sie sprach, als stünde sie vor einem ganzen Stadion voller Zuhörer. Ihre Augen leuchteten, und ihre Stimme klang laut und sicher. »Aber auch an anderen Fronten tragen wir das Unsere bei. Der Ernteeinsatz, an dem fünf aus unseren Reihen teilgenommen haben …«

Ich hörte nicht weiter hin. Reden wie diese hatte ich schon zur Genüge im Radio gehört. Stattdessen beobachtete ich, wie sich beim Gestikulieren immer wieder andere Teile ihrer blauen Uniformbluse spannten. Auf wundersame Weise betonte das Kleidungsstück, das an Franziska wie ein Lappen wirkte, ihre Körperformen. Ich schätzte, dass die Bluse gut zwei Nummern zu klein war, denn ihr Busen zeichnete sich voll und rund unter dem Baumwollstoff ab. Und sie hatte – vermutlich mit Bedacht – die oberen Knöpfe nicht geschlossen, sodass der Spalt zwischen ihren Brüsten gut zu sehen war. Jetzt hätte ich doch gern ein paar Reihen weiter vorn gesessen. Dann könnte ich sehen, wie die Schweißtropfen von ihrem Hals Rinnsale bildeten, die langsam in den Ausschnitt sickerten.

Ihre Einleitung war aber zu Ende, ehe ich mir Gedanken machen konnte, ob sie einen BH trug oder nicht. Sie setzte sich auf den dritten Stuhl auf dem Podium, und die Mädchen auf und vor der Turnbank, die den Chor bildeten, stimmten ein Kampflied an.

Danach berichteten mehrere FDJ-Mitglieder von ihrem Engagement. Ein achtzehnjähriger Junge, der sich als Freiwilliger zu den Grenztruppen gemeldet hatte, den Kampfauftrag als persönlichen Appell sah und stolz war, als »Soldat des Volkes« zu dienen. Ein Mädchen, das für sein großes Wissen über heimische Tiere und Pflanzen mit einer Medaille ausgezeichnet worden war. Und schließlich Franziska, die erstmals als Erntehelferin ihrer sozialistischen Pflicht nachgekommen war.

Mutter setzte sich aufrechter hin, als Franziska ans Pult trat. Sie hatte ihre Rede auswendig gelernt – die letzten Tage hatte ich sie immer wieder üben hören, wenn ich an ihrem Zimmer vorbeiging. Selbstsicher blickte sie in den Saal und schilderte mit beredten Worten ihren Einsatz. Man merkte deutlich, dass die Leiterin ihr Instruktionen gegeben hatte, aber mir schien auch, dass die Sache ihr wichtig war, dass sie aus Überzeugung sprach. Franziska war gern bei der FDJ, weil sie das Zusammengehörigkeitsgefühl genoss, das wusste ich.

Plötzlich wurde mir klar, dass ich sie genau darum beneidete. Dass ich deshalb ungern zuhörte, wenn sie zu Hause von ihren Erlebnissen erzählte, und dass ihr Eifer mich nervte. Im Grunde ging es gar nicht um die Werte, die Franziska propagierte, sondern darum, dass sie Teil einer Gruppe war und ich nicht. An dem Tag, an dem ich bei Reitmann & Sohn anfing, hatte ich mich selbst ins Abseits gestellt. Ins politische und gesellschaftliche Abseits. Ich war ein Ausgestoßener. Die Schulkameraden von früher hatten sich von mir abgewandt. Nach ihrer Zeit bei der FDJ hatten sie sich Arbeit in ostdeutschen Betrieben gesucht, sie gingen mit ihren ostdeutschen Kollegen in die Kneipe, hatten ostdeutsche Freundinnen und schimpften auf die Profiteure im Westen. Und ich wiederum hatte auf sie herabgesehen und mir jenseits der Grenze Freunde gesucht.

Die Rede meiner Schwester war beendet, und Mutter applaudierte ebenso begeistert, wie Franziska vorgetragen hatte. Ich klatschte automatisch mit, bis der Chor wieder zu singen begann.

Manchmal hatte ich das Gefühl, die Mauer enge nicht Berlin ein, sondern mich. Ich hatte keinen Zugang mehr zu meinem alten Leben, fand aber auch keinen zu dem in der DDR.

Die Leiterin stand auf und kündigte einen weiteren Liedvortrag an. Ein etwa sechsjähriges Mädchen betrat das Podium und fing an zu singen, ganz ohne Begleitung. Eine zarte Melodie mit zarter Stimme.

Ich könnte mich doch auch hier verlieben, dachte ich. Ein Mädchen wie Heike müsste auch in diesem Teil der Stadt zu finden sein. Und nach einiger Zeit würden die Leute vergessen, dass ich je Grenzgänger gewesen war. Ich würde mit meinen Ostkollegen in Ostkneipen gehen – alles ganz normal –, schließlich war ich Ostler. Genau das hatte Paula angesprochen, und auch Heike war es gleich aufgefallen. Vielleicht hatte ich mir die ganze Zeit etwas vorgemacht und gehörte doch hierher. Auf Dauer konnte ich mich ja nicht nach etwas Unerreichbarem sehnen, damit machte ich mich nur unglücklich. Viel einfacher wäre es zu tun, was von mir verlangt wurde, zu denken, was man zu denken hatte, und auf etwas Erreichbares zu hoffen. Vielleicht wäre ich auf diese Weise irgendwann, so wie Franziska, davon überzeugt, dass genau das richtig für mich war.
Die Kleine bekam viel Beifall. Die Leiterin nahm sie kurz in den Arm und schickte sie dann an ihren Platz zurück.
Zum Abschluss erhoben sich alle FDJler von ihren Plätzen, riefen »Freundschaft!« und sagten dann den Schwur auf, der zum Aufruf der Partei gehörte: »Wir sind bereit und entschlossen, unsere sozialistische Republik, die friedliche Arbeit ihrer Bürger, das unbeschwerte Lachen der Kinder und die glückliche Zukunft der jungen Generation mit der Waffe in der Hand zu verteidigen. Jeder junge Bürger unserer Republik ein Bürge für ihre Sicherheit! Der Frieden muss bewaffnet sein!«
Könnte mein Leben nicht auch so aussehen? Im Osten, wo ich nun einmal verwurzelt war. Auch wenn hier nicht alles perfekt war ... aber das war es im Westen ja auch nicht, oder?
Die Chormädchen, die Männer, die Leiterin und auch Franziska verschwanden durch die Tür, und schon redeten und riefen alle durcheinander. Mutter wollte auf Franziska warten, doch die sah offenbar keinen Anlass sich zu beeilen.

»Ich hole sie rasch«, bot ich an.
Mein höfliches Klopfen hörte keiner, darum öffnete ich die Tür einen Spalt und steckte den Kopf durch.
»Was wollen Sie?« Die Leiterin stand vor mir.
»Ich wollte nur fragen, ob meine Schwester fertig ist. Franziska Niemöller …«
Sie hatte noch einen weiteren Blusenknopf aufgemacht. Ich musste schlucken und hob rasch den Blick weg vom Busen zu ihrem Gesicht. »War ein schöner Abend«, sagte ich. »Sie haben sehr gut gesprochen. Ich wollte, ich könnte das auch.« Und als sie eine freundlichere Miene machte, fügte ich hinzu: »Sehr inspirierend.«
»Danke.« Sie hielt den Kopf ein wenig schräg. »Franziska hat auch Talent, eine gute Sprecherin zu werden. Ich habe ihr für den Vortrag ein paar Tipps gegeben.«
»Franziska bewundert Sie sehr.« Ich hatte keine Ahnung, ob meine Schwester je etwas dergleichen gesagt hatte.
»Ja, sie will auch synchronschwimmen, so wie ich.« Sie drehte eine Haarsträhne um den Zeigefinger.
»Synchronschwimmen! Ein faszinierender Sport! Davon hat sie noch gar nicht erzählt.«
Die junge Frau lächelte geschmeichelt.
»Wir trainieren jeden Donnerstagabend im Stadtbad Mitte«, sagte sie. »Vielleicht haben Sie ja Lust, mal zuzuschauen?«
Bevor ich etwas antworten konnte, tauchte auch schon Franziska auf.
»Du hättest nicht auf mich zu warten brauchen«, sagte sie patzig und drängte sich an mir vorbei.
»Mutter wollte warten!«, rief ich ihr nach, sagte rasch »Auf ein andermal« zu der Leiterin und folgte meiner Schwester.

ZWANZIG

Keine Ahnung, was mich antrieb, einen wirklichen Entschluss hatte ich nicht gefasst, aber tags darauf schlug ich am Abend den Weg zum Stadtbad Mitte ein. Das Hallenbad war in einem stattlichen alten Gebäude untergebracht, einem der wenigen, die den Krieg überstanden hatten. Das Dach war zwar von zwei Bomben beschädigt worden, die aber zum Glück nicht explodierten. Der Leiter des Bades hatte sie eigenhändig ins Freie getragen, das Dach reparieren lassen und das Schwimmbad bald darauf wieder eröffnet.

Im Eingangsbereich zögerte ich kurz. Da ich keine Badehose eingepackt hatte, würde man mich bestimmt nicht in die Schwimmhalle lassen.

Langsam ging ich die Treppe in den ersten Stock hinauf, wo es eine Galerie mit Aussicht auf das Becken gab. Es war Jahre her, dass ich das letzte Mal hier gewesen war; für Schwimmen hatte ich nicht viel übrig. Meine Haut war von einem feuchten Film überzogen, noch ehe ich oben angelangt war. Ich knöpfte meine Jacke auf.

Der Chlorgeruch weckte unangenehme Erinnerungen an Sportstunden. Unser Schwimmlehrer, ein humorloser Muskelprotz mit blondem Schnurrbart und schmalen Lippen, schlug jedem, der sich am Rand festhalten wollte, mit einem langen Stock auf die Finger. Woche um Woche hatte ich am Beckenrand Trockenübungen absolviert. Woche um Woche hatte ich Wasser geschluckt und in meiner Panik geglaubt, sterben zu müssen, wenn er mich ins Tiefe zwang. Woche um Woche hatte ich die Tortur überlebt.

Hinter den hohen Fenstern war es dunkel, an der Decke jedoch brannten Lampen und erleuchteten die Halle bis in den letzten Winkel.

Der Bademeister forderte mit schrillen Pfiffen und Gebärden die letzten Badegäste, die noch ihre Bahnen zogen, zum Verlassen des Beckens auf.

Unterdessen waren bereits die Synchronschwimmerinnen gekommen – sechs an der Zahl –, alle gertenschlank. Sie machten Aufwärmübungen, streckten sich und beugten den Körper bald hierhin, bald dorthin.

Ich zog meine Jacke aus, hängte sie übers Geländer und schaute hinab zu den Mädchen, die alle schwarze Badeanzüge und weiße Badehauben trugen. Ob Franziskas Gruppenleiterin dabei war, konnte ich nicht erkennen.

Zum Schluss kam noch eine dickere Frau in die Schwimmhalle. Ihre kurze Hose spannte über dem Hintern, und das weiße Oberteil hing wie ein Lappen an ihr. Sie klatschte in die Hände, woraufhin die Mädchen sich wie Hundewelpen um sie scharten. Außer ihnen war nun niemand mehr in der Halle.

Ich trat ein wenig zurück, um nicht gesehen zu werden. Im Grunde war es doch lächerlich, bei einer Trainingsstunde zuzuschauen. Wäre es eine Vorführung gewesen, ja … aber ein Training?

Ein durchdringender Pfiff. Die Mädchen marschierten – wenn auch mit einer gewissen Grazie – am Beckenrand entlang. Dann sprangen sie, jeweils zu zweit, ins Tiefe. Die Trainerin zählte mit lauter Stimme, und die Schwimmerinnen vollführten dazu Figuren: Sie tauchten auf und unter, reckten Arme oder Beine in die Luft, schwammen im Kreis. Alles perfekt abgestimmt, aber nicht sonderlich spektakulär. Eher DDR-typisch. Gleicher Rhythmus, gleiche Bewegungen, keine Abweichung. Kraft und Disziplin – das Idealbild des neuen sozialistischen Menschen.

Ich seufzte. Was tat ich hier überhaupt? Wo ich doch Franziskas Leiterin nicht einmal erkannte …

Ich legte die Ellbogen aufs Geländer und starrte auf die dunklen

Fenster gegenüber. Das gesamte Hallenbad spiegelte sich darin. Auch der junge Mann auf der Galerie. Er wollte nicht ins Bild passen, war viel zu dick angezogen, wusste nicht recht, wohin mit sich, fühlte sich nicht zugehörig – weder zur gespiegelten noch zur wirklichen Welt. Betrachtete die Schwimmerinnen unten, als wäre er Lichtjahre von ihnen entfernt.

Ist es das, was ich will, fragte ich mich: eine FDJ-Leiterin, die jede Woche zum Synchronschwimmen geht?

Nein, so schnell durfte ich nicht aufgeben!

Wo ist der kämpferische Julian geblieben?, würde Heike sagen, der Julian, der davon träumt, mich auf dem Moped hinten mitzunehmen, der in fremde Häuser einbricht, um für mich zu kochen und mit mir zu schlafen, dem es egal ist, was man hinter seinem Rücken tuschelt, der tut, was er will?

Ich schämte mich für den Gedanken, Heike gegen solch eine gesichtslose FDJ-Trine eintauschen zu wollen.

Die chlorgeschwängerte Luft machte mir das Atmen schwer, und ich schwitzte wie ein Stier.

Ich musste hier weg! Entschlossen griff ich nach meiner Jacke, wandte mich zum Gehen – und erschrak bis ins Mark.

Denn in der Tür der Galerie stand Wolfgang Wichser.

»Liebe Güte!«, stieß ich hervor. »Was willst du denn hier?«

»Mit dir reden.« Er grinste.

»Mit mir?«

Ich wollte an ihm vorbei, aber er vertrat mir den Weg.

»Woher weißt du, dass ich hier bin?«

»Ich bin dir nachgegangen.« Völlig gelassen sagte er das, als wäre es die normalste Sache der Welt. Als täte er das jeden Abend, rein zum Vergnügen.

»Scharfe Weiber, was?« Er machte eine Kopfbewegung zum Schwimmbecken.

»Was willst du von mir?«
Er zog die Tür hinter sich zu, sodass ich keine Möglichkeit mehr hatte, zu entkommen.
Die Trillerpfeife der Trainerin gellte mir in den Ohren.
»Dir einen Vorschlag machen.« Wieder dieses selbstgefällige Grinsen. »Einen, den du nicht ausschlagen kannst, das gebe ich zu.«
Ich verdrehte die Augen. Mannomann, was hatte ich diese Spielchen satt!
»Das Land ohne Genehmigung verlassen, ist illegal«, sagte er.
Ich wurde stocksteif.
»Drei Jahre Zuchthaus stehen drauf, das weißt du ja wohl.«
War er allein gekommen? Oder hatte er bereits die Stasi informiert und das Hallenbad war umstellt? Ich schwitzte noch stärker.
»Nun ja, jeder macht mal ’nen Fehler, nicht wahr?«
Wusste er, dass wir es versucht hatten, oder vermutete er es nur? Hatte er etwa doch mein Gespräch mit Veronika mitbekommen?
»Ich melde das nicht, aber dafür erwarte ich natürlich eine Gegenleistung.«
Darum also ging es.
»Sagen wir so: Du gibst mir nächste Woche fünfhundert Mark, und dafür informiere ich die Stasi nicht.«
»Fünfhundert!«, entfuhr es mir. »So viel habe ich nicht.«
»Tss-tss«, machte Wolfgang kopfschüttelnd. »Also abgemacht?«
»Weißt du was: Du siehst Gespenster!« Ich machte eine wegwerfende Gebärde und versuchte, an ihm vorbeizugehen, doch er blockierte nach wie vor die Tür.
»Vielleicht. Ob es so ist, wird dann die Stasi herausfinden.«
Ich musste mich zusammenreißen, um ihn nicht in seine hämisch grinsende Visage zu schlagen.

»Wir sehen uns also kommende Woche. Du bringst fünfhundert Mark mit. Wohin, erfährst du noch rechtzeitig. Und mach ja keine Sperenzchen, ich behalte dich im Auge.« Nach diesen Worten drehte er sich um und ging.
Ich schnappte nach Luft. Was, um Himmels willen, war da gerade passiert?!

EINUNDZWANZIG

Mir blieb keine andere Wahl. Ich wusste nicht, wie ich sonst an eine solche Menge Geld kommen sollte. Jedenfalls nicht in kurzer Zeit. Und schon gar nicht seit dem Mauerbau. Ich klemmte das Paket fester unter den Arm und schritt zügig aus. Je schneller ich die Sache hinter mir hatte, desto besser.
Mit der U-Bahn fuhr ich zum Alexanderplatz. Schon auf der Treppe nach oben merkte ich, dass meine Hände klamm wurden. Ich stellte mich neben den großen Lebensmittelladen an der Ecke und ließ den Blick schweifen. Dass der Schwarzmarkt seit Kriegsende auf dem Alex angesiedelt war, wusste ich, hatte aber keine Ahnung, wie man dort Geschäfte anbahnte.
Um nicht unnütz herumzustehen, kaufte ich mir an einem Imbissstand ein Bratwurstbrötchen. Mit dem Brötchen in der einen Hand und dem Paket unter dem anderen Arm sah ich mich weiter um. Auf der anderen Seite des Platzes standen Leute beisammen, meist in Zweiergrüppchen. Jacken wurden aufgeklappt und Ärmel hochgeschoben, um den Interessenten Dinge wie Armbanduhren, Nylonstrumpfhosen, verpackte Lebensmittel und so weiter zu zeigen. Gegenstände wechselten blitzschnell den Besit-

zer, Geldscheine verschwanden ebenso schnell in Hosentaschen. Käufer und Verkäufer sahen einander dabei kaum an, redeten nur das Allernötigste. Die auffällige Unauffälligkeit, mit der all das geschah, reizte schon fast zum Lachen. Berlins Schwarzmarkt blühte jedenfalls nach wie vor.
Mutter hatte mich nach Kriegsende manchmal zum Alexanderplatz mitgenommen, der damals noch ein Trümmerfeld war. Ein Trümmerfeld voller Menschen, die auf lukrative Tauschgeschäfte aus waren. Auch russische und amerikanische Soldaten beteiligten sich mit Kaugummi und Tabak an dem Handel.
Mutter nahm meist Haushaltsgegenstände mit, die sie gegen Butter und Speck tauschte. Meine Aufgabe war es, sie am Ärmel zu ziehen, sobald sich jemand näherte, und zu jammern, ich hätte Hunger. Bei den Deutschen verfing diese Masche ebenso wenig wie bei den Russen. Die Amerikaner hingegen steckten mir öfter mal ein Stück Schokolade zu.
Heute aber ging es nicht um Schokolade. Heute brauchte ich Geld, viel Geld. Für dieses Arschloch von Wolfgang Wichser. Ich biss mir auf die Lippe, als ich an sein dreckiges Grinsen dachte. Dann steckte ich das letzte Stück Bratwurst in den Mund und überquerte langsam den Platz. Wen sollte ich ansprechen? Wer hatte wohl genug Geld bei sich?
Ein Mann nahm Blickkontakt mit mir auf und kam näher, als ich ein Nicken andeutete. Er trug einen für die Jahreszeit viel zu warmen Mantel und hatte eine große Tasche geschultert.
»Marlboro, Nylons, Whisky …?«, nuschelte er, zündete sich eine Zigarette an und schaute von mir weg.
»Ich hab selber was zu verkaufen.«
Ein knappes Nicken.
Ich nahm das Paket unter dem Arm hervor und schlug das Tuch, in das ich meine roten Schuhe gewickelt hatte, ein Stück beiseite.

»Westware«, fügte ich, überflüssigerweise, hinzu. »Nagelneu.« Ich hatte sie so lange poliert, bis sie aussahen wie frisch aus dem Schaufenster am Ku'damm.
Seine Miene verriet nichts.
Ich wollte schon weggehen, da gab er ein zustimmendes Brummen von sich.
»Achthundert Mark.« Wahrscheinlich war der Preis viel zu hoch, aber ich musste aufs Ganze gehen.
Der Mann musterte mich flüchtig und zog an seiner Zigarette.
»Zweihundert.«
»Fünfhundert.«
Keine Reaktion. Ich schlug das Tuch wieder über die Schuhe und überlegte noch, ob ich besser gehen oder sein Angebot doch annehmen sollte, da schnippte er die Zigarette weg.
»In Ordnung.« Er zog ein Bündel Geldscheine aus der Tasche, zählte schneller, als ich schauen konnte, ein paar davon ab und drückte sie mir in die Hand. Ich gab ihm die Schuhe. Und noch ehe ich nachprüfen konnte, ob er mich auch nicht betrogen hatte, war er verschwunden.
Ich konnte es kaum glauben. Ich hatte das Geld! So einfach war es also, an fünfhundert Mark zu kommen … mehr als ein Monatslohn. Keine zwei Minuten hatte das Ganze gedauert.
Plötzlich stand ein Junge vor mir, den ich überhaupt nicht hatte kommen sehen. Er mochte etwa sechzehn sein, war aber gut einen Kopf kleiner als ich und trug eine Strickjacke, die ihm viel zu groß war.
»Waren das Schuhe aus dem Westen?«, flüsterte er und trat noch einen Schritt näher.
Ich wich ein wenig zurück.
»Hast du Westkontakte?«, fuhr er fort, jetzt mit dringlicherem Tonfall.

Ich zog die Brauen hoch. »Seit die Grenze dicht ist, hat keiner mehr Westkontakte«, erwiderte ich.
»Aber es gibt doch Möglichkeiten ...«
Mit einem Mal sah ich den Mann: In etwa fünfzig Metern Entfernung lehnte er an einem geparkten Auto und rauchte eine Zigarette. Und im Wagen saß ebenfalls ein Mann.
Jetzt hieß es aufpassen.
»Ich kenne keine solchen Möglichkeiten. Lass mich in Ruhe.«
Brüsk wandte ich mich ab und ging davon.
Der Junge folgte mir nicht, und ich hörte auch keinen Motor anspringen. Dennoch schlug mein Herz wie wild, und ich musste mich zusammennehmen, um nicht zu rennen.
Am Stand des Wurstverkäufers blieb ich stehen und schaute über die Schulter. Der Junge schlenderte zum Rand des Platzes und bog um eine Ecke. Der Mann am Auto trat gerade seine Kippe aus und sagte etwas zu dem am Steuer, der daraufhin den Motor anließ und langsam in die Richtung fuhr, in welcher der Junge verschwunden war.
Erst jetzt merkte ich, dass ich die ganze Zeit die Hände zu Fäusten geballt hatte – die Geldscheine waren feucht von meinem Schweiß. Die Begegnung mit dem Jungen und seine Unvorsichtigkeit lehrten mich zweierlei. Erstens: Wenn Rolf und ich fliehen wollten, durften wir auf keinen Fall einen Dritten einbeziehen oder gar um Hilfe bitten, denn letztlich war niemandem zu trauen. Zweitens: Ich wollte unbedingt hier weg, sonst würde diese verdammte Paranoia mein ganzes weiteres Leben bestimmen, und ich würde mich immer wieder mit Gestalten wie Wolfgang Wichser herumschlagen müssen.
Höchste Zeit, dass Rolf und ich neue Pläne schmiedeten.

ZWEIUNDZWANZIG

Wir wussten es nicht. Wir wussten es einfach nicht.
Den ganzen Abend hatten wir zusammengesessen und überlegt, wie sich die Flucht bewerkstelligen ließe. Wir hatten sogar erwogen, die Mauer zu überfliegen. Aber woher ein Flugzeug nehmen? Mieten? Kapern? Selbst bauen?
Rolf hatte die Stirn in Falten gelegt – ein Gedankenspiel, nicht realisierbar.
»Wir müssen komplett anders denken als der Staat«, hatte ich gesagt. »Dann finden wir bestimmt eine Möglichkeit, die diese Sturköpfe übersehen haben.« Aber was für eine, das wollte mir auf die Schnelle nicht einfallen.
Über die Mauer klettern oder durch die Spree schwimmen kam nicht infrage. Nicht seit sie auf Flüchtlinge scharf schossen. Dass wir ein Risiko eingehen mussten, war klar, aber wenn schon, dann sollte unser Plan gute Erfolgschancen haben.
Die Sache mit der Kanalisation konnten wir vergessen, denn darauf würden sie nun ein besonderes Auge haben.
Einen Tunnel graben – das hatten wir als Nächstes erwogen. Material und Werkzeuge könnte ich mir auf den Baustellen beschaffen. Aber ich war kein Ingenieur, und Rolf ebenso wenig. Wir hatten beide keine Ahnung von Dingen wie Neigungsgrad, Grundwasserspiegel, Stützkonstruktionen und wie man sich unter der Erde orientieren konnte, damit der Tunnel dort endete, wo er sollte. Jemanden einweihen, der sich damit auskannte? Diesen Gedanken verwarfen wir gleich wieder, es wäre zu gefährlich gewesen.
Trotz allem wollte ich die Idee nicht aufgeben – irgendeine Möglichkeit musste sich doch finden!

Selbst bei der Arbeit konnte ich an nichts anderes mehr denken. Während ich Maurerkellen einsammelte, Eimer mit Wasser füllte und Zementsäcke schleppte, überlegte ich, was wir für einen Tunnel alles brauchen würden, und ließ meinen Blick über die herumliegenden Werkzeuge und das Baumaterial schweifen. Wir könnten die Sachen bei Nacht holen – ich wusste ja, was wo zu finden war. Dieser Gedanke verlieh mir so viel Energie, dass ich mit nie da gewesener Begeisterung Mörtel anmischte.

Nachts und sonntags, so stellte ich mir vor, würden wir graben und graben und graben. Dabei schwitzen und von Kopf bis Fuß dreckig werden. Dennoch würden wir unverdrossen weitermachen und unseren Tunnel Meter um Meter vorantreiben, immer näher zur Grenze hin, darunter durch und ein Stück in den Westen hinein. Und dann würde ich endlich vor Heike stehen …

Und wenn der Tunnel schon einmal da war, könnten auch Vater und Mutter ihn zur Flucht nutzen. Und Gudrun mit ihrer Familie. Dann wären wir wieder alle beisammen und keiner müsste sich nach den anderen sehnen. Dass mein Plan unversehens in Träumerei übergegangen war, fiel mir erst gar nicht auf. Ich merkte nicht, dass ich zu viel Wasser genommen hatte und der Mörtel zu dünnflüssig geworden war. Und ich merkte auch nicht, dass der Polier plötzlich neben mir stand und mein Tun stirnrunzelnd verfolgte.

»Niemöller!«

Ich fuhr zusammen.

»Sie sollen nach Feierabend zu Herrn Bormann ins Büro kommen.« Ohne meine Antwort abzuwarten, ging er wieder.

Nach Feierabend zum Chef … ach du grüne Neune! Mein Blick fiel auf den viel zu nassen Mörtel. Das würde Ärger geben!

Ich schüttete Pulver nach und rührte aus Leibeskräften. Was schwierig war, denn die Wanne war jetzt viel zu voll.

Womöglich hatte der Chef von meiner früheren Beschäftigung in Westberlin Wind bekommen?
Ich holte eine zweite Wanne und schöpfte mit einem Eimer einen Teil der Mischung um. Na, das hatte ich gründlich verpatzt.
»Beeilung, Niemöller!«, rief einer der Maurer mir zu. »Wir warten schon eine ganze Weile!«
Verflogen war der Tunneltraum und mit ihm alle Energie und Hoffnung.

Die Stunden zogen sich hin. Ich war froh, als der Polier endlich sagte, wir könnten Feierabend machen. In Windeseile zog ich mich um, rannte zu meinem Rad und dachte nicht mehr an Bormann.
»Niemöller!« Der Polier rief mir nach, als ich gerade in die Straße einbiegen wollte. Da fiel es mir wieder ein.
Sofort machte ich kehrt und steuerte das Büro des Chefs an.

»Warten Sie bitte einen Moment. Herr Bormann wird gleich da sein«, sagte eine junge Frau. Sie trug einen ziemlich kurzen Rock. Wenn sie sich vorgebeugt hätte, ohne dabei in die Knie zu gehen, hätte ich einen Blick auf ihren Schlüpfer erhaschen können. Sie führte mich in einen Nebenraum voller Bücher und ließ mich dort allein. In dem Raum standen keine Stühle, nur ein Sessel im Fenstererker. Ein Monstrum von einem Sessel, aus dem man so schnell nicht wieder hochkam, darum verzichtete ich darauf, mich zu setzen. Auch wenn es länger dauern sollte, bis Bormann zu erscheinen beliebte.
Ich ging hin und her und ließ dabei den Blick über die Buchregale schweifen. Da standen Fachbücher über Ingenieurwissenschaften, diverse Enzyklopädien, Jahresberichte des Ministeriums für Bauwesen und natürlich die obligatorischen Klassiker von Marx,

Engels, Lenin und Konsorten, teils in russischen Ausgaben. Ob Bormann die alle gelesen hatte? Wahrscheinlich ebenso wenig wie ich, bis auf ein paar Passagen im Russischunterricht oder in Staatsbürgerkunde.
Viele der Bücher waren alt, stellte ich fest. Ich zog wahllos eines heraus, einen schmalen Band. *Die U-Bahn Gesundbrunnen–Neukölln – Zur Eröffnung der Nordstrecke Neanderstraße–Gesundbrunnen am 18. April 1930* stand in Großbuchstaben auf dem Leinenumschlag. Typischer Regalfüller, dachte ich, blätterte aber dennoch darin herum. Es enthielt Bauzeichnungen und Tabellen mit genauen Angaben zu Bahnsteiglängen, Höhen der Tunnel und so weiter.
Tunnel … das Wort elektrisierte mich regelrecht. Die U-Bahnen fuhren durch Tunnel, die es bereits gab! Wir bräuchten also gar nicht selbst zu graben, sondern bloß eine Möglichkeit finden …
Ein Blick zum Regal. Da standen noch mehr Bücher über den U-Bahn-Bau. Ich zog ein zweites heraus.
»Aber sicher, Frau Lindner!«, hörte ich Bormanns Stimme hinter der Tür. Blitzschnell schob ich die beiden Bücher unter meine Jacke und wandte mich zur Tür um, durch die Sekunden später Bormann kam. Er nickte knapp und bedeutete mir, ihm in sein Büro zu folgen.
»Setzen Sie sich.« Er wies auf den Stuhl neben seinem Schreibtisch und nahm in einem Sesselmonstrum Platz, wie es auch in der kleinen Bibliothek nebenan stand.
Und dann kam er auch schon zur Sache: »Der Meister hat mir gesagt, dass Sie Ihre Arbeit gut machen, meinte aber, die Maurer könnten auch ohne Ihre Hilfe auskommen.«
Dieser Auftakt verhieß nichts Gutes, trotzdem riss ich mich zusammen und hörte weiter zu. Denn am liebsten wäre ich aufgesprungen, weil ich mit meiner Beute zu Rolf wollte.

»Es verhält sich so, dass auf einer Großbaustelle an der Marchlewskistraße weitere Maurer gebraucht werden. Und weil Sie Erfahrung in diesem Beruf haben, will ich Sie dort einsetzen.«
Wie? Er wollte mich gar nicht entlassen? Sondern sogar befördern? Sodass ich künftig in meinem erlernten Beruf würde arbeiten können statt als Hilfskraft.
»Vielen Dank«, sagte ich zögerlich.
»Als Maurer bekommen Sie natürlich einen höheren Lohn. Frau Lindner hat bereits Anweisung, die nötigen Unterlagen auszufertigen.« Er lehnte sich zurück und betrachtete unser Gespräch anscheinend als beendet.
Ich bedankte mich noch einmal und stand auf, die Hand vor der Brust, damit die Bücher nicht unter der Jacke hervorrutschten.
In Frau Lindners Büro unterschrieb ich alle Papiere, die sie mir vorlegte, ohne sie durchzulesen. Weil ich möglichst schnell wegwollte. Ich hatte einen neuen Plan, nur das zählte jetzt.

DREIUNDZWANZIG

Es regnete, und ich hatte nicht daran gedacht, einen Schirm mitzunehmen. Ich zog den Kopf zwischen die Schultern und schob die Hände tiefer in die Jackentaschen, eine Faust um die aufgerollten Geldscheine geschlossen. Der nasse Bürgersteig glänzte im Licht der Straßenlaternen.
Kein Mensch kam mir entgegen. Am Ende der Straße blieb ich stehen, um auf die Uhr zu schauen. Ich wollte genau drei Minuten zu spät kommen. Um einerseits sicher zu sein, dass Wolfgang bereits da war, aber andererseits keinen Ärger mit ihm zu riskie-

ren. Den Treffpunkt, den er mir genannt hatte, kannte ich gut. Es war eine alte Schuhfabrik, in der wir als Kinder öfter gespielt hatten. Die Soldatenstiefel, die im Krieg dort hergestellt wurden, hatten die Leute sich nach den Bombardements rasch geholt. Das Gebäude selbst stand noch, wenngleich ziemlich lädiert, und in den Hallen rosteten ein paar Maschinen vor sich hin.

Mir fiel ein, dass vom ersten Stock ein Transportband zum Innenhof verlief. An einigen Stellen war das Gummi geschmolzen, aber das Band war noch stabil genug gewesen, dass wir daran hinauf- und hinabklettern konnten – was wir mit Vergnügen taten.

Der Verwaltungstrakt lag zur Straße hin, und dort sah das Gebäude im Wesentlichen noch aus wie die anderen in der Straße, nur dass hinter den Fenstern nie Licht brannte.

Ich blieb auf dem Bürgersteig gegenüber stehen und betrachtete die Fassade. Einige Fenster waren kaputt, aber niemand hatte sich je die Mühe gemacht, sie mit Latten zu vernageln. Einen Augenblick war mir, als hätte ich hinter einem großen Fenster im ersten Stock eine Bewegung wahrgenommen. Aber im Dunkeln täuscht man sich leicht ...

Dennoch lief mir ein Schauder über den Rücken, und ich schloss die Hand noch fester um das Geld. Wenn unser neuer Plan glückte, würde ich bald nichts mehr mit diesem Widerling zu tun haben. Schon in der Schule hatte ich Wolfgang nicht gemocht, jetzt aber hasste ich ihn richtiggehend. Warum er solch einen Groll gegen mich hegte, war mir schleierhaft, denn ich war ihm früher meist aus dem Weg gegangen. Dass ich meine Westschuhe wegen ihm hatte verkaufen müssen, wurmte mich gewaltig. Aber mit seiner verfluchten Uniform war er grundsätzlich im Recht. Er hatte mich in der Hand, und sollte es je hart auf hart gehen, würde bei der Stasi allein sein Wort zählen.

Da – wieder eine Bewegung am Fenster! Jetzt ganz eindeutig. Ich holte tief Luft und überquerte die Straße. Die Eingangstür klemmte nach etwa dreißig Zentimetern, ich musste mich durch den Spalt zwängen.
Im stockdunklen Flur war die Treppe nicht zu sehen, aber ich wusste noch, wo sie war.
Sie führte in einen Raum im ersten Stock, der mit seinem offenen Kamin früher einmal repräsentativ gewesen war, jetzt aber – ohne Möbel – desolat wirkte. Im schwachen Licht sah ich eine Gestalt am Fenster.
»Du bist unpünktlich«, sagte Wolfgang schneidend.
»Aber ich bin da«, gab ich zurück. Er sollte mich nicht unterkriegen, das hatte ich mir vorgenommen. Er sollte nicht denken, er könnte mich dauernd nach seiner Pfeife tanzen lassen.
»Hast du die Pinke?« Er blieb am Fenster stehen, mit dem Licht von der Straße im Rücken. So konnte er mich gut sehen, ich ihn aber nur als Silhouette. Lernte man solche Tricks als Grenzwächter?
Ich zog die Hand mit dem Geld aus der Tasche und hielt sie ihm geöffnet hin.
Um es zu nehmen, musste er ein paar Schritte näher kommen. Mit einer kleinen Taschenlampe, die Finger vor dem Strahl gespreizt, zählte er die Scheine. Grenzpolizist durch und durch, war er sogar zu diesem Anlass uniformiert erschienen.
Er ließ ein zustimmendes Brummen hören, als er feststellte, dass ich ihn nicht betrügen wollte.
»Ich habe mich an unsere Vereinbarung gehalten.« Zum Glück schaffte ich es, mit fester Stimme zu sprechen. »Wie kann ich wissen, ob du dich auch daran hältst?«
»Das kannst du nicht wissen.« Er steckte das Geld in die Innentasche seiner Uniformjacke. »Es sei denn, du besorgst mir bis

nächste Woche sechshundert Mark.« Unvermittelt hob er die Taschenlampe und leuchtete mir ins Gesicht.
»Das geht nicht. Mehr Geld kann ich nicht auftreiben.« Mir brach der Schweiß aus. Was ich befürchtet hatte, war eingetreten. Warum sollte er sich auch mit fünfhundert Mark begnügen, wenn es so leicht war?
Er leuchtete mir direkt in die Augen und kam ganz nahe heran.
»Diesmal hat's doch auch geklappt, oder?« Sein Atem stank nach Bier.
Ich wandte das Gesicht ab.
»Dann musst du eben an dein Erspartes gehen, Grenzgänger.« Sein Ton hatte die gleiche Wirkung wie ein brennendes Streichholz an einer Lunte.
»Hör zu, du Arsch!«, zischte ich und stieß ihn von mir weg. »Die Grenze ist dicht, und zwar für alle. Ich arbeite jetzt hier. Für einen Hungerlohn. Keine Ahnung, was du dir vorstellst, aber ich hab zu Hause keinen Geldscheißer. Wenn ich sage, an mehr komme ich nicht, dann stimmt das.«
»Du wirst müssen!«
»Von wegen!« Ich hatte geschrien. Weil mir inzwischen egal war, ob jemand uns hörte.
»Dann … dann … melde ich der Stasi, dass du fliehen wolltest!«
»Tu, was du nicht lassen kannst!« Mir war bewusst, dass ich damit ein hohes Risiko einging, aber auch das war mir in dem Moment egal.
»Ich melde das, verlass dich drauf!«
»Aber Beweise hast du keine!«
»Du bringst mir Geld, oder …« Er wollte mich an der Jacke packen, aber ich war schneller und umgriff seine beiden Handgelenke.
»Du hast Geld bekommen!«

»Ich will mehr!« Er riss sich los, offenbar verlieh die Wut ihm zusätzliche Kraft. »Bring mir Geld, oder du wirst es bereuen!« Er wollte sich auf mich stürzen. Mit beiden Händen versetzte ich ihm einen Stoß vor die Brust. Er geriet ins Schwanken, taumelte rückwärts und stolperte über etwas am Boden. Wild mit den Armen rudernd, fiel er gegen die Fensterscheibe, durchbrach sie und stürzte mit einem Schrei in die Tiefe.

Ehe ich so recht kapiert hatte, was geschehen war, hörte ich einen dumpfen Aufprall.

Ich schloss die Augen und wartete ein paar Sekunden. Dann schlug ich sie wieder auf.

Kein Wolfgang mehr am Fenster …

Langsam ging ich hin und beugte mich über die Scherbenzacken. Er lag unten auf der Straße. Auf dem Rücken, mit ausgebreiteten Armen und den Kopf unnatürlich abgewinkelt. Seine Stirn glänzte im Laternenlicht, und der Regen prasselte auf seine Uniform.

Mir wurde eng in der Brust. Ich knöpfte Jacke und Hemdkragen auf, aber der Druck wollte nicht weichen. Ich bekam kaum noch Luft. Mit beiden Händen stützte ich mich auf die Fensterbank und merkte kaum, dass sich Glassplitter in meine Haut bohrten. Im Haus gegenüber wurde Licht gemacht. Rasch trat ich beiseite. Eine Frau öffnete das Fenster, streckte den Kopf ins Freie und rief etwas. Sie rief laut, trotzdem verstand ich es nicht, weil ich das Gefühl hatte, sie wäre unendlich weit weg. Als ich von der Seite her einen Blick auf die Straße warf, schien es mir, als läge Wolfgang in mindestens hundert Metern Tiefe. Sekundenlang gab der Boden unter mir nach, und die Wände drehten sich.

Ich musste weg.

Dieser Gedanke bahnte sich durch den dichten Nebel in meinem Gehirn einen Weg ins Bewusstsein.

Ich musste weg.
Weg kam ich nur durch die Vordertür, denn der Innenhof war von hohen Mauern umgeben. Bestimmt würde demnächst die Polizei auftauchen und dann ... ein toter Grenzwächter lag auf der Straße ...
Ich musste weg.

Hinterher konnte ich nicht mehr sagen, wie ich weggekommen war. Ich weiß nur noch, dass ich mich durch den Türspalt ins Freie quetschte ... und dann saß ich auf dem Bürgersteig des Hauses, in dem Rolf wohnte. Oben brannte kein Licht. Und mitten in der Nacht klingeln wollte ich auch nicht. Vielleicht war es besser, er wusste von nichts.
Es hatte aufgehört zu regnen, und ich lehnte den Kopf an die Hauswand.

VIERUNDZWANZIG

Marthe und Florian hatten mich abgelenkt, aber als ich sie gewaschen, ihnen die Schlafanzüge angezogen und schließlich noch eine Gutenachtgeschichte vorgelesen hatte, kam alles wieder hoch. Ich hatte das Gefühl, innerlich wie äußerlich von einer dicken klebrigen Teerschicht überzogen zu sein, die nicht nur jede Bewegung erschwerte, sondern auch mein Denken lähmte. Würde ich jetzt rufen wollen, käme kein Laut aus meiner Kehle.
Ich saß im dunklen Wohnzimmer und versuchte, meinen Atem unter Kontrolle zu bekommen.

Die letzten zwei Tage hatte ich weder Radio gehört noch Zeitung gelesen. Hatte mich mit keinem unterhalten und mich bei der Arbeit verausgabt wie noch nie. Nach dem Abendessen hatte ich meinen Trainingsanzug angezogen und einen Dauerlauf gemacht. Ich war gelaufen und gelaufen, bis ich todmüde war. Aber es half nichts. So hart ich auch arbeitete und so weit ich auch lief, ich wurde dieses Gefühl nicht los, diese erstickende Mischung aus Angst, Entsetzen, Panik und Fassungslosigkeit.
Ich lauschte dem Regen, der ans Fenster trommelte. Regnete es tatsächlich, oder narrte mich die Erinnerung? Die letzten zwei Nächte war ich immer wieder aufgeschreckt, weil ich glaubte, Glas splittern zu hören. Vielleicht war Wolfgang ja gar nicht tot, dachte ich, vielleicht war jene Frau am Fenster ins Freie geeilt, um von einer Telefonzelle aus einen Krankenwagen zu rufen. Und man hatte festgestellt, dass Wolfgang nur ... Aber im Grunde glaubte ich nicht an diese Version – so merkwürdig verrenkt, wie sein Kopf dagelegen hatte. Und ich wollte auch nicht daran glauben, denn wenn Wolfgang noch lebte, könnte er sagen, wer ihn aus dem Fenster gestoßen hatte. Ja – *wollte* ich denn, dass ich einen Menschen umgebracht hatte!? Nein! Aber es war geschehen. Ich versuchte, die Gedanken, die Geräusche und die Bilder aus meinem Kopf zu verbannen.
Ich stand auf und öffnete die Tür zum Kinderzimmer einen Spalt. Auf dem niedrigen Tisch unter dem Fenster brannte das Nachtlämpchen. Es hielt die Riesenkakerlaken fern, vor denen Marthe fürchterliche Angst hatte. Florian hatte zwar großspurig behauptet, er brauche kein solches Lämpchen, doch als ich es ausmachen wollte, hatte er ebenso laut protestiert wie seine Schwester. Lächelnd betrat ich das Zimmer und ging zum Fenster. Ja doch ... es regnete. Ich setzte mich auf das Tischchen und konzentrierte mich auf die leisen Geräusche im Raum. Die gleichmäßigen

Atemzüge der Kinder wirkten beruhigend. Marthe hatte den Daumen im Mund und dabei eine Art Lächeln im Gesichtchen. Keine Riesenkakerlaken mehr heute Nacht ... Wovon träumte ein vierjähriges Mädchen? Von Eistüten und Teddybären? Oder von dem Flusspferd im Zoo? Es schien mir eine Ewigkeit her, dass Heike und ich mit Marthe dort gewesen waren. Als wäre es in einem anderen Leben gewesen. Und so *war* es auch.

Ich weiß nicht, wie lange ich so dagesessen habe.

Irgendwann ging die Wohnungstür, und unter dem Türspalt wurde es hell.

»Julian?« Gudruns Stimme. Ihre Absätze klackerten über das Linoleum, dann ging die Kinderzimmertür auf, und ein Streifen Licht fiel herein.

Gudrun trat ein, zog leise die Tür zu, setzte sich zu mir und betrachtete ihre schlafenden Kinder. Minutenlang fiel kein Wort. Drüben im Wohnzimmer hörten wir Hermann herumgehen.

»Ich habe einen Menschen getötet.«

Es war mir herausgerutscht, ehe ich mich's versah. Dabei hatte ich es doch für mich behalten wollen! Ich hatte mir vorgenommen, niemandem mein Geheimnis aufzubürden, nur um mein Gewissen zu erleichtern. Und nun brachte ich meine Schwester in Gefahr, indem ich ihr etwas erzählte, was keiner wissen durfte, was sie eigentlich der Polizei melden müsste.

Sie gab keine Antwort.

Ich hätte es wenigstens dabei belassen können, aber mit einem Mal fühlte ich mich so unsagbar einsam, dass ich die ganze Geschichte erzählte. Von unserem gescheiterten Fluchtversuch über Wolfgangs Erpressung bis hin zu dem verhängnisvollen Fenstersturz. Auch Veronika erwähnte ich – weiß der Himmel, ob sie wirklich so hieß –, die meinen Namen kannte. Ich sprach von der schmerzlichen Leere, die ich seit der Trennung von Heike empfand. Von der inneren Zerrissenheit, die mich seit Wochen quälte. Und davon, dass ich in nichts mehr einen Sinn sah.

Als ich geendet hatte, schwieg Gudrun weiterhin. Inzwischen hatte es aufgehört zu regnen, nur Marthes und Florians Atemzüge waren zu hören.

»Du kannst nicht hierbleiben«, kam es schließlich leise, aber sehr bestimmt.

Ich wusste, sie würde mich verstehen …

»Du bringst uns alle in Gefahr!« Im sanften Schein des Nachtlämpchens sah sie mich an. Ihr Mund war ein schmaler Strich. »Ich will nicht, dass Marthe und Florian dafür büßen müssen, dass du hier nicht zurechtkommst. Wenn das mit dem Fluchtversuch der Stasi zu Ohren kommt … und dann auch noch der tote Grenzer … du hast einen *Grenzer* umgebracht, Julian! Wie konntest du nur!« Sie flüsterte, hatte aber einen scharfen Ton angeschlagen. »Nicht nur du, wir alle müssen dafür bezahlen. Sie werden uns unter Dauerbeobachtung halten, und der geringste Regelverstoß wird böse Folgen haben.« Sie schüttelte den Kopf. »Warum hast du mir das alles bloß gesagt? Warum?«

»Es tut mir leid.« Mehr als ein heiseres Flüstern brachte ich nicht zustande.

Gudrun maß mich mit kaltem Blick. »Die Kinder sind für mich alles, Julian, und ich lasse es nicht zu, dass sie für deine Taten büßen müssen. Florian und Marthe sollen später studieren können.«

»Ich sag ja: Es tut mir leid.«

Gudrun schaute zu ihrer schlafenden Tochter.

»Du musst rüber, bevor sie das mit dem Grenzer herausfinden. Nach der Flucht können sie dir nichts mehr anhaben. Und vielleicht glauben sie uns ja, dass wir nichts gewusst haben, und lassen uns in Ruhe.« Sie seufzte und sah mich wieder an. »Ich darf gar nicht daran denken, was mit dir passiert, wenn sie dich verhaften.«

All das war mir auch schon durch den Kopf gegangen, aber erst jetzt, da Gudrun es ausgesprochen hatte, begriff ich, wie sehr die Zeit drängte: Ich musste schleunigst von hier weg.

Panik stieg in mir auf. Wenn sie mich fanden und verhörten und dazu brachten zu gestehen … Arbeitslager, Sibirien, Zuchthaus … Bilder sah ich dazu keine vor mir, aber allein die Worte waren mehr als bedrohlich.

»Alles in Ordnung?« Hermann steckte den Kopf herein.

»Ja.« Ich stand auf und ging zur Wohnungstür. »Dann geh ich mal …«

FÜNFUNDZWANZIG

Die Fenster wurden wieder schwarz, als wir den U-Bahnhof verließen. Ich betrachtete Rolfs Spiegelbild. Er starrte vor sich hin, mit angespanntem Gesicht. Unser Plan nahm mehr und mehr Form an. Und er war sicherer als die Sache mit der Kanalisation. Wir waren nicht auf irgendwelche Unbekannten angewiesen, sondern behielten das Heft in der Hand. Dennoch war ich nervös. Gudruns Worte hatten sich in meinem Kopf festgesetzt. Jeden Tag, den ich noch hier war, konnte die Stasi Näheres über Wolfgangs Tod herausfinden. Auch Rolf war meine Nervosität aufgefallen, doch er hatte keine Fragen gestellt. Und ich hatte ihm nichts erzählt. Nach dem Gespräch mit Gudrun ließ ich es lieber; ihre egoistische Reaktion hatte mich verletzt.

Rolf sah mich in der spiegelnden Scheibe an. Ich bemühte mich um ein Grinsen. Mein Mund war völlig ausgetrocknet, ganz so als befänden wir uns bereits auf der Flucht. Dabei hatten wir heute nichts Illegales vor. Heute waren wir zwei Brüder, die zusammen in der Stadt unterwegs waren. Ohne ein bestimmtes Ziel. So jedenfalls sollte es aussehen. Die Bücher mit den Plänen, die ich bei Bormann hatte mitgehen lassen, beschleunigten die Dinge. Nächtelang hatten Rolf und ich uns damit beschäftigt, sämtliche Texte gelesen und Schemazeichnungen, Querschnitte und Tabellen studiert. Das gesamte Berliner U-Bahn-Netz hatten wir auf einen Papierbogen gezeichnet. Nach der Grenzschließung verkehrten im Berliner Untergrund zweierlei Linien: diejenigen, die ausschließlich in Ostberlin fuhren, und diejenigen, deren Start- und Zielbahnhöfe im Westen lagen, die aber ein Stück unter Ostberlin verliefen. Die Bahnhöfe von Letzteren auf Ostberliner Gebiet waren geschlossen. Dort hielten die Züge nicht an, und die Zugänge waren mittlerweile vermauert.

Auch letzte Nacht hatten wir wieder bei Rolf zusammengesessen. Meine Augen brannten vor Müdigkeit, aber ich wollte unbedingt weitermachen. Rolf hatte gerade einen Plan vor sich, während ich versuchte, aus einer Schnittzeichnung schlau zu werden, von der ich kaum begriff, was sie darstellte.

Rolf zog scharf die Luft ein. Ohne den Blick von dem Plan zu wenden, schob er mir das Buch hin. Es handelte sich um eine komplizierte Skizze von Straßen und U-Bahn-Tunneln.

Ich wartete auf eine Erklärung, doch Rolf sagte nichts. Stattdessen zeigte er mit der Bleistiftspitze auf einen Punkt, neben dem »U-Bahnhof Klosterstraße« stand. Den Bahnhof kannte ich, er gehörte zu einer Ostlinie und lag gar nicht weit vom Alexanderplatz. Rolf fuhr mit dem Bleistift eine S-förmige Linie entlang, die in eine andere überging, und folgte auch dieser. Sie verlief unter der Spree durch und kreuzte dann die andere Strecke. Und zwar die Linie D, eine Westlinie. Ein Teil meines Gehirns begann fieberhaft zu arbeiten, plante, stellte Fragen und machte Abwägungen, während der andere Teil noch nicht zu glauben vermochte, was Rolf da herausgefunden hatte.

»Im Text steht, dass zwischen den Linien E und D zwei Verbindungstunnel existieren, die allerdings nie in Gebrauch genommen wurden.« Rolf sah mich an. »*Das* ist die Schwachstelle!«

Die Schwachstelle – hatten wir sie wirklich gefunden? Ich sah genauer hin. Der erste Verbindungstunnel begann bei der Station Klosterstraße im Osten und schien in einen zweiten überzugehen, der später die Westlinie kreuzte, und zwar zwischen den Bahnhöfen Jannowitzbrücke und Heinrich-Heine-Straße. Beide Ostbahnhöfe waren zugemauert, der nächste aber lag im Westen.

»Fragt sich nur, ob der eine Tunnel tatsächlich in den anderen übergeht«, sagte Rolf nachdenklich. »Das müssen wir ganz sicher wissen, aber dazu brauchen wir einen genaueren Plan.«

»Ich glaube, den haben wir!« Hektisch kramte ich in den Plänen, die hinten in dem anderen Buch lagen. »Hier, das ist er!« *Verbindungstunnel Linie D–E, Plan und Querschnitt,* stand darauf geschrieben. Ich war so aufgeregt, dass meine Hände zitterten. Rolf griff nach dem Plan und breitete ihn aus. Es handelte sich um den detaillierten Plan eines Tunnels, der als Waisentunnel bezeichnet war.

»Im Text ist die Rede von einem kurzen Verbindungsstück zwischen der Station Klosterstraße und eben diesem Waisentunnel, der weiter zur Westlinie verläuft, aber das ist hier nicht verzeichnet.«

Ich warf einen Blick auf das Datum des Plans und prüfte das Erscheinungsjahr des Buchs. »Der Plan ist von 1933, das Buch

von 1952«, sagte ich. »Vielleicht ist das Verbindungsstück später hinzugekommen.«
»Was ist das hier?« Rolf deutete auf einen dicken Strich nicht weit vom Beginn des Waisentunnels. »Wasserschott«, las er.
Ich konzentrierte mich jetzt ganz auf den Tunnel, über dessen Verlauf zum Teil schraffierte Felder eingezeichnet waren. Gut möglich, dass die Schraffur die Bebauung oberhalb darstellte. In den nicht schraffierten Feldern standen jede Menge Zahlen und Symbole, die mir nichts sagten. Und da war noch etwas, das man für einen Zwischenstock halten konnte. Unklar war jedoch, ob über oder unter dem Tunnel. Ich fragte Rolf.
»Wenn da wirklich eine Sperre ist, können wir die Sache ohnehin vergessen«, meinte er.
»Aber das Ding muss beweglich sein, für den Fall, dass der Tunnel doch irgendwann genutzt wird.«
»Möglicherweise kann man das Schott hochziehen ...«
»Oder es ist offen.« Ich sah Rolf an. Ob wir so viel Glück haben würden?

Rolfs Spiegelbild in der Scheibe verschwand, als die Bahn in die Station einfuhr.
»Klosterstraße«, tönte es monoton aus dem Lautsprecher. Die Bremsen quietschten, mehrere Leute in unserem Waggon standen auf und gingen schwankend zur Tür. Sie öffnete sich mit einem Zischen, und wir folgten den Aussteigenden.
Ganz ohne Eile gingen wir in Richtung Treppe. Am Bahnsteigende kniete Rolf sich hin, um seinen Schnürsenkel zu binden. Ich blieb neben ihm stehen und blickte mich, mit den Händen in den Taschen, wie beiläufig um. Der Zugabfertiger schaute den Bahnsteig entlang und gab dem Fahrer dann das Zeichen zur Weiterfahrt. Der Zug fuhr an und war Sekunden später im

dunklen Tunnel verschwunden. Ich sah auf die Uhr. In zehn Minuten würde die nächste Bahn einfahren. Ich ballte die Hände in den Taschen zu Fäusten. Der Mann ging, ohne uns zu beachten, auf sein Häuschen zu. Ich stieß Rolf sachte mit dem Fuß an. Als der Mann uns den Rücken zukehrte, um die Tür zu öffnen, sprangen wir auf die Gleise und rannten in den Tunnel. Über hartes Metall und spitze Steine, die durch die Schuhsohlen drückten, folgte ich Rolf ohne nachzudenken, ohne mich umzusehen.

Nach etwa zehn Metern wurden wir langsamer, weil wir nun von der Station aus nicht mehr zu sehen waren. Meine Augen mussten sich erst einmal an die schwache Beleuchtung gewöhnen – nur hier und da hingen Lampen an der Tunnelwand. Darunter sah ich ein Gewirr von Leitungen, manche verliefen zum Boden, andere hingen lose da.

Der typische U-Bahn-Geruch war im Tunnel wesentlich intensiver, hier war die Luft sauerstoffarm, stickig und staubig. Mir war, als spürte ich unter den Füßen noch ein Vibrieren, obwohl der Zug den Bahnhof längst verlassen hatte, und das Blut pochte in meinen Adern.

»Los, komm, wir haben nicht viel Zeit.« Rolf legte wieder an Tempo zu. Nach einer Weile teilten sich die Gleise, und wir sahen zwei Tunnelröhren vor uns. Die rechte war der ungenutzte Verbindungstunnel. Er existierte also wirklich, nicht nur auf dem Plan. Ich grinste. Wir gegen die Grenze: 1:0!

Rolf knipste seine Taschenlampe an. Ihr schwacher Schein erhellte nur eine kurze Strecke vor uns. Ich versuchte mir vorzustellen, was genau sich über uns befand, war aber viel zu nervös, um mich zu konzentrieren.

Wir gingen ein Stück, dann fiel der Lichtkegel auf eine Wand: das Wasserschott. Ein Stahltor von der Decke bis zum Boden. Rolf

fluchte leise. Auch die Sperre gab es also, aber sie war geschlossen. Ich betastete sie, fand keine Unebenheit, keinen Hinweis auf einen Öffnungsmechanismus. Auch nicht rechts oder links an der Tunnelwand – da war keine Winde, kein Knopf, kein Schalter, nichts.
»Verdammt noch mal!« Mein Flüstern klang unnatürlich laut. Wütend und enttäuscht trat ich gegen das Tor. Das Wummern schlug mir wie ein Echo ins Gesicht.
Wir gegen die Grenze: 1:1.
»So, das wissen wir nun also«, stellte Rolf fest. Es sollte sachlich klingen, aber in seiner Stimme schwang Enttäuschung mit. »Da kriegt man nicht so ohne Weiteres ein Loch rein. Und unten durch geht auch nicht, der Boden ist betoniert.«
Ich lehnte mich an die Tunnelwand. Was wir vorgefunden hatten, setzte mir mehr zu, als ich zugeben wollte. Das Tor war da, damit hatten wir gerechnet, aber insgeheim doch gehofft, es würde ... Im anderen Tunnel fuhr ein Zug vorbei. Ich spürte die Erschütterungen mit jeder Faser meines Körpers.
»Wir müssen hier weg«, sagte Rolf.

Wir gingen die Strecke zurück, gelangten ungesehen auf den Bahnsteig und verließen die Station.
Draußen war es dunkel, und es nieselte.
Ich vergrub die Hände in den Taschen und zog den Kopf zwischen die Schultern. In Gedanken vergegenwärtigte ich mir den Verlauf der Tunnel: Die kurze Röhre zwischen dem Bahnhof Klosterstraße und dem Waisentunnel verlief jetzt unter unseren Füßen, dann unter der Ruine der alten Klosterkirche durch und dahinter, in der Littenstraße, begann der Waisentunnel. Die Wassersperre musste sich dicht hinter der Kirche befinden. Dort mussten wir uns umsehen. Wenn wir jenseits dieser Sperre in

den Tunnel kämen, durch einen Notausgang oder einen Luftschacht, dann …
Ich hatte gelesen, dass im Waisentunnel ursprünglich eine U-Bahn-Station vorgesehen war. Dafür hatte man bestimmt irgendwelche baulichen Maßnahmen getroffen, die auf dem Plan nicht eingezeichnet waren; der kurze Verbindungstunnel war ja auch nicht darauf gewesen.
Ich machte Rolf ein Zeichen, mir zu folgen, und kam mir vor wie ein Spürhund, als ich, den Blick auf den Boden gerichtet, an der Kirchenruine vorbei auf die Littenstraße zusteuerte. Die Straße hatte rechts keinen Bürgersteig, dort verlief ein breiter Grasstreifen mit Überresten der mittelalterlichen Stadtmauer. Hier, genau unter uns, musste der Tunnel sein. Aber nichts wies auf einen Einstieg oder dergleichen hin. Am Ende der Straße blieb ich stehen. Ein Stück weiter floss die Spree, die der Waisentunnel unterquerte, um dann in die Röhre der Weststrecke zu münden.
»Hier verläuft der Tunnel in Richtung Spree.« Rolf hatte sich anscheinend die gleichen Gedanken gemacht wie ich.
Und plötzlich fiel mein Blick auf einen Gitterrost, einen unauffälligen, quadratischen Rost im Gehweg. Der nicht zu einem Keller gehören konnte und auch nichts mit der Kanalisation zu tun hatte.
Ich packte Rolf am Arm.
»Da! Wenn das kein Notausgang ist …« Ich schluckte.
Wir gegen die Grenze: 2:1?

SECHSUNDZWANZIG

In der Marchlewskistraße wurde ein großer Wohnblock gebaut. Lauter kleine Wohnungen, alle mit dem gleichen Grundriss, schlicht und praktisch. Typischer DDR-Einheitsbau. Erst vor zwei Wochen sei das Fundament gelegt worden, erfuhr ich von den neuen Kollegen. Sie wussten nicht, dass ich Grenzgänger gewesen war, und behandelten mich völlig normal, wenn auch nicht eben freundlich. Ihr Umgangston war rau und direkt. Mich störte das nicht. Ich hatte kein Interesse daran, näher mit ihnen in Kontakt zu kommen, und schon gar nicht wollte ich etwas von mir preisgeben. Für sie wollte ich ein möglichst anonymer Kollege bleiben, an den sie sich kaum mehr erinnerten, wenn irgendwann nach meiner Flucht die Stasi auftauchte und Fragen stellte.

Auf einem Stapel Steine sitzend, verzehrte ich meine Stullen und lauschte mit halbem Ohr dem Pausengespräch dreier Maurer in der Nähe, war aber im Grunde damit beschäftigt, mich nach einem Hammer, einem Meißel und einem Brecheisen umzusehen, die ich – nach Möglichkeit – noch heute mitgehen lassen wollte. Der Rost war, wie ich festgestellt hatte, nicht sonderlich fest verankert und sollte mit den geklauten Werkzeugen aufzubekommen sein. Wir waren uns nur noch nicht schlüssig, wann das Ganze stattfinden sollte, zumal es nicht ganz geräuschlos vonstatten gehen würde.

»... Grenzer umgebracht ...«, hörte ich auf einmal. Schlagartig waren Hammer, Meißel und Brecheisen vergessen.

»Mannomann, da hab ich ja noch gar nix von gehört.«

»Weil's nicht an die Öffentlichkeit soll, hat mein Schwager gesagt. Aber angeblich haben sie 'ne Spur. In dem Haus, wo's passiert ist, hat's wohl 'nen Kampf gegeben. Da war Blut am Fenster

oder so …« Der Kollege beugte sich vor und senkte geheimnisvoll die Stimme. »… Blut vom Mörder!«
Ich meinte, die Glassplitter wieder zu spüren. Der Brotbissen blieb mir im Hals stecken, und ich bekam kaum noch Luft. Aber ich musste mich zusammenreißen, durfte die anderen nicht auf mich aufmerksam machen. Mit zitternder Hand griff ich nach meiner Thermosflasche, goss lauwarmen Kaffee in den Becher und trank, um den Bissen hinunterzuspülen.
»Warum ist der umgebracht worden?«
Ich umfasste den Becher so fest, dass meine Knöchel weiß hervortraten. Hoffentlich hatten sie mein Zittern nicht bemerkt.
»Wissen sie noch nicht. Jedenfalls hatte er ’ne Menge Geld bei sich.«
Wenn sie doch bloß aufhören würden!
»Sie vermuten, dass ’ne Bande dahintersteckt.«
»Woher weißt du das alles?«
»Von meinem Schwager, hab ich doch gesagt. Und der weiß es von ’nem Kollegen, dem sein Bruder ist Vopo und hat’s direkt von der Stasi. Aber sagt’s bloß keinem weiter. Staatsgeheimnis! Kapiert?«
»War bestimmt ’ne kapitalistische Bande.«
Ich stellte den Becher weg und biss von meinem Brot ab, obwohl mir der Appetit gründlich vergangen war.
Hatten sie einen konkreten Verdacht? Gab es womöglich Zeugenaussagen? Die Frau am Fenster fiel mir ein … Aber ich konnte den Kollegen unmöglich danach fragen, ohne mich verdächtig zu machen. Außerdem hatte das Gespräch inzwischen eine andere Wendung genommen. Jetzt ging es um eine neue Fernsehserie. Nur einer von den dreien hatte einen Fernseher, und er erzählte den anderen haarklein, was in den bisher ausgestrahlten Folgen passiert war. Eine haarsträubende Geschichte

von westdeutschen Spionen, skrupellosen amerikanischen Soldaten und ehemaligen Nazis, die in Westberlin heimlich eine neue Armee aufbauten.

Dann war die Mittagspause vorbei. Ich karrte neue Steine heran. Das Gespräch über den Mordfall ging mir nicht mehr aus dem Kopf. Wolfgang Wichser war also tatsächlich tot. Irgendwie wäre es mir doch lieber gewesen, man hätte ihn bewusstlos aufgefunden und im Krankenhaus eine schwere Gehirnerschütterung mit Gedächtnisverlust diagnostiziert. Aber so war es nicht: Er war tot. Und man suchte nach dem Täter. Wenn sie gründlich nachforschten, fanden sie sicherlich bald eine Verbindung zwischen ihm und mir.

Ich nahm meine Kelle und begann mit der elften Reihe. Erst noch unkonzentriert und fahrig – ich hoffte, dass es meinem Kollegen Klaus nicht auffiel, der auf der anderen Seite der Mauer mit dem Senkblei hantierte. Und ich dachte wieder an die Werkzeuge …

Einen Hammer und einen Meißel hatte ich vorhin ausgemacht. Brecheisen hatte keines herumgelegen. Ich würde nachher mal im Bauwagen des Poliers nachsehen. Die Zeit drängte nun mehr denn je … unser Vorhaben musste einfach klappen. Wir hatten die Pläne inzwischen im Kopf, sodass eigentlich nichts schiefgehen konnte.

Ich war mit Hammer, Meißel und Brecheisen in der Tasche auf dem Nachhauseweg, als plötzlich zwei Männer auftauchten und neben mir hergingen. So nah, dass ich glaubte, ihre Körperwärme zu spüren.

»Julian Niemöller?«, fragte der Größere von ihnen. Seine Stimme klang verraucht.

Mir wurde die Kehle so trocken, dass ich keinen Laut hervorbrachte. Ich konnte nur nicken.
»Begleiten Sie uns bitte, wir möchten Ihnen ein paar Fragen stellen.«
Die Werkzeuge wogen mit einem Mal unendlich schwer. Einen Moment lang zuckte es mir durch den Kopf, die beiden mit einem gezielten Schwung der Tasche auszuschalten. Erst den Größeren. Dann herumwirbeln und den Kleineren zu Fall bringen. Aber meine Arme fühlten sich an wie gekochte Nudeln … außerdem war es eine völlig wahnwitzige Idee.
Die Leute, die uns entgegenkamen, wandten demonstrativ das Gesicht ab, manche wechselten sogar die Straßenseite. Niemand wollte sehen, was offensichtlich war.
Ein Stück weiter wartete ein Auto mit laufendem Motor. Der Kleinere stieg auf der Beifahrerseite ein, der Größere schob mich auf die Rückbank und setzte sich daneben.
Die Augen im Rückspiegel gönnten mir keinen Blick.
Die Fahrt dauerte nur ein paar Minuten, doch in der kurzen Zeit kamen mir unzählige Gedanken, die letztlich alle in die große Frage mündeten: Wollten die Männer wegen Wolfgang Wichser mit mir sprechen, oder ging es um unsere Flucht?
Oder um beides?
Hatten sie auch Rolf geholt? Oder Veronika, die meinen Namen genannt hatte? Oder hatte die Frau im Haus gegenüber der Schuhfabrik mich davonrennen sehen und der Polizei eine Personenbeschreibung gegeben? Womöglich war Gudrun die undichte Stelle? Nein, ausgeschlossen! Wie kam ich bloß auf diese Idee? Es musste Veronika gewesen sein. Oder die Frau am Fenster. Oder aber jemand hatte auf der Baustelle gesehen, dass ich Werkzeuge geklaut hatte, und es gemeldet … Die Fragen umdrängten mich wie Hyänen einen Kadaver.

Rechts und links neben mir hergehend, führten die Männer mich in ein düster wirkendes Gebäude. Auf dem blitzblanken Linoleumboden quietschten meine Schuhsohlen bei jedem Schritt. Aber es roch muffig, und die Neonröhren verbreiteten ein kaltes, unnatürliches Licht, das in den Augen wehtat.
Ich wurde in einen fensterlosen Raum gebracht, dessen Wände schmutzigblau waren – wahrscheinlich hielt man diese deprimierende Farbe für beruhigend. Lediglich ein Tisch und zwei Stühle standen darin.
Einer der Männer sagte, ich solle mich setzen, dann verschwanden die beiden. Der Tisch hatte eine Pressspanplatte mit Plastikbeschichtung und schwarzer Randleiste. Die Leiste war an mehreren Stellen lose, vermutlich hatten schon viele nervös daran herumgefummelt, während sie darauf warteten, verhört zu werden.
Meine Tasche hatte ich unter den Stuhl geschoben – sie in diesem kahlen Raum irgendwo zu verstecken, war nicht möglich.
Im Stock über mir hörte ich eine Toilettenspülung. Ich musste mich zusammenreißen, um nicht auch an der Randleiste herumzufummeln oder gar aufzustehen und hin und her zu laufen. Ob sie mich heimlich beobachteten? Oder ließen sie mich warten, damit ich mürbe wurde und ein Geständnis ablegte? Dabei wusste ich immer noch nicht, was sie von mir wollten … aber viele Möglichkeiten gab es ja nicht. Jedenfalls musste ich höllisch aufpassen, dass ich mich nicht verplapperte.
Nach einer Ewigkeit kam ein Mann in Offiziersuniform herein. Mit seinem schmalen Schnurrbart ähnelte er ein wenig Clark Gable, allerdings ohne Hollywoodflair. Seine Miene war so starr, dass man hätte meinen können, er trüge eine Maske. Er setzte sich mir gegenüber an den Tisch und legte eine Akte vor sich hin. Einen dünnen Hefter, auf dem weder ein Name noch irgendwelche Zahlen standen. Er faltete die Hände darauf und sah mich an.

»Kennen Sie Wolfgang Brehmer?«

Es dauerte mehrere Sekunden, ehe ich begriff, wen er meinte. Um ein Haar hätte ich »Nein« gesagt, aber dann schoss es mir durchs Hirn: Wolfgang Wichser! Um ihn ging es also. Seltsamerweise wurde ich innerlich ruhig, obwohl ich allen Grund hatte, in Panik zu verfallen.

Endlich wusste ich, warum sie mich geholt hatten. Nicht weil Veronika, Gudrun oder Rolf etwas über unsere Flucht verraten hatten. Davon ahnte die Stasi nichts … hoffte ich jedenfalls.

»Ich habe gefragt, ob Sie Wolfgang Brehmer kennen.«

»Ja, wir sind zusammen in die Schule gegangen.« Ich versuchte, an seinem Blick abzulesen, ob er etwas wusste, aber ebenso gut hätte ich einem toten Fisch in die Augen sehen können.

»Haben Sie noch Kontakt zu ihm?«

Je weniger ich log, desto besser, darum sagte ich: »Er arbeitet jetzt als Grenzer. Hin und wieder bin ich ihm begegnet, auf dem Weg zu meiner Arbeitsstelle in Westberlin. Das heißt, bis Mitte August …«

Mein Gegenüber verzog keine Miene. »Und seitdem haben Sie ihn nicht mehr gesehen?«

Ich schluckte.

Was wusste oder ahnte der Mann? Ich bekam schwitzige Hände, deshalb legte ich sie in den Schoß.

»Nein, ich glaube nicht«, sagte ich nach ein paar Sekunden, so als hätte ich überlegen müssen.

»Ganz sicher nicht?«

Wieder gab ich mir den Anschein nachzudenken.

»Wann ich ihn das letzte Mal gesehen habe, weiß ich nicht mehr genau«, sagte ich. »Es war jedenfalls vor … äh … vor der Grenzschließung.« Mein Hals war so ausgetrocknet, dass meine Stimme heiser klang.

Ob er merkte, dass ich log? Vermutlich waren diese Stasi-Leute darin geschult.
Der Mann fragte nicht weiter, sah mich aber unentwegt an, als erwartete er, dass ich noch etwas hinzufügte.
»Warum wollen Sie das eigentlich wissen?« Die Frage lag auf der Hand. Ich *musste* sie stellen, wenn ich mich nicht verdächtig machen wollte. Innerlich bereitete ich mich darauf vor, Erschrecken und Betroffenheit zu heucheln.
»Herrn Brehmer ist etwas zugestoßen«, sagte der Stasi-Offizier mit tonloser Stimme.
»Auf der Flucht?«
Endlich eine Regung in seinem Gesicht. Er starrte mich wütend an, fasste sich aber rasch wieder.
»Herr Brehmer ist nicht geflohen.« Eiseskälte lag in seiner Stimme. »Unsere Grenzwächter fliehen nicht. Er ist umgebracht worden.«
»Umgebracht? Wolfgang?« Ich sah ihn groß an. Das würde hoffentlich genügen, denn so gut, dass ich in Tränen ausbrechen müsste, hatte ich Wolfgang ja nicht gekannt.
Der Mann schlug den Hefter auf. Er enthielt ein einziges Blatt, zur Hälfte mit Schreibmaschinenschrift bedeckt.
»Uns liegt eine Zeugenaussage vor. Sie sind am Donnerstag, dem fünften Oktober dieses Jahres, in der öffentlichen Badeanstalt in der Gartenstraße gesehen worden, zusammen mit dem genannten Brehmer, Wolfgang«, fasste der Mann zusammen.
Zeugenaussage? Was für ein Zeuge war das? Jemand, der mich zufällig erkannt hatte? Oder einer von ihren eigenen Leuten, der mich – oder Wolfgang – beschattet hatte? Stand da noch, dass dieser Zeuge mich auch in der Schuhfabrik zusammen mit dem genannten Brehmer, Wolfgang gesehen hatte?
»Badeanstalt ... Gartenstraße ...?« Ich runzelte die Stirn.

»Doch, ja … stimmt. Hatte ich ganz vergessen. Ich habe ihn gesehen, als ich dort beim Schwimmtraining zugeschaut habe. Auf Einladung einer Bekannten, einer FDJ-Leiterin …« Mir wurde bewusst, dass ich nicht einmal ihren Namen kannte. Sie meinen aber sehr wohl. War *sie* etwa die Zeugin? Hatte sie mich denunziert? »Sie trainiert donnerstagabends Synchronschwimmen«, fuhr ich fort. »Und Wolfgang W… äh … Brehmer war ebenfalls dort. Wir haben kurz ein paar Worte gewechselt.« Zu meiner Verwunderung brachte ich das alles mit fester Stimme vor. »Und wie schon gesagt, wir waren lediglich Schulkameraden, sind nicht befreundet oder so. Ich weiß auch gar nicht, warum er in der Badeanstalt war.« Das Lügen ging mir immer leichter von der Zunge.

Ein guter Lügner nennt viele Details, hatte Rolf einmal gesagt, als wir noch jünger waren, und ein schlechter Lügner nennt *zu* viele Details.

Ich wagte es, die Hände auf den Tisch zu legen; sie zitterten nicht. Wusste der Mann noch mehr, dann würde er es jetzt sagen. Ich hielt den Atem an und spürte mein Herz in den Schläfen pochen. Sein Gesichtsausdruck verriet nichts. Langsam senkte er den Blick auf das Dokument.

Was wisst ihr?, hätte ich am liebsten geschrien, ihn am Kragen gepackt und geschüttelt. Sag endlich, was ihr wisst!

Aber wie es aussah, enthielt das Papier nichts mehr, das sich gegen mich verwenden ließ, denn der Mann schlug die Akte zu. Es hätte mich brennend interessiert, von wem die Zeugenaussage stammte, aber danach zu fragen, traute ich mich nicht. Außerdem würde der Offizier es mir garantiert nicht sagen. Im Grunde konnte es mir auch egal sein, wer uns da im Schwimmbad gesehen hatte; dort war schließlich nichts Entscheidendes passiert.

»Ein Kollege wird Ihre Aussage zu Protokoll nehmen.« Nach diesen Worten stand er auf und ging aus der Tür.
Die Akte hatte er auf dem Tisch liegen lassen. Sollte ich kurz hineinschauen? Es juckte mich in den Fingern. Aber würde der Name des Zeugen überhaupt dabeistehen? Wenn ich es recht bedachte, kam nur die FDJ-Leiterin infrage. War sie aus eigenem Antrieb ihrer sozialistischen Bürgerpflicht nachgekommen und hatte der Stasi gemeldet, sie habe Franziska Niemöllers Bruder mit Wolfgang Brehmer zusammen gesehen? Wundern würde es mich nicht ... Und mit einem Mal wurde mir übel bei der Vorstellung, dass ich sie attraktiv gefunden hatte.
Noch ehe ich nach der Akte greifen konnte, kam ein Mann mit einer Reiseschreibmaschine unter dem Arm herein, etwa zwanzig Jahre jünger als der Offizier, aber mit dem gleichen undurchschaubaren Ausdruck.
»Wiederholen Sie bitte, was Sie meinem Kollegen gesagt haben. Ich fertige dann ein offizielles Protokoll aus.«
Einen Moment lang zögerte ich. Ich könnte ihm jetzt alles Mögliche erzählen, weil er bei der Befragung nicht dabei gewesen war. Aber es könnte auch ein Trick sein, um mich in die Falle zu locken. Wenn das Protokoll nachher von meinen Aussagen abwich ...
Also versuchte ich, mich an den genauen Wortlaut zu erinnern, und wiederholte meine halben Lügen. Auch das Gesicht des Protokollanten hatte etwas Maskenhaftes. Vielleicht operierten sie einem ja die Gesichtsmuskeln weg, wenn man bei der Staatssicherheit arbeitete.
Als ich geendet hatte, waren nur noch die harten Schreibmaschinenanschläge zu hören, mit denen der Mann meine letzten Sätze tippte. Dann drehte er den Bogen aus der Maschine, überflog den Text und schob ihn mir schweigend hin.

»Bitte unterschreiben.« Er nahm einen Füller aus seiner Jackentasche und reichte ihn mir.
Ich las den Text gründlich durch. Was ich gesagt hatte, war in einem verklausulierten Amtsdeutsch festgehalten, kam aber inhaltlich hin. Ich unterschrieb das Papier. Der Mann nahm es an sich, klemmte die Schreibmaschine unter den Arm und verließ grußlos den Raum.
Was jetzt? Durfte ich gehen? Musste ich bleiben?
Wahrscheinlich glich der Offizier, dem ich zu Anfang Rede und Antwort gestanden hatte, gerade das Protokoll ab. Hoffentlich tauchte niemand auf, um mich zu durchsuchen und in meine Tasche zu schauen.
Die Heizungsrohre klopften, und die Neonröhre summte leise. Vom Gang her war nichts zu hören.
Wussten sie etwa doch noch mehr? Und würden mich nun verhaften, weil sich ein Widerspruch zu einer weiteren Zeugenaussage ergeben hatte?
Weil meine Hände zitterten, schob ich sie unter die Schenkel.
Es dauerte ewig, bis die Tür wieder aufging. Diesmal steckte eine Frau den Kopf herein.
»Herr Niemöller?«
Ich war so irritiert von ihrem Lächeln, dass ich nicht reagierte.
»Sie können gehen. Ich bringe Sie hinaus.«
Ich nahm meine Tasche und folgte ihr durch die kahlen Flure zum Ausgang.
»Schönen Tag noch«, sagte sie und hielt mir die Tür auf.

SIEBENUNDZWANZIG

Ich verstand überhaupt nichts mehr. Warum hatten sie mich gehen lassen? Gab es wirklich nur diese eine Zeugenaussage aus dem Schwimmbad? Befragten sie grundsätzlich alle, die je mit Wolfgang zu tun hatten? Oder hegten sie in meinem Fall einen bestimmten Verdacht … Wussten sie vielleicht, dass *mein* Blut an der Fensterbank klebte, dass *mein* Geld in Wolfgangs Tasche gesteckt hatte und *mein* Geheimnis in seinem Kopf?

Wie auch immer – ich konnte nicht davon ausgehen, dass es das gewesen war, dass sie mich künftig in Ruhe ließen. Ich musste außer Landes, und zwar schnell. Ehe sie einen konkreten Grund fanden, mich zu verhaften.

Ich legte an Tempo zu. Mein Herz klopfte im Rhythmus meiner Schritte, immer schneller.

Halt! Ich musste mich zusammennehmen, durfte nicht rennen. Rennen war verdächtig.

Ich warf einen Blick über die Schulter. Ein dunkles Auto bog in die Straße ein. Eine Frau mit Einkaufstasche ging etwa zwanzig Meter hinter mir.

Wurde ich verfolgt?

Ich richtete den Blick wieder nach vorn und schlenderte, um Lässigkeit bemüht, weiter. Vorbei an Läden, deren dunkle Schaufenster die Straße spiegelten und mir unauffällige Kontrollblicke erlaubten. Wie man es in Spionageromanen las …

Die Frau mit der Einkaufstasche war drei Straßen weiter verschwunden. Dafür war jetzt ein junger Mann mit kurzer Windjacke hinter mir. Als ich mich bückte, um meine Schnürsenkel zu binden, überholte er mich.

Schluss damit!, ermahnte ich mich selbst. Sie haben dich gehen lassen. Hätten sie mehr gewusst, dann hätten sie dich festgehal-

ten. Oder etwa nicht? – Nun war es der Zweifel, der mich wie ein hartnäckiger Spitzel verfolgte.
Nach etlichen Umwegen stand ich vor dem Haus, in dem Rolf wohnte.

Rolf, Alex und Volker saßen am Küchentisch und rauchten. In der Spüle stand benutztes Geschirr, und auf der Anrichte sah ich eine Schüssel mit einem Rest Nudeln. Erst jetzt merkte ich, wie hungrig ich war. Es musste bereits nach acht sein.
»Esst ihr das nicht mehr?«, fragte ich und zeigte auf die Schüssel. Rolf verstand den Wink und wärmte mir die Nudeln auf. Zum Glück fragte er vor den anderen nicht nach dem Grund meines Kommens. Die drei unterhielten sich weiter über die Fabrik, in der sie arbeiteten. In zwei Wochen erwartete man dort den Besuch des Staatsratsvorsitzenden Walter Ulbricht, und die Vorbereitungen dafür liefen auf Hochtouren, denn man wollte den hohen Gast auf angemessene Weise empfangen. Alex und Volker waren im Planungsausschuss, wie ich ihren Reden entnahm. Irgendwie irritierte mich, dass Rolf sich lebhaft an dem Gespräch beteiligte und immer wieder Vorschläge beisteuerte. Mir wurde fast ein bisschen angst. Hatte er sich etwa anders besonnen und wollte nicht mehr mit mir zusammen fliehen?
Nachdem ich gegessen hatte, gingen wir in sein Zimmer, und ich musterte ihn abwartend. »Du weißt doch wohl …«, begann ich. Lachend schlug er mir auf die Schulter. »Aber klar, Bruderherz, keine Bange. Genosse Ulbricht kriegt mich nicht mehr zu Gesicht.«
Mir fiel ein Stein vom Herzen. Jetzt brannte ich darauf zu erzählen, warum ich gekommen war. Ich stellte meine Tasche mit Schwung auf den Tisch am Fenster, öffnete den Reißverschluss und forderte Rolf auf, die Werkzeuge herauszunehmen.

Noch ehe er etwas sagen konnte, klingelte es.
Mir blieb das Herz stehen. War mir doch jemand gefolgt? Wollten die von der Stasi jetzt auch Rolf befragen?
Während mein Bruder öffnen ging, spähte ich an der Gardine vorbei auf die Straße. Von hier aus war nicht zu sehen, wer vor dem Haus stand. Auf der anderen Straßenseite parkte allerdings ein dunkler Wagen, der vorhin noch nicht dagestanden hatte. War es der, den ich auf dem Weg hierher gesehen hatte? Ich war mir nicht ganz sicher. Zudem stand er so, dass kein Laternenlicht auf die Windschutzscheibe fiel und ich nicht sehen konnte, ob jemand am Steuer saß; auch keine Zigarette glühte auf.
Ich zuckte zusammen, als die Zimmertür aufging, und trat wie ertappt vom Fenster weg. Rolf kam herein, mit Gudrun im Schlepptau. Ihr Blick fiel auf die Werkzeuge, dann sah sie mich an. Ich schwieg.
»Die Sachen gehören Julian, er hat sie mir ... äh ...« Weil ihm auf die Schnelle keine glaubhafte Erklärung einfiel, packte Rolf die Werkzeuge wieder weg.
»Setz dich doch.« Er bot Gudrun seinen einzigen Stuhl an.
Sie lehnte ab.
»Was zu trinken?«
Wieder schüttelte sie den Kopf.
»Ich bin gekommen, um mich zu verabschieden«, sagte sie.
»Verabschieden?«, fragte Rolf.
Sie sah mich an, aber ich wich ihrem Blick aus.
»Ich weiß, dass ihr euch nicht von uns verabschieden könnt«, fuhr sie fort. »Aber ich wollte euch wenigstens noch einmal sehen.« Sie schluckte. »Und euch Glück wünschen.«
Ich schaute wieder zum Fenster. Die Spiegelung zeigte Rolf, der Gudrun mit offenem Mund anstarrte. Dann machte er den Mund zu und sah zu mir her. Ich tat, als würde ich es nicht merken.

»Woher weißt du …«
»Julian hat es mir gesagt. Keine Sorge, ich verrate keinem was. Nicht einmal Hermann habe ich davon erzählt.«
Rolfs Gesicht in der Scheibe drückte Zweifel aus. Zweifel, ob er wütend auf mich sein sollte oder sich freuen, dass Gudrun gekommen war.
»Hier, das möchte ich euch geben.« Sie griff in ihre Manteltasche, holte eine Pistole heraus und legte sie auf den Tisch.
»Wie … wo …« Rolf war offenbar genauso erschrocken wie ich.
»Die hat Vater aus dem Krieg mitgebracht. Als Kind hatte ich dauernd Angst, er würde sie irgendwann benutzen, darum habe ich sie an mich genommen. Ich habe ihm das nie gesagt, und er hat es auch nicht gemerkt.« Leicht verlegen senkte sie den Kopf. »Aber ich will das Ding nicht mehr im Haus haben. Und ihr könnt es vielleicht gebrauchen.«
Die Pistole war alt, der Lauf hatte Rost angesetzt. Unwillkürlich fragte ich mich, ob sie noch funktionierte. Und ob ich sie im Notfall benutzen würde. Nein – auf keinen Fall wollte ich *noch* einen Menschen töten!
»Wir wollen es auch nicht«, sagte Rolf.
»Überlegt es euch. Die Pistole könnte euch das Leben retten. Aber wenn ihr sie nicht mitnehmen wollt, dann werft sie meinetwegen weg.« Sie sah uns nacheinander an. »Seid bitte …«, sie zögerte, »seid bitte vorsichtig.«
Ich konnte nur nicken, obwohl ich meine Schwester in diesem Moment gern umarmt hätte. Aber irgendwie brachte ich das nicht fertig. So standen wir zu dritt da und schwiegen.
»Also dann … dann geh ich mal wieder«, sagte Gudrun nach einer Weile, die mir wie eine Ewigkeit vorkam. Sie nickte, wie um sich zu versichern, dass sie tatsächlich gehen würde. »Macht's gut, ihr beiden.«

Und ehe wir's uns versahen, war sie gegangen. Die Wohnungstür fiel ins Schloss, dann klackerten ihre Absätze die Treppe hinab. Wurden leiser und leiser.
Ich trat wieder ans Fenster. Kaum eine Minute darauf sah ich ihre zierliche Gestalt den Bürgersteig entlanggehen. Sie hatte die Hände in die Manteltaschen geschoben und den Blick geradeaus gerichtet.
Das Auto auf der anderen Straßenseite stand immer noch da.

ACHTUNDZWANZIG

Wir betrachteten die alte Luger auf dem Tisch. Minutenlang fiel kein Wort. Zu hören war nur das Rauschen des Regens, der wieder eingesetzt hatte. Alex und Volker waren weggegangen, und auch aus der Nachbarwohnung drang kein Laut zu uns.
»Wir müssen es heute Nacht machen.« Hoffentlich klang meine Stimme fest genug. Hoffentlich fragte Rolf nicht nach dem Warum.
An meiner Arbeitsstelle konnte ich mich nicht mehr blicken lassen. Zu meinen Eltern konnte ich auch nicht mehr. Und hier bei Rolf bleiben ebenso wenig. Sie würden mich finden, wo auch immer. Und dann feststellen, dass es mein Blut war, das an der Fensterbank klebte. Dass ich ihn gestoßen hatte.
Rolf sah mich an. Weshalb die Eile?, las ich in seinem Blick.
»Wir haben alles, was wir brauchen. Wir sind startklar. Warum also warten?«
Er nickte. Langsam, so als müsste er sich erst noch klarmachen, dass es so weit war.

»Von den Eltern können wir uns nicht verabschieden«, fuhr ich fort. »Damit bringen wir uns und auch sie in Gefahr. Es ist wichtig, dass sie bass erstaunt sind, wenn sie von unserer Flucht erfahren.« Im Grunde wiederholte ich nur, was wir x-mal durchgesprochen hatten.
Rolf reagierte nicht.
Wollte er kneifen?
»Wenn wir heute Nacht gehen, sind wir morgen früh im Westen. Und frei.«
Noch immer kein Wort von ihm.
»Dass es regnet, kommt uns zugute«, sagte er auf einmal. »In Ordnung, wir machen es.«
Ich atmete erleichtert auf.
»Wir machen es«, bekräftigte ich.
Wir sahen einander fest in die Augen.
Eine Erinnerung zuckte mir durch den Kopf. Rolf und ich in den Trümmern von Berlin, kurz nach dem Krieg. In einem halb eingestürzten Keller hatten wir eine Leiche gefunden. Die Leiche eines russischen Soldaten, erkennbar an der Uniform. Daneben ein Dolch und ein silbernes Zigarettenetui. Beides hatten wir eingesteckt und uns geschworen, keinem Menschen je ein Wort davon zu sagen. Es sollte unser Geheimnis sein – bis in den Tod. Und so wie damals, vor fünfzehn Jahren, sahen wir uns auch jetzt in die Augen.

Viel Vorbereitung brauchte es nicht mehr. Den Tunnelplan hatten wir im Kopf. Und die Werkzeuge waren in meiner Tasche. Rolf packte noch eine Taschenlampe und einen Pullover dazu. Dann ging er in die Küche. Mit ein paar Äpfeln und einem großen Kochtopf kam er wieder. Die Äpfel wanderten in die Tasche, den Topf stellte er auf den Tisch.

»Wir müssen die Pläne noch verbrennen«, sagte er, als er meinen fragenden Blick sah.
Wir falteten sie ein letztes Mal auf und prägten uns noch einmal ein, was wir ohnehin schon wussten. Dann verbrannten wir das Papier im Kochtopf. Nach wenigen Minuten war es zu Asche zerfallen.
Jetzt noch die Pistole ...
»Das Ding knallt einem beim Schießen garantiert ins Gesicht«, sagte Rolf.
»Aber zur Abschreckung ist es vielleicht ganz nützlich.«
»Nein.« Rolf schüttelte entschieden den Kopf. »Wir nehmen die Pistole nicht mit. Das ist zu gefährlich. Stell dir bloß vor, es löst sich zufällig ein Schuss. Nein, kommt nicht infrage.«
Die Waffe wirkte in der Tat nicht sehr vertrauenerweckend. Aber durchaus einschüchternd. Was, wenn wir verfolgt würden? Sollten wir uns dann kampflos ergeben oder ... würde ich doch noch einmal einen Menschen töten können?
»Schlag dir das aus dem Kopf, Julian. Wir nehmen das Ding nicht mit, auch nicht zur Abschreckung.«
»Und wenn ich die Munition raushole?«
Er warf mir einen schiefen Blick zu. »Wie? Du willst im Ernst am Magazin rumfummeln?«
Ich gab auf.
»Wir werfen sie unten in den Mülleimer«, bestimmte Rolf. »Wird schon keiner rauskriegen, von wem sie ist.«

Zwischen drei und vier ist die Nacht am tiefsten und am stillsten. Dann wollten wir aufbrechen.
Ich saß auf dem Bett und lauschte auf Rolfs Wecker, dessen Ticken mir so laut in den Ohren klang, dass ich immer nervöser wurde. Dennoch konzentrierte ich mich darauf, um nicht an die

Befragung bei der Stasi denken zu müssen. Denn unversehens war eine bange Frage hochgekommen: Hatte ich dort etwas angefasst, sodass sie meine Fingerabdrücke hatten?
Wie besessen spielte ich die Szene im Kopf durch. Wieder und wieder. Die Türen waren für mich geöffnet worden, also hatte ich keine Klinke angefasst. Und ich hatte auch kein Glas Wasser bekommen. Aber irgendwann die Hände flach auf den Tisch gelegt ... und auf den Stuhl, sie unter die Schenkel geschoben. Hatte das jemand gesehen? Und hatte ich beim Unterschreiben des Protokolls das Papier angefasst? Nein ... aber den Füller!
Stopp! Es hatte keinen Sinn, sich verrückt zu machen. Und es kam ohnehin nicht mehr darauf an; wenn sie morgen an meiner Arbeitsstelle auftauchten, war ich bereits im Westen.
Ich schloss die Augen und massierte meine Schläfen. Dann schaute ich wieder zum Wecker. Noch zwei Stunden und vierundzwanzig Minuten – dann war es so weit.

Um Punkt drei zogen wir unsere Jacken an. Rolf blickte sich in seinem Zimmer um – zum letzten Mal. Ich nahm die Tasche. Rolf wickelte die Pistole in ein Geschirrtuch, und wir verließen leise die Wohnung.
Auf dem Hinterhof warf Rolf die Pistole in den Mülleimer. Ein dumpfes Scheppern, aber sie ging nicht los.
Dann traten wir auf die Straße hinaus. Rolf zog die Haustür hinter uns zu. Und ich schottete mein Denken gegen die letzten Zweifel ab. Nur noch an den Plan durfte ich jetzt denken. Nicht an Mutter, nicht an Gudrun, nicht an Marthe und Florian. Nicht an irgendwelche Stasi-Leute, die uns folgen könnten. Nicht an den gescheiterten Fluchtversuch durch die Kanalisation. Und vor allem nicht an die Schüsse ...

NEUNUNDZWANZIG

Ich erinnere mich nicht mehr an alles. Der Weg von Rolfs Wohnung bis zur Littenstraße ist aus meinem Gedächtnis gelöscht. Wenn ich an die Flucht denke, sehe ich eine Folge einzelner Bilder vor mir, manche in Vergrößerung. Zum Beispiel das alte Geschäftshaus an der Ecke Littenstraße / Stralauer Straße, das wie schützend seinen Schatten auf uns warf. Oder Rolf, wie er den mit seinem Pullover umwickelten Meißel hielt, auf den ich mit dem Hammer schlug, um den Gitterrost zu lockern. Auch meine Atemnot ist mir noch gegenwärtig, das Gefühl, die Angst habe sich in mir so breitgemacht, dass es mir die Luft abdrückte.

Die Straße war dunkel und verlassen, nirgends ging ein Licht an. Rolf legte den Meißel weg und setzte das Brecheisen an. Gemeinsam hoben wir den Rost hoch.

Rolf leuchtete mit der Taschenlampe in die Öffnung. An einer Wand führte eine eiserne Leiter hinab, und unten lagen welke Blätter und Zigarettenkippen.

Wir tauschten einen Blick.

Wir gegen die Grenze: 2:1!

Rolf stieg als Erster hinunter. Ich folgte ihm und zog dabei den Rost wieder an seinen Platz, damit keiner darauf aufmerksam wurde.

Nun befanden wir uns in einem Gang, der auf den Plänen nicht verzeichnet gewesen war. Wie wir von dort zum Tunnel gelangen würden, ahnten wir nicht. Und ob überhaupt … Bei diesem Gedanken wurde mir eiskalt. Ging unsere Kalkulation vielleicht doch nicht auf, und wir standen demnächst vor einer blinden Mauer? Ich atmete ein paarmal tief durch und versuchte, die Vorstellung zu verdrängen.

Rolf war schon ein paar Meter weiter. Meine Angst erwies sich als unbegründet, denn am Ende des Gangs befand sich eine schmale Öffnung in der Wand. Durch sie kamen wir in einen Raum mit so niedriger Decke, dass wir uns auf allen vieren bewegen mussten. Rolf leuchtete rundherum. Boden, Decke und Wände – alles Beton. Und warm war es hier, anders als im Freien, aber die Luft war abgestanden und staubig.

»Julian?«

»Hinter dir.« Meine Stimme klang heiser.

Der Lichtstrahl traf mich, und ich blinzelte.

»Komm her, hier ist eine Luke im Boden.«

Ich näherte mich auf Händen und Füßen.

Tatsächlich, in den Boden war eine runde Metallplatte eingelassen, ähnlich der Klappe eines U-Boots. Sie war schwer und knirschte beim Öffnen. Darunter wieder eine Leiter, die abwärts führte.

»Meinst du, da geht's in den Tunnel?« Ich beugte mich über den Rand der Öffnung, aber im Licht der Taschenlampe war nichts zu erkennen.

»Das werden wir gleich wissen.« Rolf nahm die Lampe in den Mund und machte sich an den Abstieg. Schlagartig wurde es dunkel um mich; ich sah nur noch den sich bewegenden Lichtschein im Schacht. Der kurz darauf stoppte.

»Hier unten kann man wieder stehen!«, rief Rolf und leuchtete mir, als auch ich die Leiter hinabkletterte.

Wir befanden uns nicht im Tunnel.

Als Rolf den Strahl der Taschenlampe durch den Raum gleiten ließ, wurde mir klar, wo wir gelandet waren: in einem Bunker.

Zur Luftschleuse stand in altdeutscher Schrift an einer Wand. Und ein langer Pfeil wies auf eine Stahltür mit Drehrad. In dem Raum selbst waren Sitzbänke aufgereiht, und auf dem Boden lagen Gegenstände herum, vermutlich von den letzten Nutzern des Bunkers. Im wandernden Lichtschein sah ich einen Koffer, ein Paar Damenschuhe, einen Hut mit der Krempe nach oben, ein Holzpferdchen, dem ein Bein fehlte, und Kindersöckchen. Bei der Tür lehnte ein Gewehr an der Wand, neben dem eine Gasmaske lag. Mich befiel ein Unbehagen, das ich vergeblich abzuschütteln versuchte.

An vielen Stellen waren die Wände schadhaft. Und an der Decke hing eine nackte Glühbirne. Rolfs Taschenlampe folgte dem Verlauf der Stromleitung.

Wie lange hatten die Leute hier wohl ausharren müssen? Hatten sie Beklemmungen gehabt, waren sie in Panik verfallen, weil die Luft immer schlechter wurde? Erinnerungen an früher kamen hoch. An Bunker, in denen es nach Kalk und Staub roch. Und nach Angst. Russische Satzfetzen. Frauen, die aufschrien. Ohrenbetäubende Bombeneinschläge. Lichtflackern bei jeder Erschütterung. Dann Dunkelheit. Eine Dunkelheit, in der die keuchenden Atemzüge und das Jammern lauter klangen als zuvor.

Auch Rolfs Atemzüge wurden lauter. Er hatte die gleichen Erinnerungen wie ich, aber vermutlich konkreter als meine, war er doch vier Jahre älter.

Ich musste an Mutter denken und fragte mich, was damals eigentlich mit ihr passiert war ... Ein paar Tage lang war sie nämlich verschwunden gewesen, nachdem die Russen die Stadt bereits erobert hatten. Wir drei – Gudrun, Rolf und ich – hatten die ganze Zeit im Keller eines bombardierten Hauses gesessen. Hin und wieder war Gudrun ins Freie gegangen, um etwas zu essen für uns aufzutreiben, während ich mich ängstlich an Rolf drückte. Um uns abzulenken, erzählte meine Schwester Geschichten über Ritter und Indianer. Wie wir Mutter schließlich wiederfanden, weiß ich nicht mehr. Eines Tages war sie einfach wieder da. Und verlor kein Wort darüber, wo sie gewesen war, auch später nicht.

»Komm, wir müssen weiter.« Rolf deutete auf die Tür.

Das Rad knackte laut, als Rolf kräftig daran drehte. Zu meiner Überraschung ließ die Tür sich aber ohne Mühe öffnen.

Dahinter war ein kleiner Raum, vollkommen leer und wieder mit einer Tür.

Wir durchquerten noch mehrere zum Bunkerkomplex gehörende Räume, kleinere und größere. Entlang der Wände verlief ein breiter weißer Streifen, der vom Lampenlicht fluoreszierte. Darüber und darunter sah ich Botschaften ehemaliger Bunkerinsassen, in oft ungelenker Kreideschrift. *Liebe Heidi, bleib mit den Kindern hier. Ich hole euch ab. L. – Wer hat Joachim Tropp gesehen? Bitte sagen, dass seine Eltern ihn suchen.*

Ich schloss die Augen. Um mich zu fassen. Und ich bemühte mich, ruhig zu atmen, obwohl die stickige Luft mir zusetzte. Ich musste die Bilder aus dem Krieg vertreiben, indem ich mir den Tunnelplan vor Augen rief. Der Tunnel ... wir mussten ihn finden!

Wie lange wir durch die Bunkerräume irrten, weiß ich nicht mehr. Mir ist aber noch deutlich die wachsende Beklemmung in Erinnerung, der Druck auf der Brust, verursacht von dem Muff und den Erinnerungen, die immer wieder hochkamen. Zeitweise verlor ich die Orientierung, wusste nicht mehr, von wo wir gekommen waren und wo es weiterging. Mich beschlich die Angst, unser Weg könnte letztlich gar nicht zu einem Tunnel führen, sondern nur zu einem anderen Bunkerausgang.

Ich ließ mich auf eine Bank sinken und lehnte den Kopf an die Wand. Konzentrierte mich ganz auf meinen Atem. Ein ... aus ... ein ... aus.

Rolf merkte erst nicht, dass ich ihm nicht mehr folgte. Aber plötzlich stand er vor mir und fragte besorgt: »Alles in Ordnung, Julian?«

»Wir müssen zurück«, presste ich hervor. »Das ist eine Sackgasse.«

»Ach was, ich hab weiter vorn ein Schild mit der Aufschrift ›Ausgang‹ gesehen.«

»Wir suchen aber keinen Ausgang, sondern den Tunnel«, murmelte ich. Noch ein Scheitern, den neuen Tag wieder im Osten beginnen und auf meine Verhaftung warten – das würde ich nicht verkraften.

Rolf setzte sich neben mich. Er schwieg und hielt die Taschenlampe so, dass der Lichtkreis vor unsere Füße fiel.

Irgendwann gelang es ihm, mich zum Aufstehen zu bewegen. Mit welchen Worten, weiß ich nicht mehr. Wir streiften weiter durch den Bunker. Willenlos folgte ich meinem Bruder. Irgendwann fanden wir eine Leiter wie die, über die wir eingestiegen waren. Womöglich dieselbe? Ich wusste es nicht.

Die Leiter führte nach oben in einen weiteren Raum. Er war so niedrig, dass wir ihn auf allen vieren durchqueren mussten. Ich hob mehrmals die Hand und tastete nach der Decke, um zu prüfen, ob sie weiter abfiel. Rolf leuchtete die linke Wand nach einem Durchgang ab, ich befühlte die rechte. Wenn es hier nicht mehr weiterging, müssten wir … Mit einem Mal fasste ich ins Leere.

»Rolf, da!« Ich flüsterte, obwohl uns hier keiner hören konnte.

Rolf lenkte den Strahl nach rechts. Er fiel auf eine schmale Öffnung.

Wir zwängten uns hindurch und sahen eine Betontreppe, die abwärts führte.

Auf halbem Weg nach unten machte die Taschenlampe schlapp. Rolf schüttelte sie, und sie ging wieder an.
Zwanzig Stufen weiter endete die Treppe – diesmal nicht in einem weiteren Bunkerraum. Ich sah gewölbte Wände, so weit das Licht reichte.
Der Tunnel?
Ja, er war es! Ohne Gleise allerdings. War es der, den wir suchten? Oder gab es noch einen anderen, der nicht im Plan verzeichnet war? Und wohin führte er? Ich versuchte krampfhaft, mir den Plan vorzustellen – vergeblich.
»Wenn das der Verbindungstunnel ist, trifft er nach dreihundert Metern auf die Westlinie«, hörte ich Rolfs Stimme und gleich darauf das Echo. Er hatte zuversichtlich geklungen, das Wörtchen »wenn« war mir aber nicht entgangen.

Wir gingen los. Einfach weil uns nichts anderes übrig blieb.
Mir war jegliches Gefühl für Entfernung, Zeit und Richtung abhandengekommen. Schritt um Schritt folgte ich Rolf, der mit der Taschenlampe voranging, versuchte trotz des spärlichen Lichts möglichst viel zu sehen. War der Boden hier abschüssig? Der Waisentunnel führte doch unter der Spree durch.
Ich blieb stehen und lauschte. Nichts zu hören, und als ich prüfend die Hand hob, spürte ich keinen Lufthauch. Es war, als befänden wir uns in einer anderen Welt, einer Welt, in deren Finsternis unheimliche Wesen hausten.
»Wie kommt es eigentlich, dass Gudrun von unserem Vorhaben wusste?«, fragte Rolf plötzlich.
Lieber Schreck! Ich konnte ihm unmöglich …
Wieder fiel die Taschenlampe aus. Rolf fluchte und schlug den Griff mehrmals auf seine Handfläche. Die Lampe ging wieder an, aber ihr Licht war nur noch schwach. Sie kam mir vor wie

ein sterbendes Tier, das noch einmal alle Kräfte aufbietet, aber im Grunde keine Chance hat.
»Wolltest du darum so schnell fort?«
Ich schluckte, blieb aber die Antwort schuldig. Die Stille im Tunnel war mir kaum mehr erträglich.

DREISSIG

Rolf sollte recht behalten. Unser Tunnel mündete tatsächlich in den der Westlinie. Wir erkannten es an den Gleisen, und er war auch höher und breiter. Ich musste mich zusammenreißen, um keinen lauten Freudenschrei auszustoßen.
Rolf sah auf seine Uhr. »Ich schätze mal, es dauert noch eine Stunde, bis die erste Bahn fährt. Laut Plan sind wir jetzt kurz vor dem U-Bahnhof Heinrich-Heine-Straße, also noch in Ostberlin. Und da halten die Bahnen nicht. Die nächste Station liegt bereits im Westen.«
Ich sah es nicht, war mir aber sicher, dass er in sich hineingrinste.
»Liebe Fahrgäste, heute halten wir ausnahmsweise an der Heinrich-Heine-Straße«, sagte ich mit nasaler Stimme.
Wir hatten den Tunnel gefunden! Und bald war es geschafft. Der Zugführer würde uns bestimmt mitnehmen und dann als Held gelten. Für die im Westen war unsere Flucht doch ein gefundenes Fressen. Mir war, als hörte ich schon das Rumpeln einer nahenden Bahn.
»Jetzt noch der Endspurt.« Rolf sah mich an.
»Wir schaffen das«, sagte ich.

»Wir schaffen das.« Er klopfte mir auf die Schulter. »Los, komm, sonst verpassen wir unsere Bahn.« Wieder schlug Rolf den Griff der Taschenlampe auf seine Handfläche. Eine kleine Weile musste sie noch durchhalten.

Wir gingen zügig weiter. Die etwas frischere Luft im Tunnel gab mir wieder Mut. Für uns würde der neue Tag im Westen anbrechen! Und dann brauchte ich mir keine Sorgen mehr wegen der Stasi zu machen. Und ich würde Heike wiedersehen. Heike! Ich musste mich zusammennehmen, um nicht zu rennen. Wir beide würden … ich prallte gegen Rolf, der unvermittelt stehen geblieben war und die Taschenlampe ausgeschaltet hatte.

Nun sah ich es auch. Licht in der Ferne. Nicht sehr hell, aber eindeutig Licht.

»Der Bahnhof?«, flüsterte ich.

Rolf gab keine Antwort. Er kniete sich hin und legte das Ohr an die Schienen. Dann richtete er sich wieder auf und schüttelte den Kopf.

»Warum brennt in einem Geisterbahnhof Licht?« Auch Rolf flüsterte.

»Vielleicht zur Orientierung für die U-Bahn-Fahrer.« Ich zuckte mit den Schultern. Welchen Sinn hatte es, solche Fragen zu stellen? Ich wollte weiter. In den Westen. Zu Heike. Es war, als wäre da eine magnetische Kraft, die mich weiterzog.

Automatisch gingen wir näher an der Tunnelwand. Rolf voran, ich hinter ihm. Die Taschenlampe ließ er aus. Zwischen Wand und Gleis war nicht viel Platz. Wenn bloß keine Bahn kam, ehe wir die Station erreichten …

Je mehr wir uns der Helligkeit näherten, desto langsamer ging Rolf. Kurz bevor der Tunnel endete, blieb er – noch im Schutz der Dunkelheit – stehen.

Der Bahnhof wirkte tatsächlich geisterhaft. Nur wenige Lampen brannten, die leeren Bahnsteige lagen im Halblicht. Ein Plakat mit Sommerreklame hatte sich an den Ecken von der Wand gelöst. Und die Treppe zum Ausgang war zugemauert. Direkt daneben befand sich eine Stahltür mit Guckfenster. Ich erstarrte. Hatte sich dahinter nicht eben etwas bewegt? Auch Rolf hatte es anscheinend bemerkt, denn er duckte sich.

Hatte uns jemand in der Littenstraße beim Einsteigen beobachtet, unseren Plan erahnt und die Polizei informiert? War man uns oberirdisch gefolgt?

Wieder eine Bewegung. Eindeutig ein Kopf. Ein Kopf mit Uniformmütze. Ein Grenzsoldat!

Wir kauerten uns zusammen, machten uns so klein wie nur möglich. Das Herz schlug mir bis zum Hals, und mir wurde glühend heiß. Ich versuchte, meinen Atem unter Kontrolle zu halten, nicht zu keuchen.

Niemand trat aus der Tür. Worauf wartete der Mann? War er allein oder …

»Sie bewachen die Station«, flüsterte Rolf, ohne den Blick von der Tür zu wenden.

Ich schaute über meine Schulter in die undurchdringliche Dunkelheit. Hier konnten wir nicht bleiben. Aber Zurückgehen kam auch nicht infrage. Was, wenn der Zug uns entgegenkam? Wir mussten weiter …

Vielleicht war der Tunnel im nächsten Abschnitt ja breiter und wir könnten zu Fuß in den Westen gelangen. Noch bevor die erste Bahn kam. So weit konnte es doch bis zum nächsten Bahnhof nicht sein.

Ich lauschte angestrengt. Nichts deutete auf das Nahen eines Zugs hin.

Rolf wandte sich um und machte mir ein paar Handzeichen: auf alle viere, ganz dicht am Bahnsteig entlang.

Ich nickte. Ja, so könnten wir es schaffen, ungesehen vorbeizukommen.
Ich holte tief Luft, wie um zu tauchen. Auf Händen und Füßen nahmen wir den Weg bis zum rettenden Tunneleingang in Angriff. Hundert Meter schätzungsweise, aber die Strecke kam mir unendlich vor. Meine Nerven waren zum Zerreißen gespannt. Die Härchen in meinem Nacken hatten sich aufgestellt, sie würden den kleinsten Windhauch auffangen.
Der Schotter im Gleisbett drückte schmerzhaft in meine Handflächen, doch das kümmerte mich jetzt nicht. Ich musste mich auf unser Vorhaben konzentrieren und wachsam sein, damit mir nichts entging: keine Bewegung, kein Laut, keine Erschütterung. Langsam und vorsichtig, damit auch ja kein Steinchen ins Rollen kam, bewegten wir uns voran.

Was dann passierte, ist mir noch immer nicht recht klar. Rolf hielt inne und presste einen Fluch zwischen den Zähnen hindurch. Im nächsten Moment schlug eine Art Glocke an. Die Stahltür flog auf.
Eine Sekunde lang war ich wie gelähmt. Dann sprang ich auf und rannte los. Sah aus dem Augenwinkel zwei Grenzsoldaten am Bahnsteig. Mit Maschinenpistolen. Aufgerissene Münder. Aber ich hörte nicht, was sie riefen, nur das Rauschen des Bluts in meinen Ohren.
Lauf, dachte ich, lauf um dein Leben!
Rolf hatte es mir nachgetan: Er war dicht hinter mir. Der Tunneleingang schien weiter weg denn je.
Rufe. Ein Schuss. Instinktiv duckte ich mich und lief so weiter. Noch ein Schuss. Rolfs Hand an meiner Schulter. Erst wollte ich sie abschütteln, dann blickte ich mich um und sah seine weit aufgerissenen Augen. Er schaute ungläubig drein. Und geriet ins

Wanken. Ich packte seinen Arm. Wir mussten weiter, weiter! Halb stolpernd, halb rennend zerrte ich meinen Bruder mit.
Endlich nahm die Dunkelheit uns auf. Einen Arm nach vorn gereckt, den anderen unter Rolfs Schulter, lief ich blind vorwärts.
»Halt! Keinen Schritt weiter!«, tönte es vom Bahnsteig.
Rolf atmete keuchend und wurde langsamer. Er kam mir immer schwerer vor.
»Bleib stehen, Julian!«, stieß er hervor.
Stehen bleiben? Jetzt? War er verrückt geworden? Sie würden uns erschießen! Ich hatte noch das Echo der Schüsse von vorhin im Ohr.
Plötzlich strauchelte ich und musste Rolf loslassen. Er stürzte und schrie auf.
Ich tastete im Dunkeln nach ihm.
»Die … haben … mich getroffen.« Er stöhnte.
»Schlimm?«
»Weiß nicht …« Sein Atem ging röchelnd.
Die Soldaten waren vom Bahnsteig auf die Gleise gesprungen. Im Dämmerlicht sah ich ihre Silhouetten. Eine Taschenlampe ging an.
Wir mussten weiter! Ich packte Rolf am Arm. »Komm schon!«, zischte ich.
Keine Antwort, nur ein Stöhnen.
Ich versuchte ihn hochzuziehen – vergeblich.
»Lass mich liegen«, presste er hervor. »Geh allein.«
»Aber die Soldaten!?«
»Rauskommen! Sofort!«, klang es vom Tunneleingang her.
Das Licht der Taschenlampe glitt über die Wände, nur wenige Meter von uns entfernt.
»Lauf!« Ein Hustenanfall schüttelte Rolf.
»Halt!«

Sie hatten Rolf husten hören und schickten sich an, in den Tunnel zu gehen.
»Lauf schon!«, wiederholte Rolf.
Ich zögerte nicht länger. Lief los. Ein paar Meter nur, dann kauerte ich mich hin und wartete.
Ich sah Rolf im Lichtkreis der Taschenlampe, halb an die Wand gelehnt. Regungslos. Gleich würde der erste Soldat bei ihm sein. Hätten wir doch nur Vaters Pistole mitgenommen!
»Hast du ihn?«, rief der zweite.
»Ja!«
Das Echo tat mir in den Ohren weh.
Ich zog mich weiter in die Dunkelheit zurück. Hatte das Gefühl, keine Luft mehr zu bekommen, und zugleich breitete sich ein rasender Kopfschmerz aus.
Der Soldat stieß Rolf an. Mit seinem Stiefel, seinem gottverdammten Stiefel! Rolf geriet in Schieflage. Die Pistole, hätten wir doch …
»Er ist tot!«, rief der Soldat und fügte, etwas leiser, hinzu: »Glaub ich jedenfalls.«
Eine zweite Taschenlampe flammte auf. Schritte.
Nun standen sie beide bei Rolf.
»Da war doch noch einer, oder?«, sagte der neu Hinzugekommene halblaut.
Ich machte mich so klein, wie es ging.
»Womöglich sind es noch mehr?«
»Wir könnten sagen, es war nur der eine.«
Angst und Pflichterfüllung im Widerstreit.
Haut ab!, dachte ich. Lasst Rolf in Ruhe! Als könnte ich damit Einfluss auf ihr Tun nehmen.
»Meinst du, wir sollten noch weiter rein?«
Die Angst gab den Ausschlag: »Nein. Wir behaupten, es war

nur einer – der hier.« Der Soldat richtete seine Taschenlampe auf Rolf.

Dann hoben sie ihn hoch. Einer an den Schultern, der andere an den Füßen, beide die Lampen im Mund. Ich meinte, noch ein Stöhnen zu hören.

Und sie trugen ihn weg. Meinen Bruder.

Am Tunnelende hievten sie ihn auf den Bahnsteig, kletterten dann selbst hinauf und verschwanden aus meinem Blickfeld.

EINUNDDREISSIG

Fröstelnd und schwitzend zugleich und mit einem schier unerträglichen Stechen im Kopf verharrte ich in meiner geduckten Haltung.

Ich hörte, wie die Stahltür ins Schloss fiel. Das Licht am Tunnelende trübte sich. Weil ich Tränen in den Augen hatte. Ich konnte keinen Gedanken mehr fassen, in meinem Kopf herrschte Dunkelheit, so wie in diesem Tunnel. Meine Beine hatten sich verkrampft, ich war unfähig, mich aufzurichten.

Er ist tot … glaub ich jedenfalls.

Minutenlang war ich völlig weggetreten. Bis ich ein Vibrieren wahrnahm, leise, aber unverkennbar. Es wurde lauter und intensiver.

Schlagartig wurde mir wieder klar, wo ich mich befand. In einem U-Bahn-Tunnel. In den gleich ein Zug einfahren würde. Meine Starre löste sich, und ich fing an zu rennen. Aber schon bald begriff ich, dass ich es niemals bis zur nächsten Station schaffen

würde. Trotzdem rannte ich weiter. Ich hörte, wie die Bahn verlangsamte, um die Station zu durchfahren.
Liegt Rolf noch auf dem Bahnsteig?, dachte ich. Dann sehen der Zugführer und die frühen Fahrgäste ihn … Oder haben die Soldaten ihn bereits fortgeschleift?
Kurz entschlossen drehte ich mich um und stellte mich mitten aufs Gleis. Ich musste es riskieren. Und mir war inzwischen egal, ob es klappte oder nicht. Wenn der Zug mich frontal erfasste, hätte ich es wenigstens rasch hinter mir.
Ich breitete die Arme aus, winkte und schloss die Augen.
Erst spürte ich einen Luftschwall. Dann hörte ich ein Sausen, als die Bahn wieder beschleunigte. Ich sah Helligkeit hinter den Lidern, machte die Augen aber nicht auf, sondern erwartete den Aufprall, den Schmerz, das große Nichts.
Plötzlich Stille.
Ich öffnete die Augen und blickte in das erschrockene Gesicht des Zugführers hinter der Scheibe. Einen Meter vor mir.
Er fasste sich erstaunlich schnell. Machte die Tür auf, zwängte sich zwischen Zug und Tunnelwand nach vorn. Im selben Augenblick gaben meine Knie nach, und ich sackte zusammen. Ich stürzte aber nicht zu Boden, denn der Mann fing mich auf.
Dass er mich in den Führerstand schleppte, bekam ich wie durch einen Nebelschleier mit.
Kaum eine Minute später fuhr die Bahn wieder an. Ich lag hinter dem Fahrer auf dem Boden. Er wandte sich halb zu mir um: »Bleib liegen, damit dich keiner sieht.«
Wie gut, dass ich ihm nichts zu erklären brauchte …

Ich schloss die Augen und hatte das Gefühl, dass die Zeit stillstand. Nur noch das Rattern der Bahn war da, ich spürte es mit jeder Faser meines Körpers.

Irgendwann hörte ich die Türen aufgehen. Schritte. Dann war es still. Plötzlich eine Hand auf meiner Schulter. Eine Hand, die mich sanft schüttelte.
Ich machte die Augen auf und sah das Gesicht des Fahrers vor mir.
»Wir sind da. Du bist im Westen.« Er half mir beim Aufstehen und wiederholte dabei: »Du bist im Westen.«
Ich wollte ihm danken, brachte aber keinen Ton heraus, nicht einmal ein Nicken bekam ich zustande.
Dann stolperte ich auf die Tür zu. Der Mann fasste mich kurz am Arm und deutete zur Treppe. »Du bist im Westen«, sagte er ein letztes Mal. »Jetzt hast du nichts mehr zu befürchten.« Und mit einem Zischen gingen die Türen der Bahn wieder zu.

Stufe um Stufe schleppte ich mich empor und trat dann ins Freie. Es war noch ziemlich dunkel. Die Straßenlaternen warfen ihre Lichtkreise auf den Bürgersteig. Weit und breit war kein Mensch zu sehen. Das blaue U-Bahn-Schild über dem Zugang war beleuchtet. *U-Bhf Leinestraße.*
Im Osten der erste Streifen Helligkeit. Erst jetzt spürte ich die eisige Kälte und fröstelte. Ein Auto fuhr vorbei. Ein Peugeot. Ich war im Westen. Allein.

MARTHE LENTZ

1977

EINS

»Bis heute Abend!«, rief ich laut, aber vermutlich hörte sie mich gar nicht. Wenn Mutter in ihrem kleinen Arbeitszimmer zwischen Küche und Bad malte oder modellierte, blendete sie alles um sich herum aus. Dann gab es für sie nur ihre Kunst. Das kannte ich seit zwanzig Jahren.

Ich schloss die Wohnungstür hinter mir, hastete die Treppe hinab und zog dabei den Reißverschluss meiner Jacke zu.

Der kleine Hund von Frau Stetler kläffte, als ich im Erdgeschoss an ihrer Wohnung vorbeikam. Ich bemerkte eine Bewegung hinter dem Türspion. Ohne weiter darauf zu achten, lief ich ins Freie.

Der Regen fiel mir kalt ins Genick. Ich legte an Tempo zu und hatte bald die U-Bahn-Station erreicht.

Dann stand ich auf dem Bahnsteig. Keine Bahn. Ich seufzte. Noch achtundzwanzig Minuten, bis die Vorlesung begann. Das konnte gerade hinhauen. Oder aber gerade nicht.

Ich versuchte meine Ungeduld zu bezähmen. Die Bahn würde nicht schneller kommen, wenn ich von einem Fuß auf den anderen trat. Professor Thelemann kam ohnehin immer ein wenig zu spät. Bestimmt konnte ich noch unbemerkt in den Hörsaal schlüpfen.

Sollten wir für heute Texte lesen? Florian hatte nichts davon erwähnt, und er ging nie unvorbereitet zur Uni. Ach, wenn ich ganz hinten saß, musste ich mich nicht an der Diskussion beteiligen. Nun ja, Diskussion ... mit Thelemann konnte man eigentlich nicht diskutieren. Denn er verkündete die Wahrheit. Die sozialistische Wahrheit, um die keiner herumkam. Jedenfalls nicht in seinen Vorlesungen.

Diskutieren würden wir in unserem Leseklub, dort war Raum für unterschiedliche Meinungen.

Noch einundzwanzig Minuten. Die Frau links neben mir war genauso nervös wie ich. Sie nahm eine Zigarette aus der Schachtel und drehte sie unentschlossen zwischen den Fingern. Rechts von mir stand ein Mann in einer gediegenen grauen Hose und einem lila Sakko. Er sah die Frau mit der Zigarette flüchtig an und starrte dann wieder auf die Gleise, als würde der Zug aus dem Boden aufsteigen. Stocksteife Haltung, betont neutraler Gesichtsausdruck. Stasi – keine Frage. Diese Männer erweckten den Eindruck, als hätten sie kein eigenes Leben, sondern interessierten sich nur für das der anderen. Störte es sie nicht, dass die Leute einen Bogen um sie machten? Dass Unterhaltungen verstummten, wenn sie vorbeigingen, und dass man ihnen allenfalls mit gezwungener Freundlichkeit begegnete?

Der Mann schien meinen Blick zu spüren, denn er wandte den Kopf. Einen Moment lang schauten wir uns ins Gesicht, und ich überlegte unwillkürlich, ob er eine Waffe bei sich trug.

Noch ehe ich sie hörte oder sah, spürte ich an den Vibrationen unter meinen Füßen, dass die Bahn kam. Sekunden später tauchte sie aus dem Tunnel auf und hielt. Die Türen öffneten sich zischend, und ich drängte mich an den Aussteigenden vorbei hinein. Ich setzte mich möglichst nah an die Tür und stellte meinen Rucksack auf den Platz neben mir, damit der Stasi-Mann

sich nicht dorthin setzen konnte. Er nahm hinter mir Platz und ich meinte, seinen Blick im Rücken zu spüren.
Ich kramte meine französische Grammatik hervor und schlug sie auf. In Thelemanns Vorlesungen war es unmöglich, den Stoff eines anderen Fachs zu wiederholen.
Pluriel des noms composés, las ich. *Un nom composé peut s'écrire en un seul mot; il forme alors son pluriel comme les noms ordinaires.*
Der Zug hielt im nächsten Bahnhof. Leute stiegen aus, und ich versuchte in der Spiegelung des Fensters auszumachen, ob der Stasi-Mann noch hinter mir saß. Aber es war zu hell.
Le nom composé peut également être divisé en plusieurs mots; le trait d'union sépare alors généralement les mots (mais pas toujours: compte rendu, faux sens, pomme de terre etc.). Ich wiederholte im Kopf die Beispiele der zusammengesetzten Wörter, merkte aber zugleich, dass ich schon wieder vergessen hatte, wofür sie standen. Seufzend klappte ich das Buch zu.
An die Scheibe gelehnt, betrachtete ich mein Spiegelbild, bis es sich im Neonlicht des Bahnhofs auflöste.
Der Zug hielt.
»Friedrichstraße«, tönte es aus dem Lautsprecher. »Die Fahrt endet hier. Bitte alle aussteigen.«
Die Fahrt endet hier ... so wie die Welt. Die Bahn fuhr nicht weiter nach Westberlin. Dieser Teil der Stadt könnte ebenso gut nicht existieren. Auf den Karten in der Schule war er ein heller Fleck. Aber es gab ihn. In meiner Erinnerung. Obwohl ich nur ein einziges Mal dort gewesen war. Am Tag vor meinem vierten Geburtstag. Onkel Julian, der jüngste Bruder meiner Mutter, war mit mir in den Zoologischen Garten gegangen. Und danach hatten wir auf dem Ku'damm Eis gegessen. Heike war auch dabei gewesen. Heike mit den blonden Locken. An ihr Gesicht konnte

ich mich nicht mehr erinnern. Auch nicht an das von Julian. Bei uns zu Hause gab es keine Fotos von ihm. Und Mutter wich jeder Frage nach ihm aus. Gerade so, als wäre *er* auf der Flucht gestorben und nicht Onkel Rolf.

Ich fand es faszinierend, das Land hinter der Mauer. Bis ich etwa zwölf war und begriff, was es mit dem Kapitalismus auf sich hatte. Bei den Nachbarn sah ich im Westfernsehen Reklame für Sachen, die ich gern gehabt hätte, die es bei uns aber nicht zu kaufen gab. Oft hatte ich mir ausgemalt, wie es sein würde, Julian für ein paar Tage zu besuchen. Heike sähe bestimmt so aus wie die strahlenden Damen von der Zahnpastareklame.

Diese Wunschträume hatten heute nichts Faszinierendes mehr. Der Kapitalismus war ein egoistisches System, das nicht nach einer besseren Gesellschaft, sondern nach immer mehr Geld für immer weniger Personen strebte. Um etwas zu verändern, musste man anpacken, hier bei uns, und nicht weglaufen und alles hinter sich lassen.

Hatte das Weglaufen Julian etwas gebracht? Vielleicht. Aber Rolf hatte es gar nichts gebracht. Und Mutter auch nicht. Nach Julians Flucht hatte die Partei ihr verboten, weiter an der Akademie der Künste zu lehren. Mehr als zehn Jahre konnte sie ihre Kreativität allein in dem kleinen Kabuff zu Hause ausleben. Wir hatten es nicht dicke nur mit Vaters Gehalt. Aber auch darüber wurde nicht gesprochen. Mutter war eine verbitterte Frau geworden, die sich nutzlos fühlte und in ihrer eigenen Welt verschanzte.

»Wozu dient Kunst, wenn man sie nicht zeigen und vermitteln darf?«, fragte sie Vater immer wieder. Und er ermutigte sie, nicht aufzugeben.

Vor vier Jahren ließ man sie dann endlich wieder arbeiten. Kurz bevor Florian seinen Wehrdienst ableisten musste und danach wider alles Erwarten an die Universität durfte. Auch ich durfte

studieren. Mutter hatte mir nie erklärt, warum. Als ich einmal danach fragte, sagte sie: »Es ist vorbei. Abgeschlossen.«
Aber die Wunden waren nicht verheilt. Julian und der Westen waren und blieben Tabuthemen in unserer Familie.

Zwischen den anderen Leuten drängelte ich mich die Treppe hoch, vorbei an den Touristen, die sich zu einem Blitzbesuch im Sozialismus aufgemacht hatten.
Ich trat auf die Straße hinaus und blickte kurz nach allen Seiten: Der Stasi-Mensch war nirgends zu sehen.
Noch drei Minuten, sah ich auf meiner Uhr. Für den Weg zur Uni brauchte ich acht. Ich warf mir den Rucksack über die Schulter und rannte los.

In der Eingangshalle sah ich nur wenige Studenten. Aber ich stürmte nicht die imposante Treppe hinauf, sondern ging in normalem Tempo, weil ich nicht keuchend und rot im Gesicht ankommen wollte.
Die Tür des Hörsaals war zu.
Ich horchte einen Moment. Thelemanns monotone Stimme war nicht zu hören. Vorsichtig drückte ich die Klinke, öffnete die Tür einen Spalt und schlüpfte hindurch.
Der Saal war bereits abgedunkelt, und Thelemann hantierte am Diaprojektor herum. Ich fand einen Platz in der vorletzten Reihe. Dann begann der Vortrag. Ich hörte kaum hin, suchte stattdessen im Halbdunkel nach Florians Hinterkopf.
Mein Bruder war anscheinend nicht da. Seltsam, er verpasste eigentlich nie eine Lehrveranstaltung. Und heute Morgen war er rechtzeitig aufgebrochen, weil er vor dieser Vorlesung noch ein Seminar hatte.
Hans fing meinen Blick auf. Er saß halb zu mir gewandt, als

wartete er schon geraume Zeit darauf, dass ich ihn sehen würde. Ich lächelte flüchtig.
Hans gehörte zu unserem Leseklub. Ich fand ihn ein wenig rechthaberisch. Und manchmal aufdringlich. Er schob etwas auf die Ecke seines Tisches, sodass ich es sehen konnte. Ein Buch, der Titel war aber nicht zu erkennen. Wahrscheinlich eines, das er zur gemeinsamen Lektüre vorschlagen wollte.
Er und Florian stachelten sich gern gegenseitig auf. In Sachen Wissen, Ideen, Enthusiasmus und Systemkritik wollte keiner hinter dem anderen zurückstehen. Es war wie eine ewige Fehde zwischen zwei Rittern der Tafelrunde. Nur ohne einen König Artus, dessen Wohlwollen es zu erringen galt.

Als nach einer Stunde die Lampen wieder angingen, kniff ich kurz die Augen zu. Und versuchte mir zu vergegenwärtigen, was ich gehört hatte. Thelemann hatte Bilder vom Krieg in Vietnam gezeigt – zerstörte Häuser, Kinder ohne Beine, verbrannte Äcker und Wälder, Schäden durch das Herbizid Agent Orange – alles die Schuld des kapitalistischen Amerika. Die Feinheiten seiner Erläuterungen waren mir allerdings entgangen, falls es überhaupt Feinheiten gegeben hatte. Ich packte meine Sachen zusammen. Auch jetzt, im Hellen, sah ich Florian nirgends.
Wo war er? In der Bibliothek vielleicht, weil er einen Abgabetermin für eine Hausarbeit hatte?
Ich war als eine der Ersten draußen und schon halb auf dem Weg zur Bibliothek, als ein junger Mann mich ansprach.
»Bist du Marthe Niemöller?«
»Marthe stimmt. Aber ich heiße Lentz. Niemöller ist der Mädchenname meiner Mutter.«
»Lebt dein Großvater noch?« Er stellte sich so hin, dass er mir den Weg zur Treppe versperrte.

»Ja.«
Was sollte die Frage?
»Ist er glücklich?«
Ich starrte ihn an. Wie ein Stasi-Mann sah er nicht aus. Sondern wie ein Student eben. Mit kariertem Hemd und brauner Hose. Allerdings hatte er einen harten Blick. Womöglich ein Spitzel?
»Ist dein Großvater glücklich?«, wiederholte er.
»Äh … ja. Vermutlich.«
Ich wollte an ihm vorbei, aber er vertrat mir den Weg.
Inzwischen waren alle aus dem Hörsaal gekommen, auch Hans. Sollte ich ihn rufen?
Hans winkte. Ich hob ebenfalls die Hand.
»Kennst du meinen Großvater?«, fragte ich, weil ich hoffte, den Kerl so schneller loszuwerden.
Statt Antwort zu geben, sagte er: »Wie alt ist er jetzt?«
»Fast siebzig.«
Er nickte bedächtig. Als würde er nachrechnen.
»Kennst du ihn?«, fragte ich noch einmal.
Sein Blick wurde noch härter.
»Nicht persönlich, zum Glück«, sagte er gepresst. Und betonte »zum Glück« auf merkwürdige Weise. Noch ehe ich fragen konnte, wie er das meine, drehte er sich um und ging davon.
Erst jetzt, als er weg war, spürte ich die innere Anspannung. Was hatte dieser seltsame Mensch von mir gewollt? Von der Stasi war er garantiert nicht; die brauchten nicht zu fragen, wie alt jemand war – sie schauten einfach in ihre Akten. Aber warum hatte er wissen wollen, ob mein Großvater *glücklich* war? Was ging ihn das an, wenn er ihn gar nicht kannte?
»Marthe!« Florian kam auf mich zu. Ich musste diesen komischen Vogel vergessen. Seine Frage hatte sicher nichts zu bedeuten.

»Warum warst du nicht in der Vorlesung?«, fragte ich.
Er wedelte mit einem gefalteten Blatt Papier.
»Was ist das?«
»Nicht hier«, sagte er leise, schob das Papier in seine Hemdtasche und bedeutete mir, ihm zu folgen.
Er ging bis ins Untergeschoss. Dort blieb er stehen, holte das Blatt hervor und hielt es mir aufgefaltet hin.
An alle Genossen, die an eine BESSERE Zukunft glauben!, lautete die schreiende Überschrift.
Ich runzelte die Stirn. »Was hast du damit vor?«
»Verteilen. Auslegen. Überall. In der ganzen Uni!« Florian sah mich begeistert an. *Dieses Blatt* wollte er unter die Leute bringen? Wenn das die Stasi ...
»Dann sind wir wie Hans und Sophie Scholl!« Er grinste.
Hans und Sophie Scholl hatten mit ein paar Freunden die Weiße Rose gegründet, eine Studentengruppe, die Widerstand gegen Hitler geleistet hatte. Florian verglich unseren Leseklub gern mit der Weißen Rose und uns beide mit den Geschwistern Scholl. Mir gefiel dieser Gedanke. Aber eine Widerstandsgruppe konnte man unseren Klub wahrhaftig nicht nennen. Wir lasen Bücher, die verboten waren. Wir sprachen frei und offen. Wir hörten Schallplatten aus dem Westen. Aber wir hatten noch nie etwas Konkretes unternommen.
Florians Augen leuchteten noch immer. Er erwartete, dass ich mich von seiner Begeisterung mitreißen ließ. Wie sonst auch.
Aber ich trat einen Schritt zurück, wie um mich körperlich zu distanzieren. »Hans und Sophie Scholl wurden verhaftet, als sie ihre Flugblätter in der Uni auslegten!« Es klang schroffer als beabsichtigt.
Florian maß mich mit einem langen Blick, ehe er antwortete: »Meinst du etwa, wir können etwas verändern, indem wir re-

den? Immer nur reden? Aber nichts tun?« Er sprach leise, doch die letzten Worte klangen wie ein Peitschenhieb.

»*Wollen* wir denn etwas verändern?«

»Und ob! Aber das gelingt nicht, indem wir immer nur von Freiheit sprechen!«

»Und was willst du mit diesem Flugblatt erreichen?«

»Es soll den Leuten die Augen öffnen. Ihnen klarmachen, dass Veränderungen möglich sind. Hier bei uns.«

Ich wusste, was er meinte, weil ich genauso dachte: eine Revolution von innen hin zum wahren Sozialismus, dem die faulen Äpfel in der Partei im Wege standen. Aber wenn wir so handelten wie Hans und Sophie Scholl, beschworen wir dann unser Schicksal herauf? Sie hatten ihren Einsatz mit dem Leben bezahlt.

Florian ahnte offenbar meine Gedanken. »Wir leben in einer anderen Zeit, Marthe«, sagte er.

Er wusste, dass ich die Geschwister Scholl genauso bewunderte wie er, und war wohl enttäuscht über meine Zurückhaltung. Aber ich war eben nicht so mutig wie Sophie.

»Lass uns morgen Abend mit den anderen darüber sprechen«, schlug ich vor. Obwohl ich befürchtete, dass sie nicht auf Anhieb für seine Idee brennen würden.

ZWEI

Schon im Treppenhaus hörte man, dass Dagmar bereits da war. Ein Song der Rolling Stones drang gedämpft, doch immer noch zu laut aus Hans' Wohnung im fünften Stock. Wir waren gerade oben, da kam eine Nachbarin aus der Tür. Sie trug einen Putz-

eimer – als Alibi. Musterte uns, schüttelte missbilligend den Kopf und murmelte etwas von wegen »dekadente Westmusik« und »disziplinlose Jugend«.
Wir kehrten ihr den Rücken zu und gingen ohne anzuklopfen hinein. Hans' Wohnung war winzig, aber wenigstens hatte er seine eigenen vier Wände, worum ich ihn glühend beneidete. Das Zimmer, in dem er arbeitete, schlief und auch kochte, war orange und braun gestrichen. Auf dem Boden lagen Kissen verstreut, und an den Wänden hingen Poster von Rockbands.
Dagmar saß auf dem ungemachten Bett, das jetzt als Sofa diente. Sie schmiegte sich an Bernd, der eine Zigarette rauchte. Also waren sie wieder zusammen. Jede Woche war es die Frage, ob sie einander selbstvergessen küssen und streicheln oder in entgegengesetzten Zimmerecken hocken und sich ignorieren würden. Dagmar war über Bernd in den Leseklub gekommen. Sie arbeitete in einer Senffabrik und schwärmte für die Rolling Stones, las aber keines der Bücher, über die wir uns unterhielten, und beteiligte sich kaum an den Diskussionen. Ihr genügte es, zu einer Gruppe zu gehören, die systemkritisch dachte.
Hans öffnete ein paar Bierflaschen.
»N'Abend«, begrüßte er uns.
»Das hört man bis draußen.« Florian deutete auf den Plattenspieler, der neben Bernd auf einem kleinen Tisch stand. Bernd hob den Tonarm ab.
»He, was soll das!«, protestierte Dagmar.
»Denk an die Nachbarn«, gab Florian barsch zurück.
Ich setzte mich auf meinen Stammplatz, eines der Kissen am Boden.
»Habt ihr was von Paul gehört?«, fragte Hans genau in dem Moment, als dieser eintrat. In Uniform. Wenn er direkt vom Dienst kam, dauerte es immer eine Weile, bis er auftaute. Ich stellte es

mir nicht einfach vor, immer wieder von einer Welt in die andere zu wechseln. Paul war nicht aus Überzeugung Grenzsoldat geworden; sein Vater hatte ihn gezwungen, sich nach dem Wehrdienst für die Grenztruppen zu bewerben. Am liebsten hätte er wohl seine Waffe weggeworfen und wäre über die Mauer geklettert. Aber die Grenzer mussten nicht nur Bürger daran hindern, aus der Republik zu fliehen, sondern sich auch gegenseitig im Auge behalten.
Paul hatte oft abends Dienst, kam aber wann immer möglich zu unseren Treffen. Ich fand ihn ziemlich mürrisch, aber das rührte bestimmt von seiner Unzufriedenheit her, und meist trug er gute Ideen bei.
Vor Hans auf dem Boden lag ein neues Buch – *1984* stand auf der Titelseite. Er griff danach.
»Einen Moment noch, Hans.« Florian zog den Reißverschluss seiner Jacke auf, knöpfte sein Hemd auf und holte theatralisch das Blatt Papier hervor, das er sich auf die Brust geklebt hatte. Ich musste lächeln, als ich die neugierigen Blicke der anderen sah.
»Genossen!« Florian legte das Blatt vor sich auf den Boden und strich es glatt. Er hatte seinen Auftritt einstudiert. »Es wird Zeit, dass wir zur Tat schreiten.« Er blickte kurz in die Runde. »Seit fast einem Jahr treffen wir uns hier, reden über Bücher und diskutieren, was sich in unserem Staat ändern müsste.« Er sprach langsam und deutlich, damit keinem auch nur eine Silbe entging. »Aber Veränderungen fallen nicht vom Himmel. Wenn wir wollen, dass die Verhältnisse sich bessern, müssen wir selber etwas dafür tun!«
Es folgte eine ausführliche Rede, die er mir zu Hause probeweise vorgetragen hatte. Über den derzeitigen Sozialismus, gesteuert von Nutznießern der Partei, denen es nur um ihren Posten gehe

und nicht um die Interessen der Gesellschaft. Über den nötigen Wandel von innen heraus, hin zu einem neuen und jungen Sozialismus, in dem jeder das bekäme, was ihm zustehe. Und über die Freiheit, sich für diesen Sozialismus zu entscheiden. – Er hatte sein Plädoyer gut und schlüssig aufgebaut.
»Wir müssen den Leuten die Augen öffnen«, sagte er. »Und zwar dafür, dass man es besser machen kann. Aber nicht, indem wir uns hinter unserer Grenze verschanzen, sondern der Welt offen und frei gegenübertreten und beweisen, dass *wir* das bessere Deutschland sind. Wir müssen den Sozialismus weitertragen. Aus Überzeugung, nicht gezwungenermaßen. Wer sich frei entscheiden kann, wird diesen Sozialismus wählen, und diese Freiheit …«
»Warum hat sich das Land dann geleert, bevor die Mauer gebaut wurde?«, fragte Dagmar mitten in seinen Satz hinein.
»Willst du damit etwa sagen, dass es gut war, die Mauer zu bauen?« Paul guckte pikiert.
»Das Land hat sich nicht geleert. Die Mauer soll uns vor den Kapitalisten schützen, die unsere Läden ausgeplündert haben«, persiflierte Bernd die offizielle Verlautbarung.
Hans lachte.
Florian hatte den Faden verloren.
»Diese Freiheit …«, setzte er neu an, aber niemand hörte mehr zu.
»Wir müssten die Mauer einreißen!«, sagte Paul todernst.
»Hier ist die *Aktuelle Kamera:* Die Partei sucht Genossen, die die Mauer einreißen wollen«, sagte Bernd mit Nachrichtensprecherstimme. »Die Kapitalisten haben plötzlich eingesehen, dass der Sozialismus die einzige lebenswerte Gesellschaftsform ist.«
Gelächter.
Florian lachte nicht mit.

Ich wollte etwas sagen, aber im Moment würde mich keiner ernst nehmen.
An alle Genossen, die an eine BESSERE Zukunft glauben! – Ich zog das Flugblatt näher zu mir heran, um den Rest noch einmal zu lesen.

Genossen,
der Tag der Abrechnung ist gekommen, der Abrechnung der deutschen Jugend mit der verabscheuungswürdigsten Tyrannis, die unser Volk je erduldet hat. Im Namen der ganzen deutschen Jugend fordern wir vom Staat die persönliche Freiheit, das kostbarste Gut des Menschen, zurück, um das er uns in der erbärmlichsten Weise betrogen hat. Es gibt für uns nur eine Parole: Kampf gegen die Partei! Heraus aus den Parteigliederungen, in denen man uns politisch weiter mundtot halten will!
Frisch auf, mein Volk, die Flammenzeichen rauchen!

Es war der letzte Text von Hans und Sophie Scholl, aus dem er passende Sätze gewählt hatte. War die Weiße Rose denn auch nur ein lächerliches Studentengrüppchen gewesen? Die Freunde der Geschwister Scholl hatten jedenfalls eingesehen, dass etwas getan werden musste.
Ich versuchte, Florians Blick aufzufangen. Er nahm das Blatt an sich, sagte aber nichts mehr. Hatte kapituliert. Ich konnte mir gut vorstellen, wie er sich jetzt fühlte. Aber auf einmal wurde mir klar, dass er *mich* tatsächlich überzeugt hatte.
Hans klatschte in die Hände: »Fangen wir an!«
Ich warf ihm einen empörten Blick zu. Anfangen?
»Ich habe hier ein neues Buch, das wir als Nächstes lesen sollten. Es hat den Titel *1984* und wurde von George Orwell geschrieben.«

Vor einer Weile hatten wir *Farm der Tiere* von Orwell gelesen. Ich blickte aus dem Augenwinkel zu Florian. Er hatte den Kopf zwischen die Schultern gezogen.
»Aber bevor wir uns damit beschäftigen, noch eine wichtige Mitteilung.«
Hans machte eine Kunstpause, um Aufmerksamkeit zu heischen.
»Jemand will in unseren Leseklub eintreten.«
Bernd und Paul horchten auf.
»Ein Freund von mir. Er kommt aus Rostock und ist gerade erst nach Berlin gezogen. Von ihm habe ich übrigens das Buch hier – er ist ganz auf unserer Linie.«
»Was hast du dem von uns erzählt?«, fragte Paul scharf.
»Nicht viel. Und erst, als ich mir sicher war, dass er so denkt wie wir. Namen hab ich selbstverständlich keine genannt.«
»Ist er vertrauenswürdig?« Paul schaute noch immer argwöhnisch drein.
»Klar. Sonst würde ich das nicht vorschlagen. Er war völlig begeistert, als ich unseren Leseklub erwähnt habe. Aber ich habe natürlich gesagt, dass ich nicht allein entscheiden kann, ob er mitmachen darf.«
»Sieht er gut aus?«, wollte Dagmar wissen. Bernd zwickte sie, und sie quietschte laut auf.
»Vorsicht, deine Zigarette!«, warnte Hans, aber Bernd ignorierte ihn.
Ich musste einen Seufzer unterdrücken. Die anderen kamen mir mit einem Mal kindisch vor. Wir hätten jetzt besprechen können, wie man so eine Flugblatt-Aktion am besten aufzog. Um *wirklich* etwas zu verändern.
Paul stellte Hans noch weitere Fragen über seinen Freund aus Rostock, die er bereitwillig beantwortete. Und Florian schien mit seinen Gedanken ganz woanders zu sein.

Bei der anschließenden Abstimmung über den Neuzugang stimmten alle mit Ja. Als wir dann mit dem ersten Kapitel von *1984* begannen, konnte ich mich kaum konzentrieren, weil es mich bedrückte, dass Florian derart abgeschmettert worden war.

DREI

Der Regen klang wie ein sanftes Rauschen. Doch nicht das hatte mich geweckt. Traumfetzen geisterten durch mein Bewusstsein, aber ich sah keine Bilder mehr vor mir. Der Traum war noch nicht zu Ende gewesen, das wusste ich, etwas hatte mich herausgerissen. Aber was? Ich hörte nichts Ungewöhnliches, und die Umrisse meines Schreibtischs und des niedrigen Schranks, der das Zimmer in meine und Florians Hälfte teilte, sahen aus wie immer. Durch die dünnen, geblümten Vorhänge schimmerte noch kaum Licht, also war es sehr früh am Morgen. Zu früh für einen Sonnabend. Ich schlafe besser noch ein Weilchen, dachte ich, zumal es regnet.

Florians Atem ging langsam und gleichmäßig. Ich schob die Zudecke von mir und setzte mich auf. Aus unserer Wohnung und denen der Nachbarn war kein Laut zu hören. Barfuß schlich ich zu Florian hinüber und schlüpfte zu ihm ins Bett. Er rutschte im Schlaf ein bisschen zur Seite, um mir Platz zu machen. So wie früher, als ich fünf war und er acht. Wenn ich nicht schlafen konnte, kroch ich immer zu meinem Bruder ins Bett, der mir dann flüsternd Geschichten erzählte. Zum Beispiel, dass die Kakerlaken im Schränkchen unter der Spüle nachts riesengroße Monster würden, die einem die Zehen abbissen. Dann zog ich die Beine an und bekam eine Gänsehaut. Aber Florian versprach, mich zu beschützen. Den Arm um mich gelegt, beschrieb er, wie er den Kakerlaken mit einer Fliegenklatsche und mit Insektenspray zu Leibe rücken würde. Ich glaubte ihm aufs Wort, aber zurück in mein eigenes Bett traute ich mich trotzdem nicht mehr. Meist schlief ich nach einer Weile, an ihn gekuschelt, ein.

An Riesenkakerlaken glaubte ich schon längst nicht mehr, aber Florians Wärme vermittelte mir immer noch ein Gefühl von Geborgenheit.

Wir wohnten noch in derselben Wohnung wie damals. Zwei Schlafzimmer, ein Wohnzimmer, eine kleine Küche und ein Bad. Und das Kabuff, kaum größer als ein Schrank, in dem Mutter ihre Staffelei aufgestellt hatte. Keine Möglichkeit, sich einmal zurückzuziehen, wenn einem danach war. Seit vielen Jahren warteten wir darauf, eine neue, größere Wohnung zugeteilt zu bekommen, aber bisher hatte es nicht geklappt. Auch nicht, als Mutter wieder arbeiten durfte und demnach wohl nicht mehr auf der Schwarzen Liste der Partei stand.

Ich zog die Bettdecke fester um mich, und so lagen wir wie in einem warmen Kokon.

Als ich zum zweiten Mal aufwachte, war der Grund, dass Florian sich bewegt hatte. Es war noch immer dämmrig vom Regen, doch aus den Umrissen waren deutlich erkennbare Möbel geworden. Auf Florians Zimmerseite herrschte Chaos. Der Boden war mit Papieren, Büchern und Socken übersät, und über der Lehne des Schreibtischstuhls lag ein Riesenhaufen Kleider.

»Bist du wach?«, fragte Florian leise.

Ich nickte und spürte, wie er sich auf den Rücken wälzte und die Hände hinter dem Kopf verschränkte. Ein Schwall kühler Luft drang unter die Decke.

»Opa wird doch siebzig, oder?« Ich drehte mich langsam um und sah ihn an.
Er starrte zur Decke, die Stirn in Falten gelegt.
»Ich kapier es nicht, dass sie sich meinen Plan nicht mal anhören wollten. Wir könnten so was wie die Weiße Rose sein. Warum bleiben sie auf ihrem faulen Hintern sitzen? Nur Feiglinge reden von Revolution, ohne einen Finger krumm zu machen. Von allein ändert sich gar nichts.«
»Ich weiß«, sagte ich, bevor er seine Argumente vom Mittwoch wiederholen konnte. »Es ist nun mal leichter, Witze darüber zu machen, als zuzugeben, dass man nicht den Mut hat.«
Florian schnaubte verächtlich. »Es gibt Dinge, die wirklich wichtig sind. Wichtiger als ein bequemes Leben.« Abrupt setzte er sich auf, schlug die Decke zurück und stieg aus dem Bett.
»Bleib doch noch einen Moment.«
Er hörte es anscheinend nicht und ging hinüber ins Bad.
Ich zog die Bettdecke wieder über mich. Sein bequemes Leben einem höheren Ziel opfern – dieser Gedanke gefiel mir. Ich wäre zu gern wie Sophie Scholl. Aber ob ich den Mut dazu haben würde? Ich dachte an Mutter, an ihre Verbitterung darüber, dass die Partei sie kaltgestellt hatte. Im Gleichschritt gehen war der einfachste Weg. Der Weg, der relative Freiheit versprach. Solange man nicht über die Linien hinausmalte, durfte man Buntstifte in verschiedenen Farben benutzen. Hielt man sich aber nicht an diese Regel, nahmen sie einem sämtliche Buntstifte weg. Und meine Buntstifte waren mir durchaus wichtig: mein Studium, die Arbeit im Moritz-Eck, meine Zukunftsaussichten.

Am Abend war es im Moritz-Eck rappelvoll. Der Koch hatte sich in letzter Minute krankgemeldet, darum hatte Moritz, der Wirt, sich selbst an den Herd gestellt. Das Lokal hatte keine umfangreiche Speisekarte und deshalb auch keine große Küchenmannschaft. Julia vertrat Moritz hinterm Tresen, flirtete aber mehr mit den Gästen als sie zu bedienen. Ich kümmerte mich um die Tische, was normalerweise durchaus zu schaffen war, aber heute hielt eine Gästerunde mich dauernd auf Trab.

Ich dachte es mir schon, als sie hereinkamen, und meine Ahnung sollte sich bewahrheiten. Sie riefen nach mir, noch ehe sie wussten, was sie trinken wollten, brauchten eine Stunde für ihre Essensbestellung, machten anzügliche Witze auf meine Kosten und sprachen mich jovial mit »Fräuleinchen« an. Als ich die eine Flasche französischen Champagner, die wir vorrätig hatten, mit Moritz' Erlaubnis aus dem Keller geholt hatte, machten sie ein Riesentheater um die Kostprobe. Dann brachten sie Trinksprüche auf den Staatsratsvorsitzenden Erich Honecker aus und prosteten sich zu.

Sie entsprachen voll und ganz dem Klischee der Parteibonzen. Fünf ältere, gesetzte Herren im Anzug, die sich zielsicher den besten Tisch ausgesucht hatten. Sie ließen mich hin- und herlaufen, als wären sie die einzigen Gäste. Eine Serviette, ein Zahnstocher, ein Eiswürfel zu viel, ein Eiswürfel zu wenig, ein schmutziges Glas. Sie tranken viel und wurden dabei immer lauter. Ich blieb zuvorkommend, lachte über ihre Witze, antwortete höflich auf ihre gelallten Fragen und verzog keine Miene, als einer mir den Hintern tätschelte. Denn sie könnten den Laden dichtmachen, hatte Moritz mir zwischendurch warnend zugezischelt.

Nicht nur mir waren die Kerle zuwider, die hier auf die Pauke hauten, sich hemmungslos besoffen und auf ihr Ideal der Gleichheit pfiffen, auch die Gesichter der anderen Gäste drückten Missbilligung aus.

Ich musste an Florians Flugblatt denken. Er hatte recht: Wenn wir daran glaubten, dass es besser sein konnte, wenn wir wollten, dass wirkliche Idealisten und nicht solche feisten Bonzen das Land führten und den Sozialismus umsetzten, mussten die Leute wachgerüttelt werden. Dringend. *An alle Genossen, die an eine BESSERE Zukunft glauben!*

VIER

Ich kam vergnügt aus dem Seminarraum. Wir hatten gerade französische Grammatik gehabt. Französisch war eines der wenigen Fächer, bei dem Politik keine große Rolle spielte und die Partei keinen Einfluss auf die Inhalte nahm.

Florian, Bernd und Hans warteten auf mich. Ich lächelte meinen Bruder an und legte den Arm um seine Mitte. Er erwiderte das Lächeln, was meine Laune noch weiter hob.

»Hunger?«, fragte er.

Und ob! Ich nickte.

Wir ließen uns mit dem Strom der Studenten zur Mensa treiben. Hans erläuterte Florian und Bernd etwas. Ich hörte nicht hin, weil ich noch zu viel *futur simple* und *futur antérieur* im Kopf hatte. Der Französisch-Professor war ein umgänglicher Mensch. Ein älterer Franzose mit kleiner runder Brille und altmodischem Spitzbart. Er erzählte immer wieder einmal von seinen Erlebnissen im Spanischen Bürgerkrieg, wo er mit den Internationalen Brigaden gegen Franco gekämpft hatte. Anders als viele seiner Kollegen unterrichtete er nicht so, als hielte er eine politische Rede vor Tausenden Zuhörern auf dem Alexanderplatz. Wir waren nur wenige im Fach Französisch – der Eignungstest für die Zulassung war extrem schwierig, weil die Partei insbesonde-

re »illoyale Elemente« davon abhalten wollte, Westsprachen zu studieren. Aber ich hatte gebüffelt und es wie durch ein Wunder geschafft. Insgeheim hoffte ich, nach meinem Sprachmittlerstudium in Französisch und Russisch auf internationaler Ebene dolmetschen zu können und so einmal ins Ausland zu kommen, was ich beim Aufnahmegespräch jedoch nicht gesagt hatte. Dann könnte ich den Menschen im Westen vom Sozialismus berichten, ohne fliehen zu müssen. Begann die Versöhnung der Völker denn nicht mit gegenseitigem Verständnis? Vielleicht ließe sich sogar ein Atomkrieg abwenden, wenn der Westen einsähe, dass wir nicht der Feind schlechthin waren.
Aber ich mochte auch den Klang der französischen Sprache und hatte einiges an Literatur im Original gelesen.

In der Mensa war es voll und laut. Fader Gemüsedunst schlug uns entgegen. Korpulente Frauen in zu engen weißen Kitteln und mit Papierhauben auf dem Kopf schleppten Essen in Metallbehältern heran, andere befüllten Teller für die Schlange stehenden Studenten. Man aß, was einem vorgesetzt wurde – aber immerhin gab es drei Gerichte zur Auswahl. Heute waren es Gulasch, Bohnen im Speckmantel mit Kartoffeln und Spaghetti mit einer dubiosen Soße.
Florian stand bereits für die Spaghetti an, Bernd und Hans gesellten sich dazu.
Ich legte Besteck und eine Serviette auf mein Tablett und stellte mich für die Bohnen an. Die Frau, die die Teller füllte, kam kaum nach. Ihre Brille rutschte dauernd von der Nase, sie musste sie immer wieder zurechtrücken. Und sie schwitzte stark. Ich schaute weg, um nicht sehen zu müssen, ob womöglich Schweißtropfen auf den Tellern landeten, und versuchte schon einmal, einen freien Tisch zu erspähen.

Da sah ich ihn.
Kein Irrtum möglich: Er trug dieselbe braune Hose und dasselbe karierte Hemd wie beim letzten Mal. Der Student, der mich nach meinem Großvater gefragt hatte … Er stand an eine Wand gelehnt da, ohne Mappe, ohne Tablett, und beobachtete aufmerksam das Treiben ringsum, als würde er sich in Gedanken Notizen machen. Als er in meine Richtung schaute, wandte ich schnell den Kopf ab.
Hatte er mich entdeckt?
Ja! Aus dem Augenwinkel sah ich, dass er sich in Bewegung setzte. Auf mich zukam …
Verdammt! Was wollte er?
Wenn ich jetzt aus der Schlange ausscherte, müsste ich mich nachher wieder hinten anstellen … und ich war gleich dran.
»Ohne Soße, bitte«, sagte ich zu der schwitzenden Frau. Sie nahm grummelnd einen anderen Teller.
»Hallo, Marthe«, klang es dicht hinter mir.
Unwillkürlich zog ich die Schultern hoch. Als hätten seine Worte mir einen Hieb versetzt.
»Ich hab was für dich.«
Wenn ich ihn ignorierte, würde er sich vielleicht verziehen. Aber dann streifte sein Arm den meinen, und noch ehe ich ihn wegschubsen konnte, legte er etwas auf mein Tablett. Ein Foto.
»Ihr Essen!«, mahnte die schwitzende Frau.
Ich hob den Kopf, nahm meinen Teller entgegen und stellte ihn auf das Bild. Die paar Sekunden vorher hatten genügt, um zu sehen, was darauf war: zwei lachende junge Männer in Wehrmachtsuniform. Den Mann links kannte ich. Vom Hochzeitsfoto meiner Großeltern.
Meine Wangen glühten. Ich zwängte mich an den Wartenden vorbei, vergaß, mir ein Getränk zu nehmen, zahlte hastig und

ging so schnell wie möglich und ohne mich noch einmal umzusehen in den Sitzbereich, wo ich nach den anderen Ausschau hielt. Da! Ein hochgereckter Arm.
Sie saßen an einem langen Tisch ganz hinten. Ich eilte hin und konnte mich – ein Glück – mit dem Rücken zu den Warteschlangen setzen.
Florian unterhielt sich gerade mit einem jungen Mann, der ihm gegenübersaß. Auch Hans beteiligte sich und nickte jedes Mal mit vollem Mund, wenn der andere etwas sagte.
Das Foto lag nach wie vor unter meinem Teller, keine Ecke schaute hervor. Nachher, wenn ich allein war, würde ich es mir ansehen. Die Frage, warum der Bursche mir ein Foto von meinem Großvater gegeben hatte und woher er es hatte, ließ mir aber keine Ruhe.
»Das ist meine Schwester Marthe«, hörte ich Florian plötzlich sagen. »Marthe, das ist Andreas, von dem Hans uns kürzlich erzählt hat.«
»Nett, dich kennenzulernen.« Ich nickte ihm zu und steckte rasch ein großes Stück Kartoffel in den Mund, denn mir war nicht nach Plaudern. Aber um nicht weiter an das Foto denken zu müssen, lauschte ich dem Gespräch der vier.
Es ging um unsere Leseklubtreffen. Auch von *1984* von George Orwell war die Rede, wobei sie weder den Titel noch den Autor erwähnten, um bei Außenstehenden keinen Verdacht zu erregen. Hörte man ihnen zu, konnte es genauso gut um *Das Kapital* von Karl Marx gehen.
Ich versuchte, mir ein Bild von diesem Andreas zu machen. Er wirkte ziemlich selbstgefällig. Jede von Florians Äußerungen parierte er mit Einwänden, als wäre es ein Duell. Er wollte Eindruck schinden, keine Frage.
»Werdet ihr eigentlich nicht von der Stasi überwacht?«, fragte er auf einmal.

Mir blieb fast der Bissen im Hals stecken. Zum Glück saßen an unserem Tisch keine anderen Leute mehr. Dennoch meinte ich, in Florians Augen einen Anflug von Panik zu sehen.
»Wir glauben nicht«, sagte er vorsichtig.
Warum stellte Andreas so eine Frage in aller Öffentlichkeit? Woher kannte Hans ihn gleich noch mal? Arbeitete er womöglich selbst für die Stasi und wollte Florian aus der Reserve locken, indem er sondierte, wie viel er über Orwell wusste und wie er dessen Botschaft auffasste? Florian ging nicht groß auf das Thema ein, und das Gespräch plätscherte weiter. War er denn gar nicht misstrauisch? Ich wollte, dass er mich ansah, damit ich ihm meine Bedenken signalisieren konnte. Aber er widmete sich ganz Andreas. Von dem Foto unter meinem Teller ahnte er nichts, und auch nicht von dem unheimlichen Kerl, der mich verfolgte. Ich würde ihm das Foto zeigen – schließlich ging die Sache auch ihn an. Es ärgerte mich maßlos, dass er so unbefangen redete und blind für die falschen Signale war, die Andreas aussandte.
Das Essen schmeckte mir ohnehin nicht, darum legte ich die Gabel weg und schob meinen Stuhl zurück.
»Ich geh dann mal. Das Seminar fängt gleich an.« Ich nahm mein Tablett und stand auf. Ohne mich umzuschauen, verließ ich die Mensa.

»Warte doch, Marthe!« Florian war mir nachgekommen und hatte mich eingeholt. »Alles in Ordnung?«
Ich zuckte mit den Schultern und wollte weiter.
Er hielt mich am Ellbogen fest.
»Alles in Ordnung?«, wiederholte er mit besorgtem Blick.
Ich tastete nach dem Foto in meiner Tasche. Sollte ich es ihm jetzt erzählen? Ach, vielleicht machte ich mir Gedanken um nichts …

»Findest du nicht, dass Andreas seltsame Fragen stellt?«, sagte ich stattdessen.
»Schon. Ich glaube, er ist ein bisschen unsicher und will das überspielen. Im Grunde scheint er ein netter Kerl zu sein. Hans vertraut ihm. Und ich vertraue Hans.«
»Dann werde ich das auch tun«, gab ich mich geschlagen.
Florian lächelte mich strahlend an, und ich zog die Hand ohne Foto aus meiner Tasche.

FÜNF

Das nächste Mal sah ich Andreas beim Treffen des Leseklubs. Auch jetzt gelang es mir nicht, meinen Argwohn ganz beiseitezuschieben. Was störte mich eigentlich an ihm? War es seine Art zu reden? Oder dass er so begierig darauf gewesen war, bei uns mitzumachen? Oder dass er sich immer wieder ereiferte und anscheinend darauf aus war, mit Hans und Florian die Degen zu kreuzen?
Ich war ein wenig später gekommen als die anderen, weil Moritz mich gebeten hatte, kurz für Julia einzuspringen, die einen Arzttermin hatte. Als ich eintrat, hatten sie bereits angefangen. Florian saß rittlings auf einem Stuhl. Nur er blickte bei meinem Kommen her. Auf dem niedrigen Tisch in der Mitte standen Bierflaschen und eine Schüssel mit Puffmais, daneben lag ein Exemplar des Buchs *Das Kapital*. Zumindest dem Anschein nach. Wer genauer hinsah, merkte, dass der Schutzumschlag eine Idee zu kurz war. Weil sich ein ganz anderes Buch darin befand. Diesen Trick hatte Hans sich ausgedacht. Er kaufte

kommunistische Literatur in unterschiedlichen Formaten und vertauschte die Umschläge, sodass er die Bücher unseres Leseklubs auch in der Öffentlichkeit lesen konnte. Solschenizyns *Der Archipel Gulag* hatte er beispielsweise mit dem Umschlag des *Kommunistischen Manifests* versehen, und Orwells *1984* war als *Kapital* getarnt.

»Die Partei in dem Buch orientiert sich an drei Leitsätzen: *Krieg ist Frieden, Freiheit ist Sklaverei und Unwissenheit ist Stärke*. Damit lässt sich, meine ich, etwas anfangen. Auf den ersten Blick denkt man vielleicht nicht daran, aber ich finde, das wären schlagkräftige Titel für Flugblätter«, sagte Andreas gerade.

Ich setzte mich auf ein Kissen am Boden und machte eine Flasche Bier auf. Keiner beachtete mich.

»Bei genauerer Betrachtung hält unsere Partei es nämlich genauso«, fügte er hinzu.

Was sollte das? Wir hatten das neue Buch noch gar nicht gelesen, und er wollte bereits darüber sprechen? Warum wartete er nicht, bis alle sich eine Meinung gebildet hatten?

»*Krieg ist Frieden, Freiheit ist Sklaverei* und ... wie war das noch?«, fragte Florian.

»*Unwissenheit ist Stärke.*«

»Klingt gut«, meinte Florian nachdenklich. »Starke Überschriften, muss man sagen. Trotzdem finde ich, wir sollten das Buch erst einmal zu Ende lesen. Wir haben letzte Woche damit angefangen.«

Endlich einer, der dem Wichtigtuer Einhalt gebot!

»Ich hatte das letzte Mal schon einen Textvorschlag mit, aber da warst du noch nicht dabei, Andreas«, fuhr Florian fort. »Vielleicht können wir den heute besprechen.«

Ich musste unwillkürlich lächeln. Mein Bruder ließ sich nicht so schnell von seiner Idee abbringen. Weil Dagmar und Bernd heute

nicht da waren, würde Hans sich vermutlich auf seine Seite schlagen. Und Andreas wäre garantiert auch zu begeistern.
Florian legte seine Gedanken noch einmal dar, diesmal aber weniger pathetisch.
»Wir verteilen also Flugblätter, mit denen wir der Bevölkerung die Augen für die Machenschaften der Partei öffnen und ihnen klarmachen wollen, dass es auch anders geht«, fasste er zusammen.
»So wie die Weiße Rose?«, warf Andreas ein.
Florians Augen leuchteten auf.
»Genau!« Er zog seinen Entwurf aus der Hemdtasche. »Ich zitiere sogar aus einer ihrer Flugschriften.« Er las den Text vor und schloss mit *Frisch auf, mein Volk, die Flammenzeichen rauchen!*
Am liebsten hätte ich ihm das Papier weggerissen. Warum hatte er das gesagt? Keiner von den anderen hätte die Zitate erkannt. *Wir beide* waren Hans und Sophie Scholl! Und der letzte Satz war unsere geheime Losung, die keinen etwas anging!
»Wie viele Flugblätter brauchen wir?«, fragte Hans, nunmehr ganz Ohr.
»So viele wie möglich. Wenn wir uns aufteilen und sie an mehreren Stellen gleichzeitig auslegen, erreichen wir in nur einer Nacht eine weite Verbreitung.«
»Kann man sie in der Uni abziehen?«, fragte Andreas.
»Müsste möglich sein.« Hans hatte nun endgültig Feuer gefangen. »Im Kellergeschoss steht ein Vervielfältigungsapparat. Aber tagsüber geht das nicht.«
Die Jungs hatten sich vorgebeugt und schmiedeten bereits Pläne. Unsere Lektüre war vergessen. Auch Andreas' Slogans. Jetzt zählte nur noch Florians Vorhaben.
Ich rückte ein wenig näher. »Wir könnten auch im Foyer der Uni einen Stapel auslegen«, schlug ich überflüssigerweise vor.

SECHS

»Warum darf ich nicht mit?« Ich stand mitten in der Tür, sodass Florian nicht an mir vorbeikonnte, ohne zu antworten.
»Wir haben das doch schon besprochen, Marthe: Es ist zu gefährlich.« Er rollte einen schwarzen Pullover zusammen und packte ihn in seinen Rucksack. Danach eine Taschenlampe, ein Stück Seil und zwei Packungen Kekse.
»Ich will aber mit!«, beharrte ich. »Ich könnte Wache stehen.«
Florian seufzte. »Vier Leute sind zu viel. Andreas, Hans und ich schaffen das allein. Wir brauchen keinen, der aufpasst. Je mehr wir sind, desto eher gibt es Probleme.« Er schlug einen Tonfall an wie einem Kleinkind gegenüber.
»Und warum, bitte, ist Andreas dabei? Ich bin viel länger im Leseklub als er!«
»Weil der Plan von ihm stammt.« Florian legte die beschriebenen Matrizen in ein Buch, damit sie keinen Schaden nahmen.
»Nein, von *dir* stammt der Plan!«, sagte ich ärgerlich. »Andreas macht sich nur wichtig.«
»Er kennt sich mit der Bedienung solcher Apparate aus.« Florian packte das Buch ein, schloss die Schnallen seines Rucksacks, hängte ihn über die Schulter und kam auf mich zu: »Kann ich jetzt gehen?«
Immer noch wütend, starrte ich ihn an. Aber mir fielen keine Argumente mehr ein, die ihn umstimmen könnten.
»Ich bin deine Schwester«, sagte ich leise, aber eindringlich, indem ich einen Schritt zur Seite trat.
»Gerade deswegen. Das ist kein Spiel, Marthe. Ich will nicht, dass dir was passiert.« Er ging an mir vorbei, in die Küche, und holte sich eine Flasche Wasser.
Den Kopf an den Türrahmen gelehnt, blieb ich stehen. Dass sie

mich ausschlossen, frustrierte und enttäuschte mich. Und ich gab Florian die Schuld daran, obwohl ich eigentlich Andreas meinte. Der nicht einmal an der Humboldt-Universität studierte, wie Hans gesagt hatte, und sich dort überhaupt nicht auskannte.
Die Wohnungstür ging, und Mutters Absätze klackerten durch den Flur.
»Ich bin heute Abend bei Hans«, hörte ich Florian zu ihr sagen. »Wir haben was für die Uni vorzubereiten.«
»Aber heute Abend kommen doch Oma und Opa«, wandte Mutter ein.
»Weiß ich, aber die Sache ist wichtig. Wir müssen nächste Woche ein Referat halten. Wahrscheinlich wird es spät. Kann gut sein, ich übernachte bei Hans.«
Mutter seufzte, sagte aber nichts mehr. Ich stellte mir vor, wie Florian mit seinem unwiderstehlichen schiefen Grinsen jeden Einwand im Keim erstickte.
»Grüß die beiden von mir«, sagte er noch, und kurz darauf hörte ich die Wohnungstür klappen.
Ich ging in die Küche hinüber. Mutter packte gerade die Einkaufstasche aus.
»Du weißt, dass Oma und Opa heute Abend kommen, oder?«, sagte sie, und es klang, als befürchtete sie, auch ich wollte mich drücken.
»Schön«, gab ich munter zurück. Wenn ich schon zu Hause bleiben musste, konnte ich ebenso gut die ideale Enkelin mimen. »Was hast du gekauft?«
»Fleisch, Zwiebeln, Senf …« Mutter legte die Einkäufe nacheinander auf den Küchentisch. »Ich will Gulasch machen, nach einem neuen Rezept von Kurt Drummer.« Der Fernsehkoch war Mutters Küchen-Idol. Alle vierzehn Tage, wenn seine Sendung lief, saß sie mit dem Schreibblock auf den Knien vor dem Fern-

seher und notierte die Rezepte. »Ich hab sogar einen guten Rotwein ergattert.« Sie hielt mir die Flasche hin. »Aus Österreich. Nicht diese Traubenplörre aus Ungarn.«
Ich versuchte, nicht an Florian, Hans und Andreas zu denken, sondern mich auf einen gemütlichen Abend mit den Großeltern zu freuen. Darum bot ich Mutter an, ihr beim Kochen zu helfen.

Auf ihre Anweisungen hin – mir schien, sie gebrauchte die gleichen Formulierungen wie Drummer – schnitt ich die Zwiebeln in Ringe und das Rindfleisch in Würfel, die ich salzte und in Senftunke marinierte. Ich war ganz auf mein Tun konzentriert und vergaß für eine kleine Weile die drei anderen, die wahrscheinlich gerade besprachen, wie sie es anstellen wollten, dass man sie in die Universität einschloss.
Ich war gerade dabei, im Wohnzimmer den Esstisch für fünf Personen zu decken, da kam Vater von der Arbeit nach Hause und fragte, was da so lecker rieche. Eine Familienidylle, würde jeder Außenstehende denken.
Opa und Oma trafen eine halbe Stunde zu früh ein, aber das kannte man von ihnen, deshalb waren wir mit den Vorbereitungen fertig. Mutter legte die Schürze ab und begrüßte ihre Eltern. Ich gab mir redlich Mühe, die Rolle der idealen Enkelin zu spielen, und nahm beiden zuvorkommend die Mäntel ab. Sie hatten meine Cousine Sybille mitgebracht, die bei ihnen wohnte.
Opa steuerte sofort den Esstisch an und setzte sich an den gewohnten Platz.
»Ist Florian nicht da?«, fragte Oma.
»Der muss mit einem Kommilitonen ein Referat vorbereiten.« Die Lüge ging mir erstaunlich leicht über die Lippen.
»Gut, dass der Junge sein Studium ernst nimmt.« Opa saß in Erwartungshaltung da, bereit, sofort nach dem Besteck zu grei-

fen, wenn das Essen aufgetragen wurde. »Der Junge wird es weit bringen, meinst du nicht auch, Gudrun?« Er sah Mutter an, die gerade die Schüssel mit dem Fleisch brachte.
»Hoffen wir's. Wenn er seine Chancen nutzt und ...« Sie brach ab.
»Und wie läuft dein Studium, Marthe?«, fragte Opa, dem Mutters Skepsis anscheinend nicht auffiel.
»Gut. In Französisch lesen wir gerade *Sans famille* von Hector Malot.«
Opa sagte der Titel nichts, dennoch nickte er anerkennend. Er war stolz, dass seine Enkel studierten, und solange wir behaupteten, alles liefe gut, war er's zufrieden. Er selbst hatte von seinem vierzehnten Lebensjahr an in einer Farbenfabrik gearbeitet.

»Schmeckt wunderbar, Gudrun«, lobte Oma.
»Das ist ein Rezept von Kurt Drummer.«
Die Erwähnung seines Namens bot Anlass für mindestens zwanzig Minuten Gesprächsstoff, denn Oma war ebenfalls eine Anhängerin des Fernsehkochs und fing prompt zu schwärmen an: »Ich staune wirklich, wie er es schafft, aus den ewig gleichen Zutaten immer wieder neue Gerichte zu bereiten.«
»Und bei deiner Arbeit, Hermann? Alles gut?«, wandte Opa sich an Vater. Kurt Drummer war für ihn kein Thema.
Vater brummelte etwas.
»Was macht die Schule?«, fragte ich Sybille, bekam aber kaum etwas von ihrem Geplapper mit, denn der Sekundenzeiger der Wanduhr, der meinem Empfinden nach unendlich langsam über das Zifferblatt kroch, übertönte alles, was bei Tisch gesagt wurde. Ob sie wohl schon in der Uni waren und sich dort versteckt hatten? Wie lange würden sie brauchen, um fünfhundert Flugblätter abzuziehen? Und wie mit dem Papierstapel aus dem verschlossenen Gebäude herauskommen? Womöglich mussten sie

bis morgen früh im Keller ausharren … Ich hoffte inständig, dass nichts schiefging.
Stillsitzen konnte ich kaum mehr, und auch der Appetit war mir vergangen.
Nach und nach kam zu meiner Unruhe Wut. Wut auf Florian. Hier herumzusitzen, ohne zu wissen, was geschah, und plaudern zu müssen, als wäre nichts, war zehn Mal schlimmer als mitgehen und Gefahr laufen, ertappt zu werden.
Mutter bemerkte meine Nervosität und sandte mir einen fragenden Blick. Ich lächelte beruhigend.
Als Opa sein Besteck weglegte und sagte, er sei pappsatt, war ich froh, aufstehen zu können. Ich trug das Geschirr in die Küche, und Mutter folgte mit den Schüsseln.
»Marthe, die Sahne muss noch geschlagen werden. Machst du das bitte?«, sagte sie, nachdem sie das schmutzige Geschirr in die Spüle gestellt hatte. Sie selbst setzte Wasser auf und gab Kaffee in eine Filtertüte.
Ich drehte den Sahneschläger wie wild, was meine Nerven jedoch in keiner Weise beruhigte. Ich musste zur Uni und nachsehen, was Sache war!
Als Oma plötzlich neben mir stand, fuhr ich zusammen.
»Marthe, mein Kind.« Sie fasste mich am Ellbogen. »Dein Opa hat bald Geburtstag, das weißt du doch, ja?«
Ich nickte.
»Ich möchte gern, dass wir das im Familienkreis feiern, aber Opa soll vorab nichts davon erfahren. Und es wäre schön, wenn wir ihn mit einem Erinnerungsalbum überraschen. Könntest du das in die Hand nehmen, Kind? Deine Mutter hat momentan so viel zu tun.« Oma schaute so schelmisch drein wie ein Schuljunge, der sich einen guten Streich ausgedacht hat.
»Klar, Oma. Das mache ich gern«, sagte die ideale Enkelin.

Sie tätschelte meinen Arm. »Hab ich's doch gewusst. Du bist ein gutes Mädchen.«
Kaum war sie aus der Küche, hatte ich ihr Anliegen schon fast wieder vergessen. Ich schlug die Sahne zu Ende. Den Nachtisch würde ich mir schenken, beschloss ich. Ich verteilte die Sahne auf den Rührkuchenscheiben und trug dann die Dessertteller und den Kaffee ins Wohnzimmer, wo Mutter bereits Tassen hingestellt hatte. Inzwischen lief der Fernseher; sie schauten Westnachrichten. Ich nutzte die Gelegenheit, schlüpfte im Flur in meine Jacke und rief, ohne dass jemand es so recht registrierte, ich wolle mal eben frische Luft schnappen.

Draußen war es dunkel, die Straßenlaternen brannten bereits. Ich holte mein Rad aus dem Keller und trat kräftig in die Pedale. Die körperliche Anstrengung machte mich ein klein wenig ruhiger, trotzdem kreisten die Gedanken weiterhin – so schnell wie meine Füße auf den Pedalen. Ein kleiner schwarzer Gedanke, der sich im Hinterkopf eingenistet hatte, trieb mich zur Eile an – um was auch immer zu verhindern.
Noch nie war ich so schnell zur Uni gefahren.
Dort angekommen, stieg ich keuchend und mit heftig pochendem Herzen vom Rad. Ich sah, dass sämtliche Fenster dunkel waren. Der Haupteingang war verschlossen, und selbst Alexander von Humboldt, der auf seinem Sockel thronte, schien zu dösen.
Unwillkürlich blickte ich mich um, ob mir jemand gefolgt war. Niemand zu sehen. Allmählich beruhigte sich mein Herzschlag wieder ein wenig. In der Ferne vernahm ich fröhliche Stimmen, vermutlich Leute auf dem Nachhauseweg von der Kneipe.
Was hatte ich eigentlich erwartet? Polizeisirenen, Männer, die Florian, Andreas und Hans ins Freie zerrten? Protestierende Kommilitonen, die Vopos mit Steinen bewarfen?

Die Universität sah aus wie immer. Das heißt, wie wohl jeden Abend. Dunkel. Verlassen. Still. Nichts deutete darauf hin, dass sich noch Leute im Gebäude aufhielten, die etwas Staatsgefährdendes taten, nämlich fünfhundert Flugblätter abziehen.
Ich schnappte mir mein Rad und fuhr um das Gebäude herum, zum rückwärtigen Tor. Auch dort war alles still. Im Garten niemand zu sehen.
Das Rad schiebend, ging ich wieder zurück und setzte mich Unter den Linden auf eine Bank der Mittelpromenade. Nach Hause fahren konnte und wollte ich nicht. Denn das ungute Gefühl war noch nicht ganz verschwunden. Und vielleicht brauchte Florian mich ja doch.

Über eine Stunde saß ich unweit der Uni da. Leere im Kopf, Leere im Blick. Ich malte mir nicht mehr aus, was sie gerade taten. Für mich waren sie überhaupt nicht mehr da. Auch als es zu regnen anfing, blieb ich noch eine Weile sitzen. Die Nässe und die Kälte holten mich schließlich wieder ins Hier und Jetzt. Ich bereute meinen Entschluss herzukommen, stieg aufs Rad und fuhr langsam und mit schweren Beinen nach Hause.
Vielleicht ist Florian längst dort?, dachte ich unterwegs.

Die Wohnung war dunkel, meine Eltern schliefen offenbar schon. Dunkel war es auch in unserem Zimmer, und Florians Bett war leer. Ich zog mich aus und kroch unter die Decke. Körperlich fühlte ich mich völlig zerschlagen, aber mein Geist war hellwach. Ich würde nicht schlafen können, ehe Florian wieder da war. Angespannt lauschte ich auf Geräusche, die sein Kommen verraten könnten.

SIEBEN

Als der Wecker rasselte, war Florians Bett noch immer leer, und ich hatte das Gefühl, kein Auge zugetan zu haben.

Im Badezimmerspiegel schaute mir mein verquollenes Gesicht entgegen. Ich machte Katzenwäsche, holte mir in der Küche ein paar Scheiben Knäckebrot als Frühstück, schnappte meinen Rucksack und lief die Treppe hinunter.

Die U-Bahn ließ zu lange auf sich warten, fuhr zu langsam und hielt unterwegs zu oft und zu lange.

Als ich der Uni zustrebte, rechnete ich insgeheim damit, kreuz und quer abgestellte Polizeiautos zu sehen, Vopos, die das Gelände absperrten, und einen Haufen Studenten, die sich am Tor drängten und nicht eingelassen wurden. Aber nichts dergleichen war der Fall. Alles war wie immer. Studenten gingen ins Gebäude oder kamen heraus, etliche mit Büchern in der Hand. Auf dem Rasen standen Grüppchen und rauchten und redeten. Und rechts und links vom Eingang sah ich, ebenfalls wie immer, dicht an dicht abgestellte Fahrräder.

In der Eingangshalle schaute ich mich um. Am Fuß der Treppe stand niemand. Jedenfalls nicht Florian und die beiden anderen. Insgeheim hatte ich gehofft, sie würden dort ans Geländer oder die Wand gelehnt auf mich warten. Aber nein.

Das Echo vieler Stimmen erfüllte den hohen Raum mit seinen Marmorsäulen. Vielleicht waren sie ja noch …

Ehe ich den Gedanken zu Ende gedacht hatte, war ich auf dem Weg zur Tür, die ins Kellergeschoss führte. Keiner rief mich zurück oder wollte wissen, was ich da unten zu suchen hätte, denn Studenten war es eigentlich nicht gestattet, sich im Keller aufzuhalten. Mir wurde so warm, dass meine Wangen glühten.

Unten führte ein langer beleuchteter Flur nach links und rechts.

Ich horchte, hörte aber keine Schritte. Ganz still war es. Plötzlich rauschte Wasser, und ich zuckte zusammen, doch dann wurde mir klar, dass es Abwasser im Fallrohr war.
Ich holte tief Luft und ging nach rechts. Der Gang hatte jede Menge Türen. Die erste war abgeschlossen, die nächste führte in eine Abstellkammer voller Pappkartons, die zwei folgenden waren ebenfalls verschlossen, und hinter der fünften fand ich mehrere alte Industriestaubsauger vor. Das letzte Zimmer schließlich war ein kleiner Aufenthaltsraum, vermutlich fürs Putzpersonal. Dann bog der Gang ab, und ich sah acht weitere Türen.
Sieben Mal Fehlanzeige. Dann stand ich vor der letzten. Meine Hand krampfte sich um die Klinke. Ich fasste mir ein Herz, trat ein und tastete nach dem Lichtschalter.
Die Neonröhren flackerten kurz, ehe sie endgültig anblieben.
In der Mitte des großen Raums waren mehrere alte Metallschreibtische zusammengeschoben, und an den Wänden sah ich Regale, ebenfalls aus Metall, und darin jede Menge Kartons. Neben einem der Schreibtische stand auf einem Rollwagen der Vervielfältigungsapparat, ein ziemlich großes Modell. Nirgends lagen Blätter herum, auch kein zerknülltes Papier auf dem Boden. Florian, Hans und Andreas hatten keinerlei Spuren hinterlassen. Aber wo waren sie?
Ich schaute auf meine Armbanduhr. Du liebe Zeit! Ich musste mich beeilen! Der Russisch-Professor schätzte es nicht, wenn man zu spät in seine Vorlesung über Literatur kam.

Ich kam zwar nicht zu spät, aber dass ich wirklich anwesend war, lässt sich auch nicht behaupten. Die ganze Zeit fragte ich mich, was wohl in der Nacht passiert war. Waren sie ertappt worden? Nichts in dem Raum im Kellergeschoss hatte darauf hingedeutet. Aber andererseits räumte die Stasi immer gründlich hinter sich auf. Hatte man sie verhaftet? Alle drei? Oder hatte einer entkommen können? Waren die Flugblätter schon fertig gewesen, bevor ...

Vielleicht hat Florian ja einen Hinweis für mich hinterlassen, schoss es mir durch den Kopf, etwas Kleines, Unauffälliges, das ich übersehen habe.

Die Vorlesung zog sich quälend in die Länge. Als Professor Lebedew endlich mit seinen Ausführungen zur symbolischen Bedeutung des Zugs in *Anna Karenina* zu Ende war, wollte ich sofort wieder in den Keller, um mich noch einmal gründlich umzusehen.

Kaum war ich im Foyer, rief jemand meinen Namen.

Florian!

Flankiert von Hans und Andreas, kam er auf mich zu. Alle drei breit grinsend. Ich hätte ihn schlagen und ihm gleichzeitig um den Hals fallen können.

»Wo, um Himmels willen, habt ihr gesteckt?« Der dicke Kloß in meinem Hals begann sich zu lösen.

»Alles bestens gelaufen.« Florian lachte. »Wir haben einen Riesenstapel!«

Sie nahmen mich in die Mitte, und wir gingen ins Freie, wo man nicht so leicht belauscht werden konnte.

»Es war überhaupt kein Problem reinzukommen«, berichtete Florian.

»Jedenfalls nicht ... nachdem Andreas ...« Hans grinste.

»Ich hab's euch ja gesagt«, fiel Andreas Hans ins Wort.

»Ja, ein Glück, dass wir die Kartons gefunden haben«, ergänzte Florian.

»Sagt endlich, wo ihr wart!« Meine Unruhe schlug in Ärger um.

»Wir sind zu Hans gegangen.« Florian legte mir den Arm um die Schultern. »Ich wollte nicht, dass Mutter und Vater aufwachen,

und heute Morgen haben wir erst mal gründlich ausgeschlafen. Das hatten wir uns redlich verdient.« Sie lachten alle drei wie über einen gelungenen Scherz.
»Ich hab mir furchtbare Sorgen gemacht!« Unwillig schüttelte ich Florians Arm ab. »Weil ich dachte, euch wäre etwas passiert.«
»Ach was, gar nichts ist passiert. Alles ist nach Plan gelaufen«, sagte Florian. »Du hast dir ganz umsonst Sorgen gemacht.«
»Und wie, bitte schön, soll ich wissen, dass alles in Ordnung ist, wenn du nicht nach Hause kommst?« Ich wurde immer wütender, weil er mich anscheinend überhaupt nicht ernst nahm.
»Ach, Marthe.« Wieder wollte er den Arm um mich legen, aber ich lief davon, ließ die drei einfach stehen.

ACHT

Ich atmete auf, als endlich beide Uhrzeiger auf die Zwölf rückten und Moritz das Schild mit der Aufschrift »Geschlossen« an die Tür hängte. Normalerweise war ich todmüde, wenn ich den ganzen Abend bedient hatte, heute aber war so viel Aufregung und freudige Erwartung in mir, dass von Müdigkeit nichts zu spüren war. In aller Eile stellte ich die Stühle auf die Tische. Dann zog ich meine Jacke über, holte meine Umhängetasche hinter dem Tresen hervor und rief Moritz, der gerade die Hintertür abschloss, »Gute Nacht« zu.
Ich trat hinaus in den Regen, schob die Hände tief in die Taschen und lief los.
Heute Nacht war es so weit: Hans und Sophie Scholl ... Wir hatten unseren Plan bis ins Kleinste ausgearbeitet. Und anders als

unsere Vorbilder würden wir nicht gefasst werden – das jedenfalls sagte ich mir immer wieder.
Schneller als heute war ich noch nie von der Kneipe nach Hause gegangen; der Regen und vor allem die Anspannung trieben mich voran. Um halb eins schloss ich die Wohnungstür auf. Im Flur zog ich die Schuhe aus und ging auf Strümpfen durchs dunkle Wohnzimmer in unser Zimmer.
Florian stand am Fenster. Seine Silhouette zeichnete sich gegen den etwas helleren Hintergrund ab.
»Was machst du da?«
Er wandte sich nicht um. »Da drüben brennt noch Licht«, sagte er.
»Wahrscheinlich jemand, der nicht schlafen kann.«
Er trat vom Fenster weg. »Noch zwei Stunden.« Mit einem Seufzer ließ er sich auf sein Bett sinken.
Ich zog meine Jacke aus, setzte mich auf die Bettkante und zupfte an meinem Pulloverärmel herum. Noch zwei Stunden, wiederholte ich stumm. Zwei Stunden waren lang …
Ein Blick zum Fenster: Das Licht im Haus gegenüber brannte immer noch. Gerade ging jemand durch den Raum, aber auf die Entfernung war nicht viel mehr als ein Umriss zu erkennen. Vielleicht wollte derjenige sich ein Glas Milch in der Küche holen.
»Schlaf ein wenig«, schlug Florian vor.
Ich zog die Beine an und legte meinen Kopf an seine Brust. Seine regelmäßigen Atemzüge beruhigten mich ein bisschen.

Es wurden die längsten zwei Stunden meines Lebens. Die ganze Zeit lauschte ich dem Ticken des Weckers auf dem Nachttisch. Wir hatten abgemacht, es mitten in der Nacht zu tun. Wenn man auf der Straße keinen Nachtschwärmern mehr und noch keinen frühen Vögeln begegnete. Wenn selbst die Stasi-Leute schliefen.

Hin und wieder murmelte Florian den Titel unseres Flugblatts vor sich hin, wie eine Beschwörung: *An alle Genossen, die an eine BESSERE Zukunft glauben.*
Zu besprechen gab es nichts mehr. Genau wie Florian hatte auch ich mir jedes noch so kleine Detail eingeprägt. Alles andere war jetzt unwichtig.
Ich zählte die Sekunden mit, den Blick auf die leuchtenden Zeiger des Weckers gerichtet.
Es war Viertel vor drei, als Florian mich sanft anstupste. »Es ist so weit.« Seine Stimme klang rau vor Nervosität.
Langsam richtete ich mich auf. Im Haus gegenüber waren nun alle Lichter aus.
Florian war bereits aufgestanden. Er schlüpfte in seinen Pullover, band sich den Stapel Flugblätter vor die Brust und zog die Jacke darüber.
Ich hatte meinen dunkelgrünen Anorak bereitgelegt, den ich nun anzog. Meine Beine fühlten sich wie Pudding an, als wir durchs Wohnzimmer schlichen und im Flur unsere Schuhe aufhoben. Erst vor der Wohnungstür zogen wir sie an. Dann stiegen wir die Treppe hinab. Es war totenstill im Haus, sogar Frau Stetlers Kläffer schlief.

Wir wollten uns bei Hans im Hausflur treffen. Schweigend gingen wir die Straßen entlang. Begegneten unterwegs keinem Menschen, weder Schlafwandlern noch Stasi-Ratten.
Als Florian die Haustür öffnete, spiegelte sich für einen Moment das Licht einer Straßenlaterne auf den polierten Fliesen.
Die anderen waren bereits da.
Geredet wurde zunächst nichts. Florian verteilte die Flugblätter. Wir wollten sie – jeweils zu zweit – in einem bestimmten Viertel einwerfen, so war es besprochen.

»Florian, gehen wir beide zusammen?«, fragte Hans.
Wie bitte? ICH würde mit Florian gehen! Das war *unsere* Aktion! *Unsere* Hans-und-Sophie-Scholl-Nacht! Ich suchte Florians Blick, konnte aber im dunklen Flur seine Augen nicht sehen. Er würde sicherlich gleich …
»Ja … äh … geht in Ordnung.«
Was sollte das?! Mir war, als hätte Florian mich mit solcher Wucht von sich gestoßen, dass ich fallen musste, auf den blitzblanken harten Fliesenboden. Aber ich fiel nicht.
Wollte er das einfach hinnehmen?
»Gut, dann geh ich mit Marthe«, sagte Andreas.
»Hat jeder genug Flugblätter?«, fragte Hans, als wäre damit alles geregelt. »Dann mal los. Viel Erfolg!«
»Viel Erfolg«, echote Florian. Er streckte die Hand aus, wie um unser Vorhaben noch einmal zu besiegeln, aber keiner schlug ein.
Jeweils zu zweit verließen wir, mit ein paar Minuten Abstand, das Haus. Ich wie vor den Kopf geschlagen und unfähig, auch nur ein Wort zu sagen.

Andreas machte so lange Schritte, dass ich Mühe hatte mitzukommen. Zum Glück regnete es nicht mehr.
Eigentlich hatten Florian und ich in das Viertel um die Universität gewollt, aber nun ging er mit Hans dorthin. Weiß der Himmel, warum.
Erst nach einer Weile merkte Andreas, dass er viel zu schnell war. Er blieb kurz stehen und warf mir einen fragenden Blick zu, den ich jedoch ignorierte. Was ist nur in Hans gefahren, überlegte ich die ganze Zeit, dass er auf einmal mit Florian gehen will? Hat er vielleicht etwas mit ihm zu besprechen, das keinen Aufschub duldet?

Wir gingen weiter, jetzt langsamer.
»Wo fangen wir an?«, fragte ich, um der Gedankenmühle Einhalt zu gebieten. Wir waren schon seit einer Weile auf der Leninallee, einer breiten, schnurgeraden Straße, auf der um diese Zeit kein Mensch unterwegs war.
Plötzlich war ein Motorengeräusch zu hören. Ein Moped näherte sich rasch. Der Fahrer blickte geradeaus, als er uns passierte. Andreas wartete mit seiner Antwort, bis das Moped fast nicht mehr zu hören war. Die nasse Straße glitzerte im Licht der Laternen.
»Am Leninplatz«, sagte er dann. »Du hast schlechte Laune, weil du eigentlich mit Florian gehen wolltest, was?«
Ich zuckte nur mit den Schultern. Das ging Andreas einen feuchten Kehricht an!
Ich kannte die Gegend um den Leninplatz und fand sie alles andere als attraktiv. Die hohen Häuserblöcke wirkten ebenso eintönig wie die in anderen Stadtteilen. Ich konnte mir gut vorstellen, wie die Wohnungen darin aussahen. So wie unsere. Und vermutlich so wie die von Andreas, von dem ich allerdings nicht wusste, wo er wohnte. Aber nicht die trostlose Architektur störte mich, sondern die Tatsache, dass es nicht das Universitätsviertel war, in dem ich mit Florian Flugblätter hatte verteilen wollen. Wir beide – als Hans und Sophie Scholl.
»Warum nicht hier?«, sagte ich, um weiteren Fragen zuvorzukommen. Ich wusste nicht, nach welchen Kriterien die Viertel ausgewählt worden waren, weil das Hans, Florian und Andreas besprochen hatten. Und danach fragen wollte ich nicht. Bestimmt war es irgendwie symbolisch, weil die Stasi die Fundstellen markieren würde.
Andreas knöpfte seine Jacke auf und holte einen Packen Flugblätter hervor.

Ich tastete in der Umhängetasche nach den meinen. Und mit einem Mal war meine Kehle staubtrocken. Sophie Scholl hin oder her – wir würden jetzt gleich staatsgefährdende Schriften verteilen, in Häusern uns unbekannter Menschen.
Blitzschnell schob ich ein Blatt in den nächsten Hausbriefkasten und erschrak beim Fallen der Klappe. Auch Andreas hatte mit dem Einwerfen begonnen ...

Am Leninplatz angekommen, hatten wir bereits die Hälfte der Flugblätter eingeworfen.
Hier gruppierten sich vier riesige Wohnblocks um eine Kreuzung. Andreas betrat den ersten, und ich blieb, ohne dass darüber ein Wort gefallen war, draußen, um Schmiere zu stehen.
Weit und breit war kein Mensch zu sehen. Und es brannten auch keine Lichter hinter den Fenstern.
Andreas kam wieder heraus, und wir überquerten mit hochgezogenen Schultern die Straße, um zum zweiten Block zu gelangen. Diesmal ging ich hinein, und Andreas hielt Wache. In der Dunkelheit tastete ich nach den vielen Briefkästen und steckte in jeden ein Blatt, dabei mit einem Ohr auf Geräusche im Haus lauschend und mit dem anderen auf ein etwaiges Signal von Andreas.
Aber alles blieb still. Es ging gut.
Andreas hatte gerade das dritte Gebäude betreten, da ging im zweiten ein Licht an. Erst wurde ich starr vor Schreck, dann hob ich die Faust, um notfalls rasch an die Tür pochen zu können. Hatte drüben womöglich jemand, dessen Lebensinhalt es war, aus dem Fenster zu schauen, uns in der Dunkelheit beobachtet und jetzt Licht gemacht, um die Nummer der Polizei zu wählen?
Musste ich Andreas warnen?

Vielleicht war ja auch in diesem Block ein Licht angegangen, das ich vom Eingang aus nicht sehen konnte?
Was tun?
Die Straße überqueren und mich vergewissern? Aber dann würde die Person im Haus gegenüber mich sehen.
Wenn sie Andreas nun erwischten?
Ich überlegte noch fieberhaft, da wurde das Licht wieder gelöscht, und die Tür hinter mir ging auf.
»Alles in Ordnung«, flüsterte Andreas.
Wir nahmen das vierte Gebäude in Angriff, das still und dunkel dastand. Diesmal war wieder ich an der Reihe.
»Wie viele Flugblätter hast du noch?«, fragte Andreas, nachdem ich meine Aufgabe erledigt hatte.
»Zwei.«
»Ich auch. Komm, die geben wir Lenin.« Er grinste und steuerte auf die riesige Statue aus rotem Granit zu.
Das Licht der Straßenlaternen erhellte den sowjetischen Führer nur bis zur Taille. Ein steinerner Übermensch, sehr imposant, aber mit toten Augen. So wie die Figuren auf den Gemälden, die meine Mutter hin und wieder in der Kunstakademie ausstellen durfte.
Andreas setzte sich hin und lehnte sich an den Sockel des Denkmals. Als er sich eine Zigarette anzündete, erhellte das Streichholz einen Moment lang sein Gesicht.
Wie? Wollte er jetzt gemütlich hier herumsitzen und rauchen? Wo wir die letzten Flugblätter noch bei uns und die anderen rundherum verteilt hatten?
Ich sagte nichts, denn ich wollte nicht als Angsthase dastehen. Nicht vor Andreas.
»Du traust mir nicht«, sagte er plötzlich. Es war eine Feststellung. Keine Frage.

»Vielleicht hast du ja recht«, fuhr er fort. »Ich meine damit, Leuten nicht gleich zu vertrauen.« Er inhalierte, die Zigarette glühte auf. »Heutzutage kann jeder ein Stasi-Spitzel sein.« Er stieß den Rauch aus. »Aber wenn ich einer wäre, hätte ich den Plan bestimmt nicht aufgebracht, oder?«

»Genau *das* hat mich misstrauisch gemacht.« Wie kalt meine Stimme auf einmal klang. »Du gehörst erst seit Kurzem zu unserem Klub, und schon reißt du alles an dich. Ist es da ein Wunder, wenn ich so denke?«

Andreas zog die Beine an und legte die Ellbogen auf die Knie. »Wir wissen so gut wie nichts über dich.«

»Eure Begeisterung hat mich eben angesteckt.« Er sah mich von unten her an, irgendwie verletzlich. Feuchte Haarsträhnen hingen ihm in die Augen, aber er machte sich nicht die Mühe, sie wegzustreifen.

»Aber dass du von der Stasi bist, glaube ich nicht«, sagte ich.

Jetzt schaute er fragend drein.

»Spitzel tragen nämlich keine Westjeans.«

»Wie hast du ...?« Andreas brach ab und senkte den Blick auf seine Hosenbeine. Im fahlen Licht der Laterne war nicht zu erkennen, was für eine Hose er anhatte. Aber dass er eine Levi's trug, war mir schon beim ersten Mal aufgefallen.

»Es hilft nichts, das Schild abzutrennen.«

Andreas lachte verlegen. »Sind eben bessere Qualität«, meinte er. »Ich hab drüben einen Vetter, der hat sie mir mitgebracht.« Er schnippte die halb aufgerauchte Zigarette weg.

»Und du selber? Warst du schon mal drüben?«

Ich setzte mich neben ihn. Der Boden war noch nass vom Regen. Feuchtigkeit drang durch den Hosenboden meiner Ostjeans.

Er gab erst keine Antwort. Dann schüttelte er den Kopf. »Und du?«

»Ein einziges Mal. Kurz vor dem Mauerbau. Da war ich noch klein. Mein Onkel Julian hat mich in den Zoologischen Garten mitgenommen, als Geburtstagsgeschenk.«

»Und wie war's?«

»Das weiß ich nicht mehr. Ist zu lange her. Julian ist später in den Westen geflüchtet.« Keine Ahnung, warum ich das Andreas gegenüber erwähnte. Er stellte keine Fragen, wandte mir aber das Gesicht zu.

»Danach haben wir nichts mehr von ihm gehört.«

»Hat er euch nie geschrieben?«

Ich zuckte mit den Schultern. »Nach seiner Flucht galten wir als verdächtige Bürger. Falls er je geschrieben hat, ist seine Post bestimmt konfisziert worden.«

»Willst du gern rüber?«

»Nein«, sagte ich entschieden. »Durch Weglaufen verändert man gar nichts. Wir müssen die Dinge *hier* anpacken.« Ich wünschte mir, es wäre heller, damit ich seine Reaktion sehen konnte. »Los jetzt, geben wir Lenin die letzten Blätter.«

Andreas grinste breit.

Wir befeuchteten die Flugblätter an der Rückseite und klebten sie gut sichtbar an das Denkmal. Blütenweiß und anklagend hingen sie da. Wir genehmigten uns genau eine Sekunde, um sie zu betrachten.

»Jetzt aber nichts wie weg!« Andreas fasste nach meiner Hand und lief los. Diesmal kam ich ohne Probleme mit, unsere Aktion hatte mir ungeahnte Energie verliehen, die offenbar in meine Beine floss.

NEUN

Andreas bot an, mich nach Hause zu begleiten. Unterwegs sprachen wir kaum. Ich sah mich mehrmals um, ob uns auch niemand folgte. Er merkte es, äußerte sich aber nicht dazu. Je weiter wir uns vom Leninplatz entfernten, desto ruhiger wurde ich. Keiner hat uns gesehen, sagte ich mir immer wieder, und als wir in unsere Straße einbogen, hatte ich meine Sicherheit wiedergefunden.

»Magst du noch kurz mit zu mir kommen?«, fragte Andreas.

Ich blieb abrupt stehen. Was sollte *das* denn?

»Nur auf ein Glas. Ich kann jetzt ohnehin nicht schlafen«, sagte er. »Wir könnten unseren Erfolg ein bisschen feiern.«

Ob Florian schon zu Hause war? Und auf mich wartete? Wenn ich mit jemandem feiern wollte, dann mit ihm.

»Nur auf einen Sprung«, sagte Andreas.

Ich überlegte. Die Uni war ein ganzes Stück weiter von hier als der Leninplatz, sodass Florian wahrscheinlich noch nicht zurück war. Und irgendwie hatte Andreas recht: Schlafen würde ich jetzt auch nicht können.

»Na gut«, sagte ich, noch ehe ich mich so recht entschieden hatte. »Wo wohnst du?«

Zu meinem Erstaunen wohnte Andreas in dem Haus hinter unserem. Als wir in seiner Wohnung waren und ich aus dem Fenster schaute, fiel mir auf, dass er direkt in unser Zimmer blicken konnte. Dort brannte kein Licht, also war Florian noch nicht da.

Andreas holte zwei Fläschchen Club-Cola aus dem kleinen Kühlschrank neben seinem Bett.

»Warst du vorhin zu Hause? Ich meine, bevor wir uns getroffen haben?« Ich wandte mich halb um.

Er zog die Brauen hoch und griff nach dem Flaschenöffner.

»Ja klar.«
»Florian hat sich Sorgen gemacht, weil in einem Fenster gegenüber unserer Wohnung noch Licht war. Ich glaube, er hat befürchtet, da wohne ein Spitzel, der nicht schlafen kann.«
»Schlafen konnte ich nicht, das stimmt.« Er gab mir ein Fläschchen und stellte sich neben mich ans Fenster. »Auf unsere Aktion!« Er prostete mir zu und nahm einen tüchtigen Schluck.
»Auf unsere Aktion«, wiederholte ich leise.
Ob bei Florian und Hans auch alles gut gelaufen war? Was, wenn sie ertappt worden waren? Ich wurde wieder unruhig.
Im Grunde wollte ich nichts lieber als nach Hause, zumal ich mich in Andreas' Wohnung leicht unbehaglich fühlte. Aber schon nach zehn Minuten wieder gehen, wäre unhöflich. Also trank ich von meiner Cola und fragte dies und das in der Hoffnung, ein wenig mehr über ihn zu erfahren.
Er gab neutrale, unpersönliche Antworten, was es nicht gerade einfach machte, das Gespräch in Gang zu halten.
Mit einem Mal wurde mir der Grund für mein Unbehagen klar: Andreas' Wohnung war genau wie seine Antworten: neutral und unpersönlich. Und seltsam kahl. Ein Bett, ein Schrank, eine Kommode, ein Tisch mit zwei Stühlen, ein Waschbecken und der kleine Kühlschrank mit einer Schreibmaschine darauf – das war die ganze Einrichtung.
Das Bett war ordentlich gemacht. Nirgends lagen Kleider herum oder standen Schuhe. Kein Buch, keine Zeitschrift neben dem Bett. Kein benutztes Geschirr auf dem Waschbeckenrand. Kein Handtuch am Halter. Kein Bild an der Wand.
»Wohnst du schon länger hier?«, fragte ich.
»Seit zwei Monaten«, kam es ohne Zögern.
»Und vorher?«
»Da habe ich in Rostock gewohnt.«

Stimmt, das hatte Hans ja erwähnt.
»Was hat dich hierher verschlagen?«
»Ich hab einen Studienplatz an der Kunstakademie bekommen.«
»Wirklich? Dann müsstest du meine Mutter kennen. Sie ist dort Dozentin. Sie heißt Gudrun Lentz.«
Er überlegte kurz und schüttelte dann den Kopf. »Nein, ich glaube nicht. Aber ich kenne natürlich noch nicht alle Dozenten.«
»Egal. Ist jedenfalls ein komischer Zufall. Und womit beschäftigst du dich so?«
»Derzeit mache ich Skizzen mit Holzkohle. Und modelliert habe ich auch schon.«
»Warum hast du nichts an der Wand hängen?«
Andreas blickte sich in seinem Zimmer um, als käme ihm erst jetzt so recht zu Bewusstsein, wie kahl die Wände waren.
»Was mir gefällt, hänge ich lieber nicht auf«, sagte er. »Weil es nicht sozialistisch genug ist.«
Ich lachte. Und wollte schon sagen, dass meine Mutter es genauso mache, dass ihre besten Bilder sich ebenfalls nicht zum Herzeigen eigneten. Aber ich verkniff mir die Bemerkung – solche Dinge behielt man besser für sich.
Weil er mir seine Skizzen nicht zeigen und ich nicht weiter über meine Mutter reden wollte, ging uns bald der Gesprächsstoff aus. Ich nahm noch einen Schluck Cola.
»Ich dachte erst, du bist an der Uni«, sagte ich, um die Stille zu durchbrechen. »Weil wir dich in der Mensa …«
»Hans hatte mich gebeten hinzukommen, damit ich euch kennenlerne.«
»Ach so.« Ich schaute auf meine Armbanduhr. »Jetzt muss ich aber gehen. Florian kommt bestimmt bald nach Hause. Danke für die Cola.« Und ich ging zur Tür, ehe er einen Einwand machen konnte.

ZEHN

Als ich die Nachttischlampe neben meinem Bett anknipste, sah ich Florian am Fenster stehen. Mit dem Rücken zu mir. Und er drehte sich nicht um.

»Wie ist es bei euch gelaufen?«, fragte ich leise, während ich mir die Schuhe auszog und die Jacke auf mein Bett warf.

Florian antwortete nicht. Er starrte unverwandt aus dem Fenster, als ob er mich nicht gehört hätte.

»Wie lange bist du schon zu Hause?« Ich ging zu ihm hin und wollte den Arm um ihn legen, da drehte er sich plötzlich um und trat zur Seite.

Seine Miene war hart – keine Spur eines Lächelns, keine Erleichterung, dass alles gut gegangen war, schon gar keine Euphorie.

»Warum warst du bei Andreas?« Seine Stimme klang kalt.

Ich runzelte fragend die Stirn.

»Er wollte unsere gelungene Aktion feiern«, antwortete ich langsam. Ich versuchte dahinterzukommen, worüber er sich geärgert hatte.

»Hast du dir etwa Sorgen um mich gemacht?« Insgeheim hoffte ich, dass es so wäre. »Es ist alles gut gegangen.«

Seine Miene wurde kein bisschen zugänglicher.

»Hab ich nicht!«, kam es barsch, fast schon wütend. »Andreas hat sich ja wohl gut um dich gekümmert.«

Ich schaute hinüber zu Andreas' Fenster. Dort brannte noch Licht, aber die Vorhänge waren inzwischen zugezogen.

»Was habt ihr da miteinander ...?«

»Gar nichts haben wir!«, brauste ich auf. Was unterstellte Florian mir da?! »Du hast uns beobachtet, was?«

»Ich?« Er schnappte empört nach Luft. »*Du* begaffst den Kerl doch andauernd!« Um Mutter und Vater nicht zu wecken,

musste er sich zurückhalten, obwohl er vermutlich gern geschrien hätte.
Jetzt war es an mir, nach Luft zu schnappen.
»*Ich* soll Andreas begafft haben? Wie kommst du auf so einen Blödsinn?«
»Warum liegt dann mein Fernglas auf der Fensterbank? Hast du damit das Muster seiner Vorhänge studiert?« Er nahm das Fernglas und drückte es mir grob in die Hände.
Verblüfft starrte ich es an und versuchte, mir einen Reim auf das Ganze zu machen. Florian hatte mich also bei Andreas gesehen. Durch sein Fernglas, das auf der Fensterbank gelegen hatte. Von dem er glaubte, ich hätte damit Andreas beobachtet.
Langsam hob ich den Blick, konnte aber nur den Kopf schütteln, weil ich keine Worte fand.
Die Arme vor der Brust verschränkt, stand Florian mir gegenüber und wartete. Sein Gesicht lag halb im Schatten, was ihn noch grimmiger wirken ließ.
»Ich habe dieses Fernglas nie benutzt«, brachte ich schließlich heraus. »Und bis heute Abend hatte ich keine Ahnung, dass Andreas gegenüber wohnt. Er hat mich lediglich auf eine Cola eingeladen, weil er zu aufgekratzt war, um gleich schlafen zu können. Dass du schon zu Hause bist, konnte ich nicht ahnen.«
Es klang nach einer Entschuldigung, dabei hatte ich absolut keinen Grund, mich zu entschuldigen.
Florian starrte mich immer noch wütend an.
»So glaub mir doch! Warum, um Himmels willen, sollte ich Andreas beobachten?«
»Warum liegt das Fernglas auf der Fensterbank?«
Darauf hatte ich keine Antwort.
»Bitte glaub mir, Florian!« Ich trat einen Schritt näher. Er wich nicht zurück.

»Warum sollte ich Andreas beobachten?«, wiederholte ich.
Er zuckte mit den Schultern, gab aber seine abweisende Haltung auf und stand nun mit hängenden Armen da.
Ich legte beide Hände auf seine Brust. »Zwischen mir und Andreas ist nichts, falls du das denkst. Wir haben lediglich Cola getrunken. Und dann bin ich nach Hause gegangen, um auf dich zu warten. Weil ich viel lieber mit dir feiern wollte.« Er bewegte sich nicht, ich spürte nur seine Atemzüge unter meinen Händen.
»Du glaubst mir doch, oder?«
Ein Nicken, fast nicht wahrnehmbar.
Waren nun alle Zweifel beseitigt?
Er maß mich mit einem langen Blick. Gleich würde er sagen, dass er mir glaubte … hoffte ich. Doch stattdessen beugte er sich vor und presste seine Lippen auf meinen Mund.
Ich war wie vom Donner gerührt.
Florian fasste mich sanft um die Taille und zog mich an sich. Dann öffnete er leicht den Mund, und ich erwiderte seinen Kuss. Im selben Moment begriff ich, dass es falsch war, was wir taten – grundfalsch. Es durfte nicht sein. Aber zugleich empfand ich es als richtig, als fast schon selbstverständlich. Ich liebte Florian und genoss seine körperliche Nähe. Er umfasste mich noch fester, und ich legte die Arme um seinen Hals. Eng umschlungen standen wir da.
Dann ließ er mich abrupt los und wich zurück. In seinem Blick lagen Angst und Verwirrung.
»Ich … äh … es tut mir leid«, murmelte er und lief aus dem Zimmer. Ich sah durch die offene Tür, dass er ins Bad ging.
Ich fuhr mir mit der Zunge über die Lippen, suchte nach seinem Geschmack. Mein Herz klopfte wie rasend. Und in meinem Kopf rasten die Gedanken, so schnell, dass ich keinen fassen konnte.

Als Florian wiederkam, hatte ich mich für die Nacht umgezogen und lag bereits. Er ging im Dunkeln zu seinem Bett und legte sich ebenfalls hin. Keiner von uns sprach ein Wort, die Stille lastete schwer im Raum.

»Gute Nacht«, sagte ich schließlich leise.

Als Antwort kam ein Gemurmel, was wohl ebenfalls »Gute Nacht« heißen sollte.

Ich lauschte auf Florians Atem, hörte aber nichts.

Wahrscheinlich, weil er ebenso angestrengt auf den meinen lauschte.

Ich versuchte, innerlich zur Ruhe zu kommen. In dieser Nacht war so viel geschehen ... zu viel, wenn man es recht bedachte. Der Rausch unserer Aktion hatte uns die Sinne vernebelt. Am Morgen würde ich wieder klar denken können, morgen ...

ELF

»Du sollst dich stets für die internationale Solidarität der Arbeiterklasse und aller Werktätigen sowie für die unverbrüchliche Verbundenheit aller sozialistischen Länder einsetzen. Du sollst dein Vaterland lieben und stets bereit sein, deine ganze Kraft und Fähigkeit für die Verteidigung der Arbeiter-und-Bauern-Macht einzusetzen. Du sollst helfen, die Ausbeutung des Menschen durch den Menschen zu beseitigen. Du sollst gute Taten für den Sozialismus vollbringen, denn der Sozialismus führt zu einem besseren Leben für alle Werktätigen.«

Ich schrieb so eifrig mit, was Professor Thelemann verkündete, als hätte er höchstpersönlich die *Zehn Gebote der sozialistischen*

Moral und Ethik erlassen. Er sprach in einem Tempo, dass einem Hören und Sehen verging. Gleich würde das Licht gelöscht, damit er Dias zeigen konnte. Schnell noch die Mitschrift zu Ende bringen, solange es hell war. Aber da gab Thelemann auch schon einem Kommilitonen in der letzten Reihe ein Zeichen, das Licht auszuschalten.

... *führt zu einem besseren Leben für alle Werktätigen,* kritzelte ich weiter.

Bei den Dias handelte es sich um Aufnahmen vom fünften Parteitag der SED 1958, der Thema der heutigen Vorlesung war. Thelemann erläuterte dabei noch dies und das, vermutlich lauter wichtige Sachverhalte, aber nun war es wirklich zu dunkel für Notizen. Ich versuchte mir zu merken, was er sagte, aber meine Gedanken wanderten immer wieder zu Florian.

Gestern war er schon fort gewesen, als ich aufstand. Mutter wusste nicht, wohin, und erst am späten Nachmittag war er wieder aufgetaucht. Gerade noch rechtzeitig für unser Leseklubtreffen.

Den anderen gegenüber hatte er sich wie immer verhalten, mich aber komplett ignoriert. Zwischen uns hatte sich etwas verändert ...

Du sollst gute Taten für den Sozialismus vollbringen ... Ob wir eine weitere Aktion starten sollten? Beim Gedanken daran verspürte ich ein Kribbeln im Bauch. Dass alles gut gelaufen war, hatte uns Auftrieb gegeben; wir hatten gestern Abend lange darüber gesprochen und uns stark und stolz gefühlt. Auch wenn keiner wissen durfte, dass wir dahintersteckten. Aber gerade dieses Geheimnis schweißte uns noch enger zusammen, und meine Hoffnung war, dass es so bleiben würde. Wir lasen nicht nur Bücher, nein, wir *taten* etwas, wir traten für das ein, woran wir glaubten. Seit gestern ging ich erhobenen Haupts durch die Stra-

ßen, wandte den Blick nicht mehr ab, wenn mir ein Vopo begegnete oder einer, den ich für einen Stasi-Mann hielt, sondern sah ihnen lächelnd ins Gesicht.
Als ich vorhin in den Hörsaal gekommen war, hatte ich Florian und Hans in der dritten Reihe erspäht, es aber nicht gewagt, mich zu ihnen zu setzen, und mir einen Platz weiter hinten gesucht. Den Blick auf Florians Hinterkopf gerichtet, überlegte ich, ob er Hans wohl von dem Kuss erzählt hatte. Ich verwarf den Gedanken rasch wieder – nein, das würde Florian nie tun, obwohl ich das Gefühl hatte, ihn nicht mehr so richtig einschätzen zu können. Ich vermochte nicht einmal zu sagen, was der Kuss für *mich* bedeutete, wusste nur, dass er mich vollkommen verwirrt hatte. Ich musste mit Florian darüber sprechen, unbedingt.

»Jawnewitsch.« Eine flüsternde Stimme nahe am Ohr riss mich aus meinen Grübeleien, warmer Atem streifte meinen Hals. Unwillkürlich erschauderte ich.
»Jawnewitsch ist ein Dorf in Russland.«
Ich wusste sofort, wer hinter mir saß: der Student mit dem Karohemd. Als ich gekommen war, hatte er noch nicht dagesessen.
»Kein großes Dorf. Etwa fünfzig Häuser. Weit verteilt.«
Alle Muskeln angespannt, starrte ich geradeaus. Die Dias nahm ich als ferne, verschwommene Flecke wahr, alles andere um mich war schwarz. Ich hörte Thelemanns Stimme nicht mehr, auch kein Hüsteln und Tuscheln. Es war, als hätte die Welt sich verengt, als gäbe es nur noch mich und den Studenten, seine heisere Flüsterstimme an meinem Ohr.
»Die Leute dort brauchten nicht viel, lebten von dem, was ihre Felder hergaben, hielten Ziegen und hatten Pferde. Manchmal verkauften sie Getreide an fahrende Händler. Sie kannten weder

Lenin noch Stalin noch Hitler. Was sie kannten, war das Glück des ruhigen, einfachen Lebens.«
Ich hatte nicht die geringste Ahnung, was er mir damit sagen wollte, war aber unfähig, mich umzuwenden und zu fauchen, er solle den Mund halten.
»Bis eines Tages in der Ferne Staub aufwölkte und der Boden erbebte. Es dauerte nicht lange, und sie kannten Hitler. Das heißt, seine Soldaten. Aber weil die Front jenseits des Dorfs verlief, zogen die Soldaten vorbei. Die Kämpfe spielten sich viele Kilometer weiter ab. Den Leuten war, als hätten sie einen Albtraum abschütteln können.«
Hätte ich mich doch bloß zu Florian gesetzt! Der hätte den Kerl in seine Schranken verwiesen.
»Aber nach ein paar Tagen kamen andere Soldaten. Zu Fuß. Die Dorfbewohner dachten, dass auch sie vorbeiziehen würden. Aber das taten sie nicht. Sie waren betrunken, fuchtelten mit ihren Gewehren herum, lärmten und nannten die Dorfbewohner Partisanen. Aus Zweigen machten sie Fackeln und aus ihren Feldflaschen Brandbomben. Sie lachten dröhnend, als die ersten Strohdächer Feuer fingen, und trieben die Leute mit Schlägen zusammen. Der Offizier stieg auf einen Karren und brüllte, er habe einen Plan.«
Warum erzählte er mir das? Ich wollte nicht weiter hinhören, konnte aber nicht anders. Nicht ein einziges Wort entging mir, und aus den Worten formten sich Bilder. Klare, deutliche Bilder, nicht so verschwommen wie die Dias. Sie wurden zu einem Film. Ich sah alles vor mir, konnte sogar die Flammen knistern hören und meinte, Brandgeruch wahrzunehmen.
»Der Plan des Offiziers wurde ausgeführt. Die Leute mussten sich zu zweit einander gegenüber aufstellen und sich gegenseitig erschießen. Frauen mussten ihre Männer erschießen, Brüder ihre

Schwestern, Mütter ihre Kinder. Wer sich weigerte, den malträtierten die Soldaten so lange mit ihren Bajonetten, bis er darum flehte, getötet zu werden. Über drei Stunden dauerte das Massaker. Über drei Stunden waren verzweifelte Schreie und Schüsse zu hören. Und dumpfe Schläge, wenn Gewehrkolben auf Schädel krachten. Dazu das Weinen der Kinder und das Tosen des Feuers. Es roch nach Blut, Schweiß und Urin. Dunkle Rauchwolken ballten sich über dem Dorf zusammen. Der Offizier und seine Soldaten hatten ein teuflisches Vergnügen an ihrem Tun, sie grölten und tranken unterdessen weiter. Und dann, nach über drei Stunden, war es vorbei. Nach dem letzten Schuss herrschte Stille. Und die Soldaten setzten sich zwischen die Leichen und verzehrten zufrieden ihren Proviant. Kein Partisan würde ihnen mehr in die Quere kommen, das stand fest.«

Hör auf! Hör auf! Hör auf!, schrie es in mir. Aber die Worte fanden wie Rauchschwaden den Weg in meinen Kopf, und der Film lief unerbittlich weiter.

»Der Offizier mit dem Plan ... war dein Großvater.«

Ich meinte, nicht richtig gehört zu haben.

Blanker Unsinn!, dachte ich dann, er kennt doch meinen Großvater überhaupt nicht. Ich dagegen wusste, dass Opa im Krieg nicht in Russland, sondern in Afrika gewesen war, es gab da eine Geschichte von der Wüste, die er Florian früher erzählt hatte.

Ohne mir bewusst zu machen, dass ich in der Vorlesung saß, fuhr ich herum und sagte laut: »Mein Großvater hat in Afrika gekämpft!«

Er sah mich unbewegt an. »Das war 1941. Im Jahr danach war er an der Ostfront.«

Am liebsten hätte ich ihn am Kragen gepackt und geschüttelt. Was fiel ihm ein, meinen Großvater derart zu beschuldigen?!

»Davon hat er natürlich nichts erzählt, dein Großvater. Wahrscheinlich hat er euch irgendwelche erfundenen Heldengeschichten aufgetischt.« Der letzte Satz klang schneidend. »Dir ist doch wohl aufgefallen, dass das Foto nicht aus Afrika stammt, oder?«

»Halt den Mund!« Ich stand so abrupt auf, dass ich mich an der Tischkante stieß. Meine Notizen fielen auf den Boden, aber das war mir egal. In meinen Augen brannten Tränen der Wut, und ich nahm kaum wahr, dass Thelemann aufmerksam geworden war und etliche Kommilitonen sich umgedreht hatten.

»Lass mich in Ruhe mit deinen widerwärtigen Lügen!«, presste ich hervor. Ich schnappte mir meine Sachen und lief zur Tür.

Als ich sie mit Wucht hinter mir zugeschmettert hatte, konnte ich die Tränen nicht länger zurückhalten. Ich hastete die Treppe hinab und rannte ins Freie. Aber die Bilder im Kopf wurde ich nicht los, wieder und wieder lief der Film ab. Das brennende Dorf. Die Bewohner, die sich gegenseitig erschießen mussten. Die grölenden Soldaten … Und dann sah ich das Foto, das nicht in Afrika aufgenommen war, vor mir. Trotzdem – es konnte nicht stimmen, was der Kerl behauptet hatte. Er log. Aber warum? Warum passte er mich immer wieder ab und … Ich kannte ihn doch gar nicht. Er kannte mich nicht. Und vor allem: Er kannte meinen Opa nicht. Und auch sonst niemanden von meiner Familie. Warum erzählte er ausgerechnet *mir* solche schrecklichen Dinge? Was hatte *ich* mit der Vergangenheit zu tun?

Ich musste mich auf die Gegenwart konzentrieren. Eine Weile beobachtete ich die Passanten, die vorbeifahrenden Trabis, die Tauben auf dem Bebelplatz gegenüber. Ich vermied es, nach rechts zu schauen, wo am Ende der Straße die Mauer verlief, stattdessen richtete ich den Blick nach links und nach oben, zur stolzen Spitze des Fernsehturms, dem bekanntesten Wahrzeichen Ostberlins. Ich bemühte mich, die Bilder der Vergangenheit mit denen der

Gegenwart zu vertreiben. Aber im Rauschen des Winds in den Baumkronen hörte ich Feuer knistern und im Kreischen spielender Kinder das Grölen der Soldaten.
Ich zog meine Jacke an, hängte die Tasche um und lief los. Ohne eine Ahnung wohin. Um nach Hause zu gehen, war es zu früh. Mutter gab heute keinen Unterricht und würde bestimmt fragen, warum ich so früh käme. Und wenn ich einem Menschen *nicht* sagen konnte, was der Student mir erzählt hatte, dann ihr. Sie sprach so gut wie nie über die Vergangenheit. Nicht über ihre eigene. Und auch nicht über die ihrer Brüder und ihres Vaters. »Wir sollten froh sein, dass der Krieg vorbei ist, und ihn vergessen«, war ihr Standardsatz, wenn Opa mal vom Krieg sprach.
Plötzlich wurde mir klar, dass ich stets nur eine einzige Geschichte von ihm gehört hatte: über einen Einsatz in der Wüste mit einem Kamel. Andere hatte er nie erzählt.
Auch Oma schwieg über den Krieg; sie vertrat dieselbe Auffassung wie Mutter.
Wieder tauchten die Bilder auf, und ich schüttelte heftig den Kopf, um sie loszuwerden.
Ich ging am Dom und am Alexanderplatz entlang und dann immer weiter nach Osten. Vorbei an neuen Wohnblocks, an alten Mietshäusern für Arbeiter, am Friedhof … Ich machte so lange Umwege, bis meine Stunden an der Uni um waren und ich nach Hause gehen konnte.

Frau Stetlers Hund kläffte, als ich an ihrer Wohnungstür vorbeiging, und ich meinte wieder, eine Bewegung hinter dem Spion zu sehen. Zwei Stufen auf einmal nehmend, lief ich die Treppe hinauf.
»Bin wieder da-ha!«, rief ich an der Tür und ging als Erstes in die Küche, um mir etwas zu trinken zu holen. Mit einem Glas

Milch in der Hand trat ich ins Wohnzimmer, wo der Fernseher lief. Meine kleine Cousine Sybille hockte auf dem Teppich und schaute Sandmännchen.
»Hallo«, sagte ich zu ihr.
Sie legte den Finger an die Lippen. »Pssst, gleich kommt das Lied!«
Ich ließ Sybille allein, ging zu Mutters Atelier und klopfte.
»Marthe?« Mutter stand in ihrem fleckigen Malerkittel vor der Staffelei. Ihre Haare waren zu einem Zopf geflochten, ein paar Strähnen hatten sich daraus gelöst, die sie nun mit farbverschmierter Hand zurückstrich. »Na, was sagst du dazu?« Sie wies auf das Bild, an dem sie gerade arbeitete. Es zeigte einen Bauern mit geschulterter Sense und daneben einen Arbeiter, der auf gleiche Weise eine Fahne hielt. Sehr realistisch gemalt, die Farben konventionell und langweilig.
Was sollte ich dazu sagen? Bilder dieser Art waren gefragt. Viele malten derzeit so … seelenlos, ja, das traf es noch am ehesten, aber das konnte ich Mutter nicht sagen.
»Sehr … sozialistisch«, formulierte ich vorsichtig.
Sie lachte und tauchte einen dicken Pinsel in die rote Farbe. Dann malte sie mit kräftigen Strichen einen Balken vor die Augen der Figuren. Wieder tauchte sie den Pinsel ein und übermalte auch die Hände. »Der Sozialismus verstellt den Blick und bindet die Hände.« Sie hörte sich an wie ein kleines Mädchen, das etwas Verbotenes macht und Vergnügen daran hat.
Ich seufzte. Wieder ein Bild, das man im Schrank verstecken musste. Schade drum. Florian hat schon recht, dachte ich, protestieren, ohne dass jemand es mitbekommt, führt zu gar nichts. Man muss Risiken eingehen, etwas wagen.
»Warum ist Sybille hier?«, fragte ich.
»Opa musste ins Krankenhaus. Nichts Schlimmes, sein Asthma

mal wieder.« Mutter legte den Pinsel weg. »Sitzt sie vor dem Fernseher?«
Ich nickte. Sybille war ein ausgesprochen unkompliziertes Kind. Was mir Bewunderung abnötigte. Ich hatte ihre Mutter, Tante Franziska, nicht gut gekannt. Aber sie war mir immer ziemlich exzentrisch und überspannt vorgekommen. Als sie mit Sybille schwanger war, hatte sie einen noch viel größeren Exzentriker kennengelernt, der ihr vollends den Kopf verwirrt hatte. Sie war wohl schon immer leicht beeinflussbar gewesen. Als Sybille gerade ein paar Monate alt war, wollte ihre Mutter mit ihr und diesem Mann nach Polen, um dort mit Gleichgesinnten in einer Kommune zu leben. Um sich selbst zu finden, wie sie es ausdrückte. Wäre die Mauer nicht gewesen, dann wäre sie vermutlich nach Amerika ausgewandert. Oder nach Indien, um dort freie Liebe zu praktizieren. Ihre Eltern hatten versucht, ihr um Sybilles willen den verrückten Plan auszureden. Ein Kind könne doch nicht in solch einem anarchistischen Nest aufwachsen, hatte Opa geschimpft. Schließlich zog Franziska ohne die Kleine los. Sybille war sowieso nicht das Kind des komischen Vogels, mit dem sie damals zusammen war, und er hatte nicht lange gebraucht, sie zu überzeugen, ihr Baby zu verlassen. Seitdem lebte Sybille bei den Großeltern. Sie hatte nie gefragt, wo ihre Mutter war. Oder wer ihr Vater war. Sie fand sich einfach mit den Umständen ab. Und wenn sie, wie jetzt, einen Tag bei ihrer Tante verbringen musste, schickte sie sich ohne Murren drein.
Unten schlug wieder Frau Stetlers Kläffer an. Meine Anspannung wuchs. Wahrscheinlich kam Florian …
»Moritz hat gefragt, ob ich heute Abend aushelfen kann«, sagte ich rasch zu Mutter und hoffte, sie würde das leichte Zittern meiner Stimme nicht bemerken.

Aber sie hatte sich bereits wieder ihrem Gemälde zugewandt und murmelte etwas; vermutlich hatte sie gar nicht gehört, was ich gesagt hatte.

Im Wohnzimmer traf ich Florian an. Er stand hinter Sybille und lauschte mit ihr dem Sandmännchen.
»Muss heute bedienen«, sagte ich flüchtig, holte meine Jacke von der Garderobe und verließ die Wohnung.
Ich ging tatsächlich ins Moritz-Eck. Ziellos in der Gegend herumlaufen wäre mir nicht bekommen, dabei wäre ich nur wieder ins Grübeln verfallen.
Moritz hatte keine Einwände. »Aber bezahlen kann ich dich nur, wenn ich dich anfordere«, sagte er.
Kein Problem.
Die Arbeit in der Kneipe lenkte mich jedoch kaum ab. Immer wieder suchten mich die Bilder heim, die sich in meinem Kopf festgesetzt hatten. Ich stellte mir vor, die zwei Verliebten am Ecktisch würden gezwungen, sich gegenseitig zu erschießen. Und wenn ich Bier einschenkte, war mir, als würde ich den Atem der betrunkenen Soldaten riechen. Das Lachen der Gäste klang mir wie Grölen in den Ohren und das Entkorken einer Flasche wie ein Schuss.
Ich war erleichtert, als die Kneipe um Mitternacht schloss. Aber auch draußen in der nächtlichen Stille verfolgte mich die Geschichte. Nicht mehr in Form von Bildern, sondern als Gefühl der Beklemmung. Wie man es manchmal nach einem Albtraum hat. Man kann sich sagen, dass es ja nur ein Traum war, aber das hilft wenig. Es haftet an einem – so wie an mir die Ereignisse in dem Dorf Jawnewitsch. Einem Dorf, von dem ich vorher noch nie gehört hatte.

ZWÖLF

Vorsichtig schloss ich die Wohnungstür auf. Drinnen war alles dunkel. Ich zog meine Jacke aus, hängte sie an die Garderobe, streifte die Schuhe ab und ging ins Bad. Als ich die Tür geschlossen hatte, machte ich Licht und putzte mir die Zähne. Betrachtete dabei mein Spiegelbild und sagte mir, ich dürfe mich von diesem Studenten nicht kirre machen lassen. Er hatte ja zugegeben, dass er meinen Großvater nicht kannte. Warum also sollte die Geschichte wahr sein?

Ich ging in unser Zimmer. Im Dunkeln zog ich mich aus und wollte mich gerade hinlegen, da hörte ich Florians Stimme: »Was ist eigentlich los, Marthe?«

Ich erschrak bis ins Mark.

Er knipste seine Nachttischlampe an. Vollständig angezogen saß er im Schneidersitz auf dem Bett.

»Warum bist du heute aus dem Hörsaal gelaufen? Was ist passiert?«

Stumm sah ich ihn an. Weil ich befürchtete, er könnte mich abkanzeln. Von wegen, es gehe nicht an, dass ich mich so auffällig verhielt, es sei gefährlich, jemanden wie Thelemann zu irritieren, und dass wir uns nach der Flugblatt-Aktion doch eine Weile bedeckt halten wollten.

Aber Florian wirkte überhaupt nicht wütend. Und mit einem Mal spürte ich, wie müde ich war. Den ganzen Tag war ich vor den inneren Bildern davongelaufen. Ich ließ mich aufs Bett fallen, und die Erschöpfung machte sich mit Tränen Luft.

Florian kam herüber, setzte sich auf die Bettkante und legte den Arm um mich: »Nun sag schon: Was ist passiert?«

Ich zog die Beine an und schmiegte mich an ihn.

»Dieser Student …«, begann ich fast gegen meinen Willen. »Der

im Karohemd, weißt du. Er belästigt mich die ganze Zeit. Neulich hat er mir ein Foto von Opa gegeben, ein Foto aus dem Krieg. Und heute war er wieder da, hat im Hörsaal hinter mir gesessen und …« Mit dem Handrücken wischte ich die Tränen von meinen Wangen.
Und dann erzählte ich die ganze entsetzliche Geschichte von dem Massaker in Jawnewitsch. Ich spürte, wie Florian sich anspannte, hörte, wie er mit den Zähnen knirschte. Aber ich sprach weiter, schilderte alles genau so, wie ich es gehört hatte, und holte auch das Foto, um es ihm zu zeigen.

Als ich geendet hatte, blieb es lange still.
»Wer ist der Kerl?«, presste Florian schließlich hervor. »Was fällt ihm ein, solche Sachen über unsere Familie zu behaupten?« Er wurde lauter. »Mit welchem Recht …«
»Psst … die Eltern schlafen …«
»Das ist ein Schauermärchen, mehr nicht«, sagte er, jetzt wieder leiser.
»Aber warum sagt er dann so was?«
Florian zuckte mit den Schultern.
»Glaubst du, dass Opa …« Ich brachte den Satz nicht über die Lippen.
»Nein, das glaube ich nicht.« Florians Stimme klang jetzt hart. »Du doch auch nicht, oder?«
Ich konnte nicht, nein, ich *wollte* nicht glauben, dass Opa so etwas getan hatte. Nicht der Opa, den ich kannte. Der mich auf seinen Knien Hoppereiter hatte machen lassen, der mir auf dem Volksfest Zuckerwatte gekauft hatte. Aber dieses Foto … woher hatte der Student es? Und warum hatte Opa nie erwähnt, dass er auch in Russland gewesen war?
Florian schien meine Bedenken zu spüren.

»Mach dir keine Sorgen, Marthe. Wenn der Bursche dich noch mal belästigt, mach ich ihn fertig.«
Ich lächelte ... mein großer Bruder!
»Mit einer Fliegenklatsche?«
Er lachte. »Oder mit Insektenspray, wenn's sein muss.«

DREIZEHN

Wir sprachen nicht über das aufwühlende Vorkommnis in der Nacht unserer Aktion. Nachdem ich Florian von dem Studenten und seinen Anschuldigungen gegen Opa erzählt hatte, gab er sich wieder ganz als beschützender Bruder. Ich aber konnte nicht so tun, als hätte es den Kuss nie gegeben, und musste darüber nachdenken, ob ich wollte oder nicht, musste mir über meine Gefühle klar werden. Ich hatte Florian weder weggestoßen noch ihm einen Vorwurf gemacht. Und wenn ich ehrlich war, sah ich ihn seitdem mit anderen Augen. Wenn er mich wie zufällig berührte, prickelte meine Haut, und ich hatte das Gefühl, in meinem Innern habe sich etwas vervollständigt, eine zuvor bestehende Lücke sei geschlossen. Ja, genau so war es. Empfindungen, die ich früher nicht hatte benennen können und die mich beunruhigten, waren jetzt wie selbstverständlich. Ich wollte wissen, ob es Florian auch so erging, traute mich aber nicht, ihn zu fragen. Weil ich mich vor seiner Antwort fürchtete.

Mutter war in der Kunstakademie, und Vater sah sich im Wohnzimmer die Westnachrichten an. Er saß wohl dicht vor dem Bildschirm, denn der Fernseher war leise gestellt, damit die Nach-

barn nichts mitbekamen. Obwohl die auch Westnachrichten schauten – wie alle.
Ich hockte mit einem Buch auf dem Bett und las. Florian saß an seinem Schreibtisch und arbeitete ein Referat für nächste Woche aus. Die Schreibtischlampe warf einen gelben Lichtkreis auf seine Hände, die Papiere vor ihm und den unteren Teil seines Kopfes mit dem halblangen blonden Haar.
Am Rand des Lichtkreises stapelten sich Bücher, aufgeschlagen oder mit Zetteln als Merkzeichen. Der Regen prasselte ans Fenster, was Florian in seiner Konzentration nicht zu stören schien. Wenn er nachdachte, kaute er an der Radiergummikappe seines Bleistifts, schrieb dann hastig etwas auf, blätterte in einem der Bücher, machte wieder eine Notiz, dachte erneut nach.
Ich hatte mein Buch sinken lassen und beobachtete ihn. Nicht um ihn auf mich aufmerksam zu machen, sondern weil ich es einfach genoss, ihn anzuschauen. Den ganzen Abend, die ganze Nacht, mein ganzes weiteres Leben wollte ich ihn anschauen. Mit dem Blick erforschte ich seine Züge, die Entschlossenheit ausdrückten und zugleich Verletzlichkeit, die kantige Kieferlinie, die Wimpern, die zarte Schatten auf die Jochbeine warfen, wenn er den Kopf zum Blatt hin senkte. Ich trank den Anblick regelrecht in mich hinein. Und als ich mir vorstellte, sein Gesicht und auch seinen langen sehnigen Körper mit den Händen zu erforschen, begannen meine Fingerspitzen zu kribbeln. Das Kribbeln breitete sich aus, zog durch den Bauch und bis hinab in die Zehen.
Plötzlich schaute Florian her. Ich fühlte mich ertappt, wandte den Blick aber nicht ab. Sondern lächelte schweigend.
Eine ganze Weile sah er mich an. Mir war, als würde die Luft zwischen uns knistern.
»Warum liest du nicht?«

»Weil ich dich ansehe.«
»Das darfst du nicht.« Ein scheinbar harmloser Satz, jedoch todernst ausgesprochen.
»Aber ich sehe dich so gern an.« Das Buch hatte ich weggelegt, ich stand auf und ging auf ihn zu.
»Ich dich auch«, murmelte er.
Ich legte meine Hände auf seine Schultern.
»Aber du bist meine Schwester.« Er blickte zu mir hoch. Traurig, irgendwie.
»Dafür kann ich nichts«, flüsterte ich und setzte mich rittlings auf seinen Schoß.
»Ich weiß ...« Er nahm meinen Kopf zwischen seine Hände. »Aber es darf nicht sein, weil ...« Die letzten Worte verloren sich in einem Kuss.
Mich durchfuhr es wie ein Stromschlag, ich hatte das Gefühl, mein ganzer Körper stünde in Flammen. Unser Kuss wurde leidenschaftlicher. Ich fasste in Florians störrische Haare. Er streichelte meinen Nacken und biss sanft in meine Lippe. Ich presste mich so fest an ihn, dass ich kurz fürchtete, der Stuhl mit uns könnte kippen. Durch den Stoff seiner Jeans spürte ich deutlich, dass er mehr wollte. Ohne meinen Mund von seinem zu lösen, fasste ich nach unten, in seinen Schritt.
Im nächsten Moment stieß Florian mich weg, so grob, dass ich rückwärts taumelte und stürzte. Er starrte mich an, ebenso verwirrt wie beim ersten Mal. Seine Lippen glänzten feucht.
Er stand vom Stuhl auf, setzte sich auf sein Bett und zog die Knie an.
Ich blieb auf dem Boden hocken. »Es tut mir leid«, sagte ich leise. Und meinte, es tue mir leid, dass ich seine Schwester war.
Er verbarg das Gesicht in den Händen. »Es geht nicht, wir dürfen das nicht«, klang es gepresst.

»Aber es ist so schön.«
»Ich weiß! Du ahnst ja nicht, wie sehr ich mich nach dir sehne und …« Erschrocken brach er ab.
Wir lauschten beide in die Stille – hoffentlich hatte Vater nebenan nichts mitbekommen. Aber außer dem Regenprasseln und der leisen Stimme des Nachrichtensprechers war nichts zu hören.
»Wir müssen einander versprechen, dass so was nie mehr vorkommt, Marthe!«
»Gut. Aber ich weiß nicht, ob ich …«
»Es muss sein!«
Noch eine ganze Weile blieben wir schweigend sitzen.

Als es aufgehört hatte zu regnen, ging ich ins Badezimmer, um mich für die Nacht umzuziehen. Dann legte ich mich ins Bett. Florian saß wieder am Schreibtisch, kaute aber mehr an der Radiergummikappe herum als dass er schrieb. Genau wie ich war er bemüht, seine Fassung wiederzufinden.

VIERZEHN

Leicht war es nicht, sich an das Versprechen zu halten. Zumal ich nun wusste, dass Florian für mich das Gleiche empfand wie ich für ihn. Ein paarmal überlegte ich, wie er wohl reagieren würde, wenn ich einfach zu ihm ins Bett schlüpfte. Oder mich im Badezimmer zu ihm unter die Dusche stellte. Vielleicht vergaß er dann, was wir uns versprochen hatten …
Aber es durfte nicht sein.

Ich hatte das Gefühl, wir bewegten uns auf einer schwankenden Hängebrücke über einem Abgrund. Wir vermieden es, einander anzusehen und zu berühren, und versuchten, die Glut im Innern zu ignorieren, indem wir uns mit Eifer auf andere Dinge stürzten.
Ich bastelte Tischdekorationen für Opas Geburtstag und suchte in Mutters Kurt-Drummer-Kochbuch nach passenden Gerichten. Drei Rezepte wählte ich aus: Plan A, B und C – je nachdem, welche Zutaten wir ergattern würden. Und mit Oma machte ich ab, dass ich vorbeikommen würde, um Fotos zu holen, aus denen ich ein Geburtstagsalbum zusammenstellen wollte.
Florian traf sich mehrmals mit Hans und Andreas. Sie planten nun doch eine neue Aktion. Damit ich mich nicht ausgeschlossen fühlte, erzählte Florian mir, was sie besprochen hatten. Dann bräuchte ich nicht zu den Treffen mitgehen, meinte er. Sophie Scholl im Wartestand – so kam ich mir vor. Einmal brachte er einen Textentwurf mit und fragte nach meiner Meinung dazu. Sie wollten die Flugblätter diesmal nicht an der Uni abziehen, berichtete er, sondern auf Andreas' Schreibmaschine tippen. Der habe auch ein gutes Versteck für die Blätter: hinter der Tapete. Wir diskutierten über den Text und darüber, wo die Flugblätter diesmal verteilt werden sollten. Eigentlich redeten wir nur über die neue Aktion – auf diese Weise umgingen wir das heikle Thema, das uns beide beschäftigte.
Florian hatte mich zwar über alles, was er mit Andreas und Hans plante, auf dem Laufenden gehalten, nicht aber über den Inhalt seines Referats für Thelemann.

Ich hatte Mühe, wach zu bleiben, als der Student, der vor Florian dran war, referierte. Schon nach drei Minuten verlor ich den Faden. Hans, der links von mir saß, malte Männchen auf sein Blatt,

die auf unterschiedliche Weise vor Langeweile umkamen. Florian auf meiner anderen Seite las noch einmal seinen Text durch.
Nicht einmal Thelemann selbst war bei der Sache; er gähnte hinter vorgehaltener Hand, und als der Student sich schließlich für die Aufmerksamkeit bedankte und seine Papiere zusammenraffte, wirkte er sichtlich erleichtert. »Noch Fragen?«, wandte er sich an uns. Niemand hatte gut genug aufgepasst, um Fragen stellen zu können, daher suchte Thelemann auf seiner Liste nach dem nächsten Namen.
Ich hörte Florian schlucken. Normalerweise war er bei Referaten und dergleichen nie nervös, es bereitete ihm keine Mühe, vor Leuten zu sprechen.
»Herr Lentz bitte«, sagte Thelemann ohne große Begeisterung.
Florian stand auf, zwängte sich an den Tischen entlang zum Ende der Reihe und ging nach vorn.
»Vor fast zwanzig Jahren hat der Staatsratsvorsitzende Walter Ulbricht Regeln zur sozialistischen Moral und Ethik verkündet«, begann Florian mit lauter Stimme.
Aha, er hatte sich also die zehn Gebote, die Thelemann vor einiger Zeit erläutert hatte, als Thema ausgesucht.
»Auf dem letztjährigen Parteitag wurden diese Punkte jedoch aus dem Parteiprogramm gestrichen.«
Davon hatte Thelemann nichts gesagt …
»Warum?« Florian pausierte kurz, wohl um seinen nächsten Sätzen mehr Gewicht zu verleihen. Er hatte so einiges von Thelemanns Rhetorik übernommen.
»Will unser heutiger Staatsrats- und Parteivorsitzender, Genosse Honecker, sämtliche Spuren seines Vorgängers tilgen, wie manche behaupten?« Wieder eine Kunstpause. »Oder entsprechen die zehn Gebote nicht mehr den Bedürfnissen und Zielen unserer modernen Gesellschaft?«

Ich hatte nicht die leiseste Ahnung, was das sollte. Wen scherten schon diese Gebote? Thelemann war anzusehen, dass auch er nicht wusste, worauf Florian hinauswollte.
»Ich möchte die Gebote von unserer heutigen Gesellschaft ausgehend auf den Prüfstand stellen und Vorschläge machen, in welcher Form sie weiterhin gelten könnten.«
Thelemann nickte. Ein intellektueller Ansatz zur Versöhnung der sozialistischen Vergangenheit und Gegenwart. Das gefiel ihm. Womöglich gar ein Regelwerk für den neuesten sozialistischen Menschen. Ein junger Mann, der sich ins Zeug legte, um sein vom Staat finanziertes Studium in den Dienst der Partei zu stellen. Thelemann lächelte jetzt halb anerkennend, halb triumphierend. Bisher hatte Florian zu den eher kritischen Studenten gehört – anscheinend hatte er den jungen Genossen zum Umdenken gebracht.
Ich musste gestehen, dass Florian die Sache sehr geschickt anging. Er behandelte die zehn Gebote nicht in der richtigen Reihenfolge, sondern so, dass die mildeste Kritik zu Anfang kam und eher zwischen den Zeilen des Parteijargons aufschien. Mit jedem Gebot aber wurde seine Kritik deutlicher, seine Ausführungen gewagter, wobei er die Dinge jedoch infrage stellte, ohne direkte Ablehnung zu äußern.
Ich behielt Thelemann genau im Auge. Er merkte natürlich, wie der Hase lief, war sich anscheinend aber unsicher, wann Florian eine Grenze überschritt und er ihm Einhalt gebieten musste.
»›Du sollst dein Vaterland lieben und stets bereit sein, deine ganze Kraft und Fähigkeit für die Verteidigung der Arbeiter-und-Bauern-Macht einzusetzen.‹ Wir sollen also unser Vaterland lieben …« Florian sprach immer lauter und leidenschaftlicher. Aufrecht stand er da, er hatte seine Papiere weggelegt, brauchte nicht mehr in die Vorlage zu schauen. Er redete nicht über das,

was ihm sein ganzes Leben lang vorgekaut worden war, sondern über seine eigenen Gedanken dazu. »Etwas oder jemanden lieben kann man nur, wenn man es oder ihn wertschätzt. Dabei ist es von Vorteil, wenn ein Vergleich möglich ist. Wie aber kann ich mein Land vergleichen, wie kann ich es lieben lernen, wenn ich keine anderen Länder kenne? Lässt Liebe sich erzwingen? Oder will sie verdient sein?«

Ich schwankte zwischen Stolz und Angst. Es war ungeheuer mutig von Florian, sich so zu äußern. Endlich traute sich jemand, Thelemann gegenüber offen seine Meinung zu sagen. Die Gesichter der anderen Studenten, stellte ich fest, als ich mich umsah, drückten allesamt Erstaunen aus. Viele aber auch Zustimmung. Dachten auch sie wie Florian?

Mein Blick fiel auf Thelemann, und mir wurde mulmig.

»Kann man jemanden lieben, der einem keine Freiheit lässt?«, fragte Florian gerade und betonte dabei jedes Wort. »In einer Liebesbeziehung müssen die Partner einander vertrauen, einander Raum lassen. Warum vertraut mein Land mir nicht? Warum lässt es mir keinen Raum?«

Hör auf, hör doch auf!, flehte ich innerlich. Wenn du so weitermachst, fliegst du von der Uni. War Florian denn bereit, seine Zukunft aufs Spiel zu setzen? Ich musste an Hans und Sophie Scholl denken. Sie waren nicht einmal beim Verhör von ihren Überzeugungen abgewichen. Sie hatten ihr Leben dafür gegeben. Legte Florian es auch darauf an? Was er jetzt sagte, waren klare Worte, war unverhohlene Kritik – da brauchte man nicht mehr zwischen den Zeilen zu lesen. Ich wollte nach vorn rennen, ihn am Arm packen und an seinen Platz zurückzerren, zu Thelemann sagen, mein Bruder habe das alles nicht so gemeint … aber ich tat nichts dergleichen. Weil Florians Worte in mir ein Feuer der Rebellion entfacht hatten.

»Du sollst helfen, die Ausbeutung des Menschen durch den Menschen zu beseitigen«, zitierte Florian das nächste Gebot. »Was ist Ausbeutung? Laut Wörterbuch bedeutet es, aus jemandem Nutzen zu ziehen, ohne ihn dafür adäquat zu belohnen. Sollte der bürgerliche Gehorsam nicht mit freien Wahlen belohnt werden? Sollten die Leistungen unserer Arbeiter und Bauern nicht mit …«

»Danke, Herr Lentz«, unterbrach Thelemann.

»… mehr Freiheit belohnt werden?«, beendete Florian seinen Satz.

»Es reicht!«, rief Thelemann. Von der gelassenen Arroganz, mit der er sonst unbotmäßige Studenten maßregelte, war nichts zu spüren. »Ich weiß nicht, welche Literatur Sie zur Vorbereitung gelesen haben, aber Sie täten gut daran, sich künftig besser zu informieren!«, polterte er los. »Mir scheint, Sie haben überhaupt nicht verstanden, wie der Genosse Ulbricht diese Gebote gemeint hat.«

Florian hatte begriffen, dass er Thelemann nicht weiter provozieren durfte. In aller Ruhe nahm er seine Papiere und ging an seinen Platz zurück. Erhobenen Haupts, nicht als Verlierer.

»Entschuldigung, Herr Professor.« Ein paar Reihen hinter uns war ein Student aufgestanden. »Könnten Sie bitte erklären, was genau der Genosse Ulbricht mit dem dritten Gebot aussagen wollte?«

Thelemann war anzusehen, dass er zweifelte, ob die Frage ernst gemeint war. »Ausbeutung ist das, was der Kapitalismus mit den Arbeitern macht«, sagte er schließlich. »Dass die Stärkeren das Recht haben, Schwächere zu unterdrücken – *das* ist Ausbeutung.«

»Kann man denn nicht auch politisch ausgebeutet werden?«, wagte der Student zu fragen.

»Genau! Freie Wahlen wären doch eine gute Belohnung für unser Volk.« Ein Zweiter war aufgestanden. »Seit 1953 hat es keinen Aufstand mehr gegeben«, ergänzte er. »Aber auch keine Belohnung.«

Thelemann starrte ihn wütend an. »Es gab ja auch keinerlei Grund für einen Aufstand!«, brauste er auf.

»Warum hat die Partei dann Angst vor freien Wahlen?« Jetzt hatte sich sogar ein Dritter zu Wort gemeldet. »Wenn alle zufrieden sind, bekommt sie doch ohnehin sämtliche Wählerstimmen.«

Ich drehte mich um, weil ich mich vergewissern musste, dass tatsächlich *drei* Kommilitonen sich getraut hatten, Thelemann Paroli zu bieten. Und ihre Fragen gaben Anstoß zu halblauten Diskussionen unter den anderen. Bald hatten sie, einer Epidemie gleich, den ganzen Hörsaal erfasst.

Florian saß still da und genoss die Wirkung seines Referats.

»Man kann doch nicht behaupten, wir würden *ausgebeutet*, nur weil es keine freien Wahlen gibt!«, rief ein anderer. »Schaut euch mal drüben um, dann wisst ihr, was Ausbeutung ist! Wir können froh sein, dass wir hier ...«

»Wie sollen wir uns drüben umschauen? Wir dürfen ja nicht rüber!«, tönte es aus der letzten Reihe.

Da keiner mehr zum Sprechen aufstand, wurden – aus der relativen Anonymität heraus – noch mehr Stimmen laut.

»Warum sollten wir überhaupt rüberwollen?«, klang es von weiter vorn. »Der Sozialismus ist der einzig wahre Weg zu einer gerechten Welt! Einer Welt ohne Ausbeutung!«

Es wurde immer unruhiger und lauter. Bald hatte Thelemann keine Chance mehr, des Chaos im Hörsaal Herr zu werden.

Florian griff unter dem Tisch nach meiner Hand und drückte sie. Ich lächelte ihn an. Auch das war Widerstand: Wir hatten Augen und Münder geöffnet und Thelemann etwas noch nie Dagewesenes vorgeführt: Studenten, die nicht wie brave Lämmer seiner Denkrichtung folgten, sondern ihre eigene Meinung hatten und laut sagten. Am liebsten wäre ich aufgesprungen und hätte eine große Fahne geschwenkt, so wie Marianne auf Delacroix' Gemälde *Die Freiheit führt das Volk*.

Lange ließ Thelemann die Freiheit allerdings nicht währen. Mit der Faust hieb er auf den Tisch und brüllte »Ruhe!«.

Die vielen Stimmen verstummten, aber nur für kurze Zeit, denn gleich war die Stunde zu Ende.

»Bis kommende Woche lesen Sie alle noch einmal *Das Kapital*«, fuhr Thelemann fort, »und nennen mir dann mindestens zehn Gründe, warum der Sozialismus der Weg der Zukunft ist, der Weg *aus der Ausbeutung heraus*.« Zur Bekräftigung schlug er noch einmal auf den Tisch, dann nahm er seine Mappe und verließ als Erster den Hörsaal – mit rot angelaufenem Kopf und stierem Blick.

Ob er wohl schnurstracks in sein Büro ging, um einen Bericht für die Stasi zu verfassen? Oder würde er davon absehen, um keinen Gesichtsverlust zu erleiden? Mit Sicherheit waren unter den Studenten Spitzel, sodass die Stasi so oder so von dem Eklat erfahren würde. Aber das war mir im Moment herzlich egal.

Als ich Florian und Hans nach draußen folgte, fühlte ich mich noch immer wie Marianne. Sollten diese bornierten Ratten ruhig ihre Spitzelberichte schreiben! Wir waren darüber erhaben, weil wir die Wahrheit und das Recht auf unserer Seite hatten!

FÜNFZEHN

Dass es draußen in Strömen regnete, tat unserer Euphorie keinen Abbruch. Wir trafen Bernd und Dagmar, und Hans wollte ihnen alles erzählen, aber die Kunde war uns bereits vorausgeeilt.
»Und das Ganze hast wirklich du angezettelt?«, sagte Bernd bewundernd zu Florian. Woraufhin Hans doch noch alles haarklein erzählte und dabei schamlos übertrieb: Der Hörsaal habe geradezu gebrodelt, behauptete er, und mehr als die Hälfte der Studenten hätte Thelemann widersprochen. Florian lächelte nur dazu.
Danach hatten wir an einer Imbissbude Bratwurst gegessen und waren kurz darauf Andreas begegnet. Obwohl wir als Gruppe unterwegs waren, hatte ich nur Augen für Florian. Als wir die Straße überquerten, griff ich nach seiner Hand. Er entzog sie mir nicht. Und ich spürte tief im Innern, dass wir denselben Gedanken hatten: die Weiße Rose!
Hans schlug vor, den Sieg über Thelemann im Ramscher zu feiern – einer Diskothek, in der mehr Westmusik lief als erlaubt. Laut Vorschrift mussten vor Publikum mindestens sechzig Prozent Ostmusik gespielt werden, aber dem Plattenaufleger im Ramscher war das egal. Wenn kontrolliert wurde, kündigte er durchs Mikro einfach Oststücke an, die er aber nicht auflegte. Jedenfalls liefen wir im Ramscher keine Gefahr, Thelemann zu begegnen.

Drinnen war es brütend warm, und Zigarettenqualm vernebelte den großen Raum. Wir suchten uns einen Tisch, Bernd holte Getränke, und wir stießen auf Florian und auf die Freiheit und die freie Meinungsäußerung an. Die Musik war so laut, dass man sich nur schreiend verständigen konnte.

Ich beobachtete aus dem Augenwinkel die Leute auf der Tanzfläche. Eine wogende Masse. Bei jedem neuen Westsong kreischten die Mädchen und johlten die Jungs.
»Jeder Westsong ein Sieg!«, schrie Hans und hob sein Glas. Wir stießen noch einmal an und kippten dann den letzten Rest Wodka auf ex.
Dann mischte ich mich unter die Tanzenden, und bald hatte ich Florian und die anderen aus den Augen verloren. Den Kopf frei machen, nur noch Körper sein und mich von der Musik mitreißen lassen, wie tat mir das gut!
Wie lange war es her, dass wir in einer Disko gewesen waren? Waren wir denn so seriös geworden, dass wir vor lauter Lernen fürs Studium und Aktionenplanen nicht mehr dazu kamen, uns zu vergnügen?
Ich spürte eine Berührung am Arm. Ein Seitenblick … Hans. Lachend hielt er mir seine Zigarettenschachtel hin. Ich winkte ab. Daraufhin fing er auch zu tanzen an, ahmte mein Schulterwiegen und die Hüftschwünge nach.
Ich überließ mich ganz der Musik, genoss die fließenden Bewegungen und dachte an gar nichts. Auch nicht, als der Plattenaufleger ein langsameres Stück wählte und Hans mich um die Taille fasste und an sich zog. In meinem Kopf war es so neblig wie in dem rauchgeschwängerten Saal.
Hans flüsterte mir etwas zu, das ich nicht verstand. Die Lichter flackerten in Dunkelblau und Rot, und die tiefe Stimme des Sängers verursachte mir ein angenehmes Bauchkribbeln. Mehrmals gerieten wir aus dem Gleichgewicht, weil Hans Schwierigkeiten mit dem Rhythmus hatte. Oder ich, keine Ahnung. Dann war das Lied zu Ende, aber er ließ mich nicht los, sondern schaute mir in die Augen, und plötzlich küsste er mich.
Es durchzuckte mich wie ein Stromschlag.

Urplötzlich erwachte ich aus meiner Halbtrance. Hans' Hand glitt über meinen Po, und er presste sich fest an mich. Wollte mich erneut küssen, aber ich stieß ihn von mir. Was um Himmels willen ...!?

Ich ließ Hans einfach stehen und zwängte mich durch das Gedränge in Richtung Toiletten. Der Plattenaufleger spielte jetzt ein ziemlich rockiges Stück, von dem ich aber nur den Anfang mitbekam. Denn als ich die Tür hinter mir geschlossen hatte, erstarben mit einem Mal alle Geräusche, als hätte ich Wattebäusche in den Ohren.
Das Licht im Toilettenvorraum war so weiß und kalt, dass es in den Augen schmerzte. Ich stellte mich vor einen Spiegel. Meine Haut war fleckig, die Augen verschattet, die Haare hingen strähnig ums Gesicht. Außerdem stank ich nach Zigarettenrauch.
Rasch drehte ich den Hahn auf und hielt meine Hände, zur Schale geformt, darunter.
Kaltes Wasser ins Gesicht, das erfrischte, doch als ich wieder in den Spiegel schaute, sah ich kaum besser aus.
Was hatte dieser Kuss nun zu bedeuten? Nichts vermutlich. Der Wodka ... mir war, als drehte sich in meinem Kopf ein Kreisel, der mit seiner Spitze die Gedanken ankratzte und immer wieder gegen die Schädelinnenseite schrammte. Ich schloss die Augen, aber weil mir schwindlig wurde, machte ich sie rasch wieder auf. Über das schmuddelige Waschbecken gebeugt, lehnte ich die Stirn an den Spiegel, um mein Abbild nicht mehr sehen zu müssen.
Ich würde jetzt zurückgehen und so tun, als wäre nichts vorgefallen. Nichts. Gar nichts.
Beim Verlassen der Toilette holte ich tief Luft, wie um unter Wasser zu tauchen. Weg waren die Wattebäusche in den Ohren,

und es dauerte ein paar Sekunden, bis meine Augen den Wechsel vom Hellen ins Halbdunkel geschafft hatten.
Gerade war ein Stück zu Ende und die Tänzer johlten begeistert, als ein neues einsetzte. Da flog plötzlich die Tür der Herrentoilette auf, und ich musste zur Seite springen, um nicht von ihr getroffen zu werden. Ich war drauf und dran loszuschimpfen, da sah ich, wer herauskam.
»Andreas!«, wollte ich rufen, hielt mich aber gerade noch rechtzeitig zurück. Denn er war in Begleitung von zwei Männern. Sie nahmen ihn in die Mitte. Keiner der beiden sagte etwas oder fasste ihn gar an. Aber sie zogen die Schultern hoch, als empfänden sie die laute Musik wie Hagel, der auf sie niederprasselte. Ohne mich anzusehen, ging Andreas mit den beiden zum Ausgang.
Ich schaute rasch zur Tanzfläche hinüber, konnte aber keinen von den anderen entdecken.
Was hatte das zu bedeuten? Wer waren diese Männer? Ohne groß zu überlegen, folgte ich ihnen.
An der Tür blieb ich stehen und sah, wie sie durch den Regen zu einem Auto gingen, das auf der anderen Straßenseite halb auf dem Bürgersteig parkte. Noch ehe sie dort waren, wurde der Motor angelassen, und die Scheinwerfer leuchteten auf. Der eine Mann stieg vorn ein, der andere schob Andreas auf die Rückbank und nahm neben ihm Platz.
Wie vor den Kopf geschlagen stand ich da, auch noch, als das Auto um die Ecke gebogen und nicht mehr zu sehen war. Erst als die feuchte Kälte mich frösteln ließ, raffte ich mich auf, ging zurück und bahnte mir einen Weg zu unserem Tisch, wo Hans mit Florian zusammensaß.
»Andreas!«, rief ich aufgeregt. »Er ist mit zwei fremden Männern weggegangen!« Es hörte sich irgendwie dumm an, aber ich wusste nicht, wie ich es anders hätte ausdrücken können.

»Wie bitte?« Florian legte die Hand ans Ohr, und auch Hans guckte, als hätte er mich nicht verstanden.
»An-dre-as!«, wiederholte ich mit übertriebenen Mundbewegungen. »Mit zwei Män-nern weg-ge-gan-gen!« Und ich deutete zum Ausgang.
Weil sie noch immer nicht zu verstehen schienen, packte ich Florian kurzerhand am Ärmel und zog ihn mit. Hans wird schon nachkommen, dachte ich.
Es regnete nicht mehr so stark wie vorhin. Das Neonschild mit dem Namen der Disko flackerte leicht, und ich meinte sogar, es summen zu hören, bis Florian fragte, was ich hier draußen eigentlich wolle.
»Vorhin beim Frischmachen habe ich Andreas gesehen. Er kam aus der Herrentoilette, zwei Männer waren bei ihm.« Und ich erzählte, was ich auf der Straße beobachtet hatte.
»Hat er sich gewehrt?«
Ich schüttelte den Kopf.
»Haben sie was gesagt?« Die Frage kam von Hans, der uns gefolgt war. Er war, wie es mir schien, wieder völlig nüchtern.
»Nein.«
Wir standen nebeneinander und schauten durch den aufziehenden Nebel zum Ende der Straße, wo vorhin das Auto verschwunden war. Schließlich sprach Florian unser aller Befürchtung aus: »Stasi.«
»Wie konnten die wissen, dass er hier war?« Hans schob die Hände in die Hosentaschen.
»Und vor allem: Was wissen sie noch?«, überlegte Florian laut.
Wir sahen einander an und dachten alle drei dasselbe: die neuen Flugblätter. Sie lagen für unsere Aktion bereit, und zwar ... bei Andreas!

Wir brauchten gut eine halbe Stunde bis zu Andreas' Wohnung. Aber wie sollten wir ohne Schlüssel hineinkommen? Insgeheim hoffte ich, er würde zu Hause sein, uns eine plausible Erklärung für sein plötzliches Verschwinden mit den Männern geben und über unsere Sorgen lachend den Kopf schütteln.
Vor dem Haus blieb ich stehen und zählte rasch die Stockwerke ab, um festzustellen, ob bei ihm Licht brannte, aber ich war so nervös, dass ich mich in einem fort vertat. Hans und Florian standen bereits an der Tür.
»Marthe, komm!«
Zu meinem Erstaunen zog Hans einen Schlüssel aus der Tasche und schloss auf.
»Andreas hat mir seinen Reserveschlüssel gegeben«, sagte er flüchtig, als täte das nichts zur Sache. »Für den Fall des Falles.«
Den Fall des Falles? Was hatte das ... mir blieb keine Zeit, den Gedanken zu Ende zu denken, geschweige denn, ihn auszusprechen, denn Florian und Hans waren bereits im Flur und schickten sich an, die Treppe hinaufzugehen. Das Summen der Treppenhausbeleuchtung dröhnte mir in den Ohren.
Dann standen wir vor Andreas' Tür. Mit einem Mal wurde mir siedend heiß, und mein Herz klopfte bis in die Nasenspitze. Wenn diese Männer nun in der Wohnung waren? Wenn sie ... Wir waren leichtsinnig gewesen, hätten nicht direkt hierherkommen dürfen. Es könnte ja sein, dass das Haus überwacht wurde. Hans steckte den Schlüssel ins Schloss, warf Florian, der ihm gegenüberstand, einen Blick zu, und als der nickte, drehte er ihn. Vielleicht wäre es besser gewesen, unten zu klingeln, schoss es mir durch den Kopf. Vielleicht hatte Andreas mit den Männern schlicht etwas zu besprechen gehabt oder ihnen etwas geben wollen, das bei ihm zu Hause lag.
Ganz langsam, wie in einer Zeitlupen-Filmszene, drückte Hans

die Klinke und öffnete geräuschlos die Tür. Er und Florian betraten die dunkle Wohnung, und ich folgte ihnen, weil ich mich nicht traute, draußen stehen zu bleiben.
Vom Treppenflur fiel etwas Licht herein.
Anscheinend war niemand da.
Ich zog die Tür hinter mir zu, und Florian knipste die Deckenlampe an.
Wir sahen es mit einem Blick: Jemand war hier gewesen. Auch wenn das Bettzeug nicht auf dem Boden lag, die Matratze nicht herausgerissen war und keine Schubladen und Türen offen standen. Aber der Elektroheizer befand sich nicht an seinem Platz unterm Fenster, und die Tapete dahinter war abgetrennt. Die Flugblätter waren weg. Ebenso die Schreibmaschine, die auf dem kleinen Kühlschrank gestanden hatte. Mir war, als täte sich der Boden unter mir auf, als stürzte ich in eine unendliche Tiefe.
»Wir sind zu spät gekommen«, stellte Hans überflüssigerweise fest.
»Meinst du, man kann uns irgendwie mit den Flugblättern in Verbindung bringen?«, fragte Florian.
Hans überlegte.
Andreas selbst kann es ihnen sagen, dachte ich, behielt die Befürchtung aber für mich.
»Besser, wir gehen«, meinte Florian. »Zu retten ist ohnehin nichts mehr.«
Ich trat ans Fenster und schaute zu uns hinüber. Brannte da Licht in Florians und meinem Zimmer? Ach nein, sicherlich eine Täuschung – ich hatte nicht den Nerv, jetzt Stockwerke zu zählen. Ich wollte nur noch weg, so schnell wie möglich weg. Nach Hause, in die warme, vertraute Wohnung, wo es keine Tapetenverstecke für Flugblätter gab, wo ich mich einigeln konnte und nicht mehr über diesen Vorfall nachgrübeln musste.

»Vielleicht hat Andreas sie selber verschwinden lassen, weil er etwas geahnt hat«, meinte Hans lahm.
Aber an dieses Vielleicht glaubte ich nicht.

SECHZEHN

Zu fünft saßen wir ins Hans' Zimmer, jeder auf seinem angestammten Platz. Aber Dagmar ließ diesmal keine Musik laufen und schmiegte sich auch nicht an Bernd. Alle starrten vor sich hin, keiner sagte ein Wort. Dabei hätte es eine Menge zu besprechen gegeben. Besser gesagt, zu spekulieren: über Andreas' mysteriöses Verschwinden mit den zwei Männern und darüber, was nun werden sollte.
Im Kopf wälzte ich unablässig die Fragen, die keiner zu stellen wagte. Die erste und wichtigste Frage war bereits beantwortet. Stasi? Wer sonst! Aber war Andreas freiwillig mit den Männern gegangen oder hatten sie ihn gezwungen? War er Opfer eines Verrats geworden oder selbst ein Verräter? Und falls Ersteres zutraf, würde er dann unsere Namen nennen, wenn sie ihn verhörten? Nein, das konnte ich mir nicht vorstellen. Ich hatte ihm erst nicht über den Weg getraut, aber dass er uns bespitzelt hatte, glaubte ich nicht. Blieb nur die Möglichkeit, dass er verraten worden war. Aber von wem? Ich blickte in die Runde. Nur *wir* wussten von den Flugblättern.
Das heißt … Paul natürlich auch. Er war heute nicht da, wurde von uns aber stets auf dem Laufenden gehalten. Sein Vater war in der Partei … was wusste ich sonst noch über ihn? Dass seine Arbeit als Grenzer ihm verhasst war, dass er das System, dem er

in Uniform diente, verachtete und damit im Grunde sich selbst.
Nein, Paul war kein Verräter.
Mein Blick blieb an Dagmar hängen. War sie wirklich das oberflächliche Dummchen, das sie zu sein vorgab? Warum kam sie zu fast jedem unserer Treffen, obwohl sie sich überhaupt nicht für die gemeinsame Lektüre interessierte? Eigentlich wusste ich kaum etwas über sie, wurde mir klar. Und Letzteres galt auch für Bernd. Den Jedermannsfreund, der zu allen gleich freundlich war, den man auf Anhieb sympathisch fand und der einen schnell für sich einnehmen konnte, sodass man geneigt war, ihm vertrauliche Dinge zu erzählen.
»Ich schlage vor, wir machen eine Pause«, sagte Hans in meine Gedanken hinein. Aller Augen richteten sich auf ihn. »Uns bleibt nichts anderes übrig als abzuwarten«, fuhr er fort. »Und vor allem müssen wir unterm Radar bleiben. Keine Aktionen mehr. Und auch keine Leseklubtreffen.« Seine Stimme klang fest wie immer, als hätte er alles unter Kontrolle.
War Hans etwa der Verräter? Hatte er unsere Aktion, an der er selbst beteiligt war, der Stasi gemeldet? Durch ihn war Andreas zu uns gestoßen, die beiden kannten sich aus Rostock ... hatten sie vielleicht in der Vergangenheit einen Zwist gehabt, und das Ganze war ein Racheakt? Nein, das konnte ich mir nicht vorstellen.
Aber wer war es dann?
Ich dachte an Hans und Sophie Scholl. Kein wirklich tröstlicher Gedanke, denn mit ihrer Gruppe war es schlecht ausgegangen.
Unsere Euphorie von gestern war jedenfalls komplett verflogen.
Es war naiv gewesen zu glauben, wir könnten etwas bewirken.
Am längeren Hebel saßen andere.
Ob Andreas' Verschwinden eine Folge von Florians Referat war?
Aber dann wäre es logischer, sie hätten Florian geholt ... Bei die-

ser Vorstellung legte sich förmlich eine Zentnerlast auf meinen Magen, und mir wurde eiskalt. Florian zu verlieren wäre für mich die Katastrophe schlechthin.
»Vernichtet zu Hause alles, was mit dem Leseklub und unseren Flugblättern zu tun hat: Zettel mit Notizen, Textentwürfe, was auch immer. Wir müssen auf Nummer sicher gehen und zugleich auf das Schlimmste vorbereitet sein.« Hans hörte sich an wie ein japanischer General, der seine Kamikazepiloten losschickt.
»Wir sollten aber auch nicht überreagieren«, wandte ich ein. Er tat ja gerade, als wären wir bereits Todeskandidaten. Aber so war es nicht. Wir waren *nicht* die Weiße Rose, und wir lebten *nicht* im Nationalsozialismus – wir machten uns mehr Angst als nötig. »Lasst uns einfach eine Weile mit unseren Treffen aussetzen, und dann sehen wir weiter.« Ich stand auf. »Bis morgen Mittag in der Mensa.«
Nach diesen Worten nahm ich meine Tasche und die Jacke und ging zur Tür.
»Warte, ich komme mit!« Florian stand ebenfalls auf, und auch die anderen machten Anstalten aufzubrechen.
Auf dem Nachhauseweg spürte ich noch immer den Druck auf dem Magen. Florian ging neben mir her, schweigend, in sich gekehrt und die Hände in den Taschen vergraben.

Zu Hause trafen wir Mutter am Wohnzimmerfenster stehend an. Vater war nicht da.
»Warum steht die Stasi vor unserem Haus?«, empfing sie uns. »Warum wird die Wohnung schon den ganzen Tag observiert? Was wollen die von uns?«
»Wieso von uns? Bestimmt geht es um einen Nachbarn«, sagte Florian leichthin.
»Verkauf mich nicht für dumm!«, fuhr Mutter ihn an. »Die

schauen mit dem Fernglas *hier* zum Fenster hoch! Ist doch klar, was das zu bedeuten hat!«

Ihre heftige Reaktion erschreckte mich.

»Was habt ihr angestellt?« Sie musterte uns nacheinander.

Ich schaute aus dem Augenwinkel zu Florian, was ihr sicherlich auffiel, aber ich musste wissen, wie er die Sache sah. Ich selbst hätte Mutter gern alles erzählt, war ich mir doch sicher, dass sie es verstehen würde. Doch je weniger Leute Bescheid wussten, desto besser. Wer nichts wusste, dem konnte auch nichts zur Last gelegt werden. Und Mutter hatte nach Julians Flucht schon genug Schwierigkeiten gehabt.

»Sagt schon: Was ist los?«

»Wir haben nichts angestellt«, sagte Florian. »Wir nicht ... aber ein Freund von uns ist verhaftet worden.«

»Und darum werdet *ihr* beobachtet?« Sie zog die Augenbrauen hoch.

»Wir waren zusammen in einem Leseklub.«

»In was für einem Leseklub?«

»Einem, in dem verbotene Bücher gelesen werden.« Ich hatte die Geheimniskrämerei satt, und vor allem wollte ich Mutter nicht belügen. »Wir lesen die Bücher und tauschen unsere Meinungen dazu aus. Und wir wollen selber bestimmen, was wir lesen, nicht nur das, was die Partei erlaubt. Es gibt so viele Schriftsteller, die Wichtiges zu sagen haben, die manches infrage stellen. Wir lesen zum Beispiel Solschenizyn und Orwell und ...«

Mutters Lippen wurden schmal. »Wie könnt ihr bloß!«, presste sie hervor. »Eure Chancen einfach wegwerfen! Wenn ihr wüsstet, was ich dafür getan habe, dass ihr studieren könnt! Dass ihr nicht die Hypothek zu tragen habt, die Julians ...« Sie sprach das Wort nicht aus. »Ich habe, verdammt noch mal, alles dafür gegeben, dass ihr eine Zukunft habt. Und ihr setzt sie leichtfertig aufs Spiel!« Sie steigerte sich in ihren Zorn hinein, wurde immer lauter. »Wenn ihr partout solche Bücher lesen wollt, dann macht das zu Hause in eurem Zimmer. Aber sprecht nicht mit Fremden darüber!«

»Es sind keine Fremden, sondern gute Freunde!«, rief ich empört, fragte mich aber sogleich, ob dem wirklich so war.

»Das tut nichts zur Sache. Man kann keinem trauen, nicht einmal denen, die einem sehr nahestehen. Vor allem denen nicht. Undankbar seid ihr, tretet mit Füßen, was ich ...«

In ihren Augen glitzerten Tränen. Tränen des Kummers oder der Wut?

»Und du!«, herrschte sie plötzlich Florian an. »Was fällt dir ein, so gegen Professor Thelemann ...«

»Woher weißt du das? Aber ich hatte doch recht! Thelemann ist ein ...«

»Recht, recht! Darum geht es nicht! Dieser Thelemann ist ein strammer Parteigänger! Solche Leute provoziert man nicht! Behalte in Gottes Namen für dich, was du denkst! Du siehst ja, was du damit erreicht hast: dass Stasi-Leute vor unserem Haus herumlungern! *Das* hast du erreicht!«

Ich wollte Mutter erzählen, dass Florians Referat auch andere dazu bewogen hatte, ihre Meinung zu äußern, dass Thelemann sprachlos dagestanden hatte, dass ich ungeheuer stolz auf meinen Bruder war ... aber ich brachte es nicht über die Lippen. Weil die Hochstimmung von gestern jetzt vollends in Angst umgeschlagen war.

»Wir wollten es der Weißen Rose nachtun«, sagte Florian kleinlaut. »Anderen die Augen öffnen. Wenn nämlich keiner widerspricht, dann ...«

»Du weißt ja wohl, wie es mit der Weißen Rose ausgegangen ist, oder?«, zeterte Mutter. »Warum willst du unbedingt den Helden markieren? Warum könnt ihr nicht mit dem zufrieden sein, was ihr habt? Oder legt ihr es darauf an umzukommen?« Sie starrte uns an, nacheinander, bestimmt eine Minute lang. Dann wandte sie sich abrupt um, rannte in ihr Mini-Atelier und knallte die Tür hinter sich zu.

Ich schluckte und versuchte mir klarzumachen, was eben passiert war. Mutter dachte über die Partei und das System doch genau wie wir. Warum hatte sie dann kein Verständnis für uns? Warum wollte sie, dass wir uns wie Duckmäuser verhielten? Und vor allem: Was war nach Julians Flucht geschehen, dass sie solche Angst vor der Stasi hatte?

SIEBZEHN

Es war ein ruhiger Abend im Moritz-Eck, nur drei Tische waren besetzt. Ich stand hinter der Theke und machte mich nützlich, indem ich Gläser spülte. Moritz lehnte an der Küchentür und rauchte eine Zigarette. Julia war nirgends zu sehen.

Es war schon reichlich spät, als noch ein Gast hereinkam und meine Hoffnung zunichtemachte, dass wir ein bisschen früher schließen könnten.

Und dann ausgerechnet er!

Wie immer trug er das Karohemd. Ich senkte rasch den Blick zum Spülbecken, denn dass er meinetwegen gekommen war, stand außer Frage.

Er setzte sich an einen Tisch weit weg von den anderen Gästen und schaute kurz in die Karte. Unter den Wimpern hervor sah ich, dass er die Hand hob. Am besten, ich ignorierte ihn und verdrückte mich in die Küche. Aber Moritz hatte es auch gesehen und machte mir ein Handzeichen. So blieb mir nichts anderes übrig, als hinzugehen. Die Augen auf den Bestellblock gerichtet, sagte ich routinemäßig: »Was darf's sein?«

»Hast du ihn gefragt?«

»Wen gefragt? Und was?«

»Deinen Großvater. Ob das Foto in Jawnewitsch gemacht worden ist.«

Der Name des Dorfs genügte, dass ich die Bilder wieder vor mir sah.

»Was willst du eigentlich von mir?«, zischte ich.

»Hast du ihn gefragt oder nicht?«

Ich wollte mich umdrehen und weglaufen, aber das würde mir mit Sicherheit eine Rüge von Moritz eintragen.

»Lass mich damit in Ruhe«, flüsterte ich. »Und sag, was du trinken willst.«

»Einen Kaffee bitte.«

Als ich den Kaffee vor ihn hinstellte, hielt er mich am Handgelenk fest. »Du musst ihn fragen. Bitte!« Seine Stimme klang jetzt nicht mehr drängend, eher flehentlich.

»Warum?«

»Der zweite Mann auf dem Foto ...«

Der zweite Mann? Auf den hatte ich überhaupt nicht geachtet.

»Ich habe ihn nie kennengelernt, aber der Mann ist mein Großvater. Das mit Jawnewitsch habe ich aus einem Buch. Und ich bin mir fast sicher, dass das Bild *dort* entstanden ist. Du musst deinen Großvater danach fragen, bitte! Es ist zu furchtbar, als dass es verschwiegen werden darf. Ich brauche Klarheit ...«

Um seinen Großvater ging es also ... aber warum belästigte er mich damit? »Du hast *in einem Buch* über dieses Massaker gelesen? Und beschuldigst aufgrund dessen meinen Großvater?

Puh!« Ich drehte mich brüsk um und ging zur Theke. Was fiel dem Kerl ein, mich mit solchen Spekulationen zu belästigen? Wenn er Schuldgefühle wegen seines Großvaters hatte, war das sein Problem.

»Exfreund von dir?«, fragte Julia, die inzwischen aufgetaucht war.

»Wie, was?«

Sie nickte zu dem Tisch hin. »Manche wollen einfach nicht kapieren, dass Schluss ist. Ich kenn das. Bleib hart!«

Ich gab keine Antwort.

Der junge Mann schaute her, darum beschäftigte ich mich geflissentlich mit der Kasse. Trink deinen Kaffee und hau ab, dachte ich. Und lass mich in Ruhe mit deinen Familienangelegenheiten. Aber die grauenhaften Bilder waren wieder so präsent wie beim ersten Mal.

ACHTZEHN

Ich war früh aufgestanden. Julia hatte gestern Abend erwähnt, dass es bei Willys Kaufmarkt in Treptow heute Apfelsinen zu kaufen gab. Also nahm ich lange vor Ladenöffnung die U-Bahn. Mit ein bisschen Glück würde ich vielleicht ein ganzes Netz voll ergattern, die könnte ich Opa dann zum Geburtstag schenken.

Das graue Auto, das seit Andreas' Verschwinden immer wieder vor unserem Haus parkte, war auch heute da. Ich hatte mich bemüht, es zu ignorieren. Weil bisher nichts weiter passiert war, hatte die Angst sich in einen Winkel meines Bauchs verzogen, wo sie schlummerte, doch immer wenn ich das Auto sah, regte sie sich ein wenig, um mich daran zu erinnern, dass sie noch da war.

Mutter hatte kein Wort mehr über unsere Auseinandersetzung verloren. Sie war allerdings Florian und mir gegenüber kühl und distanziert. Ein paarmal hatte ich sie am Fenster stehen und mit besorgter Miene auf die Straße hinabschauen sehen.

Willys Kaufmarkt hatte noch zu, als ich ankam. Trotz seines bombastischen Namens war es ein eher kleiner Laden. Ich war nicht die Einzige, die das Gerücht mit den Apfelsinen gehört hatte: Vor der Ladentür warteten gut zwanzig Frauen mit Einkaufstaschen. So viele! Sollte ich mich anstellen oder lieber verzichten? Als noch ein paar weitere Frauen auftauchten, war die Entscheidung getroffen: Ich stellte mich rasch an.

Manche der Wartenden schienen einander zu kennen und plauderten, aber die meisten hatten ihren Bekannten wohl nichts von der besonderen Gelegenheit verraten.

»Was gibt's hier zu kaufen?«, fragte eine Passantin die Frau vor mir. Die zuckte nur mit den Schultern – vermutlich machte sie es wie viele und stellte sich einfach an, wenn sie irgendwo eine Schlange sah.

»Apfelsinen«, sagte ich.

Die Gesichter der beiden leuchteten auf.

Ich achtete genau darauf, wer sich hinter mir anstellte, hatte aber nicht den Eindruck, dass sich jemand für mich interessierte. Und auf der anderen Straßenseite hatte kein Auto angehalten. Für eine kleine Weile war ich der Dauerbeschattung entkommen.

Ich musste an Andreas denken und wo er jetzt wohl war. Ob er vielleicht doch mit der Stasi kooperiert hatte? Ich versuchte, mich an alle Gelegenheiten zu erinnern, bei denen er mit von der Partie gewesen war. Seine neugierigen Fragen in der Mensa fielen mir ein, seine übertriebene Begeisterung für Florians Plan und die Art und Weise, wie er unseren Klub für sich einnahm – alles Dinge, die ihn irgendwie verdächtig machten.

Dann aber dachte ich an die Nacht, in der wir zusammen Flugblätter verteilt hatten und die mein Misstrauen hatte schwinden lassen.

Falls Andreas integer war, musste jemand vom Leseklub ihn angeschwärzt haben. Aber wer? Und warum ihn? Warum nicht Florian? Oder Hans?

Hans … hmmm … mir kam ein ganz neuer Gedanke: Die zweite Aktion war hauptsächlich von Andreas vorbereitet worden. Er hatte die Flugblätter auf seiner Schreibmaschine getippt, und bei ihm, in seinem Zimmer, war das Tapetenversteck gewesen. Hatte Hans etwa befürchtet, Andreas könne zu großen Einfluss auf unsere Gruppe gewinnen, insbesondere auf Florian, und ihn selbst ausbooten?

Ehe ich weiter überlegen konnte, kam Bewegung in die Schlange. Die Frauen fassten ihre Taschen fester, schlossen dichter auf und machten sich bereit für den Ansturm. Ich schaute auf meine Armbanduhr – es würde noch mindestens fünf Minuten dauern, bis der Laden öffnete.

»Marthe!«, klang es plötzlich. Ich drehte mich um und war erst einmal sprachlos. Denn schräg hinter mir stand Hans. Mit zerzausten Haaren und müden Augen.

»Was machst du hier? Und wie konntest du wissen, wo ich bin?«

»Deine Mutter …« Er brach ab, als spielte es keine große Rolle, wie er mich gefunden hatte.

»Ich muss dir was erzählen!« Sein Blick flackerte.

Mich überkam eine innere Anspannung. »Ich bin gleich wieder da«, murmelte ich der Frau hinter mir zu und zerrte Hans ein wenig abseits.

»Du warst es also! Du hast es getan!«, fuhr ich ihn so leise wie möglich an. Unfassbar, dass er einfach hier auftauchte, um mir das zu sagen.
»Wie? Was soll ich gewesen sein? Ich hab nichts getan.« Er schaute rasch über die Schulter zu den Frauen in der Schlange. »Ich hab keinen angeschwärzt, falls du das meinst«, zischte er.
»Wer soll es dann gewesen sein? Die haben doch von den Flugblättern gewusst!« Ich dachte an Mutters Worte: *Man kann keinem trauen, nicht einmal denen, die einem sehr nahestehen. Vor allem denen nicht.* »Jemand muss ihn doch verraten haben. Außer dir wussten nur Bernd, Dagmar, Paul, Florian und ich von der Aktion.« Das war eine glatte Beschuldigung, obwohl ich genau das hatte vermeiden wollen.
Hans kniff die Augen zu Schlitzen zusammen: »Es könnte doch auch Bernd gewesen sein.«
Eine der Frauen in der Schlange reckte den Kopf, um besser zu hören, was wir sagten. Wir sollten woanders weiterreden, aber ich wollte meinen Platz in der Schlange nicht aufgeben.
»Florian kommt genauso gut infrage«, fügte Hans giftig hinzu. »Und du auch. Dein lieber Bruder hat dir doch garantiert gesagt, wo die Flugblätter versteckt waren. Und Andreas wohnt ja gegenüber von euch, ihr müsstet ihm eigentlich ins Fenster gucken können.«
Mir war, als bohrte sich ein spitzer Stachel in meine Brust.
»So was traust du uns zu?« Ich konnte nicht fassen, was er da gesagt hatte. Ich selbst hatte Hans immer vertraut. Auch damals, als er Andreas in den Leseklub brachte. »Glaubst du wirklich, Florian oder ich wären dazu imstande?«
»Nein ... Aber warum verdächtigst du mich? Verdammt noch mal, Marthe, du wirfst mir vor, ich hätte meine Freunde bei der Stasi denunziert!«

Eine weitere Frau aus der Schlange drehte uns den Kopf zu. Hans sagte nichts mehr. Und ich senkte seufzend den Blick.
»Genau das wollen die doch«, sagte ich leise. »Uns gegeneinander aufhetzen. So zerstören sie unsere Gruppe von innen heraus.«
»Ich glaube, ehrlich gesagt, nicht, dass Andreas denunziert worden ist«, sagte Hans, nun auch leiser. »Und um dir das zu erzählen, bin ich hier: Er ist nämlich Westler.«
Mit einem Mal war es, als verschwänden alle Geräusche, Farben und Bewegungen. Ich sah nur noch Hans' Augen, und seine letzten Worte hallten als Echo durch den leeren Raum, auf den die Welt zusammengeschrumpft war.
Die Schlange bewegte sich auf einmal ein Stück vorwärts. Ich war schlagartig wieder im Hier und Jetzt und machte zwei, drei Schritte auf die Ladentür zu.
»Wahrscheinlich hatte die Stasi ihn schon länger im Visier«, flüsterte Hans.
»Er stammt also gar nicht aus Rostock?« Was für Lügen hatte Hans sonst noch erzählt?
»Nein. Aus Hamburg.«
Also hatte er die Jeans im Westen gekauft und nicht von einem Vetter mitbringen lassen.
Wieder bewegte sich die Schlange, denn Willy hatte seine Ladentür weit geöffnet, und es drängte alle, möglichst nah an die begehrten Südfrüchte heranzukommen. Eine Frau fing sogar zu schubsen an.
»Warum hast du ihn dann in unsere Gruppe eingeschleust? Wenn du gewusst hast, dass er Westdeutscher ist!«, fauchte ich Hans an. »Damit hast du uns alle in Gefahr gebracht! Du bist schuld, dass es so gekommen ist!« Unversehens war ich immer lauter geworden.
»Nun hör doch mal zu, Marthe«, sagte Hans mit gedämpfter

Stimme. »Andreas ist Journalist und arbeitet für den *Spiegel*. Er wollte einen Artikel über uns schreiben. Und es ist doch in unserem Interesse, dass bekannt wird, wie wir denken. Nicht nur hier, auch drüben.«

Wieder ging die Schlange ein Stück voran.

»Aber du … du hast uns …«

»Wenn man etwas verändern will, muss man Risiken eingehen«, zitierte er Florian. »Kalkulierte Risiken. So wie die Sache mit den Flugblättern. Ich dachte immer, das wäre auch deine Überzeugung.«

Ich gab keine Antwort, starrte vor mich hin und ging automatisch ein paar Schritte, als die Schlange erneut in Bewegung kam. Hoffentlich waren noch Apfelsinen da, wenn ich mich wieder in die Reihe stellte.

Am liebsten hätte ich Hans weggeschickt und ihn samt seinen Worten aus meiner Erinnerung verbannt. Ob es wirklich stimmte, was er behauptet hatte? Wollte tatsächlich ein Journalist vom *Spiegel* über uns schreiben? Oder war das eine Lüge, die Hans mir im Auftrag der Stasi auftischte?

»Verflucht!« Er zuckte zusammen und schaute sich panisch um, als suchte er eine Fluchtmöglichkeit.

Von der anderen Straßenseite her steuerte ein Mann auf den Kaufmarkt zu. Ohne Einkaufstasche und ganz offensichtlich nicht mit der Absicht, sich anzustellen.

Ich fasste nach Hans' Ärmel. »Bleib ganz ruhig!«, flüsterte ich. Jetzt davonrennen würde nur Verdacht erregen. Aber er lief bereits los. Ich sah noch, wie er in einer Seitenstraße verschwand. Um nicht so auffällig herumzustehen, versuchte ich, meinen Platz in der Schlange wieder einzunehmen.

»Guten Tag.«

Ich wandte mich um. Der Mann stand jetzt neben mir.

»Entschuldigen Sie: Darf ich Sie bitten, sich auszuweisen?« Er drückte sich überhöflich aus und hielt mir wie beiläufig etwas hin, einen Dienstausweis wohl, steckte ihn aber so schnell wieder weg, dass ich nichts lesen konnte. Aber ich wusste auch so Bescheid: Stasi.

Ich kramte meinen Personalausweis hervor.

Er schlug ihn auf.

Inzwischen war vor mir eine Lücke entstanden, und ich hätte weitergehen müssen. Aber solange der Mann mit meinem Ausweis beschäftigt war, traute ich mich nicht. Die Frau hinter mir seufzte genervt und murmelte etwas – zum Glück – Unverständliches.

Der Mann blätterte seelenruhig meinen Ausweis durch, obwohl nach den Angaben zur Person alle Seiten leer waren, weil ich noch nie im Ausland gewesen war.

»Treten Sie bitte ein wenig zur Seite«, sagte er dann ohne aufzusehen.

Ich schaute zur nahen Ladentür, wagte aber keinen Widerspruch und trat aus der Reihe. Der Mann winkte mich ein paar Meter weiter.

»Mit wem haben Sie vorhin gesprochen?« Jetzt sah er mir ins Gesicht. Mattblaue Augen, und der Blick irgendwie starr, als wäre er in Gedanken ganz woanders.

»Mit wem haben Sie vorhin gesprochen?«, wiederholte er monoton wie ein Sprechautomat.

Ich überlegte.

War es Verrat, wenn ich Hans' Namen nannte? Aber schließlich hatten wir ja nichts verbrochen. Hatte jemand in der Schlange vielleicht doch Einzelheiten aus unserem Gespräch aufgeschnappt? Oder wusste der Mann bereits, worüber wir geredet hatten?

»Ein Freund«, sagte ich, bevor er die Frage zum dritten Mal stellen konnte.
»Und warum ist Ihr Freund plötzlich davongelaufen?«
»Weil ihm eingefallen ist, dass er einen Termin hat«, sagte ich, ohne mit der Wimper zu zucken.
»Was für einen Termin?«
»Das hat er mir nicht gesagt.«
Er musterte mich eingehend. Natürlich hatte er gemerkt, dass ich log. Und entweder wusste er bereits, wer »mein Freund« war, oder es war ihm egal. Denn er fragte nicht weiter, sondern gab mir meinen Ausweis zurück und sagte: »Schönen Tag noch, Fräulein Lentz.«
Wie betäubt stand ich da, starrte ihm nach. Erst als er um die Straßenecke gebogen war, wandte ich mich wieder um. Die Frau, die in der Schlange hinter mir gestanden hatte, schaute demonstrativ weg – sie würde mich nicht mehr vorlassen.
Eine kleine Weile wartete ich noch, ob Hans wiederkommen würde. Aber er kam nicht. Dann machte ich mich auf den Nachhauseweg, die Einkaufstasche so leer wie mein Kopf.

NEUNZEHN

Ich lehnte mein Rad an die Hauswand und klingelte. Oben streckte Oma den Kopf aus dem Fenster. Ich trat ein paar Schritte zurück, damit sie mich sehen konnte. Sie verschwand kurz, und gleich darauf warf sie ein schwarzes Beutelchen herunter. Ich holte den Schlüssel heraus, sperrte die Tür auf und betrat den düsteren Hausflur.

Oma und Opa wohnten im vierten Stock einer der alten Mietskasernen, die im Zweiten Weltkrieg stehen geblieben waren. Die Ausstattung der Wohnungen war noch vorkriegsmäßig – ohne Zentralheizung und mit Toilette auf halber Treppe.
Oben stand Oma bereits in der Tür.
»Ich hab schon ein bisschen was vorbereitet.« Sie führte mich ins Wohnzimmer und steuerte auf das Büfett zu, in dem sie nicht nur ihr gutes Service, sondern auch allerhand Kram aufbewahrte.
»Da sind Fotos von früher drin.« Sie holte ein Holzkästchen heraus, stellte es auf den Esstisch und nahm den Deckel herunter. Es enthielt jede Menge Schwarz-Weiß-Fotos, kleinformatig und mit gezackten weißen Rändern. »Und im obersten Fach sind noch mehr Fotos. Von den Kindern, als sie klein waren.« Oma wollte nach der Schachtel greifen, reichte aber nicht heran, weil sie weit hinten stand.
Ich stellte meine Einkaufstasche ab und nahm sie heraus.
»Ich schau mal, was ich davon gebrauchen kann.«
Sie lächelte mir verschwörerisch zu und tätschelte meinen Arm. »Opa wird sich freuen, ganz bestimmt! Schau alles in Ruhe durch, ich setze in der Zwischenzeit Kaffee auf.« Und sie ging in die Küche.
Ich wandte mich dem Büfett zu. Eine Blechdose enthielt Weihnachtskarten, jahresweise mit Bändchen zusammengefasst. In einer flachen Schachtel fand ich Schulzeugnisse. Von Mutter, von Onkel Rolf, Onkel Julian und Tante Franziska. Ich nahm die von Julian zur Hand und sah sie durch. Ziemlich gute Noten. Aber unter »Betragen« in gestochen scharfer Füllerschrift mehrfach die Bemerkung, er schwatze zu viel und könne nicht stillsitzen. Ich versuchte, mir ein Bild von dem Schuljungen zu machen, dessen Zeugnisse ich vor mir hatte. In Werken und Sport hatte er fast immer eine Eins gehabt, in Geografie dagegen nur eine Drei.

Ganz einfach wird es nicht, ein Album für Opa zusammenzustellen, dachte ich. Julian zum Beispiel darf nicht darin vorkommen oder allenfalls am Rande.

Ich legte die Zeugnisse wieder zurück, holte eine andere Schachtel hervor, auf der »Briefe« stand, und griff ein paar heraus. Sie waren, anders als die Weihnachtskarten, nicht chronologisch geordnet. »24. August 1942« las ich auf einem Poststempel. *Im Jahr danach war er an der Ostfront,* hörte ich den Studenten flüstern. Ich fuhr herum, aber da war natürlich niemand.

Ob sich in den Briefen ein Hinweis darauf fand, dass die Geschichte mit dem Dorf Jawnewitsch stimmte? Womöglich steckte in einem der Umschläge ein Foto ...

»Na, Kind, ist was dabei?«, rief Oma aus der Küche.

Ich erschrak so, dass ich die Briefe um ein Haar hätte fallen lassen.

»Ja, ziemlich viel sogar!«, rief ich. Hastig packte ich sämtliche Briefe in meine Einkaufstasche und stellte die leere Schachtel zurück. Dann setzte ich mich an den Tisch und begann, die alten Fotos durchzuschauen. Oma klapperte in der Küche mit Geschirr. Ich hatte ein schlechtes Gewissen, weil ich die Briefe heimlich mitnahm, aber ich wollte sie unbedingt lesen, *musste* sie lesen: zu Hause, in Ruhe.

Oma kam mit einem Tablett herein, darauf zwei Tassen Kaffee und ein Dessertteller mit Keksen. Ich gab mich beschäftigt.

»Was für Bilder hast du da?« Sie schaute mir über die Schulter.

»Ach, die von den Kindern ...« Dann setzte sie sich, holte selbst einen Packen Fotos aus der Schachtel und sah sie durch. Dabei machte sie manchmal »hmmm« oder lachte leise in sich hinein.

»Ach Gott, die Kaninchen ... und schau mal, das ist Rolfi.« Sie hielt mir ein Bild hin. Ein etwa Siebenjähriger hielt mit stolzer Miene einen Fisch am Schwanz in die Höhe.

Oma strich mit dem Finger über das Foto, zärtlich, so wie man ein Kind streichelt. Ich wusste nicht, was ich sagen sollte. Aber da hatte sie das Bild auch schon wieder beiseitegelegt und betrachtete die nächsten, immer wieder etwas vor sich hinmurmelnd.
Auf einmal hielt sie inne, und ihre Augen wurden feucht.
Nachdem sie das Foto in ihrer Hand gut eine Minute angeschaut hatte, legte sie es wortlos vor mich hin.
Es zeigte einen gut aussehenden jungen Mann, neben ihm ein bildhübsches blondes Mädchen mit strahlendem Lächeln und ein Kind mit Rattenschwänzchen. Auf dem Ku'damm aufgenommen, beim Eisessen. Das Kind war ich, und das junge Paar Julian und Heike. Der Ausflug in den Zoologischen Garten …
Warum hatte Oma mir das Bild hingelegt? Sollte ich etwas dazu sagen? Oder besser schweigen. Verlegenheitshalber nippte ich an meinem Kaffee.
»Das kannst du behalten«, sagte Oma leise. »Aber deiner Mutter zeigst du es lieber nicht.« Sie legte ihre Hand auf meine und sah mich an.
»Vielleicht ist das mit dem Erinnerungsalbum doch keine gute Idee«, meinte sie sinnend.
Vermutlich hatte sie recht. Aber wenn sie sich nun dagegen entschied, saß ich in der Klemme, denn irgendwann müsste ich die Briefe ja wieder in den Schrank zurückschmuggeln.
»Aber nein, Opa freut sich bestimmt«, versuchte ich sie zu überzeugen.
»Man sollte die Vergangenheit besser ruhen lassen, weil …«
»Ich bin auch ganz vorsichtig bei der Auswahl«, unterbrach ich sie. »Ins Album kommen nur schöne Erinnerungen.«
Sie seufzte.
Unwillkürlich fragte ich mich, ob es für sie überhaupt schöne Erinnerungen gab. Ob nicht jede einen scharfen Rand hatte, an dem

man sich schneiden konnte. Auf einmal hatte ich das Gefühl, die Frau mir gegenüber kaum zu kennen. Sie war meine Großmutter, ja ... als solche kannte ich sie seit zwanzig Jahren. Aber das war ja nur *eine* Seite von ihr. Was hatte sie früher alles erlebt? Welche Träume als junges Mädchen gehabt? Wie Opa kennengelernt? Was bei der Geburt ihres ersten Kindes empfunden? Welche Ängste im Krieg ausgestanden? Oma als junge Frau ... ich hatte Mühe, mir das vorzustellen. Und Opa kannte ich ebenso wenig, wusste so gut wie nichts über seine Vergangenheit.
»So, allmählich muss ich los.« Ich trank den letzten Schluck Kaffee und stand auf.

Draußen parkte der graue Wagen am Straßenrand. Als ich zu meinem Rad ging, wurde der Motor angelassen. Ich hängte die Tasche an den Lenker und stieg auf.
So schnell ich konnte, fuhr ich nach Hause. Das Auto folgte mir die ganze Zeit. Mich überlief es kalt, so kalt, als würde der Wagen mit seinem Schatten die Sonne verfinstern.

ZWANZIG

Zu Hause ging ich gleich in unser Zimmer. Außer mir war niemand in der Wohnung. Mutter und Vater verbrachten das Wochenende in unserer Datsche. Was mir ganz recht war, denn der Streit mit Mutter schwelte immer noch. Wo Florian steckte, wusste ich nicht.
Ich legte eine Platte von den Puhdys auf und drehte die Lautstärke hoch. Als das erste Stück mit Gitarren und Schlagzeug

einsetzte, ließ ich mich aufs Bett fallen, lehnte den Kopf an die Wand und schloss die Augen. Die Musik, so hoffte ich, würde die Angst in mir übertönen. Ich konzentrierte mich ganz auf die Rhythmen und den Text.

Als das Lied zu Ende war, fühlte ich mich bereit für mein Vorhaben. Auch wenn ich fürchtete, eine schlimme Entdeckung zu machen – ich *musste* mir Gewissheit verschaffen. Sollte der Student mich noch einmal ansprechen, wollte ich ihm eine Antwort geben können. Und dazu musste ich wissen, was Opa gemacht hatte, nachdem er 1941 in Afrika gewesen war und ein Kamel eingefangen hatte.

Ich stand auf und legte die Briefe auf Florians Schreibtisch. Es mochten gut fünfzig sein. Die meisten steckten in weißen Kuverts, die Stempel mit Adlern und Hakenkreuzen trugen, dazwischen fanden sich eilig bekritzelte Zettel. Ich biss mir auf die Lippe. Wenn ich es nur schon hinter mir hätte …

Ich nahm mir den ersten Brief vor, las ein paar Zeilen, steckte ihn wieder in den Umschlag. Holte den nächsten heraus, las ihn aber nicht, griff stattdessen zum übernächsten, vergaß, den vorigen wieder ins richtige Kuvert zu stecken, und faltete ein anderes Blatt auf, ohne einen Blick auf das vorherige zu werfen, suchte hektisch nach bestimmten Wörtern, bestimmten Daten. Die Ortsangaben waren jedoch sehr vage; »Afrika« stand da oder »Ostfront« oder »In Russland« – nirgendwo Jawnewitsch.

Vielleicht sollte ich die Briefe erst einmal sortieren? Ich machte zwei Stapel – Ostfront/Russland und Afrika. Dabei fielen mir geschwärzte Stellen auf. Von der Zensur. Weil Opa vielleicht doch etwas über Jawnewitsch geschrieben hatte? Ob er Oma erzählt hatte, was dort geschehen war – falls die Geschichte des Studenten stimmte? Gab es dieses Jawnewitsch überhaupt?

Ich holte meinen alten Schulatlas aus dem Regal. Im Register fand ich keinen Eintrag, auch keinen ähnlichen Ortsnamen. Vielleicht, weil der Ort zu klein war, der Student hatte ja von einem Dorf gesprochen.

Ich mahnte mich zur Ruhe. Wenn ich weiterhin so unsystematisch vorging, würde ich garantiert etwas übersehen. Aber wollte ich überhaupt fündig werden? Kein Mensch zwang mich, diese Briefe zu lesen, ich könnte sie einfach wieder in die Tasche packen und bei nächster Gelegenheit in Omas Büfett zurücklegen. Der Krieg war schließlich schon über dreißig Jahre her …

Dass die Platte zu Ende war, wurde mir erst bewusst, als die Wohnungstür ins Schloss krachte. Gleich darauf kam Florian in unser Zimmer gestürmt. Völlig außer sich und mit wildem Blick in den Augen. Entgeistert starrte ich ihn an, aber nicht seines Zorns wegen, sondern weil seine Haare geschnitten waren. Das störrische blonde Haar, das ihm bis über den Hemdkragen fiel, war jetzt extrem kurz – wie ein Grenzsoldat sah er aus.

»Was … was ist passiert?«

»Diese verfluchten Arschlöcher haben gesagt, ich würde anders aussehen als auf dem Foto im Ausweis!« Er zerrte seine Brieftasche aus der Jacke und schmiss sie auf den Boden. »Die haben behauptet, dass ich … überhaupt nicht gefragt … gleich zum Friseur … durfte nicht mal …« Er keuchte, und in seiner Aufregung verhaspelte er sich ständig. »Nichts als Schikane, sag ich dir … als ob man auf dem Foto nicht …«

Ich meinte, sogar Tränen der Wut in seinen Augen zu sehen.

Er lief zum Plattenspieler, knallte eine andere Platte auf den Teller und stellte sie an. Die ersten Akkorde von *Satisfaction* von den Rolling Stones dröhnten aus dem Lautsprecher. Florian riss das Fenster sperrangelweit auf und stemmte beide Hände in den Rahmen.

Ich war beinahe versucht zu lächeln. Die ärgste Rebellion, die ihm einfiel: verbotene Musik so laut stellen, dass man sie auf der Straße hörte.
»Florian …« Ich kam nicht gegen die Lautstärke an. Darum stand ich auf, ging zu ihm hin und schlang die Arme um ihn. Er zitterte. Ich legte den Kopf an seinen Rücken, fand aber keine tröstlichen Worte außer einem lapidaren »Nun beruhige dich doch«.
Die Haare lang zu tragen, galt als westlich und dekadent. Inzwischen ließen sich aber so viele junge Männer die Haare wachsen, dass die Obrigkeit es zähneknirschend duldete, es sei denn, man wollte jemanden schikanieren.
Ich hielt Florian so lange fest, bis das Zittern aufhörte und er wieder einigermaßen ruhig atmete.
Als er sich abrupt umdrehte, fürchtete ich schon, er würde mich wegen der Umarmung anfahren. Doch stattdessen küsste er mich auf die Stirn und schob mich dann sanft von sich.
Ich stellte die Musik ab und schloss das Fenster.
Er setzte sich auf seinen Schreibtischstuhl und strich sich mit den Fingern durch das streichholzkurze Haar. »Immer ziehen wir den Kürzeren. Nie, aber auch nie kommt man gegen sie an«, murmelte er bitter.
Dann erst bemerkte er, was auf dem Schreibtisch lag. »Was sind denn das für Briefe?«
Ich gab keine Antwort.
Er nahm ein paar davon zur Hand, betrachtete die Kuverts mit den Hakenkreuzstempeln und begriff. »Von Opa, nicht wahr?«
»Ja, ich will wissen, was damals war.«
»Warum?«
Ich zuckte mit den Schultern. »Vielleicht nur, damit ich nicht mehr dauernd drüber nachgrübeln muss.«

Florian holte einen Brief aus dem Kuvert und las ihn von Anfang bis Ende.
Ich wartete schweigend.
»Und wenn du was findest, was dann?«, fragte er schließlich.
Darauf wusste ich nichts zu sagen.
»Marthe, sehr wahrscheinlich steht in diesen Briefen nichts über Jawnewitsch. Aber das heißt noch lange nicht, dass dieses Massaker nicht passiert ist oder dass Opa nicht dabei war. Es läuft also aufs Gleiche hinaus, ob du sie liest oder nicht.«
Das klang zwar logisch, aber Florian war wohl selbst nicht so recht überzeugt, denn er überflog noch ein paar weitere Briefe, als hoffte er, etwas zu finden, das unseren Großvater freisprach.
Mit einem Mal fühlte ich mich ungeheuer müde. »Lass es.« Ich ging zum Schreibtisch und packte die Briefe wieder in die Tasche.
Dann setzten wir uns ins Wohnzimmer und schauten Westfernsehen – einen alten amerikanischen Film, der hier im Osten nicht gezeigt werden durfte, und Reklame für Produkte, die es bei uns nicht zu kaufen gab.

EINUNDZWANZIG

Ich hatte die Schachtel mit den Fotos in einer Armlänge Abstand vor mich auf den Esstisch im Wohnzimmer gestellt. Davor lag das Album, das ich gekauft hatte, und daneben mein Füller, Klebstoff und Fotoecken. Alles schön ordentlich vorbereitet – ich konnte loslegen.
Eigentlich hatte ich absolut keine Lust, die Büchse der Pandora zu öffnen, in der Vergangenheit herumzustöbern und dabei auf

allerlei Empfindlichkeiten Rücksicht zu nehmen. Aber ich hatte es mit Oma nun einmal so abgesprochen.

Am besten, ich arbeitete mich von der Gegenwart ausgehend zurück.

29. Oktober 1977. Opa wird 70, schrieb ich schwungvoll auf die erste Seite. Dann sah ich die Fotos durch. Diejenigen, die sich eventuell eigneten, legte ich links neben das Album, alle anderen kamen auf einen Stapel rechts davon. Familienfotos aus jüngerer Zeit mit Oma und Opa fand ich keine. Das letzte, auf dem wir alle zu sehen waren, stammte von Florians Jugendweihe. Vierzehn war er damals gewesen. In einem viel zu großen Anzug grinste er breit in die Kamera. Die Großeltern standen hinter ihm, flankiert von unseren Eltern, und ich direkt vor Mutter, deren Hände auf meinen Schultern lagen. Ich blickte allerdings zur Seite, aus dem Bild heraus. Florian hielt das Buch unter dem Arm, das jeder zur Jugendweihe geschenkt bekam. *Weltall Erde Mensch* lautete der Titel, und es enthielt ideologische Auslassungen, verpackt als Allgemeinwissen. Das Exemplar musste noch irgendwo im Regal stehen, ebenso meines, beide ungelesen.

Nach einer Weile fand ich auch das Foto von meiner Jugendweihe – drei Jahre später aufgenommen. Florian, inzwischen siebzehn Jahre alt, stand neben den Eltern hinter mir, wirkte aber nicht abwesend, im Gegenteil, er hielt den Blick stolz auf die kleine Schwester gerichtet, die nun, jedenfalls nach DDR-Norm, erwachsen war.

Ich ließ eine Seite frei für den Fall, dass sich doch noch neuere Bilder fanden, und klebte dann die beiden Jugendweihe-Fotos nebeneinander. *1971 – 1968* schrieb ich darunter.

Dann kamen Fotos von Feiern und Ausflügen, an die ich mich nur vage erinnerte. Ich sah Vater, auf den Spaten gestützt, am Gemüsebeet unserer Datsche. Mutter, die auf dem Rand des Brunnens am Alexanderplatz saß. Sybille auf einem Kinderkarussell. Und noch einmal Sybille, am gleichen Tag aufgenommen, mit einem Bausch Zuckerwatte. Die Großeltern am Ostseestrand. Welche der Fotos waren für Opa wohl mit schönen Erinnerungen verbunden? Und welche mit schmerzlichen? Seufzend ließ ich die Hand mit dem Ostseefoto sinken. Hätte ich mich doch bloß nicht darauf eingelassen!

Ich saß noch immer mit den Fotos am Esstisch, als Mutter den Kopf hereinsteckte und »Hallo« sagte, ehe sie in die Küche weiterging. Ich hörte, wie sie dort die Tasche auspackte und die Einkäufe verstaute.

Nach einer Weile kam sie ins Wohnzimmer, stellte sich auf die andere Seite des Tischs und stützte die Hände auf eine Stuhllehne.

»Wo ist Florian?«, fragte sie.

»Im Hallenbad«, sagte ich schroffer als beabsichtigt. Ich sah ihr an, dass sie noch etwas sagen wollte, widmete mich aber wieder meiner Arbeit.

Sie zog den Stuhl hervor und setzte sich. »Es tut mir leid, Marthe«, kam es schließlich.

Ich schaute auf. Sie hielt den Blick gesenkt und drehte an ihrem Ehering.

»Mir auch«, sagte ich. »Wir wollten ganz bestimmt nicht, dass du dir unseretwegen Sorgen machst.« Ich legte das Foto, das ich gerade in der Hand hielt, auf den Tisch. »Aber was wir tun, tut mir nicht leid. Weil ich davon überzeugt bin, dass sich in unserem Land vieles zum Guten wenden könnte.« Ich schaute ihr in die Augen, gespannt auf ihre Reaktion.

»Warum setzt ihr dafür so viel aufs Spiel?« Ihre Stimme klang resigniert. »Sie können euch alles nehmen, alles. Ich weiß, wovon

ich rede, Marthe. Ruiniert euer Leben nicht! Nutzt lieber die Chancen, die ihr habt. Unser Land braucht keine Märtyrer.« Sie sprach nach wie vor leise, doch mit großer Dringlichkeit.
»Aber der wirkliche Sozialismus ...«
»Ich weiß, ich weiß«, unterbrach sie mich. »Hier läuft einiges nicht so, wie es sollte. Die Partei macht nicht alles richtig. Sie müssten unterschiedliche Meinungen zulassen und das Reiseverbot in den Westen aufheben. Wirtschaftlich gesehen liegt auch manches im Argen, aber daran können wir nichts ändern.«
Ich traute meinen Ohren nicht. War *das* meine Mutter, die Darstellungen des sozialistischen Menschen mit Balken vor den Augen und Handfesseln versah?
»Du meinst also, wir sollten das Unrecht widerspruchslos hinnehmen? Dass ein ganzes Volk politisch mundtot gemacht wird?« Allmählich redete ich mich in Rage. Auch wenn es wieder Streit geben sollte, ich mochte nicht glauben, dass Mutter so passiv war und die Zustände akzeptierte, wie sie waren. »Wer nur zuschaut, macht sich mitschuldig!«
Sie schüttelte seufzend den Kopf. »Wir leben nicht im Nationalsozialismus, Marthe. Und ihr seid nicht die Weiße Rose.«
Ich wollte etwas entgegnen, brachte aber kein Wort heraus.
»Ich kann euch nicht zwingen«, fuhr Mutter fort. »Sondern nur bitten, dass ihr mit diesen Sachen aufhört. Weil ich euch liebe. Und weil ich nicht will, dass ihr eure Zukunft verbaut. Das ist die Sache nicht wert. Die anderen sitzen ja doch am längeren Hebel.«
Mir war nicht mehr nach Protestieren. Sie wollte, dass wir es gut hatten, weil sie uns liebte. Es ging ihr nicht darum, der Partei das Wort zu reden.
»Was machst du da überhaupt?«, wechselte sie das Thema.
»Ein Erinnerungsalbum für Opa.«

Sie nahm ein paar Fotos in die Hand. Schaute sie nacheinander an. Bis ihr Blick an einem davon hängen blieb. Sie ließ die Hand sinken, und ihre Augen verschleierten sich. Ohne dass sie etwas sagte, wusste ich, dass es ein Foto von Julian war.

ZWEIUNDZWANZIG

Opa hatte für Überraschungen nichts übrig, auch nicht für die allerkleinsten. Dass Oma ihn an seinem Geburtstag ins Schlepptau nahm, ohne zu sagen, wohin es ging, ärgerte ihn gewaltig. Seine Laune besserte sich auch nicht, als sie bei uns ankamen und er die Familie versammelt vorfand. Die Krone, die Sybille für ihn gebastelt hatte, wollte er nicht aufsetzen. Oma bemühte sich, sein unwilliges Gegrummel durch besondere Herzlichkeit auszugleichen und seine Gewitterstimmung zu mildern.
Florian und ich tauschten einen raschen Blick – auch wir waren entschlossen, uns den Tag nicht von seiner Übellaunigkeit verderben zu lassen. Oma hatte sich so auf die Feier gefreut, Sybille hatte gebastelt, Mutter sich in der Küche verausgabt und Vater Himmel und Hölle in Bewegung gesetzt, um ein Paar erstklassige Schuhe als Geschenk für ihn aufzutreiben.
Bei Tisch erzählte Sybille von ihrer Klassenfahrt, und wir stellten allerhand Fragen, damit das Gespräch nicht verstummte. Mutter trug die Suppe auf, die Opa schmeckte, und er wurde ein bisschen zugänglicher. Wahrscheinlich dachte er, dass es auch ein stinknormaler Samstagmittag sein könnte.
Die Krone aus Goldpapier lag ungetragen auf dem Sofa, auf das Geburtstagsständchen hatten wir wohlweislich verzichtet, und

Sybille hatte sogar mit Opa den Platz getauscht, sodass sie auf dem girlandenbekränzten Stuhl saß. Das Album befand sich, in Geschenkpapier eingeschlagen, in einer Kommodenschublade. Ich wollte es Opa erst nach dem Essen geben und die Gelegenheit nutzen, ihn zu fragen, was es mit diesem Jawnewitsch auf sich hatte.

Als wir gegessen hatten und Mutter in der Küche Kaffee kochte, ging ich zur Kommode.
»Siebzig Jahre sind eine ganz schön lange Zeit«, begann ich und nahm das Päckchen aus der Lade. »Vielleicht zu lange, als dass man sich noch an alles erinnert. Darum haben wir ein Album für dich zusammengestellt, Opa.« Ohne zu ahnen, welche Erinnerungen ihm lieb waren und welche nicht, hatte ich meine Auswahl getroffen, und nun sollte er das Ding auch haben. Und es war ein guter Auftakt für mein Anliegen.
Oma rückte näher heran, als ich das Geschenk vor Opa hinlegte. Er warf einen Blick darauf, fing aber erst nach einer kleinen Weile mit dem Auspacken an.
Dann legte er das Album vor sich auf den Tisch.
Ob er sich freute? Anzusehen war es ihm nicht ...
Mutter kam mit dem Kaffee und schenkte allen ein.
Opa sah kurz zu mir her.
»Nun guck doch mal rein!« Oma stieß ihn an und schaute über seinen Arm hinweg mit, als er das Album aufschlug.
Ich ließ Opa nicht aus den Augen.
Erst kamen die unverfänglichen Bilder. Mit Sybille, Florian und mir. Danach ging es weiter in die Vergangenheit. Ich biss mir auf die Lippe, als die ersten Fotos aus Mutters Backfischzeit kamen. Dann ein Bild von Rolf. Ein Lächeln huschte über Opas Gesicht – oder bildete ich mir das nur ein?

Mutter wurde auf den Fotos jünger … gleich kamen die Kriegsjahre.
Und da war es. Das Foto, das der Student mir gegeben hatte. Das Opa in Wehrmachtsuniform zeigte. Und das nicht in Afrika entstanden war.

Er schaute es an, aber ohne es richtig wahrzunehmen, wie mir schien. Vielleicht, weil er alle Fotos nur oberflächlich betrachtete, weil er das Album nur der Form halber durchsah und keine Erinnerungen zulassen wollte. Jedenfalls hatte er sich bisher noch zu keinem Bild geäußert. Oma hingegen hatte immer wieder »Ach« und »Oh« gerufen und die Namen der Abgebildeten genannt.
Gerade wollte er die Seite umblättern, da fasste ich über den Tisch und legte den Finger auf das Foto.
»Wo ist das Bild gemacht worden?«
Opa verzog keine Miene. »Das weiß ich nicht mehr. Im Krieg eben.«
»Aber wo genau? Wie Afrika sieht der Hintergrund nicht aus.«
Er zuckte mit den Schultern.
»Könnte Russland sein. Warst du denn auch an der Ostfront?«
Florian trat mir unter dem Tisch ans Schienbein.
»Ich bin im Krieg weit herumgekommen«, sagte Opa. Ruhig und gelassen, aber sein Blick war jetzt stechend. »Woher das Bild ist, weiß ich nicht mehr.«
Ich zögerte. Sollte ich es wagen? Den Namen nennen …
»Gut hast du ausgesehen in deiner Uniform«, sagte Oma, und dann an uns gewandt: »Ja doch, die Uniform hat ihm wirklich gestanden.« Ich durchschaute ihr Manöver: Sie wollte ablenken. Weil auch sie von der Sache wusste?
»Könnte es in Jawnewitsch gewesen sein?« Ich bemühte mich um einen arglosen Tonfall.

Wieder ein Tritt von Florian.
»Jawnewitsch?«, wiederholte Opa. »Sagt mir nichts. Ich hab mir nicht jeden Ortsnamen gemerkt.« Und er blätterte resolut um.
»Ach, schau mal, Gudrun, da bist du!«, rief Oma entzückt.
Aber so leicht wollte ich mich nicht geschlagen geben. »Warum hast du immer nur von Afrika erzählt?« Mein Ton war anklagend, aber das war mir jetzt egal.
»Ich erzähl doch nicht nur von ...«
»Doch! Immer nur diese Kamelgeschichte aus der Wüste! Warum nie von anderen Orten, wo du warst?«
»Weil ich darüber nicht reden will!«, gab Opa scharf zurück. »Du hast ja keine Ahnung, was im Krieg alles passiert ist! Glaubst du, ich hab Lust, immer und immer wieder davon zu reden? Über die Geschichte mit dem Kamel kann man wenigstens ein bisschen lachen. Wer will denn hören, wie meine Kameraden von Granaten zerfetzt wurden? Oder wie ein Mensch schreit, wenn er unter Panzerketten gerät? Das vergisst man sein Lebtag nicht mehr. Oder willst du vielleicht hören, wie ...«
»Es reicht!«, unterbrach Oma plötzlich. Und Florian versuchte, mich zu beschwichtigen: »Lass es gut sein, Marthe.« Aber ich wollte nicht beschwichtigt werden.
»Nein, ich lass es nicht gut sein!«, rief ich. »Warum wird in unserer Familie alles verschwiegen? An nichts darf gerührt werden, niemand sagt je was über früher. Die Vergangenheit begraben, indem ihr nicht drüber sprecht – *das* wollt ihr!«
»Marthe ...«, sagte nun auch Mutter warnend. Aber ich war nicht mehr zu bremsen.
»Was ist mit Julian passiert? Und mit Rolf? Warum darf über sie nicht geredet werden? Warum verbannt ihr eure eigenen Söhne aus der Erinnerung? Was hat Julian so Schreckliches getan, dass er für euch nicht mehr existiert?«

»Marthe!« Wieder Mutter, jetzt lauter.
»Er ist dein Bruder!«, rief ich. »Warum schweigst du ihn tot?«
Sie funkelte mich an, dann traten ihr Tränen in die Augen, und sie presste die Lippen zusammen. Aber sie sagte kein Wort.
»Und du: Warum sagst du uns nicht, was in Jawnewitsch passiert ist?«, wandte ich mich wieder an Opa. »Warum muss ich von einem wildfremden Menschen ...«
»Hör auf, Marthe! Schluss damit!«
Noch nie hatte Oma mich derart angeschrien.
Ich blickte in die Runde. Opa saß regungslos da und fixierte mich, als wollte er mich mit dem Blick durchbohren. Mutter war schockiert. Florian hatte Angst. Und Vater hielt sich heraus, wie immer, wenn es Konflikte gab; schließlich ging es nicht um seine Familie. Von keinem konnte ich Unterstützung erwarten, das stand fest.
»Ich hab die Nase voll! Von eurem ewigen Schweigen und Vergessenwollen!«, rief ich und stand so abrupt auf, dass mein Stuhl umkippte.
Ich rannte aus der Wohnung und knallte die Tür hinter mir zu.

DREIUNDZWANZIG

Draußen lief ich los. Es war so kalt, dass ich rasch bereute, meine Jacke nicht angezogen zu haben. Aus dem Augenwinkel hatte ich gesehen, dass die beiden Männer in dem Stasi-Auto aufmerksam geworden waren, als ich ins Freie stürmte. Aber sie folgten mir nicht, das Auto blieb stehen.
Ich bog um die Ecke und ging bis zu dem Haus, in dem Andreas

wohnte – gewohnt hatte. Dort setzte ich mich auf die Stufen vor dem Eingang.
Ich fragte mich, ob ich nun wütend, enttäuscht oder traurig war. Oder erleichtert, weil ich die Wahrheit nicht erfahren hatte. Ich legte die Arme um die Knie und zupfte an meinem Pulloverärmel herum.
Hatte ich denn nicht das Recht zu wissen, was in meiner Familie passiert war? So weit wie heute war ich allerdings noch nie gegangen. Früher hatte ich öfter einmal Fragen gestellt, aber damit aufgehört, weil mir irgendwann klar wurde, dass die Vergangenheit bei uns tabu war. Weil ich meine Mutter nicht hatte verletzen wollen, hatte ich geschwiegen, und weil ich glaubte, wenn ich erst einmal älter wäre, würde sie von allein darauf zu sprechen kommen. Sich neben mich setzen, den Arm um mich legen und mir erzählen, wie das mit ihren Brüdern gewesen war. Und warum sie so geworden war, wie sie war. Ich hatte gehofft, sie würde mich an dem, was sie bewegte, teilhaben lassen – an ihrer Vergangenheit, die gewissermaßen auch meine war. Ansonsten war es ja, als gehörte ich gar nicht richtig dazu, als traute sie mir nicht.
Ob sie wohl mehr über die Kriegserlebnisse ihres Vaters wusste? Hatte er ihr je von Jawnewitsch erzählt? Oder hatten auch ihre Eltern ihr Dinge verschwiegen?
Ich hatte gewusst, dass Florian mir nachkommen würde, darum wunderte ich mich nicht, als er plötzlich dastand. Wortlos setzte er sich neben mich auf die Stufen. Er hatte meine Jacke mitgebracht und legte sie mir um die Schultern.
Ich rührte mich nicht, sah ihn nicht einmal an. Es brauchte weder Worte noch Blicke – seine Gegenwart war mir genug. Nach einer kleinen Weile lehnte ich den Kopf an seine Schulter, und er schlang den Arm um mich.

Langsam wurde ich ruhiger; es war gerade, als hätte Florian den Sturm von Gefühlen und Gedanken, der in mir wütete, zum Erliegen gebracht.
»Komm, wir gehen zurück.« Er nahm seinen Arm weg und stand auf.
Ich seufzte und stemmte mich hoch. Mir war nicht danach, wieder in die Wohnung zu gehen, wo jeder so tun würde, als wäre nichts gewesen. Das Thema wäre vom Tisch, für alle Zeiten. Und wenn ich noch einmal darauf zurückkäme, würde Mutter mich mit einem vorwurfsvollen Blick zum Schweigen bringen.
»Willst du denn gar nicht wissen, was damals war?«, fragte ich Florian.
»Schon«, sagte er ohne Zögern. »Aber ich frage mich, ob es die Sache wert ist.«
Wir waren gerade an der Hausecke, da tauchte ein Lieferwagen auf.
»Es weckt doch nur schmerzliche Erinnerungen und führt zu Streit. Vielleicht ist es besser, wir erfahren nie, was passiert ist«, fuhr Florian fort.
Der Lieferwagen hielt am Straßenrand an, und zwei Männer stiegen aus.
»Die Wahrheit würden sie uns ohnehin nicht sagen.«
»Nein, die erfahren wir nicht …«, meinte ich resigniert, ohne auf die Männer zu achten, als wir an dem Lieferwagen vorbeigingen.

Plötzlich wurde ich an den Schultern gepackt, und alles war schwarz. Weil man mir eine Art Sack aus dickem dunklem Stoff über den Kopf gestülpt hatte, der mir fast die Luft nahm. Meine Arme wurden auf den Rücken gedreht. Ich hörte Florian rufen, aber so gedämpft, dass ich nichts verstand. Ein Tritt in meine Kniekehlen, und ich wurde über den Bürgersteig geschleift. Zu

Tode erschrocken, war ich unfähig, mich zur Wehr zu setzen. Man stieß mich in den Lieferwagen, dabei schrammte ich mir den Ellbogen an einer Kante.
Ich spürte eine Art Bank unter dem Po. Dann wurde ich losgelassen, und die Tür fiel mit einem Knall zu.
Sofort riss ich den Sack herunter und schnappte nach Luft.
Ich saß im Stockdunkeln. Als ich vorsichtig umhertastete, berührten meine Hände Metall. Vor und hinter mir, rechts und links. Die Bank war so niedrig, dass ich in Kauerstellung sitzen musste. Florian würde hier drin nicht einmal den Kopf heben können. Florian ... Mir stockte der Atem. Was hatten sie mit ihm gemacht? War er etwa auch hier drin? Hatte der Wagen noch so einen Verschlag? Ich lauschte. Nichts ...
Dann wurde der Motor angelassen, und der Wagen fuhr los. Kurz darauf bog er rechts ab. Etwa zehn Sekunden später verlangsamte er, wurde dann wieder schneller und fuhr geradeaus weiter. Kreuzung Koppenstraße? Wenig später ging es nach links und gleich darauf noch einmal nach links. Karl-Marx-Allee? Ich war mir nicht sicher. Nach einer Weile hatte ich vollends die Orientierung verloren, der Wagen bog so oft ab, dass ich den Eindruck hatte, er würde im Kreis fahren. Die Bilder in meinem Kopf begannen zu verschwimmen, Straßen, Kreuzungen, Gebäude, Schilder ... Ich lauschte auf die Geräusche, darauf, wie viel Verkehr um uns herum war, ich versuchte zu erahnen, wie groß die Straße wohl sein mochte, achtete darauf, wie schnell wir fuhren, wie oft der Fahrer das Gas zurücknahm, um abzubiegen oder Vorfahrt zu gewähren. Namen von Straßen, die ich gut kannte, zuckten mir durchs Hirn. Waren wir in der Leninallee? Der Greifswalder Straße? Der Dimitroffstraße? Oder der Normannenstraße? Ging es in Richtung Osten oder Westen oder Norden?

Dass ich keinerlei Vorstellung davon hatte, machte mich völlig fertig. Ich gab auf, lehnte erschöpft den Kopf an den Metallrost vor mir und bemühte mich, meine Atmung unter Kontrolle zu halten, um nicht in Panik zu verfallen. Ruhig atmen, ruhig atmen, sagte ich mir immer wieder, aber das fiel unendlich schwer, weil ich am liebsten geschrien hätte und die Dunkelheit mir Beklemmungen verursachte. Mir war, als bekäme ich mit jedem Atemzug weniger Sauerstoff.

»Florian?« Meine Kehle war ausgetrocknet, die Stimme heiser. »Florian?«, versuchte ich es etwas lauter. Keine Antwort ... nur der Motor und leises Verkehrsrauschen waren zu hören. Hatten sie ihn denn nicht mitgenommen? Alles war so schnell gegangen ...

Ich dachte an die Eltern und Großeltern – sie wunderten sich gewiss, dass wir nicht wiederkamen. Aber vielleicht glaubte Mutter, wir wären zu Hans gegangen oder in eine Kneipe.

Mir war klar, um was für einen Wagen es sich handelte. *Frischfisch* stand darauf, das meinte ich, im Vorbeigehen aus dem Augenwinkel gesehen zu haben.

Aber warum hatte die Stasi uns geholt? Warum? Seit Andreas' Verschwinden hatten wir nichts mehr in Sachen Flugblätter unternommen. Wir waren überwacht worden, ja, aber etwas anderes, als dass wir täglich zur Uni gingen und ich einige Wege machte, die mit Opas Geburtstag zusammenhingen, hatten sie nicht beobachten können.

Weil mir kalt wurde, zog ich die Jacke fester um mich.

Grübeln führte zu nichts; ich musste abwarten, was sie von mir wollten.

Schwer zu sagen, wie lange die Fahrt gedauert hatte. Meinem Gefühl nach Monate, aber vielleicht war es nur eine halbe Stunde

gewesen. Oder eine ganze. Oder eineinhalb … Ich hatte jegliches Zeitgefühl verloren. Waren wir überhaupt noch in Berlin?
Als der Wagen hielt, spitzte ich die Ohren. Ich hörte ein Tor aufgehen, und der Wagen fuhr langsam hindurch. Das Tor wurde hinter uns geschlossen, und es ging im Schneckentempo weiter. Noch ein Tor. Dann wurde der Motor abgestellt, und es war still.
Vorn klappten die Türen, die Männer stiegen offenbar aus. Schritte. Ich setzte mich aufrechter hin. Fest entschlossen, mich nicht noch einmal mitzerren zu lassen. Die Tür ging auf. Aber nicht die an meiner Seite.
Also war da noch so ein Verschlag wie meiner. Ein barscher Befehl, den ich nicht verstand. Ein Aufschrei.
Florian!
Ich lauschte noch angestrengter, hörte, wie die Tür sich wieder schloss, und dann Stimmen. Kurze, undeutliche Sätze.
Dann war es still. Ich nahm nur noch das Rauschen meines Blutes wahr.
Was machten sie mit Florian? Wohin brachten sie ihn?
Panik stieg in mir auf. Ich versuchte, sie mit meinem Mantra zu unterdrücken: ruhig atmen, ruhig atmen.
Als plötzlich die Tür an meiner Seite aufging, fuhr ich zusammen. Grelles Licht fiel herein. Jemand packte mich grob am Arm und zog mich aus dem Wagen. Wacklig auf den Beinen vom langen Sitzen, blickte ich in einen Scheinwerfer und hielt mir schützend die Hand vor die Augen.
»Mitkommen!«, gebot eine Männerstimme.

VIERUNDZWANZIG

Ich wurde in einen langen Flur gelotst. Links und rechts Türen aus Stahl und in regelmäßigen Abständen gangbreite Gittertore. Die Wände waren vollkommen kahl, und die Neonröhren an der Decke verbreiteten kaltes Licht. Mein Begleiter öffnete eine der ersten Türen und schob mich hinein.

Mitten in dem eher kleinen Raum stand eine Art Holztresen, dahinter eine Frau in Stasi-Uniform. Sie trug die Haare in einem strengen Knoten, und ihr Gesicht wirkte nicht minder streng.

»Ausziehen«, befahl sie.

Ungläubig starrte ich sie an. Sie schien aber nicht geneigt, mir eine Erklärung zu geben.

Also legte ich die Jacke ab und schlüpfte aus den Schuhen. Zog Rock, Pullover, Bluse und auch die Strumpfhose aus. Um Zeit zu gewinnen, keine Ahnung wofür, faltete ich die Sachen sorgfältig zusammen und legte sie neben mich auf den Boden. Dann stand ich in Unterwäsche vor der Frau. Fröstelnd, weil es ziemlich kühl war.

»Alles!«, sagte sie unwirsch.

Unterhemd, BH und Schlüpfer ... ich versuchte, meine Blöße mit den Händen zu bedecken, was nicht gelang.

Die Frau musterte mich abschätzig und kam auf mich zu. Sie schaute mir in die Ohren, in den Mund und unter die Achseln. Dann stellte sie sich hinter mich und kommandierte: »Beine auseinander!«

Widerwillig tat ich, wie mir geheißen.

»Vorbeugen!«

Sie kontrollierte die übrigen Körperöffnungen und trat dann wieder hinter ihren Tresen.

»Jetzt drei Kniebeugen, die Arme vorgestreckt!«

Ich fand die Prozedur so peinlich und erniedrigend, dass mir Tränen in den Augen brannten. Aber weinen wollte ich auf keinen Fall, nicht vor dieser Frau. Also biss ich die Zähne zusammen und machte drei Kniebeugen. Kalt war mir inzwischen nicht mehr.

Nach der letzten Kniebeuge ging die Tür auf. Ich warf einen schnellen Blick über die Schulter. Sah einen jungen Mann, ebenfalls in Stasi-Uniform. Er ging zum Tresen, legte einen Stapel Kleidung darauf und nahm meine Sachen mit, als er den Raum wieder verließ.

Die Frau nickte zu den Kleidern hin. »Anziehen!«

Ich griff nach dem ersten Teil. Es war eine formlose weiße Männerunterhose. Fragend sah ich die Frau an, doch sie wiederholte nur ihre Aufforderung. Notgedrungen zog ich die Unterhose an. Ebenso die blaue Trainingshose, die blaue Jacke, die grob gestrickten Socken und die Filzhausschuhe. Die Hose war mir ein paar Nummern zu groß, ich musste sie über die Jacke ziehen, damit sie nicht rutschte. Die Frau fasste unter ihren Tresen und legte ein Nachthemd, ein Handtuch und einen Waschlappen vor mich hin. Dazu ein Stück Seife, Zahnbürste und Zahnpasta. Und schließlich noch einen Becher, eine Schüssel und einen Löffel, alles aus Plastik.

»Wofür ist das? Warum bin ich überhaupt hier?«, wagte ich zu fragen.

Sie gab keine Antwort, sondern ging zur Tür, öffnete sie und bedeutete mir mit einer Kopfbewegung, dass ich gehen könne.

Im Flur wartete ein Gefängniswärter auf mich.

»Umdrehen, in drei Schritten Abstand hinter mir hergehen!«, blaffte er mich an wie einen Rekruten.

Ich folgte ihm durch den Flur. Die Zellentüren beiderseits waren nummeriert und mit je zwei massiven Riegeln versehen. Jede Tür

hatte eine Luke, die sich mit einer Klappe öffnen ließ, und daneben befand sich ein Lichtschalter. An der Wand entlang verlief ein Kabel.
Wir kamen an das erste Gittertor. Darüber brannte ein grünes Licht.
»Warten! Gesicht zur Wand, Beine auseinander!«, sagte der Mann zu mir.
Ich drehte mich zur Wand. Auf dem Boden war eine Linie gezogen; hinter die, so hieß es, solle ich mich stellen.
Ich hörte, wie das Tor aufgeschlossen wurde. Dann forderte der Wärter mich auf durchzugehen und verschloss es hinter uns wieder.
Weiter ging es, wieder an Türen entlang. Vor der mit der Nummer 112 musste ich erneut mit dem Gesicht zur Wand warten.
Der Wärter öffnete die Zelle und hieß mich eintreten.
Dann fiel die Tür mit einem dumpfen Knall hinter mir zu, der Schlüssel wurde im Schloss gedreht und die Riegel vorgeschoben.

Es war totenstill. Der kleine Raum – ich schätzte ihn auf drei mal zwei Meter – hatte der Tür gegenüber ein Fenster, allerdings aus dicken Glasbausteinen. Keine Möglichkeit, ins Freie zu schauen. Häuser, Bäume, den Himmel zu sehen. Nur gefiltertes Licht drang herein. An der Decke hing eine Neonlampe und in einer Aussparung über der Tür eine nackte Glühbirne, mit Drahtgeflecht gesichert. An der rechten Wand stand eine Holzpritsche mit dünner Matratze und ordentlich zusammengefaltetem Bettzeug. Daneben ein Holztisch mit Hocker. Links an der Wand ein kleines Waschbecken und eine Toilette.
Ich legte meine Sachen auf den Tisch.
Warum redete hier keiner mit mir, abgesehen von den knappen Befehlen? Was hatten sie mit mir vor? Sie konnten mich doch

nicht einfach einsperren! Nein, das würde ich mir nicht gefallen lassen! Ich ging zur Tür.

»He!«, schrie ich laut und schlug mit der Faust dagegen. »Lassen Sie mich raus! Das Ganze ist ein Irrtum!« Weil keine Reaktion kam, hämmerte ich mit beiden Fäusten an die Tür und trat mit dem Fuß dagegen.

Plötzlich hörte ich die Riegel knarren. Ich trat ein paar Schritte zurück.

Dann stand der Wärter vor mir, das Gesicht rot angelaufen.

»Ruhe!«, herrschte er mich an.

»Aber Sie können mir doch wenigstens sagen, warum ...«

»Ruhe! Der für Sie zuständige Offizier lässt Sie später zum Verhör rufen.«

Er schlug die Tür zu und verschloss sie wieder.

Ich ließ mich auf die Pritsche sinken. Der für mich zuständige Offizier – was sollte das heißen? Mit einem Mal überkam mich eine namenlose Müdigkeit. Am besten, ich schlief; bestimmt würde sich die Sache morgen früh klären. Ich legte mich hin und machte die Augen zu.

»112/1! Aufstehen!«, tönte eine laute Stimme.

Ich fuhr zusammen und begriff erst dann so richtig, dass *ich* gemeint war.

»Tagsüber auf dem Bett liegen und sitzen ist verboten!« In der jetzt offenen Luke war das rote Gesicht des Wärters zu sehen.

Rasch stand ich auf. Die Klappe wurde zugeknallt, und am Spion erschien ein Auge. Ein warnender Blick, dann verschwand es wieder.

Eine volle Minute starrte ich die Tür an, aber das Auge tauchte nicht wieder auf.

Hinzulegen traute ich mich nicht mehr, darum setzte ich mich auf den Hocker, das Gesicht zur Tür gewandt. Kurze Zeit später

kontrollierte der Wärter mich wieder durch den Spion, fand aber offenbar nichts auszusetzen. Auf dem Hocker sitzen war also erlaubt.
Nach einer Weile erhob ich mich, um die Sachen, die man mir gegeben hatte, aufzuräumen. Zahnbürste, Zahnpasta und Seife kamen auf den Waschbeckenrand, Handtuch und Waschlappen an die Haken daneben, das Nachthemd legte ich auf das Bettzeug, und das Essgeschirr ordnete ich auf dem Tisch an. Obwohl ich meine Sachen – die gar nicht meine waren – nun verteilt hatte, wirkte der Raum so unpersönlich, kalt und leer wie zuvor.

Ich maß den Abstand von der Tür zum Fenster mit Schritten. Vier Schritte waren es. Vier Schritte hin, vier zurück.
Warum war ich hier? Was wollte man von mir? Hätten sie mich nicht längst zum Verhör holen müssen? Oder würde gleich die Tür aufgehen und der Wärter zerknirscht sagen: »Ein bedauerlicher Irrtum, Fräulein Lentz.« Und dann dürfte ich das Gefängnis verlassen und draußen am Tor würde Vater auf mich warten.
Aber es handelte sich nicht um einen Irrtum, das war mir klar. Sie wussten etwas über uns. Nur was? Ging es um die Flugblatt-Aktion? Oder um den Leseklub? Oder um Florians Referat an der Uni? Aber mit dem hatte *ich* doch nichts zu tun! Hatten sie es eventuell nur auf Florian abgesehen und mich mitgenommen, weil ich gerade bei ihm war? Nein, so durfte ich nicht denken! Wir trugen gemeinsam die Verantwortung! Auf keinen Fall durfte er allein zur Rechenschaft gezogen werden. Hatten sie Beweise – wofür auch immer –, oder mussten sie uns freilassen, wenn wir nicht gestanden? Und wo war Florian überhaupt? In einer der anderen Zellen? Hatte auch er solch eine entwürdigende Leibesvisitation über sich ergehen lassen

müssen? Wussten unsere Eltern inzwischen, wo wir waren? Würde man sie benachrichtigen? Vielleicht ließen sie mich ja schreiben. Ob das Stasi-Auto noch immer vor unserem Haus herumstand? Oder war der Auftrag nun, da man uns verhaftet hatte, erledigt? Würde es Mutter auffallen, wenn der Wagen weg war?
Schluss damit! Ich atmete tief ein und dann ganz langsam aus. Das wiederholte ich mehrmals, bis ich etwas ruhiger geworden war.
Ich setzte mich wieder auf den Hocker. Das Hin- und Hergehen tat mir nicht gut, dabei waren die vielen Fragen hochgekommen. Und weil es keine Antworten gab, war es sinnlos, sie zu stellen. Ich hatte keine Ahnung, was man von mir wollte, was sie sagen, fragen, tun würden. Ich konnte mir einzig überlegen, wie *ich* mich verhalten wollte. Es war ein bisschen wie beim Schach: Ihren nächsten Zug kannte ich nicht, den meinen aber konnte ich vorbereiten.
Klar war, dass sie mich verunsichern wollten. Und einschüchtern. Das Ausziehen, die barschen Befehle, die hässliche Gefängniskluft, die ständige Überwachung ... schon wieder ging die Klappe des Spions auf, und ein Auge schaute herein.
Keine verbotene Tätigkeit.
Das Auge verschwand wieder, die Verschlussklappe ging zu.
Ich musste ihr Spiel mitspielen, wohl oder übel, aber weiterhin demütigen ließ ich mich nicht. Mich kriegten sie nicht klein. Ich wollte meine Würde wahren. Wenn sie mir drohten, würde ich keine Angst zeigen. Und im Verhör nichts zugeben. In keine Falle tappen, weil ich das Spiel durchschaute. Mich konnten sie nicht in die Knie zwingen!
Nun, da ich einen Plan gefasst hatte, war ich auf einmal ganz ruhig. Es war kein sehr durchdachter Plan, aber einer, der mir

helfen würde, wenn sie mich zum Verhör holten. Kommt nur!, dachte ich kämpferisch, kommt nur!
Doch niemand kam.

Es wurde dunkel, die Neonlampe ging an und tauchte die Zelle in kaltes Licht. Das Abendessen schien ich verpasst zu haben, denn als es schon eine ganze Weile dunkel war, ertönte ein Klingelzeichen.
»Nachtruhe, ausziehen!«, schallte es durch die Luke, nachdem ich nicht auf den Ton reagiert hatte.
Ich zog die Trainingshose und die Jacke aus, legte sie über den Hocker, schlüpfte ins Nachthemd und richtete die Pritsche für die Nacht her.
Endlich schlafen, was war ich froh!
Aber kaum hatte ich mich zur Wand gedreht, wurde die Luke auch schon wieder geöffnet: »Auf den Rücken legen! Hände über die Decke! Kopf nicht abwenden!«
Eine ganze Kaskade von Befehlen!
Ich drehte mich auf den Rücken und legte die Arme auf die Decke.
Daraufhin wurde die Klappe geschlossen und das Deckenlicht gelöscht.

Schlafen konnte ich aber nicht. Zum einen, weil ich es nicht gewohnt war, auf dem Rücken zu liegen, und außerdem leuchtete alle vier Minuten die Glühbirne über der Tür kurz auf, und der Wärter vergewisserte sich mit einem Blick durch den Spion, dass ich nichts Verbotenes tat.
Licht an. Licht aus. Licht an. Licht aus.
So ging es die ganze Nacht. Ich fühlte mich immer matter, konnte nicht mehr zusammenhängend denken, aber auch nicht

einschlafen. Ich lauschte den Stiefelschritten im Flur, und wenn sie verklungen waren, wartete ich darauf, dass sie sich wieder näherten.
Licht an. Licht aus. Licht an. Licht aus.

FÜNFUNDZWANZIG

Durch die Glasbausteine drang noch keine Helligkeit von draußen, als die Neonlampe wieder anging. Ich kniff die Augen vor dem grellen Licht zu und hörte wieder ein Klingelzeichen.
Die ganze Nacht hatte ich auf den Morgen gewartet, aber jetzt, da es so weit war, lähmte mich der Gedanke ans Aufstehen. Ich war todmüde, fühlte mich völlig zerschlagen. Aber hier wurde nicht gefragt, wie man sich fühlte. Als der Wärter mich noch auf der Pritsche liegen sah, riss er sofort die Luke auf: »Aufstehen! Matratze und Bettzeug zusammenlegen! Es ist verboten, tagsüber …«
»Jaja, es ist verboten, tagsüber auf dem Bett zu liegen und zu sitzen«, murmelte ich und richtete mich mühsam auf.
»Ruhe! Es ist verboten zu sprechen, zu singen und zu pfeifen!«
Ich hatte gute Lust, hinzurennen und ihn am Kragen zu packen, aber bis ich dort wäre, wäre die Luke längst wieder zu.
Die Matratze bestand aus drei Teilen. Ich stapelte sie aufeinander, faltete das Bettzeug zusammen und platzierte alles am Fußende der Pritsche. Dann setzte ich mich auf den Hocker, lehnte mich an die Wand und schloss die Augen. Vielleicht konnte ich auf diese Weise ein wenig schlafen. Aber auch das war verboten. Es dauerte nicht lange, bis es dem Wärter auffiel. Und damit war

das Maß voll. Der Schlüssel drehte sich im Schloss, die Riegel wurden aufgeschoben, und ein wütender Mann tauchte in der Tür auf.

»112/1! Es ist verboten, sich an die Wand zu lehnen!«, schrie er mich an.

In Erwartung von Schlägen zog ich den Kopf ein. Aber er schlug mich nicht.

»Wenn die Tür aufgeht, haben Sie sich am Fenster aufzustellen, die Arme am Körper! Noch ein weiterer Verstoß, und es setzt eine Strafe!«

Im Grunde war es lachhaft, dass der Mann solch einen Aufstand machte, nur weil ich mich angelehnt hatte, aber in dem Moment war mir ganz und gar nicht zum Lachen zumute. Ich konnte ihn nur anstarren und mich vor den Speichelblasen in seinen Mundwinkeln ekeln.

Er verließ die Zelle wieder, die Tür wurde abgeschlossen und verriegelt.

War ich die Einzige, die sich nicht an die Regeln hielt? Ich hatte den Wärter noch nicht mit anderen Gefangenen herumschreien hören … Womöglich war ich ganz allein hier? Nein, das konnte nicht sein … Bestimmt gehörte es zu ihrer Taktik, mich das glauben zu machen. Aber mich würden sie nicht mürbe bekommen, weder mit ihren aberwitzigen Regeln noch mit irgendwelchen Drohungen.

Dennoch lauschte ich von nun an besonders aufmerksam auf Geräusche von draußen. Zehn Minuten mochten vergangen sein, da hörte ich ein Quietschen wie von Gummireifen auf Linoleum.

Die Klappe wurde geöffnet.

»Schüssel, Becher!«, sagte eine Stimme. Nicht die des wütenden Wärters.

Ich nahm beides und hielt es hin. In die Schüssel wurden zwei Scheiben Brot gelegt, in den Becher eine hellbraune Flüssigkeit gegossen. Mein Frühstück. Die Luke wurde wieder geschlossen, die Essenskarre weitergeschoben.
Ich blieb an der Tür stehen und horchte. Tatsächlich: Gleich darauf tönte es wieder: »Schüssel, Becher!«
Das Brot war klitschig und äußerst sparsam mit Marmelade bestrichen, die billigste Sorte vermutlich, trotzdem aß ich es bis zum letzten Krümel auf, kaute jeden Bissen langsam und sorgfältig – der Rinderbraten von gestern Mittag war längst Erinnerung. Der Kaffee – sofern man die braune Brühe so nennen wollte – schmeckte wässrig, war aber wenigstens warm.
Nach dem Frühstück nahm ich den Waschlappen zur Hand und wusch mich mit der Seife, die ich bekommen hatte. Danach putzte ich mir die Zähne, gründlicher als je zu Hause. Die Haare kämmte ich mir mit den Fingern. Solange ich beschäftigt war und mich ganz auf mein Tun konzentrierte, hatte ich Ruhe vor den quälenden Fragen.
Weil es ziemlich kühl in der Zelle war, behielt ich das Nachthemd an und zog Hose und Jacke darüber. Mit dem Toilettengang wartete ich, bis der nächste Kontrollblick des Auges, das jeden Winkel der Zelle erfasste, vorüber war. Danach hatte ich vier Minuten Zeit. Vier Minuten, um mich in aller Eile zu erleichtern.
Etwa eine Stunde nach meinen morgendlichen Verrichtungen hörte ich Geräusche ... das Schloss, die Riegel.
Rasch stellte ich mich ans Fenster und legte die Arme seitlich an den Körper.
Ein Wärter erschien in der Tür, ziemlich jung noch.
»Mitkommen.« Seine Stimme klang weniger hart als die seines bärbeißigen Kollegen.

Ich trat aus der Zelle und stellte mich im Flur mit dem Gesicht zur Wand, bis er die Tür verschlossen hatte.
»Folgen Sie mir mit drei Schritten Abstand.«
Ich schlurfte in meinen Hausschuhen hinter ihm her. Ob es jetzt zum Verhör ging? Als wir zu einem Gittertor kamen, brannte dort ein rotes Licht.
»Umdrehen. Gesicht zur Wand.«
Ich tat es. So konnte ich zwar nur die Wand sehen, hörte aber, dass der Wärter nicht aufschloss. Dafür Schritte, ganz in der Nähe. Schritte von zwei Personen. Noch ein Beweis, dass ich nicht als Einzige hier gefangen war. Das machte mir ein wenig Mut.
Nach ein, zwei Minuten öffnete der Wärter das Tor, und es ging weiter. Erst einen Flur mit Zellentüren entlang, dann eine Treppe hinauf. Das Treppenhaus war mit Stahlnetzen und Gittern gesichert. Keine Chance, sich hier das Leben zu nehmen.
Mein Begleiter ließ seinen Schlüsselbund am Treppengeländer entlangrasseln – vermutlich ein Signal, mit dem er uns ankündigte, sodass ich oben keine anderen Häftlinge zu Gesicht bekam. Ich durchschaute das perfide Spiel immer besser.

Der Flur im zweiten Stock war dunkler und schmaler und die Türen nicht aus Stahl, sondern aus Holz. Sie hatten kleine Schilder mit Nummern.
Vor einer davon blieb der Wärter stehen. Ich stellte mich automatisch mit dem Gesicht zur Wand.
Er klopfte kräftig an, woraufhin ein leises »Herein« erklang.
Zu meinem Erstaunen öffnete er nicht nur eine, sondern zwei Türen, beide mit schalldämpfender Kunstlederverkleidung, und forderte mich auf, in den Raum zu gehen. Dann schloss er die Türen und blieb, so vermutete ich, im Flur stehen.

Als Erstes nahm ich den Kaffeeduft wahr, intensiver als vorhin im Flur. Dann einen Schreibtisch vor dem Fenster. Einen Tisch mit zwei Stühlen quer dazu und neben der Tür einen Hocker.

Hinter dem Schreibtisch saß ein Stasi-Offizier. Mitte fünfzig, schätzte ich. Das Gesicht kantig und hart, die Augen wasserblau. Angesichts seiner tadellosen Uniform kam ich mir in der schlecht sitzenden Gefängniskleidung und den Filzlatschen noch abgerissener vor als ohnehin schon.

Schweigend wies er auf den Hocker, und während ich mich setzte, schlug er eine Akte auf.

Ich holte tief Luft und bemühte mich, mein Herzklopfen unter Kontrolle zu bekommen. Obwohl ich wusste, wie ich mich verhalten wollte, flatterten mir doch die Nerven, und in meinem Kopf drängten sich wieder Fragen. Was wussten sie? Und was vermuteten sie nur? Das herauszufinden, darauf würde es ankommen. Zugeben würde ich jedenfalls nichts. Die kriegten mich nicht klein, die nicht!

Noch immer hatte der Mann kein Wort gesagt. Er las aufmerksam in der Akte – meiner Akte? – und machte sich hin und wieder eine Notiz. Seiner Miene war nichts zu entnehmen. Die Stille lastete bleischwer, durchbrochen nur vom Papierrascheln, wenn er eine Seite umblätterte, und durch Schnaufgeräusche, wenn er die Luft durch die Nase einzog.

Er will mich verunsichern, indem er mich warten lässt, sagte ich mir, und obschon ich den Trick durchschaute, gelang es ihm: Ich wurde immer nervöser.

Nach gut fünf Minuten blickte er endlich auf. Er schlug die Akte zu und legte die gefalteten Hände darauf. »So«, sagte er, als hätte er den kompletten Inhalt auswendig gelernt. »Marthe Lentz.«

Dann kam nichts mehr, eine ganze Weile. Ich war inzwischen kurz davor, in Panik zu verfallen.

Er wiegte scheinbar mitleidig den Kopf. »Marthe Lentz«, wiederholte er. »Sie werden vom Ministerium für Staatssicherheit der Deutschen Demokratischen Republik staatsfeindlicher Umtriebe beschuldigt. Was haben Sie dazu zu sagen?« Mit theatralischer Geste drückte er die Aufnahmetaste des Tonbandgeräts, das neben der Tischlampe und dem Telefon stand.
»Ich weiß von keinen staatsfeindlichen Umtrieben.« Meine Stimme klang wider Erwarten fest.
Der Offizier lehnte sich zurück, nahm seine Brille ab und zog ein Tüchlein aus der Uniformtasche.
»Sie könnten Ihre Lage deutlich verbessern, indem Sie freiwillig aussagen«, erwiderte er und polierte dabei die Brillengläser.
Ich schwieg.
»Man legt Ihnen staatsfeindliche Umtriebe und Kontakte mit Spionen kapitalistischer Geheimdienste zur Last.«
Ich schob meine Hände unter die Schenkel, weil ich fürchtete, sie könnten zittern.
»Nun?«
»Ich habe nichts von dem getan, was Sie sagen. Ich weiß nicht einmal, was Sie damit meinen«, entgegnete ich so gelassen wie nur möglich. Natürlich wusste ich sehr wohl, um was für Vergehen es sich handelte. Zwar nicht, welche Strafe darauf stand, aber dass die Stasi solche Dinge nicht auf die leichte Schulter nahm, war allgemein bekannt. Und Spione ... damit meinte er gewiss Andreas. Hans hatte ja gesagt, er sei aus Hamburg. Aber ein Spion? Falls er tatsächlich einer war, wie hätte ich das ahnen sollen? Man konnte mich doch nicht für etwas bestrafen, von dem ich nichts gewusst hatte! Ich senkte den Blick, damit der Offizier mir nichts von den Augen ablesen konnte.
»Ist Ihnen Ihre Lage überhaupt bewusst, Fräulein Lentz?« Er beugte sich vor und sprach langsam, als wäre ich schwer von

Begriff. Dann schlug er die Akte wieder auf und setzte sich die Brille auf die Nasenspitze. »Am besten, ich kläre Sie auf.«
»Strafgesetzbuch der Deutschen Demokratischen Republik, Paragraf 106, Staatsfeindliche Hetze«, las er vor und warf mir einen kurzen Blick über den Brillenrand zu. »Wer mit dem Ziel, die sozialistische Staats- und Gesellschaftsordnung der Deutschen Demokratischen Republik zu schädigen oder gegen sie aufzuwiegeln – erstens: Schriften, Gegenstände oder Symbole, die die staatlichen, politischen, ökonomischen oder anderen gesellschaftlichen Verhältnisse der Deutschen Demokratischen Republik diskriminieren, einführt, herstellt, verbreitet oder anbringt – zweitens: Verbrechen gegen den Staat androht oder dazu auffordert, Widerstand gegen die sozialistische Staats- und Gesellschaftsordnung der Deutschen Demokratischen Republik zu leisten … wird mit Freiheitsstrafe von einem bis zu fünf Jahren bestraft.«
Er blickte auf.
Ich hatte nicht alles mitbekommen, die letzten Worte aber sehr wohl.
»Und es geht noch weiter, Fräulein Lentz: Im zweiten Abschnitt des Paragrafen heißt es: Wer zur Durchführung des Verbrechens Publikationsorgane oder Einrichtungen benutzt, die einen Kampf gegen die Deutsche Demokratische Republik führen, oder das Verbrechen im Auftrage derartiger Einrichtungen oder planmäßig durchführt, wird mit Freiheitsstrafe von zwei bis zu zehn Jahren bestraft.«
Ich schluckte trocken. Wurde damit in Gesetzesdeutsch umschrieben, was wir vom Leseklub machten? Wir hatten Schriften verbreitet, die die Verhältnisse in der DDR infrage stellten. Wir hatten zum Widerstand aufgerufen. Zum selbstständigen Denken … Jetzt kam es darauf an, Ruhe zu bewahren, wenigstens äußerlich. Ich atmete mehrmals tief durch.

»Der zweite Abschnitt trifft mit Sicherheit auf Sie zu, Fräulein Lentz. Ich hoffe, damit ist Ihnen Ihre Lage hinreichend klar?«
»Ich weiß nicht, worauf Sie hinauswollen.« Meine Stimme klang dünn und hoch.
»Ja, wollen Sie uns denn für dumm verkaufen?« Er schlug mit der flachen Hand auf den Tisch. Ich zuckte zusammen.
»Ich rede von den Flugschriften, die Sie zusammen mit Ihrem Bruder vorbereitet haben. Sie rufen darin auf – ich zitiere: ›nicht einfach zu glauben, was uns von der Partei vorgekaut wird‹. Wenn das keine staatsfeindliche Hetze ist! Sie wollen unsere friedliebende sozialistische Gesellschaft schädigen, indem Sie zu Verbrechen aufrufen und Chaos propagieren. Den Staat untergraben, der Sie in jeder Hinsicht versorgt und Ihnen eine gute Ausbildung ermöglicht. Der gewährleistet, dass es Ihnen an nichts mangelt, dass Sie nicht im Krieg zu leben brauchen. Diesen Staat wollen Sie mit Ihrem verachtenswerten kapitalistischen Gefasel umstürzen!« Er hatte sich halb von seinem Stuhl erhoben und spie mir die Sätze regelrecht ins Gesicht.
Auch das gehört zum Spiel, sagte ich mir, ich darf es nicht ernst nehmen, weil es einfach nur Methode ist. Dennoch zitterte und bebte ich innerlich, und ich zog unwillkürlich den Kopf ein, als könnten seine Worte mich körperlich verletzen.
»Wer ist noch an dieser Sache beteiligt?« Er hatte sich wieder gesetzt und wartete mit gezücktem Stift auf meine Antwort.
»Niemand.«
»Wer ist noch an dieser Sache beteiligt?«, wiederholte er im gleichen Tonfall. »Wir wissen es bereits, ich möchte es lediglich noch einmal von Ihnen hören.«
Ich versuchte mich zu konzentrieren. Fragte mich, ob die anderen denn tatsächlich auch verhaftet worden waren. Und wer von ihnen geredet hatte.

»Andreas«, sagte ich zögerlich.
»Nachname?«
Ich zuckte mit den Schultern.
»Sie werden doch wohl wissen, wie die Leute aus Ihrem Umfeld mit vollem Namen heißen«, kam es spöttisch.
»Er hat seinen Nachnamen, glaube ich, nie erwähnt.«
»Wer noch?«
»Niemand sonst.« Es gelang mir nicht ganz, das Zittern in meiner Stimme zu unterdrücken.
Er nahm mich streng ins Visier.
»Nur mein Bruder, Andreas und ich«, versicherte ich.
Er legte den Stift weg.
»Und wer hatte die Idee mit den Flugschriften?«
Einen Moment lang war ich sprachlos. Hatte er wirklich geglaubt, dass wir nur zu dritt waren? Ahnten sie nichts von den anderen?
»Dieser Andreas?«
»Ich … ich weiß es nicht mehr«, stammelte ich.
»Oder Ihr Bruder Florian?«
»Ja … nein … das war eine gemeinsame Idee, glaube ich.«
»Eine gemeinsame Idee, soso! Eines Morgens wachen Sie auf und haben alle drei die gleiche umstürzlerische Idee. Und ganz zufällig ist einer von Ihnen dreien ein Westspion!« Beim letzten Satz überschlug sich seine Stimme.
»Wie haben Sie diesen Andreas kennengelernt?«
Wie … verdammt noch mal, ich konnte unmöglich Hans' Namen nennen … Moment, Andreas hatte doch gesagt, er sei an der Kunstakademie … nein, das ging auf keinen Fall, sonst würde meine Mutter Schwierigkeiten bekommen.
»Per Zufall«, sagte ich. »An der Universität, genauer gesagt, in der Mensa.«

»An der Universität?«, wiederholte der Mann mit gespieltem Erstaunen. »Er studiert doch gar nicht an der Universität.«
»Keine Ahnung, warum er dort war. Wir saßen zufällig am gleichen Tisch und sind ins Gespräch gekommen.«
»Über staatsfeindliche Aktivitäten, nehme ich an?«
»Nein, über Literatur. Er hat den gleichen Geschmack wie wir, was Bücher angeht. Und weil wir uns gut verstanden, haben wir uns mit ihm verabredet. Dabei hat sich herausgestellt, dass er bei uns um die Ecke wohnt.« Ich staunte, wie leicht mir die Lügen von den Lippen kamen. Beziehungsweise die Halbwahrheiten, denn ganz gelogen war es ja nicht.
»Wann hat er Ihnen den Auftrag erteilt?«
»Was für einen Auftrag?«
»Informationen für die CIA zu sammeln.«
»Andreas hat uns keinen Auftrag erteilt.«
»Das heißt also, Sie haben rein zufällig einen Westspion kennengelernt und sind ganz zufällig auf die gleiche Idee gekommen wie er, nämlich Flugschriften zu verfassen.« Er war wieder lauter geworden. »Auf welche Weise haben Sie ihm die Informationen zukommen lassen? Verschlüsselt? Welchen Decknamen hat er benutzt? Und haben auch Sie unter Decknamen agiert?«
»Nein … ich … ich wusste doch gar nicht … Andreas ist bestimmt kein Spion … er …« In meinen Augen brannten Tränen, und die Angst schnürte mir immer mehr die Kehle zu. Wie konnten sie uns der Spionage bezichtigen?! So etwas war Landesverrat, das hätten wir niemals gemacht!
»Wofür haben Sie ihn denn gehalten? Für einen harmlosen Westler, dem es im Osten so gut gefällt, dass er sich dort niedergelassen hat?«
»Ich wusste doch gar nicht, dass er aus Westdeutschland ist!«, rief ich verzweifelt aus. Warum glaubte dieser Mensch mir nicht?

»Tsss, tsss.« Er schüttelte den Kopf. Dann lehnte er sich zurück. Ich hätte mich auch gern angelehnt, aber das ging nicht, weil der Hocker ein Stück von der Wand entfernt stand.

Der Offizier legte die Fingerspitzen zusammen und sah mich eine Weile schweigend an. Glaubte er mir vielleicht doch?

Inzwischen war es draußen hell geworden, ich sah es durch das Fenster hinter ihm. Es war mit Eisengittern gesichert, hatte aber eine normale Glasscheibe. Der graue Himmel hob sich kaum von dem grauen Gebäude gegenüber ab, dessen Fenster ebenfalls vergittert waren. Ob dort auch Verhörräume waren? Wie viele Leute mochten hier arbeiten? Und wie viele saßen in Haft?

Plötzlich schaltete der Mann das Tonbandgerät aus. Er nahm seine Brille ab, fuhr sich mit beiden Händen übers Gesicht und seufzte tief, als wäre er es, der hier Fragen beantworten musste.

»So kommen wir nicht weiter, Fräulein Lentz«, sagte er leise. »Sie müssen mir schon etwas an die Hand geben. Die nebenan …« – er deutete auf eine Tür, die wohl zu einem anderen Büroraum führte – »wollen ein lückenloses Geständnis. Eher lässt man Sie nicht gehen. Und wenn mein Dienst um ist, werden Sie von einem Kollegen weiter befragt, der vielleicht nicht so entgegenkommend ist wie ich.« Er beugte sich ein bisschen vor und machte eine fast schon väterliche Miene. »Ich könnte eventuell dafür sorgen, dass gegen Sie wegen Spionage keine Anklage erhoben wird. Aber dazu brauche ich Ihre Aussage, was die Flugschriften angeht und welche Informationen Sie diesem Andreas gegeben haben. Also?« Er nickte mir zu, die Brauen hochgezogen.

Selbst wenn ich gewollt hätte – ich hätte keinen sinnvollen Satz mehr sagen können, weil ich völlig durcheinander und von der fast schlaflosen Nacht zu Tode erschöpft war.

Nach einer kleinen Weile wandte er den Blick ab, zog eine

Schreibtischschublade auf und holte eine Papiertüte heraus, der er ein Schinkenbrötchen entnahm.
Der Anblick und vor allem der Geruch machten mir deutlich, wie sehr mich der Hunger plagte. Die dürftigen Marmeladeschnitten vom Frühstück waren längst verdaut. Ich hatte keine Ahnung, wie spät es war – meinem Gefühl nach saß ich bereits seit Stunden hier, und bestimmt hatte es im Zellenblock längst Mittagessen gegeben.
»Möchten Sie?« Der Offizier machte Anstalten, das Brötchen auseinanderzubrechen.
Mir lief das Wasser im Mund zusammen, aber ich schüttelte den Kopf, denn auch das gehörte zum Spiel.
Er zuckte mit den Schultern und legte das Brötchen vor sich hin. Dann griff er zum Telefonhörer und wählte eine Nummer. »Für Sie auch Kaffee?«, fragte er, eine Hand über er Sprechmuschel.
Wieder schüttelte ich den Kopf. Nein, das ließ mein Stolz nicht zu.
»*Einen* Kaffee bitte«, sagte er in den Hörer. »Schwarz, ein Würfel Zucker.«
Kaum eine Minute später wurde der Kaffee gebracht. Echter Bohnenkaffee, nicht solch ein Labberzeug, wie ich es am Morgen bekommen hatte. Mein Magen krampfte sich zusammen, als mir der Duft in die Nase stieg.
Genüsslich schmatzend aß er sein Brötchen und schlürfte dazu den Kaffee. In aller Seelenruhe, als wäre er allein im Zimmer und ich gar nicht da. Und vielleicht hatte ich mich ja tatsächlich aufgelöst oder war zumindest geschrumpft. Denn ich kam mir winzig klein vor. Und wie ausgehöhlt vom Hunger.
Er ließ einen kleinen Rest von dem Brötchen übrig, packte ihn in die Tüte und warf sie mit Schwung in den Papierkorb neben dem Schreibtisch.

Mein Blick folgte dem Wurf und blieb dann am Papierkorb hängen.
»So, dann noch mal von vorn.« Er leckte sich Mayonnaise von den Fingern und schaltete das Tonbandgerät wieder an. »Wer hat noch von den Flugschriften gewusst und von wem haben Sie die Schreibmaschine bekommen?«

Ich gab keine Antworten mehr. Weil ich kaum noch hörte, was er sagte. Ich war drauf und dran, vor lauter Erschöpfung vom Hocker zu kippen, da ließ er einen Wärter kommen, der mich in meine Zelle zurückführte.
Wie gern hätte ich mich ausgeruht. Mich auf die Pritsche gelegt oder wenigstens beim Sitzen angelehnt, aber beides war verboten. Also kauerte ich mich auf dem Hocker zusammen. Die Angst, dass ich etwas Falsches gesagt und welche Folgen das haben könnte, stellte sich erst später ein.

SECHSUNDZWANZIG

Ich ging in meiner Zelle auf und ab. Vier Schritte hin, vier Schritte zurück. Wieder und immer wieder ließ ich das Verhör Revue passieren. Was hatte ich alles gesagt? Und was mochte Florian gesagt haben? Sie würden unsere Aussagen miteinander vergleichen. Was, wenn sich da Widersprüche ergaben? Vielleicht hatte Florian ja alles abgestritten. Und wie verhielt es sich mit Andreas? Hatte er wirklich für die CIA gearbeitet? Oder für die Stasi, und der Offizier hatte das mit der CIA nur gesagt, um mich in die Falle zu locken? Gehörte auch das zu ihrem Spiel?

Von den vielen Fragen und dem ständigen Hin- und Herlaufen wurde mir so schwindlig, dass ich mich setzen musste. Ruhig atmen. Ruhig. Atmen.
Wieder das Auge am Spion.
Ich fragte mich, wo sie Florian eingesperrt hatten. In einer Zelle hier auf dem Flur? Womöglich saß er schon die ganze Zeit direkt nebenan, und wir waren nur durch eine Wand getrennt. Seufzend stützte ich den Kopf auf die Hände. Mein Bruder fehlte mir so sehr. Seine beruhigende Gegenwart. Sein Arm um meine Schultern. Sein Lachen. Sein liebevoller Blick. Sein Vertrauen. Seine Ideen. Seine Geradlinigkeit. Ohne ihn war ich schwach. Ohne ihn war ich nichts. Ich war es gewohnt, Florian um Rat zu fragen, ehe ich Entscheidungen traf. Meine Gedanken und Überzeugungen waren letztlich seine, ich hatte sie übernommen, seinen Idealen nachgeeifert. Wie eine Kletterpflanze hatte ich mich um ihn, den Baumstamm, dem Himmel zugerankt.
Aber Florian war nicht da. Er konnte mir nicht sagen, wie ich mich am besten verhalten sollte. Wie ich es schaffen könnte, den Kopf über Wasser zu behalten und meinem Gegenüber bei den Verhören Paroli zu bieten. Wie würde *er* vorgehen, überlegte ich? Alles leugnen? Schweigen? Plötzlich wurde mir klar, dass es uns genauso ergangen war wie den Geschwistern Scholl – wie sie waren wir wegen einer Flugblatt-Aktion verhaftet worden. *Staatsfeindliche Hetze* ... Hans und Sophie hatte man hingerichtet. Enthauptet. Mein Atem ging schneller und keuchend. Würden auch wir ... Florian und ich ... Ich schluckte mehrmals, aber der Kloß im Hals blieb.
Ich wollte nicht sterben! Das war doch letztlich kein Ideal wert, oder?
Wir leben nicht im Nationalsozialismus, Marthe. Und ihr seid nicht die Weiße Rose. An Mutters Worte klammerte ich mich

jetzt, da die Panik mich zu überwältigen drohte. Nein, hinrichten würden sie uns nicht. Zwei bis zehn Jahre Freiheitsstrafe hatte der Stasi-Offizier gesagt, oder? Aber ein Leben im Gefängnis würde ich keine zwei Jahre durchhalten.
Mühsam erhob ich mich und nahm meinen Gang durch die Zelle wieder auf. Ich musste stark sein. So wie Florian. So wie Sophie Scholl!

Als ich am nächsten Morgen zum Verhör geführt wurde, dachte ich ganz fest an Sophie. Ich wollte so mutig sein wie sie! Mit erhobenem Haupt folgte ich dem Wärter und versuchte, nicht daran zu denken, was für eine jämmerliche Figur ich in den Gefängnisklamotten und den Hausschuhen abgab.
Auf dem Hocker nahm ich Haltung an, indem ich den Rücken straffte und den Stasi-Offizier direkt anschaute. Es war derselbe wie tags zuvor. Und er stellte im Wesentlichen auch wieder dieselben Fragen. Wollte wissen, wie viele Aktionen wir bereits durchgeführt hatten, ob weitere geplant waren, welche Informationen wir über Andreas der CIA geliefert hätten und und und. Wieder wurde er zornig und schlug mit der flachen Hand auf den Tisch. Um sich daraufhin zu beruhigen und mir weiszumachen, es sei zu meinem eigenen Besten, wenn ich alles zugäbe, dann könne er auch etwas für mich tun. Mal tat er, als wollte er mein Vertrauen gewinnen, mal baute er Schreckensszenarien auf.
Ich dachte unentwegt an Sophie. Weil ich mir ganz sicher war, dass Florian nicht eingeknickt war, würde auch ich standhaft bleiben. Auf die Fragen wiederholte ich lediglich, was ich bereits gesagt hatte. Aber so sehr ich mich auch bemühte, meine Würde zu wahren, ruhig und selbstsicher zu wirken und stark zu sein, war ich doch völlig erschöpft, als der Offizier mich in die Zelle zurückbringen ließ. Fertig mit den Nerven und von Angst erfüllt,

denn es gelang mir einfach nicht, seine Drohungen auszublenden. Sie hatten sich in mir festgesetzt, flatterten wie verängstigte Vögel in meiner Brust.

So lief es jedes Mal, Tag um Tag. Nicht immer wurde ich zur selben Zeit geholt, und ich ertappte mich dabei, dass ich auf dem Hocker angespannt wartete, dass die Riegel zurückgeschoben wurden und ein Wärter »Mitkommen!« rief. Aber nicht nur die Verhöre waren immer gleich, auch der sonstige Tagesablauf. Zwischen den Klingelzeichen morgens und abends war alles eine Wiederholung des tödlich langweiligen immer Gleichen.
Schon ehe es hell wurde, kam das Frühstück. Zwei Schnitten Brot, dünn mit Marmelade bestrichen und dennoch oft so trocken, dass ich sie mit der dünnen Kaffeebrühe hinunterspülen musste. Zu Mittag gab es wässrigen Eintopf aus Kartoffeln, etwas Gemüse und einem winzigen bisschen Fleisch. Und am Abend wieder Brot, sparsam mit Butter bestrichen.
Meiner Morgentoilette – Waschen, Kämmen, Anziehen – widmete ich möglichst viel Zeit. Nach dem Frühstück machte ich Rumpfbeugen und Streckübungen, ebenso nach dem Mittag- und Abendbrot. Aber damit waren die endlosen leeren Stunden noch lange nicht gefüllt, sie vergingen so langsam, dass mir die Sekunden wie Stunden erschienen.
Nachts fand ich kaum Schlaf, weil ich mich nicht an das starre Liegen auf dem Rücken gewöhnen konnte und weil das Licht alle vier Minuten anging. Entsprechend müde war ich tagsüber, aber dann war Schlafen ja bei Strafe verboten. Was für eine Strafe darauf stand, wusste ich nicht, wollte es aber auch nicht darauf ankommen lassen.
Das Auf- und Abgehen in der Zelle machte mich nervös. Aber still auf dem Hocker sitzen ebenso. Die Gedanken kreisten in

meinem Kopf, und vom Bauch her zog in Wellen Panik auf, oft so heftig, dass es mir die Luft abschnitt. Dann sagte ich mir mein Mantra vor – »ruhig atmen, ruhig atmen« –, oder ich lenkte mich mit weiteren Gymnastikübungen ab.

Eine Uhr hatte ich nicht, und durch die Glasbaufenster war nur zu erkennen, ob es draußen hell oder dunkel war, nicht aber der Stand der Sonne. Wenn ich Geräusche auf dem Flur hörte, spitzte ich sofort die Ohren. Wurde ich wieder zum Verhör geholt? Gespannt wie eine Feder wartete ich darauf, dass die Zellentür aufging. Denn nur dann bekam ich Menschen zu Gesicht, hörte nicht nur eine Stimme »Schüssel, Becher!« rufen. Es machte mir Angst zu erkennen, wie sehr ich auf menschlichen Kontakt angewiesen war.

Ein Mal am Tag durfte ich für zwanzig Minuten ins Freie, um frische Luft zu schnappen. Aber auch dort – auf einem kleinen ummauerten Hof – sah ich keine anderen Häftlinge. Die Mauern hatten oben eiserne Laufstege, auf denen Wachposten standen, die Gewehre im Anschlag. Hochschauen war nicht erlaubt. Ich durfte nur schweigend im Kreis gehen. War die Hofzeit um, wurde ich wieder in meine Zelle gebracht, und das Warten ging weiter.

Das Warten auf nichts.

Ich saß auf meinem Hocker, das Kinn in die Hände gestützt. Wie viele Tage war ich schon hier? Waren es vielleicht schon Wochen? Ich hatte keine Ahnung … Wie so oft dachte ich an zu Hause. Ob die Eltern wohl von unserer Inhaftierung wussten? Wie gern hätte ich Mutter einen Brief geschrieben. Um mich zu entschuldigen. Es bedrückte mich sehr, dass wir im Streit auseinandergegangen waren. Und manchmal zweifelte ich, ob ich sie und Vater je wiedersehen würde. Wie lange konnte man mich hier festhalten?

Irgendwann musste es doch einen Prozess geben – ob ich da eine Chance auf Freispruch hatte?
Sophie Scholl kam mir in den Sinn. Ihr und ihrem Bruder Hans hatte man den Prozess gemacht – ein Musterbeispiel für einen Scheinprozess. Erschöpft schloss ich die Augen und rief mir Mutters Worte ins Gedächtnis, von wegen, dass wir nicht im Nationalsozialismus lebten. Daran versuchte ich mich festzuhalten.
Ich blickte auf, weil ich etwas zu hören glaubte. Aber ich sah kein Auge am Spion, und auch die Luke war geschlossen. Für den Essenswagen mit dem Abendbrot war es noch zu früh, und das Geräusch hatte auch nicht danach geklungen.
Ich horchte.
Da war es wieder!
Ein leises Klopfen. Wie von fallenden Regentropfen. Der Hahn des Waschbeckens leckte nicht, aber die Laute kamen von dort.
Tack tack tack tack tack tack tack tack tack tack tack tack tack tack tack tack tack tack tack tack. Tack. Tack tack tack tack tack tack tack.
Es war ein bestimmter Rhythmus. Mit Pausen dazwischen.
Plötzlich wurde mir klar, woher die Geräusche kamen. Die Leitung! Jemand klopfte an das Wasserleitungsrohr!
Ich sprang auf und lief zum Waschbecken. Klopfte selbst ans Rohr.
Sofort herrschte Stille.
Ich versuchte es noch einmal.
Und bekam Antwort. Diesmal zählte ich mit: Tack tack tack tack tack tack tack tack tack tack tack tack tack tack tack tack tack tack tack tack. Tack. Tack tack tack tack tack tack tack.
Zwanzig Mal. Ein Mal. Sieben Mal. Was bedeutete das? Die Klopflaute waren jeweils gleich lang. Kein Morsecode also. A …

B … C … D … E … F … G … H … I … J … K … L … M … N … O … P … Q … R … S … T, flüsterte ich lautlos. A. A … B … C … D … E … F … G.

TAG!

Ich war nicht allein hier!

Schnell klopfte ich zurück: H-A-L-L-O. Ich wartete voller Spannung.

Einen Moment lang blieb es still, dann setzte das Klopfen wieder ein. N-A-M-E, fragte mein Gesprächspartner.

Ich buchstabierte meinen Vornamen.

D-U, fragte ich.

Als die Antwort kam und der erste Buchstabe ein F war, blieb mir die Luft weg. R-A-N-Z ging es weiter.

Enttäuscht seufzte ich auf.

Kennst du Florian?, fragte ich.

Die Antwort kam sehr schnell: *Nein.*

Warum hier.

Das Auge am Spion! Rasch drehte ich den Hahn auf und wusch mir die Hände. Ob man das Wasser wohl in der anderen Zelle rauschen hörte?

Als der Wärter weitergegangen war, gab ich Antwort: *Hetze. Du.*

Vor Aufregung zitterten mir die Hände.

Flucht.

Fluchtversuch also, dachte ich.

Von Schwester.

Ich biss mir auf die Lippe. Mein Zellennachbar saß, weil seine Schwester geflohen war? War Mutter etwa auch im Gefängnis gewesen? Hatte man sie verhaftet, nachdem ihre Brüder geflohen waren? Sie verhört und ihr Fragen gestellt, die sie nicht beantworten konnte?

Mir schlackerten so sehr die Knie, dass ich mich setzen musste.

War *das* der Grund, weshalb sie nicht über die Vergangenheit reden wollte? Falls ja, dann verstand ich sie. Es war ihr gutes Recht zu vergessen, nicht mehr an diese schlimme Zeit erinnert zu werden.
Franz klopfte noch ein paarmal, aber ich konnte mich nicht aufraffen zu antworten.

SIEBENUNDZWANZIG

Ich befand mich in einem traumlosen Halbschlaf, als plötzlich die Deckenleuchte anging.
»Aufstehen! Anziehen!«, rief der Wärter durch die Luke.
Die Befehle erreichten mich in meiner schläfrigen Benommenheit kaum.
»Aufstehen!«, tönte es wieder.
Hatte ich das Klingelzeichen überhört? Mir kam es vor, als wäre es mitten in der Nacht. Trotzdem erhob ich mich, ging schwankend zum Hocker, auf dem meine Kleider lagen, und zog mich an. Der Wärter schaute die ganze Zeit durch den Spion zu. Kaum war ich fertig, schob er die Riegel auf und drehte den Schlüssel im Schloss.
Automatisch stellte ich mich am Fenster auf.
»Mitkommen!«

Der Flur war, wie immer, hell erleuchtet, und das Warnlicht an der Gangkreuzung stand auf Grün. Es ging weiter, die Treppe hinauf bis in den zweiten Stock. So schnell, dass ich Mühe hatte, Schritt zu halten.

Musste ich zum Verhör? Um diese Zeit? Ich hatte zwar keine Ahnung, wie spät es war, aber mit ziemlicher Sicherheit mitten in der Nacht.
Ich wurde in das gewohnte Verhörzimmer geführt. Als Erstes fiel mir auf, dass die Vorhänge zugezogen waren. Dann bemerkte ich, dass am Schreibtisch ein anderer Mann saß als sonst.
Er wartete nicht, bis ich nervös wurde. Kaum dass der Wärter gegangen war und ich auf dem Hocker saß, stand er auf, knallte eine Akte auf den Tisch, der quer zu seinem Schreibtisch stand, und setzte sich dann halb auf die Kante. »Ihr Bruder hat alles gestanden.«
Der Mann mochte gut zwanzig Jahre jünger sein als der Offizier, mit dem ich bisher zu tun hatte, wirkte aber nicht jung. Sein Mund war schmal und verkniffen, und die Augen blickten stechend.
»Ihr Bruder hat alles gestanden«, wiederholte er.
Langsam verzog sich der Nebel in meinem Kopf und ich erfasste, was er gesagt hatte.
»Auch Ihren Anteil an der Sache.« Er schob den Hefter ein Stück in meine Richtung, wie um mich aufzufordern, darin zu lesen. Aber dazu hätte ich aufstehen müssen, und das traute ich mich nicht.
»Sieht nicht gut für Sie aus.« Er griff selbst nach der Akte und schlug sie auf. »Staatsfeindliche Hetze, Spionage.« Ungerührt sah er mich an. »Ihr Bruder hat ausgesagt, was Sie mit diesen Flugschriften vorhatten. Und wer alles an ihrem Entstehen beteiligt war. Und welche Informationen Sie dem CIA-Spion haben zukommen lassen.« Seine Stimme war so kalt wie sein Blick. »Das reicht für einige Jahre Haft, womöglich die Höchststrafe.«
»Ich möchte mit einem Anwalt sprechen.« Der Satz war heraus, ehe ich mir dessen bewusst war.

Der Offizier ließ ein spöttisches Lachen hören. »Ein Anwalt wird Ihnen kaum nützen, zumal Ihr Bruder ein umfassendes Geständnis abgelegt und Sie damit schwer belastet hat. Kapieren Sie denn nicht, was das bedeutet?«
Florian sollte ein umfassendes Geständnis abgelegt und mich schwer belastet haben? Ich konnte es einfach nicht glauben. Wollte es auch nicht glauben. Aber ich war zu müde, um klar zu denken. Höchststrafe ... Hans und Sophie Scholls Schicksal ging mir durch den Kopf, und ich fröstelte. Es war kalt im Raum.
»Aber vielleicht können wir Ihnen doch noch entgegenkommen.« Er klappte den Hefter zu und warf ihn wieder auf den Tisch. »Das heißt, sofern Sie uns entgegenkommen.«
Was wollte der Mann von mir? Ich hatte nicht die Energie, darüber nachzudenken.
»Konkret heißt das: Augen und Ohren offen halten. Hier und da Informationen sammeln.« Ganz locker dahin sagte er das, als wollte er mir einen Spaziergang vorschlagen.
So müde war ich denn doch nicht, dass ich nicht verstand.
»Ich bespitzele keine anderen Leute«, sagte ich laut.
»Bespitzeln ... tsss, tsss. Das sollen Sie doch gar nicht.« Er schlug einen Ton an, als hätte er ein sechsjähriges Kind vor sich. »Wir bitten Sie lediglich, uns über das zu informieren, was Sie in Ihrem Alltag so mitbekommen.«
»Ich werde mich nicht vom Ministerium für Staatssicherheit benutzen lassen«, sagte ich mit Nachdruck. Ich wusste doch genau, worauf es hinauslief. »Ich schwärze keine Bekannten an. Und auch keine Unbekannten.«
Er schüttelte wie bekümmert den Kopf.
»Sie sollten über den Vorschlag noch einmal nachdenken. Weil Ihnen letztlich gar keine andere Wahl bleibt.« Er griff nach der Akte, nahm ein Blatt heraus, das wie ein Formular aussah, und

legte es auf den Tisch. Daneben einen Kugelschreiber, den er aus seiner Brusttasche zog. »Wenn Sie unterschreiben, sorge ich dafür, dass das hier …« – er wedelte mit dem Hefter –, »… dass das hier verschwindet. Und dass Ihr Bruder seine Aussage widerrufen kann.«
Mir stand der Sinn nicht danach, über seinen sogenannten Vorschlag nachzudenken. Ich wollte wieder in meine Zelle zurück.
»Je schneller Sie Ihre Entscheidung treffen, desto eher sind wir hier fertig.« Er wusste verdammt gut, dass ich todmüde war und nichts lieber wollte als schlafen. Aber ich dachte nicht daran nachzugeben.
»Sie wollen doch nicht daran schuld sein, dass Ihr Bruder verurteilt wird, oder?«
Ich warf einen Blick auf das Blatt. Von meinem Platz aus konnte ich es nicht lesen. Es war ein kurzer Text und darunter eine Linie zum Unterschreiben. Wenn ich es tat, würden sie Florians Geständnis dann wirklich vernichten? Würden wir beide straffrei ausgehen? Ich könnte ja unterschreiben, überlegte ich, ihnen aber dann keine Informationen liefern, einfach behaupten, mir wäre nichts zu Ohren gekommen. Was wollten sie mir dann anhaben? War die Unterschrift auf diesem Papier das Opfer, das ich für Florian und mich selbst bringen musste, damit keiner von uns für seine Ideale sterben musste? Wäre ich bloß nicht so müde, dann könnte ich die Sache gründlich durchdenken. Aber mir war, als zögen meine Gedanken sich in einen Nebel zurück, ehe ich sie fassen konnte.
Der Mann schnalzte mit der Zunge.
»Ich habe Sie für klüger gehalten«, sagte er. »Sie sind doch die Tochter Ihrer Mutter, und Ihre Mutter hat klug gehandelt.«
Meine Mutter!? Ich starrte ihn entgeistert an.
»Jawohl, Ihre Mutter. Das hat sie Ihnen wohl nicht gesagt, was?« Er rutschte vom Tisch und ging zum Fenster. Mit zwei

Fingern öffnete er den Vorhang einen Spalt und spähte in die Nacht hinaus. Den Rücken mir zugewandt, sprach er weiter: »Ihre Mutter hat dafür gesorgt, dass der Spion aus dem Westen gefasst werden konnte. Das wussten Sie wohl nicht, wie?« Er drehte sich um. »Anders als Sie weiß Ihre Mutter, dass sie ihrem Land etwas schuldet für das, was ihre Familie an Vorteilen hat.« Er genoss es sichtlich, dass ich ihn immer noch verständnislos anstarrte.
Was, um Himmels willen, hatte meine Mutter damit zu tun? Was für einen Unsinn versuchte er mir da weiszumachen?
»Nach der Flucht ihrer Brüder hat sie sich entschlossen, mit uns zusammenzuarbeiten. Nur darum sind Sie und Ihr Bruder zum Studium zugelassen worden.«
Ich schüttelte den Kopf. Das war garantiert eine Finte, mit der er mich provozieren wollte. Er war nähergekommen und stand nun direkt vor mir.
»Und Sie erweisen sich nicht nur als undankbar, sondern auch noch als stur!« Sein Kaffeeatem schlug mir entgegen. Er spie die Worte geradezu aus, als würden sie ihm einen schlechten Geschmack im Mund verursachen.
»Nein!«, stieß ich endlich hervor und schüttelte wieder den Kopf, als ließe sich so abwehren, was er gesagt hatte.
Erneut das spöttische Lachen.
»Glauben Sie etwa, es war ein Zufall, dass dieser Andreas eine Wohnung zugewiesen bekam, die von Ihrer aus einzusehen ist?« Er verschränkte die Arme und sah mich abwartend an.
Das Fernglas auf der Fensterbank in unserem Zimmer ... hatte *Mutter* es dort liegen lassen? Nein, das konnte nicht wahr sein! Bestimmt log er mir etwas vor, nur um mich weichzuklopfen. Damit ich diesen elenden Wisch unterschrieb! Jetzt war ich mir auch wieder ganz sicher, dass Florian *nichts* zugegeben hatte.

Die Lügen waren Teil des Spiels – alles reine Taktik. Aber mich würden sie nicht kleinkriegen! Mich nicht!
Der Offizier nahm die Akte, blätterte sie auf und las vor: »Mittwoch, 19. Oktober 1977, 17 Uhr 13: A. kommt nach Hause. In Begleitung zweier junger Männer. Beide um die fünfundzwanzig. Unbekannt. A. holt eine Schreibmaschine hervor. Gespräch. Besucher 1 liest aus Buch vor. A. tippt. Besucher 2 geht auf und ab und beteiligt sich an Gespräch. 17 Uhr 54: A. deckt Schreibmaschine wieder ab. Besucher 2 versteckt getippte Blätter unterhalb Fenster. A. und beide Besucher verlassen Wohnung. 17 Uhr 58: Ende Observation.« Er warf mir einen triumphierenden Blick zu. »Ich denke, Sie wissen, worum es hier geht.« Dann grinste er: »Sie sind eben nicht die Weiße Rose.«
»Halten Sie den Mund!«, entfuhr es mir.
Er ging darüber hinweg und setzte sich wieder auf die Tischkante. »Seien Sie vernünftig, Fräulein Lentz. Und wenn es nur ein einziges Mal in Ihrem Leben ist.«
Ich biss die Zähne zusammen. Ruhig atmen. Ruhig. Atmen. Sie wollen mich kirre machen, dachte ich, aber das schaffen sie nicht. Niemals!
»Beweisen Sie, dass Sie es wert sind, studieren zu dürfen. Dass Sie eine gute Bürgerin der Deutschen Demokratischen Republik sind. Sie werden doch Ihre Zukunft und die Ihres Bruders nicht mutwillig wegwerfen. Sie sind keine Märtyrerin wie die gute Sophie Scholl.«
»Sie sollen den Mund halten!«, schrie ich, völlig außer mir.
Was wusste dieser widerliche Mensch schon von Sophie Scholl? Was fiel ihm ein, ihren Namen in den Schmutz zu ziehen!? Ich sprang hoch und wollte auf ihn einschlagen. Er trat rasch beiseite und drückte, noch ehe ich ihn erreicht hatte, auf einen Knopf auf einem kleinen Gerät.

Sekunden später ging die Tür auf. Ein Wärter stürmte herein und drehte mir die Arme auf den Rücken. Ich fühlte das kalte Metall von Handschellen. Der Mann, der mir die Fragen gestellt hatte, verfolgte das Geschehen mit ungerührter Miene. »Bringen Sie sie in die Zelle«, sagte er. »Sie wird sich schon beruhigen und zur Einsicht kommen.«

Der Wärter zerrte mich aus dem Raum. Im Flur sackte ich zusammen – ich konnte nicht mehr.

Ein zweiter Wärter tauchte auf, und zusammen schleppten sie mich weiter. Ich bemühte mich gar nicht mehr, selbst zu gehen, und hatte nur noch einen Gedanken: schlafen.

In der Zelle stießen sie mich auf den Hocker und nahmen mir die Handschellen ab.

Dann fiel die Tür zu, die Riegel wurden vorgeschoben und der Schlüssel im Schloss gedreht.

Aber das Licht ging nicht aus. Und jedes Mal, wenn ich kurz vor dem Einschlafen war, ging die Luke auf, und es hieß: »Wach bleiben!«

Irgendwann konnte ich die Augen nicht mehr offen halten und nickte ein. Als der Wärter es beim nächsten Kontrollblick bemerkte, kam er in die Zelle und weckte mich mit einem groben Stoß in die Seite.

Wie aus weiter Ferne hörte ich das morgendliche Klingelzeichen, und wenig später ging die Luke auf.

»Schüssel, Becher!«

Ich hatte keine Kraft aufzustehen.

Die Luke ging wieder zu. Der Tag hatte begonnen, und es würde noch mindestens vierzehn Stunden dauern, ehe ich mich hinlegen und schlafen durfte. Wie sollte ich das bloß durchstehen?

ACHTUNDZWANZIG

Ich befand mich in einem tranceartigen Zustand, konnte nicht mehr zwischen Schlafen und Wachen unterscheiden. Manchmal waren meine Gedanken glasklar, dann wieder völlig wirr und verschwommen.

Konnte es denn wahr sein, dass Mutter für die Stasi arbeitete?

19. Oktober ... an dem Abend waren Florian, Hans und Andreas mit dem neuen Flugblatt beschäftigt gewesen. Hatte Mutter das tatsächlich beobachtet und protokolliert? Falls ja, musste sie Florian erkannt haben und Hans ebenfalls. Ihre Namen hatte sie jedoch nicht genannt. War ihr schon da klar gewesen, womit ihr Sohn sich beschäftigte?

Kurz darauf war Andreas verhaftet worden, und zu Hause war es zum Streit gekommen. Ich versuchte, mich zu erinnern, was Mutter uns vorgeworfen hatte. *Ich habe, verdammt noch mal, alles dafür gegeben, dass ihr eine Zukunft habt.*

Damals hatte ich nicht gewusst, was sie mit »alles gegeben« meinte. Hatte sie ihre Prinzipien über Bord geworfen und für die Stasi spioniert, nur damit Florian und ich studieren konnten? War *das* der Grund, weshalb sie nie über Julian und die Zeit nach seiner Flucht reden wollte?

Franz war wegen der Flucht seiner Schwester verhaftet worden. War Mutter das Gleiche passiert? Hatte man ihr auch so ein »Angebot« gemacht wie mir? Und hatte sie sich um ihrer Kinder willen darauf eingelassen?

Musste *ich* nun *um Florians willen* unterschreiben? Aber wie konnte ich sicher sein, dass man sein Geständnis – falls es eines gab – auch wirklich vernichtete? Die Fragen schienen auf und verblassten wieder. Und eine jede hinterließ eine Wunde, wie ein kleiner Pfeil mit Widerhaken.

Wenn doch nur Florian bei mir wäre! Damit ich ihm alles sagen könnte. Er würde mich in den Arm nehmen und mir versichern, dass die Stasi-Ratten mir lauter gemeine Lügen auftischten und dass sie uns nicht unterkriegen würden. Ich sehnte mich so sehr nach Florians Nähe und Wärme, an ihn geschmiegt könnte ich selbst hier gut schlafen.
Aber ich war allein in meiner Zelle, saß zwischen kahlen Wänden im kalten Licht der Deckenlampe.
Wie lange müsste ich im Gefängnis sitzen? Der Mann hatte von Höchststrafe gesprochen ... bedeutete das, dass ich *zehn Jahre* würde ausharren müssen? Ohne den Himmel zu sehen. Ohne die Vögel zu hören. Ohne Bücher zu lesen und Briefe zu schreiben. Ohne jeden menschlichen Kontakt der tödlichen Langeweile ausgeliefert sein.
Das würde ich nicht aushalten. In meinem eigenen Kopf eingesperrt zu sein, wäre die Hölle.

Als die Luke wieder aufging, schleppte ich mich hin, um das Mittagessen – wässrigen Eintopf, wie immer – in Empfang zu nehmen. Aber vielleicht würde das Essen mir guttun, mich ein bisschen stärken.
Ich aß langsam und kaute gründlich. Der Eintopf war halb abgekühlt, trotzdem wurde mir innerlich ein wenig wärmer. Äußerlich war mir nach wie vor kalt, vor allem an den Händen und der Nase.
Für Gymnastikübungen fehlte es mir an Energie, darum blieb ich nach dem Essen auf dem Hocker sitzen und starrte trübselig vor mich hin.

Als die Tür entriegelt wurde, war mir, als schließe sich eine eiskalte Faust um meinen Magen. Nicht schon wieder ... ein wei-

teres Verhör könnte ich jetzt nicht durchhalten. Mit schweren Beinen erhob ich mich, stellte mich ans Fenster und wartete. Womit wollten sie mir nun wieder zusetzen?
Die Tür ging auf. Es war ein Wärter, den ich bisher noch nie gesehen hatte.
»Hofgang?«, sagte er fragend.
Ich nickte erleichtert. An die frische Luft, das war auf jeden Fall besser, als in der Zelle zu sitzen und zu grübeln.

Draußen war es so kühl und neblig, dass ich am liebsten gleich wieder ins Gebäude gegangen wäre. Und es nieselte. Feine Tröpfchen, die man kaum sah und hörte, die einen aber im Nu durchnässten. Der Wärter brachte mich in den Tigerkäfig, wie ich die Hofzelle inzwischen nannte. Die Bewacher oben auf der Mauer hatten die Köpfe eingezogen, unbeweglich standen sie als bedrohliche Silhouetten im Licht der Lampen. Obwohl ich ihre Gesichter nicht sehen konnte, fühlte ich mich an die Fratzen mittelalterlicher Wasserspeier an den Dächern alter Kirchen erinnert.
Wäre ich doch bloß in der Zelle geblieben, dachte ich, zog die Schultern hoch und schob die Hände in die Taschen der Trainingshose.
Ich redete mir ein, der Regen würde mich erfrischen, vielleicht sogar die Gedanken klären, aber ich konnte mich nicht aufraffen, meine Runden zu gehen und, wie sonst, ein paar Turnübungen zu machen. Ich stand einfach da, einer fröstelnden Statue gleich, und ließ es geschehen, dass der Regen mich durchnässte und die Kälte in alle Glieder kroch.
Aus dem Augenwinkel linste ich zur Mauerkrone hoch. Einer der Bewacher hielt seine Waffe auf mich gerichtet, sein Nebenmann stand mit dem Rücken zu mir und hielt das Gewehr genauso.

Hieß das, dass auch im Nachbarkäfig ein Häftling war, der sich von dem Wetter nicht hatte abschrecken lassen?
Plötzlich hörte ich eine laute Stimme: »Lass das, Mann! Was soll der Mist?«
Es hörte auf zu regnen. Es war nicht mehr kalt. Und ich empfand keinerlei Müdigkeit mehr. Ein Schwall aus Wärme und Energie erfüllte mein Inneres.
»Florian!«, schrie ich. »Florian!«
Erst keine Reaktion.
Dann: »Marthe?!« Fragend, ungläubig.
Der Schwall schoss bis in meine Finger- und Zehenspitzen. Ich rannte auf die trennende Mauer zu.
»Ruhe!«, tönte es von zwei Seiten her.
Aber ich dachte nicht daran, Ruhe zu geben.
»Florian!«
Ich wollte so viel sagen, dass ich gar nicht wusste, womit ich anfangen sollte.
»Marthe! Lass dich nicht unterkriegen! Sei stark!«
Mir war, als sähe ich sein Gesicht vor mir, sein aufmunterndes Lächeln.
»Ruhe! Aber sofort!«
»Gib nichts zu, Marthe!«, versuchte Florian, die gebrüllten Befehle zu übertönen. »Lass dich bloß nicht ...« Ein Schlag, dann ein Aufstöhnen. Schnelle Schritte, Keuchen ... im Nachbarkäfig war helle Aufregung entstanden.
»In die Mitte! Hände auf den Kopf!« Dieser Befehl galt mir.
Jetzt spürte ich den Regen wieder, der mir in den Kragen rann. Und die Kälte, aber nur äußerlich, innerlich war mir nach wie vor warm. Florian war in meiner Nähe. Und er hatte kein Geständnis abgelegt! Ihr Spiel war aufgeflogen, weil ihnen ein Fehler unterlaufen war.

Es machte mir nichts aus, den Befehl zu befolgen. Ich tat es mit erhobenem Haupt.
Wenig später wurde ich ins Gebäude geführt.
In meiner Zelle fehlten die Matratzen und das Bettzeug. Eine Strafmaßnahme. Ich wurde für *ihren* Fehler bestraft. Egal ... die Müdigkeit war wie weggeblasen, hatte neuer Hoffnung Platz gemacht. Und einer rauschhaften Siegesgewissheit.

NEUNUNDZWANZIG

In der Nacht wurde ich erneut ins Verhörzimmer gebracht. Diesmal erwartete mich wieder der ältere Offizier. Ohne etwas zu sagen, legte er die Akte, das Formular und den Kugelschreiber vor mich hin. Aber ich unterschrieb nicht. Sagte nicht einmal »Nein«. Schweigend wartete ich darauf, wieder in meine Zelle geführt zu werden. Florian hatte nichts zugegeben, also konnten sie mir auch nichts anhaben. Sie hatten ihr Spiel gespielt und verloren.
»Wissen Sie, warum Hans und Sophie Scholl so mutig waren?«, sagte ich schließlich zu dem Mann. »Weil sie einander hatten.«
Tags darauf fand kein Verhör statt, und ich wurde auch nicht gefragt, ob ich in den Hof wolle. Ich saß die ganze Zeit auf meinem Hocker, Stunde um Stunde, völlig gedankenleer, eine Hülle meiner selbst. Geräusche nahm ich wie aus weiter Ferne wahr, und das Licht war so grell, dass ich es dauernd sah, auch wenn ich zwischendurch die Augen schloss.
Nach dem Abendessen wurde die Tür entriegelt. Ich war so müde, dass ich es nicht schaffte, aufzustehen und zum Fenster

zu gehen – die zwei Nächte fast ohne Schlaf forderten ihren Tribut.
Wieder stand der junge Wärter in der Tür. Er schrie mich weder an, noch drohte er, weil ich sitzen geblieben war. »Mitkommen«, sagte er fast schon milde.
Langsam hob ich den Blick. Ich konnte nicht mehr. Noch ein Verhör und noch eine Nacht ohne Schlaf würde ich nicht durchstehen. So wie ich mich jetzt fühlte, konnte ich dem Offizier keinen Widerstand mehr entgegensetzen und würde unterschreiben, was auch immer er mir hinlegte.
Der Wärter wiederholte den Befehl nicht, sondern trat neben mich und zog mich am Arm in die Höhe.
Wie eine Schlafwandlerin ließ ich mich aus der Zelle führen. Diesmal ging es aber nicht zur Treppe, sondern in die Gegenrichtung.
Vor der Tür des Raums, in dem ich am ersten Tag – vor einer Ewigkeit, wie mir schien – die Gefängnissachen bekommen hatte, blieb der Mann stehen und klopfte.
»Herein!« Eine barsche Frauenstimme.
Der Wärter öffnete die Tür, und wir traten ein.
Auf dem Tresen lag ein Stapel Kleider. Meine Kleider. Die Frau deutete wortlos darauf.
Ich sollte mich umziehen?
Langsam entledigte ich mich der Häftlingskleidung und schlüpfte in meine eigenen Sachen. Sie fühlten sich klamm an. Und steif. Rochen nach einem anderen Leben.
Dann legte der Wärter mir Handschellen an und führte mich in eine geräumige fensterlose Garage, in der ein Lieferwagen stand. Mit der Aufschrift *Frischfisch*. Die Tür zu einem kleinen Metallverschlag im Laderaum des Wagens stand offen.
»Einsteigen.«

Ich tat es, und die Tür wurde hinter mir geschlossen. Wie bei der Herfahrt saß ich in völliger Dunkelheit.
Wohin brachten sie mich? Zu meiner Gerichtsverhandlung? Kein Mensch hatte mir etwas davon gesagt, und mit einem Anwalt hatte ich bisher auch nicht sprechen dürfen. Aber es war bereits Abend, da hatten die Gerichte mit Sicherheit geschlossen. Wahrscheinlicher war, dass ich in ein anderes Gefängnis überführt wurde. Damit Florian und ich einander nicht noch einmal begegneten. Ich musste unwillkürlich lächeln. Das war wirklich ein kapitaler Patzer gewesen!
Der Motor sprang an, und der Wagen verließ die Garage. Dann hielt er kurz, vermutlich am Tor, fuhr weiter und bog auf die Straße ein.
Diesmal versuchte ich gar nicht erst, mich zu orientieren. Ich legte die Stirn an das kalte Metall. Nach den vielen Stunden im Neonlicht empfand ich die Dunkelheit als wohltuend. Ich bekam das Gefühl, mich außerhalb der Welt zu befinden. Außerhalb der Zeit. Eine kurze Pause vor dem nächsten Akt.
Der Fahrer fuhr nicht eben vorsichtig, ich wurde auf der schmalen Bank hin und her geschleudert. Dennoch nickte ich immer wieder ein. Um Sekunden später wieder hochzuschrecken – wie so oft in den letzten Tagen.
Wir fuhren eine ganze Weile, wie lange genau, vermochte ich nicht einzuschätzen. Als der Wagen plötzlich anhielt und der Motor abgestellt wurde, spitzte ich die Ohren. Nichts zu hören. Es war so still, dass ich mein Blut rauschen hörte. In Erwartung dessen, was kommen würde, spannte ich sämtliche Muskeln an.
Die Tür ging auf. Der Wärter – im Gegenlicht einer Straßenlaterne sah ich ihn nur als Umriss – nahm mir die Handschellen ab.
»Aussteigen«, befahl er.

Er zerrte mich nicht aus dem Wagen, sondern wartete, bis ich herausgeklettert war. Dann warf er die Tür zu und stieg auf der Beifahrerseite ein. Der Motor startete, und der Transporter fuhr davon. Fuhr einfach so davon. Ohne mich …
Mutterseelenallein stand ich auf dem Bürgersteig, irgendwo in der Stadt. Weit und breit kein Mensch.
Auf der einen Straßenseite sah ich alte Häuser, auf der anderen eine noch älter wirkende Mauer. Die mir bekannt vorkam. Ich ging darauf zu und spähte hinüber. Grabsteine in der Dunkelheit. Der jüdische Friedhof. Ich war nicht allzu weit weg von zu Hause.
Konnte es sein, dass sie mich freigelassen hatten? Einfach so? Noch halb benommen, setzte ich mich auf den Boden und lehnte den Rücken an die Mauer. Mein Rock wurde nass, aber das kümmerte mich jetzt nicht.
Ich wartete.
Sie kamen nicht wieder.
Ich war tatsächlich frei. Aber warum? Ich hatte doch das Formular nicht unterschrieben. Oder etwa doch? War mir durch die Erschöpfung ein Stück Erinnerung abhandengekommen?
Sie hatten mich also gehen lassen … aber vielleicht wurde ich ja beschattet, weil sie wissen wollten, wohin ich ging, zu wem. Ich schaute in beiden Richtungen die Straße entlang. Nichts zu sehen. Kein Transporter mit der Aufschrift *Frischfisch*. Auch kein graues Auto mit zwei Männern darin. Nicht einmal jemand, der seinen Hund ausführte.
Nur ich war da.
Und die Straßenlaternen. Der verhangene Nachthimmel und der Geruch nasser Laubblätter vom Friedhof her.
Ich schloss die Augen und holte tief Luft. Frische Luft. Ohne Mauern, Gitter und Stacheldraht um mich herum. Ich war frei.

Ich konnte tun und lassen, was ich wollte. Mich anlehnen, mich hinlegen, schlafen. Oder aufstehen und weggehen. So weit ich wollte. Oder aber bleiben. So lange ich wollte.
Ich entschloss mich zu bleiben. Und zu warten. Bestimmt würden sie auch Florian heute Nacht noch freilassen. Dann könnten wir zusammen nach Hause gehen. Mein Bruder und ich.

SYBILLE NIEMÖLLER

1989

EINS

Es war kein Wetter für eine Beerdigung. Es war nicht düster oder verhangen, es regnete nicht. Es war nicht kalt, und die Leute drängten sich nicht in schwarzen warmen Mänteln unter schwarzen Schirmen zusammen. Die Vögel zwitscherten, die Sonne strahlte vom Himmel, und der Pfarrer in seinem kurzärmeligen schwarzen Hemd schwitzte.

Es war ein Tag, um im Weißen See schwimmen zu gehen und anschließend zu picknicken – ein höchst unpassender Gedanke. Aber ich mochte dem Pfarrer nicht zuhören, der einen völlig unpersönlichen Text herunterleierte. Er hatte sie nicht gekannt. Bestimmt hatte er ihren Namen von einem Zettel abgelesen und in seine vorgefertigte Ansprache wie in einen Lückentext eingetragen.

Am Grab standen nur wir und die Sargträger. Onkel Hermann hatte keine Trauerkarten verschickt und gesagt: »Auf scheinheilige Tränen kann ich verzichten.« Oma hatte sich bei ihm, ihrem Schwiegersohn, eingehakt und presste mit der freien Hand ein weißes Taschentuch an die Wange. Ich stand hinter Großvaters Rollstuhl. Es waren keine Freunde da, keine Kollegen.

»Sie hatte mit niemandem mehr Kontakt«, hatte Hermann gesagt.

Auch ihre Kinder fehlten. Dafür standen in einiger Entfernung zwei Männer, die mit ihren versteinerten Mienen nicht ins Schönwetterbild passten. Wir gaben uns alle Mühe, sie zu ignorieren. Ob sie wussten, wo Tante Gudruns Kinder waren? Vor fast zwölf Jahren waren Marthe und Florian verschwunden, und seither hatten wir nie wieder etwas von ihnen gehört. Ihre Eltern hatten nie erfahren, was geschehen war. Nachfragen bei Polizei und Stasi hatten nichts ergeben. Gudrun war sicher gewesen, dass sie verhaftet worden waren. Sie hatte bereits ihre Brüder an das System verloren. Und dann auch noch ihre Kinder. Das hatte sie nicht verkraftet. Sie war zu einem Schatten ihrer selbst geworden.
Der Pfarrer klappte die Bibel zu und schaute in unsere kleine Runde. »Möchte noch jemand etwas sagen?«
Ich hatte das Gefühl, etwas sagen zu müssen – etwas, in dem echt empfundene Trauer zum Ausdruck kam, oder eine schöne Erinnerung an sie. Aber die Worte verpufften in meinem Kopf, noch ehe sie sich aneinanderfügen konnten. Opa murmelte etwas, und der Pfarrer nickte ihm zu, aber sein Gemurmel verstummte. Mein Großvater hatte noch viel größere Schwierigkeiten als ich, etwas in Worte zu fassen – die meisten waren seinem Gedächtnis längst entglitten.
Hermann räusperte sich, aber auch er bekam nichts heraus.
Da trat Oma vor. »Gudrun hatte es nicht leicht im Leben«, begann sie. »Die Verluste, die sie hat hinnehmen müssen, haben ihr das Herz gebrochen. Doch wir wollen sie so in Erinnerung behalten, wie sie früher war. Wie sie in ihrer Kunst aufgegangen ist, wie begeistert sie ihre Studenten unterrichtet hat, wie tief ihr Schönheitsempfinden war und wie groß die Liebe zu ihren Kindern. Gudrun war ein Familienmensch und zugleich eine lebensfrohe Frau. Sie hat für das gekämpft, woran sie glaubte. Aber auch die elastischste Feder bricht irgendwann.«

Sie stockte und wischte sich die Augen. Gudrun war nicht aufs Hausdach gestiegen, um die Aussicht auf die Stadt zu genießen. Erst jetzt wurde mir bewusst, was ihr Tod für Oma bedeutete: Mit Gudrun hatte sie quasi ihr letztes Kind verloren.

Oma hatte Hermann in den letzten Tagen nach Kräften unterstützt, statt seiner alles für die Beerdigung geregelt und ihn getröstet. Die ganze Zeit war sie für ihn da gewesen.

Wie sehr sie selbst litt, daran hatte niemand gedacht. Niemand hatte gefragt, wie es ihr ging, oder ihr etwas abgenommen, weil bisher immer sie diejenige gewesen war, die anderen half. Sie war eine Kämpfernatur. Hatte zwei Weltkriege überlebt. Sich mit vier politischen Systemen arrangiert. Vier Kinder großgezogen. Und niemand hatte je gefragt, woher sie die Kraft für all das nahm.

Auch ich hatte nie danach gefragt, und dafür schämte ich mich. Ich schaute weg, erst zum blauen Himmel und dann zu den Bäumen, weil ich hoffte, so meine Tränen zurückdrängen zu können. Vor allem aber wollte ich nicht sehen, wie der Sarg nun in die Grube hinabgelassen wurde, wie Hermann noch mehr in sich zusammensank und Oma ihn tröstend umarmte.

Einen Moment lang meinte ich, eine Gestalt zwischen den Bäumen zu erkennen. Ich blinzelte, sah aber nur verschwommen. Als ich die Tränen weggewischt hatte, war da niemand.

Inzwischen war alles gesagt. Kein Lied wurde mehr gesungen, keine Musik spielte. Der Pfarrer wusste anscheinend nicht so recht, wie er die Zeremonie zu Ende bringen sollte, darum sagte er noch einmal »Amen« und machte dann eine Kopfbewegung zum Ausgang hin.

Unser kleiner Zug setzte sich in Bewegung. Der Pfarrer ging voran, ihm folgten Oma und Hermann, und den Schluss bildete ich mit Opa im Rollstuhl. Die Männer mit den versteinerten

Gesichtern gingen ebenfalls in Richtung Ausgang, hielten aber Abstand zu uns. Als wir uns am Tor vom Pfarrer verabschiedeten, eilten sie an uns vorbei und bestiegen ein am Straßenrand geparktes Auto.

Ich warf einen Blick über die Schulter. Jetzt brauchte ich keine Tränen mehr wegzublinzeln und sah es deutlich: Eine schwarz gekleidete Frau kniete vor Gudruns Grab.

»Oma, kannst du dich bitte kurz um Opa kümmern? Ich will noch mal zurück«, sagte ich und schlug den Weg zum Grab ein.

Die Frau hob den Kopf und schaute zu mir her. Als hätte sie mein Kommen gespürt. Unsere Blicke trafen sich.

Es war Marthe. Sie war älter geworden, aber ihre Gesichtszüge waren unverändert. Ich blieb stehen. Dachte einen Moment lang, es wäre vielleicht doch eine Täuschung, ein Trugbild, das sich beim Näherkommen auflösen würde.

Langsam ging ich weiter. Ich war nur noch wenige Meter entfernt, da stand sie auf.

Wie zwei Statuen standen wir uns gegenüber.

»Sagst du bitte meinem Vater nicht, dass ich hier war?«, sagte sie leise.

Automatisch schüttelte ich den Kopf.

Ein Lächeln huschte über ihr Gesicht, dann drehte sie sich um und ging davon.

»Warte!«, wollte ich rufen, brachte aber keinen Laut hervor. Ich hätte so viele Fragen gehabt. Was passiert war. Wo sie all die Jahre gesteckt hatte. Ob sie in Berlin wohnte. Wo Florian war. Wie sie vom Tod ihrer Mutter erfahren hatte …

Aber sie sah sich nicht mehr um.

Als ich mich wieder zu den anderen gesellte, die am Friedhofstor gewartet hatten, erwähnte ich die seltsame Begegnung nicht.

Zu Hause aßen wir die belegten Brötchen, die Oma hergerichtet hatte. Opa murmelte immer wieder vor sich hin; er hatte gar nicht erfasst, dass seine älteste Tochter tot war – für ihn war sie bereits vor längerer Zeit verschwunden, nur in wenigen klaren Momenten erinnerte er sich noch an sie.
Hermann aß kaum etwas und sagte kein Wort, und Oma versuchte gar nicht erst, ein Gespräch in Gang zu bringen, schenkte nur hin und wieder Kaffee nach.
Sagst du bitte meinem Vater nicht, dass ich hier war? Marthes Bitte ging mir die ganze Zeit durch den Kopf. Zwölf Jahre lang war sie verschwunden gewesen, hatte nichts von sich hören lassen. Und dann tauchte sie plötzlich auf und sagte so etwas. Ohne Begrüßung, ohne Erklärung. Sie hatte mich nicht mit Namen angesprochen, mich aber erkannt.
Zwölf lange Jahre hatte Gudrun gewartet. Und irgendwann die Hoffnung aufgegeben …

ZWEI

Es war kein Zufall, dass ich im Lager die Karre mit den Haferflocken nahm. Ich hatte nämlich gesehen, dass Marco gerade mit einer Ladung Zwiebacktüten losgezogen war.
Jetzt stand ich gerade mal zwei Meter von ihm entfernt und räumte Haferflockenpackungen ins Regal, traute mich aber nicht, ihn anzusprechen, sondern schaute nur aus dem Augenwinkel hin. Er trug einen braunen Kittel wie alle, die hier arbeiteten, der aber seine löchrige Jeans und das schwarze langärmelige T-Shirt nicht ganz verdeckte. Seine Haare waren extrem kurz, bis auf

eine längere Partie in der Kopfmitte, die jetzt platt anlag, weil er sie sich bei der Arbeit nicht nach oben frisieren durfte. Marco wirkte sehr lässig und überlegen, aber seine sanften Augen mit den langen Wimpern ließen darauf schließen, dass er sensibler war, als es den Anschein hatte. Diese Seite von ihm wollte ich gern kennenlernen, hatte mich aber bisher noch nicht getraut, ein Gespräch mit ihm anzufangen. Was hätte ich auch sagen sollen? Sein unkonventionelles Aussehen, seine Unabhängigkeit, sein Wagemut – er war mir in allem haushoch über. Neben ihm nahm ich mich aus wie eine graue Maus. Warum sollte er sich für mich interessieren?

»Psst!« Ich zuckte zusammen, als Christiane von der anderen Seite her durch eine Regallücke spähte. Sie hielt zwei Finger an den Mund und machte eine Kopfbewegung zum Hinterausgang hin. Ich nickte und räumte die letzten Haferflockenpackungen ein. Dann schaute ich mich verstohlen um. Herr Schnauzer, der Filialleiter, war nirgends zu sehen, also konnte ich beruhigt in Richtung Betriebskantine verschwinden, durch die man zum Hinterausgang gelangte. Er befand sich am Ende einer Sackgasse, die gerade so breit war, dass Lieferwagen und Müllauto durchkamen.

Christiane wartete bereits auf mich.

Sie gab mir eine Zigarette und zündete dann zuerst ihre an. Ich rauchte eigentlich nicht, aber weil Christiane ihre Rauchpausen ungern allein verbrachte, nahm ich hin und wieder eine.

»Hast du am Sonnabend schon was vor?«, fragte sie zwischen zwei hastigen Zügen.

Ich schüttelte den Kopf. Mein Freundeskreis war klein, ich hatte nur selten etwas vor.

»Die *Arschlöcher* treten im Mickmack auf.« Sie zwinkerte mir vielsagend zu. *Arschlöcher* – so nannte sich die Band, in der

Marco spielte. Christiane wollte uns schon eine ganze Weile verkuppeln, aber ich hatte ihr verboten, in dieser Hinsicht aktiv zu werden. Weil ich nicht wollte, dass es so aussah, als traute ich mich nicht selbst. Zumindest sollte Marco nicht diesen Eindruck bekommen.

»Woher weißt du das?«

»Marco hat uns eingeladen.«

Ich zog eine Augenbraue hoch.

»Na ja, er hat mit Diethard drüber geredet, und da hab ich gefragt, ob der Auftritt öffentlich ist.«

»Dann ist es doch keine Einladung!«

»Und …«, fügte Christiane betont hinzu, »… er hat gesagt, dass ich, also dass wir ruhig kommen können.«

Sich eine Einladung zu einem Konzert erschleichen – fiel das schon in die Kategorie »aktiv werden«? Egal, ich würde mitgehen. Auf jeden Fall.

»Wann fängt es an?«

»Um acht. Mach dich schick! Ich mach's auch!«

Ich verdrehte die Augen.

»Komm, wir müssen wieder rein, sonst erwischt der Schnauzer uns noch.«

Die Zwiebacktüten standen inzwischen alle im Regal, und Marco war nirgends zu sehen. Also ging ich ins Lager, packte Shampooflaschen auf meine Karre und zog sie in den Gang mit den Körperpflegeartikeln.

Abends auf dem Nachhauseweg dachte ich darüber nach, wie ich mich am Sonnabend anziehen sollte. Sexy? Oder eher ein bisschen verrückt? Jedenfalls so, dass Marco den langweiligen braunen Arbeitskittel vergaß, in dem er mich täglich sah.

Ich schloss die Haustür unseres Mietshauses auf, ging hinein und schaute routinemäßig in den Briefkasten im Flur. Meist hatte Oma ihn schon geleert, heute aber fand ich eine Ansichtskarte darin.

In Gedanken immer noch bei der Kleiderfrage, ging ich die Treppe hinauf und warf dabei einen Blick auf die Karte. Sie zeigte das Brandenburger Tor. Von Westen her fotografiert. Seltsam ... ich drehte sie um.

Frisch auf, mein Volk, die Flammenzeichen rauchen!, stand in unregelmäßiger Handschrift darauf. Keine Anrede, keine Unterschrift – und auch sonst kein Hinweis auf den Absender. Nur dieser eine Satz, mit dem ich nichts anfangen konnte. Ich prüfte die Adresse. Kein Vorname, es stand nur »Niemöller« darauf. Die Hausnummer stimmte. Und die Briefmarke war westdeutsch. Der Stempel leider unleserlich.

Flammenzeichen ... komisch ... das hörte sich irgendwie nach alten Germanen an. Oder nach Indianern. Die Karte sah neu aus, sie konnte also nicht jahrelang unterwegs gewesen sein. Bestimmt von irgendeinem Verrückten, dachte ich, als ich die Wohnungstür öffnete. Ich steckte die Karte ein. Oma wollte ich damit nicht beunruhigen.

DREI

Im Geschäft war so viel los, dass ich nicht einmal dazukam, auf die Uhr zu schauen. Aber vermutlich ging es auf den Feierabend zu. Man könnte meinen, die Leute würden allesamt ihre Einkäufe in den letzten fünf Minuten vor Ladenschluss erledigen. Mit rasender Geschwindigkeit tippte ich die Preise ein und zwang mich

zu einem Dauerlächeln. Wenn die Schlange vor der Kasse zu lang wurde, warf der Filialleiter einem böse Blicke zu, und wenn sie nicht schnell genug kürzer wurde, setzte es bei der wöchentlichen Personalbesprechung eine Rüge. Ich wurde kribbelig, weil die Kundin vor dem Kassentresen eine Packung Kakaopulver in den Händen drehte und wendete. Meine Finger schwebten über den Tasten, und ich schaute die Frau auffordernd an. Sie trug eine Sonnenbrille und hatte ein Tuch um die Haare gebunden.
Marthe?
Spukte sie mir denn noch immer im Kopf herum, sodass ich glaubte, sie überall zu sehen?
»Sybille, ich brauche deine Hilfe.«
Es war tatsächlich Marthe!
Meine Kehle war so trocken, dass ich keinen Laut hervorbrachte.
»Wann hast du Feierabend?« Sie sprach schnell und leise.
Rasch vergewisserte ich mich, dass Schnauzer mich nicht im Visier hatte. Die Reihe wurde immer länger.
»In …«, ein rascher Blick auf meine Armbanduhr, »… in einer Viertelstunde.«
»Gut, dann komm anschließend zum Hinterausgang des Ladens.« Sie zahlte, nahm das Kakaopulver und ging.
Ich schaute ihr nach.
»Fräulein, nun beeilen Sie sich doch! Gleich ist Ladenschluss.« Der nächste Kunde, ein Mann, machte eine ärgerliche Miene.
Dann geh eben früher einkaufen!, wäre es mir fast herausgerutscht. Aber ich schluckte die Bemerkung hinunter und tippte die Preise seiner Sachen ein.

Es dauerte noch fast eine halbe Stunde, bis ich gehen konnte. Marthe stand leicht geduckt zwischen den Müllcontainern und Kartonstapeln, nervös eine Zigarette rauchend.

»Ist dir jemand gefolgt?«

Verdutzt sah ich sie an. Warum sollte mir jemand folgen?

»Nein.«

Sie schien der Sache nicht zu trauen und behielt die Tür im Auge.

»Hast du einen Schlüssel zur Wohnung meiner Eltern?«, fragte sie dann.

Ich hatte sie seit meinem achten Lebensjahr nicht mehr gesehen, und nun tauchte sie binnen kurzer Zeit zweimal auf. Und fragte mich so etwas!

»Oma hat einen.«

»Kannst du heute Abend um neun mit dem Schlüssel hinkommen? Ich muss kurz in die Wohnung, aber Vater darf es nicht mitkriegen, sonst bekommt er womöglich Schwierigkeiten.«

Was sollte diese Heimlichtuerei? Warum durfte Onkel Hermann nicht wissen, dass seine Tochter noch lebte?

»Was ist, Sybille? Kommst du?!«

»Warum? Warum tauchst du auf einmal auf und bittest mich um Hilfe? Und warum hast du Angst, dass jemand mir gefolgt sein könnte?«

Marthe musterte mich eingehend. So als überlegte sie, ob mir zu trauen war.

»Ich glaube, meine Mutter hat mit der Stasi zusammengearbeitet«, sagte sie dann leise.

Ich öffnete den Mund, schloss ihn aber gleich wieder. Tante Gudrun und die Stasi – das war ja wohl absurd! Wo sie doch kaum noch aus dem Haus gegangen war. Wie hätte sie da jemanden bespitzeln sollen? Außer ihrem Mann natürlich … oder … ich schluckte … mich? War *das* der Grund für Marthes Besorgnis, jemand könnte mir gefolgt sein?

Noch nie hatte ich an so etwas gedacht. Ich hatte mir bisher nichts zuschulden kommen lassen, also konnte die Stasi nicht an mir interessiert sein. Und Tante Gudrun als Informantin – nein, das konnte ich mir wirklich nicht vorstellen.

»Nun sag schon!«, drängte Marthe. »Machst du es?«

»Wie, um Himmels willen, kommst du darauf, dass deine Mutter …?«

»Mehr kann ich dir nicht sagen«, unterbrach sie mich. »Bitte sei so gut. Ich muss in die Wohnung.«

Zögerlich nickte ich.

»Danke. Und bitte erzähl keinem davon.« Nach diesen Worten ging sie eilig davon.

Die neuerliche Begegnung mit Marthe hatte mich unruhig gemacht. Als ich mit dem Rad nach Hause fuhr, sah ich mich immerfort um. Bevor ich die Haustür hinter mir zuzog, spähte ich rasch noch einmal durch einen Spalt. Und oben in unserer Wohnung trat ich als Erstes ans Fenster, aber niemand stand vor dem Haus.

Meine Großeltern saßen im Wohnzimmer vor dem Fernseher. Opa schaute aber nicht auf den Bildschirm, sondern mit leerem Blick auf das Tischchen darunter. Oma neben ihm stickte. Dass der Apparat viel zu laut gestellt war, schien sie nicht zu stören.

Als ich um halb neun, mit dem Schlüssel zu Hermanns Wohnung in der Tasche, aus dem Haus ging, fühlte ich mich mehr als unsicher. An jeder Ecke vermutete ich einen heimlichen Beobachter und meinte, alle Passanten könnten mir ansehen, was ich vorhatte. Dass es nicht in Ordnung war, was ich tat, war mir klar, aber inzwischen war ich doch auch neugierig geworden. Ich wollte wissen, wie Marthe darauf kam, ihre Mutter habe für die Stasi spioniert. Warum sie nach all den Jahren aus der Versenkung aufgetaucht war. Und wo ihr Bruder Florian steckte.

Als ich ankam, dämmerte es bereits. Hinter etlichen Fenstern brannte Licht, nicht aber in der Wohnung von Marthes Eltern. Sie hatte offenbar in der Nähe auf mich gewartet, denn sie stand da, kaum dass ich mein Rad abgestellt hatte. Ich gab ihr den Schlüssel, und wir gingen ins Haus.

Wir waren gerade im dritten Stock, da fiel unten eine Tür ins Schloss. Ich zuckte zusammen, Marthe hingegen schien es entweder nicht gehört zu haben oder sie ignorierte es. Zwei Stufen auf einmal nehmend, lief sie weiter bis in den vierten Stock.

Ohne das geringste Zögern und auch ohne kurz zu lauschen, schloss sie die Wohnungstür auf. Ich sagte mir, dass es schließlich ihr Zuhause sei, dennoch hatte ich das Gefühl, wir beide würden einbrechen.

Im Wohnzimmer zog Marthe rasch die Vorhänge zu, ehe sie Licht machte.

Seit dem Begräbnis hatte Hermann sich nicht mehr bei uns gemeldet. Wenn Oma anrief, ging er nicht ans Telefon. Sie machte sich bereits Sorgen, weil er sich derart abschottete.

Im Raum herrschte ein ziemliches Durcheinander. Auf dem Couchtisch standen benutzte Teller und Gläser, manche mit einem Rest Bier darin. Über den Sessellehnen lagen Kleider, der Aschenbecher quoll über, und es roch muffig.

Ich war auf der Schwelle stehen geblieben, als wäre der Boden nicht fest genug, uns beide zu tragen. Marthe war bereits dabei, das Zimmer zu inspizieren, routiniert und gründlich wie eine Spionin in einem westlichen Agentenfilm. Mit der flachen Hand fuhr sie über die Tapete, fasste in Lampenschirme und nahm Lichtschalter und Steckdosen genau in Augenschein.

Mit wachsendem Unbehagen verfolgte ich, wie sie anschließend die Post durchsah, die auf dem Tisch lag, die Bücher nacheinander aus dem Regal nahm und mit dem Daumen durchblätterte,

die Tischplatte und die Rückseite des Fernsehschränkchens beklopfte.
In mir blitzte ein Gedanke auf, ganz kurz nur, aber doch so lange, dass mein Herz ein paar Takte aussetzte. Verhielt es sich womöglich umgekehrt, und *Marthe* arbeitete für die Stasi? Hatte sie mich zu ihrem Werkzeug gemacht, um in die Wohnung zu kommen? Suchte sie nach etwas ganz Bestimmtem? Wieder fragte ich mich, wo sie die ganze Zeit über gewesen war. Zugleich schämte ich mich für mein Misstrauen, aber der Zweifel hatte sich im Hinterkopf eingenistet.

Nachdem Marthes akribische Suche nichts ergeben hatte – sie hatte weder Mikrofone, geheime Papiere, verborgene Hohlräume oder sonst etwas entdeckt –, blieb sie mitten im Zimmer stehen. »Alles weg. Ich bin zu spät gekommen«, sagte sie.
Was ist weg? Wonach hast du gesucht? Das zu fragen, traute ich mich allerdings nicht.
Ihr Blick wanderte durch den Raum. Dann schien sie sich an etwas zu erinnern und eilte durch den Flur in Richtung Küche.
Ich folgte ihr.
Neben der Küche befand sich eine Art Rumpelkammer. Darin standen Bilder, die Gudrun früher gemalt hatte und die Marthe nun nacheinander in die Hand nahm.
»Wie lange hat sie schon nicht mehr gemalt?«
Es dauerte einen Moment, bis ich begriff, dass sie mir die Frage gestellt hatte.
»Vor ein paar Jahren hat sie aufgehört zu unterrichten. Ob sie danach noch zu Hause gemalt hat, weiß ich nicht.« Bloß nicht zu viel sagen, schoss es mir durch den Kopf, obwohl mein Verdacht gegen Marthe bestimmt weder Hand noch Fuß hatte.
Jetzt steuerte sie auf das Schlafzimmer ihrer Eltern zu.

Ich musste schlucken, kaum dass wir eingetreten waren. Es war wirklich nicht in Ordnung, was wir taten. Es fühlte sich an, als würde ich in Hermanns Trauerkokon eindringen.
Das Bett war für zwei gemacht, am Schrank hing ein Kleid, und vor einem der Nachttische standen Damenhausschuhe. Ich stellte mir vor, wie Hermann, wenn er schlafen ging, beim Anblick von Gudruns Sachen noch ihre Gegenwart spürte. Wie der Kummer, den er tagsüber wahrscheinlich zu verdrängen suchte, dann wie eine Welle über ihn hereinbrach, wie er sein Gesicht in Gudruns Kopfkissen drückte, um ihren Duft wahrzunehmen, wie seine Tränen den Stoff benetzten.
Ich zog mich in den Flur zurück und sah von dort Marthe auf dem Bett sitzen und die Schubladen des Nachttischs ihrer Mutter aufziehen.
Nach dem Schlafzimmer nahm sie sich das Bad vor, fand jedoch auch dort nicht, was sie suchte. Ihre Bewegungen wurden hektischer, fahriger. Sie öffnete das Spiegelschränkchen über dem Waschbecken und sah die Medikamente gegen Depressionen. Nachdem sie es wieder geschlossen hatte, starrte sie sekundenlang ihr eigenes verzweifeltes Gesicht im Spiegel an.
»Es *muss* doch etwas da sein!«
Als sie die Tür zum früheren Kinderzimmer öffnete und das Licht anknipste, blieb sie wie angewurzelt stehen. Ich wusste warum. Gudrun hatte sich all die Jahre geweigert, etwas in dem Zimmer zu verändern. Marthe musste das Gefühl haben, um zwölf Jahre in der Zeit zurückversetzt zu sein.
»Mutter hat …« Sie brach ab, dann löste sich ihre Starre, und sie ging ein paar Schritte ins Zimmer.
»Sie hat die ganze Zeit gehofft, dass ihr wiederkommt.«
Mit hängenden Schultern blieb sie stehen, unterließ es, Schubladen aufzuziehen, Schränke zu öffnen oder anderswo herumzu-

kramen. Dann trat sie ans Fenster. Griff nach dem Fernglas, das dort lag, und drehte es in den Händen.
Ich wartete schweigend an der Tür.
Nach einer kleinen Weile setzte sie sich auf ihr Bett und schaute mit leerem Blick zur anderen Seite mit Florians Sachen.
»Es ist ihre Schuld«, murmelte sie. »Ich bin mir sicher. Sie muss etwas gewusst haben.«
Zögerlich ging ich hin und setzte mich zu ihr. Und in diesem Moment wurde mir klar, dass sie kein Stasi-Spitzel sein konnte: Neben mir saß eine Frau, die nach dem Tod ihrer Mutter Antworten suchte.
»*Was* muss sie gewusst haben?«
»Sie hat uns angezeigt!«
Stumm wartete ich auf eine Erklärung, die aber nicht kam.
»Angezeigt? Wie meinst du das?«, hakte ich schließlich nach. Warum redete sie nicht, erzählte mir nicht, wo sie die Jahre über gesteckt hatte und was mit Florian war, warum dieses Zimmer noch genauso aussah wie früher und die Vergangenheit in unserer Familie ein Tabu war, weshalb so getan wurde, als hätte es Marthe, Florian, Julian und Rolf nie gegeben.
»Sie hat die Stasi auf uns gehetzt. War von denen beauftragt, Andreas zu bespitzeln. Er war aus dem Westen. Ihn hat sie angezeigt und damit uns in die Schusslinie gebracht!«
Was redete sie da? Von einem Andreas aus dem Westen hatte ich noch nie gehört.
»Seid ihr deshalb davongelaufen?«
»Wir sind nicht davongelaufen!«
Marthe fuhr herum, die Augen leicht gerötet, aber Empörung im Blick.
»Die Stasi hat uns geholt! Und eingesperrt! Verhört, gedemütigt, gefoltert!«

Mit einem Mal hatte ich das Empfinden, die Temperatur im Zimmer wäre schlagartig unter null gefallen.
»Wer hat behauptet, dass wir davongelaufen sind?« Sie musterte mich scharf.
»Niemand hat das behauptet. Aber so ist es in meiner Erinnerung. Ihr seid doch damals, an Opas Siebzigstem, nach einem Streit davongelaufen. Und wenn ich später nach euch gefragt habe, hat keiner mir Antwort gegeben.«
Marthe sah mich lange an. Irgendwie vorwurfsvoll, als könnte ich etwas dafür.
»Mich hat man nach ein paar Wochen wieder freigelassen«, sagte sie. »Was mit Florian passiert ist, weiß ich nicht. Keine Ahnung, ob sie ihn auch haben gehen lassen oder ob er noch inhaftiert ist. Ob er überhaupt noch lebt. Ich habe versucht herauszufinden, ob man ihm je einen Prozess gemacht hat. Aber wo auch immer ich mich erkundigt habe, bin ich auf eine Mauer des Schweigens gestoßen. Dass ich nachgefragt habe, hat mir sogar Schwierigkeiten eingetragen. Sie haben versucht, mich einzuschüchtern, und mich bedroht. Aber ich kann es nicht einfach hinnehmen, will es auch nicht. Darum bin ich hier. Mutter muss mehr gewusst haben, wo sie doch mit der Stasi kooperiert hat.«
Allmählich fügten sich die Puzzleteilchen zu einem Bild zusammen, konnte ich einige meiner verschwommenen Erinnerungen besser einordnen. Ich war mir sicher, Gudrun hatte nie erfahren, dass Marthe freigekommen war, und sie hatte auch nichts über Florians Verbleib gewusst. Bis zuletzt hatte sie auf die Rückkehr ihrer Kinder gehofft. Und wenn es stimmte, was Marthe da sagte, musste sie sich mit heftigen Schuldgefühlen herumgeschlagen haben. Darum hatte sie im Zimmer der beiden nie etwas verändert. Und daher rührten ihre Depressionen, die sie am Ende in den Selbstmord getrieben hatten.

»Gudrun ist schon so lange ... ich glaube nicht, dass sie die letzten Jahre noch für die Stasi tätig war.« Meine Worte sollten Marthe trösten, ihr Mut machen, aber sie klangen wie eine lahme Entschuldigung, als wollte ich ihre Mutter gegen sie in Schutz nehmen.
Marthe sah auf ihre Armbanduhr.
»Wir müssen fort, Vater wird gleich nach Hause kommen.«
Sprich doch mit deinem Vater!, war ich versucht zu sagen. Warum darf er denn nicht wissen, dass du noch lebst? Bestimmt wäre ihm das ein Trost. Du könntest ihn ...
Aber ich sagte nichts. Weil es letztlich nicht meine Angelegenheit war. Und weil ich nicht in diese Sache verstrickt werden wollte. Ich wollte meine Ruhe haben: meine Arbeit tun, abends mit den Großeltern fernsehen und hoffen, dass es mit Marco eines Tages doch noch etwas würde. Mein Leben verlief in geregelten Bahnen, und so sollte es bleiben.

VIER

Die Musik knallte aus den ramponierten Boxen. Manchmal war Marcos Stimme kaum zu hören, geschweige denn, dass man die Texte verstand. Aber das störte mich nicht. Ich genoss einfach die Atmosphäre, die zuckenden Spots und die wandernden Lichtflecken der Diskokugel. Hin und wieder nippte ich an einer Cola und federte zum Rhythmus der Musik in den Knien. Richtig zu tanzen, traute ich mich nicht, darum hielt ich mich am Rand der Tanzfläche auf und beobachtete die anderen.
Christiane hatte sich mit Isabel, der Schwester des Bassisten,

ganz nach vorn zum Podium gedrängt, wo sie ekstatisch tanzten. Mir fiel auf, dass Marco immer wieder einmal zu ihnen hinsah. Ob er wusste, dass auch ich im Saal war?
Der Club war rappelvoll, heiß und stickig. Jedes Mal, wenn Marco ein neues Lied anstimmte, stieg ein Johlen und Kreischen aus der Menge auf. Ich fragte mich, wie viele der Mädchen wohl für ihn schwärmten.
Auf einmal fühlte ich mich nicht mehr wohl in meiner Kleidung: der engen Jeans und dem kurzen Oberteil. Was hatte ich mir eigentlich erhofft? Die Musik hörte ich plötzlich nur noch wie von Weitem, so als stünde ich draußen und schaute durch ein Fenster herein.

Als der Auftritt zu Ende war, wurden Platten aufgelegt. Christiane und Isabel kamen auf mich zu, strahlend und verschwitzt.
»Tolle Stimmung, was?«, rief Christiane.
Ich nickte.
»Warum hast du nicht getanzt?«
Ich zuckte mit den Schultern.
»Wollt ihr was trinken?« Isabels Freund Mathias tauchte auf, mehrere Gläser in den Händen balancierend.
»Danke, ich hab noch!«, rief ich. Aber er verstand mich nicht oder tat so als ob, denn schon hatte ich ein neues Glas.
»Die Boxen sind 'ne Katastrophe!«, schrie Mathias über die Musik hinweg.
»Schlecht ausgesteuert!«, bestätigte Christiane. »Aber die *Arschlöcher* waren trotzdem klasse. Nicht wahr, Sybille?«
»Und ob!« Ich nickte.
Als die Musiker ihre Instrumente weggepackt hatten, kamen Marco und Diethard, der Bassist, zu uns. Mathias lief sofort los, um auch für sie Getränke zu holen.

Wir stießen auf den gelungenen Auftritt an. Christiane schlug Diethard auf den Rücken und schrie ihm etwas ins Ohr. Ich lächelte Marco zu und wollte gern sagen, wie gut mir ihre Musik gefallen hatte, aber es war einfach zu laut.
»Kommt, wir tanzen!«, rief Isabel, und alle folgten ihr auf die Tanzfläche.
Bis auf mich. Ich blieb stehen und sagte: »Ich kann ja auf die Getränke aufpassen.« Aber keiner hörte mich.
Sie legten los, und ich schaute zu. Christiane war ständig in Diethards Nähe. Ich hatte nicht gewusst, dass sie ein Auge auf ihn geworfen hatte. Aber vielleicht wollte sie auch nur flirten. Isabel und Mathias gaben ein gutes Tanzpaar ab, leicht und locker bewegten sie sich zur Musik. Ganz anders Marco. Sein Tanzstil war hölzern und ziemlich eintönig, was ihn selbst aber nicht zu kümmern schien. Ich musste schmunzeln: Ein Musiker, der so schlecht tanzt, war bestimmt eine Seltenheit.
Als er merkte, dass ich ihm zusah, machte er eine auffordernde Geste.
Ich schüttelte den Kopf. Weil ich noch schlechter tanzte als er.
Als das Stück vorbei war, stellte er sich zu mir: »Tanzt du nicht gern?«
Ich schüttelte den Kopf.
»Warum bist du dann hier?«
»Wegen eures Auftritts.«
»Wie bitte?«
»Wegen eures Auftritts!«, schrie ich.
Er grinste breit. »Echt wahr?«
»Ja, ich wollte euch hören.«
Das schmeichelte ihm sichtlich. »Und? Hat's dir gefallen?«
»Ja.« Ich hätte gern noch etwas Fachkundiges hinzugefügt, aber von Musik verstand ich so gut wie nichts.

»Dann komm doch öfter. Ich sag dir Bescheid, wenn wir wieder mal wo spielen.«
Ich nahm einen Schluck Cola, damit er nicht sah, dass ich rot wurde. Das war nun wirklich eine persönliche Einladung!

FÜNF

»Ich hab dir noch ein paar Bananen eingepackt«, flüsterte Christiane mir zu, als ich die Kasse schloss.
Ich lächelte verschwörerisch. Unser Chef schätzte es ganz und gar nicht, wenn das Personal von Mangelware etwas abzweigte, so sie einmal vorrätig war. Er hatte es am liebsten, wenn die Kundenschlange sich bis auf den Alexanderplatz hinauszog und die Frauen mit ihren Einkaufstaschen aufeinander losgingen, damit unsere Filiale bessere Umsätze machte als andere. Dennoch konnte er nicht verhindern, dass immer wieder mal Bananen, Melonen oder eine Flasche französischer Wein in die Taschen der Angestellten wanderten. Wir waren der Ansicht, dass wir einen kleinen Mitarbeitervorteil haben mussten; die Kollegen in der Schuh- und Textilabteilung hielten es auch so.
Als ich meine Einkäufe in der Kantine holte, sah ich, dass Christiane die Bananen unter dem Brot und dem Toilettenpapier versteckt hatte.

Auf dem Nachhauseweg ging ich im Kopf noch einmal Omas Liste durch, um sicher zu sein, dass ich nichts vergessen hatte. Falls doch, würden die Bananen sie entschädigen. Selbst Opa kapierte noch, dass Bananen etwas Besonderes waren.

Als ich in unsere Straße einbog, waren die Bananen schlagartig vergessen. Denn vor der Haustür stand ein Krankenwagen. Gerade eben kamen zwei Sanitäter mit einer Trage heraus. Mein Herz setzte ein paar Schläge aus, dann rannte ich los. Die Tasche schlug mir dabei ans Bein, aber ich achtete nicht darauf.
Neben dem Hauseingang hatte sich ein Grüppchen neugieriger Nachbarn versammelt.
Einer der Sanitäter schloss gerade die Klappe des Krankenwagens, als ich ankam.
»Was ist passiert? Wer ist da drin?«, keuchte ich.
»Eine alte Dame aus dem vierten Stock«, sagte er.
Oma? Nein, das konnte nicht sein. Es musste sich um eine andere alte Dame handeln. Aber im vierten Stock gab es nur zwei Wohnungen und …
»Sybille!« Unsere Nachbarin, Frau Haußmann, stand plötzlich neben mir.
»Das war doch nicht meine Großmutter, die sie da gerade rausgetragen haben, oder?« Noch immer hoffte ich, das Ganze wäre ein Irrtum, aber Frau Haußmanns Gesicht nach zu urteilen, war es keiner.
»Sind Sie eine Verwandte?«, fragte der Sanitäter.
»Ich bin die Enkelin. Wo ist mein Großvater? Er kann nicht allein bleiben!«
»Dein Opa ist oben in der Wohnung«, sagte Frau Haußmann.
»Was genau ist passiert? Ich will es wissen!« In meiner Panik packte ich den Arm des Sanitäters.
»Dafür ist jetzt keine Zeit, Fräulein, wir müssen los.« Er zog seinen Arm weg.
»Moment! Ich fahr mit!«
Aber halt … ich konnte doch Opa nicht sich selbst überlassen.
»Könnten Sie wohl ein Weilchen bei meinem Großvater blei-

ben?«, wandte ich mich an Frau Haußmann. »Ich bin so schnell wie möglich zurück.«
Sie sah mich zweifelnd an. Eigentlich wollte sie Nein sagen, traute sich aber nicht.
»Bitte!«
»Na gut, aber nicht lange, schließlich hab ich selber auch was zu tun.«
Ich bedankte mich hastig und stieg dann vorn ein. Der Fahrer ließ den Motor an und gab Vollgas. Ich konnte weder ihn noch seinen Kollegen fragen, was geschehen war, weil die Sirene jedes Wort übertönte.
Die Charité, das größte Krankenhaus Ostberlins, kam in Sicht. Hieß das, dass es sehr schlimm um Oma stand?
Und dann hielt der Wagen auch schon. Der Fahrer schaltete die Sirene aus, dennoch klang sie mir weiter in den Ohren.
Er half seinem Kollegen, die Trage herauszuholen. Oma lag darauf – ich erhaschte einen Blick auf ihr Gesicht: bleich, geschlossene Augen, eingefallene Wangen.
Rasch trugen die Sanitäter sie ins Gebäude, wo sie von zwei Männern in weißen Kitteln erwartet wurden. Die Trage kam auf einen Rollwagen und wurde durch den Flur fortgeschoben. Wie benommen stolperte ich hinterher.
Es ging durch eine Schwingtür in den nächsten Flur, und bald tauchte wieder eine Tür auf. Ein kräftiger behaarter Arm versperrte mir den Weg, als ich folgen wollte. »Bitte hier warten!«
Da stand ich nun, den Kopf voll wirrer Gedanken, und kein Mensch war da, der mir etwas sagen konnte. Es war totenstill.
»Guten Tag, Sie sind eine Verwandte?« Eine ältere Krankenschwester kam durch die Tür auf mich zu.
Ich nickte.
»Würden Sie das hier bitte ausfüllen?« Sie reichte mir ein

Klemmbrett mit einem Fragebogen. Erst starrte ich verständnislos darauf, dann wurde mir klar, was sie von mir wollte. Und jetzt nahm ich auch wieder Geräusche um mich herum wahr und sah, dass noch andere Menschen da waren: Ein Patient wurde im Rollstuhl vorbeigeschoben, zwei Pfleger gingen mit quietschenden Gummisohlen auf einen Tresen in einer Flurnische zu. Die Schwester folgte ihnen. Nicht weit davon standen ein paar Stühle an der Wand.

Ich setzte mich auf einen davon und nahm mir das Formular vor. Es ging um persönliche Angaben von Oma wie Geburtsdatum und Anschrift und ob sie Allergien und so weiter hatte. Fragen, die für einige Minuten die anderen drängenden Fragen vertrieben.

Als ich fertig war, ging ich zum Tresen und reichte der Schwester das Klemmbrett.

»Wissen Sie vielleicht, was passiert ist?«, fragte ich aufgeregt. »Ich meine, was meine Großmutter hat?«

Mit einem »Schscht« gebot sie mir, leiser zu sein. »Ich weiß leider nichts Genaues. Ihre Großmutter wird gerade reanimiert. Wenn ein Arzt herauskommt, erfahren Sie Näheres.« Ihr Tonfall und ihre Miene waren nicht unfreundlich, aber irgendwie gelangweilt, wahrscheinlich weil sie zigmal am Tag das Gleiche gefragt wurde.

Ich war zu unruhig, um mich wieder hinzusetzen. Also ging ich den Flur entlang – hin und zurück, hin und zurück – und versuchte, der Panik Herr zu werden, die wie überkochende Milch in mir hochstieg.

Warum dauerte es so lange? War das ein gutes oder ein schlechtes Zeichen?

Die Bananen!, dachte ich plötzlich, ich hab die Einkaufstasche vor dem Hauseingang stehen lassen! – Was für ein blödsinniger

Gedanke in solch einer Situation, wo es doch um Omas Leben ging.
Schließlich ließ ich mich doch auf einem Stuhl nieder, streckte die Beine von mir und starrte auf die Wanduhr. Sie stand, stellte ich fest. Die Zeit dehnte sich ins Unendliche.

Als die Tür aufging und ich einen weißen Kittel sah, sprang ich auf. Eine Ärztin steuerte auf mich zu, mit ruhigem Blick, aber einem besorgten Zug um den Mund.
Eine kalte Hand schloss sich um mein Herz.
Ich rannte der Frau entgegen.
»Meine Oma …«, stieß ich hervor.
»Die Patientin ist Ihre Großmutter?«
Ich nickte.
»Sie hatte einen Schlaganfall. Wir haben sie reanimiert und ihr Blutverdünner gespritzt. Momentan besteht keine Lebensgefahr. Sie ist stabil, allerdings nicht bei Bewusstsein. Und leider lässt sich nicht sagen, wann sie aufwacht. Wir werden auf jeden Fall Untersuchungen vornehmen, um festzustellen, ob sie bleibende Schäden davontragen wird.«
Ich sah, wie ihr Mund sich bewegte, und hörte ihre Stimme, erfasste aber kaum, was sie mir mitteilte.
»Sie wird auf ein Zimmer im Intensivbereich gebracht. Wenn Sie möchten, können Sie gern eine Weile bei ihr bleiben. Aber vielleicht gehen Sie besser nach Hause, jetzt ist ohnehin Warten angesagt. Haben Sie den Fragebogen schon ausgefüllt?«
»Ja.«
»Gut, dann halten wir Sie auf dem Laufenden, auch was die Befunde betrifft.«
Sie nickte mir zu und entfernte sich dann.
Ich überlegte. Eigentlich wollte ich bleiben. Aber wenn ich nichts

tun konnte außer warten … Mein Blick streifte die Wanduhr. Sie zeigte immer noch die gleiche Zeit an.
Mir fiel ein, dass Frau Haußmann gesagt hatte, sie habe selber auch etwas zu tun. Wie lange war das her?
Mir blieb keine Wahl: Ich musste nach Hause.

Als ich ins Wohnzimmer kam, saß Opa vor dem Fernseher und Frau Haußmann mit sauertöpfischer Miene in einem Sessel neben ihm. Ich bedankte mich bei ihr, sie erhob sich und verließ, vor sich hinbrummelnd, die Wohnung.
Meine Einkaufstasche stand auf dem Esstisch. Ich trug sie in die Küche und stellte beim Auspacken fest, dass die Bananen fehlten.

SECHS

Es wurde ein Spagat. Ein unmöglicher Spagat. Ich wollte möglichst viel Zeit im Krankenhaus verbringen, denn es konnte ja sein, dass Oma plötzlich aufwachte. Aber ich konnte Opa nicht allein in der Wohnung lassen. Ihn mitzunehmen kam nicht in Betracht. Seine innere Unruhe war so ausgeprägt, dass er nicht lange an Omas Bett würde sitzen bleiben. Außerdem musste ich zur Arbeit. Zwei Tage hatte ich mich krankgemeldet, länger durfte ich nicht fehlen. Ich hatte bei Hermann angerufen, aber er war nicht drangegangen. Ich war dort gewesen, aber er hatte nicht aufgemacht. Ich hatte bei seiner Arbeitsstelle angerufen und erfahren, dass er gekündigt hatte. Wo er steckte, ahnte ich nicht. Und außer ihm wusste ich niemanden, den ich ansprechen konnte.

Am zweiten Tag hatte eine Schwester im Krankenhaus mir geraten, mich um eine Hauspflegerin zu bemühen. Und das klappte tatsächlich, sogar kurzfristig.

Sie hieß Claudine. Tagsüber, wenn ich bei der Arbeit war, kümmerte sie sich um Opa und um den Haushalt und kochte auch das Abendessen. Manchmal blieb sie länger, damit ich nach Feierabend noch ein, zwei Stunden bei Oma sein konnte.
War ich zu Hause, hatte ich ein schlechtes Gewissen, weil ich nicht im Krankenhaus war, und war ich bei Oma, hatte ich ein schlechtes Gewissen, weil ich Claudine ausnutzte.
»Ist doch meine Arbeit«, sagte sie nur, wenn ich mich wieder einmal bei ihr entschuldigte. »Ich mach das gern und werd ja auch dafür bezahlt. Du brauchst nicht alles allein zu schultern. Du hast deine Arbeit, ich meine.« Trotzdem wollte ich ihre Gutmütigkeit nicht überstrapazieren, zumal sie selbst Familie hatte.
Mir wurde erst jetzt klar, wie schwer Oma es in letzter Zeit mit Opa gehabt hatte. Die ein, zwei Stunden, die ich manchmal auf ihn aufgepasst hatte, damit sie beispielsweise zum Friseur gehen konnte, waren ein Klacks gegen die dauernde Verantwortung. Opas Betreuung erforderte nicht nur Zeit, sondern auch viel Kraft, und man musste ihn ständig im Auge behalten.
Oft saß er auf dem Sofa und sah fern oder hörte Radio. Das heißt, ob er von den Sendungen etwas mitbekam, wusste ich nicht, aber zumindest beruhigte ihn die Geräuschkulisse. Dann wieder suchte er nach etwas – einem Gegenstand, einer Erinnerung, einem bestimmten Wort – und fand es nicht, und das machte ihn zornig. So gebrechlich er aussah, wenn er zusammengesunken auf dem Sofa saß, in solchen Momenten kam sein früheres Wesen wieder hervor: heftig, streng und unduldsam. Mitunter sprach er mit sich selbst oder mit jemandem, der gar

nicht da war. Dann befand er sich in einer anderen Welt, in der Vergangenheit, nahm ich an, aber weil ich so gut wie nichts von seiner Vergangenheit wusste, konnte ich nicht darauf eingehen. Wenn er eine solche Stimmung an den Tag legte, war ich froh um Claudines Unterstützung. Sie gab mir Ratschläge und zeigte mir, wie man auf etwas reagiert, auf das man eigentlich nicht reagieren kann. Ich tat mein Bestes, aber es gab Stunden, in denen ich ebenso wirr war wie Opa.

Das Piepsen von Omas Herzmonitor war meist das einzige Geräusch im Zimmer. Einerseits hatte es in seiner Eintönigkeit etwas Beruhigendes und bedeutete ja auch, dass alles soweit in Ordnung war. Andererseits aber wirkte es zermürbend, weil es einem bewusst machte, wie langsam die Zeit verstrich.
Vorhin hatte eine Schwester gesagt, die Ärztin wolle mit mir sprechen. Aber bisher war sie nicht aufgetaucht.
Ich ging hin und her, setzte mich ans Bett, stand auf und fing wieder an zu gehen. Die Charité stand dicht an der Mauer, und Omas Zimmer hatte ein Fenster nach Westen hin. Weil das nicht anging – es sollte ja niemand in den Westen schauen –, war das Fenster ein blauer Fleck, so wie Westberlin auf dem Stadtplan ein gelblicher Fleck war. Ich versuchte mir vorzustellen, was man hier, vom achten Stock aus, alles sehen könnte. Aber ich konnte es mir nicht vorstellen. Der Westen – das waren für mich ein paar alte Fotos und die Karten, die ich im Briefkasten gefunden hatte; inzwischen waren zwei weitere gekommen. Jede mit demselben Text, der mir nichts sagte, und ohne Absender. Aber mit Ansichten von Westberlin. Ich hatte sie unter die Matratze meines Betts gesteckt, weil es mir besser schien, wenn niemand sie sah.
Ich erschrak, als die Ärztin eintrat. Sie kam ans Bett und kontrollierte die Infusion und die Apparate, an die Oma angeschlossen

war. Dann erst wandte sie sich an mich. »Wir haben inzwischen einige Tests und Untersuchungen vorgenommen, und es tut mir sehr leid, Ihnen sagen zu müssen, dass wir nichts tun können. Das Blutgerinnsel hat sich nicht aufgelöst. Es sieht ganz so aus, als würde Ihre Großmutter Lähmungen zurückbehalten, wenn sie wach wird. Wobei sich nicht sagen lässt, ob das je der Fall sein wird.«

Das klang gar nicht gut, aber vor allem die letzten Worte, wie beiläufig dahingesagt, schockierten mich.

»Ob das je der Fall sein wird ...?«, stammelte ich.

»Wir geben die Hoffnung natürlich nicht auf«, fuhr die Ärztin fort, »aber uns bleibt nichts anderes übrig, als abzuwarten. Eine Operation wäre zu riskant.«

»Das heißt, man könnte operieren?«

»Schon, aber die Chance, dass sich dadurch etwas bessert, ist äußerst gering. Und es wäre ein sehr komplizierter Eingriff.«

Ich starrte die Frau an, weil ich meinte, nicht recht verstanden zu haben. Der Eingriff war kompliziert, darum wollten sie es gar nicht erst versuchen? Oder trauten sie sich nicht?

»Wir können, wie gesagt, nur abwarten.« Sie legte mir kurz die Hand auf die Schulter, eine routinemäßige Geste, und ihr Lächeln sollte wohl aufmunternd wirken, kam mir aber maskenhaft vor. Sie nickte mir zu, ging zur Tür und war verschwunden.

Der Herzmonitor klang jetzt ohrenbetäubend laut. Abwarten, bis Oma aufwachte. Abwarten, ob das je der Fall sein würde. Das konnte doch nicht ihr Ernst sein! Sie mussten etwas tun. *Ich* musste etwas tun.

SIEBEN

Auf dem Weg nach Hause begann sich in meinem Kopf eine Idee zu formen. Erst war es nur ein Gedankenblitz, als ich in der Nähe der Mauer einen Wachposten sah, aber je konkreter die Idee wurde, desto kräftiger trat ich in die Pedale; es war, als lenkte sie alle Energie in meine Beine.
Im Westen würde man Oma operieren können. Dort waren die Krankenhäuser moderner und besser ausgestattet. Und Oma durfte über die Grenze. Alten Menschen machte man keine Schwierigkeiten, sie durften sogar übersiedeln, weil sie für den Staat keinen wirtschaftlichen Nutzen mehr hatten. Mich hingegen ließ man nicht nach drüben. Und darum konnte ich auch nicht dafür sorgen, dass Oma in ein Westberliner Krankenhaus kam. Aber ich wusste jemanden, der das in die Hand nehmen könnte. Jemanden, dem Omas Wohl genauso am Herzen lag wie mir. Ihr Sohn. Julian.

Zu Hause angelangt, hatte sich sein Name mit Großbuchstaben in mein Hirn gebrannt. Ich riss die Haustür auf, schob mein Rad in den Flur und rannte die Treppe hinauf.
Claudine war froh, dass ich kam. Sie schien es eilig zu haben, was mir gut in den Kram passte.
Opa saß im Wohnzimmer am Fenster und murmelte Unverständliches vor sich hin. Ich fasste nach seiner Hand und drückte sie kurz, aber er nahm mich kaum zur Kenntnis.
In der Küche fand ich einen Teller mit Essen für mich vor. Zwei weitere Teller standen gespült im Abtropfgitter. Claudine war wirklich ein Schatz. Hunger hatte ich heute jedoch nicht.
Ich musste mit Julian Kontakt aufnehmen. Aber dazu brauchte ich erst einmal Informationen, weil ich so gut wie nichts über

ihn wusste – weder wo er wohnte, noch wo er arbeitete. Im Adressbuch neben dem Telefon war keine Nummer von ihm verzeichnet, das wusste ich. Aber in Omas Sachen würden sich bestimmt Briefe von ihm finden. Dass er sich nie mehr gemeldet hatte, konnte ich mir einfach nicht vorstellen.

Unschlüssig stand ich da und überlegte, wo Oma seine Briefe wohl aufbewahrte. An einem sicheren Ort, vermutete ich, aber an einem leicht zugänglichen. Vielleicht las sie ja nachts darin, wenn Opa und ich schliefen.

Ich ging ins Schlafzimmer und nahm mir als Erstes Omas Nachttisch vor. Leerte eine Schublade nach der anderen aus. Viel Kleinkram, Andenken, eine Taschenbibel, ein Foto von Opa in Soldatenuniform, ein Notizbuch mit gepressten Blumen zwischen den Seiten, ein Beutelchen mit Lavendel, der nicht mehr duftete, und – eine hölzerne Zigarrenkiste. Als ich sie aufgeklappt hatte, hielt ich die Luft an. Briefe!

Aber sehr alte Briefe, die Umschläge waren vergilbt, und sie trugen Stempel mit einem großen Adler. Dennoch fummelte ich ein Blatt heraus.

Russland, 3. September 1942
Meine liebe Frau,
ich danke Dir sehr herzlich für Deinen Brief. Es ist immer schön, etwas von Euch zu hören. Hoffentlich geht alles gut und Gudrun ist bald wieder gesund. Kannst Du mir bitte noch etwas Saccharin schicken? Ich weiß, dass Ihr auch zu knapsen habt, aber falls Du ein bisschen was …

Die verblichene Bleistiftschrift war schlecht zu entziffern. Ich las auch noch den Rest, aber da ging es nur noch um Mücken, Schlamm und dergleichen. Nirgendwo war die Rede davon, wie

es ihm ging, was er fühlte ... Der Ton war sachlich und emotionslos, und das Schreiben schloss mit »Gruß und Kuss von Deinem Soldaten«. Dann folgte die Unterschrift: Vorname, Nachname, Dienstgrad. Ich steckte den Brief wieder ins Kuvert.
Als Nächstes suchte ich im Schrank, fasste unter Kleiderstapel, durchwühlte die Fächer mit Strümpfen und Unterwäsche, wurde aber nicht fündig. Schließlich schaute ich noch in der Truhe mit den Wolldecken nach, inspizierte Omas Nähkorb und hob sogar die Matratze an. Nichts.

Plötzlich klirrte Glas. Ich ließ fallen, was ich in der Hand hatte, und rannte in die Küche. Opa stand neben der Spüle und guckte verdattert auf den Boden. Er hatte ein Glas fallen lassen.
Als er mich bemerkte, funkelte er mich an und rief dann böse: »Warum haben Sie das gemacht? Können Sie nicht besser aufpassen?« Und er schlug mit der flachen Hand auf die Spüle. Ich dachte an Oma, die es so gut verstand, ihn zu beschwichtigen, wenn er sich aufregte.
»Achtung, Opa, nicht in die Scherben treten«, sagte ich leise. »Ich kehre sie gleich weg.« Und ich griff nach dem Besen, der hinter der Tür lehnte, und begann zu fegen. Unterdessen warf Opa mir allerlei an den Kopf: Ich sei eine schlechte Haushälterin, würde das schmutzige Geschirr herumstehen lassen und ihm kaltes Essen servieren. Dafür würde er mich nicht bezahlen.
Als ich nichts dazu sagte, wurde er allmählich ruhiger, und das laute Schimpfen ging in Gebrummel über.
Ich machte ihm ein Zeichen, er solle um das zusammengefegte Glas herum aus der Küche gehen. Er begriff nicht, sah mich nur an. Ich streckte die Hand aus: »Komm, Opa. Wir gehen wieder ins Wohnzimmer.«
Immer noch brummelnd, schlurfte er mit. Ich half ihm aufs Sofa

und schaltete den Fernseher an. Ein paar Minuten blieb ich noch hinter ihm stehen und seufzte. Ach, Oma …

Als ich wieder ins Schlafzimmer kam und das Durcheinander auf dem Bett und davor betrachtete, wurde mir klar, dass ich nichts finden würde. Die ganzen Jahre über hatte Oma ihren Sohn verschwiegen, verdrängt, und falls es Briefe von ihm gab, hatte sie diese vernichtet. Es war gerade so, als hätte es Julian nie gegeben.

Völlig ahnungslos war ich jedoch nicht, was die Vergangenheit betraf. Als Kind hatte ich dies und das aufgeschnappt, und die Puzzleteilchen hatten sich, ohne dass es mir bewusst wurde, zu einem Bild gefügt, einem Bild dessen, was passiert war. Ich wusste, dass Julian nach Westberlin geflohen war, weil er dort eine Freundin hatte, die auf ihn wartete. Und dass sein Bruder Rolf mitgegangen war, aber auf der Flucht erschossen wurde. Gut möglich, dass Julian noch in Berlin lebte. Er musste seiner Mutter helfen – wenn einer ihr etwas schuldig war, dann er! Ich musste ihn finden. Aber Westberlin war für mich so unerreichbar wie Westafrika.

Trotzdem … es war ja nicht so, dass keiner die Grenze passieren durfte. Die Leute aus dem Westen durften herüber …

Allmählich entstand ein Plan. Eigentlich brauchte ich nur einen Brief zu schreiben. Und dann brauchte ich noch Vertrauen. Und Glück, sehr viel Glück.

ACHT

Meine Nerven lagen blank. Mir war zumute, als würden alle mir ansehen, was ich im Schilde führte. Der Brief an Julian brannte in meiner Tasche. Ohne groß auf Details einzugehen, bat ich ihn darin um Hilfe. Ich hatte erwähnt, dass Oma das Land verlassen dürfe und dass er sich dann darum kümmern solle, dass man sie operierte. Er lebte inzwischen so lange im Westen, dass er bestimmt genug Geld hatte, um ihr die bestmögliche Behandlung zukommen zu lassen.

Bei dem schönen Wetter kamen viele Touristen in die Stadt. Ich hatte mich an eine Straßenecke in etwa hundertfünfzig Metern Entfernung vom Grenzübergang gestellt, sodass ich ihn gut im Blick hatte. Personenautos und Reisebusse passierten nacheinander den Schlagbaum. Bei der Einreise wurden sie auf Schmuggelwaren kontrolliert, bei der Ausreise auf eventuell versteckte Flüchtlinge. Die Leute ließen die Kontrollen mit sichtlichem Unbehagen über sich ergehen, aber kaum hatten sie die Grenze hinter sich gelassen, hellten ihre Gesichter sich auf. Übertrieben langsam fuhren sie nach Ostberlin hinein, Kinder drückten sich die Nasen an den Autoscheiben platt. Ein Bus fuhr im Schritttempo an mir vorbei. Lauter ältere Leute, Rentner vermutlich. Sie gestikulierten und machten Fotos. Ein Blitzbesuch im sozialistischen Paradies – ob sie wohl irgendwo ausstiegen, oder betrachteten sie den Ausflug als gefährliche Safari?

Andere kamen zu Fuß. Das waren meine Zielpersonen – einer von ihnen würde mein Bote werden. Ich versuchte, anhand der Mienen und des Verhaltens der Leute einzuschätzen, wen ich ansprechen könnte, wer wohl bereit sein würde, mir den nicht eben kleinen Gefallen zu tun. Die junge Frau, die sich dauernd umsah, als drohte von überallher Gefahr, kam schon einmal nicht infra-

ge. Die Familie mit den drei kleinen Kindern hatte wahrscheinlich kein Ohr für mich. Der amerikanische Soldat würde sicher besonders gründlich kontrolliert. Und dem älteren japanischen Paar könnte ich mich nicht verständlich machen.
Ich seufzte. Nicht einmal mit Christiane hatte ich über mein Vorhaben gesprochen, wie sollte ich es da anstellen, einen wildfremden Menschen zu bitten, etwas Verbotenes für mich zu tun? War es naiv von mir zu glauben, mein Plan könnte aufgehen?
Dann aber dachte ich an Oma in ihrem Krankenhausbett, an das Piepsen des Herzmonitors. Ich *musste* es versuchen, egal, was dabei herauskam.
Gerade hatten zwei Mädchen die Grenze passiert, zu Fuß. Sie trugen enge Jeans und hochhackige Schuhe, hatten große Gehänge an den Ohren und am Arm lila Handtaschen. Sie wirkten sehr selbstbewusst, aber nicht arrogant, jedenfalls nicht so, als würden sie auf Ostler herabschauen. Sympathisch irgendwie. Ich gab mir einen Ruck und folgte ihnen.

Sie verhielten sich wie typische, unbeschwerte Touristen. Sahen sich nicht verstohlen um oder so, blieben immer wieder einmal stehen und gingen im Wesentlichen die Strecke, an der die bekanntesten Sehenswürdigkeiten Ostberlins lagen. Sie schlenderten Unter den Linden entlang, lächelten den Soldaten zu, die am Mahnmal für die Opfer des Faschismus Wache hielten, fotografierten einander vor dem Fernsehturm am Alex und gingen dann weiter zum Roten Rathaus, lehnten sich an einen geparkten Trabant und machten wieder Fotos. Als ich näherkam, stellte ich fest, dass sie Englisch miteinander sprachen.
Sie kauften sich ein Eis und setzten sich auf eine Bank. Ich dachte an Oma im Krankenhaus, nahm meinen ganzen Mut zusammen und ging, nach dem Brief tastend, auf sie zu.

»Excuse me.« Meine Stimme klang heiser.
Beide schauten mich an – jetzt gab es kein Zurück mehr.
»You can do something for me?«
Sie musterten mich fragend.
»Wir sind aus Amerika, aber wir sprechen auch Deutsch«, sagte eine von ihnen mit starkem Akzent.
Was für eine Erleichterung!
»Könnt ihr mir einen Gefallen tun?«
Keine Reaktion.
»Ich habe einen Brief geschrieben, der nach Westberlin muss.«
Sie sahen mich unentwegt an.
»Der Brief ist für meinen Onkel. Er heißt Julian Niemöller, aber ich weiß leider nicht, wo er wohnt. Er ist vor über fünfundzwanzig Jahren in den Westen geflohen, und seitdem haben wir nichts mehr von ihm gehört.« Ich wusste, dass man im Westen über den Mauerbau entsetzt gewesen war. Bilder von auseinandergerissenen Familien waren damals um die Welt gegangen. Und Leute, denen die Flucht gelungen war, kamen in westdeutschen Zeitungen und im Fernsehen ausführlich zu Wort. Sie schilderten, wie schlimm es hier war, wie unfrei sie sich gefühlt hatten, wie eingeschränkt man lebte und dass man ständig überwacht wurde. Dass die Westdeutschen uns im Osten bedauerten, würde mir nun zugutekommen.
»Seine Mutter, also meine Oma, ist krank, und nur er kann ihr helfen.« Sekundenlang hatte ich Zweifel, ob die Mitleidsmasche verfangen würde. Aber ihre Augen wurden groß, und sie machten so betroffene Gesichter, als hätten sie einen armen ausgesetzten Hundewelpen vor sich.
»Wenn wir meinen Onkel nicht finden, stirbt meine Oma«, schloss ich mit Pathos und dachte in dem Moment, dass ich kein schlechtes Gewissen zu haben brauchte, denn vielleicht stimmte es ja.

»Aber die … äh … Grenzwächter?«, flüsterte eines der Mädchen.
»Euch kontrollieren sie bestimmt nicht streng«, sagte ich. »Und mich selber lassen sie ja nicht rüber, weil ich DDR-Bürgerin bin.«
Ich merkte, dass sie nicht abgeneigt waren – eine rührselige Geschichte mit Spannungselement, das kam gut an.
Mit einem raschen Blick vergewisserte ich mich, dass niemand uns beobachtete, dass kein Auto mit fotografierenden Männern in der Nähe war. Dann zog ich blitzschnell den Brief aus der Tasche und gab ihn dem einen Mädchen, das ihn in seiner lila Handtasche verschwinden ließ, für meine Begriffe auffällig unauffällig. Egal, ich hatte es geschafft!
Ich bedankte mich bei den beiden und ging davon, ohne mich noch einmal umzublicken. In normalem Tempo, obwohl ich lieber gerannt wäre. Ich gab mir den Anschein, durch die Stadt zu bummeln, damit auch ja niemand auf die Idee kam, dass ich gerade mit zwei feindlichen Amerikanerinnen paktiert hatte.

Aber je mehr Zeit verging, je mehr Minuten, Stunden und Tage verstrichen, desto weniger glaubte ich, dass die Mädchen Julian den Brief hatten zukommen lassen. Darum überwand ich zwei Wochen später meine Angst erneut und postierte mich in der Nähe des Grenzübergangs Chausseestraße, der, soweit ich wusste, ausschließlich von Westberlinern benutzt wurde. Was ich mich ein Mal getraut hatte, würde ich auch ein zweites Mal schaffen. Ich hatte eine Abschrift des Briefs in der Tasche und hielt Ausschau nach einem möglichen Vertrauensmann. Beziehungsweise einer Vertrauensfrau.
Zwei Pferde im Rennen zu haben, schien mir sicherer. Die beiden Amerikanerinnen waren nett gewesen, hatten meine Geschichte bestimmt abenteuerlich gefunden, aber ob sie sich die Mühe gemacht hatten, Julian ausfindig zu machen?

Auf jemanden, der in Westberlin wohnte, war wahrscheinlich eher Verlass. Der hatte ein Telefonbuch zu Hause oder kannte Julian vielleicht gar persönlich. Westberliner kamen nicht als Touristen in den Osten, zum Herumschlendern und Eisessen, sondern mit einem bestimmten Ziel, nämlich Verwandte zu besuchen. Bei ihnen war mit mehr Verständnis zu rechnen, aber auch mit mehr Vorbehalten, weil sie eventuell von der Stasi beobachtet wurden.
Ich entschied mich für einen älteren Mann, der die Zeit des Mauerbaus als Erwachsener erlebt hatte. Er kam am Spätnachmittag über die Grenze und bestieg ziemlich bald eine Straßenbahn. Ich stieg ebenfalls ein und passte auf, ob er mit Leuten sprach oder ob jemand sich für ihn interessierte. Beides war nicht der Fall.
Er stieg in einem der ärmeren Stadtviertel aus und steuerte zielbewusst auf einen Wohnblock zu.
Ich beeilte mich hinterherzugehen. An der Haustür grüßte ich freundlich und tat, als würde ich in meiner Handtasche nach dem Schlüssel kramen.
Hoffentlich hielt er mich nicht für eine Zuträgerin der Stasi. Aber mir darüber Gedanken zu machen, blieb keine Zeit, denn der Summer ging, der Mann betrat das Haus, und ich folgte ihm.
Außer uns war niemand im düsteren Flur.
»Darf ich Sie etwas fragen?«
Er sah mich an. Mit einem Anflug von Argwohn.
»Meine Großmutter ist todkrank. Ich möchte mit ihrem Sohn, also meinem Onkel, Kontakt aufnehmen. Er wohnt in Westberlin, aber ich weiß nicht, wo genau. Sie sind doch Westberliner, oder?«
Keine Antwort, nicht einmal ein Nicken.

»Würden Sie bitte einen Brief für ihn mitnehmen und zu Hause nachsehen, ob er im Telefonbuch steht? Er heißt Julian Niemöller.«

»Sind Sie mir nachgegangen?«

»Ja, weil ich mir sonst keinen Rat wusste. Ich darf ja nicht in den Westen. Aber mein Onkel muss erfahren, wie es um seine Mutter steht. Vielleicht kann er veranlassen, dass sie in einem Westberliner Krankenhaus operiert wird.«

Der Mann schwankte zwischen Sympathie und Misstrauen, das war ihm deutlich anzusehen.

»Wie kann ich wissen, ob es stimmt, was Sie sagen?«

»Das Kuvert ist nicht zugeklebt.« Ich holte den Brief aus meiner Tasche und hielt ihn dem Mann hin. »Hier, bitte, Sie können ihn gern lesen. Es steht nichts Illegales darin.«

»Ich soll den Brief rüberschmuggeln? Schon das ist illegal!«

»Man wird Sie bestimmt nicht durchsuchen.«

Ich merkte, dass das Misstrauen die Oberhand gewann. Gut möglich, dass es an der düsteren Umgebung lag.

»Bitte nehmen Sie den Brief. Und überlegen Sie sich dann in Ruhe, was Sie damit machen. Die Entscheidung liegt ganz bei Ihnen.«

Nach kurzem Zögern griff er danach.

»Ich wäre Ihnen dankbar, wenn Sie versuchen würden, ihn meinem Onkel zukommen zu lassen. Wenn meine Großmutter nicht in den Westen kann, stirbt sie.« Das war moralische Erpressung. Aber ich musste alle Mittel einsetzen. Nach einem geflüsterten »Danke« drehte ich mich um und verließ das Haus.

NEUN

Die Tage vergingen, ohne dass eine Nachricht kam. Das Telefon schwieg, der Briefkasten blieb leer. Ich fragte mich, was schiefgegangen sein mochte. Hatten die jungen Amerikanerinnen und der Westberliner meinen Brief überhaupt mitgenommen? War er schon an der Grenze konfisziert worden oder hatten sie Julian nicht finden können? War mein Schreiben womöglich bei einem anderen Niemöller gelandet? Oder *wollte* Julian sich nicht melden? Ich ging die verschiedenen Möglichkeiten durch wie Perlen an einem Rosenkranz, immer wieder. Noch einen Brief zu schreiben und wieder einen Überbringer zu suchen, davon versprach ich mir nichts. Also hieß es weiterhin warten und hoffen.

Ich war drauf und dran, die Hoffnung aufzugeben, als ich eines Tages – etwa zwei Wochen, nachdem ich dem Mann den Brief übergeben hatte – eine Karte im Briefkasten vorfand. Mit zitternden Fingern nahm ich sie heraus, aber es war wieder eine von der Sorte, wie schon etliche gekommen waren. Diesmal aber mit einem anderen Text, der mir ebenso wenig sagte wie der vorige: *Krieg ist Frieden, Freiheit ist Sklaverei, Unwissenheit ist Stärke.* Ich ging die Treppe hinauf und drehte die Karte stirnrunzelnd in der Hand. Auf der Vorderseite war wieder ein Westberliner Motiv, eine Stadtansicht, die ich nicht kannte, und die Rückseite … halt! Diesmal konnte ich den Poststempel lesen. Westberlin … vielleicht …

Mitten auf der Treppe blieb ich stehen. Vielleicht stammten diese seltsamen Karten von Julian? Dass ich daran nicht eher gedacht hatte! Wer sonst sollte uns aus Westberlin schreiben? Und Julian hatte früher hier gewohnt, in diesem Haus. Aber was hatten die rätselhaften Botschaften zu bedeuten? Was wollte er uns damit sagen? Im Weitergehen las ich den Text noch ein paarmal, konnte aber nichts damit anfangen.

Für wen waren die Karten gedacht? Für seine Eltern? Für seine Schwester Gudrun? Jedenfalls nicht als Antwort auf meinen Brief, aber eventuell war es ja ein Versuch, mit uns Kontakt aufzunehmen, uns ein Lebenszeichen zu senden. Julian hatte seine Familie nicht vergessen, er lebte nach wie vor in Westberlin und meldete sich nach so vielen Jahren – aber aus welchem Anlass? Es machte mich ganz nervös, dass ich die Botschaften nicht deuten konnte. Vielleicht ergab es ja einen Sinn, wenn ich sie nebeneinanderlegte?

Die letzten Treppenstufen nahm ich im Eilschritt.

Aber mein Vorhaben war vergessen, kaum dass ich die Wohnung betrat. Im Schlafzimmer lief laute Musik. Marschmusik. Nicht aus dem Radio, sondern von einer Schallplatte. Die Tür war offensichtlich abgeschlossen, denn Claudine hämmerte dagegen und rief immer wieder: »Herr Niemöller! Kommen Sie raus!«

»Was ist denn hier los?« Ich versuchte die Musik zu übertönen. »Was macht Opa da drin?«

»Das weiß ich nicht! Er hat sich eingeschlossen!«, rief Claudine. »Was ist das für Musik?«

Ich lauschte und verstand ein paar Zeilen. Es war ein Nazilied. Erschrocken schlug ich die Hand vor den Mund. Wenn das die Nachbarn mitbekamen ... oder jemand unten auf der Straße!

»Opa, komm raus!« Auch ich schlug jetzt an die Tür. »Oder stell wenigstens die Musik leiser!«

»Ich probiere es schon eine ganze Weile«, sagte Claudine, und um ihren Mund zuckte es. So ratlos hatte ich sie noch nie erlebt; sonst wusste sie immer, was tun, fand für alles eine Lösung.

»Opa, mach bitte auf!«, rief ich mehrmals, und beim letzten Mal

klang mein Rufen plötzlich überlaut, weil die Musik verstummt war. Claudine und ich sahen einander an. Aber Opa hatte anscheinend nicht vor aufzumachen.
Ich legte das Ohr an die Tür und lauschte. Hörte ihn lachen, dann folgten unverständliche Sätze, und schließlich fing er an zu singen, das Marschlied von vorhin:

Nun brausen nach Osten die Heere
ins russische Land hinein.
Kameraden, nun an die Gewehre!
Der Sieg wird unser sein.

Seine Stimme klang ungewohnt kräftig, das machte mir richtig Angst.
»Opa!«, rief ich wieder.
Ein Auflachen. Dann: »Vorwärts marsch! Jawnewitsch muss brennen!«
War er durchgedreht? Das konnte doch keine Erinnerung an früher sein?!
»Wir müssen die Tür einschlagen!«, rief Claudine panisch. »Womöglich tut er sich etwas an!« Und sie warf sich mit der Schulter gegen die Tür, die jedoch keinen Millimeter nachgab.
Mit einem Mal wurde es still im Schlafzimmer. Was hatte das zu bedeuten?
Und dann rochen wir es und starrten einander entsetzt an. »Feuer!«, rief ich. Es brannte im Zimmer, und Opa merkte oder begriff nicht, dass er in Gefahr war, denn nun stimmte er den Refrain an.
Mit vereinten Kräften versuchten Claudine und ich, die Tür aufzubrechen. Wir traten mit den Füßen dagegen und rissen an der Klinke. Es dauerte – nach meinem Gefühl – eine halbe Ewigkeit, bis sie endlich aufging.

Opa stand mitten im Raum. Er trug eine Uniformjacke und hielt ein brennendes Taschentuch in der Hand.
Ich blieb wie angenagelt stehen. Claudine hingegen reagierte blitzschnell: Sie riss Opa das Taschentuch weg, warf es auf den Boden und stampfte darauf herum, bis das Feuer aus war.
Opa hatte zu singen aufgehört. Den Blick auf das Taschentuch mit den Brandlöchern gerichtet, stand er da. Dann brach er zusammen. Erst seelisch. Sein Gesichtsausdruck veränderte sich. Keine Spur von Triumph mehr in den Augen, nur noch Unsicherheit und Angst. Und dann körperlich: Sein Kopf sank nach vorn, er ließ die Schultern hängen und sackte langsam in die Knie.
Claudine fing ihn geistesgegenwärtig auf und führte ihn ins Wohnzimmer. Dabei redete sie auf ihn ein wie auf ein Kleinkind.
Ich war noch immer wie vom Donner gerührt. Tat nichts. Dachte nichts. Fühlte nichts.
Das Taschentuch hatte auf dem Bettvorleger einen Brandfleck hinterlassen. Eine ganze Weile haftete mein Blick darauf.
Erst als ich den Fernseher aus dem Wohnzimmer hörte, löste sich meine Erstarrung, und ich ging hinüber. Opa saß vor dem Bildschirm, ganz so als wäre nichts geschehen. Die Uniformjacke schlotterte um seine schmal gewordenen Schultern.
»So kann es nicht mehr weitergehen«, sagte Claudine zu mir. »Er braucht einen Pflegeplatz. Hier zu Hause ist er eine Gefahr für sich selbst und für dich auch. Ich kümmere mich darum. Es wird bestimmt bald klappen, und wenn ich dazu an Honecker persönlich schreiben muss.«

Claudine hielt Wort. Sie schrieb an unzählige Pflegeheime, wenn auch nicht an Honecker, und schließlich bekamen wir eine Zusage.

Am ersten Abend nach Opas Umzug ins Heim empfand ich die Wohnung – trotz aller Erleichterung – als erschreckend leer. Von nun an war es völlig egal, wann ich nach Hause kam. Ob ich überhaupt nach Hause kam. Niemand wartete auf mich, niemand machte sich Sorgen um mich, niemand hatte etwas zu essen vorbereitet. Claudine sah ich nicht mehr wieder – ihre Arbeit bei uns war beendet.

ZEHN

Sie sah so zerbrechlich aus. Fast durchsichtig blass und das weiße Haar kaum vom weißen Kissen zu unterscheiden. Die Neonröhre summte, und der Herzmonitor neben dem Bett piepste. Ich warf einen Blick auf den Infusionsbeutel, folgte dem dünnen Schlauch bis zu der Nadel in Omas Hand mit der pergamentenen Haut, unter der sich die Adern blau abzeichneten.

Behutsam fasste ich nach ihrem Arm. »Hallo, Oma«, sagte ich. Die Stationsschwester hatte gesagt, ich solle mit ihr sprechen, weil sie mich vielleicht hören könne. Ihr etwas erzählen, einfach meinen Alltag schildern. Dabei hätte ich viel lieber Fragen gestellt. Fragen nach Opa. Und nach Julian. Aber darauf gab es, wenn überhaupt, erst Antworten, wenn sie wieder wach war.

Ich kam mir komisch vor, wie ich da in dem stillen Zimmer laut vor mich hinredete und von Opa erzählte. Aber nicht die ganze Geschichte. Falls sie tatsächlich etwas mitbekam, wollte ich auf keinen Fall, dass sie sich Sorgen machte. Darum sagte ich nur, er wohne jetzt in einem Heim, wo die Schwestern sich viel besser um ihn kümmern könnten als ich zu Hause. Dass er sich im

Schlafzimmer eingeschlossen hatte, ließ ich unerwähnt. Ebenso das Nazilied und das brennende Taschentuch.
Ich wurde immer leiser, immer unsicherer – es war so seltsam, mit einem Menschen zu reden, der nicht reagierte. Ich wünschte mir, Oma würde ab und zu nicken oder »Hmmm, ja« sagen. Und noch mehr wünschte ich mir, sie wäre es, die ihre Hand auf meinen Arm legte und sagte: »Alles wird gut.«
Aber von Oma kam kein Laut, ich hörte immer nur das eintönige Piepsen des Herzmonitors.
Sie musste schnellstens in eine Klinik im Westen. Dort würde man sie operieren und das Blutgerinnsel entfernen, statt zu warten, ob es sich von selbst auflöste. Die Ärzte drüben waren besser ausgebildet als unsere, bestimmt würden sie Oma helfen können. Aber wie sollte ich das bewerkstelligen? Wie? Wie? Wie?, hämmerte es in meinem Kopf.
Meine Versuche, mit Julian Kontakt aufzunehmen, hatten nichts gebracht. Ich wusste nicht weiter. Aber ich konnte auch nicht tatenlos abwarten, bis Oma irgendwann … ich mochte das Wort nicht einmal denken.

Es klopfte an der Tür. Ich wischte mir mit dem Ärmel über die Augen. Wahrscheinlich wieder eine Schwester, die sich an der Infusion zu schaffen machen würde.
»Darf ich reinkommen?«
Es war Marthe.
Ich nickte.
Sie schloss die Tür hinter sich und trat ans Fußende von Omas Bett. »Wie geht es ihr?«
Ich gab keine Antwort. Wie es Oma ging, konnte sie ja selbst sehen. Was wollte sie hier? Warum tauchte sie jetzt, nach Wochen, plötzlich wieder auf?

»Ich weiß, ich hätte eher kommen sollen.« Sie schien meine Gedanken gelesen zu haben. »Aber ich hatte keine Zeit. Ich habe etwas Wichtiges herausgefunden.« Sie nahm einen Stuhl und rückte ihn an die andere Bettseite. »Du musst mir …«

»Weißt du, wo Julian wohnt?«, unterbrach ich sie. Eigentlich wollte ich ihr nichts von meinem Vorhaben sagen, aber mir blieb keine Wahl – vielleicht konnte sie mir ja helfen.

»Julian?« Sie sah mich verdutzt an. »Der ist ’61 geflohen, zusammen mit Rolf.«

»Ich meine, wo er jetzt wohnt.«

»Warum willst du das wissen?«

»Weißt du es oder nicht?«

Sie schüttelte den Kopf. »Ich glaube, er hat nach der Flucht nie mehr von sich hören lassen.«

Ich musste an die Karten denken …

»Warum interessiert dich, wo Julian wohnt? Du hast doch nicht etwa vor, selber … willst du Oma denn allein lassen?«

»Oma allein lassen?« Ich schnappte nach Luft. »*Du* bist doch diejenige, die sich um nichts kümmert, die einfach abhaut und nichts mehr von sich hören lässt!«

Marthes Mund wurde schmal und ihr Blick hart. Aber sie sagte nichts dazu.

Schon klar, ich war ungerecht. Wenn das mit dem Gefängnisaufenthalt stimmte, hatte Marthe wahrscheinlich die Hölle durchgemacht. Wusste ich denn, wie ich auf so etwas reagiert hätte? Und was, wenn der Verdacht von Marthe ihrer Mutter gegenüber stimmte?

»Ich will, dass Oma in einem Krankenhaus in Westberlin operiert wird«, sagte ich, um ihr ein wenig entgegenzukommen. »Aber dazu brauche ich eine Kontaktperson.«

»Ich weiß nicht, wo Julian ist«, sagte Marthe. »Ich weiß auch

nicht, wo Florian ist. Und wo Franziska. Irgendwie verschwinden alle aus unserer Familie.« Sie richtete den Blick auf Omas knittrige Hände auf der Bettdecke.
Ich nickte. Sagen konnte ich nichts, weil ich einen Kloß im Hals hatte. Ich wusste nur zu genau, was sie meinte, hatte doch auch ich das Gefühl, unsere Familie löse sich nach und nach auf, ohne dass man etwas dagegen tun konnte.
»Ich will wissen, wo Florian ist«, fuhr Marthe fort. »Und was mit ihm passiert ist.« Sie schaute mich an, mit Augen, in denen eine Glut zu brennen schien. »Ob er überhaupt noch lebt …«, fügte sie leise hinzu.
Ich sagte nichts.
»Wenn ich dir bei der Suche nach Julian helfe, hilfst du mir dann im Gegenzug, Florian zu finden?« Sie sah mir direkt in die Augen.
Irgendwie traute ich Marthe nicht. Ich dachte an den Abend in Onkel Hermanns Wohnung. Nach x Jahren tauchte sie plötzlich auf und wollte, dass ich ihr half – jetzt schon zum zweiten Mal. Aber wo war sie gewesen, als Oma den Schlaganfall hatte? Wo war sie gewesen, als Opa um ein Haar das Haus in Brand gesteckt hätte?
Ich gab keine Antwort.
Als sie rasch zur Tür blickte und sich dann ein Stück übers Bett beugte, wusste ich, dass ich nicht hören wollte, was sie zu sagen hatte.
»Die Zeit im Gefängnis war furchtbar«, begann sie. »Die Wärter haben dafür gesorgt, dass ich nicht schlafen konnte, indem sie nachts alle paar Minuten das Licht angemacht haben. Und dann die Verhöre. Stundenlang. Tagsüber und auch in der Nacht. Ich wusste nie, wann sie mich holen kamen. Jeden Moment konnte die Zellentür aufgehen … Sie wollten ein Geständnis von mir.

Es war fast immer derselbe Mann, der mich verhört hat, und er hatte so seine Methoden. Mal gab er sich freundlich, fast schon besorgt um mich, dann wieder war er spöttisch, hart und gemein. Er wurde fuchsteufelswild und war gleich darauf wieder die Ruhe selbst. Vor meinen Augen hat er sich satt gegessen, während ich seit Tagen keine anständige Mahlzeit mehr hatte. Er hat mir Gesetzesparagrafen um die Ohren gehauen, mich bedroht und so getan, als wüsste er bereits alles. Weil ich sonst kaum einen Menschen gesehen habe, ist er für mich zum Gesicht der Stasi geworden, zum verhassten Gesicht des Systems. Ich sehe ihn noch heute genau vor mir. Das wird bis zu meinem Tod so bleiben, und wenn ich hundert werde. Und vorige Woche habe ich dieses Gesicht wiedergesehen. Hier in Berlin. Zwölf Jahre älter, aber unverkennbar. Ich bin mir ganz sicher, dass er es war. Dieser Mann weiß, was mit Florian passiert ist.«

Sie schaute an mir vorbei zur Wand. Was mochte sie noch alles im Gefängnis erlebt haben … ich traute mich nicht zu fragen.

»Und vielleicht hat er auch mich wiedererkannt.« Jetzt sah sie mich direkt an.

Allmählich dämmerte mir, warum sie mir das erzählte, worauf sie hinauswollte. »Ich muss wissen, was passiert ist«, fuhr sie auch schon fort. »Die Ungewissheit macht mich fertig. Sie ist wie ein Tumor im Kopf, der wächst und wächst. Seit ich diesen Stasi-Mann gesehen habe, kann ich an nichts anderes mehr denken. Vielleicht ist Florian noch in Haft, vielleicht lebt er auch nicht mehr. Wenn ich es weiß, kann ich versuchen, damit abzuschließen. Es sind nicht nur die paar Wochen, Sybille, die sie mir genommen haben: Sie haben mir meinen Bruder genommen und damit mein Leben.«

»Und das deiner Mutter«, entschlüpfte es mir.

Marthe schaute zweifelnd drein, sagte aber nichts.

»Wie stellst du dir das vor? Ich kann doch nicht einfach zu dem Mann hingehen und fragen, was er über Florian weiß?«
Ohne es zu wollen, drückte ich mich so aus, als hätte ich ihrer unausgesprochenen Bitte bereits zugestimmt. Wahrscheinlich, weil ich ihr im Grunde doch helfen wollte, auch wenn ich sie kaum kannte.

Aber mich mit der Stasi einlassen? War das nicht eine völlig verrückte Idee? Wo ich doch wusste, welch zerstörerische Macht diese Leute hatten. Ich hatte es bei Gudrun erlebt, und auch Marthes Blick zeugte davon. Wenn man nicht aus der Reihe tanzte, genoss man in unserem Staat relative Freiheit, eine Freiheit, die darin bestand, dass sie einen in Ruhe ließen. Warum sollte ich das aufs Spiel setzen? Aber wenn ich Marthe ansah, ihre bei aller Fremdheit doch familiär-vertrauten Züge, und an Florian dachte, der mir früher, als ich noch klein war, Schauergeschichten von Riesenkakerlaken erzählt hatte, und wenn ich mir vorstellte, wie es Oma ergehen würde, wenn man sie in diesem Krankenhaus mit mehr oder weniger wirkungslosen Medikamenten weiterbehandelte – blieb mir da eine andere Wahl?

»Uns wird schon etwas einfallen, wie wir an ihn herankommen können.«

Mir entging nicht, dass sie in der Wir-Form sprach.

»Aber du musst mir auch helfen«, sagte ich, und es klang wie eine endgültige Zusage. »Oma muss unbedingt in den Westen, damit sie operiert werden kann.«

Marthe nickte.

»Und Opa ist jetzt im Heim. Ich kann nicht an fünf Stellen gleichzeitig sein, wir müssen die Besuche unter uns aufteilen.«

»Opa im Heim?« Sie sah mich groß an.

»Ja, seit letzter Woche. Da hat er einen Platz bekommen.« Den Grund, warum das nötig geworden war, verschwieg ich.

»Hier, da steht die Adresse von dem Stasi-Mann drauf.« Sie reichte mir einen zerknitterten Zettel.
Also hatte sie von vornherein gewusst, dass ich es tun würde.
»Aber das mit den Besuchen ist abgemacht, ja? Ich will nicht, dass Oma aufwacht und es ist keiner da. Und Opa …«
»Schon gut, versprochen«, beeilte Marthe sich zu sagen. Mit einem Mal wirkte sie erleichtert, fast schon fröhlich – als hätte sie gerade erfahren, dass es Florian gut ging.

ELF

Ich stand in einer Türnische, den Blick auf die Fenster im dritten Stock des Hauses gegenüber gerichtet. Stinknormale Fenster in einem stinknormalen Haus in einer stinknormalen Straße. Ein absolut alltäglicher Anblick, und trotzdem nahm es mir fast den Atem. Ich zuckte zusammen, als die Haustür aufging. Eine alte Dame mit Hündchen kam heraus. Sie zog einen Einkaufsroller hinter sich her. Stinknormaler ging es nicht mehr.
Ich wischte mir die Hände an der Hose ab, damit sie nicht schweißig waren, falls er mich mit einem Händedruck begrüßte. Dann strich ich meine Haare zurück und atmete tief durch. Weiter hier herumstehen, womöglich noch stundenlang, führte zu gar nichts. Die Nervosität wurde davon nicht besser, die Zweifel nicht weniger, und die Fragen blieben unbeantwortet.
Ich hatte mir Marthes Vorgaben entsprechend zurechtgelegt, was ich sagen wollte, und wenn meine Tarnung aufflog, würde ich einfach davonlaufen und zu Marthe sagen, ich hätte nichts herausgefunden. Dann hatte ich es wenigstens versucht.

Ich raffte all meinen Mut zusammen und überquerte die Straße. Dabei musste ich mich zusammennehmen, um nicht rasch über die Schulter zu schauen.
Für den dritten Stock gab es zwei Klingelknöpfe. Neben dem einen stand Müller-Feicht, neben dem anderen kein Name. Das irritierte mich ein wenig, aber jetzt gab es kein Zurück mehr: Ich drückte auf die anonyme Klingel.
»Ja bitte?« Eine schnarrende Stimme aus der Türsprechanlage.
Ich schluckte. Dass ich mich erst einmal mit einem Unsichtbaren auseinandersetzen musste, hatte ich nicht einkalkuliert. »Guten Tag, Herr …« – Hilfe! Ich wusste ja gar nicht, wie der Mann hieß! »Ich … äh … studiere Journalistik und mache gerade ein Praktikum bei der *Jungen Welt.* Dürfte ich Ihnen für einen Zeitungsartikel ein paar Fragen stellen?«
Stille. Dann ein Rauschen. Und ein Klacken. Aufgelegt.
Verdattert stand ich da.
Einen Versuch noch, sagte ich mir, dann lasse ich es. Und ich drückte auf mehrere Klingeln gleichzeitig. Als zwei, drei Stimmen »Ja bitte?« riefen, sagte ich laut: »Die Post!«
Und schon ging die Tür auf. Ich trat ein. Im Flur roch es muffig. Bevor ich noch nervöser werden konnte und mich nicht mehr traute, ging ich zur Treppe und stieg in den dritten Stock hinauf. Dort angekommen, sah ich zwei Türen, die einander gegenüberlagen, eine mit Willkommensschild und eine ohne. Die Entscheidung war schnell getroffen: Ich klingelte an der Tür ohne Schild und hörte es drinnen schrillen. Atemlos lauschte ich, aber nichts tat sich. Kein Wunder, dem Mann war klar, dass *ich* vor der Tür stand. Die angebliche Studentin hätte besser eine Weile gewartet und es dann wieder versucht. Oder morgen …
Als plötzlich doch geöffnet wurde, fuhr ich zusammen. Ein älterer Mann stand vor mir: rostbraune Cordhose, Hemd und ge-

streifter Pullunder, das Gesicht kantig und abweisend, die wasserblauen Augen ausdruckslos. Er stand einfach da, fragte gar nicht, was ich wollte.

»Guten Tag«, sagte ich und wiederholte dann mein journalistisches Anliegen.

»Was für Fragen wollen Sie mir stellen?«

»Wir möchten unseren jungen Lesern zeigen, auf welche Weise die Staatssicherheit dafür sorgt, dass sie in einem Land ohne Gefahren aufwachsen«, sagte ich den auswendig gelernten Text auf. »Und da Sie inzwischen im Ruhestand sind, können Sie mir bestimmt ein paar Beispiele aus Ihrer langen Karriere nennen. Inkognito, versteht sich.« Ich bemühte mich um ein verbindliches Lächeln.

Würde er darauf hereinfallen? Oder mir die Tür vor der Nase zuschlagen? Wirkte ich mit meinem Notizbüchlein in der Hand glaubwürdig? Hatte Marthe mir überhaupt die richtigen Informationen gegeben?

Langsam trat er zur Seite und bedeutete mir mit einem knappen Nicken, ich solle eintreten. Er machte die Wohnungstür zu, schloss sie ab und steckte den Schlüssel in die Hosentasche.

Ich musste schlucken.

Dann führte er mich in sein Wohnzimmer und wies auf einen Stuhl am Esstisch. Ich setzte mich, legte das Büchlein vor mich hin und schlug die Seite mit den Fragen auf.

»Kaffee?« Seine Stimme klang neutral.

Ich lehnte dankend ab.

Er verschwand kurz und kam mit einer Tasse Kaffee in der Hand wieder. Ehe er sich damit mir gegenübersetzte, fragte er: »Wovon handelt der Artikel genau?«

»Die meisten jungen Leute empfinden es heute als normal, dass sie in einer sicheren Gesellschaft leben, ohne Krieg und vom Staat

gut versorgt. Aber das ist keineswegs eine Selbstverständlichkeit. Viele Menschen – Menschen wie Sie – sind Tag und Nacht damit beschäftigt, die Sicherheit in unserem Land zu gewährleisten. Manche sogar unter Einsatz ihres Lebens ...« Ich fragte mich, ob das nicht ein bisschen zu dick aufgetragen war. »Sie alle sorgen jedenfalls dafür, dass die jungen DDR-Bürger in einer friedlichen Gesellschaft aufwachsen und nicht dem verderblichen Einfluss des Kapitalismus und der westlichen Kriegstreiber ausgesetzt sind.«
Bisher hatte er keine Miene verzogen, jetzt aber meinte ich, etwas wie Stolz in seinem Blick zu erkennen. Er durchschaute nicht, dass ich ihm Propagandasprüche auftischte. Oder aber er war so sehr an solches Gerede gewöhnt, dass er es nicht als unecht erkannte. Für den Normalbürger in der DDR gab es zwei Sprachen: die alltägliche und die offizielle Sprache. Die offizielle war geschwollen, phrasenhaft und voller Rhetorik. Weil man sie oft hörte, war sie einem so vertraut, dass man die Phrasen mühelos abrufen konnte, zum Beispiel, wenn man einen Antrag stellte, an eine Behörde schrieb, als FDJler eine Rede halten musste, sich als Arbeiter des Monats für die Auszeichnung bedankte – oder eben mit einem Stasi-Mann sprach. Gekünstelt klang sie immer, wie in einem schlechten Theaterstück.
»Was meinen Sie mit ›Menschen wie Sie‹?«
Ich geriet kurz aus dem Konzept.
»Sie ... äh ... haben doch früher bei der Staatssicherheit gearbeitet.« Ich sprach den Satz so aus, dass er nicht wie eine Frage klang. »Und als langjähriger verdienter Mitarbeiter haben Sie große Erfahrung und können mir bestimmt einige Beispiele nennen.«
»Woher haben Sie meine Adresse?« Seine Fragen kamen kurz und knapp, ohne Betonung. So stellte ich mir ein Verhör vor. Er wollte mich verunsichern, aber das würde ihm nicht gelingen.

»Ein Kollege hat mir Ihre Adresse gegeben. Aber seien Sie unbesorgt, ich werde Ihren Namen in dem Artikel nicht nennen, wenn Sie das nicht wollen.«
»Für welche Zeitung sind Sie gleich noch mal tätig?«
»Für die *Junge Welt*.«
»Gut, dann fragen Sie. Unter einer Bedingung: Sie legen mir den kompletten Artikel zur Genehmigung vor, ehe er erscheint.«
»Selbstverständlich.«
»Erste Frage?«
»Für die Abwendung welcher Gefahren ist die Staatssicherheit zuständig?«, las ich aus meinem Notizbüchlein ab.
Er beantwortete die Frage und auch die folgenden, als würde er aus einem Handbuch für Stasi-Mitarbeiter zitieren. Ich schrieb eifrig mit.
Bald würde meine Liste abgearbeitet sein, und ich überlegte fieberhaft, wie ich etwas über Florian aus ihm herausbekommen sollte. Denn er hütete sich, Namen oder sonstige Details zu nennen, wenn er von Fällen sprach. Wie konnte ich ihn dazu bringen, konkreter zu werden?
Plötzlich lehnte er sich auf dem Stuhl zurück und zündete sich eine Zigarette an. Er sah mich an, ohne auf das einzugehen, was ich gerade gefragt hatte.
»Warum sind Sie wirklich hier?« Seine Stimme war so unbewegt wie sein Blick.
»Weil ich einen Artikel schreiben möchte …«
Er wedelte mit der Zigarette, wie um meine Antwort wegzuwischen. »Wir wissen beide, dass das nicht stimmt.«
Mir wurde heiß. Und dann eiskalt, als ich an die abgeschlossene Tür dachte.
Er musterte mich wortlos, wartete einfach ab.
Was nun? Sollte ich auf meiner Lüge beharren?

Das Schweigen lastete schwerer und schwerer zwischen uns.
»Was wollen Sie von mir?« Seine Augen ließen mich nicht los.
Ich senkte den Blick auf meine Hände. Die Knöchel waren weiß; ich hatte gar nicht gemerkt, wie krampfhaft ich den Stift umklammert hielt. Schnell legte ich ihn weg und die Hände in den Schoß. Ich musste ihm eine Antwort geben. Irgendeine. Aber glaubwürdig musste sie sein.
»Ich möchte Sie um einen Gefallen bitten«, sagte ich leise, noch ehe ich überlegt hatte, ob das klug war oder nicht.
»Einen Gefallen?« Er hob die Brauen.
»Sie sind ein mächtiger Mann und können alles Mögliche erreichen.«
Er gab ein kurzes, höhnisches Lachen von sich. Mit Schmeicheleien war ihm anscheinend nicht beizukommen.
»Meiner Großmutter geht es sehr schlecht«, fuhr ich fort. »Sie muss im Westen operiert werden. Aber ich kann das nicht veranlassen, und ich kann sie auch nicht begleiten.«
Er blies den Rauch über mich hinweg, dann stützte er die Ellbogen auf den Tisch und sah mich, beide Hände um die Zigarette gelegt, unverwandt an. »Ich soll Ihnen also helfen. Und warum?«
»Weil Sie es können. Und weil meine Großmutter sonst stirbt.«
Keine Reaktion – die Begründung schien ihm nicht zu genügen, darum ignorierte er sie. Wie um mir eine zweite Chance einzuräumen, ihn zu überzeugen. Aber ich wusste nicht, was ich noch hätte sagen sollen.
»Sie bitten mich um einen Gefallen«, fuhr er fort, als ich mich nicht äußerte. »Ihnen ist schon klar, dass es üblich ist, dafür einen Gegendienst zu erbringen, oder?«
Ich nickte, obwohl ich keine Ahnung hatte, worauf er abzielte.
»Ich könnte tatsächlich dafür sorgen, dass Ihre Großmutter in

ein Krankenhaus im Westen kommt. Es hängt aber davon ab, was für Informationen ich von Ihnen bekomme.«

»I-i-informationen?«, stotterte ich.

»Genau: Informationen. Was Ihnen so auffällt in Ihrer Umgebung. Was die Leute machen, mit denen Sie zu tun haben. Vorhin habe ich Ihnen ja erklärt, wie wichtig Informationen sind.« Er sagte es wie beiläufig.

Was wollte er mit Informationen? Er war doch im Ruhestand ...

»Zur Sicherheit unseres Staats beitragen ist keine Arbeit, die irgendwann endet, sondern eine Lebensweise, eine zweite Natur, wenn man so will«, sagte er, als hätte er meine Gedanken gelesen. »Kommen Sie in einer Woche wieder und berichten Sie mir. Dann werde ich sehen, ob sich etwas machen lässt.« Mit einer schnellen Bewegung drückte er die Zigarette im Aschenbecher aus.

Für ihn war das Gespräch beendet.

Ich stand auf und ging zur Wohnungstür.

Er folgte mir und schloss auf.

Wieder im Freien, war mir noch immer nicht recht klar, was die Folgen sein würden. Ich hatte geblufft. Und jetzt musste ich mit den Karten weiterspielen, die ich auf der Hand hatte.

ZWÖLF

Marthe hielt sich an ihr Versprechen. Sie besuchte Oma regelmäßig, saß stundenlang an ihrem Bett. Wo sie wohnte, wusste ich nicht, und ich hatte auch keine Telefonnummer von ihr, trotzdem konnte ich sie ohne Probleme erreichen: Es war gerade, als ginge sie gar nicht mehr weg aus dem Krankenhaus.

Wenn wir zusammen bei Oma waren, saßen wir jede an einer Seite des Betts, den Blick auf ihre durchsichtige Haut und ihre weißen Haare auf dem weißen Kissen gerichtet, und hofften, sie würde aufwachen.
Ich nahm jetzt immer ein Buch mit, aus dem wir abwechselnd vorlasen. Es war ein seltsames Gefühl, in dem stillen Zimmer die eigene Stimme zu hören. Darum schwiegen wir meist, auch weil es nicht viel zu sagen gab. Dann war nur das Piepsen des Herzmonitors zu hören und vom Flur her das Quietschen von Gummisohlen auf Linoleum oder ein leises Rattern, wenn ein Bett oder ein Essenswagen vorbeigeschoben wurde.

»Hat er was gesagt?«, fragte Marthe, als ich erwähnte, dass ich den Stasi-Mann aufgesucht hatte.
»Er hat gemerkt, dass es mir nicht um einen Zeitungsartikel ging«, sagte ich. Über uns wurde eine Toilettenspülung gezogen. »Aber ich soll wiederkommen.«
»Wiederkommen?«
»Wenn ich ihm Informationen liefere, hilft er mir, hat er gesagt.«
Ich beschloss im selben Moment, Marthe nicht zu sagen, worauf sich diese Hilfe bezog.
»Informationen?«, wiederholte Marthe gedehnt. »Nun ja, wenn er weiß, wo Florian ist ...«

Die Frage, was für Informationen ich dem Mann geben sollte, ließ mich nicht mehr los. Weil ich im Grunde wusste, was er wollte: dass ich Leute anschwärzte. Das bewirkte, dass ich die Menschen, mit denen ich täglich zu tun hatte, mit anderen Augen sah. Ich hätte Marthe fragen sollen, ob es wohl genügte, wenn ich mir irgendetwas ausdachte. Aber es schien mir besser, sie damit in Ruhe zu lassen.

Bei der Arbeit beobachtete ich die Kunden aufmerksam. Aber letztlich waren sie alle anonyme Gestalten: Sie kamen, kauften ein, bezahlten, gingen wieder. Uninteressant. Unverdächtig.
Ich überlegte, ob ich wirklich noch einmal zu dem Mann gehen sollte oder besser tat, als hätte es unsere erste Begegnung nie gegeben. Er kannte meinen Namen nicht. Aber andererseits konnte er mir helfen, indem er dafür sorgte, dass Oma in ein Krankenhaus in Westberlin kam. Also musste ich das Spiel mitspielen, auch wenn mir klar war, dass ich leicht zur Verliererin werden konnte.

»Du könntest dann bei Marco schlafen«, meinte Christiane. Sie saß quer auf einem Sessel, die Beine lässig über der Armlehne.
»Vergiss es!« Ich warf ihr ein Stück Kartoffel an den Kopf. Es war Sonnabend, und ich hatte sie eingeladen, um gemeinsam zu kochen und Urlaubspläne zu schmieden. Aber eigentlich war ich es, die kochte, während sie herumlümmelte und sich Ferienträumen hingab.
Man konnte jedes Jahr über den Betrieb, in dem man arbeitete, um einen Urlaubsplatz ersuchen. Ob man einen Platz zugewiesen bekam, hing nicht nur von der Konkurrenz ab, die man hatte, sondern auch davon, ob man sich als Werktätiger verdient gemacht und sozialistisch engagiert hatte, und ein wenig auch von der Lust und Laune der Personen bei der Ferienkommission, die entschieden, wer verreisen durfte und wohin. Wir hatten uns bisher jedes Jahr um einen Ferienplatz bemüht, aber noch nie einen bekommen.
Auf gut Glück allein verreisen, war keine Alternative. Privatzimmer waren rar und die Preise oft hoch, und man wusste nie, ob man für das viele Geld auch wirklich nett unterkam. In beliebten Urlaubsregionen wie der Ostsee wurde alles vermietet, was ein

Dach hatte, aber die meisten Quartiere waren ohnehin in den Händen von Betrieben.
»Wahrscheinlich finden sie uns zu jung«, hatte Christiane gesagt, die sich über die Absagen mehr ärgerte als ich. Dieses Jahr hatten wir uns jedenfalls gar nicht erst beworben, sondern die Datsche meiner Großeltern zum Urlaubsort erkoren.
»Wie viele Schlafplätze sind da überhaupt?«, wollte Christiane wissen.
»Je nachdem, wie kreativ man ist. Im Wohnzimmer steht ein Ausziehsofa, da passen zwei drauf, und im Schlafzimmer ist ein Doppelstockbett, aber wenn jemand zum Beispiel ein Zelt hat ...«
»Diethard hat eins«, fiel sie mir ins Wort. »Nicht mehr ganz wasserdicht, glaube ich, aber das ist nicht schlimm, weil es im Urlaub ohnehin nicht regnet.«
Ich war fertig mit dem Kartoffelschälen und -schneiden und begann, die Möhren zu putzen. Seit Claudine nicht mehr kam, stand abends kein Essen bereit. Und für mich allein hatte ich wenig Lust zu kochen.
Meist machte ich mir rasch etwas aus der Dose warm, oder ich belegte ein paar Toastscheiben mit Käse und schob sie in den Ofen. Heute jedoch sollte es anders sein, weil meine Freundin da war.
Es war das erste Mal seit Langem, dass ich jemanden zu mir nach Hause einlud. Ich hatte nie darüber nachgedacht, jetzt aber wurde mir klar, dass ich mich wegen Opa geniert hatte. Weil er sich so merkwürdig benahm und der Fernseher immer auf voller Lautstärke lief. Und seit meine Großeltern nicht mehr da waren, fühlte ich mich in der Wohnung einsam. Die Tür zu ihrem Schlafzimmer machte ich nie auf, das Radio blieb aus, und auch den Fernseher stellte ich nur hin und wieder an. Die Wohnung – viel zu groß für mich allein – war kein Zuhause mehr. Ich schlief hier

und hatte meine Sachen hier, aber die meiste Zeit war ich bei der Arbeit oder in der Charité bei Oma oder im Heim bei Opa.
Christiane hatte mich überredet, die Besuche heute ausfallen zu lassen. »Du brauchst da nicht jeden Tag hinzurennen«, hatte sie gesagt. »Du musst auch mal an dich selber denken. Wie lange ist es her, dass du nach der Arbeit mit mir noch was trinken gegangen bist? Und im Mickmack hast du dich auch schon ewig nicht mehr blicken lassen.«
Wir waren gleich nach Feierabend zu mir nach Hause gegangen. Es sollte ein gemütlicher Abend werden: mit gutem Essen, Urlaubsplänen und später einem Film im Fernsehen.
Christiane hatte recht: Ich durfte mich nicht von den Pflichten auffressen lassen und musste auch mal ausspannen.
Ich trug das Gemüse in die Küche, um es dort aufzusetzen. Unterdessen schaltete Christiane im Wohnzimmer den Fernseher an.
»Kriegt man hier MTV rein?«, rief sie.
»Nicht dass ich wüsste. Aber RTL müsstest du irgendwo finden!«, rief ich zurück. Sekunden später hörte ich auch schon einen Song von Madonna in höchster Lautstärke.
»Nicht so laut! Die Nachbarn!«
Christiane stellte den Ton eine Idee leiser.

Wir ließen beim Essen den Fernseher laufen. Christiane war mehr mit den Sendungen als mit ihrem Teller beschäftigt, und wenn Musik kam, bewegte sie sich im Rhythmus auf ihrem Stuhl.
»Gibt's in eurer Datsche einen Fernseher?«
»Nein, natürlich nicht.«
Nach dem Essen schaltete sie dauernd hin und her, während ich den Tisch abräumte und das Geschirr in die Küche trug. Den Abwasch würde ich morgen machen, Christiane hatte bestimmt keine Lust, mir dabei zu helfen.

»Sybille, komm rüber! Das musst du sehen!«

Ich ging ins Wohnzimmer und setzte mich zu ihr aufs Sofa. Gerade liefen die Westnachrichten: »Bei einem Paneuropäischen Picknick heute Nachmittag in der Nähe des ungarischen Sopron an der Grenze zu Österreich sind Hunderte DDR-Bürger über die Grenze geflohen. Die ungarischen Grenztruppen schritten nicht dagegen ein.«

Wir sahen Bilder von fröhlich feiernden Menschen, von einem offenen Grenztor, von einem Mann, der mit einem Kind auf den Schultern in den Westen lief.

»In den letzten Wochen sind Tausende DDR-Bürger nach Ungarn aufgebrochen, um dort ihr Glück zu versuchen. Sie kommen als Urlauber, zelten auf Campingplätzen und lassen dort alles stehen und liegen, sobald sich eine Möglichkeit ergibt, über die Grenze zu kommen. Die ungarischen Grenzer halten sich zurück, wer jedoch gefasst wird …«

»Wir gehen nach Ungarn!«, rief Christiane plötzlich. »Dort machen wir Zelturlaub! Und vielleicht schaffen wir's ja auch über die Grenze!« Sie kniete auf dem Sofa und schaute mich so strahlend an wie ein Kind, das unerwartet ein Geschenk bekommt.

»Nach Ungarn? Und dann über die Grenze? Aber das geht nicht so einfach«, warf ich ein.

»Und ob das geht. Schau doch, die halten die Leute nicht zurück!«

»Wir können doch nicht einfach abhauen …« Undenkbar, dass ich Oma im Stich ließ. Und Opa. Und meine Arbeitsstelle. Aber andererseits: Wenn ich drüben war, könnte ich Julian suchen …

»Ob wir rüberkommen, sehen wir dann. Erst einmal gehen wir nach Ungarn.«

Ich runzelte die Stirn, was Christianes Begeisterung jedoch nicht dämpfte.

DREIZEHN

Am Mittwoch darauf stand ich wieder in der Türnische und schaute auf die stinknormalen Fenster gegenüber, hinter denen – wie ich nun wusste – ganz und gar kein stinknormaler Mann wohnte. Noch konnte ich wieder weggehen, denn er wusste ja nicht, wer ich war. Aber er hatte gesagt, er könne veranlassen, dass Oma in ein Krankenhaus im Westen kam. Würde ich weggehen, wäre diese Chance dahin, dann hätte ich weder einen Plan noch Hoffnung. Also überquerte ich die Straße und drückte, ohne weiter nachzudenken, auf die anonyme Klingel. Der Summer ging ohne vorherige Nachfrage, wer da sei. Ich trat ein und stieg nach kurzem Zögern die Treppe bis in den dritten Stock hinauf. Gerade streckte ich die Hand nach der Klingel aus, da ging die Wohnungstür auf. Hatte er hinter dem Spion gelauert?

»Guten Abend, Sybille«, sagte er, als würden wir uns seit Jahren kennen.

Ich war perplex: Woher wusste er meinen Namen?

Wie beim letzten Mal schloss er die Tür hinter mir ab. Dann führte er mich ins Wohnzimmer, wo zwei Tassen und eine Kaffeekanne bereitstanden. Er deutete auf einen Stuhl, denselben wie neulich. Ich setzte mich, und er nahm mir gegenüber Platz. Ein Lächeln spielte in seinen Mundwinkeln – wahrscheinlich das Äußerste, was er aufzubieten hatte, wenn es darum ging, ein halbwegs freundliches Gesicht zu machen. Er lehnte sich zurück und musterte mich abwartend.

Ich erwiderte den Blick schweigend. Er wollte etwas von mir, also sollte *er* zu reden anfangen. Aber wie es aussah, hatte er das nicht vor. Allmählich machte sein durchdringender Blick mich nervös, obwohl ich mir vorgenommen hatte, keine Schwäche zu zeigen.

Ich wandte die Augen ab und schaute mich im Zimmer um. Es wirkte, wie beim letzten Mal, unpersönlich und trist. Nirgends lagen Zeitschriften, Bücher oder sonstige Gegenstände herum, und an den Wänden hingen weder Fotos noch andere Bilder. Nur der volle Aschenbecher mitten auf dem Tisch deutete darauf hin, dass hier jemand wohnte.

»Wie geht es Ihrer Großmutter?«, fragte er.

Die unverhoffte Frage, die fast schon teilnahmsvoll klang, irritierte mich.

»Immer noch unverändert«, sagte ich. Als wüsste er, was »unverändert« bedeutete. Aber er nickte.

»Warum sind Sie eigentlich der Meinung, dass sie im Westen operiert werden sollte?«

»In der Charité will man sie nicht operieren. Die behandelnde Ärztin hat gesagt, es wäre ein zu hohes Risiko. Und ich denke, dass man im Westen bessere ...« Ich brach ab, denn ich konnte ja nicht zu einem Stasi-Mitarbeiter sagen, dass es meiner Überzeugung nach im Westen bessere Krankenhäuser und Ärzte gab als hier.

Er quittierte mein abruptes Verstummen aber nur mit einem Lächeln. »Bessere Operationsmethoden, meinen Sie wohl? Oder bessere Apparate? Ja, das stimmt durchaus. Aber dort ist die medizinische Versorgung nicht umsonst, so wie hier. Wissen Sie denn, was eine Operation kosten würde?«

Nein, das wusste ich nicht. Aber es war mir egal, irgendwie würde ich das Geld schon auftreiben. Und vielleicht gelang es ja doch noch, Julian zu finden, der die Kosten übernehmen könnte. Aber das alles ließ ich unerwähnt.

»Tja ...« Er seufzte tief. »Im Westen mögen sie uns zwar medizinisch gesehen ein Stück voraus sein, aber trotzdem sterben dort Menschen, die eine lebensrettende Operation nicht bezahlen können. Wer kein Geld hat, ist angeschmiert. Traurig, nicht wahr?« Er schüttelte den Kopf, als bemitleidete er die Kranken im Westen, die nicht genug Geld für eine Behandlung hatten. Worauf wollte er hinaus?

»Sie brauchen also Geld, und zwar eine ganze Menge«, resümierte er und sah mich dabei so stechend an, dass mir ganz komisch wurde. »Aber vielleicht kann ich auch da etwas arrangieren. Ich kenne drüben Leute, die mir einen Gefallen schulden. Dienst – Gegendienst, Sie verstehen?«

Ich nickte.

»Wie läuft es bei Ihrer Arbeit – alles gut?«, wechselte er mit einem Mal das Thema.

»Ja«, sagte ich automatisch.

»Erzählen Sie mir doch ein wenig davon. Was genau sind Ihre Aufgaben?« Ohne zu fragen, goss er mir Kaffee ein.

Zögerlich fing ich an zu erzählen, wie mein Arbeitstag aussah. Interessant konnte er das wohl kaum finden, trotzdem hörte er gespannt zu, als würde ich Abenteuer im afrikanischen Urwald schildern.

»Und Ihr Chef? Angenehmer Mensch?«

Ich zuckte mit den Schultern und sagte, über Herrn Schnauzer gebe es nichts zu klagen. Denn inzwischen war mir klar, was er bezweckte.

Es folgte ein Gespräch, das man für eine harmlose Plauderei hätte halten können, in Wirklichkeit aber ging es darum, dass er Informationen über meine Kollegen aus mir herauslocken wollte. Ich ließ mich auf seinen ungezwungenen Ton ein und erzählte dies und das, achtete aber darauf, nicht zu tratschen. Bald merkte ich, dass diese Alltäglichkeiten ihn wenig interessierten. Wenn ich wollte, dass er Oma half, musste ich ihm liefern, was er haben wollte: belastende Informationen. Zum Beispiel, dass Christiane vorhatte, nach Österreich zu fliehen, auch wenn das bisher nur ein Gedankenspiel war. Aber *das* würde ich ihm ganz bestimmt nicht sagen. Christiane war meine beste Freundin und ich keine Denunziantin. Aber was, wenn ich ihren Plan jemand anderem unterschob? Einer Kollegin, die es gar nicht gab … ich könnte einen Namen erfinden. Nein, das hatte wohl keinen Sinn; er würde mir mit Sicherheit rasch auf die Schliche kommen.

In meinem Kopf überschlugen sich die Gedanken, und ich bekam schwitzige Hände. Ich trank ein paar Schlucke von dem bitteren schwarzen Kaffee, um den Mann nicht ansehen zu müssen.

Wir spielten beide ein Spiel. Und die Frage war, wie hoch ich pokern konnte. Und vor allem, was passieren würde, wenn ich verlor.

VIERZEHN

Christianes vage Ungarn-Idee wurde bald beängstigend konkret. Unsere Feriengruppe hatte sich in einer Kneipe getroffen. Marco, Diethard und seine Schwester Isabel sowie deren Freund Mathias, außerdem ein gewisser Kodo, den ich bisher nicht gekannt hatte. Keine Ahnung, warum die anderen ihn so nannten.

Ich hatte von der Datsche erzählt und davon, wie viele Personen dort übernachten konnten. Das Häuschen und den Garten beschrieben, die waldreiche Umgebung und den nahe gelegenen Badesee. Alle waren begeistert. Diethard bot an, uns samt Gepäck in seinem Kleinbus hinzufahren, und wir hatten auch schon besprochen, wer was einkaufen sollte, da sagte Christiane auf einmal: »Oder wir fahren nach Ungarn.«

Verdutzt starrte ich sie an, aber sie wich meinem Blick aus.
»Von dort aus könnten wir versuchen, über die Grenze nach Österreich zu kommen.« Sie sprach nun leise, damit die Leute an den Nachbartischen sie nicht hören konnten, und blickte in die Runde, um zu prüfen, wie ihre Idee ankam. »Die Grenzer schießen nicht, der Eiserne Vorhang ist so leck wie ein Sieb.«
Keiner sagte etwas, aber ich sah, dass die anderen über den Vorschlag nachdachten.
»Und wenn es nicht klappt, machen wir eben Urlaub in Ungarn. Ist doch viel besser als in so 'ner ollen Datsche im Wald nicht weit von Berlin.«
Warum redete sie auf einmal so abfällig?
»Was haben wir schon zu verlieren, Leute?«, raunte Christiane. »Wenn es klappt, sind wir frei!«
»Und wenn nicht ...«, wandte Isabel ein.
»Dann fahren wir nach dem Urlaub eben wieder nach Hause. Wir machen so 'ne Art Roadtrip daraus, wie im Film. Mit Lagerfeuer am Abend und Schlafen unter freiem Himmel. Dabei versuchen wir, so nah wie möglich an die Grenze ranzukommen, und dann sehen wir schon, ob's geht oder nicht.«
Nicken hier und da. Und dann wurde diskutiert. Es floss jede Menge Bier, im Hintergrund lief Musik, das Licht war gedämpft und die Atmosphäre aufgeladen.
Sie hatten alle die Bilder im Fernsehen gesehen und träumten jetzt vom Westen. Nicht dass sie unbedingt fortgewollt hätten, sie wollten einfach nur sehen, ob es möglich war. Von der Datsche wurde nicht mehr gesprochen. Umso mehr über den Ungarntrip, ganz so als wäre das ein netter Ausflug – ohne Risiko, ohne Folgen.
Ich wusste nicht, was ich davon halten sollte. Einerseits war ich wütend, weil Christiane meinen Vorschlag mit der Datsche

abgeschmettert hatte. Aber andererseits ... war das nicht meine Chance? Meine Chance, in den Westen zu kommen und Julian zu finden? Damit Oma endlich operiert werden konnte. Ohne dass ich diesem Stasi-Mann Informationen liefern musste. Ihn bräuchte ich dann nie mehr wiederzusehen.

Es dauerte nicht lange, und der Plan stand. Wir trafen uns noch ein paarmal, um Genaueres zu besprechen. Alle waren angetan von der Aussicht auf Ungarn, Ferien und Freiheit – was konnte es Besseres geben? Jeder praktische Einwand wurde mit einem Schulterzucken quittiert und vom Tisch gewischt.

Ich wusste nicht recht was tun. Keiner hatte gefragt, ob ich mitfahren wolle, alle schienen davon auszugehen, dass ich zur Gruppe gehörte. Noch als ich meinen Rucksack packte, plagten mich Zweifel: Für jeden Grund mitzugehen fand ich einen Grund zu bleiben.

Ich öffnete den Schrank und warf ein paar Sachen aufs Bett. Wie viele Pullis brauchte man, wenn man für immer wegging? Sollte ich nur Sommersachen mitnehmen? Es musste ja so aussehen, als würden wir Urlaub machen. Aber wenn es abends kühl wurde ... jetzt hatten wir Ende August, und im September konnte es bereits ziemlich herbstlich sein. Würde ich mir im Westen gleich etwas zum Anziehen kaufen können? Wie lange würde es dauern, bis ich Julian gefunden hatte? Ob ich wohl bei ihm unterkommen konnte? Natürlich nur vorübergehend. Und sollte ich auch Kleider für Oma mitnehmen?

Ich ließ mich aufs Bett sinken. Die Gedanken kreisten weiter, und ich war unfähig, auch nur einen Handschlag zu tun.

FÜNFZEHN

Ich wurde als Vorletzte abgeholt. Diethard saß am Steuer des Kleinbusses. Christiane neben ihm hatte das Fenster ganz heruntergekurbelt, um mir schon von Weitem zuzuwinken. Ich stand auf dem Bürgersteig vor unserem Haus, den Rucksack zu meinen Füßen, die Hand fest um Haus- und Wohnungsschlüssel geklammert, und hatte einen Kloß im Hals.

Nun war es so weit: Ich würde gehen. Und nicht mehr zurückkommen.

Marthe hatte ich wohlweislich nichts davon gesagt, weil ich befürchtete, sie könnte mich zum Bleiben überreden. Ich hoffte, dass sie den Anstand – vielleicht sogar die Liebe – aufbrachte, sich weiterhin um Oma zu kümmern und auch Opa hin und wieder zu besuchen. Bestimmt würde sie mich verfluchen. Sie konnte ja nicht ahnen, dass ich es um Omas willen tat. Für sie handelte ich genauso wie Julian, der dafür all die Jahre totgeschwiegen worden war.

»Guten Morgen!«, rief Christiane munter, als der Kleinbus vor mir anhielt. Die Sonne schien, es würde ein schöner Tag werden. Eigentlich sollte ich in Ferienstimmung sein.

Die Tür ging auf, und Marco stieg aus. Er trug ein schwarzes T-Shirt mit abgerissenen Ärmeln, eine enge Jeans und um das Handgelenk ein Lederbändchen. Als er mich angrinste, schaute ich weg, um nicht rot zu werden.

Marco ergriff meinen Rucksack und lud ihn ein. Drinnen wurde ich von Isabel und Mathias begrüßt. Alle waren bester Laune, und ich versuchte, mir ebenfalls diesen Anschein zu geben.

Wir holten noch Kodo ab, und dann ging es los.

Christiane schob eine Kassette in den Autorekorder und drehte die Lautstärke hoch. Isabel kurbelte das Fenster herunter und ließ ihre Haare im Fahrtwind flattern. Ich saß ganz hinten zwischen Kodo und Marco. Sich zu unterhalten war nicht drin, dafür war die Musik zu laut.

Durch die Windschutzscheibe sah ich, wie die Streifen auf dem Straßenbelag unter dem Auto wegglitten. Wir fuhren weiter und weiter und weiter. Hatte ich mich richtig entschieden? Meine Hand krampfte sich immer noch um die Schlüssel. Wie lange würde es dauern, bis jemand mich vermisste? Und was würde dann mit unserer Wohnung geschehen? Hätte ich Marthe die Schlüssel geben sollen? Ja, im Krankenhaus für sie hinterlegen – das wäre am besten gewesen. Verdammter Mist! Im Grunde hätte ich gar nicht gehen dürfen. Es war feige und egoistisch und ... Aber ich tat es doch für Oma! Oder nicht? Allmählich wusste ich nicht mehr, an welche meiner Rechtfertigungen ich glauben sollte. War es feige zu gehen, oder war es feige, sich nichts zu trauen?
Kodo schlief inzwischen, den Kopf an die Scheibe gelehnt. Mathias hatte ein Buch hervorgeholt. Christiane und Isabel sangen die Lieder von der Kassette mit. Und Diethard fuhr. Wenn er hin und wieder in den Rückspiegel schaute, trafen sich unsere Blicke. Mehr und mehr hatte ich das Gefühl, mich außerhalb meines Körpers zu befinden, eine Beobachterin dessen zu sein, was im Auto vorging.
Plötzlich lächelte Marco mir zu. Aufmunternd irgendwie, so als hätte er gemerkt, dass mir etwas zu schaffen machte. Ich erwiderte das Lächeln flüchtig.
Hatte ich mich vielleicht doch falsch entschieden? Mit jedem vorbeigleitenden weißen Streifen wurde es schwieriger, die Entscheidung rückgängig zu machen.

Mittlerweile waren wir schon über zwei Stunden unterwegs. Ich konnte nicht mehr verlangen, dass sie meinetwegen umkehrten. Als Stullen und Kekse und Schokoriegel herumgegeben wurden, lehnte ich ab; ich hätte keinen Bissen hinunterbekommen.
Wir näherten uns der tschechoslowakischen Grenze, und ich hoffte insgeheim, sie würden uns nicht durchlassen. In dem Fall hätte das Schicksal mir die Entscheidung abgenommen und bestimmt, dass es nicht sein sollte.
Wir wurden gründlich kontrolliert, aber die Zelte, die Schlafsäcke, Diethards ausgesuchte Höflichkeit und Christianes tiefer Ausschnitt taten ihre Wirkung – die Grenzwächter ließen uns passieren. Die anderen atmeten auf und ich tat so als ob.
Auf den Schildern stand jetzt Praha. Kilometer um Kilometer wurde die Strecke nach Ungarn kürzer und die Entfernung zu Berlin größer. Ich drehte mich um und versuchte zu sehen, ob auf den Schildern in der Gegenrichtung Berlin stand, sah aber keines.
Nach fünf Stunden Fahrt wollte Diethard eine Pause einlegen und steuerte einen Rastplatz an. Ein Stück Wiese mit ein paar Picknicktischen, ein heruntergekommener Kinderspielplatz mit Rutsche und kaputter Schaukel, ein Toilettenhäuschen, eine Reihe Parkplätze, dazwischen Abfalleimer – mehr gab es nicht zu sehen. Dennoch waren wir alle froh, uns ein wenig die Beine vertreten zu können. Diethard machte Dehn- und Streckübungen, Christiane zündete sich eine Zigarette an, und Isabel strebte der Toilette zu.
Es war warm. Bestes Urlaubswetter.
Nachdem Christiane ihre Zigarette geraucht hatte, half ich ihr beim Herrichten des Picknicks auf einem der Tische, hatte aber immer noch das Gefühl, mehr Beobachterin als Beteiligte zu sein. Die Unterhaltung beim Essen drehte sich um alles und nichts.

Munteres Geplauder, Scherze. Kein Wort über die Grenze, über unseren Plan. Ganz so als wollten wir tatsächlich nur Urlaub machen.
Als es weitergehen sollte, befiel mich plötzlich eine Art Lähmung – mein Körper wurde vollkommen steif. Ich klammerte mich an der Bank fest und schnappte nach Luft.
Christiane merkte als Erste, dass mit mir etwas nicht stimmte.
»Ist dir nicht gut, Sybille?«
»Ich – geh – nicht – mit«, presste ich hervor.
»Wie bitte?« Sie runzelte die Stirn.
»Ich kann nicht. Ich kann einfach nicht.«
Das Stirnrunzeln vertiefte sich.
»Aber ...« Sie wollte einen Einwand vorbringen, verkniff es sich jedoch, denn mein Blick sprach wohl Bände. Schweigend sahen wir einander an. Mir war klar, dass ich gerade einen Entschluss gefasst hatte, und ihr war klar, dass mein Entschluss feststand.
»Na gut, wenn du meinst«, sagte sie leise.
»Ich muss. Ich kann nicht anders. Fahrt ihr weiter ... ich sehe zu, dass ich per Anhalter wieder nach Berlin komme.« Das sagte ich einfach so, ohne darüber nachgedacht zu haben. Am liebsten wäre mir natürlich, wir würden zusammenbleiben und alle umkehren. Aber das konnte ich unmöglich verlangen.
Inzwischen waren die anderen herbeigekommen. Ich konnte mich nicht aufraffen, es nochmals zu sagen.
»Sybille will nach Berlin zurück«, erklärte Christiane darum. Es klang in keiner Weise verächtlich, aber ich wusste, dass sie mich für feige hielt.
Sie sahen mich an, sahen einander an und zuckten mit den Schultern.
Dann setzte Isabel sich zu mir und nahm meine Hand. »Bist du ganz sicher?«, fragte sie.

»Ja.« Ich wollte nicht darüber reden und auch nicht mehr nachdenken.
»Ich geh auch zurück«, sagte Marco plötzlich.
Ruckartig wandten alle sich zu ihm um.
»Wir können Sybille nicht allein lassen«, fuhr er fort.
»Hör mal, Marco, wir wollten zusammen ...« Diethard zögerte. »Und du willst doch auch ...«
»Es kann nicht mehr lange dauern, dann wird sich auch bei uns etwas ändern.«
Halb benommen nahm ich wahr, dass Christiane mir die Hände auf die Schultern legte, mir tief in die Augen sah und mich dann fest drückte, wie alle nach den Abschiedsumarmungen in den Bus stiegen, wie Christiane mir beim Wegfahren noch einmal zuwinkte.
Als sie außer Sicht waren, setzte ich mich auf den Boden, umschlang meine Knie und legte den Kopf darauf.
Es war warm. Bestes Urlaubswetter.

SECHZEHN

Ich saß noch immer am Rand der Wiese und rupfte Grashalme ab, die ich unter die Riemchen meiner Sandalen schob. Ein Auto mit ostdeutschem Kennzeichen fuhr auf den Rastplatz und hielt ein paar Meter von mir entfernt. Noch ehe der Motor ausging, wurden die hinteren Türen aufgerissen, und drei Kinder stürzten heraus und rannten auf den Spielplatz zu. Jetzt gingen auch die vorderen Türen auf, und erschöpft aussehende Eltern stiegen aus. Der Vater machte Gymnastikübungen, und die Mutter öff-

nete die Klappe des Kofferraums. Ich sah, dass er bis oben hin mit Campingausrüstung und Spielzeug voll war.
Kein Platz für uns und unsere Rucksäcke.
Ich wusste, dass ich mich richtig entschieden hatte. Aber warum war ich dann so unsicher? Ich konnte nicht mit nach Ungarn. Ich konnte Opa und Oma nicht allein lassen. Und auch Marthe nicht.
Die Mutter nahm eine große grüne Tasche aus dem Auto und schleppte sie zur Wiese. Dort breitete sie eine Wolldecke aus und verteilte darauf Plastikgeschirr und Schüsseln mit Essen.
Mit einem Mal wurde mir klar, dass wir uns auf der falschen Seite befanden. Die Leute, die hier hielten, wollten alle in die Ferien. Wir aber mussten in die umgekehrte Richtung – zurück nach Berlin. Unwillkürlich fragte ich mich, ob ich Christiane je wiedersehen würde ... erst jetzt begriff ich, dass der Abschied vorhin für immer gewesen sein könnte, ein hastiger Abschied auf einem Rastplatz an der Autobahn.
Ich hatte nicht bemerkt, dass Marco wiedergekommen war. Er setzte sich neben mich und reichte mir ein Fläschchen Club-Cola. Schweigend beobachteten wir, wie die Mutter ihre Kinder zum Picknick rief. Sie schrie sich die Kehle wund, aber die drei gehorchten nicht. Der Vater sagte etwas Beschwichtigendes, doch sie gab nicht auf und lief zum Spielplatz hinüber.
Warum hatte Marco ebenfalls einen Rückzieher gemacht? Wollte er nicht mehr nach Österreich fliehen? Oder traute er sich nicht? Oder hatte er seinen Plan aus Mitleid mit mir fallen lassen? Aus falsch verstandenem Mitleid, weil er als starker Mann sich für mich, das schwache Mädchen, verantwortlich fühlte? Ich hätte ihn fragen können, tat es aber nicht, weil ich einfach nur froh war, dass er neben mir saß. Allein seine Gegenwart hielt mich davon ab loszuheulen. Weil ich im Grunde schon fortgewollt hatte, aber

nicht konnte. Ich zog die Grashalme unter den Riemchen hervor und warf sie weg. Ach, warum bloß war alles so kompliziert?
»Meinst du, sie schaffen es über die Grenze?«, fragte ich, um die Stille zwischen uns zu durchbrechen.
»Hoffen wir's. Die ungarischen Grenzer schießen nicht, da ist das Risiko nicht so groß. Vielleicht versuchen sie's aber auch über die westdeutsche Botschaft in Budapest. Ich hab gehört, dass dort mehrere Hundert DDR-Bürger darauf warten, dass man sie rüberlässt.«
Davon hatte ich auch gehört und kaum fassen können, dass es so leicht sein sollte. Man ging nach Ungarn, meldete sich bei der Botschaft der BRD und sagte: »Hallo, ich möchte, dass ihr mich über die Grenze bringt.« Und das, wo so viele Menschen bei der Flucht ihr Leben aufs Spiel gesetzt und mitunter auch verloren hatten. Ich trank einen Schluck Cola und schaute zu der Familie, die inzwischen auf der Decke vereint war. Die Mutter hatte die Plastikschüsseln aufgemacht und gab Essen auf die Teller.
»Wir müssen in die Gegenrichtung«, murmelte ich.
»Wenn uns jemand bis zur nächsten Ausfahrt mitnimmt, können wir auf die andere Seite und nach Berlin trampen.«
Ich sah auf meine Armbanduhr. Gut möglich, dass wir es heute noch bis nach Hause schafften. Etwa fünf Stunden waren wir gefahren. Wenn uns gleich jemand mitnähme, könnten wir gegen acht in Berlin sein. Wenn … wieder legte ich den Kopf auf die Knie; die Wärme machte mich ganz schläfrig.
»Ich geh mal fragen, ob uns jemand mitnimmt.« Marco stand auf und deutete zu den Autos, die inzwischen auf dem Rastplatz hielten. »Bleib du hier sitzen. Bin gleich wieder da.«

Keine zehn Minuten später – die Familie packte gerade ihre Picknicksachen zusammen – kam Marco wieder zurück. »Ein Mann nimmt uns bis zur Ausfahrt mit«, sagte er und schulterte seinen Rucksack. »Komm, er will gleich losfahren.«

Der anfängliche Optimismus, nachdem Marco so schnell eine Mitfahrgelegenheit gefunden hatte, war verflogen, als wir etwa eine Stunde später immer noch am Straßenrand standen. Marco hatte einen alten Pizzakarton gefunden und mit Großbuchstaben BERLIN daraufgeschrieben. Bisher hatte es nichts gebracht. Ich hockte neben unseren Rucksäcken, und Marco hob bei jedem Auto, das sich näherte, den Daumen. Aber keiner schien Lust zu haben, auf der Standspur anzuhalten, um zwei Fremde mitzunehmen. Die Sonne brannte, der Beton unter mir schien zu glühen. Ich schloss die Augen. So sah ich die vorbeibrausenden Autos nicht mehr, roch aber immer noch ihre Abgase. Ich hatte Durst, die Cola war längst alle.

Die Zeit verstrich. Immer wieder schaute ich auf meine Uhr – wie sollten wir heute noch nach Berlin kommen, wenn nicht endlich einer anhielt? Aber zu Fuß loszugehen hatte auch keinen rechten Sinn, zumal das an der Autobahn entlang kein Vergnügen war. Und etwas anderes wäre uns nicht übrig geblieben, weil wir keine Karte bei uns hatten. Die befand sich in Diethards Bus. Beim Fahren hatte Christiane sie auf dem Schoß gehabt. Ich selbst hatte kaum auf die Strecke geachtet, aber dass wir an Prag vorbeigefahren waren, daran erinnerte ich mich. Vielleicht wäre es besser, PRAHA auf unser Schild zu schreiben. Falls wir dort strandeten, würde sich bestimmt eine Unterkunft für die Nacht finden.

Ob Marco tschechoslowakische Kronen bei sich hatte? Ich jedenfalls hatte nur DDR-Mark mit, hatte nicht einmal Geld gegen ungarische Währung getauscht. War das eine Vorahnung gewesen? Hatte mein Unterbewusstsein mich davon abgehalten, weil

ich im Grunde gar nicht fortwollte? Aber in dem Fall hätte es mir ja suggerieren können, dass ich Kronen brauchen würde …
»Sybille!«
Ich blickte auf und sah Marco gestikulieren und auf das Gepäck deuten. Ein Stück weiter hatte ein Lastwagen angehalten. Ich stand auf und griff nach meinem Rucksack. Marco kam gerannt, nahm sein Gepäck und lachte mich an: »Los, komm!«
Er lief auf den Laster zu – er hatte ein tschechoslowakisches Kennzeichen. Ich folgte ihm, mit steifen Beinen vom langen Sitzen.
Der Wagen hatte Eisendrahtrollen geladen. Ich hoffte, dass in der Kabine genug Platz für uns war. Marco hatte bereits die Beifahrertür geöffnet und sprach, auf dem Trittbrett stehend, mit dem Fahrer. Als ich ankam, rief er: »Wir können bis zur Grenze mitfahren!«
Er ließ mich als Erste einsteigen und reichte mir meinen Rucksack, den ich auf den Schoß stellen musste. Marco nahm neben mir Platz, ebenfalls mit dem Rucksack vor sich. Der Beifahrersitz war eindeutig nicht für zwei Erwachsene mitsamt Gepäck gedacht; wir mussten eng beieinandersitzen, und die Handbremse drückte an meinem linken Bein.
Als Marco die Tür zugeschlagen hatte, setzte sich das schwere Gefährt in Bewegung.
In der Kabine war es noch wärmer als draußen, außerdem roch es schlecht, nach einer Mischung aus Schweiß, Zigarettenrauch und altem Bratwurstfett. Das Fenster an der Fahrerseite war ein Stück offen, aber bis zu mir gelangte der frische Wind nicht. Ich war ganz froh, dass der Mann nichts sagte, denn ich hatte keine Ahnung, worüber ich mich mit einem Fernfahrer hätte unterhalten sollen. Und über unser Woher und Wohin wollte ich schon gar nichts sagen – Fremden zu viel erzählen, war nicht ratsam.

Außerdem war der Mann Tscheche, sodass wir einander ohnehin nicht verstanden hätten, also gab es keinen Grund, die Stille als unbehaglich zu empfinden.
Nach einer kurzen Weile legte er eine Kassette ein und stellte die Musik gerade so laut, dass uns klar war, auch ihm lag nichts an einer Unterhaltung.
Während die weißen Streifen nacheinander unter den Rädern verschwanden, fragte ich mich, warum er uns überhaupt mitgenommen hatte. Jedenfalls nicht, um Gesellschaft zu haben und sich nett zu unterhalten. Womöglich arbeitete er für die Stasi? Die hatten doch auch im Ausland ihre Leute. Ach was, ich schob den Gedanken weit von mir. Dass ich so dachte, war Marthes Schuld. Bevor sie auftauchte, hatte ich nie einen Gedanken an die Stasi verschwendet, sondern mein Leben gelebt, gewusst, an welche Regeln ich mich zu halten hatte, bei welchen Gelegenheiten ich der Partei nach dem Mund reden musste und dass es nicht ratsam war, sich Unbekannten gegenüber vertraulich zu äußern. Aber das wenige, was ich über ihren Gefängnisaufenthalt wusste, und ihre dauernde Unruhe hatten bewirkt, dass auch ich mich verfolgt fühlte.
Die Hitze in der Fahrerkabine setzte mir zu. Ich wollte auf keinen Fall einnicken, aber die Augen offen halten, war nicht leicht. Ab und zu merkte ich, dass mein Kopf nach vorn sank, und hob ihn dann mit einem Ruck wieder. Ich fühlte mich jedes Mal wie ertappt, aber weder der Fahrer noch Marco bemerkten es, sie hielten beide den Blick geradeaus gerichtet. Marcos Arm lag an der Scheibe, und er trommelte mit den Fingern im Rhythmus der Musik. Sein Gesicht war, wie ich aus dem Augenwinkel sah, völlig entspannt, als würde es ihm nichts ausmachen, noch viele hundert Kilometer mitzufahren.
Um wach zu bleiben, zählte ich die Verkehrsschilder und las alle

Angaben darauf. Auch um zu wissen, wo wir waren und ob der Fahrer die richtige Strecke nahm. Wir näherten uns Prag und fuhren an der Stadt vorbei, ohne haltzumachen.
Etwa eine Stunde später – auf den Schildern stand schon seit geraumer Zeit Dresden –, lenkte der Mann den Laster auf die Standspur, hielt an, sagte etwas auf Tschechisch und wiederholte den Satz dann auf Russisch: »Ich nehme euch nicht mit über die Grenze.«
Uns blieb nichts anderes als auszusteigen. Marco half mir wieder mit dem Rucksack.
Ohne ein weiteres Wort trat der Fernfahrer aufs Gaspedal. Marco hob noch grüßend die Hand, aber er reagierte nicht und fuhr davon.
Wieder standen wir am Straßenrand.
»Es kann nicht mehr weit sein«, sagte Marco. »Da vorn ist ein Hotel, an dem sind wir auf der Hinfahrt kurz nach der Grenze vorbeigekommen. Lass uns zu Fuß gehen.«

Die Landschaft wirkte so ausgetrocknet, als hätte es seit Monaten nicht mehr geregnet. Das Gras war gelb. Der Weg führte an dürren Feldern und Baumgruppen vorbei. Weit und breit war kein Dorf zu sehen. Stumm gingen wir nebeneinander her, und ich dachte zum x-ten Mal an Christiane und die anderen, fragte mich, wo sie jetzt gerade waren.
»Weißt du was …«, sagte Marco unvermittelt und ohne langsamer zu werden. »Jetzt, wo wir nach Berlin zurückgehen … also: Ich hab mir gedacht, wir könnten nun doch zu eurer Datsche fahren.« Es kam ganz locker heraus, er schien sich nichts dabei zu denken.
»Du meinst, wir beide?«, fragte ich nach kurzem Zögern.
»Klar, wir wollten doch ohnehin Urlaub machen, und unser Ge-

päck haben wir dabei. Warum also nicht? Schließlich haben wir ein bisschen Erholung verdient. Wenn der Urlaub vorbei ist und sich herausstellt, dass die Hälfte von Schnauzers Leuten nach Österreich abgehauen ist, kommen wir nicht mehr zur Ruhe.« Er grinste.

»Meine Großmutter …«, begann ich, obwohl ich seinen Vorschlag gut fand. Sehr gut sogar. Warum sollten wir nicht ein paar Tage in der Datsche verbringen? Mit Marco zusammen sein, das war doch schon lange mein Traum. Weshalb ich nun, als er in greifbare Nähe gerückt war, Bedenken hatte, war mir ein Rätsel. »Ich muss erst noch bei meiner Großmutter vorbei.«

»Kein Problem.«

»Und mich ein bisschen frisch machen«, fügte ich hinzu und merkte gleichzeitig, dass es nach fauler Ausrede klang.

»Dann machen wir es so, dass ich dich morgen Vormittag mit dem Motorrad abhole, und wir fahren zur Datsche. Auf diese Weise kannst du in aller Ruhe deine Großmutter besuchen und noch was packen oder so …« Er redete, als wären wir bereits wieder in Berlin. »Einverstanden?«, hakte er nach, als ich nicht gleich antwortete.

Ich zögerte kurz und sagte dann: »Ist gut.«

Ein breites Lächeln überzog sein Gesicht. Mich erfasste ein Kribbeln, und ich wünschte mir, es wäre schon morgen.

»Juhu! Ferien!«, schrie Marco laut, und ich musste lachen.

Bis zur Grenze war es tatsächlich nur eine halbe Stunde Weg. Die Soldaten guckten ziemlich verwundert, weil wir zu Fuß ankamen. Sie begnügten sich prompt nicht damit, unsere Ausweise zu kontrollieren, sondern durchsuchten Marcos Rucksack. Wahrscheinlich war ihnen – mit ihrem kurz geschnittenen Haar und den strengen Uniformen – sein ausgefallenes Äußeres suspekt.

Sie fanden natürlich weder Schmuggelware noch sonst etwas, das Marcos Erklärung widersprach, wir seien ein Pärchen auf der Rückreise aus dem Urlaub. Einen Moment lang fürchtete ich, sie könnten an seinen Kleidern riechen – dass er sie unterwegs gewaschen hatte, würden sie garantiert nicht glauben. Aber sie taten es zum Glück nicht. Wir durften weiter, zurück in unser Land, das ich immer mehr als ein Gefängnis empfand.

SIEBZEHN

Als wir endlich Berlin erreichten, war es viel zu spät, um noch ins Krankenhaus zu gehen. Etwa drei Kilometer nach der Grenze zur Tschechoslowakei hatte uns eine Familie mit zwei Kindern mitgenommen. Wir passten gerade noch so auf die Rückbank. Sie kämen aus dem Urlaub, erzählte die Frau, und jetzt müssten die Kinder das letzte Stück bei Laune gehalten werden – und sie schob eine Kassette mit Kinderliedern ein.

Die muntere Musik und die zwei dennoch quengelnden reisemüden Kinder verhinderten jedes Gespräch. Nach einer Weile wurden sie müde und schliefen ein, aber auch dann kam keine Unterhaltung in Gang; die Eltern machten einen erschöpften Eindruck. Ich legte den Kopf an die Scheibe und schloss die Augen. Aber ich schlief nicht, sondern war hellwach, weil die Sache mit Marco mich beschäftigte. Wollte ich wirklich mit ihm allein zur Datsche? Wie stellte er sich unser Zusammensein dort vor? Ich kannte ihn ja kaum … war ihm überhaupt zu trauen?

Es war mir schleierhaft, warum mich auf einmal solche Zweifel plagten. Wo ich doch schon lange auf Marco stand. Wenn er

Shampooflaschen einsortierte, belud ich meine Karre mit Zahnpastatuben, nur um in seiner Nähe sein zu können. Und nun, als er endlich Interesse an mir zeigte ... ja, was wollte ich eigentlich? Als ich unter den Wimpern hervor über die Köpfe der schlafenden Kinder hinweg zu ihm spähte, sah ich, wie seine Augenfarbe sich in der Abendsonne zu verändern schien. In dem Moment war ich mir ganz sicher, dass ich mit ihm zur Datsche wollte und dass ich diesen Verfolgungswahn, mit dem Marthe mich angesteckt hatte, loswerden musste. Eine solche Chance bietet sich so schnell nicht wieder, sagte ich mir. Ich musste einfach davon ausgehen, dass Marco mich ebenfalls gernhatte. »Du darfst nicht dauernd dein Licht unter den Scheffel stellen«, hatte Christiane immer wieder gesagt. »Warum sollte sich nicht mal einer in dich verlieben?«
Sie hatte recht, ganz bestimmt.

Meinen Rucksack hatte ich in aller Frühe neu gepackt und die Jeansshorts angezogen, von der Christiane behauptete, sie würde längere Beine machen. Ich hatte mir doppelt so gründlich wie sonst die Zähne geputzt und die Haare locker aufgesteckt.
Bereits eine halbe Stunde vor der vereinbarten Zeit saß ich auf dem Sofa, zupfte nervös an der Armlehne herum und überlegte, ob ich noch einmal im Krankenhaus anrufen sollte. Gestern am späten Abend hatte ich telefoniert und erfahren, Omas Zustand sei unverändert. So drückte die Schwester es aus: »ihr Zustand«. Und Marthe sei am Nachmittag da gewesen.
Dass ich in den Urlaub gefahren war, wusste Marthe. Nicht aber, dass ich vorgehabt hatte, über die Grenze in den Westen zu fliehen, und ebenso wenig, dass ich noch am selben Tag wieder nach Berlin zurückgekehrt war. Sie hatte mir in die Hand versprochen, Oma zu besuchen, und wie es schien, hielt sie sich daran. Also

konnte ich mir erlauben, wenigstens ein Wochenende lang nur an mich selbst zu denken. Nicht an Marthe, nicht an Oma und Opa, nicht an Julian oder Florian und schon gar nicht an den Stasi-Mann.

Plötzlich ein lautes Knattern drunten auf der Straße. Ich lief zum Fenster. Eine alte Militärmaschine, womöglich noch aus dem Krieg, bremste vor dem Haus. Marco trug wie üblich Jeans und dazu eine schwarze Lederjacke. Er stellte den Motor ab und stieg vom Sattel.

Ich musste schlucken. Würde ich mich trauen, auf diesem Ding mitzufahren? Aber noch ehe er klingeln konnte, schnappte ich mir meinen Rucksack, schloss die Wohnungstür hinter mir ab und rannte die Treppe hinunter.

Marco wartete vor der Tür. »Das Wetter spielt auch mit«, sagte er und deutete zum klarblauen Himmel.

Ich lächelte nur, weil ich nicht recht wusste, wie ich ihn begrüßen sollte. Da nahm er mir auch schon den Rucksack ab, trug ihn zu seinem Motorrad und band ihn hinten drauf.

»Du musst dich gut an mir festhalten und meine Bewegungen mitmachen. Nicht verkrampfen.«

Jetzt kamen mir doch wieder Zweifel, ob ich es wagen sollte.

Marco schwang ein Bein über den Sattel, stemmte dann beide Füße fest auf den Boden und rief: »Jetzt du!«

Mit einem mulmigen Gefühl im Bauch stieg ich auf.

Er warf die Maschine an. Der Motor heulte auf. Rasch legte ich die Arme um Marcos Mitte, und los ging es.

Schwer zu sagen, was ich am meisten genoss. Die rasante und zugleich geschmeidige Fahrt durch die Straßen, den Wind in meinen Haaren oder Marcos Nähe und den Geruch seiner Lederjacke, der mir in die Nase stieg.

Wir fuhren aus der Stadt hinaus, an Feldern entlang und durch Waldstücke, in denen die Sonne Blattmuster auf die Straße zeichnete. Die Luft roch nach Sommer und nach Benzin.
Meinetwegen hätte es zur Datsche noch viel weiter sein können. Ich war fast schon enttäuscht, als ich den vertrauten Bungalow zwischen den Bäumen auftauchen sah. Im Garten gediehen Möhren und Salat, obwohl wir dieses Jahr nichts ausgesät hatten, aber ich dachte mir nichts dabei.
Erst als Marco den Motor abstellte, merkte ich, was für einen Höllenlärm wir gemacht hatten. Nach kurzer Stille fingen die Vögel wieder zu zwitschern an. Die Bäume um das Häuschen spendeten zwar Schatten, dennoch spürte ich die Hitze jetzt viel stärker als bei der Fahrt. Wir müssen gleich nachher Wasser pumpen, dachte ich, während Marco die Rucksäcke ablud.
»Wunderschön ist es hier!«, rief er mir zu und drehte sich im Kreis, wie um die ganze Umgebung in sich aufzunehmen. Ich fand seine Begeisterung leicht übertrieben, aber im Grunde hatte er schon recht. Wieder spürte ich das aufregende Bauchkribbeln.
»Komm, wir tragen erst mal die Sachen rein.« Ich griff nach meinem Rucksack und wollte gerade ins Haus, da blieb ich wie angenagelt stehen. Denn in der Tür stand Marthe. Mit leicht betretenem Gesichtsausdruck. Sie rieb sich die Arme, als würde sie frieren.
Was, um Himmels willen, tat *sie* hier?
Ihr Blick wanderte zu Marco, der hinter mir hergekommen war. Sie zog die Brauen zusammen, sagte aber noch immer kein Wort. Ich fand als Erste die Sprache wieder.
»Was machst du hier?«
Sie zuckte mit den Schultern. »Ich hab keine andere Unterkunft. Und ich konnte ja nicht ahnen, dass du hier Ferien machen willst. Wolltest du nicht mit Freunden verreisen?«

»Wir haben's uns anders überlegt«, sagte ich knapp. Schließlich war ich ihr keine Rechenschaft schuldig, eher sie mir.
Sie musterte Marco argwöhnisch. Keine Ahnung, was sie sich dachte.
»Können wir das Wochenende über hierbleiben?«, fragte ich, obwohl ich unsicher geworden war, ob ich das unter diesen Umständen überhaupt wollte. Und ob Marco es wollte. Was auch immer sich zwischen uns ergeben hätte, konnte ich nun vergessen.
»Ja sicher, klar«, beeilte Marthe sich zu sagen. Sie trat von der Tür weg, damit wir ins Haus konnten. »Ich ... äh ... wenn ich gewusst hätte, dass du ...« Sie brach ab.
»Wohnst du die ganze Zeit schon hier?«
Eine Antwort erübrigte sich, als ich ins Wohnzimmer kam. Über einem Stuhl hingen Kleider, das Sofa war ausgezogen, zerwühlte Decken lagen darauf und auf dem Boden ein Stapel Zeitungen und Zeitschriften. Dass Marthe sich nicht erst gestern hier eingenistet hatte, war überdeutlich. Davon zeugte auch die Wand hinter dem Sofa. Sie hing voll mit Fotos, beschriebenen Blättern, Zetteln mit Adressen und Telefonnummern und einer Karte der DDR mit Pinnnadeln und Aufklebern. Das Ganze mutete wie eine chaotische Kommandozentrale an.
Marthe bemerkte meine Irritation. »Wollt ihr etwas trinken?«, fragte sie, um abzulenken.
Ich nickte, konnte den Blick aber nicht von der Wand lösen. War das die Dokumentation ihrer Suche nach Florian? Das Ergebnis jahrelanger akribischer Detektivarbeit?
»Seit wann bist du hier?« Ich war nicht bereit lockerzulassen.
Sie zögerte kurz mit der Antwort. »Seit ich wieder in Berlin bin«, sagte sie dann, »ein paar Tage, bevor Mutter ...«
»Und davor?«

Sie richtete den Blick auf die DDR-Karte. »Hier und da. Dresden, Leipzig, Cottbus ... Die ersten Jahre habe ich mit Hans in Dresden gewohnt. Wir haben alles Mögliche versucht, um Florian zu finden. Aber keine Spur hat uns weitergebracht. Hans hat schließlich aufgegeben, weil er glaubte, Florian wäre tot. Er meinte, ich müsse mich damit abfinden.« Sie sprach mehr mit sich selbst als mit mir. »Aber ich *konnte* mich nicht damit abfinden und habe weitergesucht. Überall. Bis ich in der Zeitung von Mutters ... Unfall las. Das war meine letzte Spur. Ich habe zu lange gewartet.« Abrupt wandte sie den Blick von der Karte.
»Kommst du mit, Gläser und Saft holen?« Sie deutete in Richtung Küche.

ACHTZEHN

Jetzt war es wirklich wie Urlaub. Wir saßen zu dritt am Lagerfeuer, das Marco auf der Lichtung vor der Datsche angezündet hatte. Die Sonne ging unter, aber es war noch angenehm warm. Eine Brise ließ die dunklen Kronen der Bäume leise rauschen. Aus dem nahen Wald klang hin und wieder das Rascheln von Tieren, ansonsten war nur das Knistern der Flammen zu hören.
Marthe war am Nachmittag in die Stadt gefahren, um bei Oma vorbeizuschauen und Einkäufe zu machen. Marco hatte vorgeschlagen, abends am offenen Feuer zu grillen. Wir spießten Würstchen auf Stöcke, legten Kartoffeln in die Asche und bereiteten Salat aus dem Garten zu.
Der Tag war weit besser verlaufen, als ich zu hoffen gewagt hat-

te. Marco war nicht auf den Mund gefallen und hatte Marthe im Handumdrehen für sich eingenommen. Die Spannung zwischen ihr und mir konnte ihm nicht entgangen sein, doch er war mit einem Lächeln und harmlosem Geplauder darüber hinweggegangen. Wir waren am See gewesen, hatten geschwommen und uns in die Sonne gelegt. Noch jetzt meinte ich, die intensive Wärme auf der Haut zu spüren. Marco hatte Eis geholt, und wir hatten mit anderen jungen Leuten Volleyball gespielt. Alles war so herrlich entspannt gewesen, dass ich kein einziges Mal an Christiane oder Ungarn oder den Westen oder Oma dachte. Am Abend waren wir dann wieder zur Datsche gegangen und Marco hatte das Lagerfeuer vorbereitet.

Wir tranken Bier, aßen Würstchen und schauten in die Flammen.
»Eigentlich wollten wir nach Österreich«, sagte ich in die Stille hinein, ohne vorher darüber nachgedacht zu haben.
Marco sah mich an, sagte aber nichts.
»Und warum habt ihr es euch anders überlegt?«, fragte Marthe, die gar nicht sonderlich verwundert wirkte.
»Es hat sich für mich nicht richtig angefühlt. Oma und auch dir gegenüber. Mir ging's dabei nicht um meine Interessen«, fuhr ich fort. »Ich hatte gehofft, dass ich vom Westen aus Oma helfen könnte, sie rüberbringen zu lassen, damit sie operiert wird.«
Seltsamerweise wollte Marthe gar nicht mehr darüber wissen. Und sie wurde auch nicht wütend, äußerte weder Kritik noch ihre Meinung. Starrte nur ins Feuer.
Hatte sie mich überhaupt verstanden? Oder war ihr das alles egal?
»Und warum bist *du* zurückgekommen?«, wandte sie sich nach einer kleinen Weile an Marco. Ihr Ton war ohne Misstrauen oder Vorwurf.

»Weil Sybille mir leidgetan hat, ich wollte sie nicht allein lassen.«
Ich schaute zu Marco hin, doch er wich meinem Blick aus, drehte die Bierflasche in den Händen und redete dann weiter: »Und weil ich nicht glaube, dass es nötig ist. Nicht nur in Ungarn ändert sich etwas, auch hier in unserem Land. Wir müssen Geduld haben und dürfen vor allem die Hoffnung nicht aufgeben.«
Marthe zog die Augenbrauen hoch: »Glaubst du das wirklich?«
»Ja.« Marcos Stimme war fest. Er sah Marthe an, selbstbewusst, aber nicht arrogant. »Es gärt. Verhalten noch, aber es gärt. Die Macht der kommunistischen Parteien bröckelt. In Ungarn ist die Grenze durchlässig geworden, in Polen sind die Kommunisten bereits nicht mehr Alleinherrscher. Und in der Sowjetunion tragen Gorbatschows Reformen erste Früchte. Da ist es doch klar, dass er die Satellitenstaaten bald fallen lässt. Und meint ihr etwa, unser Honecker kann die Chose hier zusammenhalten?«
Ich zuckte mit den Schultern, obwohl er die Frage nicht an mich direkt gerichtet hatte. Politik interessierte mich nicht. Und seit Opa im Heim war, lief zu Hause nur noch selten der Fernseher oder das Radio. Was in der Welt passierte, wollte ich gar nicht so genau wissen.
»Du darfst die Macht der Stasi nicht unterschätzen«, gab Marthe zurück. Inzwischen war es zu dunkel, um den Ausdruck in ihrem Gesicht zu lesen, das teilweise im Schatten lag. »Mein Bruder ist in die Fänge der Stasi geraten, und ich habe nie erfahren, was aus ihm geworden ist.«
Ihre Offenheit erstaunte mich. Hatte denn mein Geständnis, was Österreich anbelangte, ihr tief verwurzeltes Misstrauen schmelzen lassen? Sie kannte Marco noch nicht mal einen Tag lang …
»Wie heißt dein Bruder?«
»Florian. Florian Lentz.«

»Wenn du willst, erkundige ich mich mal bei uns in der Gemeinde.«
Gemeinde? Nie hätte ich Marco für einen Kirchgänger gehalten.
»Ich bin nicht besonders fromm, falls du das denkst.« Marco lachte über meinen verdutzten Blick. »Aber ich bin bei der Friedensbewegung, und die Kirche ist eben der einzige Ort, wo wir uns treffen, diskutieren und unsere Aktivitäten planen und organisieren können, ohne von der Stasi behelligt zu werden. Sogar die *Arschlöcher* spielen manchmal in Kirchen.«
Schwer vorstellbar, diese knallharte Musik in einem feierlichen Kirchenraum.
»Unsere Gruppe hat jedenfalls gute Kontakte zu anderen Gemeinden, auch welchen in Westberlin«, sagte er, nun wieder an Marthe gewandt. »Wir könnten uns umhören.«
Sie hob nur die Schultern, schien nicht zu glauben, dass sich da etwas ergeben könnte.
»In Westberlin, wirklich wahr?«, hakte ich nach, weil mir die Idee gekommen war, dass er dann vielleicht auch einen Kontakt zu Julian herstellen könnte. Ich fasste mir ein Herz und fragte direkt. Marco versprach, sich sowohl nach Florian als auch nach Julian zu erkundigen.
»Komm doch mal mit zu einem Treffen«, sagte er auf einmal zu mir.
Hitze stieg mir ins Gesicht, und ich war froh über die Dunkelheit, denn bestimmt war ich puterrot angelaufen. »Warum nicht?«, erwiderte ich nach einigen Sekunden betont lässig.

Marthe fragte Marco noch dies und das über seine Gruppe, dann redeten wir über Musik, und er erzählte von witzigen Erlebnissen im Mickmack und von der Arbeit im Warenhaus. Keine Politik, keine Familienangelegenheiten.

Als Marthe aufstand und meinte, sie gehe jetzt schlafen, blieben wir beide sitzen. Marco legte noch Holz ins Feuer, und ich öffnete zwei neue Bierflaschen und rückte ein wenig näher an ihn heran. Er nahm die Flasche, trank einen Schluck und schaute vor sich hin. Ich wartete, dass er den Arm um mich legen würde. Oder meine Hand nehmen. Oder mich küssen. Er als Mann musste den ersten Schritt tun. Doch er machte keine Anstalten dazu.
»Wie es wohl den anderen in Ungarn geht?«
Marco starrte nachdenklich in die Flammen, sagte aber nichts. Hinter uns im Wald schrie eine Eule. Ihr Ruf schallte zwischen den Bäumen hindurch, dann war es wieder vollkommen still.
»Meinst du, sie schaffen es über die Grenze?«, fragte ich.
»Hoffentlich. Wäre schön für sie.«
Mir fiel auf, dass er das letzte Wort betont hatte.
»Aber nicht für dich?«
»Ist 'ne komische Vorstellung, dass ich sie dann nie mehr sehe. Wenn Diethard fort ist, haben wir keinen Bassisten mehr. Ich bin auf dem Rastplatz geblieben, sie sind weitergefahren. Und mit einem Mal lebt man getrennt weiter.«
Ich trank von meinem Bier. Wenn ich ehrlich war, empfand ich es genauso. Christiane war meine einzige richtige Freundin. Würde ich sie je wiedersehen? Hätte ich vielleicht doch mitgehen sollen?

Ich war hundemüde, aber schlafen gehen wollte ich nicht. Weil ich noch immer darauf wartete, dass Marco meine Hand nahm. Oder versuchte, mir auf andere Weise näherzukommen. Aber es tat sich nichts. Die meiste Zeit blickte er schweigend ins Feuer, nur hin und wieder wechselten wir ein paar Worte.
Es war schon nach Mitternacht, als er meinte, jetzt sei es aber Zeit fürs Bett. Wir löschten das Lagerfeuer und trugen die leeren Bierflaschen in die Küche.

Marthe schlief im Wohnzimmer, also rollten wir unsere Schlafsäcke auf den Stockbetten aus. Als ich mich für die Nacht umzuziehen begann, war mir Marcos Anwesenheit im Zimmer sehr bewusst. Er zog sich aber diskret auf die Toilette zurück und blieb so lange weg, dass ich mich wohl oder übel hinlegen musste, wollte ich nicht den Eindruck erwecken, ich lauere ihm in Unterwäsche auf. Ich kletterte die Leiter hoch, schlüpfte in meinen Schlafsack und zog ihn bis zum Kinn.

Ein leises Klopfen an der Tür. Dann kam Marco herein und legte sich ebenfalls hin. Wir sagten uns noch »Gute Nacht«, und Minuten später hörte ich an seinen tiefen Atemzügen, dass er schlief.

Nun denn, morgen war auch noch ein Tag …

NEUNZEHN

Der nächste Tag verlief genauso entspannt wie der vorige. Als wir aufstanden, hatte Marthe bereits ein üppiges Frühstück vorbereitet. Wir aßen im Freien, genossen den Sonnenschein und lauschten dem Zwitschern der Vögel. Später besuchten wir den Markt in einem Dorf ein Stück weiter, kauften ein, schwammen und gingen spazieren. Hin und wieder neckte ich Marco und lächelte ihn an, er neckte mich auch und lächelte ebenfalls. Aber ansonsten tat sich nichts. Marco war zu mir und Marthe gleichermaßen nett. Wie wäre es wohl gelaufen, hätten wir sie nicht hier angetroffen?, überlegte ich. Hätte er sich dann mehr getraut? Hätte ich mich dann mehr getraut?

Am späten Nachmittag beschlossen wir, nach Berlin zurückzufahren. Ich wollte nicht zu spät ankommen, sodass ich noch rasch bei Oma vorbeischauen konnte. Marco band unser Gepäck aufs Motorrad, und wir verabschiedeten uns von Marthe, die versprach, Opa am nächsten Tag zu besuchen.

Wir waren gerade am Stadtrand von Berlin, da begann das Hinterrad seltsame Geräusche von sich zu geben. Ich klammerte mich noch fester an Marco, der aber sofort abbremste.

Wir sahen es mit einem Blick: ein Platten.

»Verdammt noch mal! Den Reifen hab ich erst vor ein paar Wochen aufgezogen.« Marco stellte die Maschine am Straßenrand ab, kniete sich in den Staub und begutachtete den Schaden. »Da haben wir den Schuldigen.« Er zog einen Nagel aus dem Gummi. »Schöner Mist! Die Reifen kriegt man heute kaum mehr.«

Ich wusste nicht recht, was sagen, und helfen konnte ich leider auch nicht.

Seufzend stand Marco wieder auf. »Tut mir leid«, sagte er. »Vielleicht kommst du von hier mit dem Bus weiter.«

»Ich geh lieber mit dir zu Fuß. Das Wetter ist so schön.«

»Aber du wolltest doch noch ins Krankenhaus?«

»Schon, aber die lassen mich auch später noch rein.« Ich sagte es mit lockerem Tonfall, aber in meinem Kopf meldete sich eine leise Stimme: Du bist vollkommen auf Marco fixiert und vernachlässigst deine Familie. Ach was, das war doch übertrieben!

Marco schob das Motorrad. Mit dem platten Hinterreifen war das eine mühsame Angelegenheit, aber er wollte nicht, dass ich mithalf. »Kein Problem, ich schaff das schon«, versicherte er mir. Also ging ich neben ihm her und kam mir dabei ziemlich überflüssig vor. Wir redeten nicht. Ich dachte die ganze Zeit an die paar Kilometer, die wir noch zu gehen hatten, bevor das Wochenende vorbei war. Und damit die Unbeschwertheit und die

Chance, ihm zu sagen, dass ... Nach dem Urlaub würden wir uns bei der Arbeit wiedersehen, ich dann in dem hässlichen braunen Kittel. Aber *wenn* ich mich schon aufraffte, *wie* sollte ich es ihm sagen? Und was, wenn er nicht das Gleiche empfand? Ich überlegte hin und her, kam aber zu keinem Schluss und schwieg darum weiterhin. Und Marco war ebenfalls nicht nach Reden zumute, weil das Schieben der schweren Maschine ihn ziemlich anstrengte.

Vor unserem Haus angekommen, war ich immer noch unschlüssig.

»Magst du noch mit raufkommen?«, fragte ich. »Was trinken? Dich ein bisschen ausruhen?«

»Nein, danke. Geh du mal gleich zu deiner Großmutter. Und ich seh zu, dass ich das Ding hier rasch nach Hause kriege.«

»Weißt du, ich ...« Ich spielte an meinem Uhrenarmband herum. »Unser Wochenende war wunderschön.«

»Finde ich auch.«

»Und ich bin so froh, dass du mit mir zurückgekommen bist.«

»Das wollte ich ja selber so. Ich hab das nicht nur wegen dir gemacht.«

»Und ... äh ...« Ich suchte nach Worten, fand aber nicht die richtigen. Ein Blick über die Schulter: keiner in der Nähe. Also holte ich tief Luft und trat einen Schritt vor. Ich roch Marcos Schweiß. Er stank nicht, es war vielmehr eine intensivere Variante seines Eigengeruchs.

»Mir ist ... äh ... schon früher, aber vor allem jetzt, ich meine ... äh ... dieses Wochenende klar geworden, dass ich dich ... gern mag. Sehr gern sogar.« Vorsichtig beobachtete ich seine Reaktion.

Er schaute verblüfft drein. Als hätte er das nicht im Mindesten erwartet. Hatte ich mich denn so getäuscht? Alles falsch gedeu-

tet? Wie gern hätte ich das Gesagte zurückgenommen und wäre nach einem fröhlichen »Tschüs« ins Haus gegangen und nach oben gelaufen, um mich dort im Bett zu vergraben und ihm nie, nie mehr unter die Augen zu treten.
»Ich ... äh ... Sybille ...« Er kratzte sich an der Nase. »Ich mag dich auch. Aber nicht ... äh ... nicht auf diese Art.«
Mir war, als hätte ich einen Schlag in die Magengrube bekommen.
»Weißt du, ich ...« Offenbar wollte er noch etwas hinzufügen. »Ich steh nicht auf Röcke, sondern auf Hosen.«
»Oh ...« Jetzt war ich sprachlos.
»Tut mir leid.« Sein verlegenes Grinsen geriet zu einer Grimasse. »An dir liegt's ganz bestimmt nicht.«
»Oh ... okay.« Es klang völlig idiotisch, aber in dem Moment war ich schlicht unfähig, etwas anderes zu sagen.
»Gut. Dann also bis bald?«
»Ja. Bis bald.«
Wie benommen öffnete ich die Haustür und ging zur Treppe.

ZWANZIG

In der Woche darauf hatte ich frei. Ich hätte an einem ungarischen Badesee liegen, Strandvolleyball spielen und in der Natur herumstreifen können. Aber ich war zu Hause. In einer leeren Wohnung. Bei Oma hatte sich nichts gebessert, und Opa starrte fast nur noch vor sich hin, wenn ich bei ihm zu Besuch war. »Er baut schnell ab«, sagte mir eine Pflegerin, und damit musste ich mich abfinden.

Weil ich nicht zur Arbeit musste, sah ich auch Marco nicht. Was vermutlich ganz gut war, denn ich hätte nicht gewusst, wie ich mich ihm gegenüber verhalten sollte. Er hatte mir einen Korb gegeben, aus einem Grund, der mich eigentlich nicht kränken dürfte. Denn es war ja nicht seine Schuld. Und ebenso wenig meine. Es war eine Tatsache. Dennoch kam ich mir blamiert vor. Hätte ich merken müssen, dass er sich nicht für Mädchen interessierte? War es vermessen von mir gewesen zu denken, nur weil er um mich besorgt war, müsse er auch in mich verliebt sein?
Gern hätte ich mit jemandem darüber geredet, aber bei Marthe traute ich mich nicht, und Christiane war fort. Darum erzählte ich es Oma, ganz leise an ihrem Bett, aber mir war bewusst, dass jeden Augenblick jemand vom Pflegepersonal hereinkommen konnte. Auch wenn die Stationsschwester gesagt hatte, es sei gut möglich, dass Oma mich höre, war es nicht dasselbe. Mir fehlte ihr warmer Blick und dass sie meine Hand nahm und »Ach, mein Mädchen« sagte – auf eine Art, wie nur sie es konnte. Stattdessen lag sie nur da. Atmete. Schlief.

Am Mittwoch ging ich nicht zu dem Stasi-Mann. Obwohl ich mehr als genug Informationen hatte. Ich könnte ihm die Namen von fünf jungen Leuten nennen, die eine Republikflucht versuchen wollten. Und ich kannte jemanden, der einer oppositionellen Organisation angehörte, die sich in Kirchen traf und so der Kontrolle des Staats entzog. Und die auch noch verbotene Westkontakte unterhielt. Aber nichts von alldem würde ich diesem Schergen des Systems verraten. Und ihm Lügen oder Halbwahrheiten aufzutischen, traute ich mich nicht. Schon gar nicht, da Marco gesagt hatte, er wolle probieren, über die Friedensbewegung einen Kontakt mit Julian herzustellen. Aber vielleicht dachte er schon gar nicht mehr daran? Und seine Aufforderung,

ich solle doch einmal zu einem Treffen in der Kirche mitkommen, war nur eine Höflichkeitsfloskel gewesen? Vielleicht wollte er mich am liebsten gar nicht mehr sehen, weil ihm mein Liebesgeständnis ebenso peinlich war wie mir?
Doch am Freitag rief er unvermutet an.
»Hast du Lust, dir heute Abend einen Vortrag von Hermann Kohler anzuhören?«, fiel er sogleich mit der Tür ins Haus. Es hörte sich nicht an, als wäre ihm etwas peinlich. »In der Kirche, von der ich erzählt habe. Unsere Gruppe hat ihn eingeladen. Er spricht über Demokratisierung.«
Demokratisierung – mein Thema war das ja nicht gerade. Jedenfalls könnte ich mir vorstellen, den Abend unterhaltsamer zu verbringen. Aber ich wollte auch nicht ablehnen, und wenn Marcos Leute tatsächlich herausbekommen würden, wo Julian wohnte … Also sagte ich zu.

Um halb acht holte Marco mich ab. Er trug eine Lederjacke und eine zerlöcherte Jeans und sah umwerfend gut aus. Aber so etwas wollte ich eigentlich gar nicht denken.
Bis zu der Kirche, wo der Vortrag stattfinden sollte, waren es nur zwanzig Minuten Weg. Ich ging neben Marco her, die Hände in den Taschen meiner Jacke, und wusste nicht so recht, wie ich mich verhalten sollte. Er dagegen schien kein Problem damit zu haben, verlor kein Wort mehr über unser Gespräch vor der Haustür, sondern redete die ganze Zeit von dem Professor, der vortragen sollte: ein Theologe, der sich mit ethischen Fragen aus politischer Sicht beschäftigte. Oder umgekehrt.
Die Kirche stand an einer Kreuzung. Davor befand sich ein kleiner Vorplatz, gesäumt von einer Hecke.
Wir wollten gerade die Straße überqueren, da verstummte Marco. Er zog leicht den Kopf ein und ging schneller. Aber nicht

schnell genug, denn plötzlich stand, wie aus dem Boden gewachsen, ein Mann zwischen uns und der Kirche.
Stasi!
»Papiere!«, forderte er autoritär. Mit einer Kontrolle hatte ich nicht gerechnet, Marco indessen schon, denn er zückte sofort seinen Ausweis, während ich noch in meiner Handtasche herumkramte. Den Ausweis musste man immer und überall bei sich haben. Wurde man ohne erwischt, dann nahmen sie einen zur Identitätsfeststellung mit, und das konnte Stunden dauern. Christiane war es einmal passiert, und selbst wenn sie übertrieben haben sollte, stand mir der Sinn nicht danach.
Der Mann blätterte in Marcos Ausweis und dann in meinem, den ich in der Zwischenzeit gefunden hatte. Er murmelte die Angaben zur Person halblaut vor sich hin. Sprach er etwa in ein verstecktes Aufnahmegerät?
Langsam blickte er auf, gab uns die Papiere aber nicht wieder.
»Was wollen Sie in der Kirche?«, fragte er.
Ich warf einen schnellen Seitenblick auf Marco, der nicht im Geringsten verunsichert wirkte.
»Beten«, antwortete er.
Der Mann lachte spöttisch und musterte ihn eingehend von Kopf bis Fuß. »Beten? Sie?«
»Ja. Das macht man üblicherweise in einer Kirche.«
Marco blieb höflich, aber seine Worte hatten scharfe Kanten. Als müsste er sich zusammenreißen.
»Und Sie?«, wandte der Mann sich an mich. »Sie wollen wohl auch beten?«
Ich konnte nur nicken.
Er räusperte sich und spuckte dann aus, einen Batzen Schleim direkt vor unsere Füße. Dann gab er uns mit einer abrupten Bewegung die Ausweise wieder und bedeutete uns weiterzugehen.

»Wir haben euch im Auge, ihr Gesindel«, raunte er, noch ehe wir uns in Bewegung setzen konnten.
Marco nahm meine Hand und zog mich in Richtung Kirchenportal. »Mach dir nichts draus. Die wollen uns einschüchtern, aber sie können uns nichts«, sagte er, als er merkte, dass ich mich ängstlich umsah. Er hielt mir die Tür auf, und wir betraten die Kirche.
Wir waren beileibe nicht die Ersten. Wo ich auch hinschaute, standen oder saßen Gruppen beisammen und unterhielten sich, manchmal winkte einer einem Bekannten ein Stück weiter zu. Gemurmel erfüllte den Kirchenraum. Kein fröhlicher Lärm, eher eine erwartungsvolle Atmosphäre wie vor einer Theatervorstellung oder einem Konzert. Ein Mann mit langer Haarmähne war gerade dabei, Mikrofon und Verstärker anzuschließen und zu testen. Ich ließ den Blick durchs Kirchenschiff schweifen. Vor allem Leute zwischen zwanzig und dreißig hatten sich versammelt, schick oder nachlässig gekleidet, lange oder kurze Haare. Weder Marco mit seiner Punkfrisur fiel auf noch ich in meinem dunkelgrünen Schlabberpulli. Immer mehr kamen herein, und bald war auch die umlaufende Empore komplett besetzt.
»Komm, wir suchen uns einen Platz.« Marco sah sich um, schien aber auf Anhieb niemand Bekanntes zu sehen. Wir fanden Plätze zwischen einem Althippie mit langen grauen Haaren und einer Frau, kaum älter als ich, mit einem Baby auf dem Schoß. Es war fast taghell in der Kirche, denn alle Leuchter brannten, und auf das Rednerpult war ein Scheinwerfer gerichtet.

Vermutlich waren die Kirchen derzeit nicht oft so voll. In unserer Familie war es nicht üblich, zum Gottesdienst zu gehen. Und der Staat bemühte sich nach Kräften, den Glauben aus dem Alltag zu verbannen – er war als konkurrierende Ideologie nicht erwünscht, zumal er eine andere Botschaft verkündigte: Dass

alle Menschen gleich waren, bedeutete im Kommunismus nun einmal etwas anderes als im Christentum.
»Bist du das erste Mal hier?«, fragte die Frau neben mir.
»Äh ... ja.«
»Ich frag nur, weil du dich so erstaunt umguckst.« Ihr Lächeln war so entwaffnend, dass ich es einfach erwidern musste. Der Stasi-Mann draußen hatte mich misstrauisch werden lassen ...
»Dann herzlich willkommen«, sagte sie und gab mir die Hand. »Ich heiße Lara.«
»Und ich Sybille.«
»Kennst du Hermann Kohlers Arbeiten?«
»Nein«, musste ich zugeben. Ich spürte, wie Röte mein Gesicht überzog. Hoffentlich bemerkte sie es nicht. Sicher wunderte sie sich, was ich dann hier wollte.
»Er ist wirklich sehr beeindruckend, das wirst du gleich selber feststellen.« Ihr Tonfall hatte nichts Geringschätziges. »Geht es dir manchmal auch so, dass du ein Gefühl nicht in Worte fassen kannst? Dass du zum Beispiel wütend bist, aber nicht sagen kannst, warum? Genau das ist es, was Kohler so gut gelingt: Er drückt präzise aus, was in unserem Staat nicht richtig läuft und weshalb so viele Leute fliehen. Er legt sozusagen den Finger in die Wunde, und erst dann wird einem klar, woher der Schmerz rührt. Aber das wirst du wie gesagt gleich selber erleben, ich will nicht vorgreifen.«
Das Gemurmel um uns schwoll noch einmal an, um gleich darauf zu verebben, als ein etwa sechzigjähriger graubärtiger Mann ans Rednerpult trat. Er hatte viel von einem Professor, nur die braune Cordhose und der grüne Rollkragenpullover passten nicht recht ins Bild.
Der Mann begann zu sprechen, nicht laut, aber mit Nachdruck. Mäuschenstill war es nun in der Kirche, sodass er die Stimme

nicht zu heben brauchte. Er formulierte seine Sätze mit Bedacht, aber sehr selbstsicher und benutzte keine Worthülsen. Es klang ganz anders als die fast schon im Brüllton vorgetragenen Reden unserer Politiker oder die floskelhaften Sätze der Nachrichtensprecher. Er sprach engagiert, aber nicht aufdringlich. Ihm ging es nicht darum, seine Zuhörer um jeden Preis zu überzeugen, und doch erreichte er genau das. Nicht zuletzt, weil er sich einfacher Worte bediente, sodass ihm jeder gut folgen konnte. Und indem er treffende Beispiele anführte und seine Argumente logisch und schlüssig aufbaute. Sein Vortrag öffnete mir regelrecht die Augen, weil er Dinge sagte, die ich in der Form noch nie gehört hatte.
Hin und wieder wurde er von Beifall unterbrochen. Dann wartete er ruhig ab, bis dieser verklungen war, ganz so, als wäre ihm Zustimmung aus dem Publikum gar nicht wichtig.
Nach seiner Rede, die eine gute Stunde dauerte, in der ich mich keine Sekunde langweilte, forderte er die Zuhörer auf, Fragen zu stellen. Es wurden nur wenige kritische Bemerkungen laut. Die meisten stimmten seinen Ausführungen zu und fragten nach seiner Meinung zu konkreten Situationen. Er nahm jede einzelne Frage ernst und gab ausführlich Antwort.
Während des Vortrags hatte ich immer wieder einmal zu Marco geschielt; er schien von Kohlers Darlegungen ebenso fasziniert zu sein wie die anderen. Manchmal nickte er oder bildete mit den Lippen Sätze nach, als wollte er sie auswendig lernen.
Noch nie hatte ich so viel öffentlich geäußerte Kritik am System gehört wie von Professor Kohler. Und es war durchweg fundierte, begründete Kritik, nicht irgendwelches Genörgel. Er prangerte Dinge an und erläuterte dann, wie man es besser machen könnte. Allmählich fragte ich mich, wie die Partei es geschafft hatte, dieses System fast vierzig Jahre lang aufrechtzuerhalten, voller Widersprüche und ungerecht, wie es war.

Mir fiel auf, dass die Fragenden nicht mit ihrer Meinung hinterm Berg hielten. Hier vertraute man einander offenbar. Ganz anders als bei der Arbeit, in der Nachbarschaft oder in der Kneipe, wo jeder sich seine Worte gut überlegte, weil er nie sicher sein konnte, wen er vor sich hatte und ob nicht ein Übelwollender mithörte. Hier sagten alle laut und deutlich – durchs Mikrofon vor einer voll besetzten Kirche –, was sie sich sonst kaum zu denken trauten.

Lara hatte vollkommen recht. Wenn die Dinge beim Namen genannt wurden, sah man viel klarer, wo das System krankte.

Bisher hatte ich es so gehalten, dass ich den Fernseher oder das Radio ausmachte oder zumindest den Ton leiser stellte, wenn eine Politikerrede übertragen wurde. Auf der Straße ignorierte ich die großen Propagandaplakate, mit denen man uns zu guten sozialistischen Staatsbürgern erziehen wollte, und wenn ein Kollege oder eine Kundin mir mit politischen Parolen lästig fiel, hörte ich einfach weg. Politik hatte mich nie groß interessiert.

Aber was Kohler gesagt hatte, war nicht von der Hand zu weisen. Die Parteipolitik beeinflusste unseren Alltag, unsere Lebensqualität, unsere Freiheit und unsere persönlichen Entwicklungsmöglichkeiten. Dass die Kommunalwahlen im Mai gefälscht worden waren, überraschte nur wenige, ging man doch davon aus, dass die Partei ohnehin machte, was sie wollte. Aber laut Professor Kohler ging es weniger um den Beweis an sich, sondern darum, die Regierenden und vor allem das Volk aufzurütteln. Deutlich zu machen, dass wir uns nicht mehr von Funktionären und ihrem undurchschaubaren Gewirr aus Gesetzen und Regeln einschüchtern lassen durften, dass außer der Wahlfälschung noch zahlreiche weitere Missstände vorlagen, bei denen es nicht etwa um politische Pöstchen ging, sondern um die Grundrechte des Menschen, wie etwa beim Wegsperren von Personen, die

das Vorgehen der herrschenden Elite und gängige Denkweisen infrage stellten.
Als Kohler dieses Beispiel genannt hatte, musste ich an Marthe denken. Auch sie hatte man weggesperrt und damit ihr Leben ruiniert. Und Gudrun hatten sie letztlich in den Selbstmord getrieben. Die Parteibonzen redeten dauernd von den Gräueltaten der Amerikaner im Vietnamkrieg, von der Apartheid in Südafrika und der Hetze gegen den Kommunismus in Westdeutschland. Dabei wurden hier, in unserem Land, die Menschenrechte mit Füßen getreten. Was der Staat vorgeblich zu unserem Schutz unternahm, schränkte in Wirklichkeit unsere Freiheit ein. Als Volk und als Individuen.
Und dann hatte Kohler noch kurz von einem Buch gesprochen. Den Titel und den Verfasser hatte ich mir nicht gemerkt, ein Zitat daraus aber sehr wohl. Es ging mir auch jetzt noch durch den Sinn, als der Schlussbeifall längst verklungen war und viele in Gruppen zusammenstanden und lebhaft diskutierten. *Krieg ist Frieden, Freiheit ist Sklaverei und Unwissenheit ist Stärke.* Wo hatte ich das schon einmal gehört oder gelesen? So sehr ich auch grübelte, es fiel mir nicht ein … wahrscheinlich hatte es keine besondere Bedeutung.
Marco hatte zwei Bekannte entdeckt, mit denen er sich nun unterhielt. Ich saß noch in der Kirchenbank und wusste nicht so recht, wohin mit mir, als er plötzlich rief: »Sybille, komm doch mal her!«
Ich verabschiedete mich mit einem Lächeln von Lara und ging hin.
»Das sind Ulrich und Jens«, stellte Marco die beiden vor.
Ob die wirklich so heißen?, zuckte es mir durch den Kopf, und sekundenlang dachte ich an den Kerl von der Stasi draußen vor der Kirche.

»Sie können vielleicht rauskriegen, wo Julian ist«, fuhr Marco fort.
Also hatte er es doch nicht vergessen!
»Wie heißt er mit vollem Namen?«, fragte Ulrich oder Jens – ich hatte mir nicht gemerkt, welcher welcher war.
»Julian Niemöller. Er ist '61 in den Westen geflohen.« Es fiel mir nicht leicht, dieses »Familiengeheimnis« einem Fremden preiszugeben.
»Und du meinst, er ist noch in Berlin?«
»Ich habe keine Ahnung, wo er wohnt, weil er sich nie mehr gemeldet hat. Jedenfalls muss ich dringend mit ihm sprechen. Es geht um seine Mutter.«
»Julian Niemöller … Mutter …«, wiederholte der andere, wie um es sich im Kopf zu notieren. »Hast du eventuell ein Beweisstück? Ich meine, etwas, das ihn überzeugt, dass es tatsächlich eine Verwandte ist, die nach ihm forscht?«
Beweisstück, hmmm. Ich hatte Julian nie kennengelernt und wusste kaum etwas über ihn, weil über ihn und seine Flucht immer geschwiegen wurde. Das Einzige, was uns verband, war die Familie.
»Ich kann euch ein Foto von mir geben. Angeblich sehe ich meiner Mutter ähnlich, also seiner Schwester.« Oma hatte das oft gesagt. Als Kind mit zehn, elf Jahren hatte ich mir manchmal stundenlang Fotos von meiner Mutter angeschaut und mich gefragt, warum sie mich im Stich gelassen hatte. Ab und zu hatte ich sogar Zweifel, ob ich überhaupt ihre Tochter war. Aber, um ehrlich zu sein, die Züge des Mädchens in FDJ-Uniform waren mir vertraut. Ob ich ihr heute noch ähnlich sah, wusste ich nicht. Als meine Mutter zwanzig war, hatte sie kaum noch Kontakt zu ihren Eltern. Weil sie ganz im Bann der freien Liebe und irgendwelcher Gurus stand. Wesentlich mehr hatte Oma mir nicht von

ihr erzählt. Eigentlich nur, dass sie eines Tages mit mir als Baby vor der Tür gestanden und mitgeteilt habe, sie wolle nach Polen, um dort in einer Kommune zu leben. Ihr neuer Freund wollte mich nicht dabeihaben, darum ließ sie mich bei den Großeltern. Was wäre wohl aus mir geworden, wenn sie mich damals mitgenommen hätte?
»Hast du zufällig eines bei dir?«, riss Ulrich – oder Jens – mich aus meinen Gedanken.
»Nein, das nicht. Aber ich kann es vorbeibringen«, schlug ich vor. Bestimmt lagen zu Hause noch ein paar Fotos herum – vielleicht sogar eines, auf dem Oma mit drauf war.

Wir verabredeten, wann ich das Foto bringen sollte – anscheinend fanden fast jeden Abend irgendwelche Zusammenkünfte in der Kirche statt, an denen Ulrich und Jens teilnahmen. Die beiden wollten bis dahin schon mal die Fühler in Richtung Westen ausstrecken. Versprechen könnten sie mir zwar nichts, sagten sie, aber sie würden ihre Kontakte nutzen.
Marco hatte Wort gehalten. In der Kirche wurde ein Lied angestimmt.

EINUNDZWANZIG

»Und?«, fragte Marthe, kaum dass ich hereingekommen war.
Ich schüttelte den Kopf und ließ mich mit einem Seufzer auf den Stuhl neben Omas Bett sinken. Marthe biss an ihren Nägeln herum, sagte aber nichts.
Er presste mich aus, ohne dass ich dafür eine Gegenleistung be-

kam. Keine Chance, die Frage nach Florian anzudeuten, keine Aussicht, Oma in den Westen zu bringen. Weil ich nicht genug erzählte oder nicht das, was er hören wollte. Und weil er genau merkte, dass ich Informationen zurückhielt.

Marthe hatte mich bekniet, ich solle noch einmal hingehen, und schließlich hatte ich eingewilligt. Aber er hielt die Zügel straff in den Händen, machte alle meine Versuche zunichte, das Gespräch zu lenken, und erreichte immer wieder, dass *ich* die meiste Zeit redete, während er sich kaum äußerte.

Noch ein weiteres Mal würde ich aber auf keinen Fall hingehen, auch wenn Marthe bittelte und bettelte. Ich. Ging. Nicht. Mehr. Hin. Weil ich mit diesem Menschen nichts mehr zu tun haben wollte und weil ich fürchtete, mich irgendwann vollkommen in seinem Netz zu verheddern.

»Erzählen Sie mir doch mal von diesen Treffen in der Kirche«, hatte er unvermittelt gesagt, als hätte er gar nicht mitbekommen, dass ich erwähnt hatte, meine Kollegin Rosalinde habe einen Honecker-Witz erzählt, und von einem »verdächtig aussehenden Jungen« berichtet hatte, der oft vor dem Intershop in der Invalidenstraße herumlungerte. In den Intershops gab es alle möglichen Westprodukte zu kaufen, man bezahlte dort ausschließlich mit Westmark. Den Jungen hatte ich dort mehrfach gesehen und gedacht, das würde den Mann interessieren, er würde es als wichtige Information ansehen und mir endlich weiterhelfen, was Oma betraf. Aber es interessierte ihn genauso wenig wie Rosalindes Witz.

Stattdessen sagte er wie aus heiterem Himmel: »Erzählen Sie mir doch mal von diesen Treffen in der Kirche.«

Mir wurde eiskalt, als wäre die Temperatur im Zimmer unter null gesunken. Seine Miene verriet nichts, der Blick allerdings war stechend geworden.

Meine Gedanken überschlugen sich. Was wusste er? War er mir gefolgt? Hatte er von den Stasi-Leuten vor der Kirche etwas erfahren? Aber nein, er war doch im Ruhestand. Oder hatte jemand mich angeschwärzt? Hatte am Ende Marco ... nein, so etwas durfte ich nicht denken!
»In der Kirche?«, wiederholte ich mit gepresster Stimme.
Er zog an seiner Zigarette und blies mir den Rauch ins Gesicht. Ich bemühte mich, nicht zu husten.
»Genau, in der Kirche. In der Gethsemanekirche«, sagte er sachlich.
Schlagartig hatte sich die Situation verändert: Aus einem Gespräch war ein Verhör geworden. Vor mir saß der Mann, so wie Marthe ihn erlebt hatte. Mit undurchdringlichem Gesichtsausdruck, einem Blick, der mich schaudern ließ, und einer Stimme so unbewegt wie ein See bei völliger Windstille.
»Sie sind schon zweimal bei der Gethsemanekirche gesichtet worden«, fuhr er fort.
Bei der Gethsemanekirche gesichtet worden? Also von den Stasi-Leuten davor. Ich versuchte krampfhaft, mich zu erinnern, was Marco über sie gesagt hatte. Was wussten die? Und was nicht? Wenn ich etwas erzählte, was dem Mann bereits zugetragen worden war, machte ich nichts falsch. Auf keinen Fall wollte ich jemanden verraten, aber dumm stellen war auch nicht drin.
»Ich habe mir dort Vorträge angehört«, sagte ich langsam. Was nur zum Teil stimmte. Denn beim zweiten Mal hatte ich Ulrich – inzwischen konnte ich ihn und Jens auseinanderhalten – das Foto übergeben, damit seine Bekannten nach Julian suchen konnten. Eigentlich hatte ich gleich wieder gehen wollen, aber dann war ich doch noch auf ein Bier geblieben und hatte einige Flugblätter gelesen, die herumlagen. War das bereits eine staatsgefährdende Aktivität?

»Vorträge worüber?«, hakte er sofort nach.
»Über verschiedene Themen.« Ich versuchte Zeit zu schinden.
»Welcher Art?«
»Gesellschaftlicher Art.«
»Von wem?«
Er nahm mich regelrecht ins Kreuzverhör. Ich überlegte. Sollte ich Kohlers Namen nennen? Bestimmt wusste die Stasi, dass er … »An einem Abend hat Professor Hermann Kohler gesprochen«, sagte ich mit halbwegs fester Stimme.
Er notierte sich den Namen nicht, aber ich merkte, dass er ihn sich einprägte.
Hatten die Stasi-Leute es doch nicht gewusst? Hatte ich diesen sympathischen Mann, der so überzeugend gesprochen hatte, nun hineingeritten?
»Mit wem waren Sie dort?«
Jetzt war mir nicht mehr eiskalt, sondern glühend heiß. Marcos Namen würde ich keinesfalls nennen.
Aber warum eigentlich nicht?, meldete sich eine beschwichtigende Stimme in mir. Es passiert doch nichts Ungesetzliches in der Kirche. Man darf sich doch wohl Vorträge anhören, oder? Sag es ruhig … Und hatte Marco nicht gesagt: *Sie können uns nichts?*
Nein, ich war fest entschlossen zu schweigen.
Dennoch klebte ich jetzt, einer Fliege gleich, an einem Faden des Netzes der Stasi-Spinne. Je mehr ich mich bewegte, das heißt, je mehr ich sagte, desto mehr würde ich mich darin verheddern. Und die Spinne würde mir gelassen dabei zusehen, wohl wissend, dass ich mich nicht mehr befreien konnte, und mich dann aussaugen.
Ich rang noch mit mir, da sagte er plötzlich: »Gehen Sie ruhig weiter dorthin.« Zu meinem Erstaunen klang es kein bisschen ironisch. »Wir brauchen auch drinnen Augen und Ohren«, er-

gänzte er. »Wenn Sie mir berichten, was in der Kirche so läuft, halte ich Sie aus der Schusslinie.« Ein feines Lächeln spielte um seine Lippen. Ein wohlwollendes, hätte man meinen können. Aber ich hatte die Drohung verstanden.

Ich traute mich nicht, Marthe von diesem Gespräch zu erzählen. Ich traute mich nicht zu sagen, dass ich in der Nacht darauf kein Auge zubekommen und die ganze Zeit gelauscht hatte, ob vor dem Haus ein Auto anhielt, Türen schlugen, Männer die Treppe heraufstampften und Sturm klingelten. Ich traute mich auch nicht zu erzählen, dass ich bei der Arbeit Todesängste ausgestanden hatte, als Marco fünf Minuten zu spät kam. Und dass ich auf dem Weg hierher an jeder Straßenecke erwartet hatte, verhaftet zu werden, dass ich mich nicht einmal im Krankenhausflur und im Lift sicher gefühlt hatte. Ich schwieg, weil ich ihr keine Angst machen wollte, denn geteilte Angst kann auch doppelte Angst sein.

»Warst du inzwischen mal mit Marco in der Kirche?«, fragte Marthe.

Eigentlich wollte ich auch darüber nichts sagen, zumal die Wände Ohren hatten. Aber ich wusste, dass es sie brennend interessierte, war sie doch ganz aus dem Häuschen gewesen, als Marco von der Friedensbewegung erzählt hatte. Also berichtete ich.

Marthe wollte genau wissen, was Professor Kohler gesagt hatte, und hörte lächelnd zu, als ich die Stimmung in der Kirche schilderte, die Einmütigkeit und dass jeder vertrauensvoll seine Meinung sagen konnte, dass lebhaft diskutiert wurde, dass alles von Hoffnung und Optimismus durchtränkt war. Auch von den Flugblättern sprach ich, die Jens und Ulrich verfassten und vor Ort vervielfältigten, sodass sie in ganz Ostdeutschland verteilt werden konnten.

»Frisch auf, mein Volk, die Flammenzeichen rauchen«, flüsterte Marthe auf einmal.
Diesen Satz hatte ich doch schon einmal gehört … oder gelesen?
»Was hast du da gesagt?«
»Das ist ein Zitat aus einem Flugblatt von Hans und Sophie Scholl«, sagte sie mit belegter Stimme, ging aber nicht weiter darauf ein.
Plötzlich fiel mir ein, woher ich den Satz kannte, und ich wollte es Marthe gerade sagen, da ging die Tür auf, und eine Krankenschwester kam herein.
»Ihre Großmutter wird jetzt für die Nacht zurechtgemacht«, sagte sie, ging zum Infusionsständer und kontrollierte dann noch dies und das. Eine zweite Schwester kam dazu, und wir verließen das Zimmer. Die Besuchszeit war vorbei, aber wir durften – so war es abgesprochen – länger bleiben. Sofern wir uns draußen auf dem Flur ruhig verhielten, was wir selbstverständlich taten.

Marthe sagte, sie müsse gehen. Ich wollte gern noch ein Weilchen bei Oma bleiben und setzte mich darum auf einen Stuhl im Flur. Wie viele Tage lag Oma nun schon hier? Ich rechnete nach, verzählte mich aber immer wieder. Ihr Zustand – inzwischen nannte ich es auch schon so – hatte sich nicht verändert. Wir sollten die Hoffnung nicht aufgeben, hieß es immer wieder, denn es sei schon vorgekommen, dass ein Patient nach Monaten aus dem Koma erwachte. Aber die Ärzte unternahmen nichts, um Oma zu helfen. Sie wurde gewaschen und über eine Sonde ernährt. Aber das war auch alles.
Ob Oma uns wohl hören konnte?, überlegte ich zum x-ten Mal. Verstand sie meine flehentlichen Bitten, sie solle doch endlich aufwachen? Erkannte sie Marthes Stimme? Falls ja, dann hätte sie doch längst alle Kräfte mobilisiert und wäre aufgewacht.

Im Schwesternzimmer lief das Radio, ansonsten aber war es still. Keine Karre, die durch den Flur ratterte, kein Quietschen von Gummisohlen. Auch das Piepsen von Omas Herzmonitor war hier nicht zu hören. Die Nachrichten wurden angekündigt. Ich schaute auf meine Armbanduhr: Es war genau neun. Noch ehe sie anfingen, wurde ein anderer Sender eingestellt. Ebenfalls Nachrichten. Aber aus dem Westen. Der Ton wurde leiser, sodass ich nur bruchstückhaft mitbekam, worum es ging. Um Flüchtlinge ... Ich spitzte die Ohren. Tausende DDR-Bürger, hieß es, hätten sich an der Grenze zwischen Ungarn und Österreich eingefunden, und nun habe die ungarische Regierung die Grenze geöffnet, ohne eine Genehmigung aus Moskau einzuholen. Die Begriffe Solidarität und Menschlichkeit fielen.

Ich dachte an Christiane und die anderen. Waren sie unter diesen Tausenden? Standen sie jetzt mit Diethards Bus in der Schlange, um nach Österreich durchgelassen zu werden? Oder hatten sie es schon versucht und waren verhaftet worden? Ich hoffte inständig, dass sie in Sicherheit waren und dass Christiane mir das bald auf einer Karte mitteilen würde. In letzter Zeit war ich so sehr mit Marco und der Friedensbewegung beschäftigt gewesen, dass ich mir kaum mehr Gedanken gemacht hatte, wie es ihr wohl ergangen war. Bei der Arbeit hatte jedenfalls niemand nach Christiane gefragt. Vermutlich dachten die Kollegen sich ihren Teil.

Kaum öffnete sich die Tür von Omas Zimmer, wurde wieder der DDR-Sender eingestellt. Die beiden Schwestern kamen heraus und gingen ins angrenzende Krankenzimmer.

Ich setzte mich zu Oma und legte meinen Kopf auf ihre Hand. Wenn die Grenze zwischen Österreich und Ungarn offen ist, dachte ich, und durchkann, wer will, dann sind die Tage der Mauer gezählt.

Marco sollte recht behalten. Es gärte. Überall im Land. Wie bei einem Vulkan, der noch nicht ausgebrochen ist, aber in dessen Innern es brodelt und zischt, der ab und zu ein wenig Asche in die Luft schleudert und um den sich dunkle Wolken zusammenballen.

In Leipzig gingen die Menschen nach dem Friedensgebet auf die Straße, jeden Montag waren es mehr. *Freiheit!* stand auf ihren Transparenten und Plakaten. Im Westfernsehen sah ich, wie Stasi-Männer die Transparente zerrissen und auf die Leute einschlugen. Aber in der Woche darauf waren sie noch zahlreicher und skandierten ihre Forderungen noch lauter. Aus *Wir wollen raus!* wurde *Wir bleiben hier!* Der Ruf nach freier Meinungsäußerung, nach Reisefreiheit und demokratischen Wahlen ging von Mund zu Mund und tönte immer lauter.

Aber nicht nur in Leipzig, auch in anderen Städten kam es zu Demonstrationen, die das westdeutsche Fernsehen in allen Einzelheiten zeigte. Das DDR-Fernsehen hingegen brachte die üblichen Nachrichten von Parteizusammenkünften und so weiter, als gäbe es das alles nicht.

Auch in der Kirche gärte es. Man konnte geradezu spüren, wie die Atmosphäre sich immer mehr auflud und wie immer hektischere Betriebsamkeit herrschte.

Man hörte sich nicht mehr brav Vorträge an und saß anschließend noch eine Weile gemütlich beisammen, sondern war zu Aktionen übergegangen. Ulrich und Jens hatten einen Nebenraum zur Nachrichtenzentrale umfunktioniert, die mich an das Hauptquartier eines Geheimdiensts in amerikanischen Filmen erinnerte. Von dort aus hielten sie telefonischen Kontakt mit Gleichgesinnten in anderen Städten. Von Helfern aus Westberlin

erfuhren sie, was die Partei uns alles vorenthalten wollte. An den Wänden hingen Listen mit Namen. Namen von Leuten, die bei Demonstrationen verhaftet worden waren.
Marco und ich gingen jetzt nach der Arbeit immer direkt in die Kirche. Unterwegs kauften wir uns etwas zu essen, das wir dort verzehrten. Ich beteiligte mich nicht aktiv, verfolgte aber alles sehr genau. Die Empörung über die Haltung unseres Staats ermutigte die Leute, ihm immer entschlossener entgegenzutreten. Auch im Kirchenraum waren nun Transparente aufgespannt. Freiheit war das Schlüsselwort eines jeden Slogans.
Obwohl ich mich sozusagen nur am Rand des Geschehens bewegte, sagte ich »wir« und »uns«, wenn ich Marthe erzählte, was sich in der Kirche tat. Weil die Begeisterung und das Engagement der anderen ansteckend wirkten und weil ich letztlich doch das Gefühl hatte, Teil der Gruppe zu sein. Und zugleich Teil von etwas viel Größerem. *Wir sind das Volk!* hatten die Demonstranten in Leipzig gerufen. Die Politiker regierten in unserem Namen, wir waren diejenigen, die dieses Land ausmachten, unsere Wünsche und Forderungen mussten gehört, unsere Rechte gewahrt werden. Wir waren das Volk!
Zu dem Stasi-Mann war ich nicht mehr gegangen, sondern hatte stattdessen Ulrich gesagt, dass ich nach meinem Cousin Florian suchte, der vor über zehn Jahren verhaftet worden war. Sie bekamen nun eine Unmenge Informationen über Verhaftungen durch die Stasi herein, und vielleicht waren auch ältere dabei.
Ulrich hatte mich eine Weile angesehen, ohne ein Wort zu sagen. »Dir ist aber schon klar, dass er inzwischen für die Stasi tätig sein kann, oder?«, meinte er schließlich. »Wenn einer sich so lange nicht mehr meldet, ist er entweder in der Haft umgekommen oder sie haben ihn als Spitzel verpflichtet und irgendwo außerhalb von Berlin eingesetzt, wo er unter anderem Namen agiert.«

Als ich das – in abgemilderter Form – Marthe erzählte, schüttelte sie entschieden den Kopf. »Das kann nicht sein. Ich habe jahrelang nach ihm gesucht. Jede Möglichkeit erwogen, jeden Stein umgedreht. Florian ist nicht tot. Und auch nicht in einer anderen Stadt abgetaucht, da bin ich mir ganz sicher.« Ihre Stimme klang resigniert und kämpferisch zugleich. Ich hätte gern gewusst, was genau sie alles unternommen hatte, um ihren Bruder zu finden, aber sie wandte den Kopf ab zum Zeichen, dass das Thema damit für sie erledigt war. Gut, dann eben nicht, dachte ich. Ulrich würde sich auf jeden Fall umhören, das hatte er versprochen.
Meine Berichte von den Treffen in der Kirche saugte Marthe aber weiterhin wie ein Schwamm auf, und sie stellte jede Menge Fragen. Als ich vorschlug, sie solle doch einfach mal mitgehen, schüttelte sie den Kopf. »Ich muss vorsichtig sein«, meinte sie. »Dort drücken sich haufenweise Stasi-Leute herum.«
»In der Kirche selber aber nicht«, wandte ich ein. »Marco sagt, die Stasi habe die Bewegung nicht infiltrieren können.«
Marthe lächelte nachsichtig, wahrscheinlich hielt sie Marco für grenzenlos naiv.
Ihre Vorbehalte ließen mich aber wieder an die Drohung des Stasi-Manns denken. Bestimmt hatte er seine Informanten und wusste genau, dass ich inzwischen täglich in der Kirche war. Ich befand mich im Fadenkreuz dieser Leute. Ob es Gudrun wohl auch so ergangen war? War auch sie ins Netz der Spinne geraten und hatte sich am Ende nicht mehr daraus befreien können? Hatte *das* sie in den Selbstmord getrieben? Ich war jedenfalls froh, Marthe nichts von der Drohung gesagt zu haben.

Der Spätsommer ging in den Herbst über – es wurde Oktober. Von Christiane hatte ich noch immer nichts gehört. Der Tag, an dem wir alle zusammen nach Ungarn aufgebrochen waren, schien mir nun, da es kälter wurde, die Bäume ihr Laub verloren und mein Leben sich rund um die Kirche abspielte, ewig lange her. Als wäre es ein anderes Zeitalter gewesen, in dem wir glaubten, einfach in den Urlaub fahren und nicht mehr wiederkommen zu können.

Die Partei bereitete sich auf die Festlichkeiten anlässlich des vierzigsten Jahrestages der DDR vor. Wichtige Staatsoberhäupter sollten diesem Ereignis beiwohnen; sogar Michail Gorbatschow höchstpersönlich wurde erwartet. All das im Angesicht dessen, dass im ganzen Land unzählige Menschen demonstrierten und lautstark Reformen forderten, denen sich die Partei vierzig Jahre lang verschlossen hatte. Das machte die Parteibonzen und die Stasi nervös und führte dazu, dass Leute ohne Grund von der Straße weg verhaftet wurden. Man sah immer mehr Polizisten, und sie waren unsicher, ob sie mit Härte gegen die Demonstranten vorgehen oder versuchen sollten, sie im Zaum zu halten.

Ein jeder hatte dabei die Bilder aus Peking vor Augen, die im Sommer um die Welt gegangen waren. Auch dort waren Menschen für ihre Rechte aufgestanden. Eine Million Studenten hatten sich auf dem Tian'anmen-Platz versammelt, dem Platz des Himmlischen Friedens. Sie protestierten gegen die korrupte kommunistische Partei und forderten demokratische Reformen. Das Militär jedoch hatte ihre Demonstration gewaltsam niedergeschlagen. Wir alle hatten im Fernsehen die Panzer gesehen, die brennenden Fahrzeuge, die Verletzten und Toten, die inmitten des Chaos weggetragen oder -geschleift wurden, die erbarmungslosen Soldaten. Tausende waren umgekommen. Dass das auch bei uns geschehen würde, glaubten wir zwar nicht, dennoch bedrängte uns die Angst davor, wussten wir doch, dass der Staat durchaus dazu imstande wäre – schließlich hatte China kein Monopol auf Polizeigewalt.

»Unser Protest muss gewaltlos sein«, sagte Marco. »Wir dürfen ihnen keinen Anlass geben, Waffen gegen uns einzusetzen. Leiser Widerstand kann wirksamer sein als alles Rufen und Schreien.«
Wir waren, wie so oft, auf dem Weg zur Kirche. Davor hielten sich, außer Polizisten, jetzt viel mehr Stasi-Leute als sonst auf, und sie bemühten sich nicht mehr um Unauffälligkeit, sondern beobachteten von ihren Autos aus mit Ferngläsern den Eingang. Was uns aber wenig beeindruckte. Wir waren schon des Öfteren kontrolliert worden, jedoch ohne Folgen. Sie konnten uns nichts anhaben, weil wir ja nichts Verbotenes taten.
In der Kirche waren noch mehr Leute als am Vortag. Viele hatten dort übernachtet, Schlafsäcke und Decken lagen neben den Bänken. Mitten durch den Kirchenraum war ein Transparent gespannt mit der Aufschrift *Wachet und betet – Mahnwache und Fürbitte für die zu Unrecht Inhaftierten.* Überall brannten Kerzen – ein wahres Lichtermeer. Seit zwei Tagen fand eine Mahnwache statt, ein stummer Protest gegen die willkürlichen Verhaftungen von Demonstranten, gegen die Schändung der Menschenrechte.
Marco hatte mich überredet mitzumachen: »Je mehr wir sind, desto deutlicher ist unser Zeichen.« Ich legte meinen Schlafsack und die Kleider zum Wechseln, die ich in aller Eile eingepackt hatte, neben seine Sachen – in einer Ecke nicht weit von der Treppe zum Chor. Auch dort brannten unzählige Kerzen.
Ulrich, der zum harten Kern der Wachenden gehörte und die Kirche seit Tagen nicht mehr verlassen hatte, kam auf uns zu.
»Regnet es noch?«, fragte er.
Ich schüttelte den Kopf.
»Dann gehen wir ins Freie, kommt mit!« Er griff in seine Jackentasche und gab uns zwei Kerzen.
»Ins Freie?« Ich glaubte, nicht recht gehört zu haben, aber er meinte es ernst.

Andere schlossen sich an, und bald darauf standen etwa fünfzig von uns vor der Kirche, über deren Portal ein Tuch mit der gleichen Aufschrift wie innen hing, deutlich sichtbar für die in einiger Entfernung lauernden Vertreter der Staatsmacht.
Ich zündete meine Kerze an der meines Nebenmanns an, und auf Ulrichs Zeichen hin bildeten wir mit unseren brennenden Kerzen einen Ring um die Kirche, einen Ring aus Licht.
»Auf dem Grundstück der Kirche dürfen sie uns eigentlich nichts tun«, sagte Ulrich, als er merkte, dass die Beobachter mich nervös machten.
Zu meinem Erstaunen unternahmen sie tatsächlich nichts, das heißt, sie kamen nicht näher. Aber sie fotografierten, machten sich Notizen, tuschelten miteinander.
»Und jetzt?«, flüsterte ich Marco zu, nachdem alle sich gesetzt hatten.
»Jetzt warten wir.«

Also warteten wir, mit unseren Kerzen um die Kirche herum sitzend. Das war absolut nichts Verbotenes, trotzdem fühlte ich mich mehr als unwohl. Ich kam mir vor, als würde ich unter den Augen der Polizei einen Banküberfall begehen. Auch viele andere wirkten angespannt. Die Vopos auf der anderen Straßenseite wussten nicht, wie sie mit der Situation umgehen sollten. Dem Gesetz nach taten wir nichts Illegales, aber wir provozierten, indem wir dasaßen und warteten.
Die meisten Passanten beschleunigten den Schritt und schauten weg, trauten sich nicht, Sympathie zu zeigen, denn sie merkten natürlich, dass wir unter Beobachtung von Stasi und Polizei standen. Hin und wieder aber blieb jemand stehen, las, was auf dem Tuch stand, und lächelte uns aufmunternd zu. Ein paar wenige wagten sich sogar in die Kirche hinein.

»Wir sind keine Insel mehr«, flüsterte Marco mir zufrieden zu, als zwei junge Frauen ein wenig zögerlich aufs Kirchenportal zusteuerten. »Wir finden immer mehr Unterstützer.«
»Aber die Partei lässt das garantiert nicht zu. Sie verliert ja sonst das Gesicht.«
Er sah mich an. Im flackernden Licht der Kerze hatte seine Miene etwas Geheimnisvolles. »Wer nichts tut, bewirkt auch keine Veränderung«, sagte er, und sein Lächeln zeugte von grenzenloser Zuversicht.
Mit einem Mal kam ich mir blöd vor. Warum saß ich überhaupt hier, wenn ich nicht an das große Ziel glaubte? Wenn ich dachte, unser Protest brächte sowieso nichts? Dabei wollte ich ja daran glauben, wollte mittendrin sein, wenn die Demonstranten laut ihre Forderungen riefen. Weil sich etwas ändern musste, unbedingt! Aber ich wurde die Bilder aus Peking nicht los, und die unterdrückte Angst lähmte mich. Nein, ich war nicht mutig. Ich war kein Typ, der auf die Barrikaden ging.
Kaum hatte ich zu Ende gedacht, sah ich sie. Mit eingezogenem Kopf und sich immer wieder verstohlen umsehend, eilte sie direkt auf uns zu.
»Marthe! Du bist ja doch gekommen!«, rief ich.
»Jede Stimme zählt«, sagte sie nur.
Aus dem Augenwinkel sah ich Marco neben mir breit grinsen.
»Herzlich willkommen«, sagte er zu Marthe. »Und du hast vollkommen recht: Jede Stimme zählt. Je mehr Stimmen wir haben, desto stärker sind wir.«
Er nahm eine Kerze aus seiner Tasche, entzündete sie an seiner und reichte sie Marthe. Sie setzte sich neben mich.
»Ich habe es nicht mehr ausgehalten, nichts zu tun«, sagte sie leise. »Wo sich doch im ganzen Land die Menschen erheben. Da will ich nicht abseits stehen.«

Ich biss mir auf die Lippe. Was sie da gesagt hatte, führte mir meine eigene Feigheit überdeutlich vor Augen.

Nach etwa zwei Stunden wurden wir abgelöst. Von anderen, die aus der Kirche kamen und uns die Kerzen abnahmen, damit wir uns drinnen aufwärmen konnten. Marco zog Marthe mit sich und zeigte ihr mit sichtlichem Stolz den Kirchenraum voller Menschen, als wäre das alles sein persönliches Verdienst. Er deutete auf das große Transparent und führte sie dann in die Nachrichtenzentrale, wie inzwischen jeder den Nebenraum nannte, wo er sie Jens und Ulrich vorstellte.
Marthe war hellauf begeistert. Sie stellte unzählige Fragen, so wie sie auch mir Löcher in den Bauch gefragt hatte. Und ihre Fragen zeugten von so viel Sachkenntnis, dass man hätte meinen können, sie gehöre seit Jahr und Tag zur Friedensbewegung. Marco, Jens und Ulrich waren beeindruckt und gaben ausführlich Antwort.
Ich verspürte einen Stich von Eifersucht. Alles drehte sich jetzt um Marthe, von mir nahm keiner mehr Notiz, keiner würde es merken, wenn ich einfach gehen würde.
Sie stand nun vor den Listen mit den Namen der Inhaftierten. Ihr Blick verdüsterte sich, aber sie sagte nichts. Sie las Name für Name, Blatt für Blatt. Ulrich und Marco tauschten einen Blick und sahen dann mich an.
»Gute Arbeit!« Marthe zwang sich zu einem Lächeln. »Aber so kann das nicht weitergehen!« Das Lächeln blieb, ihre Stimme jedoch klang stahlhart.
Nachdem die Führung durch die Kirche beendet war, suchten wir uns einen Platz, und ich rollte meinen Schlafsack aus. Marco brachte ein paar Kissen. Dann wurden Bierflaschen durchgereicht, und ein Teller mit aufgeschnittenem Rührkuchen machte

die Runde. Marco sagte, er habe noch mit Ulrich und Jens zu reden, sodass Marthe und ich allein zurückblieben. Wir wussten beide nicht recht, was wir sagen sollten. Ein wenig entfernt hatte ein Junge auf seiner Gitarre zu spielen begonnen. Keine ganzen Stücke, nur die ersten Takte von bekannten Liedern. Kaum hatte man eine Melodie erkannt, stimmte er schon die nächste an. Er beugte sich beim Spielen über sein Instrument, schien ganz für sich zu klimpern, doch immer mehr Leute hörten zu.
Wieder überlegte ich, ob damit wirklich etwas zu erreichen war: in einer Kirche sitzen, Kerzen anzünden und Transparente aufhängen. Gern hätte ich mit Marthe darüber gesprochen, ihr meine Zweifel anvertraut und gehört, wie sie darüber dachte, was sie sich erhoffte. Aber ich empfand wieder das Trennende zwischen uns. Wir waren zwar Cousinen, kannten einander aber kaum. Und was in der Vergangenheit passiert war, hatte Marthe veranlasst, sich einen Panzer zuzulegen. Einen Panzer, der zu schwer für sie war, hatte ich schon öfter gedacht, eines Tages würde er sie erdrücken. Doch immer, wenn die Rede auf früher kam, verschloss sie sich, wurde schweigsam und bekam diesen harten Blick.
Darum schwieg ich. Denn eine harmlose Plauderei schien mir auch nicht das Richtige, schließlich waren wir hier nicht im Mädchenzeltlager, wo man über Jungs und Filmstars und Nagellackfarben tuschelte.

Gegen elf wurde ein Teil der Lampen gelöscht. Etliche Leute legten sich schlafen, andere blieben grüppchenweise sitzen und redeten leise miteinander. Marco war noch immer mit Jens und Ulrich in der Nachrichtenzentrale. »Ich leg mich auch mal hin«, sagte ich zu Marthe, zog Pulli und Jeans aus und schlüpfte in meinen Schlafsack.
Schlafen würde ich aber so schnell nicht können. Die Gescheh-

nisse des Abends hatten mich aufgewühlt und zugleich verunsichert. Auf dem kalten Boden liegend, umgeben von Hunderten brennenden Kerzen und Leuten, die dem Staat Paroli bieten wollten, während draußen Stasi und Volkspolizei die Kirche im Auge behielten, fragte ich mich, worauf ich mich da bloß eingelassen hatte. Verbaute ich mir meine Zukunft? Falls die Partei wieder alles unter Kontrolle bekam, stünde ich auf einer Schwarzen Liste und es wäre aus mit Urlaub an der Ostsee und noch vielen anderen Dingen. Dann aber dachte ich an den Vortrag Professor Kohlers und an seine logischen, überzeugenden Argumente und kam unweigerlich zu dem Schluss, dass wir im Recht waren, dass sich etwas ändern *musste. Wer nichts tut, bewirkt auch keine Veränderung* – das waren Marcos Worte gewesen. Er hatte recht. Und weil auch *ich* etwas dazutun wollte, lag ich hier in meinem Schlafsack.

Irgendwann musste ich doch eingeschlafen sein, denn als ich wieder wach wurde, war es in der Kirche sehr still und fast ganz dunkel. Nur die Kerzen auf dem Altar und in den Leuchtern brannten noch. Bis auf ein paar Leute, die Wache hielten, schliefen alle. Auch Marco, unmittelbar neben mir. Ich hatte überhaupt nicht gemerkt, dass er gekommen war.

Plötzlich sah ich Marthe. Sie saß in einer Kirchenbank, am selben Platz wie vor Stunden, als ich mich hingelegt hatte. Aufrecht und hellwach, wie mir schien, sie hatte die Augen offen. Ihren Gesichtsausdruck konnte ich im Dunkeln nicht sehen. Eine Zeit lang schaute ich zu ihr hin und empfand mit einem Mal ein Gefühl von Geborgenheit in dem spärlich beleuchteten Kirchenraum inmitten der vielen Schlafenden und der wenigen Wachenden, die dafür sorgten, dass nichts passierte. Selbst die Schatten der flackernden Kerzen an der Wand wirkten beruhigend, und so schlummerte ich bald wieder ein.

Als ich das nächste Mal wach wurde, roch es nach Kaffee, und ich nahm Gemurmel und Geraschel um mich herum wahr. Es dauerte einen Moment, bis mir klar wurde, wo ich mich befand. Und dass heute ein Wochentag war, ein Arbeitstag also. Mit einem Ruck fuhr ich hoch.

»Guten Morgen!« Marco kam gerade mit einem Becher Kaffee, den er mir reichte.

»Wie spät ist es?«, fragte ich panisch.

»Sieben ungefähr.«

Die Kirche war wieder hell erleuchtet, hinter den Fenstern aber war es noch dunkel.

Ich schaute mich um. Viele schliefen noch, die anderen tranken in aller Ruhe Kaffee und aßen Stullen. Keiner schien aufbrechen zu wollen.

Marthes Platz war leer, stellte ich fest.

»Wo ist Marthe?«, fragte ich Marco.

»Wird wohl zur Toilette gegangen sein. Gerade eben war sie noch da.«

»Ich muss zur Arbeit!« In Windeseile kroch ich aus dem Schlafsack und zog mir Jeans und Pulli über. »Du doch auch, oder?«

»Ich melde mich krank.«

Ich hatte schon begonnen, den Schlafsack aufzurollen, und hielt für einen Moment inne. Würde Marco es feige finden, wenn ich fortging? Erwartete er, dass ich blieb, so wie die anderen?

Er schien meine Gedanken erraten zu haben. »Geh du ruhig. Jeder tut, was er für richtig hält.«

»Wenn ich mich beeile, kann ich vorher noch rasch bei Oma vorbei.«

»Du kommst doch nach der Arbeit wieder, oder?«

Es hörte sich an, als wäre ihm das wirklich wichtig. Nicht nur, damit die Gruppe möglichst groß war.

Ich zögerte mit der Antwort. Was, wenn Oma … ich hatte sie die letzten Tage vernachlässigt, war mit meinen Gedanken die ganze Zeit bei der Friedensbewegung gewesen statt bei ihr.
»Ich weiß es noch nicht«, sagte ich.
»Schau einfach mal. Ich würd mich freuen.« Marco lächelte mich an, ohne eine Spur von Vorwurf im Blick.

DREIUNDZWANZIG

Sogar im Heim hatte man Fähnchen aufgehängt. Als ich kam, waren alle Bewohner im Fernsehzimmer versammelt. Über den Bildschirm flimmerte der große Aufmarsch, der ein paar Kilometer weiter stattfand. Eine Pflegerin bedeutete mir, ganz hinten Platz zu nehmen. Als dürften die alten Leute jetzt auf keinen Fall gestört werden.
Ich sah in Reih und Glied marschierende Soldaten, Panzer, wieder Soldaten, Militärlastwagen und erneut Soldaten. Zwischendurch immer wieder Großaufnahmen von Gorbatschow und Honecker. Hinter ihnen prangte ein riesiges Plakat mit der Aufschrift »40 Jahre DDR«.
Ob es auch nur einen der Heimbewohner scherte, was draußen vor sich ging?
Wo genau saß Opa? Suchend ließ ich den Blick über die Hinterköpfe gleiten und entdeckte ihn in der dritten Reihe am Fenster. Ich ging hin, rückte einen Stuhl neben ihn und setzte mich.
»Tag, Opa«, flüsterte ich ihm zu.
Er murmelte etwas, ohne den Blick vom Fernseher zu wenden. Wahrscheinlich hatte er einen seiner schlechten Tage und erkann-

te mich gar nicht. Aber auch an den besseren Tagen war es nicht einfach, sich mit ihm zu unterhalten. Nach Oma hatte er noch kein einziges Mal gefragt. Meist lief es so, dass ich Fragen stellte und er kurze Antworten gab. Heute jedoch, so schätzte ich, würden nicht einmal kurze Antworten drin sein.

»Geht's dir gut?«

Er nickte langsam.

»Du guckst gerade Fernsehen, was?«

Wieder ein Nicken, das heißt, eher ein unbestimmtes Kopfwiegen. Regnet es draußen Schnecken? Auch dazu würde er nicken.

Also schwieg ich, blieb aber neben ihm sitzen. Immer noch lief die Übertragung. Im Grunde hatten sie nichts vorzuweisen, dennoch wurden in endloser Wiederholung Bilder von Soldaten, fähnchenschwenkenden FDJlern, wieder Soldaten, steif dastehenden Politikern und nochmals Soldaten gezeigt. Ich dachte an die Demonstrationen und die Mahnwache in der Kirche und konnte kaum fassen, dass die Parteibonzen in die Kamera lächelten, als gäbe es das alles nicht.

»Ganz schön viele Soldaten sind das, nicht?«, versuchte ich es wieder.

Opa reagierte nicht.

Nach einer Weile stand ich seufzend auf. Die Besuche bei Opa brachten rein gar nichts, sie dienten lediglich zur Beruhigung meines Gewissens.

Auf dem Weg zur Kirche mied ich die Straßen, in denen die Parade stattfand. Marco würde ich mit Sicherheit dort antreffen, vielleicht auch Marthe.

Entgegen meinem Eindruck nach der ersten Übernachtung gingen viele tagsüber zur Arbeit, fanden sich aber abends wieder ein und am Wochenende sowieso.

Ich grüßte im Vorübergehen ein paar Bekannte und steuerte dann die Nachrichtenzentrale an. Der kleine Raum wurde immer voller. Auf dem Tisch in der Mitte türmten sich Papiere, und am Vervielfältigungsapparat in der Ecke stand ein Mädchen und zog Flugblätter ab. Die Listen an der Wand waren auch wieder länger geworden.

»Ja. Die machen sich gleich auf den Weg zum Palast der Republik«, sagte Jens gerade ins Telefon und zu mir gewandt: »Sybille, Marco sucht dich. Gorbatschow auch, aber der bricht nach dem Bankett wieder auf. Er hat Informationen für dich. Nein, ich hab nicht dich gemeint. Also: Gorbatschow wird …«

Noch ehe ich mich auf die Suche nach Marco machen konnte, stand er in der Tür.

»Sybille!« Er machte mir ein Zeichen, ihm zu folgen.

In einer halbwegs ruhigen Ecke eröffnete er mir, er habe eine schlechte und eine gute Nachricht.

»Einen Julian Niemöller gibt es in Westberlin nicht«, sagte er. »Aber sie haben Florian ausfindig gemacht. Er wohnt am Stadtrand, in Lichterfelde.«

Marco gab mir einen Zettel, auf dem die Adresse stand. Kein Name dazu.

»Die Info stammt aus verlässlicher Quelle«, versicherte er mir.

Völlig perplex starrte ich den Zettel an. Florian in Westberlin? Hatte Marthe mich die ganze Zeit belogen?

»Wie kann das sein?«, brachte ich schließlich hervor.

»Keine Ahnung. Das hier ist jedenfalls die Adresse. Und er arbeitet an der Universität.«

»Von wem genau ist die …?«

»Das kann ich dir nicht sagen.«

»Vielleicht ist es ja ein anderer Florian Lentz?«

»Möglich … aber mehr weiß ich auch nicht.«

»Marco!« Jens winkte von der Tür der Nachrichtenzentrale aus, Marco solle kommen.
Viktoriaweg 12, Berlin-Lichterfelde.
Wie, um alles in der Welt, war Florian nach Westberlin gekommen? Marthe hatte doch gesagt, er sei mit ihr zusammen von der Stasi verhaftet worden und seit ihrer Entlassung aus der Haft habe sie nichts mehr von ihm gehört. War er etwa auch freigelassen worden und dann in den Westen geflüchtet, ohne einem vertrauten Menschen Bescheid zu sagen? Das konnte ich mir beim besten Willen nicht vorstellen. Wo Marthe doch seit über zehn Jahren nach ihm suchte – wäre er geflohen, hätte sie es bestimmt irgendwie in Erfahrung gebracht. Oder aber er war nicht freiwillig in den Westen gegangen … »Dir ist aber schon klar, dass er inzwischen für die Stasi tätig sein kann, oder?«, hatte Ulrich gesagt. Schickte die Stasi ihre Spione auch in den Westen? Das konnte doch nicht … durfte nicht … Marthe …
Dann aber kam mir eine Idee: Florian war im Westen, also konnte auch er Oma helfen. Und ich hatte seine Anschrift. Ich könnte ihm schreiben, aber falls er doch für die Stasi arbeitete … ich musste auf jeden Fall vorsichtig sein, meine Worte sorgsam wählen. Und wenn es nicht mein Cousin, sondern ein anderer Florian Lentz war, dann würde ich es auf diese Weise wohl erfahren.
Viktoriaweg 12, Berlin-Lichterfelde.
»Sybille!« Marthes Stimme riss mich aus meinen Grübeleien. Rasch steckte ich den Zettel in meine Hosentasche.
»Am Alexanderplatz ist eine Demo! Wissen Ulrich und Jens das schon?« Ohne auf Antwort zu warten, lief sie weiter zur Nachrichtenzentrale.
Ich schob den Zettel tiefer in meine Tasche. Marthe sollte nichts davon erfahren. Noch nicht jedenfalls. Erst wenn ich Antwort

bekam, würde ich es ihr sagen. Nicht dass sie sich falsche Hoffnungen machte.

In der Nachrichtenzentrale wussten sie schon von der Demo. Jens hing am Telefon. In Stichworten teilte er Ulrich zwischendurch mit, was durchgesagt wurde, und der machte Notizen. Marco hatte auf dem Boden einen Stadtplan ausgebreitet, auf dem er Markierungen vornahm, und er fragte alle Leute, die nach Marthe hereinkamen, was genau sie gesehen hatten. Es ging darum herauszufinden, ob es sich um eine große Demo handelte, wer sie organisiert hatte, wie Polizei und Stasi darauf reagierten und vor allem wie verlässlich die Informationen dazu waren. Vierhundert Teilnehmer, hieß es erst, eine Stunde später war die Rede von tausend, dann von zweitausend. Die Schätzungen waren unterschiedlich, fest stand aber, dass immer mehr Menschen sich anschlossen. Und im gleichen Maß stieg die Aufregung. Ich stand an der Tür, ohne zu wissen, wie ich mich nützlich machen konnte.
»Wir müssen hin!«, sagte Marco auf einmal und blickte sich auffordernd im Raum um. »Es ist Zeit, dass wir unser Inseldasein aufgeben. Wir werden jetzt dort gebraucht. Müssen die Faust erheben, wo sie gesehen wird!«
»Ich geh mit!« Erst erschrak ich über die Entschlossenheit in meiner Stimme. Und Marthe war wohl auch überrascht, denn sie musterte mich mit hochgezogenen Brauen. Aber ich wusste, dass es wichtig war – im sicheren Schutz der Kirche zu bleiben, war jetzt nicht mehr sinnvoll.

VIERUNDZWANZIG

Wir zogen los: Marco, Marthe und ich. Zu Fuß. Den letzten Meldungen zufolge standen die Demonstranten inzwischen vor dem Palast der Republik, in dem Honecker und seine Gäste speisten. Ich musste fast rennen, um mit den beiden Schritt halten zu können. Längs der Straße gingen die Laternen an, und hinter den erleuchteten Fenstern der Wohnungen sah man Leute bei Tisch oder vor dem Fernseher sitzen.

Schon von Weitem hörten wir den Lärm der aufgebrachten Menschenmenge. Und kaum sahen wir sie, waren wir auch schon mittendrin. Beim Palast der Republik waren Sperren errichtet worden, aber in den Straßen und der angrenzenden Grünanlage standen Hunderte, wenn nicht gar Tausende. Ohne Transparente, weil sie sich spontan zusammengeschlossen hatten. Laute Buh-Rufe und Pfiffe erklangen. Marco drängte sich nach vorn, und ich folgte ihm, denn plötzlich hatte ich das Bedürfnis, alles zu sehen, was sich tat, und Teil des Geschehens zu sein.

Auf der Terrasse des Gebäudes standen Männer in Zivil und beobachteten die Menge, und im abgesperrten Bereich gingen Polizisten und Stasi-Leute umher. Sie wirkten verunsichert. Vermutlich hätten sie gern durchgegriffen, kurzen Prozess mit den Demonstranten gemacht, aber das trauten sie sich nicht.

»Gorbi, hilf uns!« Ein mehrstimmiger Ruf hinter uns. Er wurde von anderen übernommen und ertönte immer lauter. Die Männer auf der Terrasse schauten über die Schulter. Aber Gorbatschow – falls er die Rufe überhaupt hörte – ließ sich nicht blicken.

Ein Filmteam kämpfte sich nach vorn, und plötzlich war die Kamera auf uns gerichtet. Spontan hob ich die Hand und machte das V-Zeichen. Der Kameramann schwenkte von der Menge auf die nervösen Bewacher und versuchte, näher heranzukommen, wurde aber von mehreren Stasi-Leuten abgedrängt. Dass deren Aufmerksamkeit abgelenkt war, machte sich ein junger Demonstrant zunutze und drang auf das abgesperrte Gelände vor. Aber sie fingen ihn rasch ab, hatten ihn gepackt, noch ehe er drei Meter weit gekommen war, und drehten ihm die Arme auf den Rücken. Wieder laute Buh-Rufe. Marco neben mir pfiff schrill auf den Fingern.

»Sta-si raus! Sta-si raus! Sta-si raus!«, schrie ich zusammen mit ein paar Umstehenden, während der Junge von den Männern grob mitgezerrt wurde. Immer mehr Leute stimmten ein, wie aus einer Kehle klang es, laut und wütend. Wieder hob ich die Hand zum Siegeszeichen: »Sta-si raus! Sta-si raus!« Ich dachte an den Mann mit seinem kalten Blick und den tückischen Fragen. Ich dachte an Gudrun. Und schrie, so laut ich nur konnte: »Sta-si raus! Sta-si raus!«

Zwischen unsere Rufe schallte plötzlich eine Megafonstimme. Verzerrt, aber warnend war zu hören, man würde es nicht dulden, dass wir die Feier störten.

Vorn wurde jetzt geschubst; man schob uns zurück, immer weiter weg vom Palast der Republik, wie einen Riesenkörper, der sich ob seiner Masse kaum wehren kann.

»Sie wollen uns aus dem Zentrum herausdrängen!«, rief Marco mir zu.

Uns blieb nichts anderes übrig, als uns mit dem Strom treiben zu lassen, wobei wir weiterhin »Freiheit! Freiheit! Gorbi! Gorbi!« skandierten. Marthe neben mir blieb stumm, sie wirkte wie erstarrt, schien kaum zu begreifen, was da vor sich ging.

An den Fenstern der Häuser, die wir passierten, standen jetzt Leute, die nun, da das Geschehen sich unmittelbar vor ihrer Nase abspielte, ihre Plätze am Tisch oder vor dem Fernseher verlassen

hatten. Viele rissen die Fenster auf und schrien ebenfalls nach Freiheit und nach Gorbi.
Ich sah einen Mann mit großer Kamera am Straßenrand und einen zweiten mit einem langen Mikrofon.
»Wir sind das Volk!«, schrie ich dem Mann mit dem Mikro zu. Und schon stimmten die anderen um mich herum ein. »Wir sind das Volk! Wir sind das Volk!«, klang es von allen Seiten. Ich fasste nach Marcos und Marthes Händen und riss sie in die Höhe. Wie Sieger eines Sportwettkampfs. »Wir sind das Volk!« Und endlich löste sich Marthes Erstarrung. Sie lächelte mir zu, und dann kam es, wenn auch tonlos, von ihren Lippen: »Wir sind das Volk!«

Auf einmal waren sie da. Polizisten und Soldaten. Sie kamen auf die Menge der Demonstranten vor uns zu, die Arme untergehakt. Hinter ihnen tauchten Militärfahrzeuge auf. Dem Aussehen nach Schneeräumer. Aber es waren Menschenräumer. Ein schriller Schrei. Ich fuhr herum und sah, dass mehrere Polizisten eine Frau gepackt hatten und sie mitzerrten, über den Boden schleiften, auf sie einschlugen. Protestgeschrei ringsum. Ein einzelner Mann löste sich aus der Menge, um der Frau zu helfen, wurde aber mit Gummiknüppeln daran gehindert.
»Los, fort!« Marco packte mich am Arm, und wir rannten in eine Seitenstraße, Marthe dicht hinter uns. »Sie wollen uns auseinandertreiben!« Marco war kurz stehen geblieben. »Wir müssen zusehen, dass wir beieinanderbleiben und irgendwie wieder Anschluss an die große Gruppe finden.«
Plötzlich ein Knall. Ohrenbetäubend laut. Instinktiv duckte ich mich. War das ein Schuss gewesen?
Ein roter Lichtfächer am Himmel. Dann ein grüner. Feuerwerksraketen. Herzlichen Glückwunsch, DDR!

Wir liefen weiter, ohne dem Schauspiel einen Blick zu gönnen, bogen erneut ab und hörten den Slogan »Freiheit! Freiheit!« wieder lauter.

»Dort!«, rief ich und deutete auf eine Gruppe Demonstranten. Aber kaum hatten wir sie erreicht, mussten wir feststellen, dass auch sie von der Masse abgetrennt waren. Gab es überhaupt noch eine Masse? Oder war es den Einsatzkräften gelungen, die Demo zu sprengen? Ich drängte mich in die Mitte, weg vom Zugriff der Polizisten und Soldaten. Aber das würde wenig nützen, ich sah, dass ein Stück weiter Räumfahrzeuge bereitstanden, und auch hier bildeten die Soldaten Ketten, um uns den Weg abzuschneiden. Aus den Slogans wurden Schimpfwörter und Flüche. Plötzlich eine Stimme hinter mir, lauter als alle anderen: »Keine Gewalt!«

»Keine Gewalt!«, rief Marthe wieder, die Hand zum V-Zeichen erhoben. Es war das erste Mal, dass sie den Mund auftat. Ihr Ruf wurde zu einem neuen Slogan: »Keine Gewalt! Keine Gewalt!«, schallte es um uns herum.

Ein Aufschrei. Wieder wurde jemand weggeschleift. Diesmal ein Mann. Er versuchte sich zu wehren, brauchte die Arme aber, um seinen Kopf zu schützen, weil sie mit Schlagstöcken auf ihn eindroschen. Ein paar andere, die ihm zu Hilfe eilten, wurden weggestoßen. »Keine Gewalt!«, schrie ich aus voller Kehle, obwohl mir mittlerweile der Hals vom Schreien wehtat.

Der Mann hatte sich losreißen können und war wieder bei uns, wurde in die Mitte genommen, vor einem neuerlichen Zugriff geschützt. »Keine Gewalt! Keine Gewalt!«, tönte es rhythmisch und immer lauter. Unsere Widersacher zögerten – sollten sie härtere Mittel anwenden?

Auf einmal setzte sich jemand auf den Boden. Sein Nebenmann ebenfalls. Und dessen Nebenfrau, und so weiter. Es dauerte nicht

lange, und alle – auch wir – saßen auf dem Boden, ohne dass unser Sprechchor an Kraft verlor.
In einiger Entfernung standen mehrere Männer in Offiziersuniform und beratschlagten. Dann erklang eine Megafonstimme von einem Militärlastwagen: »… krächz … fordern Sie auf … krächz … sofort abzuziehen und …« Der Rest ging in unseren »Keine Gewalt«-Rufen unter.
Abziehen? Wir ließen uns doch nicht einfach verjagen!
»Wir sind das Volk! Wir sind das Volk!« Ich schrie mich heiser. Sie mussten uns zuhören! Denn wir waren das Volk! Wir!
Marthe drückte meine Hand. Ich sah sie lächelnd an. Gemeinsam waren wir stark.
Schon eine geraume Weile saßen wir da und riefen ununterbrochen unsere Slogans. Immer dringlicher klang die Blechstimme. Aber weder schwiegen wir, noch rührten wir uns von der Stelle.
Plötzlich ein Stoß, und ich kippte zur Seite. Irgendein Hitzkopf stürmte auf die Reihe der Soldaten zu.
»Keine Gewalt!«, rief ich ihm nach. Weil er nicht hörte, sprang ich auf und lief hinterher. Die Bilder vom Platz des Himmlischen Friedens zuckten durch meinen Kopf.
»Sybille, zurück!« Ich hörte Marthes Ruf, dachte aber nicht daran umzukehren. Noch ehe der Mann die Soldaten erreicht hatte, bekam ich ihn am Ärmel zu fassen.
»Keine Gewalt!«, stieß ich hervor. »Gib ihnen keinen Anlass! Wenn sie Waffen einsetzen, ziehen wir den Kürzeren. Dann ist es mit dem Protest vorbei!«
Er zögerte.
»Wir sind ihnen überlegen. Setz das nicht aufs Spiel!«
Inzwischen war ein zweiter Mann aufgestanden. Aus dem Augenwinkel sah ich, dass die Polizisten, die uns am nächsten standen, ihre Schlagstöcke zückten.

»Lass das, Kumpel«, sagte der Mann energisch, packte den anderen an der Jacke, zog ihn mit und zwang ihn, sich wieder hinzusetzen. »Keine Gewalt, kapiert!«

Mit einem Mal stand ich da, ganz allein, zwischen den Demonstranten und den Polizisten und Soldaten. Kerzengerade. Aller Augen waren auf mich gerichtet. Langsam hob ich die Hand und spreizte die Finger zum V-Zeichen.

»Wir sind das Volk!«, rief ich laut, und die vielen anderen hinter mir stimmten ein. Ohne den Blick zu senken, ging ich langsam rückwärts.

»Hierher, Sybille!«

Ein paar Schritte noch, dann war ich wieder bei Marthe und Marco.

»Bist du verrückt geworden?«, zischte Marthe mir zu, als ich mich neben sie gesetzt hatte. Aber es klang nicht wütend, sondern eher stolz. Ich atmete tief durch und hatte einen Moment lang das Gefühl, ich wäre tatsächlich verrückt geworden. Jemand vor uns hielt ein brennendes Feuerzeug hoch. Sofort taten andere es ihm nach.

Wir stellten die Geduld der Sicherheitskräfte auf eine harte Probe. Sie konnten nicht dulden, dass wir einfach sitzen blieben. Immer wieder forderte die blecherne Megafonstimme uns zum Abzug auf.

Vergeblich.

Die Motoren der Räumfahrzeuge wurden angelassen. Langsam, nervenzerreißend langsam bewegten sie sich auf uns zu. Rechts und links davon bildeten die Soldaten und die Polizisten geschlossene Reihen, sodass wir nicht entkommen konnten. Ich hielt die Luft an, obwohl ich mir sicher war, dass sie uns nicht überrollen würden. Am Steuer dieser Fahrzeuge saßen schließlich

auch Menschen. Berliner wie wir. Sie würden es nicht fertigbringen, harmlose Mitbürger zu überfahren.
»Keine Gewalt!«, schallte es nun wieder mit voller Lautstärke. Gleich würden die Räumer den Rand unserer Gruppe erreichen. In Peking hatten sie nicht gezögert …
Keiner von uns stand auf.
Immer näher kamen die brummenden Ungetüme.
Dann verloren angesichts der rollenden Bedrohung die Ersten die Nerven. Sie sprangen auf und wollten davonrennen, sich in Sicherheit bringen. Auf diesen Moment hatten die Einsatzkräfte nur gewartet. Sie lösten ihre Sperrketten, gingen mit erhobenen Schlagstöcken und Gummiknüppeln zum Angriff über. Jetzt rief niemand mehr »Keine Gewalt!«, stattdessen erklangen Schreie und Flüche. Chaos ringsum!
Auch ich war aufgesprungen. Fliehen war nicht drin. Was nun? Man hatte uns eingekesselt und legte es offenbar darauf an, kleine Grüppchen oder Einzelpersonen zu isolieren.
Panisch sah ich mich um. Wo, verdammt noch mal, war Marco?
»Siehst du Marco irgendwo?«, fragte ich Marthe, die neben mir stand. Ich registrierte noch, dass sie den Kopf schüttelte, dann wurde ich von hinten geschubst. Ich stolperte und fiel. Sah nur noch Beine, hastende Beine. Vergeblich versuchte ich, mich in dem Gedränge wieder aufzurichten. Plötzlich eine Hand an meiner Schulter. Eine grobe Männerhand. Sie riss mich hoch und zerrte meinen Arm nach hinten.
Mein Widersacher – ich konnte ihn nicht sehen – stieß mich vor sich her. Weg von den anderen. Ich schrie, so laut ich konnte. Trat nach hinten aus. Mein Fuß verfing sich, wo auch immer, und wieder stürzte ich. Kam hart am Boden auf. Sekundenlang war ich wie betäubt, dann schmeckte ich Blut und spürte einen stechenden Schmerz in der Schulter.

Wieder Beine um mich. Beine in Uniformhosen jetzt. Ich wurde hochgezerrt. Trat und schrie aus Leibeskräften. Versuchte mich loszureißen. Ein Schlag auf meinen Arm, der nächste an die Hüfte. Ich brüllte wie ein Tier. Eine Sekunde lang sah ich Marthe, die einem der Männer den Stock entreißen wollte.
Ich bekam einen Arm frei und wollte um mich schlagen, aber schon hatte er mich wieder im Griff und drehte mir die Arme auf den Rücken. Vor Schmerz schossen mir die Tränen in die Augen. Sekundenlang sah ich nicht mehr, was passierte, spürte es nur noch. Grobe Stöße, die mich vorwärtstrieben, Hände am Körper, ich wurde in die Höhe geschoben.
Und landete auf allen vieren. Auf der Ladefläche eines Militär-LKWs, stellte ich fest. Jemand half mir auf eine Holzbank. Aus meiner Nase lief Blut. Ich versuchte, sie zuzuhalten, aber das Blut rann zwischen meinen Fingern hindurch.
Wo war Marthe? Und wo Marco?
Der Lastwagen fuhr an.

FÜNFUNDZWANZIG

Neben etlichen anderen kauerte ich auf einer harten Holzbank. Schweigend. Keiner von uns begriff so recht, was geschehen war, und schon gar nicht ahnten wir, wohin man uns brachte.
Meine Schulter schmerzte höllisch, und inzwischen hatte ich auch rasende Kopfschmerzen.
An der Ladeklappe standen zwei Soldaten und hielten sich am Dach fest. Ihre Aufgabe war es wohl zu verhindern, dass jemand von uns floh. Auch sie sagten kein Wort.

Als der Wagen nach einer Weile anhielt, sprangen sie hinaus.
»Raus mit euch, los!« Mit ungeduldigen Gesten trieben sie uns zur Eile an.
Mühsam erhob ich mich und kletterte hinab. Draußen wurden wir so lange geschubst, bis wir in einer Reihe standen.
»Vorwärts!«, brüllte einer der Soldaten und deutete mit gestrecktem Arm auf ein großes Gebäude mit vergitterten Fenstern.
Wo waren wir?
Noch ehe ich mich umsehen und mir ein Bild von der Umgebung machen konnte, wurden wir in das Gebäude geführt. Drinnen musste ich kurz die Augen vor dem grellen Neonlicht schließen. Aber schon ging es wieder ins Freie, diesmal in einen Hof. Einen betonierten Innenhof, umschlossen von einem vier- oder fünfstöckigen Komplex und von oben her mit Scheinwerfern beleuchtet.
Ein Soldat packte mich grob am Arm und wies auf den Boden.
»Hinsetzen! Hände auf den Kopf! Kopf zwischen die Knie!«
Ich setzte mich, zog die Beine an, beugte den Kopf zwischen die Knie und legte die Hände darauf.
Durch die Wimpern spähend sah ich, dass auch die anderen, die mit mir gekommen waren, inzwischen saßen. Mit jeweils etwa einem Meter Abstand, zu weit, als dass man miteinander hätte reden können, und zugleich weit genug, dass die Bewacher durch die Reihen gehen konnten. Mit Gummiknüppeln, die sie nicht zur Abschreckung in der Hand hielten: Mehrmals hörte ich einen dumpfen Schlag und ein Aufstöhnen. Ich machte mich so klein wie möglich, um nur ja nicht aufzufallen.
Bald schmerzten Nacken und Rücken von der unbequemen Haltung, ganz zu schweigen von meiner Schulter. Und ein Steinchen stach mich schon die ganze Zeit am Po. Behutsam rutschte ich ein paar Zentimeter zur Seite, als die Soldatenstiefel gerade vor-

bei waren, und schloss die Knie, um den Kopf daraufzustützen. Aber das brachte nichts. Mich auf etwas konzentrieren, vielleicht half das ein wenig. Auf meinen eigenen Schatten auf dem Beton, auf das Knirschen der Stiefel, wenn die Soldaten durch die Reihen gingen.

Wie lange mussten wir hier noch ausharren? Was hatten sie mit uns vor? Konnten sie uns einfach so, von der Straße weg, verhaften? So wie Marthe damals … Sie hatte mir inzwischen in groben Zügen von ihrer Verhaftung und ihrer Zeit im Gefängnis erzählt, mit bitterem Tonfall und seltsam leerem Blick.

Marthe … wo war sie? Hatte man auch sie festgenommen?

Der Boden war hart, und die Kälte der Nacht kroch mir in die verkrampften Glieder. Ich presste die Augen so fest an die Knie, dass ich rote und lila Flecken sah.

Wie lange noch, wie lange …?

Ich wurde hochgezerrt und konnte mich erst nicht auf den Beinen halten, weil meine Füße eingeschlafen waren. Und meine Muskeln völlig steif. Aber der Soldat hatte keine Geduld. »Los, vorwärts!« Ein Hieb in den Rücken. Mit einem Schlagstock oder einem Gewehrkolben? Ich stolperte vor ihm her ins Gebäude. Wieder musste ich vor der Helligkeit die Augen zusammenkneifen.

Ein langer kahler Flur. Viele Türen. Alle geschlossen.

Der Soldat bedeutete mir, ihm zu folgen. Vor einer der Türen blieb er stehen, öffnete sie und schob mich hinein.

Ich sah einen Metalltisch und zwei Stühle.

Mit einem Knall fiel die Tür hinter mir zu. Die nackte Glühbirne an der Decke flackerte kurz.

Ob ich mich wohl setzen durfte? Unschlüssig schaute ich mich um. Der Raum hatte kein Fenster, dafür aber einen breiten Spiegel. Aus Filmen wusste ich, wozu solche Spiegel dienten. Ich sah darin, dass meine Haare strähnig herabhingen und unter der Nase und am Kinn getrocknetes Blut klebte. Und ich hatte eine Schürfwunde unterm Auge. Das Licht ließ mich so gespenstisch bleich erscheinen, dass ich den Blick abwandte, zumal ich wahrscheinlich aus dem Nebenraum beobachtet wurde.

Ich setzte mich auf einen Stuhl und vermied es, in den Spiegel zu schauen. Dabei lauschte ich mit gespitzten Ohren, hörte aber keinen Laut.

Nach einer Weile ging die Tür auf, und eine Frau in Uniform kam herein. Mit einer Akte in der Hand, die sie auf den Tisch legte. Ohne ein Wort setzte sie sich mir gegenüber, zog ein leeres Blatt aus der Akte und einen Kugelschreiber aus ihrer Jackentasche. Beides legte sie ordentlich vor sich hin.

Ihr graublondes Haar war zu einem strengen Knoten gebunden, nicht ein Härchen hing heraus.

Ein verstohlener Blick auf meine Armbanduhr: Halb drei war es inzwischen. Dennoch war der Frau keine Spur von Müdigkeit anzumerken, im Gegenteil: Sie wirkte hellwach und war außerdem sorgfältig und dezent geschminkt, sodass ich mir gleich noch abgerissener vorkam.

»Ihren Personalausweis bitte.«

Ich fasste in meine Jackentasche und reichte ihr das blaue Büchlein. Sie schlug es auf, notierte die Angaben zur Person und trug das Blatt zur Tür, wo es von einem Mann entgegengenommen wurde. Dann kam sie zu mir zurück.

»Schildern Sie bitte ausführlich, was Sie in den letzten vierundzwanzig Stunden gemacht haben.« Es klang so monoton, als würde sie es ablesen.

In den letzten vierundzwanzig Stunden? In meinem Kopf herrschte gähnende Leere, ich konnte mich an fast nichts mehr erinnern.

»Fangen Sie mit Freitagabend an. 6. Oktober. Was haben Sie da gemacht?«

Ich grub in meinem Gedächtnis. War ich am Freitagabend in der Kirche gewesen? Oder bei Oma? Warum wollte die Frau das überhaupt wissen? Es ging doch wohl um den Sonnabend, oder?

»Ich habe meine Großmutter im Krankenhaus besucht.« Das sagte ich aufs Geratewohl und weil es mir unverfänglich erschien.

»Von wann bis wann?«

Keine Ahnung ... meine Erinnerungen waren so vage, dass ich es beim besten Willen nicht hätte sagen können.

»Ich bin gleich nach der Arbeit hin. Und war bis ungefähr neun dort. Dann bin ich nach Hause gegangen.« Nein, ich war noch in der Kirche gewesen, fiel mir wieder ein, aber das erwähnte ich lieber nicht. Ob sie meine Angaben wohl überprüfen und mich solange festhalten würden?

»Mit ungefähr kommen wir nicht weiter. Wann *genau* haben Sie das Krankenhaus verlassen?«, hakte sie nach.

»Das weiß ich nicht mehr.«

Sie presste die Lippen zusammen und machte eine Notiz.

Und dann ging es weiter. Frage folgte auf Frage. Über jede einzelne Minute, so schien es mir, sollte ich Rechenschaft ablegen. Was ich nicht konnte. Und selbst wenn ich es gekonnt hätte, was war der Sinn des Ganzen?

»Haben Sie mit jemandem gesprochen, als Sie nach dem Besuch im Krankenhaus nach Hause kamen?«

War mir im Treppenhaus jemand begegnet, den ich gegrüßt hatte? Ich wusste es nicht mehr.

»Waren Sie zu Fuß unterwegs oder haben Sie ein öffentliches Verkehrsmittel benutzt?«

Sie sprang dauernd in der Zeit hin und her, was mich völlig durcheinanderbrachte. Wollte sie mir damit eine Falle stellen, mich beim Lügen ertappen?

Die Tür ging auf. Ein Mann trat ein und flüsterte der Vernehmerin etwas ins Ohr. Ging es um mich? Ihrem Gesichtsausdruck war nichts zu entnehmen.
Nachdem der Mann den Raum wieder verlassen hatte, schob sie das Blatt mit ihren Notizen in die Akte und klemmte den Kuli daran fest.
»Wie ich soeben gehört habe, wurde Ihre Identität bestätigt. Entschuldigen Sie die Unannehmlichkeiten. Sie können gehen. Guten Nachhauseweg.«
Sie stand auf, zwang sich zu einem Lächeln und streckte mir die Hand hin. Zögernd ergriff ich sie.
Sie ging zur Tür und hielt sie für mich auf. »Mein Kollege bringt Sie raus.«
Im Flur stand ein Soldat, der mich ohne weitere Erklärungen zum Ausgang führte.
Dann stand ich im Freien. Völlig verdattert und den Kopf so leer wie vorhin. Ich vergrub die Hände in den Jackentaschen, zog den Kopf zwischen die Schultern und ging los. Ging so lange, bis ich in eine bekannte Gegend kam. Ich krampfte die Faust fest um meinen Schlüssel. Warm duschen und dann ins Bett, schlafen in der Geborgenheit unserer Wohnung – diese Vorstellung trieb mich voran, obwohl ich mich vor Erschöpfung kaum mehr auf den Beinen halten konnte und mir Tränen übers Gesicht liefen, Tränen der Angst und zugleich der Erleichterung.

SECHSUNDZWANZIG

Als ich am Morgen darauf wach wurde, dauerte es eine ganze Weile, bis ich mich wieder an alles erinnerte – an die Demonstration, die knüppelnden Polizisten und Soldaten, die Verhaftung, das ewig lange Sitzen, das Verhör und dann – auf einmal: »Ihre Identität wurde bestätigt.«

Wie mochte es Marthe ergangen sein? Und Marco?

Ich stand auf und ging ins Badezimmer. Die Schürfwunde im Gesicht sah übel aus, und ich hatte blaue Flecken an Schulter, Arm und Hüfte. Vorsichtig betastete ich die Blutergüsse, die mir bestätigten, dass es kein böser Traum gewesen war.

Nach dem Waschen schlüpfte ich in meine Kleider, aß in aller Eile eine Schale Haferflocken und machte mich auf den Weg zur Kirche, wo ich bestimmt erfahren würde, was mit Marthe und Marco passiert war, vielleicht traf ich sie dort sogar an.

Als ich um die letzte Ecke gebogen war, blieb ich erschrocken stehen. Ein riesiges Polizeiaufgebot! Die Kreuzung vor der Kirche war abgesperrt und stand voll mit Polizeibussen und Militärfahrzeugen. Nicht schon wieder! Ich war versucht umzukehren.

Dann aber beobachtete ich das Geschehen ein paar Minuten aus der Ferne. Die Polizisten hielten sich zurück. Sie kontrollierten die Leute und versuchten, sie zu verunsichern, wandten aber keine Gewalt an. Vorsichtig näherte ich mich. Als sie einen Passanten vor mir aufforderten, seinen Ausweis vorzuzeigen, gelang es mir, unbemerkt vorbeizukommen.

Über dem Kirchenportal hing nach wie vor das Tuch mit der Forderung nach Freiheit für die politischen Häftlinge. Vor den Stufen und darauf brannten Kerzen.

Drinnen war es so voll wie noch nie. Heute allerdings herrschte eine ganz andere Atmosphäre als bei der Mahnwache. Keine ru-

hige Gelassenheit, vielmehr ein fieberhaftes Durcheinander. Viele waren in heftige Diskussionen verwickelt, andere liefen kopflos hin und her und fragten Ankommende über die neuesten Geschehnisse aus. An den Wänden, den Säulen und sogar am Altar – überall hingen Zettel mit Namen von Angehörigen, Freunden oder Bekannten, die seit gestern verschwunden waren.
Ich bahnte mir einen Weg zur Nachrichtenzentrale. Dort ging es noch hektischer zu. Das Telefon lief heiß, brauchte nicht zweimal zu läuten, ehe abgenommen wurde. Um den Tisch in der Mitte saßen Leute, die emsig schrieben und zwischendurch die Listen an der Wand ergänzten. Mit verschiedenfarbigen Pinnnadeln wurden auf einem großen Stadtplan Örtlichkeiten markiert. Vor dem Radio hockte ein Mann und verstellte laufend den Sender, auf der Suche nach den neuesten Nachrichten. Er hatte einen Block auf den Knien und schrieb mit.
Ich hielt nach Marco Ausschau, konnte ihn aber nicht finden, zumal ein ständiges Kommen und Gehen herrschte. Dafür entdeckte ich Ulrich und Jens. Weil sie schwer beschäftigt waren, wollte ich sie nicht ansprechen und ging wieder in den Kirchenraum. Wo ich nach kurzer Zeit Marco erspähte: Er saß in einer Bank weit vorn neben einer jungen Frau und notierte, was sie ihm erzählte.
Müde und abgekämpft sah er aus und trug noch dieselben Sachen wie gestern. Wo mochte er die Nacht zugebracht haben? Auch im Gefängnis?
Ich setzte mich auf eine Bank in der Nähe und schloss die Augen. Worauf hatte ich mich da bloß eingelassen? Was würde Oma sagen, dachte ich, wenn sie wüsste, was die letzten Tage alles passiert war? Eigentlich wusste ich es. Sie würde sagen, ich solle meinem Herzen folgen, aber vorsichtig sein. Ich dachte an Professor Kohlers Vortrag, der mich in jeder Hinsicht überzeugt

hatte. Deshalb hatte ich mich ja auf all das eingelassen. Und als wir vor den Räumern auf dem Boden saßen, hatte ich zwar Angst gehabt, vor allem aber ein Gefühl von Macht empfunden, der Macht des Volkes. Aber ob wir etwas erreichten?

»Sybille! Alles in Ordnung?«

Ich schlug die Augen auf. Vor mir stand Marco. Er rutschte neben mich auf die Bank.

»Bist du allein da? Wo ist Marthe? Ich hab euch gestern aus den Augen verloren. Haben sie euch mitgenommen? Und was haben sie mit dir gemacht? Dein Gesicht … Mannomann …!«

Fragen über Fragen. Ich berichtete mit kurzen Worten, was passiert war. »Von Marthe weiß ich nichts«, schloss ich. »Ich hatte gehofft, sie wäre mit dir …«

Er schüttelte den Kopf und fuhr dann wie beschwörend fort: »Du musst das aufschreiben, Sybille! Jedes Detail!«

Aufschreiben? Mir den Abend und die Nacht noch einmal vergegenwärtigen, nein, dazu hatte ich wahrhaftig keine Lust.

»Wir sammeln Gedächtnisprotokolle«, redete Marco auch schon weiter. »Und die machen wir publik. Dafür brauchen wir so viele Informationen wie nur möglich. Nur dann haben wir etwas gegen sie in der Hand. Unschuldige Menschen zusammenschlagen und verhaften, das nehmen wir nicht hin!«

Er legte mir ein Klemmbrett mit Papier auf den Schoß. »Hier – schreib alles auf, an was du dich erinnerst, möglichst genau. Wir wollen sämtliche Gewalttätigkeiten von Polizei und Militär dokumentieren.«

Gut, dann musste ich mich eben überwinden. Ich griff nach dem Brett, an dem ein Kugelschreiber hing. Wie anfangen …?

Aber kaum hatte ich den ersten Satz zu Papier gebracht, ging es wie von allein. Mit einem Mal waren alle Erinnerungen wieder da. Ich schrieb vier Blätter voll, Vorder- und Rückseite. Nicht

nur mit dem, was mir selbst widerfahren wahr, sondern auch mit dem, was ich um mich herum gesehen hatte.
Als ich meinen Bericht in der Nachrichtenzentrale ablieferte, wurde ich gleich beauftragt, Zeugenberichte von anderen aufzunehmen.

Ein Protokoll nach dem anderen trug ich hin. Der Stapel auf dem Tisch wuchs und wuchs. Und ebenso mein Entsetzen. Mit vielen war man weitaus brutaler umgesprungen als mit mir. Ich erfuhr, dass sogar Zuschauer und Passanten, die mit der Demo nichts zu tun hatten, verhaftet worden waren. Eine Frau erzählte, sie habe protestiert, weil ihre beiden kleinen Kinder allein zu Hause waren, sei aber von den Polizisten nur ausgelacht und grob behandelt worden. Ein Mann in meinem Alter sagte, er habe zusammen mit anderen auf einer Polizeiwache zehn Stunden lang mit dem Gesicht zur Wand stehen müssen. Sie durften nicht reden, sich nicht bewegen und auch nicht zur Toilette, und als einer entkräftet zusammenbrach, hätte ein Polizist ihn mit Fußtritten malträtiert. Ich schrieb jedes Wort mit und stellte zwischendurch Fragen, wo genau sie gewesen waren, ob sie irgendwelche Namen nennen konnten und so weiter. Und natürlich fragte ich auch jeden, ob er etwas von Marthe wusste.
Am Nachmittag und Abend kam es erneut zu Demonstrationen. Diesmal ging ich nicht hin, sondern blieb in der Kirche und half in der Nachrichtenzentrale. Fertigte noch mehr Zeugenberichte aus, sah die westdeutschen Zeitungen, die jemand gebracht hatte, nach Informationen durch, die wir noch nicht hatten. Und als man die Demonstrationen draußen wiederum niederschlug, wurde auch die Stimmung in der Kirche kämpferischer.
Mehr und mehr ging ich in dem auf, was ich tat. Jetzt stand ich nicht mehr am Rand, sondern war mittendrin.

»Es tut sich was, Oma.« Vorsichtig nahm ich ihre Hand zwischen die meinen. »Die Leute lassen sich nicht mehr auf der Nase herumtanzen. Sie lassen sich nicht mehr alles vom System vorschreiben. Wenn du das nur sehen könntest, Oma: die Straßen voller Menschen und sie rufen ›Wir sind das Volk!‹.«
Nur das Tropfen der Infusion war zu hören.
»Und stell dir vor: Wir haben Florian gefunden!« Ich beugte mich näher zu ihr. »Er wohnt im Westen. Ich schreibe ihm einen Brief. Er wird dir helfen.« Ich gab Oma einen Kuss auf die Stirn, dann griff ich nach dem Buch auf dem Nachttisch. Mit dem Lesezeichen an der Stelle, bis zu der ich beim letzten Mal gekommen war.
»Der Tag gestern war klar, ruhig und kalt. Wie ich es mir vorgenommen hatte, ritt ich nach Wuthering Heights. Meine Haushälterin bat mich, ein Briefchen an ihre junge Herrin mitzunehmen, und ich schlug ihr diese Gefälligkeit nicht ab, denn die gute Frau war sich keiner Unschicklichkeit bei ihrem Wunsch bewusst. Das äußere Tor stand offen, aber das Gattertor war festgemacht, wie bei meinem letzten Besuch; ich klopfte und rief Earnshaw von den Gemüsebeeten herüber; er löste die Kette, und ich ging hinein.«
Ich hörte auf zu lesen, weil ich mich einfach nicht auf die Geschichte konzentrieren konnte. Welchen Sinn hatte das Vorlesen überhaupt? Hörte Oma mich? Nun lag sie schon so lange hier, und nichts hatte sich gebessert. »Stabil« sei sie, sagten die Ärzte. Und »Wir müssen abwarten«. Dieses Abwarten und ihre Unentschlossenheit machten mich wahnsinnig.
Als die Tür aufging, fuhr ich herum.
Marthe?

Aber es war nicht Marthe. Sondern der Stasi-Mann. Ich krallte meine Hände um das Buch.
Er trat ein und schloss leise die Tür hinter sich. Seelenruhig setzte er sich auf den Stuhl an der anderen Seite von Omas Bett.
»Guten Tag, Sybille.« Er lächelte sparsam.
Wie hatte er mich gefunden, woher wusste er … Ich griff nach Omas Hand, als müsste ich sie vor ihm schützen.
Er lehnte sich zurück und schlug die Beine übereinander.
»Wie geht's?«
Ich brachte kein Wort hervor.
»Wie ich gehört habe, hat man Sie rasch wieder gehen lassen. Das freut mich.«
Dabei sah er ganz und gar nicht aus, als würde er sich freuen.
»Das sind so die Vorteile, wenn man mit uns kooperiert.« Wieder dieses falsche Lächeln. »Aber Sie haben sich eine ganze Weile nicht mehr bei mir sehen lassen.«
Hoffentlich kam gleich eine Krankenschwester herein. Oder ein Arzt.
»Ich schätze mal, in der Zwischenzeit ist einiges zusammengekommen, das Sie mir berichten können.«
Über seine Schulter hinweg fixierte ich die Türklinke. Bitte, bitte, mach, dass jemand kommt!
»Sie konnten sich mittlerweile ausgiebig über die Aktivitäten in der Gethsemanekirche informieren, nicht wahr?«
Was wusste er? Und was sollte das jetzt noch?
»Dort wird nicht über persönliche Dinge gesprochen«, presste ich hervor.
»Und das soll ich glauben? Sogar Ihre Cousine Marthe konnte mehr erzählen.«
Ich schluckte. Was war mit Marthe passiert? Wusste er mehr darüber?

»Wer hat denn in dieser sogenannten Nachrichtenzentrale das Sagen?«

War Marthe verhaftet worden? Hatte man sie unter Druck gesetzt, sie womöglich misshandelt?

»Sie haben es mir zu verdanken, dass Sie frei sind, junges Fräulein.« Jetzt klang seine Stimme hart, keine Spur mehr von der künstlichen Freundlichkeit zu Anfang. »Ideologische Hetze, Anstiftung zum Aufruhr, Gefährdung der Staatsstrukturen – das alles würde durchaus für eine längere Haftstrafe reichen. Aber wir sind ja keine Unmenschen. Wenn Sie mir künftig …«

»Ich rufe einen Arzt!«

Er lachte höhnisch. »Wie Sie wollen. Dann zeige ich meinen Ausweis vor und sage, dass ich Sie leider mitnehmen muss. Also …«, er seufzte, als nervte es ihn, die Frage erneut stellen zu müssen: »Wer hat in dieser Nachrichtenzentrale das Sagen? Und woher bezieht man dort Informationen?«

»Das weiß ich nicht.«

Er schüttelte den Kopf, langsam, fast mitleidig. »Dann werden wir Ihre Cousine noch einmal befragen müssen. Solange wir nichts wissen, lassen wir sie nicht gehen.«

»Ich weiß über die Sache mit Florian Lentz Bescheid.« Keine Ahnung, wie ich darauf kam; es war gesagt, ehe ich mich's versah. Und es zeigte Wirkung. Der Mann sah mich einen Moment lang entgeistert an, fasste sich aber schnell wieder.

»Florian wer? Wovon reden Sie?« Es klang herablassend, aber nicht so höhnisch wie vorher.

»Sie wissen genau, wovon ich rede.« Ich wusste selbst nicht, auf welche Weise Florian in den Westen gelangt war, aber dass die Stasi damit zu tun hatte, war keine Frage. Und wenn dieser Kerl derjenige war, der Marthe damals verhört hatte, dann kannte er auch Florian.

»Westberlin …« Der letzte Trumpf, den ich auszuspielen hatte. Und ich spürte, wie das Pendel zu meinen Gunsten ausschlug.
Er schnaubte verächtlich, äußerte sich aber nicht.
»Ich kann die Westpresse informieren. Ich habe Beziehungen.«
»Das interessiert niemanden, schon gar nicht die Kapitalisten. Wenn herauskommt, wie viel Geld da geflossen ist, verliert die Regierung der BRD das Gesicht.«
Geld? Wovon redete er? War Florian denn kein Spitzel, den sie in den Westen geschleust hatten? *Wofür* war da Geld geflossen? Ich bemühte mich, mir meine Unsicherheit nicht anmerken zu lassen. »Die Zeitungen sind wild auf Skandale«, sagte ich möglichst gelassen.
Er biss die Zähne zusammen, und sein Blick wurde eisig.
Ruhig bleiben!, sagte ich mir. Ganz ruhig, nicht mit der Wimper zucken. Ich war aufs Ganze gegangen. Wenn er jetzt bloß keine weiteren Fragen stellte …
»Sie spielen ein gefährliches Spiel, Fräulein Niemöller.« Er stand auf und war mit drei Schritten an der Tür.
Sie blieb offen, als er gegangen war.
Ich schnappte nach Luft. War das eine Kampfansage gewesen? Oder hatte ich das Spiel gewonnen? Kam Marthe nun frei? Oder würde er sich rächen und sie büßen lassen?

ACHTUNDZWANZIG

Am Montag nach unserem Protest waren in Leipzig siebzigtausend Menschen auf der Straße. Und diesmal hatten weder Polizei noch Militär eingegriffen. Jetzt rief man auch dort unsere Parolen.

In der Kirche wurden die Nachrichten mit Jubel aufgenommen. In meinen Jubel allerdings mischte sich die Angst. Weil mir der Stasi-Mann nicht aus dem Kopf ging. Könnte ich Marthe retten, indem ich mein Schweigen ihm gegenüber brach, indem ich Marco, Jens und Ulrich denunzierte? Durfte ich über eine so unmenschliche Alternative überhaupt nachdenken? Aber über die Aktivitäten in der Kirche wusste Marthe ebenso gut Bescheid wie ich. Und wenn sie nichts darüber gesagt hatte, durfte ich es auch nicht.

Ich fühlte mich nirgends mehr sicher. Nicht zu Hause in der stillen Wohnung. Und auch nicht bei der Arbeit; an der Kasse sitzend, rechnete ich jeden Moment damit, den Mann auftauchen zu sehen. Denn dass ich ihn los war, daran glaubte ich nicht. Wenn ich mir in der Kirche die langen Listen mit den Inhaftierten ansah, auf denen ich Marthes Namen bisher nicht entdeckt hatte, wurde mir jedes Mal mulmig. Dennoch nahm ich weiterhin Gedächtnisprotokolle auf. Der Strom von Leuten, die von schlimmen Erfahrungen erzählten, riss nicht ab. Auch wenn mich das nicht von meiner Angst ablenkte, war die Gethsemanekirche für mich doch der sicherste Ort. Hatte ich die kontrollierenden Polizisten passiert, konnten sie mir nichts mehr anhaben. So wurde die Kirche mein zweites Zuhause. Niemand wunderte sich, dass ich täglich dort war; inzwischen gehörte ich sogar zum harten Kern und wurde oft um Rat gefragt oder um Auskünfte gebeten.

Als ich zwischendurch einmal Zeit hatte, zog ich mich in eine ruhige Ecke zurück, um an Florian zu schreiben. Ich fand keinen Anfang, nagte lange an meinem Stift herum. Dem Stasi-Mann gegenüber hatte ich zwar behauptet, über »die Sache mit Florian« Bescheid zu wissen, in Wirklichkeit aber wusste ich gar nichts. Und seine Reaktion hatte mich vollends verwirrt. Spionierte Florian am Ende doch im Auftrag der Stasi und wurde dafür bezahlt? Und war den Politikern im Westen bekannt, dass es so etwas gab?

Wie auch immer, ich *musste* ihm schreiben.

Ein Konzept ums andere verfasste ich, lange Episteln, die ich wieder verwarf, weil zu vage, zu weitschweifig, zu direkt, zu … Ich riss die Entwürfe in kleine Fetzen, nahm ein neues Blatt und schrieb in großer Schrift darauf:

Florian,
Marthe ist verhaftet worden.
Großmutter liegt im Koma.
Hilf mir.
Sybille

Das sagte alles und zugleich nichts. Ich schaute hinüber zu Jens und Marco, die vor dem Fernseher standen und mit einem langhaarigen Mann in Jeansjacke sprachen, den ich noch nie in der Kirche gesehen hatte. Was sie sich anschauten, konnte ich nicht erkennen, bekam aber mit, dass sie aufgeregt gestikulierten. Ein vierter Mann, mir ebenfalls unbekannt, trat ein.

»Komm her, Gerard, wir haben neues Material!« Marco winkte ihn heran. Neugierig geworden, stand ich auf und gesellte mich zu ihnen. Es lief ein Videofilm von einer Demo, heimlich aufgenommen. Immer wieder groß im Bild Soldaten, die ihre Waffen in Bereitschaft hielten und offensichtlich nicht wussten, was sie tun sollten. Dann ein Schwenk. Eine junge Frau wurde aus der Menge gezerrt und fortgeschleift. Bilder, wie ich sie noch ganz frisch im Kopf hatte.

»Interviews sind auch drauf«, sagte der Langhaarige und spulte vor, bis Jens zu sehen war.

»Ist das nicht zu riskant?«, fragte der hinzugekommene Gerard.

»Bei der Stasi kennt man mich sowieso«, antwortete Jens trocken.
Gerard grinste. »Alles klar. Dann kriegen sie dich endlich mal wieder zu Gesicht. Ich bring das heute Abend noch rüber.«
Marco nahm die Videokassette aus dem Rekorder. »Wir drehen noch mehr. So viel, wie das Westfernsehen will. Indem sie die Aufnahmen zeigen, unterstützen sie unsere friedliche Revolution, mach ihnen das klar.«
»Und die Leute hier sehen sie auch und wissen dann, dass sie nicht auf verlorenem Posten stehen. Das ermuntert bestimmt manchen, bei der nächsten Demo dabei zu sein«, ergänzte Jens.
»Ich weiß. Und beim Sender weiß man das auch«, sagte Gerard. »Wir tun, was wir können. Im Westen hat man viel Sympathie für die Demonstranten.« Er stellte einen Koffer auf den Tisch, zückte sein Taschenmesser und löste den doppelten Boden, um die Kassette zu verstauen. Ehe er den Koffer wieder zumachen konnte, fasste ich ihn am Arm.
»Du gehst in den Westen?«
Sein »Ja« kam zögerlich.
»Könntest du bitte einen Brief für mich abgeben?«
Gerard schaute fragend zu Marco und Jens. Als Marco nickte, fragte er: »Wo?«
»Viktoriaweg 12, Berlin-Lichterfelde.« Die Adresse wusste ich auswendig. Ich kritzelte noch rasch die Nummer unseres Kontakttelefons auf das Papier, dann wanderte der Brief zu dem Video ins Geheimfach des Koffers.

Am nächsten Abend sahen wir Jens im Westfernsehen. Er grinste, als er sich selbst sah. Ich jedoch fragte mich, ob er sich damit nicht doch in Gefahr brachte. *Bei der Stasi kennt man mich sowieso …* Mich auch, dachte ich, und mir wurde wieder beklommen zumute, obwohl seit der Begegnung mit dem Stasi-Mann im Krankenhaus einige Tage vergangen waren, ohne dass er wieder aufgetaucht war: weder bei mir zu Hause noch in der Charité noch auf dem Weg zur Kirche.

Der Oktober ging zu Ende, der November begann. Die Proteste hielten an. Die Politiker wurden zusehends nervöser. Die Welt wartete.

Auf meinen Brief erhielt ich keine Antwort, und auch von Marthe hörte ich nichts. War sie noch immer in Haft? Oder freigekommen und wieder untergetaucht? Das hatte sie schon einmal gemacht, warum also nicht wieder? Zwölf Jahre hatte sie ihre Eltern im Ungewissen gelassen. Da war es wohl vermessen zu erwarten, sie würde sich bei *mir* melden.

Ich fasste mir ein Herz und besprach die Sache mit Marco, der sich ebenfalls Sorgen um sie machte. Aber seine Bemühungen, etwas über sie in Erfahrung zu bringen, fruchteten nicht. Marthe war und blieb verschwunden.

NEUNUNDZWANZIG

Ich rutschte an der Wand zu Boden, den Hörer noch in der Hand, und lauschte dem Besetztzeichen. Dann glitt er mir aus der Hand. *Ich muss hin!* Diesen Satz sagte ich mir so lange vor, bis ich ihn verinnerlicht hatte. Mühsam stand ich auf, schlüpfte in meine Jacke und verließ das Haus.

Es war bereits dunkel. Jeder Schritt fiel mir schwer. Weil ich nicht hinwollte und doch musste. Weil ich es mir sonst niemals

würde verzeihen können. Wäre ich doch bloß nicht ans Telefon gegangen …
Ich setzte mechanisch einen Fuß vor den anderen. Zum Glück kannten meine Füße den Weg. Es kam mir vor, als hätte mein Gehirn sich verflüssigt, schwappte gegen die Schädeldecke und drückte an die Augen. Auch zu Empfindungen war ich unfähig; dass es nieselte, sah ich nur im Licht der Straßenlaternen.
Beim Krankenhaus angekommen, ging ich wie ferngesteuert auf den Lift zu, mein Finger drückte automatisch auf den richtigen Knopf.
Vor der offenen Tür des Schwesternzimmers blieb ich stehen. Die diensthabende Schwester kam sofort auf mich zu. Sie kannte mich. Natürlich.
»Mein Beileid«, sagte sie. »Sie liegt noch in ihrem Zimmer. Möchten Sie zu ihr?«
Ich seufzte tief. Nein, am liebsten würde ich wieder gehen und so tun, als hätte es den Anruf nicht gegeben.
»Ja. Danke.«

Das Zimmer sah aus wie immer. Oma sah aus wie immer. Nur der Herzmonitor war weg, und der Infusionsschlauch an ihrer Hand fehlte. Ihr Gesicht kam mir noch bleicher vor und die Haare noch weißer. Ich setzte mich auf den vertrauten Stuhl. Auf dem Nachttisch lag das Buch, das letzte Kapitel hatte ich noch nicht vorgelesen.
Warum hast du aufgegeben, Oma?, wollte ich fragen. Aber jetzt hörte sie mich ganz gewiss nicht mehr. Ich hatte es nicht geschafft, hatte sie nicht rechtzeitig in den Westen bringen lassen können.
Ich nahm ihre Hand. Sie fühlte sich kalt an.
»Es tut mir leid.« Ich legte den Kopf auf ihren Arm. Und dann kamen endlich die Tränen. Sie zogen heiße Spuren über meine

Wangen und versickerten im Stoff der Bettdecke. »Es tut mir leid.« Meine Schultern bebten und ich schluchzte, laut und ungehemmt. Nun war es zu spät, niemand konnte Oma mehr helfen. Sie hatte den Mut aufgegeben. Sie hatte mich aufgegeben. Ich hätte sie vielleicht retten können, mit Florians Hilfe. Aber ich hatte versagt. Versagt. Versagt! Mit einem Mal fühlte ich mich so einsam wie noch nie im Leben. Und ich weinte. Weinte um Oma. Und um mich selbst. Um Marthe. Um Florian. Um Gudrun. Um alle, die nicht mehr da waren.

Nach einer Weile kam die Krankenschwester herein.
»Kommt Ihre Cousine auch noch?«, fragte sie.
Ich richtete mich auf und wischte mir die Tränen vom Gesicht. »Nein.«
Marthe würde nicht kommen. Marthe würde nicht einmal erfahren, dass Oma tot war.
Ohne es direkt zu sagen, gab die Schwester mir zu verstehen, ich solle jetzt das Zimmer verlassen. »Sie können später in der Leichenhalle von ihr Abschied nehmen.«
Leichenhalle – was für ein grässliches Wort! Es passte nicht zu Oma.
Ich ging in den Flur, vorbei am Schwesternzimmer, und setzte mich auf einen Stuhl im Wartebereich. Wenn ich jetzt ging, würde ich nie mehr herkommen. Dann war es vorbei, endgültig vorbei. Ich lehnte den Kopf an die Wand und schloss die Augen. Kämpfte mit den Tränen. Wie sollte es nun weitergehen?
Als ich hörte, wie eine Tür aufging und gleich darauf ein Bett an mir vorbeigerollt wurde, kniff ich die Augen noch fester zu.
»Hier, das wird Ihnen guttun.«
Ich schlug die Augen auf und sah das Gesicht einer der älteren Schwestern vor mir. Sie hielt mir einen Becher Kaffee hin. Ich

lächelte dankbar. Es war eine lauwarme Plörre, tat aber dennoch gut.
Die Frau setzte sich neben mich und klopfte mir beruhigend aufs Knie. Wir sagten beide nichts. Aber das schwarze Loch, das mich zu verschlingen drohte, erschien nicht mehr ganz so beängstigend. Nach einer Weile stand sie auf und ging.
Im Schwesternzimmer lief das Radio. Auf einmal hörte ich aufgeregte Stimmen, Freudenrufe, die den Nachrichtensprecher übertönten. Was auch immer die Schwestern so begeisterte, mir war es egal. Selbst wenn die Welt untergehen würde, wäre es mir egal. Ich riss den Pappbecher in schmale Streifen. Warum nur war Oma nicht mehr aufgewacht?

Es ging schon auf Mitternacht zu, als die Schwester, die so mitfühlend gewesen war, wiederkam.
»Sie sollten nach Hause gehen«, sagte sie. »Hier können Sie nichts mehr tun. Kommen Sie morgen wieder, dann können Sie Ihre Großmutter noch einmal sehen. Soll ich vielleicht jemanden benachrichtigen, der Sie abholt?«
Marco war bestimmt in der Kirche. Am besten, ich ging hin, vielleicht konnte ich ja dort übernachten.
»Nein danke.«
Schwerfällig erhob ich mich und ging wie eine Schlafwandlerin zum Aufzug.

Die nächtliche Kälte tat mir gut. Sie vertrieb den Krankenhausgeruch aus meinen Kleidern und aus meiner Nase. Ich schob die Hände in die Jackentaschen und schlug den Weg zur Kirche ein. Dass um diese Zeit so viele Menschen auf der Straße waren, wunderte mich. Und noch mehr, dass sie alle fröhliche Gesichter machten und in die gleiche Richtung liefen.

»Was ist da los?«, fragte ich eine Passantin.
»Was los ist? Die Grenze ist offen!«
Die Grenze offen? Zum Westen etwa … meinte sie die Mauer?
»Es ist heute Abend bei einer Pressekonferenz verkündet worden: Ab sofort haben wir Reisefreiheit! Auch in den Westen! Die Grenzübergänge sind offen!« Und weg war sie.
Ich konnte nicht fassen, dass das binnen weniger Stunden passiert sein sollte. Heute Mittag hatte noch nichts darauf hingedeutet.
Ich konnte nicht anders, als mich dem Strom anzuschließen.

Am Pariser Platz gingen die Leute an den Absperrungen vorbei aufs Brandenburger Tor zu. Jahrzehntelang war das Areal nicht zugänglich gewesen, weder für Ost- noch für Westberliner. Und jetzt konnte man über den Platz schlendern. Die Grenzer standen dabei, wirkten leicht verunsichert, hielten aber keinen zurück. Sie schauten einfach zu, redeten mit diesem und jenem, manche lachten sogar.
Auf einmal sah ich, dass auf der Mauer Leute standen und von Westen her weitere daraufkletterten. *Auf* die Mauer! Um mich herum erklangen Jubelrufe, jemand drückte mir eine Sektflasche in die Hand. Ich setzte sie an den Mund und trank.
Die Grenzübergänge seien offen, hatte die Frau gesagt. Ich drehte mich um und rannte los. Zum nächstgelegenen Übergang. Um zu sehen, ob das wirklich stimmte.

Am Grenzübergang hatten sich unglaublich viele Menschen versammelt. Im orangegelben Schein der Straßenlaternen bewegte sich die Menge auf das Wachhäuschen zu. Und der Schlagbaum war offen. Die Frau hatte recht gehabt: Wir konnten ungehindert in den Westen!
Obwohl ich es vor mir sah, war die Botschaft noch nicht so

richtig bei mir angekommen. Automatisch tat ich es den anderen nach, holte meinen Ausweis hervor und schlug die Seite mit meinem Foto auf.
Schritt für Schritt ging es voran. Auch hier standen die Grenzer einfach so herum. Einzelne riefen ihnen etwas zu – freundliche Worte, keine Beschimpfungen. Die Atmosphäre war entspannt, keiner machte Schwierigkeiten, niemand drängelte. Von hinten näherte sich ein Auto. Der Fahrer wollte es an den Leuten vorbeilenken, kam aber kaum schneller vorwärts als wir. Nur wenige Meter waren es jetzt noch … bis zur offenen Grenze! Die Soldaten beim Wachhäuschen kontrollierten die Ausweise nur flüchtig, winkten viele einfach durch.
Jenseits der Kontrollstelle brach lauter Jubel los. Die Leute warfen die Arme in die Luft und fielen einander um den Hals.

Ich war im Westen. Hatte die Grenze passiert, ohne dass jemand mich zurückgehalten hätte. Es war unfassbar. Aber Oma … Oma … wieder liefen mir Tränen über die Wangen.
Ich war nicht die Einzige, die weinte. Aber Euphorie wie bei den anderen wollte sich bei mir nicht einstellen. Durch den Tränenschleier sah ich ein Filmteam, ein Mann neben dem mit der Kamera wies auf mich. Rasch drehte ich den Kopf weg. Warum hatte Oma nicht noch ein klein wenig durchgehalten? Jetzt wäre es möglich, sie in den Westen zu bringen.
Ich ging weiter, inmitten der anderen. Immer wieder tauchten Journalisten mit Mikrofonen auf und stellten Fragen. Am Straßenrand standen Westberliner. Sie applaudierten. Sie riefen uns Willkommensworte zu und hielten uns Sektflaschen hin. Sie sahen nicht anders aus als wir. Jemand schwenkte eine ostdeutsche Fahne. Ein anderer eine westdeutsche.
Allmählich zerstreute sich die Menge. Endlich durften wir in den

Westen, aber viele schienen nicht so recht zu wissen, wohin sie gehen sollten.
Für mich hingegen stand das Wohin fest: *Viktoriaweg 12, Berlin-Lichterfelde.*
Ich würde schon hinkommen. Wie, das war jetzt egal, so was von egal. Irgendwer würde mir schon den Weg sagen.
Wieder flossen meine Tränen. Ein paar Leute sahen mich neugierig an. Da begann ich zu rennen, denn es war mir peinlich, angestarrt zu werden. Straße um Straße rannte ich entlang, bis ich Seitenstechen bekam und stehen bleiben musste. Keuchend stemmte ich die Arme auf die Schenkel.
Plötzlich hielt ein Auto neben mir. Der Fahrer drehte die Scheibe herunter.
»Ist Ihnen nicht gut?«
Es war ein Taxi.
Ich richtete mich auf und wischte mir mit dem Jackenärmel übers Gesicht.
»Doch, alles gut.« Ich wedelte mit der Hand, er solle weiterfahren, was er aber nicht tat.
»Wohin wollen Sie?«
Jetzt erst schaute ich ihn an. Er hatte ein freundliches Gesicht.
»Ich hab kein Westgeld.«
»Ach, Sie sind von drüben? Tolle Sache, nicht wahr? Steigen Sie ein, ich fahr Sie umsonst. So schlecht ist's im Westen nicht, wie man bei euch behauptet.« Er grinste breit.
Ob ich dem Mann trauen konnte? Egal, darauf kam es jetzt nicht an. Ich stieg ein.
Und nannte die Adresse: *Viktoriaweg 12, Berlin-Lichterfelde.*

DREISSIG

Der Taxifahrer quasselte in einer Tour. Ich konnte ihm nicht folgen, denn kaum hatte ich auf dem weichen Lederpolster im beheizten Wagen Platz genommen, fielen mir, umhüllt vom Vanilleduft des Aromabäumchens, das am Rückspiegel baumelte, fast die Augen zu. Ich bemühte mich nach Kräften, wach zu bleiben, konnte aber keinen Gedanken mehr fassen, ja nicht einmal aus dem Fenster auf das nächtliche Berlin schauen.
Schließlich gab er auf und stellte das Radio an. Wie aus weiter Entfernung hörte ich den Nachrichtensprecher und dann noch einmal die Jubelrufe von vorhin, am Grenzübergang. Meine Lider wurden schwer und schwerer …

Erst als das Auto hielt und der Taxifahrer den Motor abstellte, kam ich wieder zu mir.
»Wir sind da.«
Ich machte die Augen auf. Wir befanden uns in einer baumbestandenen Wohnstraße. In einem der besseren Viertel offenbar, denn die Häuser sahen aus wie Villen und hatten gepflegte Vorgärten.
»Hier ist es?« In solch einer Gegend wohnte Florian?
»Jawohl: Viktoriaweg 12. Haben Sie Verwandte hier?«
Ohne seine Frage zu beantworten, machte ich die Tür auf. »Danke fürs Mitnehmen.«
»Gern geschehen. Ist ja ein historischer Tag. Besser gesagt: eine Nacht.« Er ließ den Motor wieder an.
Langsam ging ich auf das große Haus zu. Als ich das Gartentor öffnete, sprang über der Haustür ein Licht an.
Ich suchte nach der Klingel. Kein Name auf dem Schild. Obwohl ich mir sicher war, dass Florian längst schlief, läutete ich.

Nichts tat sich, kein Laut war zu hören.
Ich traute mich nicht, noch einmal zu klingeln, und sah mich nach dem Taxi um. Es war bereits davongefahren.
Sollte ich bis zum Morgen vor der Haustür warten? Oder wieder gehen?
In dem Moment wurde die Tür einen Spalt geöffnet. Eine junge Frau im Morgenmantel sah mich fragend an: »Ja, bitte?«
»Wohnt Florian hier?« Meine Stimme klang heiser.
»Florian!«, rief sie über die Schulter und fragte dann: »Wer sind Sie?«
»Sybille.« Das musste genügen.
Die Tür ging weiter auf, und ein Mann trat neben die Frau. Bei meinem Anblick wurden seine Augen groß. Es war lange her, doch ich erkannte ihn. Und er mich auch.
Vor mir stand Florian.

Vogelgezwitscher aus dem Garten weckte mich. Das war so ungewohnt, dass ich noch ein Weilchen mit geschlossenen Augen liegen blieb und lauschte. Ganz langsam stellten die Erinnerungen sich wieder ein.
Florian hatte mich ins Haus gelassen. Ich war so erschöpft gewesen, dass ich nach ein paar Schritten zusammensackte, er konnte mich gerade noch auffangen. Ich wollte ihm alles erzählen. Von Oma und von Marthe und der Grenze und … aber ich bekam kein Wort über die Lippen. Die Frau richtete im Gästezimmer ein Bett für mich her, und Florian meinte: »Erst einmal musst du schlafen. Morgen reden wir über alles.« Er duldete keinen Widerspruch. Und ich schlief auch schon ein, noch ehe mein Kopf aufs Kissen sank.
Durch eine Vorhangritze fiel Sonnenlicht herein. Und die Vögel sangen wie im Hochsommer. Ich musste mir noch einmal klar-

machen, dass ich nicht träumte, dass ich wirklich im Westen war. Und dass Oma ... Unter meinen Lidern quollen Tränen hervor.
Von unten waren nun Geräusche zu hören. Wie spät war es? Ich fuhr hoch. Ich musste ja zur Arbeit, ich musste ... Doch dann ließ ich mich wieder fallen. Die Arbeit spielte jetzt keine Rolle, denn nichts war mehr so wie gestern.
Nach einigen Minuten stand ich auf, schlüpfte in meine Sachen und ging leise die Treppe hinab. Sie mündete in eine Diele. Eine sehr große Diele, von der aus man durch eine Glastür ins Wohnzimmer mit offener Küche gelangte. Ich staunte, wie geräumig hier alles war.
Florian stand vor der Anrichte. Als er mich hörte, drehte er sich um.
»Guten Morgen.« Er lächelte und wies zum Tisch, der für eine Person gedeckt war.
Ich setzte mich. Vor mir stand eine ganze Batterie Gläser, drei Sorten Marmelade und zwei Sorten Schokocreme. Und ein Körbchen mit Weizenbrötchen und Vollkornscheiben. Neben dem Teller ein Glas Apfelsinensaft.
»Kaffee oder lieber Tee?«
»Kaffee bitte.«
Florian schenkte mir ein, füllte auch für sich eine Tasse und nahm mir gegenüber Platz.
Wir schwiegen, weil ich erst einmal aß. Und auch, weil keiner von uns so recht wusste, wie anfangen. Ich traute mich kaum, ihn anzusehen. Stattdessen blickte ich mich im Raum um. Am Kühlschrank hingen Kinderzeichnungen, und auf dem Boden daneben stand eine Aktentasche.
»Wir haben schon gefrühstückt, weil Catharina zur Arbeit musste. Sie hat Sophie in die Schule gebracht«, sagte Florian schließ-

lich. Er holte tief Luft, wie um Mut für den nächsten Satz zu fassen. »Du hast mich also gefunden. Weißt du etwas ... von Marthe?«
»Nein.«
»Du hast mir doch geschrieben. Und mir eine Telefonnummer gegeben.«
»Ja.«
Er hatte den Brief also erhalten. Und sich nicht gemeldet. Warum?
Er schien die Frage von meinem Gesicht abgelesen zu haben.
»Ich durfte keinen Kontakt mit dem Osten aufnehmen. Hat Marthe denn meine Karten bekommen?«
»Deine Karten?«
»Ich habe mehrere geschickt. An Omas Adresse. Sie ist die Einzige, der ich vertrauen kann. Ich war mir sicher, dass sie Marthe die Karten geben würde.«
Die Karten mit den seltsamen Sprüchen. Ohne Absender.
»Warum hast du nicht angerufen?«
»Weil ich, wie schon gesagt, keinen Kontakt mit dem Osten aufnehmen durfte.«
»Marthe hat geschlagene zwölf Jahre nach dir gesucht!« Ich sah Florian direkt ins Gesicht.
Ihm wurde unbehaglich, das merkte ich deutlich.
»Ich durfte ja nicht, weil ...«, setzte er wieder an.
»Wie bist du überhaupt in den Westen gekommen?«, unterbrach ich ihn. Am Ende spionierte er doch für die DDR – wie sonst hätte er an das Geld für die vornehme Villa kommen sollen?
Statt zu antworten, stand er auf und nahm eine Zigarette aus der Schachtel auf der Anrichte. Er zündete sie an, sog den Rauch tief ein und wandte sich dann zu mir um.
»Ich bin freigelassen worden.« Seine Hand mit der Zigarette

zitterte. »Die Bundesrepublik hat mich ’81 freigekauft. Mich und noch ein paar weitere Häftlinge mit intellektuellem Potenzial.«

Freigekauft? Die BRD hatte politische Häftlinge freigekauft!? *Wenn herauskommt, wie viel Geld da geflossen ist, verliert die Regierung der BRD das Gesicht,* hatte der Stasi-Mann gesagt.

»Ich habe eine Stelle an der Universität bekommen.« Er sah mich an, als wartete er auf eine Reaktion, aber ich sagte nichts. »Dort habe ich Catharina kennengelernt«, fuhr er fort. »Das Haus, in dem wir wohnen, gehört ihr.«

Er war freigelassen worden, hatte eine gute Stelle bekommen, wohnte mit seiner reichen Frau in einer edlen Villa, hatte wahrscheinlich auch noch ein schickes Auto – und er hatte es nicht für nötig befunden, seiner Familie ein Lebenszeichen zukommen zu lassen.

»Kann ich bitte telefonieren?« Mir war der Appetit vergangen.

»Klar, da drüben auf der Kommode steht das Telefon.«

Es dauerte eine ganze Weile, bis abgenommen wurde.

Dem kurzen »Hallo« war nicht anzuhören, ob es Ulrich oder Jens oder irgendjemand anderes war.

»Ist Marco da?«

Sekundenlang war es still.

Dann Marcos Stimme: »Sybille, bist du das?«

»Ja.« Ich kehrte Florian, der noch immer an der Anrichte lehnte, den Rücken zu.

»Wo steckst du? Ich hab mir Sorgen gemacht. Wir alle haben uns Sorgen gemacht.«

Ich musste einen Kloß im Hals wegräuspern, ehe ich antworten konnte: »Ich bin im Westen.«

»Was? *Wo* bist du?«

»Kannst du mich bitte abholen?« Ich konnte nur noch flüstern, so erleichtert war ich, Marco erreicht zu haben. »Viktoriaweg 12, Lichterfelde.«

Es dauerte mehr als eineinhalb Stunden, dann kam Marco. Florian und ich hatten in der Zwischenzeit nicht mehr gesprochen. Ich hatte keine Lust, ihm noch irgendetwas zu erzählen. Er würde es vermutlich nicht verstehen, oder es interessierte ihn gar nicht … Er hatte meinen Brief bekommen und nicht darauf reagiert. Nicht einmal nach Oma hatte er mich gefragt, seit ich hier war.
Als es klingelte, rannte ich zur Tür.
»Alles in Ordnung?«, fragte Marco, als ich ihm um den Hals fiel.
»Ja. Ich will hier weg.«
Florian war hinter uns in die Diele getreten und nickte Marco freundlich zu. Der schaute von ihm zu mir und wieder zu ihm.
»Es ist wirklich alles in Ordnung«, versicherte ich. »Ich will nur weg von hier.«
Am Straßenrand wartete ein Taxi.
Wir setzten uns beide auf die Rückbank.
»Wohin soll's gehen?«, fragte der Fahrer.
»Zurück. Zurück in den Osten. Zurück nach Hause.«

NACHWORT

Am 9. November 1989 war ich fünf Jahre alt. An den Fall der Mauer erinnere ich mich kaum. Ich weiß nur noch, dass meine Eltern wie gebannt vor dem Fernseher saßen, Nachrichten schauten und mich überhaupt nicht mehr beachteten. Als Fünfjährige fand ich das Ganze todlangweilig. Ich konnte damals ja nicht ahnen, was für eine historische Wirkung die Ereignisse entfalten würden, die meine Eltern so intensiv verfolgten.

Die Wirkung wurde mir erst viel später bewusst. Als ich 2004 bis 2005 in Berlin studierte, an der FU und der Humboldt-Universität, habe ich über den Zweiten Weltkrieg geforscht. Was mir aber in den Straßen so begegnete, hatte nichts mit dem Zweiten Weltkrieg zu tun, sondern mit der Teilung Berlins, die auch nach fünfzehn Jahren noch sichtbar war. Trotz der Bauwut nach der Wiedervereinigung zog die Mauer sich nach wie vor wie ein Geisterstreifen durch die Stadt. So stieß ich zufällig gar nicht weit vom modern gestalteten Potsdamer Platz inmitten von Bürohäusern auf eine kleine Brache mit einem vergessenen Wachturm. Und immer wieder einmal traf ich auf ein Stück Mauer, das man nicht zur Touristenattraktion umfunktioniert hatte, sondern das schlicht und einfach stehen geblieben war.

Aber nicht nur aus dem Stadtbild, auch aus den Köpfen der

Menschen war die Mauer noch nicht ganz verschwunden. In Form von Erinnerungen, Haltungen der Gesellschaft gegenüber und Zukunftsvorstellungen war die Zweiteilung der Stadt weiterhin präsent.

Das löste etwas in mir aus. Wie schon bei meinen vorigen Büchern stand auch an der Wiege des Romans *Grenzgänger* eine bestimmte Frage: Wie mag es wohl gewesen sein, das mitzuerleben? Ich vergrub mich in Archiven, ging mit alten Fotos in der Hand die Straßen entlang und fuhr mit der U-Bahn durch ehemalige Geisterbahnhöfe. Ich besuchte Museen und Gedenkstätten und las unzählige Bücher. Vor allem aber sprach ich mit vielen Menschen. Mit Menschen, für die die DDR-Zeit nicht eine historische Epoche darstellt, sondern Teil ihres eigenen Lebens ist. Ich sprach mit Zeitzeugen, die beim Mauerfall dabei waren, und mit Leuten, die seit jeher in der DDR gelebt hatten. Ich sprach mit Mitarbeitern des Stasi-Archivs und hörte mir Interviews an, die man im Laufe der Jahre in der Gedenkstätte Bernauer Straße aufgezeichnet hatte. Ich lauschte aufmerksam, wenn ehemalige Insassen des Stasi-Gefängnisses Hohenschönhausen von ihrer Haft erzählten, und fragte ihnen Löcher in den Bauch. Und im Archiv der *Berliner Unterwelten* suchte ich, unterstützt von Mitarbeitern des Vereins, nach einer Fluchtmöglichkeit für einen meiner Protagonisten. So wurde die Mauer ein Teil von mir.

In den Folgejahren fuhr ich immer wieder nach Berlin, um weiter zu recherchieren. Auch die Stadt wurde ein Teil von mir. Und mit jedem Besuch nahm mein Vorhaben mehr Gestalt an, entwickelte sich zu einer Geschichte, die ich unbedingt erzählen musste.

Viele Menschen haben auf irgendeine Weise zum Zustandekommen meines Buchs beigetragen. Es sind zu viele, um sie hier einzeln aufzuzählen, und vielleicht würde ich versehentlich jemanden vergessen. Darum danke ich an dieser Stelle allen Zeitzeugen, mit denen ich sprechen durfte, allen Mitarbeitern von Museen und Archiven, die mich auf interessante Quellen aufmerksam machten, allen, von denen ich Resonanz bekam, wenn ich schilderte, wie ich meine Erzählstränge anlegen wollte, und allen, die mir bei DDR-Spezifischem weiterhalfen. Mein besonderer Dank gilt dem Verlag Urachhaus und der Übersetzerin Eva Schweikart, die dafür gesorgt hat, dass Julian, Marthe und Sybille nun wieder ihre eigene Sprache sprechen und dass ihre Geschichte jetzt auch in »ihrem Land« gelesen werden kann.

Aline Sax
9. November 2018

© Koen Broos

DIE AUTORIN

Aline Sax, geboren 1984 in Antwerpen, veröffentlichte bereits mit fünfzehn Jahren ihr erstes Buch. Mit ihrem Jugendbuch *Eine Welt dazwischen* erlangte sie internationale Bekanntheit und gewann mehrere Preise. Immer wieder widmet sich die promovierte Historikerin auch geschichtlichen Themen, die sie auf lebendige und packende Weise Kindern und Jugendlichen nahezubringen vermag. Wenn sie sich nicht als Schriftstellerin betätigt, arbeitet sie für die historische Bildungseinrichtung *Geheugen Collectief* und an der Universität Gent.
Auch ihr Roman *Grenzgänger* wurde mit mehreren Preisen bedacht, darunter der begehrte *White Raven.*

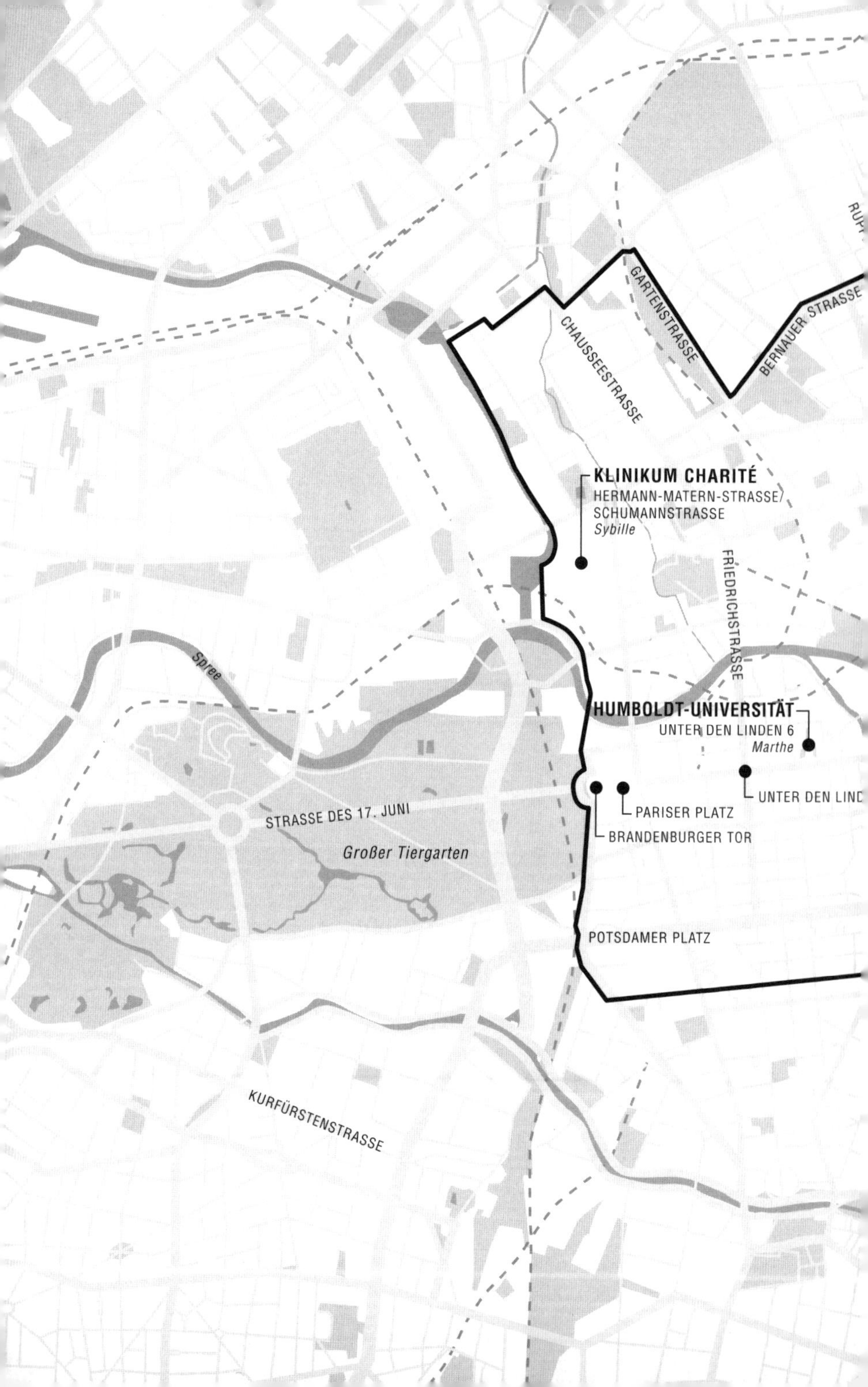
RUP
GARTENSTRASSE
BERNAUER STRASSE
CHAUSSEESTRASSE
KLINIKUM CHARITÉ
HERMANN-MATERN-STRASSE/
SCHUMANNSTRASSE
Sybille
FRIEDRICHSTRASSE
Spree
HUMBOLDT-UNIVERSITÄT
UNTER DEN LINDEN 6
Marthe
UNTER DEN LIND
PARISER PLATZ
BRANDENBURGER TOR
STRASSE DES 17. JUNI
Großer Tiergarten
POTSDAMER PLATZ
KURFÜRSTENSTRASSE